KB253656

철부지 신부

철부지 신부

레이첼 깁슨 | 박미영 옮김

큰나무

박 미 영

이화여자대학교 영어영문학과 졸업하고 KBS 사회문화센터 영상번역작가
과정을 수료하였다. 역서로 <당신과 눈뜨는 아침>, <격정의 연인>, <프린스 차밍>,
<사랑의 파트너>, <건달과 말괄량이>, <내 인생의 축복> 등이 있다.
현재 로맨스 전문 번역가로 활동중이다.

철부지 신부

초판 인쇄 | 2003년 12월 18일
초판 발행 | 2003년 12월 22일

지은이 | 레이첼 깁슨
옮긴이 | 박미영
펴낸이 | 한익수
펴낸곳 | 도서출판 큰나무

등록 | 1993년 11월 30일(제5-396호)
주소 | 120-837 서울시 서대문구 충정로 3가 3-95 2층
전화 | 02) 365-1845 · 1846 팩스 | 02) 365-1847
e-mail | btreepub@chollian.net
홈페이지 | www.bigtreepub.co.kr

값 9,500원

ISBN 89-7891-177-3 03840

성숙하지 못한 사랑을 하는 사람은
"나는 당신을 사랑해요. 당신이 필요하니까."라고 말한다.
성숙한 사랑을 하는 사람은
"나는 당신이 필요해요. 당신을 사랑하니까요."라고 말한다.

— 에리히 프롬 —

닭이 먼저인지 달걀이 먼저인지 알 수 없는 것과 마찬가지로, 운동을 못해서 싫어하게 된 건지 아니면 운동을 싫어하니까 못하게 된 건지는 알 수 없지만, 어쨌든 결과는 마찬가지—나는 운동을 싫어한다. 초중고 내내 체육은 평균점수를 깎아 먹는 데 일조 하는 과목이었다. 그러니 월드컵 개최국가 국민이 되고도 축구는 열한 명이 하는 거였던가 하고 헤매는 처지에 아이스하키에 대해 뭘 알고 있을 리가 만무한 상황. 공이 아니라 퍽(puck)을 쓰고, 스틱으로 쳐서 골대에 넣으면 득점한다 정도가 아이스하키에 대한 내 지식의 한계였다.

그래서 남주인공이 아이스하키 선수인 이 작품을 받아 들고 조금 난감했었다. 그러다 아무래도 분위기 파악을 위해서라도 한번쯤 경기를 구경해야 하지 않을까 하던 중 아이스하키 리그 소식을 듣고 아이스링크장을 찾았다.

그런데 들어서는 순간 아차 싶은 기분. 아이스링크란 곳 자체가 처음이라 그렇게 추울 줄 몰랐던 것이다. 늦가을이라지만 따스한 날씨에 맞춰 가볍게 입고 나갔는데 졸지에 입김이 다 보이는 링크장으로 들어가니 과연 끝까지 볼 수 있을지 걱정스러웠다.

게다가 아이스하키 구경을 하러 간다니까, 인터넷을 뒤져 규칙 좀 공부하고 가지 그러냐는 충고를 들었으나 그러기엔 이미 늦었던

시간이라 그냥 나와 버렸던 것. 여섯 명이 하는 경기고 선수 교체
가 수시로 이루어지며, 1피리어드(period)는 20분씩, 3피리어드까지
한다는 것도 그날 경기장에 가서야 알았다.

추위만이 아니라 나를 떨게 한 또 한 가지 이유. 겁나게도 입장
권 뒷면에는 '경기장에서 연습 혹은 경기 중 퍽에 의하여 부상을
당하였을 경우 주최자가 책임지지 않으니 주의하여 주시기 바랍니
다'라고 쓰여 있었다. 위험하고 과격한 스포츠라는 거야 알았지만,
설마 관중들까지 조심해야 할 줄이야.

결과, 그날 관중석으로 날아든 퍽은 두 개(그나마 하나는 속도가 느
려서 관중이 잡았고, 하나는 빈 관중석으로 날아갔다), 부상당하고 나간 선
수는 세 명(그래도 다들 자기 발로 미끄러져 나갔으니 큰 부상은 아닌 듯).

아직도 아이싱(icing)이 도무지 어떻게 적용되는 규칙인지 알 수가
없고, 양쪽 다 연고가 없는 팀이라 그냥 유니폼이 예쁜 팀 편을 들
면서 봤지만, 의외로 재미있게 보았다. 겪어 보지도 않은 채 재미없
을 거라고, 내 취향이 아닐 거라고 단정지어 왔던 것들 중에 알고
보면 숨은 보석이 있지 않을까?

박 미 영

프롤로그

1976년, 텍사스 맥키니.

산수는 늘 조지앤 하워드에게 두통거리였고, 글을 읽으면 눈이 아팠다. 그래도 최소한 글읽기는 알쏭달쏭한 단어를 손가락으로 짚어가며 읽는 척이라도 할 수 있었지만, 산수는 푸는 척할 수도 없었다.

조지앤은 책상에 엎드려 4학년 반 친구들이 쉬는 시간에 밖의 따스한 텍사스 햇살 아래 노는 소리를 들었다.

그녀는 원래 산수를 싫어했지만, 이 멍청한 막대 다발을 세는 건 더 싫었다. 때로는 조그만 막대 그림을 너무 열심히 들여다봐서 머리와 눈이 아팠다. 하지만 매번 셀 때마다 똑같은 답이 나왔다──틀린 답이.

산수에서 벗어나기 위해, 조지앤은 방과 후 할머니와 하기로 한 티파티 생각을 했다. 아마 할머니는 벌써 조그만 핑크 쁘띠 푸르 케이크를 만들어 놓으셨을 것이다. 그럼 조지앤은 핑크 시폰을 차려입고 핑크 테이블보에 핑크 냅킨, 그리고 그것에 어울리는 잔을 쓰면 되는 것이다. 조지앤은 티파티를 좋아했고 접대에도 뛰어났다.

"조지앤!"

그녀는 퍼뜩 정신을 차렸다.

"네, 선생님?"

"너희 할머니께서 내가 말한 의사한테 널 데려가 보이셨니?"

노블 선생이 물었다.

"네, 선생님."

"의사한테서 검사 받았고?"

그녀는 고개를 끄덕였다. 일주일 전에 그녀는 3일간 귀가 커다란 의사선생님한테 이야기를 읽어 주었다. 의사의 질문에 답하고 이야기를 썼다. 산수를 풀고 그림을 그렸다. 그림 그리기는 좋았지만 나머지는 진짜 지루했다.

"다 끝냈어?"

조지앤은 앞에 놓인 서투르게 끄적거린 종이를 내려다보았다. 지우개를 하도 많이 써서 조그만 답안란은 탁한 회색이었고, 막대 다발 옆의 삼각형 몇 개를 찢어 놓고 말았다.

"아뇨."

그녀는 종이를 손으로 가렸다.

"어디 한 것 좀 보자."

두려움에 짓눌려 그녀는 자리에서 일어나, 괜한 수선을 떨며 정확히 똑바른 각도로 종이를 맞추었다. 선생님 책상으로 천천히 걸어가는 그녀의 에나멜 구두 바닥은 거의 소리를 내지 않았다. 속이 울렁울렁거렸다.

노블 선생은 조지앤의 손에서 엉망진창이 된 종이를 받아 들어 산수 문제를 검토했다.

"또 그랬구나."

짜증이 뚝뚝 배어 나오는 목소리였다. 불쾌감에 갈색 눈이 가늘어졌다.

"도대체 몇 번이나 틀린 답을 쓸 참이야?"

조지앤은 선생님 어깨 너머 각설탕으로 만든 스무 개의 조그만 이글루가 놓인 사회 연구 테이블을 넘겨다보았다. 원래 스물한 개가 있어야 하지만, 글씨 쓰기를 못해서 조지앤은 이글루를 나중에 만들어야 했다. 아마 내일쯤.

"모르겠어요."

그녀는 중얼거렸다.

"첫 번째 문제의 답은 17이 아니라고 최소한 네 번은 말했잖아! 그런데 왜 계속 그렇게 쓰는 거야?"

"모르겠어요."

거듭거듭 그녀는 막대기를 하나하나 세었다. 일곱 개가 두 묶음이 있고 세 개의 막대기가 옆에 있다. 그럼 17이 되는데.

"계속 설명했는데 왜 몰라. 종이를 봐."

조지앤이 시킨 대로 하자, 노블 선생은 첫 번째 막대 다발을 가리켰다.

"이 다발은 10을 뜻해."

그녀는 버럭 소리지르고 손가락을 옆으로 옮겼다.

"이쪽 다발은 10이 더 있는 거고, 옆에 세 개가 있지. 10 너하기 10은 얼마야?"

조지앤은 머릿속으로 숫자를 그려보았다.

"20이요."

"3을 더하면?"

그녀는 말없이 속으로 세었다.

"23."

"그래! 답은 23이야."

선생님은 종이를 그녀에게 밀었다.

"자, 앉아서 마저 풀어."

다시 자리에 앉자, 조지앤은 두 번째 문제를 쳐다보았다. 세 개의 묶음을 들여다보고 꼼꼼히 막대를 센 다음, 21을 썼다.

수업 끝나는 종이 울리자마자, 조지앤은 할머니가 짜준 자주색 새 폰초*를 움켜쥐고 말 그대로 집까지 내내 달음박질쳤다. 뒷문에 들어서자 파랑과 하얀색의 대리석 카운터 위에 놓인 핑크색 쁘띠 푸르 케이크가 눈에 들어왔다.

부엌은 작고 노랑과 빨간색 벽지는 군데군데 벗겨졌지만, 조지앤이 제일 좋아하는 장소였다. 그곳에서는 언제나 케이크와 빵, 세제와 비누 같은 근사하고 편안한 냄새가 났다.

막 할머니를 부르려는 참에 응접실에서 남자 목소리가 들렸다. 응접실은 아주 중요한 손님에게만 한정된 곳이기에, 조지앤은 가만가만 복도를 따라 걸어갔다.

"부인의 손녀는 추상적 개념을 전혀 이해하지 못하는 듯합니다. 단어를 뒤바꾼다던가 자기가 쓰고 싶어하는 단어를 떠올리지 못하더군요. 예를 들어, 문손잡이 그림을 보여 주자 '집에 들어갈 때 돌리는 거'라고 했습니다. 하지만 동시에, 에스컬레이터와 곡괭이, 50개 주의 대부분을 정확히 말했고요."

지난주에 그녀에게 지루한 검사를 시켰던 귀가 커다란 의사 선생님이 설명하고 있었다. 조지앤은 문간에 서서 귀를 기울였다.

"좋은 소식은, 이해력에 있어선 아주 높은 점수를 기록했다는 겁니다. 자신이 읽는 것을 이해한다는 뜻이지요."

"어떻게 그럴 수가 있지요?"

할머니가 물었다.

"그 애는 매일 문손잡이를 써요, 그리고 내가 아는 한 곡괭이라고는 건드려 본 적도 없고. 어떻게 단어를 뒤섞으면서, 자기가 읽는 건 이해할 수가 있는 건지?"

"어떤 아이들이 왜 뇌기능장애를 겪는지 그 이유는 알 수가 없습니다, 하워드 부인. 그리고 무엇이 그런 장애를 일으키는지 전혀 짐

---

* 남미에서 유래한 일종의 외투.

작도 못 하고 있지요."

조지앤은 응접실 안에서 시야에 들어오지 않는 벽에 기댔다. 뺨이 화끈화끈 불타고 뱃속에 바위가 든 듯이 내려앉았다.

뇌기능장애?

그 말이 무슨 뜻인지 모를 정도로 멍청하진 않았다. 의사 선생님은 그녀가 저능아라고 생각하는 거다.

"우리 조지를 어쩌면 좋담?"

"좀더 검사를 하면 그 애가 어느 분야에서 제일 어려움을 겪는지 알아낼 수도 있을 겁니다. 어떤 아이들에겐 약물 복용이 도움이 되기도 합니다."

"난 조지앤에게 약을 먹이진 않겠수."

할머니는 단호히 말했다.

"그럼 차밍스쿨에 등록시키시죠."

의사가 충고했다.

"예쁜 아이고 아마 아름다운 아가씨로 자랄 겁니다. 그 애를 돌봐 줄 남편을 찾기는 전혀 문제없을 테죠."

"남편이라니? 우리 조지는 겨우 아홉 살이라오, 앨런 선생."

"실례를 저지를 뜻은 전혀 없습니다만, 하워드 부인, 부인께서는 아이의 할머님이시잖습니까. 몇 년이나 아이를 돌볼 수 있으시겠습니까? 제 소견으론 조지앤은 결코 똑똑하게 되지는 못할 겁니다."

다시 복도를 지나 뒷문을 나서는 조지앤의 뱃속에서 바윗덩어리가 타오르기 시작했다. 그녀는 뒷문 계단에서 커피 깡통을 걷어차 작고 손질 잘된 마당 너머로 날려 버렸다.

지저분한 진입로에는 조지앤이 늘 루트 비어*색이라고 생각한 엘 카니모가 주차되어 있었다. 바퀴는 넷 다 펑크나 있었는데, 2년 전 할아버지가 돌아가신 이래 운전한 적이 없었다. 할머니는 링컨을 몰

---

* 식물 뿌리와 허브 추출물로 만든 음료수.

았기에, 조지앤은 엘 카니모를 자신의 것으로 여기고 거기에 올라타 런던이나 파리, 텍사카나 같은 근사한 곳으로 날아가는 상상을 하곤 했다.

오늘은 어디고 갈 기분이 아니었다. 비닐 벤치 시트에 앉아 그녀는 서늘한 운전대를 잡고 자동차 경적 한가운데 박힌 시보레 마크를 응시했다.

시야가 흐릿해지고 움켜쥔 손에 힘이 들어갔다. 어쩌면 그녀의 엄마, 빌리 진은 알고 있었는지도 모른다. 조지앤이 결코 '정말 똑똑하게' 되지 못하리라는 것을. 그래서 그녀를 할머니 집에 버리고 돌아오지 않는지도 모른다.

할머니는 늘 빌리 진이 아직 어머니가 될 준비가 되지 않았다고 그랬고, 조지앤은 늘 자신이 무슨 짓을 했기에 엄마를 멀리 가 버리게 만들었을까 궁금했다. 어쩌면 이제야 그 이유를 알게 된 건지도 몰랐다. 미래를 내다보는 동안, 어린 시절 꿈들은 뜨거운 뺨에 흘러내리는 눈물과 함께 사라져 갔다. 조지앤은 몇 가지 사실을 깨달았다.

쉬는 시간에 놀지도 못할 거고 반 친구들처럼 이글루를 짓지도 못하리라. 간호사나 우주 비행사가 되겠다는 희망은 날아가 버렸고 엄마는 결코 그녀를 찾으러 돌아오지 않겠지. 학교에선 아마 애들이 알아채고 비웃어 댈 거다.

조지앤은 비웃음거리가 되기 싫었다.

어쩌면 길버트 휘틀리에게 하듯이 놀려댈지도 모른다. 길버트는 2학년 때 바지에 오줌을 쌌는데 아무도 그 애가 그 사실을 잊어버리게 두지 않았다. 이제 애들은 그 애를 오줌싸개 길버트라고 불렀다. 조지앤은 애들이 자신을 뭐라 부를지 생각하고 싶지도 않았다.

설령 죽는 한이 있어도 자신이 다르다는 걸 아무도 알아채지 못하게 하겠다고 그녀는 결심했다.

조지앤 하워드에게 뇌기능장애가 있다는 것은 아무도 알지 못할 것이다.

1

1989년.

버질 더피의 결혼식 전날 밤, 여름 폭풍이 푸젯 사운드*를 강타했다. 하지만 다음 날 아침 무렵 잿빛 구름은 사라지고 그 자리엔 엘리엇 만과 시애틀 중심가 고층 건물의 위용이 훤히 드러났다.

버질의 결혼식 하객들 중 몇몇은 맑은 하늘을 올려다보며 혹 그에겐 선박 제국을 다스렸던 것과 마찬가지로 자연을 다스릴 힘도 있는 게 아닐까 생각했다. 그리고는 그가 젊은 신부도 마찬가지로 다스릴 수 있을지, 아니면 그녀는 그의 하키 팀처럼 단지 장난감에 불과한지 궁금해했다.

식이 시작되기를 기다리는 동안, 하객들은 기다란 샴페인 잔을 들고 홀짝이며 이 엄청난 나이차의 결혼이 얼마나 갈지 추측해 보았다. 별로 오래가지 않으리라는 것이 일반적인 견해였다.

존 코왈스키는 주변의 수군거리는 소문을 무시했다. 그에게는 더

---

* 워싱턴 주 북서부의 만(灣).

시급한 걱정거리가 있었다. 크리스털 잔을 입가로 들어올려 백 년 된 스카치 위스키를 물처럼 들이켰다. 머릿속이 끊임없이 쿵쿵 울렸다. 눈두덩은 따끔거리고 이는 쿡쿡 쑤셨다.

어젯밤 빌어먹게 근사한 시간을 보냈던 모양이다. 다만 그걸 기억이나 할 수 있으면 좋으련만.

그는 가로로 줄이 가게 깎은 에메랄드빛 잔디밭과 흠 없는 화단, 그리고 물을 뿜어내는 분수를 테라스에서 내려다보았다. 아르마니와 도나 카란을 차려입은 하객들이 꽃과 리본 그리고 뭔지 하늘하늘한 핑크색으로 꾸민 정자를 마주한 하얀 의자로 천천히 이동했다.

존의 시선은 다들 똑같은 남색 블레이저와 닳은 로퍼 차림이 영 불편하고 자리에 어울리지 않아 보이는 팀 동료들 무리로 향했다. 그들은 그 자신만큼이나 시애틀 사교계 한복판에 붙들린 상황이 내키지 않는 듯했다.

그의 왼쪽으로는 하늘하늘 풍성한 연보라 드레스와 그에 어울리는 구두 차림의 깡마른 여자가 하프 앞에 앉아서는 푸젯 사운드에 밀려오는 소음보다 약간 더 크게 줄을 퉁기기 시작했다.

그녀는 그를 올려다보고 즉각 알아볼 수 있는 따스한 미소를 지었다. 그는 여자의 관심에 전혀 놀라지 않았다. 의도적으로 그녀의 몸을 따라 천천히 눈길을 내렸다가 다시 올렸다.

나이 스물여덟에 존은 갖은 체형과 사이즈, 경제적 배경과 지적 수준의 여자들을 만나 보았다. 그루피*들 속에서 허우적거리기에 반감이 있지는 않았으나 마른 여자는 그다지 좋아하지 않았다. 팀 동료들 중 몇몇은 모델과 데이트했지만 존은 부드러운 곡선을 선호했다. 여자를 만질 때 뼈가 아니라 살이 느껴져야 할 게 아닌가.

하프 연주자의 미소는 더욱 애교스러워졌고, 존은 눈길을 돌렸다. 여자가 너무 마르기도 했거니와 그는 결혼식만큼이나 하프 음악을

---

* groupie. 스타의 뒤를 쫓아다니는 열광적인 팬. 보통 부정적인 의미로 쓰인다.

싫어했다. 그 자신 두 번 결혼식을 치러 보았고 두 번 다 황홀한 행복과는 거리가 멀었다.

사실 마지막으로 이만큼 숙취에 시달린 적은, 6개월 전 라스베가스의 빨간색 벨벳 허니문 스위트룸에서 깨어나 보니 디디 딜라이트(기쁨)란 이름의 스트리퍼와 결혼한 후였을 때였다. 그 결혼은 신혼 첫날밤보다 별로 더 오래가지 않았다. 그리고 진짜 열받는 일은, 디디가 진짜 그렇게나 기쁨을 주었는지 전혀 기억나지 않는다는 점이었다.

"와 줘서 고맙네."

시애틀 치눅스 팀의 구단주가 존의 뒤로 다가와 어깨를 토닥였다.

"저희한테는 선택의 여지가 없다고 생각됩니다만."

버질 더피의 주름진 얼굴을 내려다보며 그는 말했다.

버질은 껄껄 웃고 폭 넓은 벽돌 계단을 계속하여 내려갔다. 이른 오후의 햇살 아래, 은회색 턱시도 차림의 그는 부유함을 그림으로 그려 놓은 듯했다. 「포춘」지 선정 500대 부자 중 하나, 프로 아이스하키 팀 구단주, 그리고 장식용 젊은 아내를 사들일 수 있는 남자.

"어제 구단주가 결혼할 여자와 같이 있는 거 봤어?"

존은 오른쪽 어깨 너머 가장 최근 입단한 팀 동료 휴 마이너를 돌아보았다. 스포츠 기자들은 용모와 얼음 위 그리고 밖에서의 무모한 행동면에서 휴를 제임스 딘에 비유했다.

"아니."

그는 블레이저 안에 손을 넣어 옥스퍼드 셔츠 가슴 주머니에서 레이밴 선글라스를 꺼냈다.

"난 상당히 일찍 자리를 떴거든."

"흠, 꽤나 어리더라고. 스물둘이나 그쯤."

"그렇게 들었어."

그는 한쪽으로 비켜서서 나이든 여자들 한 무리가 계단을 내려가게 길을 비켜 주었다. 그 자신 공인된 바람둥이로서, 독선적인 도덕군자를 자처한 적은 결코 없었으나, 버질 나이의 남자가 거의 마흔

살 어린 여자와 결혼하는 건 어딘가 처량맞고 조금은 역겹다는 생각이 들었다.

휴가 존의 옆구리를 팔꿈치로 쿡 찔렀다.

"그리고 남자가 벌떡 일어나 앉아 버터밀크를 조르게 만드는 젖가슴이었지."

존은 선글라스를 콧대 위로 치켜올리고 휴를 돌아보는 여자들을 향해 미소지었다. 휴는 버질의 약혼녀 묘사를 그다지 조용하게 하지 않았다.

"너, 목장에서 자랐다고 했던가?"

"그래, 매디슨에서 한 80킬로미터쯤 떨어진 곳이지."

젊은 골키퍼는 자부심을 담아 대답했다.

"흠, 나라면 버터밀크 얘기를 그렇게 크게 말하지 않겠어. 여자들은 젖소에 비유하면 진짜로 열받아 한다고."

"그래."

휴는 웃음을 터뜨리고 고개를 내저었다.

"도대체 그 여자는 자기 할아버지뻘은 될 남자에게서 뭘 본 걸까? 못생기거나 뚱뚱한 여자도 아니었어. 사실 정말로 보기 근사했다고."

나이 스물넷의 휴는 존보다 어릴 뿐만 아니라 순진한 것이 분명했다. NHL(내셔널 하키 리그)에서 제일 뛰어난 골키퍼가 되는 계단을 오르는 중이었지만 퍽*을 머리로 막는 아주 나쁜 습관이 있었다. 마지막 질문을 보아하니 아무래도 좀더 두꺼운 마스크가 필요한 모양이었다.

"주위를 둘러봐."

존은 대꾸했다.

"요전에 듣기로, 버질은 6억 달러쯤 나간다고 하더라."

"그래, 하지만 돈으로 모든 것을 살 수는 있는 건 아니잖아."

---

* 아이스하키에서 공 역할을 하는 작은 고무 원반.

골키퍼는 계단을 내려가기 시작하며 불만스러운 듯 웅얼거렸다.

"올 거야, 철벽?"

그는 멈춰 서서 어깨 너머를 돌아보며 물었다.

"아니."

존은 얼음덩이를 입 안으로 빨아들이고, 잔을 화분에다 내던져 바카라 유리잔 역시 스카치 위스키와 마찬가지로 무심하게 취급해 버렸다. 그는 계속 남아 있을 생각이 전혀 없었다.

어젯밤 파티에 참석했고 오늘 얼굴을 보였으니 자기 역할이야 다 한 것이다.

"망할 숙취 때문에 죽을 지경이야."

계단을 내려가며 그가 말했다.

"어딜 가?"

"코펄리스에 있는 내 집."

"더피 씨가 안 좋아할 텐데."

"그거 안됐군."

무심히 대꾸하고 그는 3층 벽돌 저택을 빙 돌아 그의 1966년 코르벳이 주차된 앞쪽으로 갔다. 이 컨버터블(지붕을 걷을 수 있는 차)은 일년 전, 시애틀 치눅스로 트레이드 되어 몇백만 달러짜리 계약에 서명했을 때 자신에게 준 선물이었다. 존은 클래식 코르벳을 사랑했다. 커다란 엔진과 그 강력한 마력을 사랑했다. 일단 고속도로에 들어서면 코르벳의 지붕을 열 생각이었다.

파란 블레이저를 벗던 참에, 널따란 벽돌 계단 꼭대기에 얼핏 비친 핑크색이 그의 눈길을 끌었다. 그는 상의를 반짝이는 빨간 자동차 안에 던지고 멈춰 서서 밝은 핑크 드레스의 여자가 거대한 더블도어를 빠져나오는 것을 지켜보았다.

베이지색 작은 여행가방이 단단한 나무에 부딪혔고 산들바람이 수십 개의 짙은 나선형 컬을 그녀의 맨어깨에 드리웠다. 그녀는 겨드랑이부터 허벅지 중간까지 새틴으로 진공 포장한 듯이 보였다. 보디스

꼭대기에 달린 커다란 흰색 리본은 성인잡지급 가슴을 가리는 데 별 도움이 되지 못했다. 다리는 길고 잘 그을렸으며 끈 없는 하이힐을 신고 있었다.

"저기, 잠깐만 기다려 줘요."

그녀는 약간 숨가쁜, 분명한 남부 목소리로 그를 불렀다. 그녀가 계단을 총총 내려오자 우스꽝스러운 구두굽이 작게 또각또각 소리를 냈다. 드레스가 어찌나 타이트했던지 그녀는 몸을 비스듬히 돌려 내려와야 했고, 다급히 한 단씩 내려올 때마다 가슴이 드레스 위로 팽팽하게 부풀어올랐다.

존은 그러다 다치기 전에 천천히 다니라고 말할까 생각했다. 하지만 그러는 대신 몸무게를 한쪽 발로 옮겨 싣고, 턱하니 팔짱을 끼고는 그녀가 차 반대편에 와서 설 때까지 기다렸다.

"그렇게 뛰지 않는 게 좋겠군요."

잠시 후, 그가 충고했다.

완벽하게 곡선을 그린 눈썹 아래에서 연한 녹색 눈이 그를 응시했다.

"버질의 하키선수들 중 한 분이세요?"

구두를 벗고 그걸 집으려 몸을 숙이며 그녀가 물었다. 매끄러운 컬 몇 가닥이 선탠한 그녀의 어깨 위로 미끄러져 내려가 젖가슴과 하얀 리본을 스쳤다.

"존 코왈스키입니다."

키스를 조르는 도톰한 입술과 치켜 올라간 눈매가 그의 할아버지가 좋아하는 섹스 여신 리타 헤이워드를 연상케 했다.

"전 여기서 나가야 해요. 도와주실 수 있겠어요?"

"물론. 어디로 갑니까?"

"여기만 빼고 아무데나."

그녀는 가방과 구두를 그의 차 바닥에 던져 넣었다.

코르벳에 올라타는 그의 입가 한쪽이 미소로 빙긋 올라갔다. 일행을 만들 계획은 없었지만, 플레이보이 모델이 그의 차에 뛰어오르는 건 그다지 나쁜 팔자는 아니었다. 그녀가 조수석에 앉자 그는 원형 진입로에서 벗어났다. 갑자기 그녀가 누구이며 뭐가 그렇게 급한지 궁금했다.

"오 하나님."

그녀가 신음하고는, 몸을 돌려 빠르게 멀어져가는 버질의 집을 응시했다.

"씨씨를 저기 혼자 두고 왔어요. 걔는 자기 라일락과 핑크색 장미 부케를 챙기러 갔고 난 도망쳤다고요!"

"씨씨는 누구요?"

"제 친구예요."

"결혼식에 참석하기로 되어 있었나 보죠?"

그는 물었다. 그녀가 고개를 끄덕이자 그는 그녀가 신부 들러리나 무슨 보조일 거라고 생각했다. 전나무 길과 농장, 핑크색 진달래를 스쳐지나 가며 그는 시야 한구석으로 그녀를 뜯어보았다. 매끄러운 피부는 건강하게 그을려 있었다. 그녀를 쳐다보는 동안 존은 그녀가 처음 생각보다 더 예쁘다는 걸 알아챘다. 더 어리기도 하고.

그녀는 고개를 다시 앞으로 돌렸고, 바람이 그녀의 머리카락을 얼굴과 곧은 어깨 주위에 춤추게 만들었다.

"오, 하나님. 이번에는 진짜 큰일냈어."

그녀는 모음을 길게 끌며 신음했다.

"다시 데려다 줄 수 있는데요."

그는 제안하며, 도대체 무슨 일이 있었기에 이 여자가 친구를 두고 도망 나왔을까 궁금해했다.

그녀가 고개를 젓자 달랑거리는 진주 귀걸이가 턱 바로 아래의 매끄러운 피부를 스쳤다.

"아뇨, 너무 늦었어요. 이미 저지른 걸요. 그러니까, 전에도 큰일 낸 적 있긴 해도…… 이번은…… 이번 일은 정말이지 단연 일등감이라고요."

존은 도로로 주의를 돌렸다. 여자의 눈물이 그렇게 거슬리진 않았으나, 그는 히스테리를 싫어했고 그녀가 자기 앞에서 히스테리를 부릴 거라는 나쁜 예감이 들었다.

"아…… 이름이?"

그는 난리판을 피할 수 있길 바라며 물었다.

그녀는 깊이 숨을 들이쉬고, 천천히 내쉬려 애쓰며, 한 손으로 배를 움켜쥐었다.

"조지앤, 하지만 다들 조지라고 불러요."

"음, 조지, 성은?"

그녀는 이마에 손바닥을 댔다. 다듬어진 손톱은 뿌리쪽은 연한 베이지, 끝쪽은 흰색으로 칠해져 있었다.

"하워드."

"어디 살죠, 조지 하워드?"

"맥키니요."

"타코마 남쪽 바로 아래?"

"정말 나 못 살아."

그녀는 신음했고, 숨이 가빠졌다.

"믿어지지가 않아. 정말로 믿어지지가 않아요."

"토할 거 같아요?"

"그런 것 같지는 않아요."

그녀는 고개를 젓고 헐떡거리며 공기를 들이마셨다.

"하지만 숨을 쉴 수가 없어요."

"과호흡인가?"

"그래요, 아뇨…… 모르겠어요!"

그녀는 불안하고 젖은 눈으로 그를 쳐다보았다. 그녀의 손가락은 갈비뼈를 덮고 있는 핑크 새틴을 쥐어뜯기 시작했다. 그러자 드레스 자락이 매끄러운 허벅지 위로 더 올라갔다.

"믿을 수가 없어. 믿을 수가 없어."

그녀는 꺽꺽거리는 숨 사이사이 울부짖었다.

"고개를 무릎 사이로 숙여요."

그는 흘끔 도로에 눈길을 주며 지시했다.

그녀는 앞으로 약간 숙였다가 도로 시트에 기댔다.

"안 돼요."

"어째서?"

"코르셋이 너무 조여서…… 하나님 맙소사!"

그녀의 느릿한 남부 억양이 높아졌다.

"이번에는 정말 큰일을 저질렀잖아. 믿어지지가 않아……."

그녀는 이제 귀에 익은 타령을 계속했다.

존은 조지앤을 도운 것이 아무래도 좋은 결정이 아니었다는 생각이 들기 시작했다. 그는 코르벳의 가속 페달을 끝까지 밟아 푸젯 사운드의 좁은 길에 연결된 다리를 건너, 베인 브릿지 섬을 빠르게 뒤로했다. 코르벳이 305번 고속도로를 돌진하자 푸르른 나무들이 옆으로 스쳐 지났다.

"씨씨는 날 절대 용서하지 않을 거예요."

"난 아가씨 친구 걱정은 안 되는데."

차 안의 여자가 크라상만큼 바스러지기 쉬운 것을 발견하고 좀 실망하여 그는 말했다.

"버질이 그녀에게 근사한 걸 사 주면 전부 잊어버릴 거요."

그녀의 미간에 주름이 졌다.

"그럴 거 같지 않은데요."

"분명 그럴 거라니까."

존은 반박했다.

"그리고 그녀를 어딘가 엄청 비싼 곳에 데리고 가 주겠지."

"하지만 씨씨는 버질을 좋아하지 않아요. 그를 늙어빠진 호색한이라고 생각하는 걸요."

진짜 나쁜 예감에 존의 뒷덜미가 당겼다.

"씨씨가 신부 아니오?"

그녀는 커다란 녹색 눈으로 그를 응시하고는 고개를 저었다.

"신부는 전데요."

"하나도 안 웃겨요, 조지앤."

"알아요."

그녀가 울부짖었다.

"내가 버질을 결혼식장에 내버려 두고 나왔다니 믿어지지가 않아요!"

존의 뒷덜미를 당기던 느낌이 머리로 치솟아 숙취를 되살렸다. 순간 브레이크를 꽉 밟아 코르벳을 오른쪽으로 꺾으며 고속도로 가장자리에 멈춰 세웠다. 조지앤은 문에 부딪혔고 손잡이를 양손으로 붙잡았다.

"세상에!"

존은 차를 주차시키고 얼굴의 선글라스로 손을 올렸다.

"농담이겠지!"

그는 다그치며 레이밴을 대시보드에 내던졌다. 버질의 도망친 신부와 같이 있다 들키면 어떻게 될지 생각조차 하고 싶지 않았다. 하지만 골똘히 생각할 것도 없이, 무슨 일이 벌어질지 그는 알고 있었다.

라커를 채 비우기도 전에 약골 팀으로 트레이드 되겠지.

그는 시애틀에 사는 것이 좋았다. 트레이드는 절대 원치 않는 바였다.

조지앤은 몸을 바로 하고 고개를 저었다.

"하지만 웨딩드레스를 안 입었으면서."

그는 속은 기분이 되어 그녀를 비난하듯 손가락으로 가리켰다.

"무슨 신부가 빌어먹을 웨딩드레스도 안 입어요?"

"이게 웨딩드레스예요."

그녀는 옷자락을 잡아 얌전하게 허벅지 아래로 끌어내리려 했다. 하지만 그 드레스는 얌전함을 위해 만들어진 것이 아니었다. 무릎 쪽으로 당기면 당길수록 가슴 쪽이 내려왔다.

"단지 전통적인 웨딩드레스가 아닐 뿐이죠."

그녀는 설명하며 커다란 흰색 리본을 잡아 보디스를 도로 끌어올렸다.

"어쨌든 버질은 다섯 번 결혼했으니, 흰색 드레스는 악취미라 생각했어요."

크게 숨을 들이쉰 다음, 존은 눈을 감고 한 손으로 얼굴을 쓸어내리면 생각했다.

저 여자를 떼어 내야 한다, 그것도 빨리.

"타코마 남쪽에 산다 그랬었죠?"

"아뇨. 전 맥키니 출신이에요. 텍사스의 맥키니. 3일 전까지만 해도 오클라오마 시 북쪽엔 와 본 적도 없었어요."

"갈수록 태산이군."

그는 허탈한 웃음소리를 내고는 몸을 돌려 마치 그를 위해 포장된 선물마냥 앉아 있는 그녀를 쳐다보았다.

"당신 가족들은 결혼식에 참석하려 여기 왔겠지?"

또다시 그녀는 고개를 저었다.

존은 미간을 찌푸렸다.

"당연히……."

"나 속이 메스꺼운 것 같아요."

차에서 벌떡 튀어나와, 존은 반대편으로 뛰어갔다. 만약 그녀가 토할 거라면 새로 산 클래식 코르벳 안에는 안 하기를 바랐다. 그는 그녀 쪽 문을 열고 그녀의 허리께를 잡았다. 비록 존이 195센티미터에 벌거벗고 102킬로그램이 나가며, 어떤 선수든 쉽게 바디체크*하여

____

* 아이스하키에서 자신의 신체를 이용해서 상대방의 진행을 저지하는 행위. 어깨나 히프를 이용한 것만 허용되며, 상대방의 목 아래, 무릎 위로 행해져야 한다.

보드에 밀어붙일 수 있다지만 조지앤 하워드를 차에서 끌어내는 건 쉬운 일이 아니었다. 보기보다 무거웠고, 손에 닿은 그녀는 몸을 수 프 깡통에 밀어 넣은 듯이 느껴졌다.

"토할 것 같아?"

그는 그녀의 정수리에 대고 물었다.

"그렇진 않은 것 같아요."

그녀는 애원하는 눈으로 그를 올려다보았다. 그는 집고양이 부류가 자기 무릎에 떨어졌을 때 알아볼 수 있을 만큼 여자를 겪어 봤다. 그는 '사랑해 줘요, 먹이를 줘요, 돌봐 줘요' 부류를 알아보았다. 그런 타입은 목을 골골거리며 부벼대고, 남자를 울부짖게 하는 것 외엔 아무 짝에도 쓸모가 없었다.

그녀가 가야 할 곳으로 가도록 도와주기야 하겠지만, 버질 더피를 차 버린 여자를 먹이고 돌보는 건 절대 사양이었다.

"어디다 내려 주면 될까?"

조지앤은 수십 마리의 나비를 삼킨 듯 속이 울렁거려 숨을 고르기가 어려웠다. 두 사이즈나 작은 드레스에 몸을 밀어 넣은 바람에 폐 윗부분까지밖에 공기를 들이쉴 수가 없었다.

그녀는 한참 위에 있는 숱많은 속눈썹에 둘러싸인 짙은 푸른 눈을 올려다보곤, 이렇게 기막히게 잘생긴 남자 앞에서 토하느니 차라리 버터 나이프로 손목을 긋겠노라 다짐했다.

짙은 속눈썹과 도톰한 입술로 인해 조금은 여성적으로 보여야 마 땅하겠지만 그는 그렇지 않았다. 너무나 남자다움을 뿜어내고 있어 백 퍼센트 이성애자 남성 외의 다른 것으론 혼동될 수가 없었다. 그의 옆에 있으면 168센티미터에 63킬로그램(운 좋은 날에나)인 조지앤이 자그마하게 느껴질 지경이었다.

"어디다 내려 주면 될까, 조지?"

그는 다시 물었다. 윤기 흐르는 갈색 머리칼 한 가닥이 그의 이마에 곱슬거리며 드리워져, 왼쪽 눈썹을 관통하는 가늘고 하얀 흉터로 그녀의 눈길을 끌어들였다.

"모르겠어요."

그녀는 중얼거렸다. 지난 몇 달 동안 그녀는 가슴속 끔찍한 무게에 눌리며 살았다. 버질 같은 남자라면 그런 짐을 날려보내 줄 수 있으리라 확신했었다. 버질과 함께라면 수금원이나 화난 집주인을 피해 다닐 일이 절대 없으리라.

그녀는 스물두 살이며 스스로 자립하려 애써 왔지만, 그녀 인생 대부분이 그랬듯이 처참하게 실패했다. 그녀는 늘 실패였다. 학교에서 그리고 거쳐왔던 모든 직업에서 실패했으며, 버질 더피를 사랑할 수 있다고 스스로를 납득시키는 것에도 실패했다.

오늘 오후, 전신 거울 앞에 서서 자신의 모습과 그가 골라 준 웨딩드레스를 살펴보고 있자니 가슴속의 무게에 숨이 막힐 듯했고 그녀는 버질과 결혼할 수 없다는 것을 알았다. 그 모든 근사한 돈을 위해서라 해도 H. 로스 페로(텍사스의 부호)를 연상시키는 남자와 침대에 들 수는 없었다.

"당신 가족은 어디 있고?"

그녀는 할머니를 생각했다.

"던컨빌에 사는 친척 아주머니와 아저씨가 있지만, 롤리 아주머니는 요통 때문에 여행을 할 수가 없으시고, 클라이드 아저씨는 아주머니를 돌봐 주셔야 하기 때문에 집에 계세요."

그의 입가가 아래로 처졌다.

"부모님은?"

"할머니가 날 키워 주셨는데 몇 년 전에 천국으로 가셨죠."

조지앤은 한 번도 보지 못한 아버지 그리고 할머니 장례식에서 딱 한 번 본 어머니에 대해 그가 묻지 않기를 바라며 대답했다.

"친구는?"

"버질의 집에 있어요."

씨씨 생각만 해도 심장이 두근거렸다. 그녀는 친구들 모두 라벤다

펀치 색깔에 맞추도록 심혈을 기울였었다. 이제 드레스 코디와 구두 염색은 하찮고 우스꽝스럽게 여겨졌다.

그의 입매가 구겨졌다.

"그렇겠지."

그는 커다란 손을 그녀의 허리에서 떼고는 자기 옆머리를 손가락으로 쓸었다.

"뭔가 확실한 계획이 있는 것처럼 들리진 않는군."

그래, 확실하건 아니건, 그녀에겐 계획이라곤 없었다. 그녀는 어디로 어떻게 갈지 생각조차 않은 채 화장품 가방만 달랑 들고 버질의 집에서 뛰쳐나왔다.

"이런, 제길."

그는 손을 떨구고 도로를 내려다보았다.

"뭔가 좀 생각해 보지 그래."

조지앤은 만약 2분 안에 뭔든 떠올리지 않는다면 존이 냉큼 차에 올라타 자신을 길가에 버려두고 가리라는 끔찍한 예감이 들었다. 그녀에겐 그가 필요했다. 최소한 앞으로 뭘 할지 궁리해 낼 며칠간만이라도. 그래서 늘 잘 먹혔던 방법을 썼다. 그녀는 그의 팔뚝에 한 손을 얹고 약간 그에게로 몸을 기울였다. 그가 무슨 제안을 하든 그녀가 받아들일 거라는 생각이 들만큼.

"당신이 도와줄 수도 있겠죠."

그녀는 버본 위스키에 적신 듯 매끄럽기 짝 없는 목소리로 말하곤, '당신은 정말 크고 멋진 남자고 난 무력해요'란 미소를 곁들였다. 조지앤은 다른 모든 일엔 실패했을지 몰라도, 남자를 조종하는 데에 있어선 능수능란했으며 눈부신 성공을 거두었다.

얌전하게 속눈썹을 내리깔고 그녀는 그의 아름다운 눈을 올려다보았다. 그녀의 입술 한끝은 전혀 지킬 의사가 없는 약속을 담고 유혹적으로 휘어졌다. 그녀는 그의 단단한 팔뚝에 손바닥을 미끄러뜨렸다. 애무처럼 느껴지는 동작이지만 실은 순전히 잽싼 손길을 막기 위한 전술 작전이었다. 조지앤은 남자들이 자신의 젖가슴을 와락 움켜쥐는 것이 싫었다.

"당신은 진짜 유혹적이야."

그는 그녀의 턱을 손가락으로 받쳐 얼굴을 들게 하고 말했다.

"하지만 내가 치러야 할 대가만큼의 가치는 없거든."

"대가라뇨?"

시원한 바람이 돌돌 말린 컬을 몇 가닥 들어올려 그녀의 얼굴 주위에서 춤추게 만들었다.

"무슨 뜻이에요?"

"내 말은,"

그는 자신의 가슴에 눌린 그녀의 젖가슴에 노골적으로 눈길을 주었다.

"당신이 내게 원하는 것이 있고 그걸 얻기 위해 기꺼이 자기 몸을 이용하려 든다는 거지. 난 다른 남자들만큼 섹스를 좋아하긴 하지만, 허니, 당신은 내 커리어만큼의 가치는 없어."

조지앤은 그에게서 홱 떨어져선 눈가의 머리칼을 쓸어올렸다. 평생 몇 번 깊은 관계를 가지긴 했으나 그녀가 보기엔 섹스는 지나치게 과대평가 되고 있었다. 남자들은 정말로 그걸 즐기는 듯했지만 그녀에게 있어 섹스는 다만 민망스러울 뿐이었다. 그녀가 말할 수 있는 섹스의 좋은 점이라곤 딱 3분쯤이면 끝난다는 것뿐이었다. 그녀는 턱을 치켜들고 그가 자신에게 상처 주고 모욕했다는 듯이 쳐다보았다.

"잘못 알았어요. 난 그런 부류의 여자가 아니에요."

"알겠어."

그는 마치 어떤 부류의 여자인지 정확히 안다는 듯이 그녀를 마주보았다.

"여우군."

여우라니, 너무나 흉측한 말이었다. 그녀는 자신을 배우쯤으로 여기고 있었는데.

“잡소리 그만하고 원하는 거나 말해 보지 그래.”
“좋아요.”
그녀는 전략을 바꾸었다.
“난 도움이 좀 필요해요, 그리고 며칠간 지낼 곳하고.”
“이봐,”
그가 한숨을 내쉬고 몸무게를 한쪽 발로 옮겼다.
“난 당신이 찾는 부류의 남자가 아냐. 당신을 도울 수 없어.”
“그럼 왜 돕겠다고 했어요?”
그의 눈매가 가늘어졌지만, 대답하지 않았다.
“딱 며칠만요.”
그녀는 절박하게 애원했다. 인생을 망쳐 버린 지금 앞으로 어떻게
할지 생각할 시간이 필요했다.
“절대 폐 끼치지 않을게요.”
“과연 그럴까?”
그가 코웃음쳤다.
“아주머니에게 연락을 해야 해요.”
“그분은 어디 있는데?”
“맥키니에요.”
롤리 아주머니와의 대화를 고대하고 있진 않았으나 그녀는 정직하
게 대답했다. 아주머니는 조지앤이 고른 남편감 소식에 지극히 기뻐
했었다. 비록 롤리 아주머니가 대놓고 그렇게 말할 만큼 눈치 없지는
않았으나, 조지앤은 아주머니가 대형화면 TV와 등받이 조절 침대 같
은 비싼 선물꾸러미들을 바라는 건 아닌가 의심했다.
존의 무정한 시선이 그녀를 한참 제자리에 못박았다.
“제길, 타.”
그가 말하고는 몸을 돌려 차 앞쪽으로 빙 돌아갔다.
“하지만 그 아주머니와 연락이 되는 대로 공항이나 버스 터미널
아니면 어디든 당신이 간다는 데다가 떨궈 버릴 거야.”

그의 마지못한 태도에도 불구하고, 조지앤은 주저하지 않았다. 그녀는 차에 냉큼 올라타 문을 닫았다.

운전석에 앉자 존은 코르벳의 기어를 넣었고, 차는 고속도로를 쏜살같이 달렸다. 타이어가 노면에 닿는 소리가 그들 사이의 어색한 침묵을 메웠다—최소한 조지앤에게는 어색했다. 존은 전혀 신경 쓰이지 않는 모양이었다.

수년간 그녀는 버디 마셜 발레 · 탭댄스 · 차밍스쿨을 다녔다. 비록 다방면에 우수한 학생은 결코 아니었어도, 그녀는 누구든, 어디서든, 언제든 매혹시킬 수 있는 능력 면에서 다른 애들을 능가했다.

하지만 오늘은 좀 문제가 있었다. 존은 그녀를 좋아하지 않는 듯했다. 조지앤은 혼란스러웠다. 남자들은 '언제나' 그녀를 좋아했으니까. 그녀가 지금까지 알아챈 바로는 그는 신사도 아니었다. 거의 입에 달고 다닌다 할 만큼 자주 욕설을 썼고, 사과도 하지 않았다. 그녀가 아는 남부 남자들도 물론 욕은 하지만, 보통 나중에 실례했다고 사과했다. 그러나 존은 무슨 일에고 사과를 할 타입의 남자로 보이질 않았다.

그녀는 몸을 돌려 그의 옆모습을 쳐다보곤 존 코왈스키를 매혹시키는 작전에 착수했다.

"원래 시애틀 출신이에요?"

그녀는 목적지에 닿을 무렵엔 그가 자신을 좋아하게 만들겠노라 작정했다. 그가 자신을 좋아한다면 일이 훨씬 쉬워지겠지. 본인은 아직 깨닫지 못했겠지만 존은 그녀가 한동안 머물 곳을 제공하게 될 테니까.

"아니."

"어디 출신이에요?"

"새스카툰."

"어디요?"

"캐나다."

머리칼이 얼굴에 날리자 그녀는 한 손으로 모아 쥐어 목 옆에 고정시켰다.

"난 캐나다에 한 번도 못 가 봤어요."

그는 대꾸하지 않았다.

"얼마나 오래 하키를 했어요?"

그에게서 조금이나마 화기애애한 대화를 이끌어 낼 수 있기를 바라며 그녀는 물었다.

"평생."

"치눅스에서 뛴 지는 얼마나 됐어요?"

그는 대시보드 위에 놓은 선글라스를 집어다 썼다.

"일 년."

"스타즈 경기를 한 번 본 적이 있는데."

그녀는 댈러스 하키 팀 얘기를 꺼냈다.

"몸 사리는 계집애들 무리지."

그는 운전대를 잡은 손의 하얀 커프스 단추를 풀어 소매를 접어 올리며 중얼거렸다.

아무래도 화기애애한 대화는 아니라고 그녀는 결론지었다.

"대학 다녔어요?"

"별로."

도대체 무슨 뜻인지 조지앤은 알 수가 없었다.

"난 텍사스 대학에 다녔어요."

그녀는 그가 자신을 좋아하게 만들려 거짓말을 했다.

그는 하품을 했다.

"우등생 모임에도 가입했죠."

그녀는 거짓말을 보탰다.

"그래? 그래서?"

그의 성의 없는 대꾸에 끄덕하지 않고 그녀는 계속했다.

"결혼했어요?"

그는 선글라스 렌즈를 통해 그녀를 응시하여, 그녀가 그의 아픈 곳을 건드렸음을 분명히 알게 했다.

"당신 뭐야, 빌어먹을 「내셔널 인콰이어러」 기자라도 돼?"

"아뇨. 그냥 궁금해서. 저기, 우리는 얼마간 함께 있을 거잖아요, 그러니 친근하게 잡담을 나누며 서로에 대해 알아보면 좋겠다고 생각했거든요."

존은 도로로 눈길을 돌리고 다른 쪽 소매를 풀기 시작했다.

"난 잡담 같은 거 안 해."

조지앤은 드레스 치맛자락을 끌어내렸다.

"어디로 가는 건지 물어도 될까요?"

"코팔리스 해변에 집이 있어. 거기서 당신 아주머니한테 연락을 취하면 되겠지."

"시애틀에서 가까운가요?"

그녀는 한쪽으로 몸무게를 싣고 계속 치맛자락을 끌어내렸다.

"아니. 혹시 못 알아챘다면 말인데, 우린 서쪽으로 향하고 있다고."

조금이나마 낯익은 곳에서 점점 더 멀어진다는 생각에 그녀는 더럭 겁이 났다.

"내가 그걸 어떻게 알았겠어요?"

"태양이 우리 뒤쪽으로 있으니까."

조지앤은 알아채지 못했었고, 설령 그랬다 해도 해의 위치로 방향을 판별할 생각은 못했을 것이다. 그녀는 늘 동서남북을 헷갈리곤 했다.

"그 해변 집에 전화가 있는 거겠죠?"

"물론."

그녀를 댈러스로 장거리 전화를 몇 통 걸어야 할 것이다. 롤리 아주머니에게 연락하고, 씨씨의 부모님에게 전화를 걸이 무슨 일이 일어났는지 그리고 그들의 딸과 어떻게 연락할지 말해야 한다. 또한 시애틀로 전화를 걸어 버질의 약혼 반지를 어디로 보내야 할지 알아봐야 했다. 왼손의 5캐럿짜리 다이아몬드 반지를 쳐다본 그녀는 울고 싶었다. 그 반지를 사랑했지만 자신이 가질 수 없다는 것을 알고 있었다. 바람둥이고 심지어 여우일지도 모르지만, 그녀에겐 양심이란 것이 있었다. 이제 자제력을 잃기 전에 진정할 필요가 있었다.

"난 태평양에 한 번도 가 본 적이 없어요."

두려움이 약간 가라앉는 것을 느끼며 그녀는 말했다.

그는 아무 소리도 하지 않았다.

조지앤은 물 흐르듯 좔좔 떠들어댈 수 있기에 늘 자신을 완벽한 소개팅 상대라 여겼다. 특히 초조할 때면.

"하지만 멕시코 만에는 여러 번 가 봤어요."

그녀는 말을 꺼냈다.

"열두 살 때 할머니가 나와 씨씨를 커다란 링컨에 태워 데려가셨죠. 어휴, 얼마나 컸는지. 그 차 아마 10톤은 나갔을 걸요. 씨씨와 난 막 진짜 근사한 비키니를 산 참이었죠. 걔 것은 성조기처럼 생겼고 내 것은 매끄러운 반다나 소재였어요. 절대로 잊지 못할 거예요. J. C. 페니 백화점에서 그 비키니를 사려고 차로 댈러스까지 갔거든요. 카탈로그에서 그걸 보고 찍었는데 갖고 싶어 죽을 지경이었어요. 어쨌든, 씨씨는 엄마 쪽으로 밀러 집안이고, 밀러 집안 여자들은 펑퍼짐한 엉덩이와 무다리로 콜린 카운티 전역에 소문이 짜하게 났죠. 몹시 매력적이진 않지만 그래도 상냥한 집안이에요. 한번은……."

"요점이 있긴 한 건가?"

존이 말을 잘랐다.

"막 말하려던 참이었어요."

그녀는 화기애애함을 유지하려 애쓰며 말했다.

"어느 세월에?"

"그저 워싱턴 해안의 물은 아주 차가운지 묻고 싶었을 뿐이에요."

존은 미소짓고 그녀에게 눈길을 던졌다. 처음으로 그녀는 그의 오른뺨에 패인 보조개를 알아챘다.

"당신 같은 남부 아가씨 엉덩짝은 얼어 떨어질걸."

그는 그들 사이의 콘솔을 내려다보고는 테이프를 집어들었다. 카세트 플레이어에 그걸 넣자 애절한 하모니카가 더 이상의 대화 시도에 종지부를 찍었다.

조지앤은 전나무와 오리나무가 드문드문 자리하고 파랑, 빨강, 노랑, 그리고 녹색으로 물든 산 풍경으로 눈길을 돌렸다. 일단 생각하기 시작하면 짓눌리고 마비될까 두려워 지금까지 상당히 잘 자신의 생각을 피해 왔었다. 하지만 달리 관심을 돌릴 곳이 없어지자 텍사스의 열풍처럼 생각이 밀려왔다. 그녀는 자신의 인생과 오늘 저지른 일을 생각했다. 그녀는 한 남자를 결혼식장에 버려두고 나왔고, 비록 그 결혼이 재앙으로 끝났을 게 뻔하긴 했지만 그는 그런 꼴을 당할 이유가 없었다.

그녀의 모든 물건은 네 개의 슈트케이스에 꾸려져 버질의 롤스로이스에 실려 있었다. 존의 차 바닥에 놓인 가방 하나만 빼고. 그녀는 버질과의 신혼여행을 대비하여 어젯밤 그 작은 가방에 필수품을 챙겼다.

이제 그녀가 가진 것이라곤 7달러와 사용한도가 초과된 신용카드 세 개가 든 지갑, 상당한 양의 화장품, 칫솔과 헤어브러시, 빗, 아쿠아넷 헤어스프레이, 다리가 깊이 패인 속옷 여섯 벌과 거기에 어울리는 레이스 브라, 피임약, 그리고 스니커즈 초코바 하나뿐이었다.

아무리 조지앤이라 해도, 이건 생애 최악의 상황이었다.

2

푸른 바다와 수정 같은 햇빛, 손짓하는 풀, 그리고 혀끝에 느껴질 정도로 짭짤한 바닷바람이 태평양을 찾은 조지앤을 맞이했다. 파도치는 푸른 바다와 하얀 포말을 보려 눈을 가늘게 뜨는 그녀의 팔에 소름이 오돌토돌 돋아났다.

끼룩끼룩 갈매기 소리가 울려 퍼지는 가운데 존은 코르벳을 하얀 덧창이 달린 특징 없는 회색 집의 진입로로 몰았다. 소매 없는 티셔츠와 회색 폴리에스터 반바지 그리고 싸구려 고무 슬리퍼 차림의 노인이 포치에 서 있었다.

차가 멈추자마자 조지앤은 문을 열고 내렸다. 그녀는 존의 도움을 기다리지 않았다―애초 그가 자신을 도와줄 거라 믿지도 않았지만. 한 시간 반을 차 안에 앉아 있었더니 코르셋이 너무나 아프게 조여 결국 토해 버리는 게 아닐까 싶었다.

그녀는 핑크 드레스 자락을 잡아당기고 여행가방과 신발을 집어들었다. 핑크색 뮬에 발을 집어넣으려 몸을 숙이자 코르셋의 금속 조임이 갈비뼈를 파고들었다.

"맙소사, 이놈아."

포치의 노인이 걸걸한 목소리로 투덜거렸다.

"또 댄서냐?"

조지앤을 현관으로 이끄는 존의 이마가 찡그림으로 주름이 졌다.

"어니, 조지앤 하워드 양을 소개할게요. 조지, 이쪽은 우리 할아버지, 어니스트 맥스웰이셔."

"안녕하세요."

조지앤은 손을 내밀며 놀랄 만큼 버지스 메레디스를 닮은 주름진 얼굴을 쳐다보았다.

"남부라…… 흐음."

그는 몸을 돌려 집안으로 들어갔다.

존이 조지앤을 위해 스크린 도어를 열어 주었고, 그녀는 푸른색과 밝은 갈색으로 꾸며져 커다란 창문 밖의 풍경을 그대로 거실로 들여온 듯한 인상을 주는 집안으로 들어섰다. 모든 것이 바다와 모래사장과 어울리게끔 고른 듯이 보였다─은색 테이프를 붙여 수선한 검은색 등받이 조정 안락의자와 가득 찬 트로피 캐비닛 위에 X자로 놓인 두 개의 하키 스틱을 제외한 모든 것이.

존은 선글라스를 벗어 나무와 유리로 된 커피 테이블 위에 던졌다.

"복도 아래에 손님방이 있어, 왼쪽의 제일 마지막 문. 욕실은 오른쪽이고."

그는 조지앤 뒤를 지나 부엌으로 들어가며 말했다. 냉장고에서 맥주병을 꺼내더니 마개를 비틀어 열었다. 맥주를 한 모금 마시며, 닫은 냉장고 문에 어깨를 기댔다.

이번엔 정말 큰일 저지르고 말았다. 애초에 조지앤을 돕기로 약속하지 말았어야 했고, 그녀를 데려오지 말았어야 했다. 하지만 자신을 올려다보는 그녀가 너무나 연약하고 겁에 질려 보여 그대로 길가에 버려둘 수가 없었다. 그저 버질이 절대 이 일을 알지 못하기만을 바랄 뿐이었다.

그는 냉장고에서 떨어져 거실로 돌아갔다. 어니는 아끼는 안락의자에 앉아 있었고 눈길은 조지앤에게 못박혀 있었다. 그녀는 온통 바람에 휘날린 머리와 구깃구깃 주름이 간 조그만 핑크 드레스 차림으로 벽난로 옆에 앉아 있었다. 그녀는 지쳐 보였지만, 어니의 눈에 떠오른 표정을 보면 얼마든지 먹어도 되는 뷔페보다 그녀가 더 매력적인 모양이었다.

"무슨 문제라도, 조지? 왜 갈아입지 않고?"

"약간 딜레마가 있어요."

그녀는 느릿한 말투로 말하고 그를 쳐다보았다.

"옷이 하나도 없거든요."

그는 병으로 가방을 가리켰다.

"그 조그만 수트케이스 안에는 뭐가 있는데?"

"화장품."

그것 뿐이야?

"아뇨."

그녀는 재빨리 어니를 곁눈질했다.

"속옷하고 지갑이 있어요."

"당신 옷들은 어디 있고?"

"버질의 롤스로이스 뒷 트렁크에 실린 네 개의 수트케이스에."

그가 그녀를 먹이고, 재우고, 입히기까지 해야 하는 모양이었다.

"따라와."

그는 맥주병을 커피 테이블 위에 내려놓고 복도를 지나 자신의 침실로 들어섰다. 서랍장에서 낡은 검은 티셔츠와 허리를 끈으로 묶는 녹색 반바지를 꺼냈다.

"자."

그는 침대를 덮은 파란 퀼트 커버 위에 옷을 던지고 문을 향해 돌아섰다.

"존?"

그녀의 입에서 나온 자신의 이름에 그는 멈춰 섰지만 돌아보지 않았다. 그녀의 녹색 눈에 담긴 겁에 질린 눈빛을 보고 싶지 않았기 때문이다.

"왜?"

"혼자서는 이 드레스를 벗을 수가 없어요. 당신이 도와줘야 해요."

그가 돌아서자 창문에서 흘러 들어온 황금빛 햇살 아래 서 있는 그녀가 눈에 들어왔다.

"위에 조그만 단추가 몇 개 있어요."

그녀는 어색하게 가리켰다.

그녀는 그더러 옷만 달라는 게 아니라 벗겨 달라고까지 하고 있었다.

"단추가 진짜 미끄러워서요."

그녀가 해명했다.

"돌아서."

거칠게 날선 목소리로 명령하며 그는 그녀에게 다가섰다.

아무 말 없이, 그녀는 돌아서서 서랍장 위 거울을 마주했다. 그녀의 매끈한 견갑골 사이에 네 개의 조그만 단추가 드레스 윗부분을 여미고 있었다. 그녀는 머리칼을 한쪽으로 모아 머리선 바로 아래의 곱슬곱슬한 솜털을 드러내고 있었다. 살결, 머리칼, 남부 억양 그녀의 모든 것이 부드러웠다.

"처음엔 어떻게 입었고?"

"도움을 받아서요."

그녀는 거울을 통해 그를 쳐다보았다. 존은 침대로 데려가지 않을 여자의 옷을 벗겼던 적이 있었는지 기억할 수가 없었지만, 버질을 버리고 도망친 신부를 필요 이상 건드릴 생각은 추호도 없었다. 그는 손을 올려 작은 단추 하나가 고리에서 벗겨질 때까지 당겼다.

"다들 지금 무슨 생각을 할지 상상이 안 가요. 버질과 결혼하지 말라고 씨씨가 그렇게 말렸는데. 난 견딜 수 있을 줄 알았어요, 하지만 못하겠더라고요."

"오늘 이전에 그 결론을 냈어야 했다는 생각은 안 들어?"

그는 묻고 손가락을 아래로 내렸다.

"그랬죠. 버질에게 생각이 달라졌다고 말하려 애썼어요. 어젯밤 애기하려 했지만 그는 들어주지 않았어요. 그러다가 은수저를 봤죠."

그녀가 고개를 젓자 돌돌 말린 부드러운 머리칼이 그녀의 등으로 흘러내려 매끄러운 피부를 스쳤다.

"난 프랜시스 I 패턴을 골랐고, 그의 친구들이 엄청 많이 보내 줬어요."

그녀는 마치 무슨 소리를 하는 건지 그가 다 알 거라는 듯이 꿈꾸듯 얘기했다.

"아아, 그 나이프 손잡이의 과일 세공들만 봐도 몸에 전율이 쫙 오더라구요. 씨씨는 내가 레푸세이*를 골라야 한다고 생각했지만 난 늘 프랜시스 I 파였거든요. 어릴 때도……."

존은 여자들의 수다에 대한 인내심이 별로 없었다. 카세트 플레이어와 톰 페티의 테이프가 있으면 얼마나 좋을까 싶었다. 그게 없으니 그냥 그녀를 무시해 버렸다. 그는 자주 진짜 개자식이란 욕을 들었으며 그런 평판을 자산으로 여겼다. 그러면 여자들이 영원한 관계를 꿈꿀까 걱정하지 않아도 되니까.

"가기 전에 지퍼 좀 내려 줄래요? 어쨌든,"

그녀는 말을 이었다.

"피클 포크와 그레이프 프루츠 스푼을 봤을 때는 너무 기뻐서 거의 울 뻔했지 뭐예요……."

존은 거울을 통해 그녀에게 인상을 썼지만 그녀는 전혀 신경 쓰지 않고 있었다. 그녀의 눈길은 드레스 앞에 달린 커다란 하얀 리본으로 곧장 향했다. 지퍼를 내리던 존은 조지앤이 호흡 곤란을 겪은 이유를 발견했다. 벌어진 웨딩 드레스 지퍼 사이로 은빛 호크가 코르셋을 여

---

* 금속판 등의 안을 쳐 겉으로 도드라지게 하는 세공.

미고 있었다. 핑크 새틴, 레이스, 금속으로 만들어진 코르셋이 그녀의 연한 살결을 파고들었다.

그녀는 드레스가 흘러내리지 않게끔 한 손으로 리본을 풍만한 가슴께에 고정했다.

"내가 제일 좋아하는 은수저 패턴을 보니 정신이 나가 버렸고, 그냥 결혼 전 신경과민일 뿐이라는 버질의 설득을 받아들이고 싶었던 것 같아요. 난 정말로 그를 믿고 싶어서……."

지퍼를 다 내린 다음 존은 말했다.

"다 됐어."

"오."

그녀는 거울을 통해 그를 올려다보곤 재빨리 눈을 내리깔았다. 뺨을 새빨갛게 물들이며 물었다.

"저기…… 그…… 그걸 좀 풀어 줄래요?"

"코르셋?"

"네."

"빌어먹을, 난 시녀가 아니라고."

그는 투덜거리고 다시금 고리와 걸이로 손을 올렸다. 조그만 호크를 푸는 동안 그의 손마디가 그녀의 피부에 남은 핑크빛 흔적을 스쳤다. 떨림이 그녀의 몸을 뒤흔들고 길고 낮은 한숨이 목 깊숙이에서 흘러나왔다.

거울을 올려다본 존의 손이 우뚝 멈추었다. 여자의 얼굴에서 저런 황홀경을 본 것은 자신이 여자의 몸 깊숙이 파묻혀 있을 때뿐이었다. 기쁨에 젖은 그녀의 눈과 입술에 대한 자기 몸의 반응에 짜증이 났다.

"오, 세상에."

그녀가 깊이 숨을 들이쉬었다.

"얼마나 근사한 기분인지 말로 다 못해요. 이 드레스를 한 시간 이상 입을 계획이 아니었는데, 벌써 세 시간이나 되었거든요."

몸은 아름다운 여자에 반응할지 몰라도—사실, 그러지 않는다면 그게 걱정할 일이겠지—그는 어떤 행동도 취하지 않을 것이다.

"버질은 노인이야."

목소리에서 짜증난 기색을 숨기려 하지도 않고 그는 말했다.

"어떻게 그 노인네가 이걸 풀어줄 거라 생각한 거지?"

"너무 매정하잖아요."

그녀가 중얼거렸다.

"내게서 친절함을 기대하지 마, 조지앤."

그는 경고하고 호크를 몇 개 더 당겼다.

"실망하게 될 테니까."

그녀는 그를 쳐다보고 머리칼을 어깨로 미끄러뜨렸다.

"난 당신이 마음만 먹으면 상냥해질 수 있다고 생각해요."

"맞아."

그는 그녀 등의 흔적을 어루만지려 손을 들어올렸으나, 그녀의 피부를 달래주기 전에 재빨리 손을 내렸다.

"마음만 먹으면 말이지."

그는 방에서 나가 문을 닫았다.

거실에 들어서자 어니의 주의 깊은 시선을 느낄 수 있었다. 존은 테이블에서 맥주병을 집어들고, 할아버지의 낡은 안락의자 맞은편 소파에 앉아 어니가 질문을 쏟아 내기를 기다렸다. 오래 기다릴 것도 없었다.

"어디서 주워 온 게냐?"

"말하자면 길어요."

그는 대답한 다음, 하나도 빠뜨리지 않고 상황을 설명했다.

"맙소사, 정신 나간 것 아니냐?"

어니는 의자에서 튀어나올 듯이 몸을 앞으로 숙였다.

"버질이 어떻게 할 것 같으냐? 네 얘기대로라면, 그 사람은 쉽게 용서하는 타입이 아닌데 넌 말 그대로 그의 신부를 낚아채 온 게야."

“낚아채지 않았어요.”

존은 발을 커피 테이블에 올리고 쿠션 사이로 더 깊숙이 몸을 파묻었다.

“이미 그녀가 그를 버린 후였다고요.”

“그래.”

어니는 앙상한 가슴 위로 팔짱을 끼고 존을 향해 인상을 썼다.

“결혼식장에서. 남자란 그런 걸 쉽게 용서하고 잊지 않는 법이다.”

존은 팔꿈치를 허벅지에 괴고 병을 입가로 들어올렸다.

“그는 알지 못할 거예요.”

존은 길게 한 모금 들이켰다.

“그러길 비는 게 좋을 거다. 이만큼 오기까지 우리가 얼마나 죽을 고생을 했는데.”

“알아요.”

굳이 그런 말을 들을 필요도 없었다. 지금의 그가 있기까지는 할아버지의 공이 컸다. 아버지가 죽은 후, 존과 어머니는 어니의 옆집으로 이사했다. 매년 겨울마다 어니는 뒷마당에 물을 채워 존이 스케이트를 탈 수 있게 해 주었다. 그 차가운 얼음장 위에서 뼛속이 다 얼어붙을 때까지 존과 연습 상대를 해 준 것도 어니였다. 그에게 하키를 가르치고, 경기에 데려가고, 응원해 준 것도 어니였다. 삶이 정말로 힘들 때 그를 붙잡아 준 사람도 어니였다.

“그 여자와 사고칠 참이냐?”

존은 주름진 할아버지를 넘겨다보았다.

“뭐라고요?”

“요즘 너희 젊은애들은 그렇게 말하지 않든?”

“세상에, 할아버지.”

그렇게 말은 했어도 사실 정말로 충격 받은 것은 아니었다.

“아뇨, 그 여자와 사고 안 쳐요.”

“그러기만을 바랄 뿐이다.”

그는 주름지고 갈라진 한쪽 발을 다른 발 위로 올렸다.

"하지만 만일 버질이 그녀가 여기 있다는 것을 알면 어쨌든 네가 저질렀을 거라 생각할 게야."

"그 여자는 내 타입이 아니에요."

"아니긴 무슨."

어니가 반박했다.

"네가 일전에 데이트하던 스트리퍼 코코아 라듀드가 떠오르던 걸."

존은 복도를 곁눈질하고 아무도 없다는 데 안도했다.

"그녀의 이름은 코코아 라듀크고, 난 데이트한 게 아니었다고요."

그는 할아버지를 돌아보고 미간을 찌푸렸다. 비록 어니가 그렇게 대놓고 말한 적은 없지만 존은 할아버지가 자신의 생활 모습을 못마땅해 한다는 기분이 들었다.

"여기 계실 줄 몰랐는데."

그는 일부러 화제를 바꾸었다.

"그럼 내가 달리 어디 있겠나?"

"집에요."

"내일이 6일이야."

존은 바다가 보이는 커다란 창문으로 시선을 돌렸다. 하얀 파도가 솟구쳤다가 저절로 사그러드는 것을 지켜보았다.

"제 손을 잡아 주실 필요는 없어요."

"안다, 하지만 네가 맥주 같이 마실 사람을 반길 거라 생각해서."

존은 눈을 감았다.

"린다 얘기는 하고 싶지 않아요."

"그럴 필요 없어. 네 엄마가 걱정하더라. 전화 좀 자주 해야지."

엄지손가락으로 존은 맥주병에 붙은 상표를 떼어 냈다.

"예, 그래야죠."

그렇게 수긍하긴 했으나 그는 자신이 그러지 않으리라는 걸 알고 있었다. 어머니는 술을 마신다고 잔소리하고 그가 자기 파멸적인 삶을 살고 있다고 말할 것이다. 어머니 말이 옳다는 걸 알고 있으니 들을 필요가 없었다.

"마을을 지나다가 할아버지가 좋아하는 바에서 디키 마크스가 봤는데요."

그는 다시 화제를 바꾸었다.

"아까 만났다."

어니가 몸을 일으켜 천천히 의자에서 일어나자 존은 할아버지가 일흔한 살임을 새삼 의식했다.

"아침에 낚시하러 갈 거야. 너도 일어나서 우리하고 같이 가야지."

몇 년 전이라면 존은 제일 먼저 보트에 올랐을 테지만, 요즘은 그렇지 못했다. 일어날 때면 보통 머리가 쪼개질 듯이 아팠기 때문이다. 해뜨기 전에 일어나 엉덩짝이 얼어붙을 듯한 추위 속으로 나서는 일은 이제 더 이상 그에게 매력이 없었다.

"생각해 볼게요."

자신이 안 하리라는 걸 알면서 그는 대답했다.

조지앤은 밤색 브라를 채우고 티셔츠를 머리 위로 뒤집어썼다. 시호크 팀 야구 모자, 스톱워치, 에이스 붕대 그리고 상당한 양의 먼지가 그녀 앞 서랍장 위에 자리하고 있었다. 서랍장 위 큰 거울로 눈길이 향하자 그녀는 움츠러들었다. 부드러운 검은 면 셔츠는 그녀의 가슴에는 타이트하게 맞았지만 다른 데는 모조리 헐렁헐렁했다. 너무 형편없이 보여 티셔츠 자락을 헐렁한 반바지 안에 집어넣었지만 커다란 가슴과 엉덩이, 강조하지 않았으면 하는 그 두 군데만 두드러질 뿐이었다.

그녀는 티셔츠를 빼내 엉덩이를 가리고 신발을 가방 안에 던져 넣은 다음 스니커즈 초코바를 집었다. 침대 가장자리에 앉아 짙은 갈색의 포장을 벗기고 진한 초코바를 한 입 베어 물었다. 초코바를 우물거리는 그녀의 입술에서 황홀한 한숨이 새어나왔다.

파란 이불 위에 누워 그녀는 몸을 펴고 천장 조명등을 응시했다. 죽은 나방 두 마리가 얇은 하얀 유리 바닥에 누워 있었다. 초코바를 먹으며 그녀는 나무문을 통해 들려 오는 존과 어니의 잦아든 대화에 귀기울였다. 존이 그녀를 그다지 좋아하지 않는 듯하다는 점을 고려하면, 그의 나직하게 울리는 목소리에 마음이 가라앉는다는 것은 묘한 일이었다. 어쩌면 그가 몇 마일 반경에서 그녀가 아는 유일한 사람이기 때문일 수도, 혹은 그가 사실 그런 척할 뿐 실제론 그렇게 나쁜 사람이 아님을 감지했기 때문일 수도 있었다. 또한 그 남자의 체격만 해도 거의 어느 여자든 안전함을 느끼게 할 만했다.

그녀는 존의 베개를 베고 발은 침대 발치에 던져 놓은 웨딩드레스 위에 걸치고 드러누웠다. 스니커즈를 먹어 치우며 롤리 아주머니에게 전화할까 생각했지만 기다리기로 결정했다. 아주머니의 반응을 서둘러 듣고 싶진 않았다.

일어나야 한다고 생각했지만 대신 눈을 감아 버렸다. 그녀는 댈러스의 나이만 마커스 백화점 향수 코너에서 버질을 처음 만났던 때를 떠올렸다. 한 달 전만 해도 자신이 향수 판매원으로 일하며 펜디와 리즈 클레이본 샘플을 나눠주고 있었다는 것을 믿기가 힘들었다. 그가 접근하지 않았다면 아마 그녀는 그를 의식하지도 않았으리라. 아마 그가 그녀의 퇴근 시간에 장미를 들고 리무진을 대기시켜 놓지 않았다면 그와의 첫 저녁식사 제의를 수락하지 않았으리라. 열기와 눅눅함, 버스 매연으로부터 벗어나 에어컨을 튼 리무진 안으로 기어 들어가기란 너무나 쉬웠다.

그렇게나 외롭지 않았다면, 그녀의 미래가 그렇게나 불확실하지만 않았다면, 안 지도 얼마 안 된 남자와의 결혼을 수락하지 않았을 것이다.

어젯밤 그녀는 버질에게 그와 결혼할 수 없다고 말하려 했다. 그러나 그는 듣지 않았다. 자신이 저지른 일 때문에 처참한 기분이 들었으나 바로잡을 방법을 알지 못했다.

하루 종일 참고 있던 눈물을 터뜨리며, 그녀는 존의 베개에 얼굴을 묻고 조용히 흐느꼈다. 망쳐 놓은 자신의 인생과 가슴속 공허함에 울었다. 그녀 앞에 닥쳐온 미래는 두렵고 불확실했다. 유일한 친척이라곤 사회보장제도에 의지해 드라마 『아이 러브 루시』 재방송 보는 낙에 사는 아주머니와 아저씨뿐이었다.

그녀에겐 아무 것도 없었고 자신에서 진절을 기내하지 말라고 하는 남자 외엔 아는 사람도 없었다. 갑자기 영화 『욕망이라는 이름의 전차』*의 블랑쉬 뒤부아 같은 기분이 들었다. 그녀는 비비안 리 영화라면 모조리 봤고 그 영화를 조금 오싹하다고 생각했었다. 게다가 우연치고는 묘하게도 존의 성은 코왈스키였다.

그녀는 무섭고 외로웠지만 한편으론 더 이상 가장할 필요가 없다는 것에 안도감을 느꼈다. 버질의 끔찍한 옷 취향이나 그가 그녀더러 입었으면 하던 쓰레기 같은 것들을 좋아하는 척하지 않아도 되었다.

그녀는 울다 지쳐서 잠들었다. 화들짝 놀라서 일어나 앉을 때까지 자신이 잠들었다는 걸 깨닫지 못했었다.

"조지?"

햇살 내리쬐는 문가로 돌아눕자 머리카락이 왼쪽 눈 위로 흘러 내려왔고 그녀는 분명 달력 모델로 나왔을 법한 얼굴을 바라보았다. 그의 손은 머리 위 문틀을 잡고 있었으며 은제 손목시계를 시계판이 손목 안쪽으로 향하게 차고 있었다. 그는 한쪽 골반을 다른 쪽보다 높게 해서 비딱하게 서 있었고, 한동안 그녀는 멍하게 그를 응시하고 있었다.

"배고파?"

그가 물었다.

몇 번 눈을 깜빡이고 나서야 모든 것이 떠올랐다. 존은 한쪽 무릎

---

* 몰락한 명문가 출신의 블랑쉬 뒤부아(비비안 리)는 여동생 스텔라에게 신세를 지려 찾아간다. 그러나 거칠고 막돼먹은 여동생의 남편 스탠리 코왈스키(말론 브란도)에 의해 상처받고 미쳐 버린다.

에 구멍이 나 해진 리바이스로 갈아입은 후였다. 하얀 치눅스 탱크탑이 그의 든든한 가슴을 팽팽하게 감쌌고, 옅은 체모가 겨드랑이에 거뭇거뭇했다. 그녀는 자신이 자는 동안 혹시 그가 이 방에서 옷을 갈아입었나 하는 생각을 하지 않을 수가 없었다.

"배가 고프다면, 어니가 차우더를 준비 중이야."

"엄청 허기져요."

그녀는 침대 옆으로 다리를 내리고 일어나 앉았다.

"지금 몇 시?"

존이 한 손을 내려 시계를 내려다보았다.

"거의 6시야."

두 시간 반을 잤지만 아까보다 더 피곤했다. 그녀는 아까 욕실을 지나친 것을 떠올리고 침대 옆 바닥에 놓인 가방을 집어들었다.

"몇 분만요."

서랍장을 지나면서 그녀는 거울 속 자신의 모습을 외면했다.

"그렇게 오래 걸리지 않을 거예요."

그녀는 문가로 다가가며 덧붙였다.

"좋아. 우린 막 앉으려던 참이니까."

그녀에게 그렇게 일렀지만 존은 냉큼 움직일 기색이 아니었다. 그의 어깨가 말 그대로 문틀을 채우고 있어, 그녀는 멈춰 서지 않을 수가 없었다.

"실례해요."

만약 그녀가 자기 옆으로 비집고 지나갈 거라 생각한 거라면 그는 새로운 계획을 떠올리는 게 나을 거다. 조지앤은 이미 그 게임을 10학년 때 다 터득했었다. 존이 여자들한테 몸을 문질러 대고 블라우스 안을 들여다볼 권리가 자기들에게 있다고 생각하는 추잡한 남자들의 무리에 속한다는 데 그녀는 작은 실망을 느꼈으나, 그의 푸른 눈을 올려다보자 안도감이 휩쓸고 지나갔다. 짙은 눈썹 사이엔 주름이 져 있었고 그는 그녀의 가슴이 아니라 입을 쳐다보고 있었다. 그는 그녀에게로 손을 뻗더니 엄지손가락으로 그녀의 아랫입술을 쓸었다. 너무나 가까워 그의 옵세션 향을 맡을 수 있을 정도였다. 일 년 동안 향수와 코롱을 다루며 일한 만큼 조지앤은 향에 대해선 빠삭했다.

"이건 뭐야?"

그가 엄지손가락에 묻은 초콜릿 자국을 보이며 물었다.

"내 점심이요."

그녀는 속이 약간 두근거렸다. 그의 깊은 푸른 눈을 올려다보며 그가 웬일로 자신에게 인상을 쓰고 있지 않음을 깨달았다. 그녀는 혀끝으로 입술을 핥고 물었다.

"나아졌어요?"

천천히 그는 팔을 옆으로 내리고 눈길을 들어 그녀와 맞추었다.

"뭐가 나아졌냐는 거지?"

그리고 막 조지앤이 그가 미소지어 다시금 보조개를 보여 주리라 생각했을 때, 그는 돌아서서 복도로 향했다.

"맥주하고 얼음물 중에 뭘로 할 건지 어니가 물어보래."

그가 어깨 너머로 물었다. 그의 청바지 엉덩이는 다른 곳보다 약간 더 연한 푸른색이었고 한쪽 주머니엔 지갑이 들어 불룩했다. 발에는 자기 할아버지처럼 싸구려 고무 슬리퍼를 신었다.

"물이요."

그렇게 대답하긴 했으나 사실 아이스티가 있었다면 그걸로 했을 것이다. 조지앤은 욕실로 가서 망가진 메이크업을 고쳤다. 버건디색 립스틱을 덧바르는 그녀의 입술이 미소로 올라갔다. 그녀의 생각이 옳았다. 존은 개자식이 아니었다.

그녀가 컬을 어깨에 드리우고 작은 식당으로 나왔을 무렵엔 존과 어니는 벌써 오크목 식탁에 앉아 있었다.

"늦어서 죄송해요."

보아하니 그들은 그녀도 없는데 먼저 식사를 시작할 만큼 예의가 없었다. 그녀는 존의 맞은편에 앉아 올리브 그린색의 홀더에 꽂힌 종이 냅킨을 향해 손을 뻗었다. 냅킨을 무릎에 펼치고 스푼을 찾아보니 그릇의 반대편으로 잘못 놓여 있었다.

"후추는 여기 있다."

어니가 스푼으로 식탁 한가운데의 빨강과 흰색 캔을 가리켰다.

"고맙습니다."

조지앤은 노인을 쳐다보았다. 그녀는 딱히 후추를 좋아하지 않았지만 하얀 크림 차우더를 한 입 먹어 보니 어니는 좋아하는 것이 분명했다. 수프는 걸쭉하고 진했으며 후추가 많이 들어가긴 했어도 맛있었다. 그녀는 그릇 옆에 놓인 얼음 든 물잔을 들었다. 한 모금 홀짝이며 둘러보니 휑뎅그렁한 실내 장식이 눈에 들어왔다. 사실 식탁 외에 있는 거라곤 트로피로 가득찬 커다란 장식장뿐이었다.

"여기서 내내 사세요, 맥스웰 씨?"

그녀는 식사시간 대화의 시작을 열었다.

그가 고개를 젓자 숱이 줄어 들어가는 짧은 백발로 그녀의 눈길이 향했다.

"여긴 존의 집 중 하나야. 난 아직 새스카툰에 살지."

"여기서 가까운가요?"

"보고 싶은 만큼 경기를 볼 수 있을 정도로."

조지앤은 잔을 식탁에 내려놓고 먹기 시작했다.

"하키 경기요?"

"물론이지. 거의 전부 봐."

그는 존에게로 눈길을 돌렸다.

"하지만 지난 5월의 해트 트릭을 놓친 걸 생각하면 아직도 얼마나 열통이 터지는지."

"그만 잊으세요."

존이 말했다.

조지앤은 하키에 대해서라곤 거의 아무 것도 몰랐다.

"해트 트릭이 뭐예요?"

"한 선수가 한 경기에서 세 골을 넣는 거."
어니가 설명했다.
"그리고 그 빌어먹을 킹스 경기도 놓쳤지."
그는 잠시 고개를 내저었고 손자를 응시하는 눈에는 자부심이 가득했다.
"그 물렁이 그레츠키는 네가 그놈을 보드에다가 처박은 후에 족히 15분은 벤치 신세였지."
그는 희희낙락하여 말했다.
조지앤은 어니가 무슨 말을 하는 건지 도무지 짐작도 가지 않았으나, '보드에다가 처박다'란 소리는 꽤나 아플 것 같았다. 풋볼을 위해 사는 주에서 태어나고 자랐으나 그녀는 그걸 싫어했다. 가끔은 자신이 텍사스에서 유일하게 과격한 스포츠를 질색하는 사람이 아닐까 싶었다.
"그건 나쁜 거 아닌가요?"
그녀는 물었다.
"원 천만에!"
노인이 버럭 고함쳤다.
"철벽에게 대들었으니 본때를 보여 줘야지."
존의 입가 한쪽이 올라갔고 크래커 몇 개를 차우더에 부숴 넣었다.
"아무래도 조만간 레이디 바잉을 타기는 그른 것 같아요."
어니는 조지앤을 돌아보았다.
"레이디 바잉이란 신사다운 행동에 주는 트로피지. 하지만 그런 거 알게 뭐야."
솔직히, 조지앤은 두 남자 다 신사다운 행동에 주는 상을 받을 염려는 안 해도 될 거라고 생각했다.
"이 차우더 굉장하네요."
그녀는 좀 덜 과격한 화제로 바꾸려 말했다.
"직접 만드셨어요?"

어니는 자기 그릇 옆에 놓인 맥주병을 향해 손을 뻗었다.

"그럼."

그렇게 대답하고 그는 병을 입가로 들어올렸다.

"맛있어요."

조지앤에게 있어 사람들이 자신을 좋아한다는 것은 늘 중요한 일이었다. 그리고 지금은 그 어느 때보다도 더. 존에게 사근사근했던 건 헛수고였다는 생각이 들어 그녀는 자신의 매력을 그의 할아버지 쪽으로 돌렸다.

"화이트 소스로 만드셨나요?"

그녀는 어니의 푸른 눈을 들여다보며 물었다.

"그래, 하지만 맛있는 차우더의 비결은 조개 국물 내기에 달렸지."

그리곤 먹는 사이사이 그는 조지앤에게 자신의 요리법을 알려 주었다. 그녀는 한 마디 한 마디 집중해서 귀담아 듣는 척했고 몇 분만에 그는 잘 익은 자두처럼 그녀의 손 안으로 굴러 들어왔다. 질문을 하고 그가 고른 향신료에 대해 이런저런 평을 하는 내내, 그녀는 자신을 뚫어지게 쳐다보는 존의 시선을 의식하고 있었다. 그가 음식을 입에 넣는 것도, 맥주병을 입가로 들어 올리는 것도, 아니면 냅킨으로 입가를 닦는 것도 그녀는 다 알고 있었다. 그가 그녀에게서 어니에게로 그리고 다시 눈길을 돌리는 것을 의식했다. 아까 낮잠 자는 그녀를 깨울 때의 그는 거의 친절하다고 할 수 있을 정도였지만, 지금은 멀어진 듯이 보였다.

"존에게 차우더 만드는 법을 가르치셨나요?"

그녀는 그를 대화로 끌어들이려 그렇게 물었다.

존은 의자 등에 기대고 가슴께에 팔짱을 꼈다.

"아니."

그가 한 말은 그것이 전부였다.

"내가 없을 때면 존은 나가서 사 먹지. 하지만 내가 여기 있을 땐 부엌에 먹거리를 제대로 채워 놔. 난 요리하기를 좋아하거든."

어니가 대답했다.

"존은 안 그렇고."

조지앤은 그를 향해 미소지었다.

"저는 정말로 사람들이 요리하기를 좋아하는지 싫어하는지가 날 때부터 정해진다고 믿어요. 그리고 딱 보고 알았는데……."

그녀는 말을 멈추고 그의 주름진 팔뚝에 손을 가져갔다.

"할아버님은 하늘이 내린 재능의 소유자세요. 아무나 제대로 된 화이트 소스를 만드는 게 아니거든요."

"내가 가르쳐 줄 수도 있는데."

그가 미소지으며 말했다.

그녀의 손에 닿은 그의 피부는 따뜻한 파라핀지처럼 느껴졌고 그녀의 마음을 어린 시절의 따사로운 추억으로 채웠다.

"고마워요, 맥스웰 씨, 하지만 전 벌써 알고 있답니다. 저희 텍사스에서는 뭐든지 크림으로 요리해요, 참치까지도."

그녀는 존에게 흘끗 눈길을 돌렸다가 찌푸린 표정을 알아채고 그를 무시하기로 결심했다.

"전 거의 무엇으로든 그레이비 소스를 만들 수 있어요. 저희 할머니는 레드아이*로 유명하셨죠, 시차로 충혈된 눈 얘기가 아니라요, 무슨 뜻인지 아시려나 모르겠네. 지인이나 친척이 하늘나라로 향할 때면 할머니가 햄과 레드아이 그레이비를 가져가기로 다 정해져 있었죠. 뭐니뭐니해도 할머니는 모빌 근처의 돼지 사육 농가에서 자라셨고 장례식의 달콤한 햄으로 유명하셨거든요."

조지앤은 평생을 노인들 곁에서 지냈고, 어니에게 이야기하는 것이 너무나 마음 편해서 그에게로 몸을 기울였으며 자연스레 미소가 밝아졌다.

"흠, 롤리 아주머니도 유명하지만 불행히도 좋은 쪽으론 아니고요.

---

* redeye. 햄즙으로 만든 그레이비.

아주머니는 라임 젤로로 유명한데 뭐든지 젤로 틀에다 던져 넣기 때문이죠. 피셔 씨가 세상을 뜨셨을 때는 정말이지 아주머니가 너무 심했어요. 제일전도침례교회에선 아직도 그 얘기들을 한답니다. 절대로 제일자유침례교회와 헷갈려선 안 돼요, 거기서는 발 씻기를 했었는데, 그래도 전 그들이 설마……."

"맙소사."

존이 끼어들었다.

"이 얘기에 도무지 무슨 요점이 있긴 한 거야?"

조지앤의 미소가 스러졌지만 그녀는 끝까지 유쾌한 태도를 견지하기로 결심했다.

"지금 말하려던 참이었어요."

"흠, 그렇다면 빨리 하는 게 좋을 거야, 어니에겐 세월이 한정 없이 있는 게 아니니."

"그만해라."

그의 할아버지가 일렀다.

조지앤은 어니의 팔을 토닥이고 존의 가늘어진 눈을 쳐다보았다.

"너무 무례한 말이었어요."

"더 심한 말도 할 수 있는 걸."

존은 빈 그릇을 한쪽으로 치우고 앞으로 몸을 숙였다.

"팀의 녀석들하고 내가 알고 싶은 건 말야, 버질이 아직도 물건을 세울 수 있어? 아니면 순전히 돈 때문이야?"

조지앤은 눈이 휘둥그레지고 뺨이 타오르는 것을 느낄 수 있었다. 버질과 자신의 관계가 선수 라커룸 잡담거리였다는 건 뭐라 말할 수 없이 모욕적이었다.

"그만 됐다, 존. 조지는 착한 아가씨야."

"그래요? 흠, 착한 아가씨는 돈 때문에 남자와 자지 않는데."

조지앤은 입을 벌렸으나 말이 나오지 않았다. 뭔가 그만큼 뼈아픈 말을 떠올리려 애썼지만 떠오르지 않았다. 비할 데 없이 재치 넘치고 냉소적인 대꾸가 나중에, 필요한 때가 한참 지나고 나서야 떠오를 거라 그녀는 확신했다.

그녀는 크게 숨을 들이쉬고 진정하려 애썼다. 당황할 때면 단어가 뇌리에서 날아가 버리는 것이 그녀 인생의 서글픈 현실이었다. 문이나 스토브, 혹은 아까 존에게 도움을 청할 때처럼 코르셋 같은 쉬운 단어가.

"내가 당신에게 무슨 짓을 했길래 그렇게 잔인한 말을 하는지 모르겠군요."

그녀는 냅킨을 식탁에 놓으며 말했다.

"그냥 내가 문제인지, 아니면 여자를 다 싫어하는지, 아니면 그저 당신 성질이 더러워서인진 모르겠지만, 버질과 내 관계는 당신이 상관할 바가 아니에요."

"난 여자를 싫어하지 않는 걸."

그리곤 존은 의도적으로 그녀의 티셔츠 앞으로 눈길을 내렸다.

"맞다."

어니가 끼어들었다.

"아가씨와 더피 씨의 관계는 우리가 상관할 바가 아니지."

어니는 그녀의 손을 감쌌다.

"파도가 거의 빠져나갔어. 밖에 나가서 저 아래 커다란 바위 아래의 파도 웅덩이 구경이라도 하지 그래. 워싱턴 해변의 기념품으로 텍사스에 가져갈 만한 것을 찾을 수 있을지도 모르지."

조지앤은 노인들을 공경하도록 배우고 자랐기에 어니의 제안에 반박하거나 의문을 표할 수 없었다. 그녀는 두 남자를 쳐다보고 일어났다.

"정말 죄송해요, 맥스웰 씨. 두 분 사이에 불화를 일으킬 뜻은 없었는데."

손자에게서 눈길을 떼지 않은 채 어니가 대답했다.

"아가씨 잘못이 아냐. 이건 아가씨하곤 아무 상관이 없네."

아무래도 내 탓으로 느껴지는 걸, 그녀는 의자를 밀어 넣으며 그렇
게 생각했다. 좁은 부엌을 지나 창문 달린 뒷문으로 향하며, 그녀는
존의 잘생긴 외모에 넘어가 판단력이 흐려졌음을 깨달았다. 그는 개
자식인 척하는 게 아니었다. 그냥 개자식이지!

어니는 뒷문이 닫히는 소리가 들릴 때까지 기다렸다가 말했다.
"어린 여자애에게 괜히 나쁜 성질부리는 건 옳은 일이 아니다."
그는 손자의 이마로 한쪽 눈썹이 치켜 올라가는 것을 보았다.
"어린?"
존은 팔꿈치를 식탁에 올렸다.
"무슨 상상력을 발휘해도 조지앤을 '어린 여자애'로 착각할 수는
없어요."
"뭐, 그렇게 나이를 먹진 않았을 게야."
어니가 말을 이었다.
"그리고 너는 무례하고 퉁명스러웠어. 네 어머니가 여기 있었다면
네 귀를 호되게 비틀어 줬을 거다."
존의 한쪽 입가가 미소로 올라갔다.
"그렇겠죠."
어니는 손자의 얼굴을 응시하며 가슴이 뒤틀리는 아픔을 느꼈다.
존의 입술에 실린 미소는 눈까지 미치지 못했다―요즘엔 그런 적이
도통 없었다.
"그럼 안 좋다, 존."
그가 존의 어깨에 손을 올리자 남자의 단단한 근육이 느껴졌다. 그
가 데리고 사냥과 낚시를 다녔던 행복한 소년, 그가 하키와 운전을
가르친 소년, 남자가 되기 위해 알아야 할 모든 것을 가르친 그 소년
은 찾을 수 없었다. 그의 앞에 선 남자는 그가 키운 소년이 아니었다.
"흘려 보내야 해. 그걸 모두 속에 끌어안고 너 자신을 탓하며 살
수는 없다."

"흘려 보낼 거 아무 것도 없어요."

그의 미소는 완전히 사라지고 없었다.

"그 얘기는 하고 싶지 않다고 했을 텐데요."

어니는 존의 폐쇄적인 표정을, 나이를 먹어 흐려지기 전 그 자신의 것과 너무나도 흡사한 푸른 눈을 들여다보았다. 그는 존의 첫 아내와 관련하여 결코 존을 밀어붙이지 않았다. 때가 되면 존이 알아서 린다 일을 받아들일 거라 여겼었다. 존이 머저리 짓을 하고 여섯 달 전에 그 스트리퍼와 결혼하긴 했어도 어니는 손자가 알아서 마음을 정리하기 시작할 거라는 소망을 간직하고 있었다. 하지만 내일로 그녀의 첫 기일이 되는데 존은 그녀를 묻었던 그날만큼이나 분노한 듯이 보였다.

"네게 말상대가 필요할 거라 생각해서."

어니는 아무래도 존을 위해서라도 그 주제를 밀고 나가야겠다고 결심했다.

"계속 속에 쌓아 둘 수는 없다, 존. 아무 일도 없었던 듯이 굴면서 동시에 그 일을 잊기 위해 술을 퍼마실 수는 없어."

그는 일전에 텔레비전에서 들은 소리를 떠올리려 잠시 말을 멈추었다.

"술을 자가 치료로 쓸 수는 없어. 알코올은 그저 더 큰 병의 증상일 뿐이야."

그는 기억해 내고 기분이 좋아졌다.

"요새 또 오프라 토크쇼를 보나 보죠?"

어니는 얼굴을 찌푸렸다.

"요점은 그게 아냐. 그 일이 널 좀먹고 있고, 넌 그걸 죄없는 아가씨한테 풀고 있다 그거지."

존은 의자 등에 기대고 가슴께에 팔짱을 꼈다.

"조지앤에게 화풀이 한 적 없어요."

"그럼 왜 그렇게 무례했는데?"

"신경을 긁으니까."

존은 어깨를 으쓱했다.

"별 것도 아닌 거 갖고 끝도 없이 주절대잖아요."

"그야 남부 출신이니까 그렇지."

린다 화제에서 벗어나 어니가 설명했다.

"그냥 느긋이 앉아서 남부 아가씨의 매력이나 즐기면 되는 거야."

"할아버지처럼? 그 화이트 소스와 장례식 얘기로 할아버지를 흐물흐물 녹이더만요."

"질투하는구나."

어니는 웃음을 터뜨렸다.

"나 같은 노인네를 질투하는 게야."

그는 테이블을 철썩 내리치고 천천히 일어섰다.

"허, 세상에."

"노망이 나셨구만."

존은 코웃음치고, 역시 자리에서 일어나며 맥주를 들었다.

"내 보기엔 넌 그 애를 좋아해."

어니는 몸을 돌려 거실로 향했다.

"그 애가 알아채지 못할 때 네가 쳐다보는 눈길을 봤지. 좋아하고 싶지 않아도 끌리는 마음을 어쩔 수 없으니까 열을 받는 게지."

그는 방으로 들어가 몇 가지 물건을 더플백에 쑤셔 넣었다.

"어디 가요?"

존이 문가에서 물었다.

"디키한테 며칠 가 있을 거다. 내가 여기 있으면 방해만 될 뿐이야."

"아니에요."

어니는 손자를 돌아보았다.

"말했지, 네가 그 애를 쳐다보는 눈길을 봤다고."

존은 한 손을 리바이스 앞주머니에 넣고 문틀에 어깨를 기댔다. 다른 손으로는 초조히 맥주병으로 허벅지를 툭툭 쳤다.

"그리고 난 버질의 약혼녀와 자지 않을 거라 말했고요."

"네가 옳고 내가 틀렸기를 바란다."

어니는 더플백 지퍼를 채우고 왼손으로 끈을 들었다. 자신이 떠나기로 한 것이 옳은 결정인지 알 수 없었다. 처음 든 생각은 남아서 손자가 아침에 후회할 일을 저지르지 않게 막자는 것이었다. 하지만 자신이 할 일은 이미 다 했다. 벌써 존을 다 키워 내지 않았던가. 이제 그가 할 수 있는 일은 아무 것도 없었다. 존을 구하기 위해 그가 할 수 있는 일은 아무 것도 없었다.

"그 아가씨한테 상처 주고 네 커리어에 해를 끼치게 될 테니까."

"나도 그럴 계획 없어요."

어니는 위를 올려다보고 슬프게 미소지었다.

"그래야지."

그는 못미더워 하며 말하고, 성큼성큼 현관으로 향했다.

"나도 그러길 바라마지 않는다."

존은 할아버지가 가는 것을 지켜본 다음, 도로 거실로 들어갔다. 전망창으로 향하는 그의 맨발이 두툼한 베이지색 카펫에 묻혔다. 그는 집을 세 채 갖고 있었고 그 중 둘이 서부 해안에 자리하고 있었다. 그는 바다를, 그 소리와 내음을 사랑했다. 파도의 단조로움 속에선 자신을 잊을 수가 있다. 이 집은 일상으로부터의 안식처였다. 여기에서라면, 계약이나 서명 또는 NHL에서 가장 남들 입에 오르내리는 센터로서 관련된 그 어떤 일도 걱정할 필요가 없다. 그는 다른 어느 곳에서도 찾을 수 없는 평화를 여기에서 찾아냈다.

바로 오늘까지는.

그는 커다란 창 너머로 파도 가장자리에 선 여자를 응시했다. 바람이 그녀의 짙은 머리칼을 휘날리고 있었다. 조지앤은 확실히 그의 평화를 어지럽혔다. 그는 맥주를 입가로 가져가 길게 들이켰다.

차가운 파도에 조심스레 발가락을 담그는 그녀를 바라보고 있는 동안 그의 입가에 문득 미소가 떠올랐다. 조지앤 하워드는 단연코 걸어다니는 환상이었다. 그 짜증스런 주절거리는 버릇만 없었더라면, 그녀가 버질의 약혼녀만 아니었다면, 존은 그녀를 급히 떼어 버리려 하지 않았을 터였다.

하지만 조지앤은 치눅스 구단주와 얽혀 있었고 존은 가능한 한 빨리 그녀를 이 도시에서 내보내야 했다. 아침에 그녀를 공항이나 버스 터미널로 데려가면 되겠지만, 그때까지는 아직도 길고 긴 밤이 남아 있었다.

그는 바랜 청바지 허리에 엄지손가락을 걸고 바닷가에서 연을 날리고 있는 두 명의 아이들에게로 눈길을 돌렸다. 그는 조지앤과 침대에 들게 될까 걱정하지 않았다. 어니의 생각과는 달리, 자신은 허리 아래가 아니라 머리로 생각하니까. 다시금 맥주병을 입가로 들어 올리는 동안, 그의 양심은 디디와의 어리석은 결혼을 떠올렸다.

천천히 그는 병을 내려놓고 조지앤을 돌아보았다. 몸매가 얼마나 굉장하든 간에, 취하지만 않았다면 안 지 몇 시간도 안 된 여자와 결혼하는 멍청한 짓은 하지 않았을 것이다. 그리고 디디의 몸매는 굉장했었다.

음울한 찌푸림에 존의 입이 아래로 처졌다. 그의 눈은 파도에서 노는 조지앤을 따라갔다가, 입가에 거친 욕설을 매달고 쿵쿵거리며 부엌으로 가서 맥주를 쏟아 버렸다.

아침에 깨어나 보니 머리는 쿵쿵 쑤시고 버질의 약혼녀와 결혼해 있더라는 상황은 절대 있어선 안 될 일이었다.

3

조지앤은 얼음장 같은 파도가 허벅지까지 올라올 때마다 움찔했다. 어깨가 부르르 떨렸지만 추위에도 불구하고 그녀는 발을 모래에 파묻고 빵 덩어리처럼 생긴 커다란 바위를 붙들었다. 앞으로 약간 몸을 숙여 뾰족한 돌에 손을 짚었다. 잠시 동안 그녀는 바위에 달라붙은 수많은 보라색과 주황색의 불가사리를 넋놓고 쳐다보았다. 그리고는 단단하고 거친 등줄기를 점자를 읽는 것마냥 손가락으로 가볍게 쓸었다. 왼손의 5캐럿짜리 다이아몬드 반지가 저녁 햇살을 받아 파랑과 빨강 불꽃을 그녀의 손마디에 쏘아 냈다.

귀에 울리는 파도소리 그리고 눈앞에 펼쳐진 광경은 그녀의 머릿속을 말끔히 비워 버렸다. 처음으로 태평양을 경험하는 기쁨을 제외한 모든 것을.

처음 바닷가로 나왔을 때는 우울한 생각들을 감당 못하고 휘말릴 것만 같았다. 쪼들림, 불운한 결혼식 난리판, 그리고 동정심이라곤 손톱만큼도 없는 듯한 존 같은 남자에게 의지해야 하는 상황이 그녀의 어깨를 무겁게 짓눌렀다. 하지만 돈 문제나 존, 버질보다 더 괴로운 것은 무엇 하나 낯익은 것 없는 드넓은 세상에 홀로 남았다는 기분이었다. 그녀는 나무와 산으로 둘러싸여 있었고 모든 것이 몹시도 푸르렀다. 이곳에서는 촉감조차 달랐다. 모래는 더 굵고, 물은 더 차고, 바람은 더 거셌다.

이 세상에 홀로 남은 듯한 기분을 느끼며 바다를 바라보고 있는 동안, 그녀는 안에서 솟아나는 두려움에 맞서 싸웠지만 지고 말았다. 고층 건물이 정전되는 것처럼 조지앤은 자신의 뇌가 익숙한 찰칵찰칵 소리를 내며 꺼져가는 것을 느꼈다. 기억할 수 있는 한, 어쩔 바를 모르게 되면 그녀의 뇌리는 늘 텅 비어 버리고 말았다. 그렇게 되는 것이 싫었으나 어떻게 막을 도리가 없었다. 오늘 하루의 사건들이 마침내 그녀를 집어삼켰고, 너무나 과부하가 걸려서 불이 도로 켜지는 데 평소보다 오래 걸렸다. 불이 들어오자 그녀는 눈을 감고 심호흡을 한 다음, 그날의 근심스런 생각들을 머리에서 떨쳐 버렸다.

조지앤은 마음을 비우고 뭔가 한 가지에 집중하는 데 능했다. 다년간 닦은 실력이 있었으니. 그녀는 수년간 자신과 다른 박자에 맞추어 춤추는 세상을 따라잡는 방법을 익혔다―때로는 그녀가 알지 못하고 이해할 수 없는 박자. 하지만 할 수 있는 척하는 방법을 익힌 박자. 아홉 살 적부터 그녀는 다른 모든 이들과 완벽한 스텝을 맞추는 것처럼 보이기 위해 열심히 노력했다.

그녀에게 뇌기능장애가 있다고 할머니가 말했던 그 12년 전의 오후부터 그들은 그녀의 장애를 세상으로부터 감추기 위해 노력했다. 그녀는 차밍스쿨과 요리학교에 등록했지만, 학구적인 교사에게 맡겨진 적은 없었다. 디자인 구성을 이해하고 눈을 감고도 아름다운 꽃꽂이를 해낼 수 있었으나 4학년 수준 이상의 독서는 할 수가 없었다.

그녀는 자신의 문제를 매력과 애교 뒤로, 아름다운 얼굴과 몸 뒤로 숨겼다. 조지앤은 이제 자신이 지진아라기보다는 난독증임을 알고 있었지만 그래도 여전히 그걸 숨겼다. 그리고 그런 사실을 알게 되어 퍽이나 안도하긴 했으나, 그래도 여전히 치료방법을 찾기는 창

피했다.

커다란 파도가 그녀의 허벅지를 치고 반바지 아랫단을 적셨다. 그녀는 발을 더 넓게 벌려 버티고 발가락을 모래에 더 깊이 파묻었다. 조지앤의 인생 신조 목록의 거의 제일 꼭대기에 자리한 '사람들이 자신을 좋아하게 만든다' 바로 아래, 그리고 '모임 분위기를 화기애애하게 한다'의 위에는 남들과 하나 다를 바 없는 것처럼 보이겠다는 결의가 자리했다.

그 결과, 그녀는 일주일에 새로운 단어 두 개씩을 익히고 기억하려 노력했다. 영화화된 고전문학 비디오들을 빌려다 보았고, 그녀가 이제껏 만들어진 것 중 가장 뛰어난 영화라 여기는 『바람과 함께 사라지다』 비디오도 갖고 있었다. 책들도 가지고 있었으나 읽은 적은 없었다. 그 모든 페이지와 단어들은 그야말로 너무나 벅찼다.

연한 녹색 말미잘로 손을 뻗어 가장자리를 살짝 만져 보았다. 끈적끈적한 촉수가 손가락을 휘감았다. 화들짝 놀라 그녀는 펄쩍 뒤로 물러났다. 커다란 파도가 허벅지를 철썩 때렸고, 무릎이 꺾이며 그녀는 파도 속으로 벌렁 넘어졌다. 밀려가는 파도가 그녀를 바위에서 멀어지게 하고 몇 번 굴린 다음 도로 바닷가로 밀어 올렸다. 얼음장 같은 바닷물이 그녀의 가슴을 때려 숨결을 앗아갔다. 머리를 수면 밖으로 내밀려 발버둥치고 허우적대는 그녀의 입에 짠물과 모래가 들어찼다. 미끈덩거리는 해초가 그녀의 목을 휘감고 아까보다 더 큰 파도가 뒤에서 덮쳐 와 지뢰가 터진 듯이 그녀를 바닷가로 날려 버렸다.

마침내 그녀가 멈추었을 무렵엔, 파도는 이미 물러가 다음 번 파도와 마주하고 있었다. 한 손을 짚고 일어나 그녀는 엉금엉금 바닷가를 올라갔다. 무사히 모래사장에 다다르자, 손으로 무릎을 짚고 몇 번 심호흡했다. 모래를 뱉어내고 목에 감긴 해초를 떼어 냈다. 이가 딱딱 맞부닥치기 시작했고, 방금 자신이 삼켰을 그 많은 플랑크톤을 생각하자 뱃속이 그녀 뒤의 태평양처럼 울렁댔다. 몹시 불편한 곳에 끼인 모래가 느껴졌고, 자신의 불운이 아무의 눈에도 띄지 않았기를 바라며 존의 집 쪽을 쳐다보았다.

틀렸다. 선글라스로 눈을 가리고 군침이 흐를 만큼 근사해 보이는 존이 고무 슬리퍼로 모래를 차내며 그녀 쪽으로 성큼성큼 다가오고 있었다. 조지앤은 다시 바닷속으로 기어 들어가 콱 죽어 버리고 싶었다.

파도소리와 기러기 울음소리 너머 그의 깊고 울리는 웃음소리가 그녀의 귀에 와 닿았다. 한순간 그녀는 추위도 모래도 해초도 잊었다. 자신의 몰골과 죽고 싶다는 생각조차 잊었다. 시뻘겋게 타오르는 격분이 혈관을 따라 치솟고 그녀의 성미에 화염방사기처럼 불을 붙였다. 평생을 웃음거리가 되지 않도록 노력해 왔고 비웃음 당하는 것보다 더 싫은 게 없었다.

"이렇게 웃기는 거 보긴 진짜 오랜만이네."

그가 하얗고 고른 이를 드러내 보이며 말했다.

분노로 귀가 울려서 파도소리조차 가로막았다. 조지앤의 손은 젖은 모래 두 줌을 꾸욱 움켜쥐었다.

"제길, 당신도 자기 모습을 봐야 했는데."

그는 고개를 내저으며 말했다. 폭소를 터뜨리는 그의 귓가와 이마에 바람이 검은 머리칼을 흩트려 놓았다.

무릎을 대고 몸을 일으켜, 조지앤은 모래 반죽을 던져 기분 좋은 철퍽 소리를 내며 그의 가슴을 맞혔다. 운동신경이 뛰어나거나 발이 빠르진 않았지만 늘 던지기 겨냥 하나만은 잘했다.

이내 그의 웃음은 사라졌다.

"이거 뭐야?"

그는 욕설을 내뱉으며 자신의 탱크탑 앞자락을 내려다보았다. 그가 충격 받은 눈으로 고개를 쳐들자, 이번에는 그의 이마를 맞추었다. 모래덩이는 그의 레이밴 선글라스를 삐딱하게 만들고 그의 발치로 떨어졌다. 까만 안경테 위로 그의 푸른 눈이 그녀를 마주 바라보며 복수전을 기약하고 있었다.

조지앤은 미소를 지으며 모래 한 줌을 더 쥐었다. 존이 무슨 짓을 할지 겁나지도 않았다.

"왜 이제는 안 웃으실까, 멍청한 스포츠광?"

그는 선글라스를 벗어 그걸로 그녀를 가리켰다.

"그거 안 던지는 게 좋을걸."

그녀는 일어나서 머리를 가볍게 젖혀, 젖은 머리카락 한 움큼을 얼굴에서 떨어지게 했다.

"좀 더러워지는 게 겁이 나나 보네?"

짙은 눈썹 한쪽이 치켜 올라갔지만 그것 외엔 그는 움직이지 않았다.

"뭘 어쩌시려고?"

그녀는 돌연 그녀에게 주어진 모든 불공정함과 모욕을 대표하게 된 남자를 약올렸다.

"뭔가 진짜 남자다운 거?"

존은 미소지었고, 조지앤이 채 비명도 지르기 전에 운동선수다운 움직임으로 그녀를 바닥에 바디체크해 버렸다. 그녀의 손에 쥔 모래가 날아갔다. 어안이 벙벙해서 그녀는 눈을 깜박이고 자기 얼굴에서 몇 인치밖에 안 떨어진 그의 얼굴을 쳐다보았다.

"도대체 왜 난리야?"

화가 났다기보다는 어이가 없다는 투로 그가 말했다. 검은 머리칼이 그의 이마로 흘러내려 눈썹을 지나는 그의 하얀 흉터에 닿았다.

"저리 비켜요."

조지앤은 그의 윗팔뚝을 콱 쥐어박았다. 그의 따스한 살갗과 단단한 근육이 그녀의 움켜쥔 주먹 아래로 기분 좋게 느껴졌다. 그녀는 다시 그에게 펀치를 날려 분노를 풀었다. 그녀를 비웃었으니까, 그녀가 돈 때문에 버질과 결혼하려 했다고 은근히 돌려 말했으니까, 그리고 그 말이 옳으니까 그를 때렸다. 혼자서 멍청한 결정을 내릴 수밖에 없게 그녀를 혼자 남겨 놓고 돌아가신 할머니가 미웠다.

"맙소사, 조지."

존이 욕설을 내뱉고 그녀의 양쪽 손목을 붙잡아 그녀 머리 옆 땅바닥에 눌렀다.

"그만해."

그녀는 그의 잘생긴 얼굴을 올려다보았고, 그가 증오스러웠다. 그녀 자신도 증오스럽고 시야를 흐리게 하는 눈물도 증오했다. 울지 않으려 심호흡을 했지만, 흐느낌이 목에 걸렸다.

"당신을 증오해."

그녀는 중얼거리고 짠맛 나는 입술을 혀로 핥았다. 눈물을 참으려는 노력으로 그녀의 가슴이 들먹거렸다.

"지금 이 순간엔,"

존이 말했다. 그의 얼굴이 너무나 가까워 그녀의 뺨에 그의 따스한 숨결이 느껴질 지경이었다.

"나도 내 자신을 정말로 좋아한다고는 말 못하겠는 걸."

존의 몸에서 뿜어져나오는 열기가 그녀의 분노를 꿰뚫었고 조지앤은 동시에 여러 가지를 예민하게 의식하게 되었다. 자신의 다리 사이에 딱 끼인 그의 오른쪽 다리와 자신의 허벅지 안쪽에 밀착한 그의 사타구니를 의식했다. 그의 넓은 가슴팍이 그녀를 뒤덮었지만 그의 무게는 그렇게 불쾌하지만은 않았다. 그는 단단하고 무척이나 따스했다.

"하지만 당신 때문에 괜한 마음이 생긴단 말야."

미소로 그의 한쪽 입가가 삐딱하게 뒤틀렸다.

"나쁜 생각이."

그는 마치 스스로에게 뭔가를 납득시키려는 듯이 고개를 저었다.

"아주 나쁜."

그의 엄지손가락이 그녀의 손목 안쪽을 쓸고 그의 눈길은 그녀의 얼굴을 맴돌았다.

"이렇게 예뻐 보일 리가 없는데. 당신 이마엔 흙이 묻었고 머리카락은 엉망진창인데다, 물에 빠져 죽은 고양이만큼이나 푹 젖어 있는데."

며칠만에 처음으로 조지앤은 익숙한 지대에 떨어진 기분이었다. 흡족한 작은 미소로 그녀의 입이 곡선을 그렸다. 아무리 아닌 척 행동해도 존은 결국 날 좋아하는 거야. 그리고 전략적으로 살짝 수를 쓰면 그는 그녀가 앞으로 자신의 인생을 어떻게 할지 궁리해 낼 때까지 자기 집에 머물도록 해 줄지도 모른다.

"제발 내 손목 놔줘요."

"또 때릴 거야?"

조지앤은 고개를 저으며 자신의 매력을 정확히 얼마나 그에게 써먹어야 할지 속으로 계산했다.

그의 한쪽 눈썹이 치켜 올라갔다.

"모래 던지기는?"

"안 해요."

그는 손을 놓았지만 그녀에게서 떨어지진 않았다.

"혹시 나 때문에 다쳤어?"

"아뇨."

그녀가 그의 어깨에 손바닥을 대자 그의 단단한 근육이 꿈틀거려 그녀에게 새삼 그의 힘을 일깨웠다. 존은 여자에게 강제로 뭘 어쩔 타입의 남자로 보이진 않았으나 그녀는 그의 집에 머물고 있었다. 그 사실만으로도 남자가 엉뚱한 생각을 하기엔 충분했다. 전에 그가 그녀를 좋아하지도 않는 듯이 보일 때엔 존이 그녀에게 감사 인사 이상을 기대하리란 생각이 들지 않았었다. 하지만 지금은 그랬다.

그러다 어니를 기억해 내고 그녀의 목에서 숨가쁜 웃음소리가 흘러나왔다.

"전에 태클 당해 본 적이 없어서. 보통 당신이 이러면 먹히던가요?"

설마 자기 할아버지가 옆방에 있는데 내가 자기랑 섹스하길 바랄

리는 없겠지. 안도감이 밀려왔다.

"왜? 맘에 들지 않았어?"

조지앤은 그의 눈을 올려다보며 미소지었다.

"흐음, 권하고 싶은 게 하나 있긴 하네요."

그는 무릎을 딛고 몸을 일으켜 그녀를 내려다보았다.

"물론 그렇겠지."

그는 일어나면서 그렇게 말했다.

그 즉각 몸의 온기가 사라짐을 느끼고 그녀는 일어나 앉으려 버둥거렸다.

"꽃이요. 좀더 은근하지만 당신 메시지를 전하긴 마찬가지죠."

존은 손을 내밀어 조지앤이 일어나도록 도와주었다. 그는 더 이상 여자들에게 꽃을 보내지 않았다. 아내의 하얀 관 뚜껑 위에 놓을 수십 송이의 핑크색 장미를 주문한 그날 이후로는.

그는 조지앤의 손을 놓고는 너무 괴로워지기 전에 그 기억을 떨쳐냈다. 조지앤에게 관심을 집중하고, 그녀가 몸을 틀어 엉덩이에 묻은 모래를 터는 모습을 지켜보았다. 일부러 그녀의 몸을 눈으로 쫙 훑어 내렸다. 그녀의 머리카락은 엉켜 있었고, 무릎엔 모래가 묻었으며, 빨간 발톱은 더러운 발과 묘한 대조를 이루었다. 녹색 반바지는 그녀의 허벅지에 달라붙었고 그의 오래된 검은 티셔츠는 그녀의 가슴에 코팅된 듯이 보였다. 추위에 단단해진 젖꼭지는 조그만 딸기처럼 도드라졌다.

그의 몸 아래 깔려 있는 그녀가 주는 느낌이 좋았다. 너무나. 그는 오랫동안 그녀의 부드러운 몸을 누르고 예쁜 초록색 눈을 내려다보고 있었다.

"아주머니에겐 연락했고?"

그는 몸을 굽혀 땅바닥에서 선글라스를 주우며 물었다.

"어…… 아직."

"그럼 들어가서 다시 한 번 해 보지."

존은 허리를 펴고는, 집을 향하려 몸을 돌렸다.

"해 볼게요."

그녀는 그를 따라잡아 그의 넓은 보폭에 발을 맞추었다.

"하지만 오늘은 롤리 아주머니가 빙고하는 날이라 몇 시간은 더 있어야 집에 오실 텐데."

존은 그녀를 흘끗 쳐다보고는, 레이밴을 썼다.

"빙고 게임을 얼마나 오래 하길래?"

"음, 그건 아주머니가 카드를 몇 장이나 사느냐에 달렸죠. 만약 옛 공제조합 회관에서 한다면 오래는 하지 않을 거예요. 왜냐하면 거기선 흡연이 허락되는데 롤리 아주머니는 담배 연기를 엄청 싫어하는 데다 도라리 하퍼만이 공제조합 회관에서 게임을 하니까. 1979년 도라리가 롤리 아주머니의 피넛 패티(작은 파이) 요리법을 훔쳐 자기 거라고 주장한 이후로 사이가 진짜 험악하거든요. 원래는 제일 친한 친구 사이였는데, 그때 이후로⋯⋯."

"또 시작이구만."

존은 한숨을 내쉬며 그녀의 말을 가로막았다.

"이봐, 조지."

그는 멈춰 서서 그녀를 쳐다보았다.

"그만두지 않으면 우린 절대 오늘 밤을 버티지 못할 거야."

"뭘 그만둬요?"

"주절주절."

뽀로통한 입이 떡 벌어지고 그녀는 어이없다는 듯 왼쪽 가슴에 손을 가져갔다.

"내가 주절거린다고요?"

"그럼, 그게 얼마나 내 신경을 긁는데. 난 당신네 아주머니의 젤로고 발 씻는 침례교인이고 피넛 패티고 하나도 상관 안 해. 좀 보통 사람처럼 이야기할 수 없어?"

그녀는 눈길을 떨구었지만, 이미 그는 그녀의 상처받은 눈빛을 본 후였다.

"내가 보통 사람처럼 얘기하지 않는다고 생각해요?"

죄책감이 그의 양심을 콕 찔렀다. 그녀의 마음을 상하게 하고 싶진 않았지만 또한 그녀의 두서 없는 수다를 몇 시간씩 듣고 싶지도 않았다.

"그렇진 않아. 하지만 3초면 대답할 수 있는 질문을 하면 도대체 아무 상관도 없는 헛소리를 3분은 들어야 한단 말야."

그녀는 아랫입술을 깨물었다가 말했다.

"난 멍청하지 않아요, 존."

"그런 뜻으로 한 말이 아니야."

말은 그렇게 했어도, 그는 그녀가 다녔다던 대학에서 졸업생 대표는 하지 못했으리라 짐작했다.

"이봐, 조지."

그녀가 너무나 상처받아 보였기에 그는 덧붙였다.

"저기, 당신이 주절대지 않으면 난 고약하게 굴지 않으려 노력할게."

그녀의 입가가 미심쩍어 하는 찌푸린 표정을 띠었다.

"나 안 믿어?"

고개를 저으며 그녀는 코웃음쳤다.

"난 멍청하지 않다고 그랬잖아요."

존은 웃음을 터뜨렸다.

젠장, 그녀가 좋아지기 시작했다.

"가지."

그는 고갯짓으로 집을 가리켰다.

"얼어 죽게 생겼는 걸."

"그래요."

그녀는 그의 뒤를 따랐다.

부서지는 파도소리와 바닷새들의 울음소리가 바람에 실려 오는 가운데 그들은 아무 말 없이 서늘한 모래밭을 가로질렀다. 존의 집 뒷문으로 통하는 풍파에 시달린 계단에 이르자, 조지앤은 첫 계단을 올라서더니 돌아서서 그를 마주했다.

"난 주절주절대지 않아요."

그녀는 석양의 광선에 약간 눈을 찌푸리고 말했다.

존은 멈춰 서서 자신과 거의 같은 높이에 있는 그녀의 얼굴을 쳐다보았다. 나선형 컬 몇 가닥이 마르기 시작해 그녀의 머리 주위에서 춤추고 있었다.

"조지, 당신은 주절거린다니까."

그는 선글라스를 콧등으로 내렸다.

"하지만 당신이 자제할 수만 있다면 우린 잘 지낼 수 있을 거야. 하룻밤이라면……."

그는 말을 끊고 레이밴을 그녀의 얼굴에 씌워 주었다.

"친구가 될 수 있겠지."

더 나은 단어가 떠오르지 않아 그렇게 말을 맺기는 했으나 불가능하다는 걸 알고 있었다.

"그거 좋네요, 존."

유혹적인 미소로 그녀의 입매가 올라갔다.

"하지만 당신은 착한 남자가 아니라고 아까 자기 입으로 그랬던 거 같은데."

"그렇지."

너무나 가까워서 그녀의 젖가슴이 거의 그의 가슴에 닿을 지경이었다―거의. 그는 그녀가 또 여우짓을 하는 게 아닌가 생각했다.

"당신이 내게 잘해 주지 않으면 어떻게 친구가 되겠어요?"

존은 그녀의 입술로 눈길을 미끄러뜨렸다. 자신이 얼마나 '잘' 할 수 있는지 그녀에게 보여 주고 싶은 충동을 느꼈다. 앞으로 아주 조금 몸을 굽혀 입을 스치고 그녀의 달콤한 입술을 맛보고 그 유혹적인 미소의 가능성을 탐험하고 싶은 충동을 느꼈다. 손을 그녀의 골반으로 올려 그녀를 바싹 끌어당기고 그녀가 어디까지 자신의 손이 헤매게 둘지 알아보고픈 충동을 느꼈다.

충동을 느끼긴 했으나 그는 아직까지 미치진 않았다.

"자."

그는 그녀의 어깨에 손을 올려 옆으로 비켜 세웠다.

"난 나갈 거야."

그는 선언하고 그녀를 지나쳐 계단을 올라갔다.

"나도 데려가요."

그녀가 바싹 뒤따라오며 말했다.

"안 돼."

그는 고개를 저었다.

조지앤 하워드와 함께 있는 모습을 남들 눈에 띄게 할 수는 없지, 죽어도.

천천히 머리를 감는 조지앤의 얼음장 같은 맨살 위로 따뜻한 물이 흘러내렸다. 15분 전 그녀가 샤워하러 들어올 때, 존은 저녁 외출하기 전에 자기도 샤워하고 싶으니까 짧게 하라고 했었다. 그러나 조지앤에겐 다른 계획이 있었다.

눈을 감고 그녀는 고개를 젖혀 거품을 씻어 내며 이 싸구려 샴푸가 자신의 롤 퍼머한 머리끝에 미칠 영향을 생각하고 움찔했다. 버질의 롤스로이스 뒷 트렁크에 실린 자신의 수트케이스에 든 폴 미첼 샴푸가 떠오르자 울고 싶은 기분이 되어 욕실 세면대 아래에서 발견한 컨디셔너 샘플 봉지를 뜯었다. 기분 좋은 꽃향기가 증기 속에 퍼졌고 그녀의 생각은 샴푸와 컨디셔너에서 목전의 더욱 큰 문제로 향했다.

어니는 저녁 외출차 나갔고 존 역시 나갈 참이었다. 존이 집에 남아 있지 않는다면 조지앤으로선 며칠 더 머물게 해 달라고 그를 설득할 수가 없었다. 친구가 될 수 있을 거라 존이 말했을 때 그녀는 한순간 안도감을 느꼈으나 이어진 그의 외출 선언에 그 안도감은 무너지고 말았다.

조지앤은 공들여 컨디셔너를 머리칼에 문지르고 따스한 물줄기 아래로 돌아갔다. 짧은 한순간 섹스를 이용하여 존이 오늘 밤 집에 머물도록 유혹할까 했지만, 곧바로 그 생각을 떨쳐 버렸다. 도덕적으로 불쾌할 뿐만이 아니라 그녀가 섹스를 좋아하지 않기 때문이었다. 몇 번 남자에게 친밀한 관계를 허락했을 때 그녀는 몹시도 쑥스러웠다. 너무 의식이 되어 즐길 수가 없었다.

샤워를 끝낼 무렵엔 물은 차가워지고 그녀는 자신에게서 남자 비누 냄새가 나지 않을까 엄청 겁이 났다. 재빨리 몸을 말리고 에메랄드색 레이스 속옷과 브라를 입었다. 신혼여행을 기대하며 예쁜 속옷들을 샀지만 그걸 입은 모습을 버질에게 보여 주지 못한 게 아쉽진 않았다.

천장의 팬이 욕실에서 습기를 빼냈어도 존에게서 빌린 실크 로브의 허리띠를 매고 있자니 옷이 그녀의 촉촉한 살결에 착 달라붙었다. 부드러운 촉감에도 불구하고 로브는 무척이나 남성적인 코롱 내음이 났다. 새까만 실크는 그녀의 무릎 바로 아래까지 내려왔고 등에는 빨간색과 흰색의 커다란 일본 문양이 수놓아져 있었다.

그녀는 커다란 빗으로 머리를 빗고 버질의 차 트렁크에 들은 에스티 로더 로션과 파우더 생각을 떨쳐 냈다. 캐비닛 서랍을 열고 그녀는 미용 상황을 개선하는 데 쓸 뭔가를 찾아 헤맸다. 칫솔 몇 개, 치약 튜브 하나, 풋 파우더 통 하나, 쉐이브 크림 하나, 면도기 두 개가 나왔다.

"이게 다야?"

이마에 주름을 잡고 그녀는 돌아서서 자신의 여행가방을 뒤졌다. 사흘 전부터 복용하기 시작한 피임약 케이스를 밀쳐 내고 화장품들을 끌어냈다. 존은 별로 노력도 안 하고 저렇게 잘생겨 보일 수 있는데 자신은 수백 달러와 엄청난 시간을 외모에 투자해야 하다니 몹시도 불공평하게 여겨졌다.

수건으로 거울 일부를 닦아 내고 자신을 쳐다보았다. 동그랗게 닦아 놓은 거울을 보며 그녀는 이를 닦고 속눈썹에 마스카라를, 뺨에는 블러셔를 발랐다.

욕실 문 노크소리에 어찌나 놀랐던지 하마터면 복숭아색 립스틱을 얼굴에 쫙 그어 버릴 뻔했다.

"조지?"

"네, 존?"

"나도 욕실 써야 한다고, 기억하지?"

물론 기억하다마다.

"어, 깜박했네요."

손가락으로 얼굴 주위에 머리를 부풀리고 그녀는 거울 속 자신의 모습을 뜯어보았다. 냄새는 남자 같고 모습도 최상이라곤 할 수 없었다.

"오늘 밤 안에 나오긴 나오는 거야?"

"잠깐만요."

닫은 변기 뚜껑 위에 올려둔 가방에다 화장품을 던져 넣었다.

"젖은 옷은 수건걸이에다가 걸어 놓을까요?"

그녀는 흑백 리놀륨 바닥에서 옷가지들을 주워 들며 물었다.

"그래."

문 너머에서 그가 대답했다.

"시간 더 걸려?"

조지앤은 젖은 브라와 속옷을 알루미늄 봉에 조심스레 넌 다음, 녹색 반바지와 티셔츠로 덮었다.

"다 끝났어요."

그녀는 문을 열며 말했다.

"금방 끝난다더니?"

그는 손바닥으로 빗방울을 받을 듯이 양손을 쳐들었다.

"금방 끝내지 않았어요? 난 그런 줄 알았는데."

그의 손이 옆으로 툭 떨어졌다.

"얼마나 오랫동안 그 안에 있었던지, 당신 피부가 캘리포니아 건포도처럼 쪼글쪼글해지지 않은 게 놀라울 지경이야."

그리고는 그녀가 문을 연 순간 예상했던 일을 했다. 그녀의 봄을 위에서 아래로 쭈욱 훑어보고 다시 시선을 위로 올렸다. 관심의 빛이 그의 눈에 비쳤고 그녀는 마음을 놓았다.

그는 날 좋아해.

"뜨거운 물 다 쓴 거야?"

험악하게 얼굴을 구기며 그가 물었다.

조지앤의 눈이 휘둥그레졌다.

"그런 거 같네요."

"어차피 이젠 상관없어, 젠장."

그는 손목을 뒤집어 손목시계를 보며 욕설을 중얼거렸다.

"지금 나간다 해도 내가 도착하기 전에 식당의 굴이 다 동날 거야."

그는 돌아서서 거실을 향해 걷기 시작했다.

"땅콩하고 눅눅한 팝콘이나 먹어야겠네."

"배가 고프다면 내가 뭔가 요리해 줄 수 있는데요."

조지앤은 그를 바싹 뒤따랐다.

그가 어깨 너머로 그녀를 돌아보았다.

"별로 생각 없어."

그에게 감명을 줄 이런 기회를 그냥 놓쳐 버릴 수는 없었다.

"나 진짜 요리 잘해요. 나가기 전에 근사한 저녁을 차려 줄 수 있는데."

존이 거실 한복판에 멈춰 서서 그녀를 돌아보았다.

"됐어."

"하지만 나도 배고픈걸요."

솔직히 아주 진실은 아니었다.

"아까 덜 먹었어?"

그는 양손을 청바지 앞주머니에 찔러 넣고 한쪽 발로 몸무게를 옮겼다.

"어니는 가끔 누구나 다 당신 드시듯 조금 먹는 건 아니라는 사실을 잊으셔. 뭐라고 말을 하지."

"음, 이 이상으로 폐를 끼치고 싶지 않아서요."

그렇게 말하고 그녀는 그를 향해 사랑스럽게 미소지었다. 그의 망설임을 알아채고 조금 더 밀어붙였다.

"그리고 당신 할아버님의 마음을 상하게 하고 싶지 않았지만, 하루 종일 아무 것도 먹지 못하고 쫄쫄 굶었거든요. 그치만 노인분들이 어떤지는 잘 알아요. 수프나 샐러드만 드시곤 그걸 한끼 식사라고 하죠. 우린 첫 번째 코스라고 하는 걸요."

그의 입가가 슬쩍 올라갔다.

조지앤은 그 옅은 미소를 동의의 표시로 받아들이고 그를 지나 부엌으로 향했다. 요리를 좋아하지 않는다고 털어놓은 운동선수치곤 놀랄 만큼 현대화된 부엌이었다. 그녀는 아몬드색 냉장고를 열고 머릿속으로 내용물 목록을 정리했다. 부엌에 먹거리를 제대로 채워 놓았다는 아까 어니의 말은 확실히 허풍이 아니었다.

"정말 참치로 그레이비 소스를 만들 수 있어?"

그가 문가에서 물었다.

갖은 종류의 파스타와 향신료로 가득한 찬장을 열어 보는 그녀의 머릿속에 요리법들이 좌르륵 스쳐 갔다. 그녀는 한쪽 어깨를 문틀에 기대고 선 존을 흘끗 쳐다보았다.

"크림으로 요리한 참치를 원한단 말을 하려는 건 아니죠? 어떤 사람들은 좋아하기도 하지만 평생 다시 그걸 보거나 냄새 맡지 않는다면 난 아주 행복할 거예요."

"아침으로 먹는 걸 차려 줄 수 있어?"

조지앤은 찬장을 닫고 돌아서서 그를 마주 보았다. 허리에 묶은 검은 비단끈이 느슨해졌다.

"물론이죠."

그녀는 끈을 다시 단단히 매고 리본을 묶었다.

"하지만 냉장고에 물 좋은 해산물이 가득한데 왜 아침거리를 찾아요?"

"해산물은 언제라도 먹을 수 있는 걸."

그는 어깨를 으쓱했다.

그녀는 다년간의 요리 강습을 통해 다양한 기술을 습득했고 그를 감탄하게 하고 싶어 안달이 나 있었다.

"정말로 아침식사를 먹고 싶은 거예요? 끝내 주는 페스토 소스에다 내 조개 소스 링귀니(파스타의 일종)는 둘이 먹다 하나가 죽어도 모를 맛인데."

"비스킷하고 그레이비는 어때?"

실망해서 그녀는 물었다.

"농담하는 거죠, 네?"

조지앤은 비스킷과 그레이비 만드는 법을 따로 배운 기억이 없었다. 그건 그저 늘 알고 있었던 것이었다. 자라면서 몸에 밴 것이겠지.

"굴 먹고 싶다고 그랬잖아요."

그는 다시 어깨를 으쓱했다.

"푸짐하고 기름기 넘치는 아침식사가 더 땡기는 걸. 동맥경화증 걸리기 딱 좋은 진짜 남부식."

조지앤은 고개를 설레설레 저으며 다시 냉장고를 열었다.

"우리가 찾을 수 있는 가공육류는 몽땅 굽죠."

"우리?"

"으흠."

그녀는 서머 햄을 카운터에 놓고 냉동실을 열었다.

"내가 비스킷 만드는 동안 햄을 썰어 줘요."

그가 미소짓자 그을린 뺨에 보조개가 패였다. 그는 문틀에서 몸을 떼어 내며 말했다.

"그건 할 수 있지."

그의 미소에 조지앤의 가슴속 무언가가 두근거렸다. 소시지 봉지를 싱크대에 넣고 뜨거운 물을 부으며, 그녀는 저런 미소가 있으니 저 사람은 언제든 여자들에게 자기가 원하는 일을 하게 만들 수 있겠지 생각했다.

"여자친구 있어요?"

물을 잠그고 밀가루와 다른 재료를 찬장에서 꺼내며 물어보았다.

"얼마나 썰면 돼?"

그녀의 질문에 대답하는 대신 그는 그렇게 물었다.

조지앤은 어깨 너머로 그를 쳐다보았다. 그는 한 손엔 햄을, 다른 한 손엔 흉악스러워 보이는 칼을 들고 있었다.

"당신이 먹고 싶은 만큼. 내 질문엔 대답 안 해요?"

"싫어."

"왜요?"

그녀는 밀가루, 소금, 베이킹파우더를 분량도 안 재고 그릇에 쏟아 부었다.

"왜냐하면,"

그는 햄 덩이를 뭉텅 잘라 냈다.

"당신이 상관할 일이 아니니까."

"우린 친구잖아요."

그녀는 그의 사생활이 궁금해서 죽을 지경이었다. 쇼트닝을 밀가루에 떠 넣고 덧붙였다.

"친구끼린 이것저것 서로 얘기하는 법이고."

썰던 손을 멈추고 그는 푸른 눈으로 그녀를 올려다보았다.

"당신이 뭐 하나 대답해 주면 나도 대답할게."

"좋아요."

어쩔 수 없으면 그냥 거짓말을 해 버리면 될 테니까.

"아니. 여자친구는 없어."

무슨 이유에선지 그의 대답에 그녀의 가슴은 더 두근거렸다.

"이젠 당신 차례야."

그는 햄 조각을 자기 입에 냉큼 집어넣고는 물었다.

"버질을 안 지 얼마나 됐어?"

조지앤은 어쩔까 곰곰이 생각하며 존의 옆을 지나 냉장고에서 우유를 꺼냈다. 거짓말을 할까, 진실을 털어놓을까, 아니면 양쪽 다 조금씩?

"한 달 좀 넘었네요."

그녀는 솔직히 대답하고 우유를 약간 그릇에 부었다.

"아하."

그는 딱딱한 미소를 지었다.

"첫눈에 빠진 사랑이시군."

부드럽고 오만한 그의 목소리를 듣고 있자니 나무 주걱으로 때려주고 싶었다.

"당신은 첫눈에 반한 사랑을 안 믿나요?"

그녀는 그릇을 왼쪽 옆구리에 끼고 할머니가 수천 번 하는 모습을 보았던 대로, 자신이 셀 수 없이 해 봤던 대로 반죽을 휘젓기 시작했다.

"안 믿지."

그는 고개를 저으며 다시 햄을 썰기 시작했다.

"특히 당신 같은 여자와 버질처럼 늙은 노인네 사이엔."

"나 같은 여자? 그게 무슨 뜻이죠?"

"무슨 뜻인지 알면서."

"아뇨."

비록 충분히 짐작은 갔지만 그녀는 그렇게 말했다.

"무슨 말인지 난 모르겠어요."

"이것 보라고."

그가 미간을 찌푸리며 그녀를 쳐다보았다.

"당신은 젊고 매력적인 데다 몸매는…… 꼭……."

그는 말을 끊고 칼로 그녀를 가리켰다.

"당신 같은 여자가 왼쪽 귀 위에다 가르마를 타서 정수리로 머리를 빗어 넘기는 남자와 결혼하는 이유는 딱 하나밖에 없어."

"난 버질을 좋아해요."

그녀는 자기 변호에 나서며 반죽을 찰진 덩어리로 뭉쳤다.

그는 의심스럽다는 듯 한쪽 눈썹을 치켜올렸다.

"그의 돈을 좋아한단 소리겠지."

"아니에요. 그분은 정말 근사하다고요."

"또한 진짜 개자식이기도 하지만, 당신이야 그를 안 지 한 달밖에 안 되었으니 모를 수도 있겠지."

그녀는 분통을 터뜨려 그에게 다시 물건을 던지지 않으려 노력했고, 며칠 더 있어도 좋다는 초대를 받아 낼 기회를 망치지 않으려 애쓰며, 그릇을 카운터에 가만히 내려놓았다.

"왜 결혼식장에서 도망쳤지?"

그에게 이유를 털어놓을 생각은 절대 없었다.

"그냥 마음이 바뀐 것뿐이에요."

"아니면 그가 죽을 때까지 할아버지뻘 되는 남자와 섹스해야 한다는 현실을 마침내 깨달았나 보지?"

조지앤은 가슴 아래 팔짱을 끼고 그를 향해 인상을 썼다.

"당신이 그 얘길 꺼낸 게 이번이 두 번째예요. 나와 버질의 관계에 웬 관심이 그렇게 많아요?"

"관심 있는 건 아냐. 궁금할 뿐이지."

그는 햄을 몇 조각 더 자르고 칼을 내려놓았다.

"내가 버질과 섹스를 하지 않았을지도 모른단 생각은 안 해 봤어요?"

"아니."

"난 안 했어요."

"개소리."

그녀의 손이 아래로 내려가 불끈 주먹 쥐어졌다.

"정신상태는 더럽고 입은 지저분한 사람이군요."

그에 아랑곳 않고, 존은 어깨를 으쓱하며 한쪽 골반을 카운터 끝에 기댔다.

"버질 더피는 운이 좋아 백만장자가 된 사람이 아냐. 스프링을 시험도 안 한 채 예쁘고 풋풋한 잠자리 상대에게 돈을 치를 리가 없다고."

조지앤은 그의 면전에다 대고 버질이 자기에게 돈을 치르지 않았다고 고함치고 싶었으나 사실이 그랬다. 다만 그는 투자에 대한 보답을 받지 못했을 뿐.

"난 그와 자지 않았어요."

그녀의 감정은 분노에서 아픔으로 옮아갔다. 그가 자신을 멋대로 판단한다는 분노와 그가 자신을 그렇게 싸구려로 본다는 것에 따른 아픔.

그의 입가가 슬며시 올라가고 고개를 젓자 머리카락 한 가닥이 눈썹을 스쳤다.

"이봐, 귀염둥이, 난 당신이 버질과 잤든 말든 상관 안 해."

"그럼 왜 계속 그 얘기를 꺼내요?"

그가 얼마나 짜증나게 하든 다시 분통을 터트려선 안 된다고 그녀는 명심 또 명심했다.

"아무래도 자기가 무슨 짓을 저질렀는지 당신이 아직 모르는 거 같아서. 버질은 돈 많고 영향력 있는 사람이야. 그리고 당신은 오늘 그에게 망신을 줬고."

"알아요."

그녀는 그의 하얀 탱크탑 앞자락으로 눈길을 떨구었다.

"내일 전화해서 사과할까 생각 중이에요."

"안 그러는 게 좋을걸."

그녀는 다시 그의 눈을 올려다보았다.

"너무 이를까요?"

"아, 그럼. 내년이라도 너무 이르지. 나라면 아예 이 주(州)를 뜰 거야. 가능한 한 빨리."

조지앤은 한 걸음 나아가 존의 가슴 몇 인치 앞에 멈춰 서서 겁에 질린 듯 그를 올려다보았지만 실은 버질 더피는 하나도 겁나지 않았다. 자신이 오늘 그에게 저지른 일은 미안하긴 해도 그는 극복할 것이다. 그는 그녀를 사랑하지 않았다. 다만 원하기만 했을 뿐이지. 그녀는 오늘 밤 그 사람 생각에 골몰하진 않을 터였다. 특히 좀더 시급한 걱정거리로 골머리를 앓는 이런 마당에. 예를 들자면 존에게서 앞일을 결정할 때까지 있어도 좋다는 승낙을 받아 내기라든가.

"그가 날 어쩌겠어요?"

그녀는 느릿하니 말했다.

"킬러를 고용해서 날 죽이기라도 할까?"

"그 정도까지 가진 않겠지."

그의 눈길이 그녀의 입으로 내려왔다.

"하지만 그는 당신 신세를 가련한 꼬마 아가씨로 만들어 놓을 수 있단 말야."

"난 꼬마 아가씨가 아니에요."

그녀는 속삭이고 조금 더 다가섰다.

"아직 못 알아챈 모양이군요."

존은 카운터에서 떨어져 그녀의 얼굴을 내려다보았다.

"난 장님도 멍청이도 아냐. 알아봤다고."

그렇게 말하곤 그녀의 허리를 한 손으로 감았다.

"당신에 대해 여러 가지를 알아봤고, 만약 당신이 그 로브를 벗는다면 몇 시간 동안 당신 입에서 미소가 떠나지 않게 해 줄 수 있지."

그의 손가락이 그녀의 등골을 타고 올라가 어깨 사이를 스쳤다.

존이 가까이 서 있었지만 조지앤은 불안하지 않았다. 그의 넓은 가

슴과 굵은 팔뚝은 그의 힘을 떠올리게 했지만, 자신이 원하면 언제라
도 물러설 수 있음을 그녀는 본능적으로 알았다.

"자기, 내가 이 로브를 벗으면 수술이나 해야 당신 얼굴에서 미소
를 지울 수 있을 걸요."

남부의 유혹이 물씬 배어 나오는 목소리였다.

그는 그녀의 엉덩이로 손을 내려 오른쪽 엉덩이를 감쌌다. 그의 눈
은 어디 막을 테면 막아 보라고 도전하고 있었다. 어디까지 허락하나
보려 그녀를 시험하고 있는 것이다.

"조그만 수술쯤 감내할 가치가 있을지도."

그렇게 말하고 그가 그녀를 당겨 안았다.

조지앤은 순간 얼어붙어 그의 손길이 주는 감각을 점검했다. 그의
손이 엉덩이를 쓰다듬고 있으며 젖가슴 끝이 그의 가슴에 닿아 있긴
해도 험하게 움켜쥐고 끌어안기는 기분은 아니었다. 그녀는 약간 긴
장을 풀고 그의 가슴으로 양손을 올렸다. 윤곽이 분명한 근육이 느껴
졌다.

"하지만 내 경력을 희생할 만큼의 가치는 없어."

그녀 엉덩이께의 비단천을 쓰다듬으며 그가 말했다.

"경력?"

조지앤은 발끝으로 일어서서 그의 입가에 살짝살짝 입맞췄다.

"무슨 소리예요?"

그녀는 그가 뭔가 맘에 들지 않는 짓을 하면 조심스레 그의 손아
귀에서 빠져나갈 태세를 취했다.

"당신."

그가 그녀의 입술에 대고 말했다.

"정말 근사한 시간을 보낼 수 있는 귀염둥이긴 해도, 나 같은 남자
에겐 좋지 않아."

"당신 같은?"

"난 뭐든 과하고 반짝거리고 벌받을 만한 것에 약하거든."

조지앤은 미소지었다.

"난 그 중에 어느 분류에 들어가죠?"

존은 그녀와 입을 마주댄 채 소리 없이 웃었다.

"조지 아가씨, 당신은 그 세 가지 다 해당될 거라 믿어, 어느 정도인지 알아보고 싶은 마음이야 굴뚝같지만 그럴 일은 없을 거야."

"뭐가 없어요?"

그녀는 조심스레 물었다.

그는 그녀의 얼굴을 내려다볼 수 있을 만큼 물러섰다.

"재미보는 거 말야."

"뭐라고요?"

"섹스."

한없는 안도감이 그녀를 휩쓸었다.

"아무래도 나 오늘은 운수 나쁜 날인가 보네요."

그녀는 억누르려 했지만 실패하고 만 함박미소를 지으며 느릿하니 말했다.

4

존은 포크 옆에 접힌 냅킨을 흘끗 보고 설레설레 고개를 저었다.
모자인지 보트인지 아니면 무슨 뚜껑 모양인지 알 수 없었다. 하지만
조지앤이 남부와 북부의 만남이란 테마로 테이블을 꾸몄다고 했으니
아마 모자일 거라고 그는 짐작했다.

빈 맥주병 두 개에 노란색과 흰색의 들꽃이 꽂혀 있었다. 식탁 한
가운데에는 모래와 깨진 조개껍질로 그린 가느다란 줄이 벽난로 위
에 걸려 있던 네 개의 행운의 말굽 사이를 누볐다. 존은 말굽을 썼
다고 어니가 기분 나빠하리라 여기진 않았지만 도대체 왜 조지앤이
이 너저분한 것들을 몽땅 식탁으로 끌어왔는지는 도무지 이해불능
이었다.

"버터 좀 들래요?"

그는 식탁 건너편 그녀의 유혹적인 녹색 눈을 처다보곤 따뜻한 비
스킷 조각과 소시지 그레이비를 입에 쑤셔 넣었다. 조지앤 하워드는
여우지만 요리 하난 끝내 주게 잘했다.

"아니."

"샤워는 어땠어요?"

자기가 만든 비스킷만큼이나 부드러운 미소를 지으며 그녀가 물었다.

10분 전 그가 식탁에 앉은 이래 그녀는 그를 대화로 끌어들이려 기를 썼으나 그는 순순히 따라올 분위기가 아니었다.

"괜찮았어."

"부모님이 시애틀에 사세요?"

"아니."

"캐나다?"

"어머니만."

"부모님이 이혼하셨어요?"

"아니."

그녀의 깊은 가슴 골짜기가 그의 눈길을 검은 로브 앞으로 끌어당겼다.

"아버지는 어디 계신데요?"

오렌지 주스로 손을 뻗으며 그녀가 물었다. 로브 앞이 벌어지면서 자잘한 녹색 레이스 가장자리와 하얀 살결의 곡선이 드러났다.

"내가 다섯 살 때 돌아가셨어."

"미안해요. 부모님을 잃는 게 어떤지 나도 알아요. 우리 부모님도 내가 어렸을 때 돌아가셨거든요."

존은 무심히 도로 그녀의 얼굴을 올려다보았다. 그녀는 근사했다. 곡선미가 넘치고 부드럽고 풍만한 스타일. 긴 다리는 예쁘게 잘 빠졌으며 벌거벗고 침대에 함께 들고 싶은 바로 그런 타입의 여자였다. 아까 그는 조지앤을 가질 수 없다는 사실을 받아들였다. 그건 그렇게 마음에 걸리지 않았지만, 그녀가 그저 그 조그맣고 뜨거운 손으로 그의 온몸을 어루만지고 싶은 '척' 하고 있다는 것은 무지하게 신경에 거슬렸다.

사랑을 나눌 수 없다고 그가 말했을 때 그녀의 뾰로통한 작은 입은 '어머나 저런' 하며 실망을 표했지만 눈은 지극한 안도감으로 반짝거렸다. 사실, 이제껏 여자 얼굴에서 그런 안도감을 본 바가 없었다.

"보트 사고였죠."

그녀는 그가 묻기라도 한 듯이 알려 주었다. 오렌지 주스를 한 모금 마시곤 덧붙였다.

"플로리다 해안에서요."

존은 햄 조각을 쿡 찌르곤 커피로 손을 뻗었다. 여자들은 그를 좋아했다. 그들은 전화번호와 속옷을 그의 주머니에 찔러 넣기도 했다. 그와의 섹스가 잇몸 치료라도 되는 양 그를 쳐다보는 일은 없었다.

"내가 부모님과 같이 있지 않은 건 기적이었죠. 물론 부모님은 날 두고 가는 걸 싫어했지만 내가 수두에 걸렸거든요. 그래서 마지못해 우리 할머니, 클라리사 준에게 맡기고 간 거예요. 내 기억으론……"

그녀의 말을 한 귀로 흘리며 존은 옴폭 패인 그녀의 부드러운 목덜미로 눈길을 내렸다. 그는 저 잘난 맛에 사는 남자는 아니었다. 최소한 그는 그렇게 생각했다. 하지만 조지앤이 자신의 매력에 그렇게나 영향을 받지 않는다는 건 스스로 인정하고 싶지 않은 이상으로 짜증스러웠다.

그는 커피 머그를 식탁에 내려놓고 가슴께에 팔짱을 꼈다. 샤워한 후, 그는 깨끗한 청바지와 하얀 티셔츠로 갈아입었다. 그는 여전히 나갈 계획이었다. 신발을 신고 나가기만 하면 된다.

"하지만 로벳 부인은 냉동실만큼이나 차갑거든요."

조지앤은 계속 말하고 있었고, 존은 어쩌다 화제가 그녀의 부모님에서 냉장고로 옮아갔는지 알 수가 없었다.

"그리고 취향 한번 고약하죠…… 어쩜, 고약하기 짝이 없어요. 루앤 화이트가 결혼했을 때 그녀가 준 선물은……"

조지앤의 녹색 눈은 생기로 반짝이고 있었다.

"핫도그 기계. 믿어져요? 그냥 가전제품도 아니라, 소시지를 감전사시키는 기계를 줬다니까요!"

존은 의자를 뒤로 젖혀 두 다리로만 지탱하게 했다. 분명히 주절거리지 말아 달라고 그녀에게 얘기해 둔 기억이 나는데. 아무래도 그녀 스스로도 어쩔 수 없는 모양이었다. 그녀는 여우에다가 엄청난 수다쟁이었다.

조지앤은 자기 접시를 한켠으로 밀치고는 앞으로 몸을 숙였다. 비밀을 털어놓는 동안 로브 자락이 벌어졌다.

"우리 할머니는 마가렛 로벳은 컬러 텔레비전을 감당하기엔 너무 구두쇠라 말씀하셨더랬죠."

"지금 일부러 그러는 거야?"

그가 물었다.

그녀의 눈이 휘둥그레졌다.

"뭘요?"

"가슴 내보이는 거."

그녀는 아래를 내려다보곤, 후다닥 식탁에서 떨어지더니 로브를 목까지 꽉꽉 여몄다.

"아뇨."

존이 자리에서 일어나자 의자 앞다리가 바닥에 닿았다. 그는 그녀의 커다란 눈을 응시하곤 정신나간 충동에 항복했다. 한 손을 내밀며 말했다.

"이리 와."

그녀가 앞에 서자, 그는 그녀 허리를 팔로 감아 자신의 가슴에 바싹 밀착하게 당겼다.

"난 이제 나갈 거거든."

그는 그녀의 부드러운 곡선에 푹 빠져들었다.

"작별 키스해 줘."

"얼마나·오래 있다 오는데요?"

"한동안."

무지근해지는 몸을 느끼며 그는 대답했다.

따스한 창틀에서 길게 기지개켜는 고양이처럼, 조지앤은 그에게 기대 몸을 휘고는 그의 목에 팔을 감았다.

"같이 가도 되는데."

그녀가 목을 울렸다.

존은 고개를 저었다.

"키스해, 제대로."

그녀는 발끝으로 서서 그가 시킨 대로 했다.

무엇을 해야 할지 제대로 아는 여자처럼 키스했다. 그녀의 벌어진 입술이 부드럽게 그의 입을 눌러 왔다. 그녀에게서 오렌지 주스와 무언가 더 달콤한 것을 기대하게 만드는 맛이 났다. 그녀의 혀가 그를 건드리고, 휘감고, 애무하고 희롱했다.

그녀가 그의 머리칼에 손가락을 파묻고 한쪽 발바닥 아치로 그의 종아리를 쓸어올렸다. 순전한 정욕이 그의 다리 뒤쪽으로 숫구쳐 올라가 그의 내부를 점령하고 강하게 잡아끌었다.

그녀는 프로였다. 그는 그녀의 얼굴을 볼 수 있을 만큼 물러났다. 그녀의 입술은 반짝거리고 숨결은 약간 고르지 못했다. 만약 그녀의 눈이 그가 느끼고 있는 것과 같은 굶주림을 조금이라도 내비쳤다면 그는 돌아서서 문을 나섰을 것이다. 만족감에 젖어.

존의 눈길은 그녀의 얼굴을 감싼 부드러운 마호가니빛 컬로 옮아 갔다. 비단결 같은 도르르 말린 머리칼이 빛을 받아 반들거리자, 그는 그 속에 양손을 파묻고 싶었다. 그러나 나가야 한다는 건 알고 있었다. 그냥 돌아서서 걸어나가는 거다. 하지만 그러는 대신, 그는 다시 그녀의 눈을 응시했다.

그는 만족하지 못했다. 아직은.

한 손으로 그녀의 뒤통수를 받쳐 한쪽으로 기울이고 발끝까지 느껴질 만큼 깊게 키스했다. 그는 그녀의 입을 탐닉하는 한편, 트로피 캐비닛으로 쓰는 중국식 장식장 턱에 그녀의 엉덩이가 부딪칠 때까지 뒷걸음치게 했다.

그의 키스는 그녀의 뺨과 턱을 따라 계속 이어졌다. 입술이 그녀의 목 옆으로 미끄러지고 그는 그녀의 머리칼을 뒤로 넘겼다. 그녀에게 선 꽃향기와 따스한 여자 살내음이 났다. 그는 실크 로브를 그녀의 어깨에서 끌어내렸다.

그녀가 품 안에서 굳어지는 것을 느끼곤 멈춰야 한다고 스스로를 타일렀다.

"당신에게선 좋은 냄새가 나."

그는 그녀의 목선에 대고 말했다.

"남자 같은 냄새가 나는 걸요."

그녀는 불안한 웃음소리를 냈다.

존은 미소지었다.

"난 평생 남자들과 뒤섞여 살았다고. 장담하는데 당신한테선 남자 냄새 같은 건 안 나, 허니."

그는 에메랄드색 브라 끈 아래로 손가락을 밀어 넣으며 그녀의 부드러운 목에 키스했다.

즉각 그녀가 그의 손을 자기 손으로 덮었다.

"사랑을 나누지 않을 거라고 했잖아요."

"안 그럴 거야."

"그럼 지금 뭘 하는 거죠, 존?"

"좀 맛만 보는 거지."

"그게 결국 사랑 나누기로 이어지는 거 아니에요?"

그녀는 다른 쪽 어깨를 잡고 가슴 위로 양팔을 엇갈렸다.

"이번엔 아냐. 그러니 긴장 풀라고."

존이 그녀의 매끄러운 허벅지 뒤로 손을 옮겨 붙잡더니 들어올렸다. 그녀가 뭐라 반대하기도 전에 그는 그녀를 장식장 위에 올려놓고는 그녀의 허벅지 사이에 들어섰다.

"존?"

"으음?"

"날 아프게 하지 않겠다고 약속해 줘요."

그는 고개를 들어 그녀의 얼굴을 보았다. 그녀는 진심이었다.

"아프게 하지 않을게, 조지."

"내가 좋아하지 않는 일도요."

"물론이지."

그녀는 미소짓고 그의 어깨로 손을 올렸다.

"이건 좋아?"

그녀의 허벅지를 쓸어올리면서 동시에 실크 로브를 걷으며 그가 물었다.

"음…… 으음."

그녀는 대답하곤 부드럽게 그의 귓불을 핥고는 그의 목 옆선을 따라 혀끝을 미끄러뜨렸다.

"이거 좋아요?"

그의 목에 대고 그녀가 물었다. 그리고는 가볍게 민감한 살결을 빨아들였다.

"근사해."

그는 나직이 쿡쿡거렸다. 그녀의 무릎까지 쓸어내렸다가, 손가락이 속옷 레이스에 닿을 때까지 다시 올라갔다.

"당신의 모든 것이 정말 근사해."

존은 고개를 옆으로 기울이고 눈을 감았다. 지금껏 조지앤처럼 부드러운 여자를 만져 본 적이 있었는지 기억할 수가 없었다. 그의 손가락이 그녀의 따스한 허벅지를 움켜쥐고 벌렸다. 그녀의 입이 그의 목에서 황홀한 일들을 하는 동안 그는 로브 아래로 손을 미끄러뜨려 그녀의 엉덩이를 감쌌다.

"당신은 부드러운 살결에 굉장한 다리, 근사한 엉덩이를 지녔어."

그녀를 자신의 골반으로 끌어당기며 그는 말했다. 사타구니에 열기가 몰려들었고, 조심하지 않으면 자신이 조지앤의 안에 파묻혀 한 동안 머물게 되리라는 것을 느꼈다.

조지앤이 얼굴을 들었다.

"날 놀리는 거예요?"

존은 그녀의 맑은 눈을 내려다보았다.

"아니,"

자신이 느끼는 욕망이 그녀의 눈에도 떠올랐을까 살폈지만 찾을 수가 없었다.

"반쯤 벌거벗은 여자를 놀리는 일은 절대 없지."

"나 뚱뚱하지 않아요?"

"난 비쩍 마른 여자는 안 좋아해."

그는 담담히 대답하고는 그녀의 골반에서 무릎으로 손을 내렸다가 다시 올라갔다. 그녀의 눈에서 흥미가 반짝이며 드디어 욕망의 불꽃이 떠올랐다.

조지앤은 거짓말하는 기색을 찾으려 그의 나른한 눈을 들여다보았다. 사춘기에 들어선 이래 그녀는 끊임없이 체중과 싸워 왔고 수없이 다이어트를 해 왔다.

그녀는 양손으로 그의 얼굴을 감싸고 그에게 키스했다, 아까 했던 숙련된 완벽한 키스가, 희롱하고 애타게 하는 그런 키스가 아니었다. 이번에는 그를 통째로 꿀꺽 삼켜 버리고 싶었다. 자신을 늘 과체중이라 여겨 온 여자에게 그의 말이 얼마나 큰 의미를 지녔는지 그에게 보여 주려 했다.

조지앤은 자신을 놓아 버렸다, 뜨겁고 어질어질한 욕망 속으로 녹아 내렸다. 그의 손이 애무하고 감싸면서 키스는 탐욕스러워졌고 그녀의 발끝까지 또렷하게 전율이 흘렀다.

실크 벨트가 느슨해지면서 로브가 벌어지는 것이 느껴졌다. 그가 그녀의 배로 손을 가져가더니 허리를 향해 쓸어올라갔다. 그의 따스한 손바닥이 그녀의 갈비뼈로 올라가고 엄지손가락이 그녀의 묵직한 가슴 아래를 스쳤다. 예상치 못한 강렬한 떨림이 그녀를 뒤흔들었다.

평생 처음으로, 가슴에 와 닿은 남자의 손길이 공격적으로 느껴지지 않았다. 그녀는 그의 입에 대고 놀라움을 한숨으로 토해 냈다.

존은 고개를 들어 그녀의 눈을 응시했다. 그리곤 마치 거기서 본 무엇인가에 기쁘기라도 한 듯 미소짓고 그녀의 어깨에서 로브를 밀어 내렸다.

조지앤은 팔을 떨구고 검은 실크가 허벅지께로 흘러내리게 했다. 그녀가 그의 의도를 미처 알아채기 전에 존은 그녀의 등으로 손을 돌려 브라를 풀었다. 그의 빠른 솜씨에 화들짝 놀라 그녀는 손을 들어 녹색 레이스 컵을 고정시켰다.

"난 커요."

급히 그렇게 말하곤, 그렇게 뻔하고 멍청한 소리를 한 것 때문에 그냥 죽고만 싶었다.

"나도 마찬가지야."

그는 도발적인 미소를 지으며 놀렸다.

불안한 웃음소리가 그녀의 목에서 튀어나오고 한쪽 브라 끈이 팔로 흘러내렸다.

"밤새도록 그렇게 앉아 있을 거야?"

그가 묻고는 손마디로 그녀의 브라 레이스 가장자리를 쓸었다.

그의 가벼운 손길에 온몸이 짜릿짜릿했다. 그녀는 그가 하는 말과 그가 주는 느낌이 좋았고 아직은 그만두고 싶지 않았다. 존을 좋아했고 그가 자신을 좋아해 주기를 원했다. 그의 섹시한 눈을 쳐다보면서 그녀는 손을 내렸다.

브라가 천천히 그녀의 무릎으로 떨어졌고 그녀는 숨을 죽인 채 그가 자신의 가슴에 대해 뭔가 외설적인 말을 하기를 기다렸다. 그가 그러지 않기를 바랐다.

"세상에, 조지."

그가 말했다.

"아까 크다고 그랬지. 그보단 당신이 완벽하다고 내게 미리 일러주지 그랬어."

그는 그녀의 묵직한 젖가슴을 감싸고 그녀의 입술에 길고 강하게 키스했다. 그의 엄지손가락이 느릿느릿 젖꼭지를 위아래로, 그 주위와 위를 쓸었다. 아무도 존이 지금 하는 것처럼 그녀를 애무한 적이 없었다. 그의 깃털 같은 손길은 그녀로 하여금 자신이 마치 섬세하고 깨지기 쉬운 것으로 만들어진 듯한 착각에 빠지게 했다. 그는 잡아당기거나 비틀거나 꼬집지 않았다. 거친 손으로 그녀를 움켜쥐고 그걸 즐길 거라 여기지 않았다.

욕망, 감사, 그리고 사랑이 그녀의 혈관에서 심장으로 치솟고 다리 사이에서 고동쳤다. 그에게 키스하면서 그녀의 허벅지는 그의 골반을 조였고 사타구니에 그의 단단하게 부푼 것이 느껴질 때까지 끌어당겼다. 그녀의 손은 그의 티셔츠를 잡아당겼고 그녀는 그걸 위로 벗기기 위해 그의 입에서 떨어졌다. 짙은 체모가 그의 넓은 가슴을 덮고 납작한 복부로 내려가 배꼽 주위를 맴돌고는 청바지 허리 아래로 사라졌다.

그녀는 티셔츠를 내던지고는 그의 가슴과 복부를 위아래로 어루만졌다. 그녀의 손가락이 단단한 근육과 뜨거운 피부를 덮은 짧고 가는 체모를 헤쳤다. 쿵쿵 뛰는 그의 심장 박동과 가쁜 숨결을 느꼈다.

그는 그녀의 이름을 신음으로 내뱉곤 그녀의 입을 또 한 번의 뜨거운 키스로 사로잡았다. 그녀의 젖가슴 끝이 그의 가슴을 스치자 아릿함이 그녀의 온몸에 퍼졌다. 그가 닿는 곳마다 그녀가 이전에 경험한 바 없는 뜨거운 열정으로 고동쳤다. 마치 존이 그녀를 사랑해 주기를 그녀의 몸이 평생 알고 기다려 온 것만 같았다. 그녀는 그의 단단하고 매끄러운 등을 쓰다듬으며 척추로 내려갔다가 배로 돌아왔다. 그녀의 손가락이 그의 청바지 허리 안을 파고들자 그는 헉 숨을 들이쉬었다.

그녀가 금속단추를 풀었을 때, 그의 손이 그녀의 손목을 감아쥐었다. 그는 그녀에게서 입을 떼고는 한 발짝 물러나 나른한 눈으로 그

녀를 쳐다보았다. 그의 이마에 주름이 졌고 그을린 뺨은 달아올라 있
었다. 그는 제일 좋아하는 요리를 방금 받은 배고픈 남자처럼 보였지
만 별로 그 사실이 행복해 보이지 않았다. 마치 거절하려는 듯이 보
였다.

"아아, 알게 뭐야."

마침내 욕설을 내뱉고 그가 그녀의 속옷을 향해 손을 뻗었다.

"어차피 난 죽은 목숨인 걸."

조지앤은 양손으로 뒤의 캐비닛을 짚고 엉덩이를 들어 그가 속옷
을 끌어내리게 했다. 다시금 그녀의 허벅지 사이에 들어섰을 때, 그
는 벌거벗고 있었다. 그리고 그는 정말로 컸다. 놀리려 한 소리가 아
니었다.

그녀는 손을 뻗어 그의 굵은 남성을 감아쥐었다. 그의 손이 그녀의
손을 감싸쥐었고, 그는 그녀의 손을 불퉁한 머리부분으로 올렸다가
도로 밀어 내렸다. 그녀의 손안에 쥐어진 그는 대단히 단단했고 몹시
도 뜨거웠다.

그는 그들의 손을 그리고 그녀의 벌어진 허벅지를 내려다보았다.

"피임하고 있어?"

그가 묻고는 빈손을 그녀의 골반으로 가져갔다.

"네."

그녀의 입에서 한숨이 새어나왔고 그의 손가락은 그녀의 수풀을
헤치고 매끄러운 살을 쓰다듬어 그녀가 산산이 부서져 버릴 거라고
생각하게 될 때까지 달아오르게 했다.

"다리를 내 허리에 감아."

그녀가 그의 명령에 따르자 그는 그녀 안으로 돌진했다. 그의 머리
가 확 젖혀지고 눈길이 그녀에게로 날아왔다.

"오 하나님, 조지."

목 깊숙이 그가 중얼거렸다.

그는 약간 물러났다가 마침내 완전히 그녀 안에 자리잡을 때까지

들어왔다. 그녀의 골반을 잡고는 그녀 안에서 움직였다. 처음에는 느리게, 그리고는 빨리. 장식장의 트로피들이 덜그럭거렸고, 조지앤은 그가 자신을 어두운 계곡으로 밀어붙이는 듯했다. 매번의 돌진마다 그녀의 살갗은 뜨거워져 갔고 그에 대한 갈망도 더욱 탐욕스러워졌다. 그의 육체의 진격은 고문이며 동시에 달콤한 기쁨이었다.

그의 이름을 거듭거듭 말하는 그녀의 고개는 젖혀지고 눈은 감겨 있었다.

"멈추지 말아요."

자신이 끝을 향해 솟구치는 것을 느끼고 그녀는 소리쳤다. 불길이 몸에 퍼지고 근육은 반사적으로 움츠러들며 그녀는 길고 뜨거운 오르가즘으로 떨어져 내렸다. 보통 때라면 충격 받았을 그런 말을 중얼거렸다. 그러나 신경 쓰지 않았다. 존은 그녀로 하여금 경이적인 것들을, 전에는 결코 몰랐던 것들을 느끼게 했고, 그녀의 모든 생각과 감정은 자신이 꼭 껴안고 있는 남자에 집중되어 있었다.

"하나님 맙소사."

존은 헉헉대며 그녀의 목덜미로 얼굴을 떨궜다. 그녀의 골반을 움켜쥔 그의 손에 힘이 들어갔고 깊게 울리는 신음과 함께 그는 마지막으로 그녀 안으로 돌진했다.

어둠이 존의 벌거벗은 형체를 감싸안아 그의 음울한 분위기와 맞아떨어졌다. 집은 너무나도 조용했다. 만약 귀를 기울이기만 하면 조지앤의 고른 숨소리를 거의 들을 수 있을 듯했다. 하지만 그녀는 그의 침실에서 곤히 잠들어 있으니 그걸 듣기란 불가능하다는 걸 알고 있었다.

밤이었다. 어둠. 정적. 그것이 그의 기분을 거스르고 위협하며 기억이 쫓아왔다.

버드와이저 병을 입가로 들어올려 단숨에 4분의 1을 비워 버렸다. 커다란 전망 창으로 다가가 노란 달과 가장자리가 은빛으로 물든 검은 파도를 응시했다. 유리에 비친 그 자신의 모습에서 알아볼 수 있는 것은 흐릿한 실루엣뿐이었다. 영혼을 잃었고 다시 그걸 찾는 데 별 관심이 없는 남자의 희미한 윤곽.

불현듯 그의 아내 린다의 모습이 어둠 속에서 떠올랐다. 그가 마지막으로 본 그녀의 모습—그가 고등학생 시절 알았던 생기 넘치는 얼굴의 소녀와는 너무도 다른 모습으로 핏물 욕조 안에 앉아 있던 그녀.

그의 상념은 빠르게 돌아 학생 시절 그녀와 데이트하던 순간으로 돌아갔다. 하지만 졸업 후, 그는 주니어 리그에서 하키를 하기 위해 몇 백 마일 떨어진 곳으로 옮겨갔다.

그의 삶은 그의 스포츠를 중심으로 돌아갔다. 그는 열심히 뛰었고, 스무 살인 1982년 드래프트에서 토론토 메이플 리프스 팀에 제일 먼저 지명된 선수가 되었다. 체격 덕분에 압도적인 위력과 '철벽'이라는 별명을 얻었다.

얼음 위에서의 기술로 그는 떠오르는 스타가 되었다. 얼음 밖에서의 기술로는 그루피 세계에서의 스타가 되었다. 네 시즌 동안 메이플 리프스에서 뛰고 나자 뉴욕 레인저스에서 거액 계약을 제시해 왔고 존은 NHL에서 가장 높은 연봉을 받는 선수들 중 하나가 되었다. 린다에 대해선 전부 잊어 가고 있었다.

그가 그녀를 다시 보았을 때는 6년이 흐른 후였다. 그들은 동갑이었지만 경험 면에서는 딴판이었다. 존은 세상을 많이 알았다. 젊고 부유하며 다른 남자들은 꿈에서나 겪어 볼 수 있는 일들을 해 보았다.

지난 세월 동안 그는 엄청나게 바뀐 반면 린다는 아주 약간 바뀌었을 뿐이었다. 그녀는 그가 어니의 시보레에 태워 돌아다니던 그 소녀와 거의 똑같았다. 차내 미러를 보며 그가 나중에 키스로 닦아 버리고 말 빨강 립스틱을 바르던 그 소녀.

하키 시즌 중의 휴가에 그는 린다와 맞닥뜨렸다. 그는 그녀를 마을

밖의 호텔로 데리고 갔다. 석 달 후 그녀가 임신했다고 말하자 아내로 맞이했다. 그의 아들 토비는 임신한 지 다섯 달 만에 태어났다. 그후로 4주 동안 아들이 숨을 쉬기 위해 안간힘쓰는 것을 보며 그는 토비에게 인생과 하키에 대해 자신이 배운 모든 것을 가르치는 꿈을 꾸었다. 하지만 개구쟁이 사내아이에 대한 그의 꿈은 아들과 함께 고통스레 죽어 갔다.

존이 묵묵히 아픔을 삭인 반면 린다의 슬픔은 주위 모든 이들의 눈에 분명했다. 그녀는 내내 울었고 얼마 지나지 않아 다른 아이를 가져야겠다는 집착에 사로잡혔다. 존은 그녀가 아이에 집착하는 이유가 자신임을 알고 있었다. 그는 사랑해서가 아니라 그녀가 임신했기에 결혼했었다.

그때 떠났어야 했다. 헤어졌어야 했지만 그녀를 버려 둘 수가 없었다. 그녀가 괴로워하고 있는 동안엔, 그녀의 아픔이 그의 책임으로 느껴지는 동안엔. 그녀가 이 의사 저 의사를 찾아 전전하는 동안 그는 곁에 있었다. 그녀가 연달아 유산을 겪는 동안 그는 곁에 있었다. 마음 한구석에선 그 역시 아기를 원했기에 곁에 있었다. 그녀가 점점 더 절망 속으로 빠져드는 동안 그는 곁에 있었다.

곁에 있긴 했으나 그는 좋은 남편은 아니었다. 아기를 가져야 한다는 그녀의 집착은 광적이 되어 갔다. 그녀 인생의 마지막 몇 달, 그는 그녀를 건드리는 것조차 견딜 수 없었다. 그녀가 매달릴수록 그는 더 밀어냈다. 다른 여자들과의 불륜이 노골적으로 되어 갔다. 무의식중에 그는 그녀가 떠나 주기를 바랐다.

하지만 그녀는 떠나는 대신 자살을 택했다.

존은 맥주병을 입가로 가져가 벌컥 들이켰다. 그녀는 그가 자신을 발견하기를 원했고, 그렇게 되었다. 일 년이 지난 지금도 그는 그녀의 피가 번진 목욕물 색을 뚜렷이 기억할 수 있었다. 분필처럼 흰 얼굴과 젖은 금발을. 그녀가 쓴 샴푸 내음을 맡을 수 있었고 그녀가 손목에서 거의 팔꿈치까지 낸 상처도 눈에 선했다. 아직도 속을 강타하는 그 끔찍한 충격을 느낄 수 있었다.

매일 그는 끔찍한 죄책감을 갖고 살았다. 매일 자신의 기억과 자신이 한 일을 잊게 해 줄 관심거리를 찾았다.

존은 침실로 들어가 시트에 감긴 관능적인 여자를 내려다보았다. 복도 불빛이 침대 위에 드리워졌고 검은 곱슬머리가 머리 주위에 흐트러져 있었다. 한쪽 팔은 배 위에, 다른 한 팔은 옆에 둔 채였다.

버질의 결혼 첫날밤을 가로챈 데 대해 죄스럽게 여겨야 하겠지만 그렇지 않았다. 그는 자신이 한 행동을 후회하지 않았다. 너무나 근사한 시간을 보냈고 그녀가 그의 집에서 밤을 보냈다는 걸 누가 알게 된다면, 어차피 그가 그녀와 섹스 했으리라 여길 테니까. 그러니 무슨 상관이랴?

그녀는 섹스를 위해 만들어진 몸을 갖고 있었으나 그 교태로 짐작가는 것만큼 경험이 많진 않다는 사실을 그는 발견했다. 어떻게 쾌락을 주고받는지 그가 그녀에게 보여 주어야 했다. 그는 그녀의 몸에 입맞추고 혀로 애무했으며 그녀의 뾰로통한 입으로 뭘 어떻게 해야 할지 가르쳤다. 그녀는 감각적이며 동시에 무지했지만 그에겐 그런 그녀가 더욱더 관능적으로 느껴졌다.

존은 침대 가장자리로 가서 하얀 시트를 그녀의 허리까지 끌어내렸다. 그녀는 마치 커다란 크림 덩어리 속에 벌거벗은 채 톡 떨어진 것처럼 보였다. 그는 다시금 자신이 단단해지는 것을 느끼고 몸으로 그녀를 덮었다. 그녀의 젖가슴 옆으로 손을 가져가며 가슴 골짜기에 얼굴을 묻고 살며시 입맞췄다.

여기, 부드럽고 따스한 육체가 몸 아래 있는 동안엔 아무 것도 생각할 필요가 없다. 그가 해야 할 일은 쾌감을 느끼는 것뿐이다.

조지앤의 낮은 신음을 듣고 그는 그녀의 얼굴을 올려다보았다. 잠에 취한 녹색 눈이 그를 바라보고 있었다.

"자는 걸 내가 깨웠나?"

그가 물었다.

조지앤은 그의 오른쪽 뺨에 보조개 주름이 잡히는 것을 보고 두근 두근 부풀어오르는 자신의 가슴을 느꼈다.

"그러려고 한 거 아니었어요?"

마음이 온통 그에게로 향해 있어 영혼 깊숙이 느껴질 정도였고, 비록 그가 그녀를 좋아한단 말은 하지 않았으나 그녀는 그 역시 뭔가를 느끼고 있음을 알았다. 그녀와 함께 하기 위해 버질의 분노를 감수했으니. 그는 자신의 경력을 걸었고, 그가 그녀를 위해 건 도박은 조지앤에게 있어 자극적이고 몹시도 로맨틱했다.

"내 손을 간수하고 당신을 도로 자게 둘 수는 있지. 하지만 쉽지 않을 거야."

그는 그녀의 맨 허벅지로 손바닥을 가져가며 말했다.

"다른 선택의 여지가 있나요?"

그녀는 묻고 그의 관자놀이께 짧은 머리카락에 손가락을 묻었다.

그는 그녀와 얼굴을 마주 볼 만큼 위로 올라왔다.

"당신이 즐거움에 비명 지르게 해 줄 수 있어."

"흐음."

그녀는 뭘 선택할지 고려해 보는 척했다.

"마음 정할 시간이 얼마나 있죠?"

"방금 다 지나갔어."

존은 젊고 잘생겼으며, 그의 품 안에서 그녀는 안전하고 보호받는 기분이었다. 그는 근사한 연인이며 그녀를 돌봐 줄 수 있다. 그리고 가장 중요한 점은 그녀가 그를 미친 듯이 사랑하고 있다는 것이었다.

그는 입술을 맞추고 달콤한 정열로 키스했다. 그녀는 그 옛날 컨트리 노래를 부르고 싶은 기분이었다. 그녀는 '이 세상에서 가장 행복한 여자'였다.

그녀는 존 역시 행복하게 해 주고 싶었다. 열다섯 살 적의 첫 연애 이후로 조지앤은 늘 현재의 남자친구가 원하는 대로 되기 위해 카멜레온처럼 변신했다. 끔찍한 빨간색으로 머리를 물들이는 것부터 기계

로데오 황소를 타느라 온몸에 멍이 드는 것까지 무엇이든 했다. 조지
앤은 그녀 인생의 남자들을 기쁘게 하기 위해 늘 자신을 버렸고 그들
은 그녀를 사랑해 주었다.
　지금 존은 그녀를 사랑하지 않을지도 모르지만, 곧 그렇게 될 것
이다.

5

조지앤은 욱신거리는 가슴에 손을 올렸다. 그녀의 손가락은 보디
스에 꿰매어진 하얀 새틴 리본을 움켜쥐었고 가슴속에선 사랑과 증
오가 공처럼 이리저리 충돌하며 심장을 으스러뜨렸다. 핑크 웨딩드레
스와 가느다란 굽 높은 뮬에 옥죄인 채 그녀는 따끔따끔한 눈의 감각
과 분투했다.

하지만 존의 빨강 코르벳이 도로로 들어서는 것을 지켜보고 있노
라니 어쩔 수 없었다. 눈앞이 흐려졌으나, 주르륵 흘러내리는 눈물은
아무런 위안이 되지 못했다.

존이 사라지는 것을 지켜보면서도 그가 정말로 시애틀—타코마 국
제공항 앞 인도에 자신을 내버렸다는 것을 믿을 수가 없었다. 그냥
버린 것도 아니었다. 그는 뒤도 돌아보지 않고 떠났다.

비즈니스 정장이나 가벼운 여름 옷차림인 주위의 사람들은 모두
그녀를 서둘러 스쳐갔다. 택시 기사들이 짐을 내리는 동안 택시가 뿜
어낸 매연에 숨이 막혔다.

짐꾼들은 손님들과 농담을 나누었고 무덤덤한 남자 목소리가 공항
앞의 표시된 공간은 화물을 싣고 내리는 용도로만 사용한다고 방송

했다. 조지앤을 둘러싼 무질서한 소리는 그녀 머릿속 혼란스런 울림과 맞물렸다.

어젯밤의 존은 오늘 아침 블러디 메리(해장술)를 한 손에 들고 그녀를 깨운 무관심한 남자와 너무나 달랐다. 어젯밤 그는 그녀와 끊임없이 사랑을 나누었고, 그녀는 이렇게 남자와 가깝게 느껴 본 적이 없었다. 존도 자신에게 친밀감을 느낄 거라 확신했었다. 그녀를 좋아하지 않는다면 그가 그런 위험을 불사할 리가 없잖은가. 만약 그녀에 대해 아무 감정도 없다면 그는 치눅스 팀에서의 자기 경력을 걸지 않았을 것이다.

하지만 오늘 아침 그는 지난밤 그들이 사랑을 나눈 것이 아니라 TV 드라마 재방송이라도 보며 지낸 듯이 행동했다. 그녀를 위해 댈러스 행 비행기를 예약했다고 말할 때 그는 마치 그녀에게 큰 은혜라도 베푸는 듯한 말투였다.

그녀를 도와 코르셋과 핑크 웨딩드레스를 입히는 그의 손길은 사무적이었다. 어젯밤 뜨거운 연인의 애무와는 너무나도 달랐다. 그녀는 그에게서 함께 있자는 말이 나오게 설득할 말을 찾아 헤맸다. 그가 원하는 것이라면 무엇이든 기꺼이 하겠다는 뜻을 내비쳤지만 그는 그녀의 은근한 제안을 깡그리 무시했다.

공항으로 오는 길에 그는 대화를 나눌 수 없을 정도로 음악을 크게 틀었다. 차에 탄 동안 그녀는 수많은 의문으로 자신을 고문했다. 자신이 뭘 어쨌는지 그리고 무슨 일이 있었기에 모든 것이 뒤바뀌었는지 고민했다.

그러나 자존심 때문에 카세트 플레이어를 끄고 그에게 대답하라 다그치지는 않았다. 그 자존심만이 그의 도움을 받아 차에서 내릴 때 눈물을 억누를 수 있게 해 주었다.

"당신 비행기는 딱 한 시간 후에 이륙해. 카운터에서 티켓 찾고 탈 시간은 넉넉하지."

존이 여행가방을 그녀에게 넘기며 알려 주었다.

두려움이 그녀의 뱃속을 단단하게 조여들었다. 공포가 그녀로 하여금 자존심을 내던지게 했고 그녀는 다시 해변가의 집으로, 안전함을 느낄 수 있던 그곳으로 데려다 달라고 그에게 애원하려 입을 열었다. 그러나 그의 다음 말이 그녀를 막았다.

"그 드레스 차림이면 댈러스에 도착하기 전에 분명 최소한 두 번은 청혼을 받을 거야. 내가 인생을 잡친 건 하늘이 다 아는 일이니 당신더러 어떻게 살라고 말하고 싶진 않아, 하지만 다음 약혼자는 좀더 생각을 하고 고르도록 해."

그녀는 그를 너무나 사랑해서 고통스러운데, 그는 그녀가 다른 남자와 결혼한대도 상관하지 않는다고 했다. 그들이 함께한 밤은 그에겐 아무 의미도 없는 것이다.

"당신을 알게 되어 좋았어, 조지."

그가 말하고 돌아섰다.

"존!"

자존심을 넘어 그의 이름이 그녀의 입에서 터져 나왔다.

그는 돌아섰고, 필경 그녀의 얼굴에 마음이 모두 드러났던 모양이었다. 그는 어쩔 수 없다는 듯 한숨을 쉬었다.

"절대 당신에게 상처 주고 싶진 않았어, 하지만 처음부터 말했다시피, 당신을 위해 치눅스에서의 내 위치를 걸지는 않을 거야."

그는 잠깐 멈추었다가 덧붙였다.

"당신에게 무슨 나쁜 감정이 있어서가 아니야."

그리곤 그는 가 버렸다. 인도를 따라, 그녀의 인생에서 떠나 버렸다.

손이 욱신거리기 시작해 조지앤은 꽉 움켜쥐고 있던 여행가방을 내려다보았다. 관절이 하얗게 되어 있었다. 손에서 힘을 뺐다.

독한 매연에 속이 메슥거려 그녀는 마침내 돌아서서 공항에 들어갔다. 여기서 벗어나야 한다. 떠나야 하는데 어디로 가야 할지 알 수가 없었다.

자신의 모든 회선에 과부하가 걸린 듯한 기분이 들어 머릿속을 싹 비우려 애썼다. 델타 티켓 카운터를 찾아내어, 직원에게 체크할 짐은 없다고 했다. 한 손에 티켓, 다른 한 손에 여행가방을 들고 그녀는 돌아섰다.

그녀는 선물가게, 레스토랑, 운항 안내 전광판을 지나쳤다. 참담함이 그녀를 둘러싸고 짙고 검은 안개처럼 짓눌렀다. 마음의 상처가 얼굴에 드러났을 테니 사람들이 자세히 들여다보면 진실을 볼 수 있으리라 확신하고 시선은 내내 아래로 향했다.

사람들은 이제 조지앤 하워드에 대해 눈곱만치도 신경 쓰지 않을 것이다. 이 주에도 다른 어느 곳에도. 그녀는 유일한 친구인 씨씨를 내버렸고 만약 조지앤이 죽는다면 진정으로 마음쓸 사람은 단 하나도 없으리라.

아, 롤리 아주머니는 그런 척 행동하겠지, 아주머니는 장례식용 녹색 젤로를 만들고 내심 이제 조지앤에 대한 책임을 느낄 필요가 없다는 데 안도하겠지만 아닌 척 울어 대겠지. 잠시 동안 조지앤은 어머니가 슬퍼할까 궁금했지만 그 생각이 채 들기도 전에 답을 알았다. 아니. 빌리 진은 원하지 않았던 아이를 위해 슬퍼하지 않을 것이다.

막 델타 항공 대기실로 들어갔을 때 연약한 자제력이 흔들렸다. 창을 마주한 자리에 앉으며 그녀는 시애틀 「타임스」 신문을 옆으로 치우고 여행가방을 옆의 비닐 시트에 놓았다. 활주로를 내다보고 있는 그녀 앞에 어머니의 얼굴이 떠올라 딱 한 번 빌리 진을 만났던 그때를 떠올리게 했다.

그날은 할머니의 장례식이었고 관에서 눈길을 들어올린 그녀는 세련된 갈색머리와 녹색 눈을 한 우아한 여인의 얼굴을 마주 보게 되었다. 롤리 아주머니가 말해 주지 않았다면 그 여자가 누구인지 몰랐을 것이다. 단번에 할머니의 죽음이 가져온 슬픔이 불안, 기쁨, 희망 그리고 모순되는 무수한 감정들과 뒤섞였다. 평생 동안 조지앤은 어머니와 만날 그 순간을 고대해 왔었다.

자라면서 그녀는 빌리 진이 어렸으며 아직 아이를 원하지 않았다고 들었다. 그 결과, 조지앤은 어머니가 마음을 바꿀 그 날을 꿈꿨었다.

하지만 사춘기에 다다를 무렵이 되자 조지앤은 재회의 꿈을 포기했다. 그녀는 빌리 진 하워드가 이제 앨라배마 의원 레온 오버쇼의 아내이며 두 어린 자식의 어머니 진 오버쇼가 되었음을 알았다. 어머니의 다른 가족들에 대해 알게 된 그날은 그녀가 잔혹한 현실을 마주해야 했던 날이었다. 할머니는 그녀에게 거짓말을 한 것이다. 빌리 진은 아이들을 원했다. 다만 조지앤을 원치 않았을 뿐.

할머니의 장례식에서 마침내 빌리 진이 눈에 들어왔을 때 조지앤은 아무 것도 느끼지 못할 거라 여겼었다. 하지만 자신이 가슴 깊숙이 아직도 자애로운 어머니의 환상을 간직하고 있다는 것을 깨닫고 놀랐다. 어머니가 자신 내부의 빈 공간을 채워 줄 수 있으리란 꿈에 매달려 있었다.

출산 직후 자신을 버린 여자에게 자기소개를 하는 동안 조지앤의 손은 떨리고 무릎은 후들후들거렸다. 그녀는 숨을 죽이고 기다리고 또 기다렸다. 하지만 빌리 진은 그녀를 제대로 쳐다보지도 않은 채 말했다.

"네가 누군지 알아."

그리고는 돌아서서 교회 뒤로 가 버렸다. 예배 후 그녀는 사라졌다. 아마도 남편과 아이들에게로 돌아갔겠지. 그녀의 삶으로.

델타 여객기 도착 안내 방송이 조지앤의 마음을 과거에서 끌어냈다. 다른 승객들이 대기실을 채우기 시작했고, 그녀는 여행가방을 들어 무릎에 놓았다. 단단히 컬한 하얀 머리와 폴리에스테르 겉옷을 입은 할머니가 빈 의자로 다가왔다. 버릇대로 조지앤은 자동적으로 시애틀 「타임스」 신문을 집어 할머니의 자리에서 치워 주었다. 그녀는 신문을 가방 위에 놓고 창밖에 지나가는 견인차와 화물 트레일러를 쳐다보았다.

평상시라면 할머니에게 미소짓고 아마 유쾌한 잡담을 나누었을 것이다. 하지만 그녀는 유쾌하게 굴 기분이 아니었다. 자신의 삶에 대해, 사랑을 되돌려 주지 못하는 사람들에게 끌리는 자신의 경향에 대해 생각했다.

그녀는 만 하루도 되기 전에 존 코왈스키에게 사랑을 느꼈다. 그에 대한 그녀의 감정은 너무나 빨리 생겨나 스스로도 믿기 힘들었다. 허나 그녀는 그것이 진실임을 알았다. 그의 푸른 눈과 미소를 지을 때마다 패이는 오른쪽 뺨의 보조개를 생각했다. 그녀를 감싸고 안전하단 기분이 들게 만들어 주는 그의 강한 팔뚝을 생각했다. 눈을 감으면, 그녀가 깃털만큼 가볍기라도 한 듯이 그녀의 엉덩이를 받쳐 가뿐히 중국식 장식장 위로 들어 올리던 그의 손을 느낄 수 있었다. 그녀가 알던 그 어떤 남자도, 사랑한다고 생각했던 옛날 남자친구들도 존 같은 기분이 들게 하진 못했었다.

당신이 완벽하다고 내게 미리 일러 주지 그랬어.

그의 말은 그녀가 샌안토니오 축제의 여왕 같은 기분이 들게 했다. 그녀를 이렇게 비참한 기분이 들게 만든 남자는 아무도 없었다.

다시 눈이 따끔거리고 눈앞이 뿌옇게 흐려지기 시작했다. 최근 그녀는 상당히 어리석은 선택을 여러번 했었다. 그 목록의 제일 위는 할아버지뻘 되는 남자와 결혼하기로 한 결정이었다. 바로 그 아래 두 번째는 겁쟁이처럼 결혼식에서 도망친 것. 하지만 존과 사랑에 빠진 것은 선택이 아니었다. 그냥 그렇게 되고 말았다.

눈물 한 방울이 뺨에 흘러내리자 그녀는 닦아 냈다. 이제 존을 잊어야 한다. 자신의 삶을 시작해야만 한다.

무슨 삶? 그녀에겐 집도 직업도 없었다. 진짜 가족이라 부를 만한 사람도 없으며 유일한 친구는 아마 지금쯤 그녀를 미워하고 있으리라. 옷들은 전부 버질의 집에 있었고 의심의 여지없이 그는 그녀를 혐오할 터였다. 그녀가 사랑한 남자는 그 사랑을 돌려주지 않았다. 커브길에 버리곤 돌아보지도 않고 떠났다.

그녀에겐 자신 외에는 아무 것도 없었다.

"안내합니다,"

여자 안내원의 목소리가 울려 퍼졌다.

"댈러스—포트 워스 국제공항행 델타 624편 티켓을 소지하신 승객 여러분, 15분 후에 탑승을 시작하겠습니다."

조지앤은 손에 들린 티켓을 내려다보았다. 15분. 아무 것도 없는 곳으로 그녀를 데려갈 비행기에 탑승할 때까지 15분. 그곳에선 아무도 그녀를 맞아 주지 않으리라. 그녀에겐 아무도 없었다. 아무도 그녀에게 마음쓰지 않았다. 아무도 그녀에게 뭘 어떻게 하라고 말해 주지 않았다.

그녀 자신 외엔 아무도. 조지앤은 혼자였다.

두려움이 그녀의 뱃속을 쥐어짰고, 그녀는 무릎 위 여행가방에 놓인 시애틀 「타임스」로 눈길을 돌렸다. 감정적 과부하가 바로 수면 아래로 올라왔음을 느낄 수 있었다. 완전히 신경이 끊어지는 것을 피하기 위해 그녀는 신문에 집중했다. 천천히 구인 광고를 읽어 나가는 그녀의 입술이 달싹거렸다.

헤런 케이터링* 위의 간판은 오른쪽으로 삐딱하게 걸려 있었다. 목요일 밤의 폭풍에 흔들리다 못해 한쪽 사슬이 끊어졌다. 이제 간판에 그려진 커다란 새는 마치 인도로 급강하라도 하는 듯이 보였다. 문 양쪽에 심어진 진달래는 강풍을 견뎌 냈지만 매달려 있던 붉은 제라늄은 이미 끝장난지 오래였다.

작은 건물 안에는 모든 것이 완벽히 정리되어 있었다. 개조된 가게 전면의 사무실엔 책상과 원탁이 있었다. 서로 어울리는 옷과 똑같은 얼굴의 두 사람을 담은 커다란 사진이 벽에 걸려 있었다. 두 사람은 각각 1달러 지폐의 한끝을 붙들고 있었다. 부엌에는 슬라이스 기계와

---

* 연회나 파티의 음식 및 서비스 대행.

분쇄기, 그리고 스테인리스 스틸 냄비와 팬이 반짝였다. 메뉴 샘플 모음이 냉장고 안 쟁반에 놓여 있었고, 공기순환 방식 2단 오븐이 다른 한쪽 코너를 차지했다.

소유주 본인은 파란색 머리끈을 입에 문 채 욕실에 서 있었다. 형광등 불빛이 깜박이고 웅웅거리며 매 헤런의 얼굴에 잿빛 음영을 던졌다. 그녀의 갈색 눈이 세면대 위의 거울에 비친 자신의 모습을 뜯어보며 금발을 뒤통수 높이 포니테일로 묶었다.

매는 아이보리 비누 광고 소녀 그대로였다. 그녀에겐 과일향 스킨 클렌저나 토너 또는 비싼 크림 따위가 아무 소용이 없었다. 그녀는 얼굴에 닿는 화장품의 느낌을 싫어했다. 가끔은 마스카라를 조금 바르긴 했지만, 연습이 부족한 탓에 바르는 솜씨가 영 별로라, 레이처럼은 되지 않았다. 레이는 늘 차려입기를 잘했다.

매는 옆모습을 보려 돌아서서 정수리의 매끄러운 머리칼로 손을 올렸다. 정문의 종이 울리며 매가 기다리고 있던 손님의 도착을 알리지만 않았던들 머리를 풀고 다시 묶기 시작했을 터였다. 캔디스 설리번 부인은 헤런의 단골고객이었고, 부모님의 50주년 결혼기념일 케이터링을 맡기려 매에게 전화했었다. 캔디스는 명망 높은 심장 전문의의 부인이었다. 그녀는 부유했고 매와 레이의 꿈을 지킬 마지막 희망이었다.

그녀는 파란 폴로 셔츠 자락을 깔끔하게 면 반바지 안으로 넣었는지 확인하려 내려다보고 깊이 숨을 들이쉬었다. 그녀는 이 분야에는 그다지 능하지 못했다. 고객들의 비위를 맞추고 잡담을 나누는 건 레이의 장기였다. 그녀는 회계사였다. 장부 담당.

지난밤과 오늘 상당 시간 동안 눈이 빡빡해지도록 숫자를 짜냈지만 얼마나 많은 창조적 방법들을 구상해 내건 간에 그녀와 레이가 3년 전 시작한 케이터링 사업에 넉넉한 현금이 곧 유입되지 않는다면 문을 닫아야 할 터였다. 매에겐 설리번 부인이 필요했다. 그녀의 돈이 필요했다.

매는 세면대 위의 마닐라 봉투를 집어들고 욕실을 나섰다. 주방을 지났지만 앞쪽 사무실 문간에 우뚝 멈춰 서고 말았다. 거기 서 있는 젊은 여자는 설리번 부인과 닮은 구석이라곤 털끝만치도 없었다. 사실 그녀는 영락없이 플레이보이 맨션에서 도망 나온 것처럼 보였다. 그녀는 매와는 완전 반대 그 자체였다. 키 크고 빵빵하며 짙고 숱많은 머리에 보기 좋게 그을린 피부. 매는 햇빛 생각만 해도 삶은 게마냥 시뻘겋게 타곤 했다.

"어…… 무엇을 도와 드릴까요?"

"일자리에 지원하러 왔어요."

여자는 또렷한 남부 억양으로 답했다.

"주방장 보조로요."

매는 여자가 한 손에 든 신문에 눈길을 주고, 커다란 하얀 리본이 달린 핑크 새틴 드레스를 주욱 훑어보았다. 그녀의 남동생 레이라면 저 드레스를 끔찍이 좋아했을 텐데. 레이는 저 드레스를 입어 보고 싶어했을 거다.

"이전에 케이터링 업체에서 일한 적이 있나요?"

"아뇨. 하지만 요리를 잘해요."

외모를 보자면 매는 저 여자가 물이나 끓일 줄 알까 영 의심스러웠다. 하지만 그녀는 사람을 파티 드레스의 색깔로 판단해선 안 된다는 걸 그 누구보다 잘 알고 있었다. 평생의 대부분을 남동생을 멋대로 판단하는 잔인한 사람들—가족들도 포함하여—에 맞서 동생을 지키는 데 보냈으니까.

"난 매 헤런이에요."

"만나서 반가워요, 헤런 씨."

여자는 문가의 테이블에 신문을 내려놓고 매에게 다가와 악수했다.

"제 이름은 조지앤 하워드예요."

"음, 조지앤, 지원서를 줄게요."

그녀는 책상 뒤로 향하며 말했다. 만약 설리번 일을 따낸다면 주방장 보조가 필요하겠지만 정말이지 이 여자를 고용하게 될 것 같진 않았다. 경험 있는 요리사를 선호해서만이 아니라, 주방 일에 지원하는 데 도발적인 드레스를 입고 온 사람의 판단 능력이 못미더워서였다.

조지앤을 고용할 계획이 없긴 했어도 일단 지원서는 쓰게 한 다음 내보내야겠다 싶었다. 그녀가 아래 서랍에 손을 넣었을 때 다시 한 번 문 위의 종이 울렸다.

고개를 들어보니 그녀의 부유한 고객이 눈에 들어왔다. 칵테일을 마시고 테니스를 치며 컨트리클럽에 다니는 대부분의 여자들처럼 캔디스 설리번 부인의 머리칼은 플래티넘 헬멧을 닮았다.

그녀의 보석은 진짜고 손톱은 가짜며 매가 일해 봤던 다른 모든 부잣집 여자들의 전형이었다. 8만 달러짜리 차를 몰면서 라스베리 값에 벌벌 떨었다.

"안녕하세요, 캔디스. 부인을 위해 전부 다 준비해 놓았어요."

매는 세 개의 앨범이 놓여 있는 원탁을 가리켰다.

"앉아서 잠깐 말씀드리도록 하죠."

설리번 부인은 호기심 가득한 눈길을 핑크색 차림의 여자에게서 매에게로 돌리고 미소지었다.

"목요일의 폭풍이 이 건물 외관을 엉망으로 만들어 놓은 듯하군요."

자리에 앉으며 그녀가 말했다.

"정말 그랬어요."

매는 간판을 고치고 새 화분을 사야 한다는 것은 알았지만 지금 당장은 돈이 없었다.

"여기 앉아요."

그녀는 조지앤에게 말하고 지원서를 책상에 놓았다. 그리고는 봉투를 한 손에 든 채 방을 가로질러 원탁 앞에 앉았다.

"보고 고르실 수 있게 몇 가지 메뉴를 짜 놨어요. 전화로 말씀드렸을 때는 앙트레로 오리를 얘기했었죠."

그녀는 봉투에서 메뉴를 꺼내 테이블에 놓고, 첫 선택안을 가리켰다.

"오리 구이에다가, 야생 쌀밥과 각종 야채나 그린 빈스를 추천하고 싶어요. 작은 디너 롤이면……."

"글쎄, 난 모르겠네요."

설리번 부인이 포옥 한숨쉬었다.

매는 그 반응에 대비하고 있었다.

"맛보실 수 있게 샘플을 마련해 냉장고에 넣어 놨어요."

"고맙지만 됐어요. 방금 점심을 먹어서."

치미는 짜증을 누르며, 그녀는 다음 사이드 디쉬로 손가락을 옮겼다.

"그럼 아스파라거스 싹을 더 좋아하실 지도 모르겠군요. 아니면 안티초크나……."

"아뇨."

캔디스가 말을 잘랐다.

"그건 됐어요. 이젠 오리 요리가 그렇게 당기지 않거든."

매는 다음 메뉴로 옮겼다.

"좋아요. 육즙과 구운 감자, 그린 빈스를 곁들인 프라임 립 비프스테이크는……."

"프라임 립을 내놓은 파티를 올해 세 군데 가 봤어요. 난 뭔가 다른 걸 원해요. 뭔가 특별한 것. 레이는 최고로 근사한 아이디어를 내놓곤 했는데."

매는 앞에 놓은 페이지를 팔랑팔랑 넘겨 세 번째 메뉴를 제일 위에 올려놓았다. 그녀는 못 말리게 모자란 인내심의 소유자였으며 이런 일에는 영 맞지 않았다. 그녀가 일껏 짜 놓은 제안들이 하나도 내키지 않는다고 퇴짜놓는 것 외엔 본인이 뭘 원하는지도 모르는 까다로운 고객을 잘 다루지 못했다.

"네, 레이는 굉장했지요."

동생이 너무나 그리운 나머지 그녀의 심장과 영혼 일부분이 6개월 전에 죽어 버린 것만 같았다.

"레이는 최고였어요."

설리번 부인이 말을 이었다.

"비록 그가…… 저기…… 알죠."

그래, 매는 알고 있었고 만약 캔디스가 조심하지 않는다면 문밖으로 내쳐 버릴 참이었다. 비록 레이가 이젠 더 이상 편견에 상처받을 일이 없다지만 매는 참고 봐 주지 않을 터였다.

"샤토브리앙(소스를 곁들인 두꺼운 안심 스테이크)은 한번 고려해 보셨어요?"

그녀는 세 번째 선택안을 가리키며 물었다.

"아뇨."

캔디스가 대답했다. 그리고 10분도 안 되어 매의 아이디어 전부를 퇴짜놓았다. 매는 그녀를 죽여 버리고 싶은 심정이 되어 자신에게는 그녀의 돈이 필요하다는 사실을 상기해야만 했다.

"부모님의 결혼 50주년을 위해 뭔가 좀 독특한 걸 했으면 해요. 뭔가 특별한 거라곤 하나도 보여 주지 않았잖아요. 레이가 있으면 좋을 텐데. 레이라면 정말로 근사한 걸 내놓았을 거라고요."

매가 보인 메뉴는 전부 근사했다. 사실 레이의 메뉴 파일에서 나온 것들이었다. 매는 성미가 치미는 것을 참으며 가능한 한 기분 좋게 물었다.

"어떤 걸 마음에 두고 계신가요?"

"흠, 나야 모르죠. 케이터링 업자는 그쪽이잖아요. 창의적이어야 할 사람은 당신이죠."

하지만 매는 창의적인 사람이었던 적이 한번도 없었다.

"지금까지 본 중엔 특별한 거라곤 하나도 없네요. 다른 건 없나요?"

매는 사진 앨범을 펼쳤다. 캔디스가 과연 뭐든 마음에 맞는 걸 찾아낼지 의심스러웠다. 설리번 부인이 여기 온 유일한 이유는 자신을 머리를 쥐어짜도록 몰아붙이기 위한 거라는 확신까지 들었다.

"저희가 치렀던 행사 사진들이에요. 어쩌면 마음에 드시는 게 있을지도."

"그랬으면 좋겠군요."

"실례합니다."

핑크색 차림의 여자가 책상에서 끼어들었다.

"하시는 말씀들을 듣지 않을 수가 없었거든요. 제가 도와 드릴 수 있을 듯해요."

매는 조지앤이 방안에 있다는 것조차 잊고 있다가 그녀를 쳐다보았다.

"부모님께서 신혼여행은 어디로 가셨었나요?"

조지앤이 책상 뒤에 앉아 물었다.

"이탈리아."

캔디스가 대답했다.

"흐음."

조지앤은 펜 끝을 도톰한 아랫입술에 댔다.

"파파 콜 포모도로로 시작할 수 있겠군요."

남부 억양으로 모음을 모조리 길게 늘여 발음하는 그녀의 이탈리아어는 기묘하게 들렸다.

"그런 다음 피렌체식 로스트 포크에 감자, 당근, 그리고 두껍게 썬 브루스케타(이탈리아 마늘빵). 혹시 오리 고기를 더 좋아하신다면 아레초 스타일로 해서 파스타와 신선한 샐러드를 곁들이고요."

캔디스는 매를 쳐다보곤, 다시 저쪽 여자에게로 눈길을 돌렸다.

"어머니는 바질 소스 라자냐를 좋아하시지."

"라자냐와 근사한 라디치오(양상추의 일종) 샐러드면 완벽하겠네요. 그런 다음 맛있는 살구 케이크로 마무리를 지으면 되겠어요."

"살구 케이크?"

그다지 열의가 없는 목소리로 캔디스가 물었다.

"난 한 번도 들어본 적이 없는데."

"끝내 준답니다."

조지앤이 재잘거렸다.

"정말로?"

"그렇고말고요."

그녀는 앞으로 몸을 숙이고 책상에 팔꿈치를 괴었다.

"샌안토니오에 있는 해먼드 가의 비비안 해먼드는 살구 케이크에 그야말로 미쳤답니다. 너무너무 좋아해서요, 130년의 전통을 깨고 옐로 로즈 클럽 연례모임의 여성들에게 그걸 내놓았지 뭐예요."

그녀의 눈은 가늘어지고 목소리는 마치 흥미진진한 가십거리라도 들려주는 듯이 잦아들었다.

"그게 말이죠, 비비안 이전까지의 클럽은 늘 모임에 레몬 파운드 케이크를 내놨거든요, 레몬이 노란 장미와 같은 색이고 뭐 그러니까."

그녀는 말을 멈추고 의자에 기대앉아 고개를 한쪽으로 기울였다.

"당연히 그 댁 어머니는 수치스러워 하셨죠."

매는 눈썹을 모으고 조지앤을 바라보았다. 그녀에겐 어딘가 좀 낯익은 구석이 있었다. 매는 도대체 그게 뭔지 딱 짚어 내지 못하고 혹시 전에 만난 적이 있었던가 궁금해했다.

"정말?"

캔디스가 물었다.

"왜 두 가지를 다 내놓지 않고서?"

조지앤은 드러난 맨어깨를 으쓱했다.

"누가 알겠어요. 비비안은 워낙 별난 여자라."

조지앤이 말할수록 매의 익숙한 느낌은 더욱 커졌다.

캔디스는 손목시계를 내려다보곤 매를 쳐다보았다.

"이탈리아식 아이디어가 마음에 들어요, 그리고 백 명의 손님들이

먹을 수 있을 만큼 커다란 살구 케이크도 필요하고."

설리번 부인이 건물을 나설 즈음엔, 매는 메뉴 계획안과 서면 계약, 그리고 예치금조로 수표를 받았다. 그녀는 테이블에 기대서서 가슴 아래 팔짱을 꼈다.

"몇 가지 물어볼 게 있는데."

그녀는 말했다. 조지앤이 들여다보고 있는 척하던 지원서에서 고개를 쳐들자 매는 자신의 손에 든 메뉴를 들여다보았다.

"파파 콜 포모도로가 뭐죠?"

"토마토 수프요."

"만들 수 있나요?"

"그럼요. 진짜 쉬워요."

매는 메뉴를 옆의 테이블에 내려놓았다.

"그 살구 케이크 이야기는 지어낸 건가요?"

조지앤은 뉘우치는 듯이 보이려 애썼지만 조그만 미소로 입가가 올라갔다.

"음…… 조금 꾸미긴 했죠."

이제 매는 저 여자가 익숙하게 느껴졌던 이유를 알았다. 조지앤은 레이처럼 뻔뻔한 허풍 전문가였다. 짧은 한순간 그녀는 남동생의 죽음이 남긴 공허감이 아주 약간 희미해짐을 느꼈다. 그녀는 테이블에서 떨어져 책상으로 걸어갔다.

"요리사 보조나 웨이트리스 일을 해 본 적 있어요?"

그녀는 묻고 지원서를 흘끗 내려다보았다.

조지앤은 재빨리 손으로 서류를 가렸지만, 서툰 글씨로 경력란에 '주방장 보조'를 '주앙장 보조'라고 써 놓은 것을 이미 매가 봐 버린 후였다.

"딜라드 백화점에서 일하기 전에 루비에서 웨이트리스를 했고요, 상상할 수 있는 거의 모든 요리 수업을 들었어요."

"케이터링 업체에서 일한 적은?"

“아뇨, 하지만 그리스식에서 사천식까지, 바클라바(터키식의 얇은 패스추리)에서 생선회까지 다 만들 수 있고요, 사람들을 대하는 것도 아주 잘해요.”

매는 조지앤을 주욱 훑어보곤 자신이 실수하는 게 아니기를 바랐다.

“한 가지 더 묻겠어요. 이 일을 하고 싶나요?”

6

1996년 6월 시애틀.

난리통인 주방을 빠져나와 조지앤은 마지막으로 연회장으로 향했다. 조심스레 배치된, 리넨을 드리운 서른일곱 개의 테이블을 비판적인 눈으로 꼼꼼히 살펴보았다. 각 테이블의 중앙에는 각양각색의 왁스 처리한 장미와 안개꽃, 양치식물 잎이 예술적으로 꽂힌 납작한 유리그릇이 놓여 있었다.

매는 그녀더러 끈질기고 일에 환장했다고 그랬다. 조지앤의 손가락은 아직도 뜨거운 파라핀 때문에 욱신거렸지만 꽃 장식을 바라보고 있노라니 짜증과 아픔, 그리고 난장판이 제값을 했음을 알았다. 그녀는 독특하고 아름다운 것을 만들어 낸 것이다.

조지앤 하워드, 다른 사람들의 보살핌에 의존하도록 자라난 소녀가 근사한 삶을 만들어 냈다. 혼자 힘으로, 그녀는 자신의 난독증을 다루는 방법을 익혔다. 더 이상 자신의 문제를 숨기지 않았으나 그렇다고 내놓고 이야기하지도 않았다. 이제 와서 세상에 공표하기엔 너무나 오랫동안 난독증을 숨겨 왔던 것이다.

그녀는 예전의 많은 장애를 극복했고 나이 스물아홉에 번창한 케이터링 회사의 공동 경영자이며 벨뷰에 아담한 집을 갖고 있었다. 텍사스 출신의 뒤떨어진 여자애였던 자신이 이룬 모든 것에 지극히 만족하고 있었다.

그녀는 불 속을 지나왔고 영혼까지 데였지만 살아남았다. 이제는 좀더 강한 사람이 되었으며 어쩌면 좀 사람을 덜 믿고 다시 남자에게 마음을 주는 걸 끔찍이 주저하게 되었는지도 모르지만, 그녀는 그 두 가지를 행복의 장애물로 여기지 않았다.

그녀는 힘든 방법으로 깨달음을 얻었고 7년 전 헤런 케이터링에 들어서기 전의 삶으로 돌아가느니 차라리 간을 떼어 주고 말겠다 싶었으나, 오늘의 그녀는 그때가 있었기에 존재할 수 있었다. 그녀는 과거를 생각하고 싶지 않았다. 지금 그녀의 인생은 충만했고 그녀가 사랑하는 것들로 가득했다.

텍사스에서 나고 자라긴 했어도 그녀는 금방 시애틀을 사랑하게 되었다. 산과 물로 둘러싸인 울퉁불퉁한 이 도시를 사랑했다. 비에 익숙해지는 데 몇 년이 걸리긴 했지만 대부분의 토박이들처럼 이제는 그렇게 신경 쓰이지 않았다. 그녀는 파이크 플레이스 마켓의 느낌과 태평양 북서부의 생생한 색깔을 사랑했다.

조지앤은 검은 턱시도 재킷 소매를 걷고 손목시계를 흘끗 보았다. 이 오래된 호텔의 다른 곳에선 서빙 직원들이 연어와 속을 채운 버섯을 얹은 오이 슬라이스, 그리고 샴페인을 삼백 명의 손님들에게 돌리고 있을 것이다. 하지만 반 시간 후면 그들은 연회장으로 들어와 스캘러피나*, 레몬 버터를 곁들인 감자, 꽃상추와 물냉이 샐러드를 들게 될 것이다.

그녀는 와인 잔을 하나 집어 안에 들어 있는 냅킨을 뺐다. 하얀 리넨을 장미 모양으로 다시 접는 그녀의 손이 떨렸다. 초조했다. 평소

---

* 얇게 썬 송아지 고기를 기름에 튀긴 이탈리아 요리.

보다 더. 그녀와 매는 전에도 삼백 명 정도의 파티를 치러 보았다. 별 거 아니었다. 하지만 해리슨 재단의 행사를 맡은 적은 없었다. 초대 손님들에게 5백 달러씩 받는 기금 모금 파티는 해 본 적이 없었다. 아, 머리로는 손님들이 그만한 돈을 음식값으로 내는 게 아니란 걸 알고 있었다. 오늘 밤 모금되는 돈은 아동 병원과 메디컬센터로 가게 될 것이다. 그래도 저 많은 사람들이 그만한 돈을 송아지 고기 한 조 각에다 낸다는 생각만 하면 가슴이 다 뛰었다.

연회장 옆쪽 문이 열리며 매가 슥 들어왔다.

"여기 있을 줄 알았다니까."

조지앤에게로 다가오며 그녀가 말했다. 손에는 작업과 구매 주 문서, 모든 재고품의 목록과 영수증 뭉치가 든 녹색 폴더가 들려 있었다.

조지앤은 친한 친구이자 사업 파트너인 매에게 미소지으며 접은 냅킨을 도로 잔 안에 넣었다.

"주방에서는 어때?"

"오, 네가 송아지 고기용으로 산 그 특별한 와인을 새 요리사 보조 가 몽땅 마셔 버렸어."

조지앤은 가슴이 덜컹 내려앉았다.

"농담이라고 말해."

"농담이야."

"정말?"

"정말로."

"하나도 안 웃겨."

조지앤이 한숨을 내쉬는 동안 매는 그녀 옆에 와서 섰다.

"그럴지도 모르지. 하지만 넌 좀 기분을 띄울 필요가 있어."

"집에 갈 때까지 기분을 띄우기란 불가능할 거야."

조지앤은 돌아서서 매의 턱시도 재킷 깃에 달린 핑크빛 장미를 바 로잡았다. 비록 같은 모양의 수트를 입었다지만 두 사람은 외모 면에서 완전히 극과 극이었다. 매는 도자기마냥 매끄러운 피부를 지닌 타고난 금발이고 155센티미터에 발레리나만큼 날씬했다. 조지앤은 거의 뭐든 먹어도 1킬로그램도 늘지 않는 매의 체질을 늘 부러워했다.

"만사 예정대로 진행 중이야. 너무 흥분해서 앤젤라 에버렛의 결혼식 때 그랬던 것처럼 이성을 잃지나 말아."

조지앤은 얼굴을 찌푸리고 옆문으로 걸어갔다.

"난 아직도 에버렛 할머니의 조그만 파란 푸들을 잡아 족치고 싶어."

매는 웃음을 터뜨리며 조지앤의 옆에서 걸었다.

"그날 밤은 절대 못 잊을 거야. 난 뷔페에서 서빙을 하고 있었는데 주방에서 네가 괴성을 지르는 게 다 들리더라니까."

그녀는 목소리를 약간 낮추고는 조지앤의 억양을 흉내냈다.

"어쩜 좋아. 개가 내 그, 거시기를 먹어 버렸어!"

"난 미트볼이랬어."

"아니. 안 그랬어. 그리고는 그냥 주저앉아 빈 쟁반을 족히 10분은 들여다봤지."

조지앤의 기억은 그런 식이 아니었다. 하지만 그렇다 해도 아직 자신이 갑작스런 스트레스를 다루는 데 그다지 능하지 않다는 것은 인정해야만 했다. 비록 예전보다는 좀 낫긴 하지만.

"넌 거짓말쟁이야, 매 헤런."

그녀는 친구의 포니테일을 가볍게 잡아당기며 말하고, 돌아서서 한 번 더 연회장을 죽 둘러보았다. 도기는 반들거리고, 은제 식기는 반짝이고, 접은 냅킨은 수백 송이의 하얀 장미가 테이블 위에 떠다니는 듯이 보였다.

조지앤은 지금의 자신에게 지극히 만족하고 있었다.

앉은 채 약간 몸을 숙여 와인 잔에 든 냅킨을 들여다보는 존 코왈스키의 이마에 주름이 졌다. 그 냅킨은 새 아니면 파인애플처럼 보였다. 그는 어느 쪽인지 확신할 수가 없었다.

"오, 이거 근사하네요."

오늘 저녁 데이트 상대인 제니 랜지가 한숨지었다. 그는 그녀의 반짝이는 금발에 눈길을 주고, 데이트를 청했던 날의 제니가 훨씬 더 마음에 들었음을 인정하지 않을 수 없었다. 그녀는 사진가였고 2주일 전 그녀가 지역 잡지를 위해 그의 하우스보트를 촬영하러 왔을 때 만나게 되었다. 그다지 잘 아는 사이는 아니었다. 그녀는 더할 나위 없이 좋은 여자처럼 보였지만 자선 만찬에 도착하기도 전에 그는 자신이 그녀에게 끌리지 않는다는 사실을 깨달았다. 눈곱만큼도. 그건 그녀 탓이 아니었다. 문제는 그 자신이었다.

그는 냅킨으로 다시 주의를 돌려, 잔에서 뽑아 무릎 위에 펼쳤다. 최근 그는 다시 결혼하면 어떨까 생각 중이었다. 어니와 얘기도 나누었다. 어쩌면 오늘 밤의 자선행사가 그의 안에 잠들어 있던 뭔가를 일깨웠는지도. 어쩌면 막 서른다섯 살 생일이 지나서일지도 모른다. 어쨌든 그는 아내를 맞이하여 아이들을 몇 명 가질 생각을 하고 있었다. 평소보다 더 많이 토비 생각이 났다.

존은 의자에 기대앉아 잿빛 휴고 보스 수트 재킷 앞자락을 젖히고는 회색 바지 주머니에 손을 넣었다. 그는 다시 아버지가 되고 싶었다. 자신의 여러 호칭 명단에 '아빠'란 단어를 덧붙이고 싶었다. 자신이 어니에게 배웠던 대로 아들에게 스케이트를 가르치고 싶었다. 세상의 다른 모든 아버지처럼 크리스마스 이브 밤늦도록 세발자전거, 자전거, 자동차 경주 세트를 조립하고 싶었다. 아들을 뱀파이어나 해적으로 분장시키고 할로윈에 사탕을 얻으러 다니고 싶었다. 하지만 제니를 보면 그녀를 자기 아이들의 어머니로 생각할 수가 없었다. 그녀를 보면 조디 포스터가 떠오르는데, 그는 늘 조디 포스터가 좀 도마뱀처럼 생겼다고 생각해 왔었다. 자신의 아이들이 도마뱀을 닮는 건 싫었다.

웨이터가 와인을 들겠냐고 물어 그의 생각을 방해했다. 존은 아니라고 말하고 잔을 뒤집어 놓았다.

"안 마셔요?"

제니가 물었다.

"마시고말고."

그는 주머니에서 손을 빼 칵테일 시간 동안 들고 다니던 잔으로 손을 뻗었다.

"소다수와 라임을 마시죠."

"술은 안 하나요?"

"안 합니다. 이젠."

그는 잔을 내려놓았고 다른 웨이터가 샐러드 접시를 그의 앞에 놓았다. 그는 4년째 금주 중이었으며 다시는 술을 마시지 않겠다고 다짐했다. 술은 그를 멍청한 후레자식으로 만들었고 마침내 그런 자신에 질리고 말았다.

필라델피아 포워드 대니 섀너헌을 때린 그날 밤은 바닥을 친 날이었다. '더티 대니'가 맞을 만했다고 생각하는 사람들도 있었다. 하지만 존은 아니었다. 얼음판에 엎어져 있는 남자를 내려다보며, 그는 자신이 자제력을 상실했음을 알았다. 정강이를 차고 갈비뼈를 팔꿈치로 지르는 때가 아닌 때보다 많았다.

그건 경기의 일부였다. 하지만 그날 밤 그의 내부에서 뭔가가 끊어졌다. 자신이 무슨 짓을 하는지 미처 깨닫기도 전에, 글러브를 내던지고 맨주먹으로 섀너헌을 후려갈겼다. 대니는 뇌진탕을 일으켜 병원 신세를 져야 했다. 존은 경기에서 퇴장 당하고 여섯 경기 출장 정지 처분을 받았다.

다음 날 아침 그는 잭 대니얼스 빈 병과 두 명의 벌거벗은 여자들과 함께 호텔방에서 깨어났다. 천장 무늬를 올려다보면서, 스스로를 몸서리치게 역겨워 하며 전날 밤을 기억해 내려 애쓰는 동안, 그는 그만둬야 한다는 것을 알았다.

그후로 그는 술을 입에 대지 않았다. 그러고 싶지도 않았다. 그리고 이제 여자와 침대로 갈 때엔, 다음 날 아침 깨어났을 때 여자의 이름을 알고 있었다. 사실, 먼저 그녀에 대해 많은 것을 아는 것부터 시작했다. 그는 이제 조심스러웠다. 지금 살아 있다는 건 운이 좋았고 스스로도 그걸 알고 있었다.

"실내 장식이 참 아름답지 않아요?"

제니가 물었다.

존은 테이블을, 그리곤 연회장 앞의 연단을 둘러보았다. 그 모든 꽃들과 양초들이 그의 취향엔 좀 지나치게 들척지근했다.

"네. 근사하군요."

그는 대답하고 샐러드를 먹었다. 접시가 비자 치워지고 다른 접시가 그의 앞에 놓였다. 그는 평생 수많은 연회와 자선 만찬에 참석해 보았다. 또한 그런 행사에서 맛없는 음식을 먹어 본 적도 많았다. 하지만 오늘 밤 요리는 상당히 맛있었다. 양은 적지만 맛있었다. 작년보다 나았다. 작년에는 안에 모래 같은 잣을 채워 넣은 고무마냥 질긴 들오리가 나왔었다. 하지만 음식 때문에 여기 온 것은 아니니까. 그는 돈을 주기 위해 왔다. 큰 돈을. 존의 자선사업에 대해 아는 사람은 거의 없었고 그는 앞으로도 그렇길 원했다. 이건 그의 아들을 위해 하는 사적인 일이었다.

"애벌란치가 스탠리컵을 탄 걸 어떻게 생각해요?"

디저트가 그들 앞에 놓였을 때 제니가 물었다.

존은 그녀가 그저 대화의 물꼬를 트기 위해 물어 본 거라 짐작했다. 정말 그가 어떻게 생각하는지 알고 싶어하는 건 아닐 테니 자신의 견해를 톤다운 시켜 좋은 말로 했다.

"그 팀은 끝내 주는 골키퍼를 갖췄죠. 로이는 늘 팀을 플레이오프까지 끌어가 녀석들을 구제하고."

그는 어깨를 으쓱했다.

"제법 쓸 만한 놈들도 몇 있지만 클로드 레뮤는 배짱 없는 계집애요."

그는 디저트 스푼을 들고는 그녀를 쳐다보았다.

"아마 다음 시즌에도 플레이오프까지 진출할 거요."

그리고 그는 그들을 기다리고 있을 것이다. 존도 플레이오프에 올라가 우승컵을 따내기 위해 싸울 테니까.

그는 해리슨 재단의 이사장을 찾아 실내를 주욱 둘러보았다. 루스 해리슨은 보통 제일 먼저 연단에 올라 일을 진행시켰다. 그는 두 테이블 떨어진 곳에서 옆에 선 여자를 올려다보고 있는 그녀를 발견했다. 여자는 존에게 등을 돌리고 있었으나 주위의 실크 드레스 무리 속에서도 눈에 띄었다. 그녀는 끝자락이 긴 턱시도 차림이었고 기금 조달자라 쳐도 좀 지나치게 차려입은 듯했다. 머리는 뒤로 넘겨 목덜미에 커다란 검은 리본으로 묶었다. 부드러운 곱슬머리가 어깨 중간까지 흘러내렸다. 키가 컸고, 그녀가 돌아서서 옆모습을 그가 있는 쪽으로 돌렸을 때, 존은 소르베를 먹다 목에 걸렸다.

"세상에."

그는 컥컥댔다.

"괜찮아요?"

제니가 걱정스레 그의 어깨에 손을 얹었다.

그는 대답할 수 없었다. 이마를 하키 스틱으로 세게 얻어맞은 듯한 기분으로 멍하니 바라볼 수밖에 없었다.

7년 전 그녀를 시애틀—타코마 공항에 데려다 줄 때, 그는 그들이 다시 만나게 되리란 생각은 결코 하지 못했다. 그는 마지막으로 봤을 때의 그녀를 기억했다. 조그만 핑크 드레스를 입은 풍만한 예쁜이. 그는 그녀에 대해 많은 것을 기억하고 있었고, 그 기억은 보통 그의 얼굴에 미소를 가져왔다. 지금 당장은 그 이유가 생각나지 않지만 어쨌든 그녀와 함께 보낸 그날 밤 그는 취해 있지 않았다. 하지만 술을 마셨든 아니든 그건 상관없을 터였다. 취하든 정신이 말짱하든, 조지 앤 하워드는 남자가 잊어버릴 타입의 여자가 아니었으니까.

"무슨 일이에요, 존?"

"어…… 아무 것도 아닙니다."

그는 제니를 쳐다보곤, 결혼식에서 도망쳐 엄청난 난리를 일으킨 여자에게로 도로 눈길을 돌렸다. 운명적인 그날 이후 버질 더피는 8개월 간 이 나라를 떠나 있었다. 치눅스 팀의 그해 여름 훈련 캠프는 이런저런 추측으로 가득했다. 몇몇 선수들은 그녀가 납치되었다고 생각했고 다른 선수들은 그녀의 탈출 방법을 궁리했다. 그리고 그녀가 버질과 결혼하지 않으려 욕실에서 자살해 버렸으며 버질이 그걸 은폐했다고 여기는 휴 마이너도 있었다. 오직 존만이 진실을 알았지만, 그는 유일하게 입을 열지 않은 치눅스 선수였다.

"존?"

이제 그녀가 여기, 연회장 한복판에 그가 기억하는 대로, 어쩌면 좀더 아름다운 모습으로 서 있었다. 그것은 그녀 몸의 곡선을 가리는 게 아니라 외려 강조하는 듯한 턱시도 때문인지도 모른다. 어쩌면 그녀의 짙은 머리칼에 반짝이는 불빛, 어쩌면 옆모습에서 도드라지는 도톰한 입술 때문인지도. 그 중 하나 때문인지 아니면 그 모든 것 때문인지 알 수는 없었지만, 그녀를 쳐다볼수록 호기심이 점점 더 자라나는 것을 느꼈다. 그녀가 시애틀에서 뭘 하는 건지 궁금했다. 그녀가 어떻게 살아왔는지, 부유한 결혼 상대를 찾아냈는지.

"존?"

그는 데이트 상대에게로 관심을 돌렸다.

"뭐 잘못됐나요?"

그녀가 물었다.

"아니. 아무 것도."

그는 다시 조지앤을 돌아보았고 그녀가 검은 손가방을 테이블에 놓는 것을 지켜보았다. 그녀는 루스 해리슨과 악수를 했다. 그리고는 미소지으며 손가방을 챙겨 물러났다.

"잠깐 실례, 제니."

그는 자리에서 일어났다.

"곧 돌아올게요."

그는 테이블 사이를 요리조리 빠져나가는 조지앤의 곧은 어깨에 시선을 고정하고 따라갔다.

"실례합니다."

그는 두 명의 노인 사이를 파고들며 말했다. 그녀가 막 옆문을 열 참에 따라잡았다.

"조지."

그는 그녀가 청동문 손잡이에 손을 가져갈 때 말을 걸었다.

그녀는 어깨 너머로 그를 돌아보고는 족히 5초는 뚫어지게 응시하더니 천천히 입이 벌어졌다.

"당신인 거 같더군."

그가 말했다.

그녀는 입을 다물었다. 그녀의 녹색 눈은 큰 죄를 저지르다 잡히기라도 한 듯이 휘둥그랬다.

"나 기억 안 나?"

그녀는 대답하지 않았다. 그저 계속 그를 응시할 뿐.

"존 코왈스키. 당신이 결혼식에서 도망칠 때 만났는데."

과연 그녀가 그런 엄청난 일을 잊을 수 있을까 싶긴 했지만 그는 설명했다.

"내가 당신을 차에 태워 줬고 우린……."

"네."

그녀가 그의 말을 잘랐다.

"기억해요."

그리고 그녀는 더 이상 아무 말도 안 했고, 존은 자신의 기억이 어딘가 잘못되었나 의아해 했다. 그가 기억하는 그녀는 진짜 수다쟁이었으니.

"오, 잘됐군."

그는 길어져가는 어색한 침묵을 메우려 그렇게 말했다.

"시애틀에서 뭘 하는 거지?"

"일해요."

그녀가 크게 숨을 들이쉬자 가슴이 올라갔다. 다시 그녀는 숨을 훅 내쉬며 말했다.

"음, 이제 가 봐야 해서."

어찌나 빨리 돌아섰던지 그녀는 닫힌 문에 부딪혔다. 나무문은 시끄럽게 덜컹거리고 그녀의 손가방은 손에서 떨어져 바닥에 내용물이 쏟아졌다.

"내가 정말 미쳐."

그녀는 숨가쁜 남부 억양으로 헐떡이곤, 몸을 숙여 자기 물건을 주워 모았다.

존은 한쪽 무릎을 꿇고 립스틱과 볼펜을 주워 들었다. 주운 물건들을 그녀에게 내밀었다.

"여기."

조지앤은 위를 올려다보았고 그녀의 눈길이 그의 눈길과 얽혔다. 그녀는 그를 몇 초간 응시하곤, 립스틱과 볼펜을 집었다. 그녀의 손가락이 그의 손바닥을 스쳤다.

"고마워요."

그녀는 작게 속삭이고 마치 데기라도 한 듯이 후다닥 손을 뗐다. 그리고는 일어나서 문을 열었다.

"잠깐만."

그는 꽃무늬 수표책을 향해 손을 뻗으며 말했다. 그걸 집어들고 일어서는 그 짧은 순간 그녀는 가 버렸다. 문이 그의 면전에 쾅 소리를 내며 닫혔고 존은 바보가 된 기분이었다. 그녀는 마치 겁이 나는 듯 굴었다. 그들이 함께 보낸 밤에 있었던 일을 다 하나하나 기억하는 건 아니지만, 만약 그가 그녀를 다치게 했다면 기억이 날 것이다. 그 가능성을 미처 고려하기도 전에 그는 말도 안 된다고 떨쳐 냈다. 완전 고주망태로 취했을 적에도 여자를 다치게 한 적은 결코 없었다.

당혹스러워 하며, 그는 돌아서서 천천히 자신의 테이블로 향했다. 왜 그녀가 도망쳤는지 알 수가 없었다. 조지앤에 대한 그의 기억은 전부 불쾌하지만은 않았다. 그들은 굉장한 섹스로 하룻밤을 보냈고, 그는 그녀에게 집으로 돌아가는 비행기표를 사 주었다. 아, 자신이 그녀의 감정을 상하게 했다는 사실은 알았지만 그 당시로선 그가 해 줄 수 있는 최선이었다.

존은 손에 든 수표책을 내려다보고 넘겼다. 그녀의 수표에 아이들이 그릴 법한 크레용 그림이 그려져 있는 것을 보고 그는 놀랐다. 왼쪽 아래에 눈길을 주었다가 그녀의 성(姓)이 바뀌지 않았음을 보고 더욱 놀랐다. 그녀는 여전히 조지앤 하워드이고 벨뷰에 살고 있었다.

이미 머릿속에 있던 의문 목록에 몇 가지가 더해졌지만 답을 찾을 길은 없었다. 무슨 이유에서인지 그녀는 분명히 그를 만나고 싶지 않아 했다. 그는 수표책을 재킷 주머니에 넣었다.

월요일에 그녀에게 부쳐야지.

조지앤은 양쪽 가장자리에 앵초꽃과 보라색 팬지가 피어난 인도를 다급히 걸어갔다. 문에 달린 청동문 손잡이에 열쇠를 꽂아 넣는 손이 떨렸다. 집 앞에 심은 화려한 수국과 코스모스가 뒤섞여 잔디밭으로 넘쳐 났다. 두려움이 그녀를 단단히 옭아매었고 집에 무사히 들어갈 때까진 두려움을 떨칠 수 없음을 알았다.

"렉시,"

그녀는 문을 열며 불렀다. 왼쪽을 돌아보자 약간 마음이 가라앉고 날뛰던 심장이 진정되었다. 그녀의 여섯 살 먹은 딸은 달마시안 인형 네 마리에 둘러싸여 소파에 앉아 있었다. 텔레비전에선 크루엘라 드 빌*이 사악하게 웃어 댔고, 눈 덮인 둑 위로 차를 몰아가는 그녀의 눈은 시뻘겋게 번뜩였다.

---

* 디즈니 만화 『101마리 강아지』 에 나오는 악녀. 달마시안 강아지들의 가죽을 벗겨 모피 코트를 만들려 한다.

옆집 사는 십대 소녀 론다가 조지앤을 올려다보았다. 그녀의 코걸이가 반짝 빛을 발했고 붉은머리는 그윽한 와인처럼 반들거렸다. 론다는 괴상해 보이긴 해도 착한 여자애고 좋은 베이비시터였다.

"오늘 밤 행사는 어땠어요?"

론다가 일어서면서 물었다.

"굉장했지."

조지앤은 거짓말하고 손가방을 열어 지갑을 꺼냈다.

"렉시는 어땠니?"

"잘 지냈어요. 한동안 같이 바비 인형 놀이를 한 다음 아주머니가 준비해 놓고 가신 조그만 핫도그가 든 마카로니 치즈를 먹였죠."

조지앤은 론다에게 15달러를 건넸다.

"오늘 밤에 와 줘서 고맙다."

"언제라도요. 렉시는 꽤 재밌는 애예요."

그녀는 한 손을 들었다.

"다음에 뵈어요."

"안녕, 론다."

조지앤은 미소지으며 베이비시터를 보냈다. 딸 옆의 복숭아색과 녹색의 꽃무늬 소파에 앉았다. 그녀는 깊이 숨을 들이쉬고 천천히 내뱉었다.

그는 몰라. 그리고 설령 안다 해도, 아마 상관하지 않을 거야.

"안녕, 내 보물,"

그녀는 렉시의 허벅지를 토닥였다.

"엄마 왔어."

"알아. 여기가 내가 젤 좋아하는 부분이야."

렉시는 텔레비전에서 눈을 떼지 않은 채 말했다.

"난 롤리가 제일 좋아. 뚱뚱해."

조지앤은 렉시의 머리칼을 어깨 뒤로 넘겨주었다. 딸을 붙잡고 꼭 껴안고 싶었다. 하지만 그러는 대신 그녀는 말했다.

"엄마한테 쪽쪽 주면 귀찮게 안 할게."

렉시는 자동적으로 몸을 돌려 얼굴을 들고는 짙은 빨간색 입술을 내밀었다.

조지앤은 딸에게 입맞추고 턱을 잡았다.

"또 엄마 립스틱 발랐니?"

"아냐, 엄마, 이건 내 꺼야."

"넌 이런 색의 빨간 립스틱 없잖아."

"으흥. 나도 있어."

"그럼 어디서 났는데?"

조지앤은 렉시가 눈두덩부터 눈썹까지 떡칠한 짙은 자주색 아이새도로 눈길을 올렸다. 밝은 핑크색 줄무늬가 아이의 뺨을 물들였고 팅커벨 향수 냄새가 물씬 났다.

"찾아냈어."

"엄마한테 거짓말하지 마. 엄마가 거짓말 싫어하는 거 알지."

렉시의 두껍게 칠한 아랫입술이 바르르 떨렸다.

"가끔 까먹어."

아이는 연극적으로 외쳤다.

"기억할 수 있게 의사선생님한테 치료를 받아야 할 거 같아!"

조지앤은 웃지 않으려 뺨 안쪽을 깨물었다. 매가 즐겨 말하듯이 렉시는 쇼를 잘 했다. 그리고 매는 그런 부류를 잘 안다고 했다. 그녀의 남동생 레이도 마찬가지였으니까.

"의사선생님은 주사를 놔줄 텐데."

조지앤이 겁을 주었다.

렉시의 입술이 떨림을 멈추었고 눈은 휘둥그레졌다.

"그럼 의사선생님한테 가 보지 않아도 엄마 물건에 손대지 말아야 한다는 걸 기억할 수 있겠지?"

"응."

어째 대답이 너무 쉽게 나오는데.

"안 그러면 약속은 끝이야."

조지앤은 몇 달 전 그들이 동의한 협정을 두고 그렇게 경고했다. 주말엔 렉시는 그 어린 마음 내키는 대로 아무거나 입고 원하는 만큼 화장을 할 수 있다. 하지만 주중에는 얼굴을 말끔히 하고 엄마가 입으라고 주는 옷을 입어야 한다. 지금까지는 약속이 먹히는 듯했다.

렉시는 화장품에 푹 빠져 있었다. 화장품을 사랑하고 많으면 많을수록 더 좋다고 생각했다. 렉시가 자전거를 타고 인도를 지나면 이웃들이 다들 쳐다보았다. 특히 매가 준 초록색 깃털 목도리를 두르고 있으면 더더욱. 그 애를 데리고 슈퍼나 쇼핑몰에 가기란 민망스러웠지만, 그건 주말뿐이었다. 그리고 매일 아침 렉시가 옷을 입을 시간이 되면 벌어지곤 하던 일상적인 전투에 비하면 이렇게 협정을 하고 사는 쪽이 훨씬 편했다.

화장 금지 위협이 렉시의 주의를 사로잡았다.

"약속할게, 엄마."

"좋아, 하지만 엄마가 네 얼굴에 홀딱 반해서 봐 주는 거야."

조지앤은 딸의 이마에 입맞췄다.

"나도 엄마 얼굴에 홀딱 반했어."

렉시가 되받아 말했다.

조지앤은 소파에서 일어났다.

"엄마는 방에 가 있을 테니까 필요하면 불러."

렉시는 고개를 끄덕이고 텔레비전 화면에서 짖어 대는 달마시안들로 눈길을 돌렸다.

조지앤은 복도를 지나 자신의 침실로 들어갔다. 턱시도 재킷을 벗어 핑크와 흰색의 줄무늬 긴의자에 내던졌다.

존은 렉시에 대해 모른다. 알 리가 없지. 그리고 그렇게 과민반응했으니 아마도 그녀를 미친 여자라고 생각하겠지만, 그를 다시 보게 된 것은 너무나 큰 쇼크였다. 그녀는 늘 존을 피하려 주의했다. 그와 같은 교제 범주에 들어가지 않았으며 절대 치눅스 경기는 관람하지 않았지만 어차피 하키를 끔찍이도 폭력적이라 여겼기에 전혀 어려운 일이 아니었다. 그와 마주칠까 두려워 헤런 케이터링은 스포츠 관련 행사는 절대 맡지 않았으나 어차피 운동선수를 싫어하는 매인지라 걸릴 것이 없었다. 백만 년이 지난다 한들 병원 자선 모임에서 그와 맞닥뜨릴 줄은 생각도 못했다.

조지앤은 침대를 덮고 있는 꽃무늬 친츠 이불에 털썩 주저앉았다. 존을 생각하는 것을 그다지 좋아하지 않았으나 그를 완전히 잊기란 불가능했다. 이따금 슈퍼에 갔다가 그의 잘생긴 얼굴이 스포츠 잡지 표지에서 자신을 쳐다보고 있는 것을 보곤 했다.

시애틀은 치눅스와 '철벽' 존 코왈스키에 광분해 있었다. 하키 시즌 중엔 그가 다른 선수를 보드에 밀어붙이는 모습을 밤 뉴스에서 볼 수 있었다. 지역 텔레비전 광고에서, 우유를 홍보하는 도로광고판에서도 그를 보았다. 가끔은 어떤 코롱 내음이나 부서지는 파도소리가 모래사장에 누워 짙은 푸른 눈을 올려다보던 기억을 되살리게 했다. 그러나 그 기억은 이제 예전만큼 상처가 되지 않았다. 심장을 날카롭게 찌르는 아픔도 덜했다. 그래도 그녀는 그때의, 그 남자의 추억을 떨쳐 내려 늘 노력했다. 그 추억에 잠기는 것을 좋아하지 않았다.

그녀는 늘 시애틀이 두 사람에게 넉넉할 만큼 크다고 여겨왔다. 그를 피하기 위한 노력을 아끼지 않는다면 실제로 보게 될 일은 없을 거라 생각했다. 하지만 그런 일이 벌어질 거라 생각하진 않았음에도 불구하고, 마음 한 구석에선 만약 그가 자신을 보면 뭐라고 할지 늘 궁금했다. 물론 자신이 뭐라고 할지는 알고 있었다. 그녀는 무관심한 척하는 자신을 늘 그려보곤 했다. 그리고는 12월의 아침만큼이나 쌀쌀하게 말하는 거다.

"존? 존 누구? 미안해요, 기억이 안 나네요. 당신에게 무슨 나쁜 감정이 있어서는 아니고요."

그러나 그렇게 되진 않았다. 7년 동안 쓰지 않은 이름, 더 이상 지금의 자신과 연결짓지 않는 이름을 누군가 부르는 것을 듣고, 그녀는 그렇게 부른 남자가 누군지 보기 위해 돌아섰다. 몇 초 간 그녀의 두뇌는 눈이 본 것을 인식하지 못했다. 그리고는 절대적인 쇼크가 자리했다. 도망치자는 본능이 치솟아 그녀는 줄행랑쳤다.

하지만 그의 푸른 눈을 들여다보고 우연히 그의 손을 만진 후였다. 손가락에 닿는 그의 따스한 손바닥을 느꼈고, 그의 입가에 떠오른 호기심 어린 미소를 보았으며, 자신의 입에 닿던 그의 입술 감촉을 떠올렸다. 그는 그녀가 기억하던 모습과 무척이나 닮았으면서도 더 커 보였으며 세월이 입가에 잔주름을 새겼다. 그는 여전히 무척이나 보기 좋았고 짧은 몇 초 동안 그녀는 자신이 그를 미워한다는 사실을 잊었다.

조지앤은 일어나서 방 건너편 타원형 거울 앞에 섰다. 턱시도 셔츠 단추를 풀었다. 렉시의 짙은 머리색 때문에 사람들은 자주 그 애가 조지앤을 닮았다고 했지만, 렉시는 꼭 제 아버지처럼 생겼다. 똑같은 푸른 눈과 길고 짙은 속눈썹. 그와 똑같은 모양의 코에, 그 애가 웃을 때면 뺨에 보조개가 생겼다. 꼭 존처럼.

바지 허리에서 셔츠를 빼내고 그녀는 커프스를 풀었다. 렉시는 조지앤의 인생에서 가장 중요한 존재였다. 그 애는 그녀의 심장이었고, 아이를 잃는다는 생각만 해도 견딜 수 없었다. 조지앤은 겁에 질렸다. 이처럼 두려운 것은 아주 오랜만이었다. 이제 자신이 시애틀에 산다는 것을 알았으니 존은 렉시를 찾을 수 있다. 해리슨 재단 사람에게 묻기만 하면 그는 조지앤을 찾을 수 있다.

하지만 왜 존이 나를 찾고 싶어하겠어? 그녀는 스스로에게 물었다. 그는 7년 전 그녀를 공항에 버림으로써 그의 감정을 고통스러울 만큼 분명히 했다. 그리고 설사 그가 딸의 존재를 발견한다 쳐도 그는 아마 그 애와 어떤 식으로든 관련되고 싶어하지 않을 것이다. 그는 유명한 하키선수다. 무슨 이유로 어린 소녀를 원하겠는가?

이건 괜한 피해망상이다.

다음 날 아침, 렉시는 시리얼을 먹고 그릇을 싱크대에 넣었다. 집 안쪽에서 엄마가 수도를 트는 소리가 들렸고, 렉시는 한참 기다려야 쇼핑몰에 갈 수 있으리란 걸 알았다. 엄마는 오래 샤워하는 걸 좋아하니까.

현관벨이 울려서 렉시는 깃털 목도리를 질질 끌며 거실로 나왔다. 커다란 앞 창문으로 다가가 레이스 커튼을 젖혔다. 청바지와 줄무늬 셔츠 차림의 아저씨가 포치에 서 있었다. 렉시는 잠시 그를 쳐다보고는 도로 커튼을 내렸다. 깃털 목도리를 목에 감고 거실을 가로질러 현관으로 향했다. 낯선 사람에게 문을 열어 주면 안 되지만, 포치에 선 아저씨는 검은 선글라스를 쓰고 있긴 했어도 낯선 사람은 아니었다.

렉시는 그가 누군지 알고 있었다. TV에서 봤었고 작년에 철벽 아저씨와 그 친구들은 렉시네 학교에 와서 몇몇 애들의 셔츠와 공책, 물건에 사인을 해 주었다. 렉시는 체육관 훨씬 안쪽에 있어서 아무한테도 사인을 받지 못했었다.

아마 아저씨가 지금 내 물건에다 사인해 주러 왔나 봐, 렉시는 문을 열며 생각했다. 그리고는 위를 올려다보았다—한참 위를.

존은 선글라스를 벗어 폴로 셔츠 주머니에 넣었다. 문이 열리자 그는 아래를 내려다보았다—한참 아래를. 조지앤의 집에서 아이를 발견한 것만큼이나 충격적인 것은 그를 올려다보고 있는 어린 소녀가 핑크색 뱀가죽 카우보이 부츠, 조그만 핑크색 스커트, 보라색 땡땡이 티셔츠, 그리고 선명한 녹색 깃털 목도리를 목에 두른 차림이라는 사실이었다. 하지만 아이의 튀는 옷차림은 얼굴에 비하면 아무 것도 아니었다.

"어…… 안녕."

뽀얀 파랑 아이새도와 밝은 핑크색 뺨, 반짝이는 빨강 입술에 그는 기겁했다.

"조지앤 하워드를 찾고 있는데."

"엄마는 샤워하는데, 그치만 들어와도 돼요."

아이는 돌아서서 거실로 들어갔다. 뒤통수 높이 삐뚤삐뚤 묶은 포니테일이 부츠를 내딛을 때마다 살랑살랑 흔들렸다.

"정말로?"

존은 아이에 대해 별로 아는 바가 없고 여자애에 대해서라면 아무것도 몰랐지만, 애들이 낯선 사람을 집에 들여놔선 안 된다는 것쯤은 알고 있었다.

"네가 날 들어오라고 한 걸 조지앤이 알면 안 좋아할지도 모르는데."

그렇게 말은 했지만 생각해 보니 샤워 중이든 아니든 그녀는 아마 자기 집에 그가 들어와 있는 것을 발견하면 좋아하지 않을 터였다.

여자애는 어깨 너머로 돌아보았다.

"엄마는 신경 안 쓸 거예요. 내 물건 가져올게요."

아이는 코너를 돌아 사라졌다.

자기 '물건'을 가지러 간 거겠지, 그게 무슨 말인지는 모르겠지만.

존은 조지앤의 수표책을 바지 뒷주머니에 찔러 놓고 집 안으로 들어섰다. 수표책은 핑계였다. 호기심 때문에 여기 온 것이다. 어젯밤 조지앤이 연회장을 떠난 이후, 그는 그녀 생각을 지울 수가 없었다. 문을 닫고 거실로 들어가자 그 즉시 못 올 데를 온 것 같은 기분이었다. 옛 여자친구 속옷을 사러 빅토리아 시크릿*에 갔을 때처럼.

집을 채운 파스텔 색상과 요란스런 장식은 아무리 자기확신이 분명한 이성애자 남자라도 움츠러들 만했다. 꽃무늬 소파엔 커튼과 짝을 맞춘 레이스 쿠션이 놓여 있었다. 데이지와 장미가 꽂힌 꽃병과 드라이플라워를 꽂은 양동이도 있었다. 사진을 넣은 은제 액자들 중 몇몇은 천사가 붙어 있었다. 그게 제법 마음에 들어서 그는 자신의 성 정체성에 대해 걱정해야 하는 게 아닐까 싶었다.

---

* 슈퍼모델들이 등장하는 유혹적인 광고로 유명한 속옷 브랜드

“좋은 거 많이 가져왔어요.”

오렌지 플라스틱으로 된 장난감 쇼핑 카트를 밀고 거실로 들어오며 여자애가 말했다. 아이는 소파에 앉더니 자기 옆자리 쿠션을 두들겼다.

점점 더 몸둘 곳을 알 수 없는 기분으로 존은 조지앤의 어린 딸 옆에 앉았다. 아이의 얼굴을 들여다보며 몇 살이나 먹었는지 짐작해 보려 했지만 그는 애들 나이를 잘 맞추지 못했다. 아이의 화장은 더욱 도움이 되지 않았다.

“이거.”

아이는 앞에 달마시안이 그려진 티셔츠를 바구니에서 꺼내 그에게 내밀었다.

“이걸 어쩌라고?”

“여기다 사인해야죠.”

“그래?”

조그만 아이 옆에 있자니 거인 같은 기분이었다.

아이는 고개를 끄덕이고 그에게 녹색 마커를 건넸다.

존은 정말로 아이의 셔츠에 사인하고 싶지 않았다.

“너희 엄마가 화낼지도 모른다.”

“아니에요. 이건 토요일 셔츠니까.”

“정말 확실해?”

“으응.”

“좋아.”

그는 어깨를 으쓱하고 마커의 뚜껑을 벗겼다.

“이름이 뭐지?”

짙은 파란색 눈 위로 눈썹이 쳐지고, 아이는 그가 약속을 어기기라도 한 듯이 쳐다보았다.

“렉시.”

그리고는 혹시 그가 제대로 알아듣지 못했을까 다시 발음했다.

"레엑시이이. 렉시 매 하워드."

하워드? 조지앤은 아이의 아버지와 결혼하지 않은 거군. 도대체 그녀는 어떤 남자와 얽혔던 거지? 어떤 남자가 제 딸을 버린 거야? 그는 등판에다 사인할 듯이 셔츠를 뒤집었다.

"왜 멀쩡한 셔츠를 망치려고 하는 거지, 렉시 매 하워드?"

"다른 애들은 아저씨가 사인한 거가 있는데 난 없으니까."

도대체 무슨 소린지 모르겠지만, 그는 아이의 셔츠에 사인하기 전에 먼저 조지앤에게 묻는 것이 좋겠다고 생각했다.

"브렛 토마스는 많이 있는데. 작년에 학교에서 나한테 보여 줬어요."

아이는 포옥 한숨을 내쉬자 어깨가 축 처졌다.

"고양이도 있고. 아저씨 고양이 있어요?"

"어…… 아니. 고양이 없어."

"매 이모는 고양이 있는데."

아이는 매 이모가 누구인지 그가 알기라도 할 듯이 털어놓았다.

"걔 이름은 부치인데, 왜냐하면 발목이 하얀 부츠 신은 거 같거든요. 부치는 내가 가면 숨어요. 날 안 좋아해서 그러는 줄 알았는데, 부끄러워서 도망치는 거라고 매 이모가 그랬어."

아이는 깃털 목도리 끝을 잡고 그에게 내밀더니, 흔들어 보였다.

"그치만 이렇게 해서 잡았어요. 부치가 이걸 쫓아올 때 꽉 붙들었죠."

혹 이 여자애가 조지앤의 딸이란 걸 몰랐다 해도, 아이가 하는 말을 들으면 들을수록 그 사실은 분명해졌다. 아이는 고양이가 갖고 싶단 얘기를 조잘조잘 떠들었다. 그리곤 화제는 개에서 어떻게 해서인지 모기 물린 자국으로 넘어갔다. 아이가 종알대는 동안 존은 아이를 뜯어보았다. 별로 조지앤과 비슷하지 않은 것을 보아하니 아이가 제 아버지를 닮은 게 틀림없다고 생각했다. 어쩌면 입은 엄마랑 비슷할지 모르지만 그 외엔 별로 없었다.

"렉시,"

혹시 자신이 버질 더피의 딸과 이야기하고 있는 긴지도 모르겠단 생각이 들어 그는 아이의 말을 잘랐다. 버질 더피가 제 자식을 버릴 타입의 남자라고는 절대 생각지 않았는데…….

"몇 살이지?"

"여섯 살. 몇 달 전에 생일 지났어요. 친구들이 와서 케이크 먹었고. 에이미한테 『베이브』 영화를 받아서 애들이랑 봤어요. 베이브가 엄마랑 헤어질 때 나 울었어요. 정말정말 슬퍼서, 아팠어. 근데 엄마가 베이브는 주말에 놀러 올 수 있다고 해서 괜찮아졌어요. 베이브가 양을 깨물 때가 제일 좋아."

그리곤 아이는 웃기 시작했다.

여섯 살, 그러나 그는 7년 전에 조지앤을 마지막으로 보았다. 렉시는 버질의 아이일 수가 없다. 그러다가 그는 자신이 임신 기간 열 달을 잊었음을 깨달았다. 거기에다 렉시가 몇 달 전에 생일이었다면, 충분히 버질의 아이일 수 있다. 하지만 이 애는 버질과 하나도 닮지 않았다. 그는 아이를 좀더 자세히 들여다보았다. 아이의 웃음은 커다란 미소로 바뀌었고, 오른쪽 뺨에 보조개가 파였다.

"난 아기돼지 얼굴에 홀딱 반했어요."

아이는 고개를 젓고 다시 킥킥대기 시작했다.

집의 한쪽에선 물소리가 그쳤고, 존의 심장은 우뚝 멈춰 섰다. 그는 힘겹게 침을 삼켰다.

"우라질."

렉시의 웃음이 뚝 그치고 충격에 헉 소리를 냈다.

"그건 나쁜 말인데."

"미안."

그는 중얼거리고 화장 아래를 들여다보았다. 아이의 긴 속눈썹은 끝이 위로 말려 있었다. 어린 시절, 존은 그런 속눈썹 때문에 끊임없이 놀림당하곤 했다. 그리고는 그는 아이의 짙은 푸른 눈을 응시했다.

그와 같은 눈. 뭐라 설명할 수 없는 전류가 그의 몸을 흘렀고 전기
소켓에 손가락을 쑤셔 넣은 기분이었다.

조지앤이 어젯밤 그렇게 이상하게 군 이유를 이제 알았다. 그녀는
그의 아이를 가졌던 것이다. 어린 여자애를.

그의 딸.

"우라질."

7

조지앤은 머리에 감은 수건을 풀어 침대 발치에 던졌다. 서랍장 위에 놓인 헤어브러시로 손을 뻗었지만, 둥그런 손잡이를 잡기 전에 멈칫했다. 거실에서 렉시의 어린아이다운 깔깔거림이 착각할 리 없는 남자의 저음과 섞여 들려 왔다. 걱정이 수줍음을 밀어냈다. 그녀는 녹색 여름용 로브를 집어들어 소매에 팔을 꿰었다. 렉시는 집에 낯선 사람을 들이지 말아야 한다는 것을 알고 있었다. 일전에 조지앤이 거실에 들어갔다 여호와의 증인 세 명이 소파에 앉아 있는 것을 발견한 이후, 아이와 오랫동안 이야기를 나누었으니까.

그녀는 허리에 벨트를 묶고 서둘러 좁은 복도를 지났다. 막 쏟아내려던 꾸지람은 혀끝에서 사라졌고 그녀는 놀란 나머지 우뚝 멈춰섰다. 그녀의 딸 옆에 앉아 있는 남자는 천상의 구원을 권하러 온 사람이 아니었다.

그가 눈길을 들어올렸고, 그녀는 최악의 악몽 속에 빠져든 기분으로 꿈 같은 푸른 눈을 응시했다.

입을 벌렸지만 목을 콱 틀어막고 있는 쇼크 때문에 말이 나오지 않았다. 몇 분의 일 초 사이 그녀의 세계는 정지했고, 무언가가 발밑에서 움직이더니 제멋대로 돌아가기 시작했다.

"철벽 아저씨가 사인해 주러 왔어."

렉시가 말했다.

시간이 정지하고 조지앤은 자신을 마주 보고 있는 푸른 눈을 응시했다. 온통 어질어질했다. 존 코왈스키가 7년 전처럼, 그녀가 봐 온 모든 잡지 사진처럼, 어젯밤에 본 것처럼 듬직하고 잘생긴 모습으로 자신의 거실에 앉아 있다는 사실을 완전히 인식할 수가 없었다. 그가 그녀의 집에, 그녀의 소파에, 그녀의 딸 옆에 앉아 있는 것이다.

그녀는 목에 손을 대고 크게 숨을 들이쉬었다. 손가락 아래 빠른 맥박이 느껴졌다. 그녀의 집에 있는 그는 어울리지 않았다. 마치 이곳에 속하지 않는 사람처럼. 그리고 물론 그건 사실이었다.

"알렉산드라 매,"

그녀는 마침내 숨을 내쉬고 딸에게로 시선을 돌렸다.

"낯선 사람을 집에 들여놓지 말라고 했지."

렉시의 눈이 휘둥그레졌다. 엄마가 제대로 이름을 부르는 건 크게 혼날 줄 알라는 뜻이다.

"그치만…… 그치만,"

아이는 더듬거리며 벌떡 일어섰다.

"그치만 엄마, 나 철벽 아저씨 안단 말야. 우리 학교에 왔었는데 난 아무 것도 못 받았어."

조지앤은 딸이 무슨 소리를 하는 건지 도대체 짐작도 가지 않았다. 그녀는 존을 돌아보고 물었다.

"여기서 뭘 하는 거예요?"

그는 천천히 일어서더니, 바랜 리바이스 뒷주머니에 손을 넣었다.

"어젯밤에 이걸 떨어뜨리고 갔길래."

그는 그녀의 수표책을 툭 던져 주었다.

미처 그녀가 잡기 전에 수표책은 그녀의 가슴에 맞고 바닥으로 떨어졌다. 몸을 숙여 그것을 집는 대신 그녀는 그냥 바닥에 놔두었다.

"일부러 가져다 줄 필요는 없었는데."

약간의 안도감에 그녀의 곤두선 신경이 가라앉았다. 그는 수표책을 갖다 주러 온 거지, 렉시에 대해 알게 되어서 온 게 아닌 거다.

"그렇지."

그가 한 말은 그게 전부였다. 그의 남성적인 존재감이 여성적인 방안을 채웠고, 그녀는 돌연 면 로브 아래의 벌거벗은 자신의 몸이 몹시 의식되었다. 아래를 내려다보고 몸이 다 가려진 것을 본 그녀는 안도했다.

"어, 고마워요."

그녀는 현관을 향해 걸어가며 말했다.

"렉시와 난 막 나가려던 참이고, 당신도 분명 가 봐야 할 곳이 있겠죠."

그녀는 청동문 손잡이를 잡고 문을 열었다.

"잘 가요, 존."

"아직은 아냐."

그의 눈이 가늘어지며 왼쪽 눈썹을 관통하는 작은 흉터가 도드라졌다.

"얘기하기 전엔."

"무슨 얘기를?"

"오, 글쎄."

그는 체중을 한쪽 발에 옮겨 싣고 고개를 한쪽으로 기울였다.

"우리가 7년 전에 나눴어야 할 대화를 할 수도 있겠지."

그녀는 경계하는 눈빛으로 그를 쳐다보았다.

"무슨 소린지 난 모르겠군요."

그는 거실 한가운데 서서 두 어른을 번갈아 돌아보고 있는 렉시를 내려다보았다.

"내가 누구 얘기를 하는 건지 분명히 알 텐데."

한동안 그들은 서로를 응시했다. 정면 대결을 대비하는 두 명의 투

사. 조지앤은 존과 단둘이 남는 것이 반갑지 않았으나, 그들 사이에 무슨 말이 오가건 간에 렉시가 듣지 않는 편이 나으리라 확신했다. 그녀는 딸에게 일렀다.

"길 건너 에이미가 놀 수 있는지 가 보렴."

"그치만, 엄마. 일주일 동안 에이미랑 놀면 안 됐댔잖아. 우리가 내 버스데이 서프라이즈 바비 인형 머리를 잘라 놔서, 안 그래?"

"마음이 바뀌었어."

문으로 향하는 렉시의 핑크색 카우보이 부츠 뒤축이 복숭아색 카펫 위에 질질 끌렸다.

"에이미는 감기 걸린 거 같은데."

아이가 말했다.

보통 때라면 딸을 병균으로부터 최대한 멀리 떼 놓는 조지앤이지만, 이번에는 렉시의 속셈을 꿰뚫어 보았다. 남아서 어른들의 이야기를 엿들으려는 빤한 수작.

"이번에는 괜찮아."

현관에 다다르자 렉시는 어깨 너머로 존을 돌아보았다.

"안녕, 철벽 아저씨."

존은 아이를 한참 쳐다보았고 희미한 미소로 그의 입가가 올라갔다.

"다음에 보자, 꼬마."

렉시는 엄마에게로 눈길을 돌리고, 습관대로 입술을 내밀었다.

딸에게 입맞추자 조지앤의 입술에 체리 립글로스 맛이 묻어 났다.

"한 시간쯤 있다가 와, 알았지?"

렉시는 고개를 끄덕이고 문을 나가 계단 둘을 내려갔다. 인도를 따라가는 아이의 뒤로 녹색 깃털 목도리 한끝이 질질 끌리고 있었다. 커브에서 아이는 멈춰 서서 양쪽을 살핀 다음 쌩하니 길을 건넜다. 조지앤은 문가에 서서 렉시가 이웃집에 들어갈 때까지 지켜보았다. 귀중한 몇 초 동안 그녀는 눈앞의 대결을 피했고, 심호흡을 한 다음 뒤로 물러나서 문을 닫았다.

"왜 나한테 아이 얘기를 안 한 거지?"

그는 알지 못해, 확실히는.

"뭘 말이죠?"

"사람 갖고 놀지 마, 조지앤."

그의 얼굴은 험악했다.

"왜 렉시에 대해 진작에 얘기하지 않았지?"

물론 그녀는 부정할 수도 있었다. 렉시는 그의 아이가 아니라고 거짓말을 할 수도 있었다. 그는 그녀를 믿고 그들을 가만 내버려 둘지도 모른다. 하지만 완고하게 굳어진 그의 턱과 눈에 담긴 불길은 그가 그녀를 믿지 않으리라고 말하고 있었다. 등 뒤의 벽에 기대서서, 그녀는 가슴 아래 팔짱을 끼었다.

"내가 왜요?"

당장 모든 것을 드러내기는 내키지 않아 그녀는 그렇게 물었다.

그는 길 건너편 집을 손가락으로 가리켰다.

"저 여자애는 내 아이야. 아니라고 할 생각 마. 친자확인까지 하게 만들지 말라고."

친자확인 검사는 그의 주장을 뒷받침할 뿐이다. 조지앤은 부인해 봤자 무슨 소용이 있을까 싶었다. 그녀가 바랄 수 있는 최선은 그의 질문에 답하고 그를 자신의 집에서, 되도록이면 자신의 인생에서 내보내는 것이었다.

"뭘 원해요?"

"사실을 말해. 당신이 말하는 걸 들어야겠어."

"좋아요."

그녀는 어깨를 으쓱하고, 침착하게 보이려 애썼다. 마치 사실 인정이 그녀에겐 전혀 힘들 것이 없다는 듯이.

"렉시는 생물학적으로 당신 아이예요."

그는 눈을 질끈 감고 숨을 들이쉬었다.

"맙소사,"

그가 속삭였다.

"어떻게?"

"보통 하는 방식으로."

그녀는 무심하게 대답했다.

"당신 정도 경험의 소유자라면 아기가 어떻게 생기는지 알 거라고 생각했는데요."

그의 시선이 그녀에게 꽂혔다.

"당신 피임 중이라고 그랬잖아."

"그랬죠."

다만 복용기간이 충분하지 않았던 게 문제였지.

"100퍼센트 확실한 건 아무 것도 없어요."

"왜지, 조지앤?"

"뭐가요?"

"왜 7년 전에 내게 말하지 않았어?"

그녀는 다시 어깨를 으쓱했다.

"당신이 상관할 일 아니니까."

"뭐?"

그는 자기 귀를 믿을 수 없다는 듯 그녀를 응시했다.

"내가 상관할 일이 아냐?"

"아니죠."

옆에 늘어뜨린 양손이 불끈 주먹 쥐어졌고 그는 그녀를 향해 몇 걸음 다가섰다.

"당신이 내 아이를 가졌는데, 내가 상관할 일이 아니란 말야?"

그는 그녀 앞 30센티미터도 안 떨어진 곳에 멈춰 서서는 인상을 썼다.

비록 그가 그녀보다 훨씬 체격이 크지만, 그녀는 겁내지 않고 그를 올려다보았다.

"7년 전 나는 최선이라고 생각되는 결정을 내렸어요. 아직도 그렇게 생각하고. 그리고 어쨌든 당신이 이제 와서 할 수 있는 일은 아무것도 없어요."

짙은 눈썹 한쪽이 그의 이마까지 치솟았다.

"정말로?"

"그래요. 너무 늦었죠. 렉시는 당신을 몰라요. 당신이 그냥 떠나고 그 애를 다시 만나지 않는 게 최선이에요."

그는 그녀 머리 양옆의 벽에다 손을 짚었다.

"만약 그렇게 될 거라고 믿는다면, 당신은 그렇게 똑똑한 애는 아니군."

그를 두려워하진 않을지언정, 그와 이렇게나 가까이 있으니 몹시 위협적이었다. 그의 널찍한 가슴과 굵은 팔뚝은 그녀로 하여금 남성호르몬과 단단한 근육에 완전히 둘러싸인 기분이 들게 했다. 그의 비누 냄새와 희미한 애프터쉐이브 내음이 그녀의 감각을 점령했다.

"난 애가 아니에요."

팔을 내리며 그녀는 말했다.

"7년 전엔 무척 철없었는지도 모르지만, 이젠 그렇지 않으니까. 난 변했어요."

그의 눈이 의도적으로 가늘어졌고, 입가에 떠오른 웃음은 좋은 뜻으로 보이지 않았다.

"내가 보는 한에선 그렇게 많이 변하지 않았는데. 당신은 여전히 진짜 탐스러워 보여."

조지앤은 그를 때려눕히고 싶은 충동과 싸웠다. 아래를 내려봤다가 목에서 뺨까지 화악 뜨거워지는 것을 느꼈다. 커다란 녹색 로브 자락이 벨트 맨 허리까지 벌어져서, 가슴 골짜기와 오른쪽 젖가슴 윗부분 전체를 민망스러울 만큼 훤히 드러내고 있었다. 경악하여 그녀는 허겁지겁 로브자락을 끌어당겨 여몄다.

"그대로 두지, 당신이 그러고 있는 모습을 보면 좀 용서해 주고픈 기분이 들지도 모르니까.”

“당신의 용서 따위 원치 않아요.

그녀는 그의 팔 아래로 빠져나가며 말했다.

“난 옷 입으러 가요. 당신은 이만 가 보지 그래요.”

“여기 있을 거야.”

존은 돌아서서 그녀가 급히 복도를 지나는 것을 지켜보았다. 흔들리는 그녀 엉덩이와 맨 발목께에 나풀거리는 로브자락을 보고 그의 눈매가 가늘어졌다.

그녀를 죽이고 싶었다.

거실을 가로질러 그는 성가신 레이스 커튼을 젖히고 창밖을 내다보았다. 그에게 아이가 있었다. 그가 존재를 몰랐던, 그리고 그의 존재를 몰랐던 딸이. 조지앤이 그의 의혹을 확인해 줄 때까지 그는 렉시가 자신의 아이라고 완전히 확신하지 못했다. 이제 알고 나니 그 사실이 그의 가슴에서 불타올랐다.

내 딸. 그는 길을 건너 렉시를 도로 데려오고픈 강한 충동과 싸웠다. 그냥 앉아서 아이를 보고 싶었다. 아이를 지켜보고 작은 목소리를 듣고 싶었다. 아이를 만져 보고 싶었지만, 그러진 않을 것이다. 아까 아이 옆에 앉아 있자니 자신의 덩치가 너무 크고 어색하게 느껴졌었다. 경화 고무 퍽을 시속 155킬로미터로 얼음판 저 너머로 날려보내고 자신의 몸을 인간 증기 기관차로 쓰는 거구의 남자.

내 딸. 내게 아이가 있었다. 내 아이…….

그는 분노가 치미는 것을 느끼고, 굳은 자제력으로 성질이 나려는 것을 억눌렀다.

존은 돌아서서 벽돌 벽난로로 향했다. 맨틀 위에는 각양각색의 액자에 담긴 사진들이 늘어서 있었다. 제일 첫 번째에는 티셔츠 끝자락을 턱 밑에 밀어 넣고 통통한 집게손가락을 자기 배꼽에 대고 있는 여자아기가 스툴에 앉아 있었다. 그는 사진을 들여다보고, 렉시의 다양한 성장 단계를 보여 주는 다른 사진들로 눈길을 돌렸다.

자신을 빼닮은 어린 딸의 모습에 넋을 빼앗겨, 그는 커다란 푸른
눈과 발그레하고 통통한 뺨을 한 아장거리는 아이의 사진에 손을 뻗
었다. 아이의 짙은 머리는 깃털 총채 마냥 정수리에 곤두서 있었고
조그만 입술은 막 사진사에게 뽀뽀하려는 것처럼 쭉 내밀고 있었다.

복도 저편에서 문이 열렸다 닫혔다. 그는 얇은 액자에 든 사진을
주머니에 집어넣고, 돌아서서 조지앤이 나타나기를 기다렸다. 그녀가
거실로 들어오자, 그는 그녀가 머리를 깔끔하게 포니테일로 묶고 흰
색 여름 스웨터를 입었음을 알아보았다. 발목까지 내려오는 하늘하늘
한 스커트가 그녀의 긴 다리에 휘감겼다. 그녀는 종아리에 스트랩을
엇갈려 묶는 조그만 흰색 샌들을 신고 있었다. 발톱은 짙은 자주색이
었다.

"아이스티 마실래요?"

그녀가 거실 한가운데 서서 물었다.

상황이 상황인지라 그녀의 예의에 그는 놀랐다.

"아니. 됐어."

그는 그녀의 얼굴로 눈길을 올리며 말했다. 대답을 들어야 할 질문
이 수없이 있었다.

"좀 앉지 그래요,"

그녀가 프릴이 주렁주렁 달린 쿠션이 있는 흰색 버드나무 의자를
향해 손짓했다.

"난 차라리 서 있겠어."

"흠, 난 당신을 올려 봐야 하는 상황은 내키지 않네요. 앉아서 이
일을 논의하던가, 아니면 논의는 없어요."

그녀는 강심장이었다. 존은 그녀의 이런 면은 기억나지 않았다. 그
가 기억하는 조지앤은 수다스런 여우였다.

"좋아."

그는 아무래도 자기 체구를 견뎌 내지 못할 듯한 의자보다는 소파
에 앉았다.

“나에 관해 렉시에게 뭐라고 했어?”

그녀는 버드나무 의자를 차지했다.

“뭐, 아무 것도요.”

그녀는 그의 기억만큼 강하지 않은 텍사스 억양으로 느릿하니 말했다.

“애가 제 아빠에 대해 한번도 안 물어 봤단 거야?”

“아, 그거.”

조지앤은 꽃무늬 쿠션에 깊숙이 앉아 다리를 꼬았다.

“자기가 아기 때 당신이 죽었다고 생각하죠.”

존은 그녀의 대답에 짜증이 나긴 했지만 놀라진 않았다.

“정말? 내가 어떻게 죽었지?”

“당신의 F-16기가 이라크에서 격추되어서.”

“걸프전 중에?”

“그래요.”

그녀는 미소지었다.

“당신은 아주 용감한 군인이었어요. 최고의 전투기 파일럿이 필요할 때, 나라에선 제일 먼저 당신을 불렀죠.”

“난 캐나다인이야.”

그녀는 어깨를 으쓱했다.

“앤소니는 텍사스 사람이었어요.”

“앤소니? 앤소니는 또 누구야?”

“당신이죠. 내가 지어냈어요. 남자 이름으론 토니가 늘 마음에 들었거든요.”

그녀는 자기 편할 대로 그를 죽여 버린 것만 아니라, 그의 이름까지 바꿔 버린 거다. 존은 울화가 치밀었다. 몸을 앞으로 숙여 팔뚝을 무릎에 댔다.

“그 존재하지 않는 남자의 사진은? 렉시가 사진 보여 달라고 하지 않았어?”

“물론이죠. 하지만 당신 사진은 전부 집에 불이 났을 때 타 버려서.”

“그것 참 운이 없었군.”

그는 미간을 찌푸렸다.

그녀의 미소가 환해졌다.

“그렇죠, 안 그래요?”

그녀의 미소가 그의 분노를 부채질했다.

“그 애가 당신 처녀적 이름이 하워드라는 걸 알게 될 땐 어쩌려고? 당신이 거짓말한 걸 알게 될 텐데.”

“그때쯤이면 아마 십대일 거예요. 토니와 난 몹시도 사랑했지만 사실 결혼하지 않았다고 털어놔야죠.”

“그럼 다 궁리해 뒀군.”

“그래요.”

“왜 거짓말을? 내가 당신을 돕지 않을 거라 생각했나?”

조지앤은 대답하기 전 그의 눈을 잠시 응시했다.

“솔직히, 존, 당신이 알고 싶어하거나 신경 쓸 거란 생각은 안 했어요. 난 당신을 모르고 당신은 날 모르죠. 하지만 그날 아침 뒤도 안 돌아보고 날 공항에다 버린 걸 생각하면 나에 대한 당신의 감정은 알고도 남아요.”

존이 기억하기론 그런 식은 아니었다.

“당신한테 집에 돌아갈 비행기표를 사 줬잖아.”

“내가 돌아가고 싶어하는지 물어보지도 않았으면서.”

“난 당신에게 호의를 베풀었다고.”

“당신 자신을 위한 거였죠.”

조지앤은 무릎을 내려다보고 하늘하늘한 천을 모아 쥐었다. 그렇게 오랜 세월이 흘렀으니 그날을 떠올리는 것이 상처가 될 리가 없을 텐데. 하지만 여전히 아팠다.

“당신은 날 어서 떼어 내지 못해 안달이었죠. 그 하룻밤 섹스를 했고 그 다음엔……."

"우린 그 하룻밤 동안 많은 섹스를 했어."

그가 끼어들었다.

"노골적이고 거리낌없고, 뜨겁고, 땀투성이의 섹스."

조지앤의 손이 멈칫했고 그를 올려다보았다. 처음으로 그의 눈에서 타오르는 불길을 알아챘다. 그는 화가 나 있었고 그녀를 자극하려 기를 쓰고 있었다. 조지앤은 덥석 미끼를 물 수 없었다. 차분하게 그리고 머릿속을 맑게 유지해야 할 상황이니까.

"당신 말대로라고 치죠."

"그랬지, 그리고 당신도 알고 있어."

그는 몸을 약간 앞으로 숙이고 느릿느릿 말했다.

"그리고 나서 다음 날 아침 내가 불멸의 사랑을 선언하지 않았기 때문에, 당신은 내 아이를 숨긴 거야. 아주 근사하게 앙갚음했군, 안 그래?"

"내 결정은 보복 같은 것과 아무 상관이 없어요."

조지앤은 임신했음을 깨달았던 날을 되돌아보았다. 충격과 공포에서 벗어난 후, 그녀는 기쁨을 느꼈다. 선물이라도 받은 기분이었다. 렉시는 조지앤의 유일한 가족이고, 그녀는 딸을 공유할 의사가 없었다. 설령 존이라 해도. 특히 존은 사절이다.

"렉시는 내 아이예요."

"당신은 그날 밤 내 침대에 혼자 있지 않았어, 조지앤."

존이 일어나며 말했다.

"내가 그 아이에 대해 알고도 그냥 사라질 거라 생각했다면, 당신은 돌은 거야."

조지앤도 일어났다.

"여길 떠나 우리에 대해선 잊어버려요."

"꿈도 커. 우리 둘 다 수용할 수 있는 합의를 보든가, 아니면 내 변호사를 시켜 당신에게 연락할 거야."

그는 겁을 주고 있는 거야. 분명해. 존 코왈스키는 스포츠 선수다, 하키 스타.

"안 믿어요. 사람들이 렉시에 대해 아는 걸 원치 않을 텐데요. 그런 종류의 평판은 당신 이미지에 흠집을 낼 수 있으니."

"잘못 알았군. 난 평판 따위는 신경 안 써."

그는 그녀에게 바짝 다가와 서며 말했다.

"난 딱히 도덕적 모범의 표상도 아니니, 어린 딸이 있다 한들 깨끗하달 수 없는 내 이미지에 무슨 해를 끼칠까 싶은 걸."

그는 뒷주머니에서 지갑을 꺼냈다.

"내일 오후 시애틀을 떠나지만, 수요일까진 돌아올 거야."

그는 명함을 뽑아 들었다.

"명함 제일 아래 번호로 전화해. 난 집에 있을 때도 전화는 안 받아. 자동응답기가 받을 테니까, 메시지를 남기면 내가 연락하지. 그리고 내 주소도."

그는 뒷면에 끄적이고는, 그녀의 손을 잡아 펜과 명함을 그녀 손바닥에 놓았다.

"나한테 전화하고 싶지 않거든 편지를 보내던가. 어느 쪽이든, 목요일까지 당신 연락이 없으면 내 변호사 중의 한 명이 금요일에 당신한테 연락할 거야."

조지앤은 손에 들린 명함을 내려다보았다. 그의 이름이 굵고 검은 글씨로 박혀 있었다. 이름 아래에는 전화번호 세 개가 나열되어 있었다. 명함 뒤에 그가 주소를 써 놓았다.

"렉시 일은 잊어요. 그 애를 당신과 공유하진 않을 테니까."

"목요일까지 전화해."

그리곤 그는 사라졌다.

존은 녹색 레인지 로버의 기어를 올리고 405번 도로로 돌입했다. 열린 창으로 불어오는 바람이 옆머리를 헝클었지만 어지러운 마음을 식히는 데는 별 도움이 되지 못했다. 그는 손가락을 구부렸다 폈다하고, 운전대를 잡은 손의 힘을 뺐다.

렉시, 그의 딸. 화장을 떡칠하고 고양이, 개, 돼지를 갖고 싶어하는 여섯 살배기. 그는 오른쪽 엉덩이를 들고 뒷주머니에 손을 넣었다. 아까 슬쩍한 렉시의 사진을 꺼내어 대시보드에 놓았다. 뾰족 내민 핑크빛 입술 위로 커다랗고 푸른 눈이 그를 마주 보고 있었다. 그는 아이가 제 엄마한테 해 준 뽀뽀를 생각하고는, 시선을 도로로 되돌렸다.

아이를 가진다는 생각을 할 때면 그는 늘 남자애를 생각했다. 이유는 알 수 없었다. 어쩌면 죽은 아들 토비 때문인지도 모르지만 그는 늘 자신을 기운찬 사내아이의 아버지로 그리곤 했다. 주니어 리그 하키 게임, 장난감 권총, 덤프 트럭을 상상했었다. 더러운 손톱과 구멍난 청바지, 까진 무릎을 늘 떠올리곤 했다.

자신이 어린 여자애들에 대해 뭘 알고 있을까? 여자애들은 뭘 할까?

그는 레인지 로버를 몰면서 다시 한 번 사진에 눈길을 주었다. 여자애들은 녹색 깃털 목도리를 두르고 핑크색 카우보이 부츠를 신으며 바비 인형의 머리를 자른다. 조잘거리고 까르르 웃고 귀엽게 뾰족 내민 입술로 엄마에게 작별 뽀뽀를 하는 여자 아이.

아이의 엄마. 조지앤 생각에 운전대를 움켜쥔 존의 손에 다시금 힘이 들어갔다. 그녀는 그의 아이를 그에게 비밀로 숨겨 왔다. 아이를 원하며 아이들과 있는 다른 남자들을 지켜봐 온 그 세월 내내 그는 자신에게 딸이 있었다는 것을 알지 못한 것이다.

그는 너무나 많은 것을 놓쳤다. 아이의 탄생, 첫 걸음마, 첫 옹알이를 놓쳤다. 그 애는 그의 일부분이었다. 그를 구성한 유전자와 염색체가 그 아이의 일부를 형성하고 있었다. 그러나 조지앤은 그가 알 필요가 없다고 결정해 버렸고, 그는 그 일에 대한 분노와 저지른 사람을 떼 놓아 생각할 수가 없었다. 그는 자신이 그녀를 결코 용서할 수 없음을 알았다. 몇 년 만에 처음으로 크라운 로열 한 병이 못 견

디게 그리웠다. 부드러운 위스키를 망치는 얼음 따위는 넣지 않은 한 잔. 그는 조지앤을 탓했다. 왜냐하면 그녀가 저지른 짓을 증오하는 것만큼이나 그녀가 자신에게 불러일으키는 감정을 증오했으니까.

어떻게 그녀의 목을 감아쥐고 조르고 싶으면서, 동시에 그녀의 젖가슴을 손 안 가득 감싸고 싶어할 수 있을까? 그녀를 벽에 밀어붙였을 때 그는 그녀가 자신의 육체적 반응을 알아채지 못한 데 놀랐다. 그가 자제할 수 없었던 반응을.

조지앤과 관련된 일에선 그 자신의 육체를 통제할 수 없음이 분명했다. 7년 전 그는 그녀를 원하고 싶지 않았다. 그녀는 그의 차에 올라탄 순간부터 그에게 문젯거리를 쏟아 냈지만, 그가 뭘 원하는지는 별 상관이 없는 듯했다. 옳건 그르건, 좋건 나쁘건, 그는 꼼짝없이 그녀에게 끌렸으니까. 유혹적으로 치켜 올라간 녹색 눈과 잡지 표지모델 같은 입술에서부터 섹시한 몸매까지 그는 상황에 관계없이 그녀에게 반응을 보였다.

분명 어떤 것들은 결코 변하지 않는다는 옛말이 사실이었나 보다. 그는 다시 그녀를 원했고, 그녀가 그의 딸을 숨겨 왔다는 사실조차 큰 영향을 미치지 못하고 있으니. 그는 조지앤에게 호감조차 가지 않았으나 그녀를 원했다. 그녀의 온몸을 어루만지고 싶었다. 결국 자신은 역겨운 후레자식이란 결론에 도달했다.

유니언 호수의 남쪽을 따라 돌면서 그는 밝은 녹색 로브 차림의 조지앤의 모습을 뇌리에서 몰아내려 노력했다. 대시보드에 세워진 렉시의 사진에 흘끔 눈길을 주고, 일단 레인지 로버를 주차하자 사진을 들고 그의 53평짜리 이층 하우스보트가 정박된 선창 끝으로 향했다.

이 년 전 그는 50년 된 이 하우스보트를 구입하고 시애틀 건축가와 인테리어 디자이너를 고용하여 바닥부터 다시 디자인했다. 공사가 끝나자, 그는 박공지붕과 발코니 여럿, 빙 둘러싼 창문이 달린 침실 세 개짜리 수상(水上) 주택을 가지게 되었다. 두 시간 전까지 이 하우스보트는 그에게 더할 나위 없이 잘 맞았다. 그러나 지금 묵직한 나무문에 열쇠를 밀어 넣고 열면서, 그는 여기가 아이에게 적당한 장소일지 확신할 수가 없었다.

렉시는 내 애예요. 여길 떠나 우리에 대해선 잊어버려요.

조지앤의 말이 그의 머릿속에서 메아리치며, 깊숙이 묻어둔 적의와 분노를 불러일으켰다.

존이 신은 로퍼 바닥이 새로 광낸 입구 나뭇바닥에서 끼익 소리를 냈다가, 그가 두터운 러그 위를 가로지르자 조용해졌다. 그는 렉시의 사진을 오크 커피 테이블에 세워 놓았다. 테이블은 바닥과 마찬가지로 전날 그가 고용한 청소 대행 서비스가 광을 냈다. 식당 책상에 놓인 세 대의 전화 중 한 대가 울렸고, 세 번 벨이 울린 후 자동응답기가 받았다. 존은 숨을 죽였지만, 다음날 그의 비행 스케줄을 알리는 에이전트의 목소리가 들리자 다시 지난 두 시간의 사건들로 관심을 돌렸다. 그는 프렌치 도어로 다가가 밖의 데크를 응시했다.

렉시 일은 잊어요. 그 애를 당신과 공유하진 않을 테니까.

이제 딸에 대해 알았으니 그가 잊을 가능성은 추호도 없었다. 잔잔한 호수를 노저어 가는 카약 위로 존의 눈매가 가늘어졌고, 그는 돌연 돌아서서 식당으로 향했다. 마호가니 책상에 놓인 전화 중 한 대를 들고 그의 변호사 리처드 골드맨의 집 전화번호를 눌렀다. 리처드가 전화를 받자, 그는 상황을 설명했다.

"아이가 정말 친자라고 확신하십니까?"

그의 변호사가 물었다.

"그래요."

그는 거실 커피 테이블에 놓인 렉시의 사진에 눈길을 주었다. 조지앤에게 금요일까지 기다렸다가 변호사한테 연락하겠다고 그랬지만, 기다리는 게 무슨 소용이 있을지 알 수 없었다.

"예, 확신해요."

"이거 상당히 큰 충격이군요."

그는 자신의 법률상 위치에 대해 알아야만 했다.

"말할 것도 없죠."

"그리고 당신이 다시 아이를 볼 수 있게 여자가 순순히 허락하지 않을 것 같다고요?"

"그래요. 그녀는 그 점을 아주 명확히 했죠."

존은 돌로 된 서진을 공중에 던졌다가 받았다.

"딸을 제 엄마에게서 떼 놓고 싶지는 않습니다. 렉시에게 상처 주고 싶진 않지만, 그 애를 보고 싶어요. 그 애를 알아 가고 싶고 그 애도 날 알았으면 해요."

긴 침묵이 흐르고 리처드가 입을 열었다.

"난 상법 전문입니다, 존. 내가 드릴 수 있는 건 유능한 가족법 변호사의 이름뿐이군요."

"그래서 전화한 거요. 유능한 사람을 원해요."

"그럼 커크 슈와츠죠. 양육권 전문이고 유능합니다. 아주 유능하죠."

"엄마, 에이미가 내 거랑 똑같은 피자헛 스키퍼 인형이 있어서, 스키퍼 둘이서 피자헛에서 일하게 하면서 놀고, 토드를 놓고 싸웠어."

"으응."

조지앤은 프랜시스 I 포크의 손잡이를 돌려 스파게티를 감았다. 식탁 한가운데의 프랑스빵 바구니를 응시하며 파스타를 감고 또 감았다. 피투성이의 전투에서 살아남은 생존자처럼 녹초가 되었고 마음도 안정되지 않았다.

"그리고 티슈로 우리 스키퍼 옷을 만들었는데 내 건 공주님이야, 빈 티슈 상자를 자동차로 해서 몰았어. 근데 토드는 교통위반 딱지를 뗐고 에이미의 스키퍼를 내 것보다 더 좋아하니까 운전시켜 주지 않았어."

"으응."

조지앤은 거듭거듭 오늘 아침에 있었던 일을 되돌아보았다. 존이 한 말과 그가 말한 태도를 기억해 내려 했다. 자신의 반응을 떠올리려 했지만 기억나질 않았다. 그녀는 피곤하고 혼란스러우며 두려웠다.

"바비가 엄마, 켄이 아빠를 했고 우린 커다란 산 옆에 있는 숲에 소풍을 갔어. 그리고 난 빌딩보다 더 높이 높이 날 수 있는 마법 신발이 있었거든. 난 지붕으로 날아올라 갔고……."

7년 전 그녀는 옳은 결정을 내렸다. 그랬다고 확신했다.

"……그치만 켄이 취해서 바비가 집까지 운전해야 했어."

조지앤이 쳐다보자 렉시는 소스 묻은 면을 쪼옥 빨아들이고 있었다. 아이의 얼굴은 화장이 싹 지워져 있었고 짙은 푸른 눈은 자기 이야기의 흥미진진함에 반짝거렸다.

"뭐? 무슨 얘기였니?"

조지앤은 물었다.

렉시는 입가를 핥고 음식을 삼켰다.

"에이미가 그러는데 걔네 아빠가 시호크에서 맥주를 마셔서 엄마가 집까지 운전해야 했대. 그럼 아저씨 딱지 떼지."

렉시는 스파게티를 포크로 감았다.

"에이미가 그러는데 걔네 아빠는 속옷바람으로 돌아다니고 엉덩이를 긁는대."

조지앤은 미간을 찌푸렸다.

"너도 그러면서."

"응, 그치만 아저씨는 어른이고 난 어린애잖아."

렉시는 어깨를 으쓱하고 파스타를 한 입 물었다. 면 한 가닥이 턱에 붙었고 아이는 그걸 입술 사이로 빨아들였다.

"요즘 에이미에게 걔네 아빠에 대해 물어봤니?"

조지앤은 조심스레 물었다. 어쩌다 가끔 렉시는 아빠와 딸들에 대해 묻곤 했고 조지앤은 대답해 주려 애썼다. 하지만 조지앤은 거의 할머니 한 분 손에 자란 터라 사실 답을 알지 못했다.

“아니.”

렉시는 입안 가득 음식을 물고 대꾸했다.

“개가 그냥 이것저것 얘기해.”

“입에 음식 있을 때는 말하지 말아라.”

렉시의 눈이 가늘어졌다. 우유잔으로 손을 뻗어 입가로 가져갔다. 잔을 도로 식탁에 내려놓고 나서 렉시는 말했다.

“그럼 내가 씹고 있을 때 묻지 말아야지.”

“참, 미안.”

조지앤은 포크를 베이지색 리넨 식탁보에 내려놓았다. 그녀의 생각은 존에게로 돌아갔다. 아까 말한, 렉시의 탄생을 그에게 비밀로 했던 이유는 거짓말이 아니었다. 정말이지 그가 알고 싶어하거나 신경 쓰리라고 생각지 않았었다. 하지만 그가 신경 쓰느냐 아니냐는 주된 동기가 아니었다. 주된 이유는 훨씬 더 이기적인 것이었다.

7년 전 그녀는 혼자였고 외로웠다. 그때 렉시가 태어났고 갑자기 그녀는 더 이상 혼자가 아니었다. 렉시는 조지앤의 가슴속 공허함을 메워 주었다. 그녀를 조건 없이 사랑하는 딸이 생긴 것이다. 조지앤은 그 사랑을 전부 혼자서 차지하고 싶었다. 그녀는 이기적이고 탐욕스러웠지만, 신경 쓰지 않았다. 그녀는 엄마이며 동시에 아빠였다. 그녀만으로 충분했다.

“우리 한동안 티파티 안 했지. 엄마 내일 집에서 일하거든. 차 마시고 싶니?”

렉시의 미소에 입가의 우유 자국 콧수염이 치켜 올라갔고, 고개를 열심히 끄덕이자 포니테일 머리가 위아래로 흔들렸다.

조지앤은 딸에게 미소를 되돌리며 새끼손가락으로 부스러기를 쓸어 냈다. 7년 전 그녀는 미래를 향해 가느다란 뮬 신발을 디뎠고, 거의 뒤돌아보지 않았다. 그리고 지금까지 자신과 렉시를 위해 꽤 잘해 왔다. 성공적인 사업체를 공동 소유하고 있으며 본인 소유의 집 융자금을 내고 있고 바로 저번 달에 새 차를 샀다.

렉시는 건강하고 행복해 하고 있었다. 아빠는 필요하지 않았다. 존은 필요하지 않았다.

"너 다 먹으면, 네 핑크 시폰 드레스가 아직 맞는지 보자."

조지앤은 자신의 접시를 들어 싱크대로 가져갔다. 그녀도 아빠를 모르지만 살아남았다. 아버지의 무릎에 웅크리고 귀 아래에서 뛰는 그의 심장 고동 소리를 듣는 것이 어떤 것인지 전혀 알지 못했다. 아버지의 품안에서 느끼는 든든함이나 달래는 목소리의 울림을 알지 못했다. 전혀 알지 못했지만 그래도 잘만 살아왔다.

조지앤은 싱크대 위 창으로 뒷마당을 응시했다. 알지는 못했지만, 여러 번 상상하려 해 보았었다.

그녀는 울타리 사이로 이웃들이 불 위에 올린 바비큐 치킨을 써는 것을 훔쳐보던 것을 기억했다. 은색 안장이 달린 파란 자전거를 타고 잭 레너드의 주유소에 가서 그가 타이어를 가는 모습을 지켜보곤 했었다. 지저분한 회색 작업복 바지 뒷주머니에 걸어 둔 기름 수건에다 슥슥 문질러 닦는 더럽고 커다란 손에 넋이 팔렸던 것을 기억했다. 밤에 할머니 집의 단단하고 오래된 포치에 앉아, 이웃집 아저씨들이 퇴근하고 돌아오는 것을 지켜보며 자신도 아빠가 있었으면 하던 짙은 포니테일과 빨간 카우보이 부츠의 혼란스럽고 호기심 많은 어린 소녀를 기억했다. 그녀는 지켜보았고 기다리며 그러는 내내 궁금해 했다. 아빠들은 집에 오면 뭘 하는 걸까? 자신이 모르기 때문에 궁금했다.

렉시의 부츠굽이 부엌 리놀륨에 닿는 소리가 조지앤을 기억 속에서 끌어냈다.

"다 먹었니?"

그녀는 돌아서서 지저분한 접시와 빈 잔을 렉시의 손에서 받아 들었다.

"응. 내일은 내가 쁘띠 푸르 케이크를 놔도 돼?"

"그래, 그러럼."

조지앤은 접시와 잔을 싱크대에 놓으며 대꾸했다.

"그리고 이젠 네가 차를 따를 수 있을 만큼 큰 거 같다."

"좋아!"

렉시는 들떠서 손뼉을 치고는, 가느다란 팔을 조지앤의 허벅지에 둘렀다.

"엄마 사랑해."

"엄마도 널 사랑해."

조지앤은 딸의 정수리를 내려다보고 렉시의 등에 손을 얹었다. 할머니는 그녀를 사랑해 주었지만, 그 사랑은 가슴속 빈 공간을 채우기에 충분치 않았다. 렉시 이전엔 아무도 그녀 영혼의 구멍을 채울 수 없었다.

조지앤은 렉시의 등을 위아래로 쓰다듬었다. 자신이 성취한 모든 것이 몹시도 자랑스러웠다. 그녀는 난독증이라는 장애를 숨기기보단 받아들이고 사는 법을 익혔다. 자기 발전을 위해 열심히 노력했고, 그녀가 가진 모든 것, 지금의 그녀는 혼자 힘으로 해낸 것이다. 그녀는 행복했다.

그렇지만 딸을 위해 더 많은 것을 원했다. 더 나은 것을 원했다.

8

　근육과 뼈 그리고 단호한 결의가 충돌하고, 하키 스틱이 얼음을 때리며, 수천 명의 열광한 팬들의 함성이 존의 거실을 채웠다. 대형 텔레비전에서는 '러시안 로켓' 파블 뷰레가 레인저스 수비 제이 웰스의 얼굴을 스틱으로 쳐서, 자기보다 덩치 큰 그 뉴욕 선수를 얼음판에 쓰러뜨리고 있었다.

　"젠장, 뷰레만한 덩치의 놈이 웰스랑 맞먹는다면 그건 존경해 줘야지."

　세 명의 손님들을 돌아보는 존의 입가에 감탄의 미소가 떠올랐다. '동굴 인간' 휴 마이너, '트리' 드미트리 울라노프, '장의사' 클로드 뒤프리.

　그의 팀 동료 세 명은 커다란 텔레비전으로 다저스와 아틀란타 브레이브스의 경기를 보러 존의 집에 들렀다. 경기가 두 이닝이 지나자 다들 '저러고도 나보다 더 돈을 받는단 말이야!'라고 말하는 듯이 고개를 내저으며 1994년 스탠리컵 결승전 테이프를 비디오에 밀어 넣었다.

　"뷰레의 귀 봤어?"

휴가 물었다.

"진짜 어마어마하게 큰 귀야."

제이 웰스의 부러진 코에서 피가 흘러나오고, 반칙으로 퇴장 당한 파블은 어깨가 축 처져서 링크를 미끄러져 나갔다.

"그리고 여자 같은 곱슬머리지."

클로드가 부드러운 프랑스계 캐나다인의 억양으로 말했다.

"하지만 야거만큼 심하진 않지. 그 녀석은 계집애야."

드미트리는 같은 나라 출신인 파블 뷰레가 라커룸으로 이끌려 가는 텔레비전 화면에서 눈을 뗐다.

"야로미어 야거가 계집애라고?"

그는 피츠버그 펭귄스의 스타 윙을 언급하며 물었다.

휴는 빙긋 웃으며 고개를 젓다가 말고 존을 쳐다보았다.

"어떻게 생각해, 철벽?"

"아니, 야거는 계집애라기엔 너무 몸을 안 사려."

그는 어깨를 으쓱했다.

"녀석은 약골이 아냐."

"그래, 하지만 목에다 온통 치렁치렁 금목걸이를 휘감고 다니잖아."

지저분한 말을 내뱉어 남들 속을 긁기로 유명한 휴가 반박했다.

"야거가 약골이든가 아님 미스터 T의 팬인 게지."

드미트리는 발끈해서 자신의 목을 감은 세 줄의 금목걸이를 가리켰다.

"목걸이는 계집애 같은 게 아냐."

"미스터 T가 누구야?"

클로드가 궁금해했다.

"텔레비전 드라마 『A-팀』을 본 적 없어? 미스터 T는 모호크족 스타일 머리에 금붙이를 휘감은 덩치 큰 흑인 놈이야. 조지 페퍼드와 둘이 사건을 일으키지."

휴가 설명했다.

"목걸이는 계집애 같은 게 아냐."

다시 한 번 드미트리가 주장했다.

"아닐지도 모르지."

휴가 마지못해 물러났다.

"하지만 목걸이를 많이 하고 다니는 건 그 남자의 거시기 크기와 상관있다는 사실 하난 분명하다고."

"개소리."

드미트리가 코웃음쳤다.

존은 쿡쿡거리고 베이지색 가죽 소파 등받이에 팔을 올렸다.

"그걸 어떻게 아는데, 휴? 훔쳐보고 다니기라도 했냐?"

휴는 자리에서 일어나 빈 콜라 캔을 존에게 던졌다. 그의 눈은 가늘어졌고 미소로 입매가 빙긋 곡선을 그렸다. 존은 그 표정을 알고 있었다. '동굴 인간'이 사냥에 나서 감히 골 근처에 너무 가까이 다가온 상대팀 선수를 말로 끝장내기 전 그가 수백 번 봐 온 표정이었다.

"평생 남자들과 샤워를 했으니, 금을 휘감은 남자들은 거시기 모자란 걸 메우려 그런다는 걸 알기 위해 훔쳐보고 말고 할 필요도 없지."

클로드는 웃음을 터뜨렸고 드미트리는 고개를 내저었다.

"사실 아냐."

"사실이라니까, 트리."

휴는 부엌으로 걸어가면서 단언했다.

"러시아에선 금목걸이를 많이 거는 게 네가 진짜 남자라는 뜻인진 모르겠지만, 넌 지금 미국에 있고 조그만 거시기 같은 걸 광고하면서 다닐 순 없다 이거야. 망신당하지 않으려면 우리 방식을 배워야지."

"또는 미국 여자와 데이트하고 싶으면."

존이 덧붙였다.

휴가 문가를 지나는데 벨이 울렸다.

“내가 나가 볼까?”

그가 물었다.

“그래. 아마 헤이슬러일 거야.”

존은 치눅스의 신참 포워드를 떠올리며 대꾸했다.

“들를지도 모른다고 그랬거든.”

“존.”

드미트리가 그를 부르고는 앉아 있던 가죽 의자의 가장자리로 당겨 앉았다.

“정말이야? 미국 여자들은 목걸이하면 거시기도 없는 남자라고 생각해?”

존은 웃음을 억누르려 분투했다.

“그래, 트리. 정말이야. 데이트 상대를 찾기 어렵지 않던?”

드미트리는 당혹한 표정이었고 다시 의자 깊이 물러앉았다.

참다 못해 존은 웃음을 터뜨렸다. 그는 드미트리의 혼란스러워 하는 모습에 배꼽 잡고 있는 클로드에게 눈길을 주었다.

“어어, 철벽. 헤이슬러가 아닌데.”

존은 어깨 너머로 돌아보았고, 거실 입구에 서 있는 조지앤을 보는 순간 웃음은 즉시 사라졌다.

“혹시 방해가 된 거라면 나중에 다시 오도록 하죠.”

그녀의 시선은 이 남자에서 저 남자로 왔다갔다했고, 문을 향해 몇 걸음 뒤로 물러났다.

“아니.”

존은 그녀의 갑작스런 등장에 깜짝 놀라 자리에서 벌떡 일어났다. 커피 테이블 위의 리모콘을 집어 텔레비전 전원을 껐다.

“아니. 가지 마.”

리모콘을 소파에 내던지며 그는 말했다.

“보아하니 바쁜 모양인데 전화할 걸 그랬네요.”

그녀는 자기 옆에 선 휴를 돌아보고는, 다시 존을 쳐다보았다.

"사실 전화를 걸긴 했는데, 안 받더군요. 그러자 당신이 전화를 안 받는다고 한 말이 기억나서, 밑져야 본전이지 싶어 왔어요, 그리고…… 음, 내가 하고 싶었던 말은……."

옆으로 늘어뜨린 그녀의 손이 허둥거렸다.

"초대하지도 않았는데 불쑥 찾아오는 게 몹시 무례하다는 건 알지만, 몇 분만 시간을 내줄 수 있겠어요?"

그녀는 분명 네 명의 덩치 큰 하키선수의 주목을 받게 된 것에 당황하고 있었다. 존은 거의 조지앤이 안된 마음이 들 지경이었다. 하지만 그녀가 한 짓을 잊을 수 없었다.

"문제 없어."

그는 소파를 돌아 그녀에게 다가가며 말했다.

"위로 올라가거나 아니면 밖의 데크로 나가면 돼."

다시 한 번 조지앤은 방 안의 다른 남자들을 쳐다보았다.

"데크가 낫겠군요."

"좋아."

존은 방 저편의 프렌치 도어를 향해 손짓했다.

"먼저 가."

그녀가 지나가자 그는 그녀의 몸을 눈길로 주욱 훑었다. 목 주위에 단추를 채운 소매 없는 빨강 원피스는 매끄러운 어깨를 드러내고 그녀의 가슴을 감쌌다. 길이는 무릎까지 왔고 딱히 타이트하거나 노출이 심한 것은 아니었다. 그럼에도 그녀는 그가 좋아하는 나쁜 것들을 한데 묶어 놓은 세트처럼 보였다. 자신이 그녀의 외모를 의식한다는 것 자체에 짜증이 나서, 그는 그녀의 어깨에 닿는 커다랗고 부드러운 컬에서 휴에게로 눈길을 돌렸다.

휴는 조지앤을 알긴 아는데 언제 만났는지 기억할 수 없다는 듯이 응시하고 있었다. 휴가 가끔 멍청한 척 굴긴 해도 실제 그런 건 아니니 오래지 않아 그녀가 버질 더피의 도망친 신부였음을 기억해 낼 것이다. 클로드와 드미트리는 7년 전 치눅스에서 뛰지 않았고 결혼식에도 없었지만 아마도 그 이야기를 듣기는 했으리라.

존은 프렌치 도어로 가서 조지앤을 위해 한쪽을 열어 주었다. 그녀가 밖으로 나서자, 그는 안을 돌아보았다.

"편하게들 있어."

그는 팀 동료들에게 말했다.

클로드는 한쪽 입가를 올린 미소를 띤 채 조지앤의 뒷모습을 쳐다보고 있었다.

"천천히 해."

그가 말했다.

드미트리는 아무 말도 하지 않았다. 그럴 필요가 없었다. 금목걸이의 갑작스런 실종이 젊은 러시아인의 얼굴에 떠오른 멍한 표정보다 더 분명하게 말하고 있었으니까.

"오래 걸리지 않을 거야."

존은 인상을 쓰며 말하곤, 밖으로 나와 문을 닫았다. 산들바람이 뒷 발코니에 걸린 파란색과 녹색의 고래 현수막을 펄럭이게 했고 파도가 존의 7미터 보트 옆면을 부드럽게 때렸다.

잔잔히 물을 가르는 요트의 파문에 환한 저녁햇살이 번뜩였다. 요트 위의 사람들이 존을 소리쳐 부르자 그는 자동적으로 손을 흔들었지만 관심은 물가에 서서 한 손을 이마 위에 대고 호수를 바라보는 여자에게 가 있었다.

"저게 가스 워크 공원인가요?"

그녀가 반대편 호숫가를 가리켰다.

조지앤은 아름답고 유혹적이지만 너무나 악랄해서 그는 그녀를 물에다 내던져 버리는 상상을 했다.

"내 집에서 호수 경치를 보겠다고 온 거야?"

그녀는 손을 내리고 어깨 너머를 돌아보았다.

"아뇨."

그리고는 돌아서서 그를 마주했다.

"렉시에 대해 얘기하고 싶어요."

"앉지."

그는 의자를 가리켰고, 그녀가 앉자 맞은편 의자를 차지했다. 발을 넓게 벌리고 손은 팔걸이에 얹은 채 그녀가 시작하기를 기다렸다.

"난 정말로 전화하려 했어요."

그녀는 잠깐 그를 쳐다봤다가 그의 가슴으로 눈길을 떨구었다.

"하지만 자동응답기가 받았고 메시지를 남기고 싶지 않았거든요. 내가 하고 싶은 말은 자동응답기에 남기기엔 너무 중요하고, 당신이 여행에서 돌아올 때까지 기다렸다가 얘기하고 싶진 않았어요. 그래서 당신이 집에 있을지도 모르니 한번 와 봤죠."

다시 한 번 그녀는 그를 넘겨다보고, 그의 왼쪽 어깨 너머를 쳐다보았다.

"뭔가 중요한 일을 방해했다면 정말로 미안해요."

이 순간 존은 조지앤이 하려는 말 이상으로 중요한 것을 생각해 낼 수 없었다. 그녀가 할 말이 그의 마음에 들건 아니건 간에 그의 인생에 큰 영향을 미칠 테니까.

"방해한 거 없어."

"잘됐네요."

그녀가 마침내 그를 쳐다보았고 희미한 미소가 그녀의 입술을 스쳤다.

"렉시와 날 그냥 내버려둘 생각은 없겠죠?"

"없어."

그는 딱 잘라 답했다.

"그럴 줄 알았어요."

"그럼 왜 여기 왔지?"

"내 딸을 위해 최선을 원하니까."

"그럼 우린 같은 걸 원하는군. 다만 렉시를 위한 최선이 무엇인가에 대해 우리 의견이 일치하리란 생각은 안 들지만."

조지앤은 무릎을 내려다보고 깊이 숨을 들이쉬었다. 도베르만 핀서 개를 쳐다보고 있는 고양이만큼이나 조마조마하고 불안했다. 자신의 감정만이 아니라 이 상황의 주도권을 잡아야 한다. 존과 그의 변호사들이 그녀의 삶을 조종하거나 렉시에게 최선이 무엇인지 이래라저래라 하게 둘 수는 없었다. 일이 거기까지 가게 둘 순 없었다. 존이 아니라 그녀, 조지앤이 조건을 내걸어야 한다.

"오늘 아침 변호사에게 연락할 계획이라고 했죠."

그녀는 말을 꺼내고, 그의 회색 나이키 티셔츠로, 거뭇거뭇하게 자라난 수염 때문에 짙어진 강한 턱으로 눈길을 들었다.

"변호사를 끌어들이지 않고도 합리적인 절충안을 낼 수 있을 거라고 생각해요. 법정 싸움은 렉시에게 상처가 될 테고, 난 원치 않는 바예요. 변호사들을 끌어들이고 싶지 않아요."

"그럼 대안을 제시해 봐."

"좋아요."

조지앤은 천천히 말했다.

"난 렉시가 당신을 가족의 친구로 알아 가야 한다고 생각해요."

짙은 눈썹 한쪽이 그의 이마로 치켜 올라갔다.

"그리고?"

"그러면 당신도 그 애에 대해 알아 나갈 수 있고."

존은 그녀를 한참 쳐다보다 물었다.

"그게 다야? 그게 당신의 '합리적인 절충안'이라고?"

조지앤은 이러고 싶지 않았다. 그 말을 하고 싶지 않았다. 그렇게 하게 만든 존이 미웠다.

"렉시가 당신을 잘 알게 되었을 때, 당신을 친근하게 여길 때, 그리고 내가 때가 되었다고 생각할 때, 내가 그 애에게 당신이 아빠라고 말할 거예요."

그리고 렉시는 아마도 거짓말을 한 이 엄마를 미워하겠지.

존은 고개를 약간 한쪽으로 기울였다. 그녀의 제안을 별로 반기지 않는 듯했다.

"그럼,"

그가 말했다.

"난 '당신이' 렉시에게 말할 때가 되었다고 생각할 때까지 기다려야 한다고?"

"네."

"내가 왜 기다려야 하는지 좀 말해 봐, 조지."

"이젠 날 조지라고 부르는 사람 없어요."

이제 그녀는 원하는 것을 얻기 위해 꼬리치고 아양떨지 않았다. 이제 조지 하워드가 아니었다.

"조지앤이라고 불러 주면 좋겠네요."

"당신이 뭘 좋아하든 말든 난 상관 안 해."

그는 넓은 가슴팍에 팔짱을 꼈다.

"자, 왜 내가 기다려야 하는지 좀 말해 보지, 조지앤."

"이건 그 애에게 큰 충격이 될 테니, 가능한 한 조심조심 해야 한다고 봐요. 내 딸은 아직 여섯 살밖에 안 되었고, 친권 다툼은 그 애에게 상처를 주고 혼란스럽게 할 거예요. 내 딸이 재판으로 상처받기를 원치 않……."

"우선,"

존이 말을 잘랐다.

"당신이 계속 '내 딸'이라고 하는 아이는 사실 내 딸이기도 해. 둘째, 날 악역으로 만들지 마. 당신이 나와 렉시를 다신 못 만나게 할 거라고 딱 자르지 않았다면 변호사 얘기를 꺼내지 않았을 거야."

조지앤은 적의가 끓어오르는 것을 느끼고 깊이 숨을 들이쉬었다.

"음, 마음이 바뀌었어요."

그녀는 그와의 싸움을 감당할 수 없었다, 적어도 아직은. 몇 가지 양보를 받아 내기 전엔.

존은 의자에 더욱 깊숙이 파묻혔고 청바지 앞주머니에 엄지손가락을 걸었다. 눈매가 가늘어지고 불신으로 입매가 딱딱해졌다.

"내 말 안 믿어요?"

"솔직히, 안 믿어."

오늘 저녁 여기로 오면서, 그녀는 여러 가지 상황 시나리오를 머릿속에서 그렸지만, 그가 자신을 믿지 않으리라고는 생각지 못했다.

"날 믿지 않나요?"

그는 미친 거 아니냐는 듯이 쳐다보았다.

"단 일 초도."

조지앤은 그렇다면 피차일반이라고 여겼다. 그녀 역시 그를 믿지 않으니까.

"좋아요. 우리 둘 다 렉시를 위한 최선을 원하는 한 서로를 믿을 필요는 없죠."

"난 그 애에게 상처 주고 싶지 않아, 그러나 전에 말했듯이, 최선이 무엇이냐에 대해 우리가 동의할 거란 생각은 들지 않는군. 내가 내일 당장 죽어 버린다면 당신은 좋아 날뛰겠지. 하지만, 나로서는 기쁜 일이 아니야. 난 렉시에 대해 알고 싶고, 그 애가 날 알았으면 해. 내가 좀 기다렸다 그 애한테 아빠라고 말해야 한다고 생각한다면, 그래, 기다리지. 당신이 나보다 그 애를 잘 알 테니."

"말하는 사람은 나여야 해요, 존."

그녀는 반박을 예상했다가 그게 나오질 않자 놀랐다.

"좋아."

"이 점 분명히 약속해 줘야겠어요."

몇 달 지났다가 존이 마음을 바꿔 아빠 노릇이 자기 스타일을 구긴다고 결론지을지도 모른다 싶어 그녀는 그렇게 밀고 나갔다. 만약 그가 아빠임을 렉시가 알게 된 다음에 그가 그 애를 저버린다면, 렉시의 가슴은 찢어질 것이다. 그리고 조지앤은 부모에게서 버림받는 고통은 차라리 부모를 아예 모르는 것보다 더 괴롭다는 걸 경험으로 알고 있었다.

"내가 얘기해야만 해요."

"우린 서로를 믿지 못하잖아. 내 약속이 무슨 소용이지?"

말이 되는 소리였다. 조지앤은 생각해 봤지만 다른 대안을 찾지 못했다.

"당신이 그러겠다고 약속하면 믿을게요."

"약속하지, 하지만 내가 오래 기다릴 거라 기대하진 마. 날 갖고 놀지 말라고."

그가 경고했다.

"이곳으로 돌아왔을 때 그 애를 만나고 싶어."

"그게 내가 오늘 밤에 온 또 다른 이유예요."

조지앤은 의자에서 일어나며 말했다.

"다음 일요일 렉시와 난 메리무어 공원으로 피크닉을 갈 거예요. 당신도 오겠다면 환영이에요. 다른 계획이 없다면 말이지만."

"몇 시?"

"정오."

"뭘 가져가면 돼?"

"렉시와 내가 술 빼고 전부 준비할 거예요. 맥주를 마시겠다면 직접 가져와요, 나로선 안 그랬으면 하지만."

"그건 문제될 거 없어."

그 역시 자리에서 일어서며 말했다.

조지앤은 그를 올려다보며, 늘 그랬듯 그의 큰 키와 넓은 어깨에 약간 놀랐다.

"친구 한 명이 같이 갈 거니까, 당신도 친구를 데려와도 좋아요."

그리고는 달콤하게 미소짓고 덧붙였다.

"비록 당신 친구가 하키 그루피가 아니었으면 하지만."

존이 몸무게를 한쪽 발로 옮겨 싣고 그녀에게 얼굴을 찌푸렸다.

"그것도 문제될 거 없고."

"잘됐네요"

그녀는 돌아서다 말고 다시 그를 쳐다보았다.

"아, 그리고 우린 서로를 좋아하는 척 해야 해요."

그녀를 쳐다보는 그의 눈은 가늘어졌다.

"저런, 그건 좀 문제가 되겠는데."

조지앤은 꽃무늬 이불을 렉시의 어깨에 덮어 주고 아이의 졸린 눈을 들여다보았다. 렉시의 짙은 머리는 베개에 흐트러져 있었고 뺨은 피로로 창백했다. 아기 적에 이 아이는 늘 조지앤에게 태엽 장난감을 떠올리게 했다. 방금까지 바닥을 기어가고 있었다가 다음 순간 부엌 한복판에 누워 잠들곤 했다. 지금도 피곤할 때면 렉시는 상당히 빨리 잠들었으며 조지앤은 그걸 축복으로 여겼다.

"내일 『제너럴 하스피틀』을 보고 나서 우리끼리 티파티를 하자."

그들이 제일 좋아하는 드라마를 같이 볼 짬을 낸 지가 일주일이 넘었다.

"좋아."

렉시가 하품했다.

"엄마한테 쪽쪽 해 주렴."

조지앤은 렉시가 입술을 내밀자, 고개를 숙여 딸에게 굿나잇 키스를 했다.

"엄마는 네 예쁜 얼굴에 홀딱 반했어."

그렇게 말하고 그녀는 일어섰다.

"나도. 내일 티파티에 매 이모도 와?"

렉시는 꼼지락꼼지락 옆으로 몸을 돌리고 아기 때부터 있었던 머펫 담요에 얼굴을 부벼댔다.

"내가 물어볼게."

조지앤은 방을 가로질러 가다가, 바비 캠프와 벌거벗은 인형 무더기를 밟았다.

"내가 미쳐, 아예 돼지우리구나."

그녀는 끝에 자주색 리본이 달린 막대에 걸려 넘어질 뻔하고 중얼거렸다. 어깨 너머를 돌아보니 렉시의 눈은 감겨 있었다. 그녀는 문 옆의 전등 스위치를 끄고 복도를 지났다.

거실에 들어서기 전, 조지앤은 매가 초조하게 자신을 기다리고 있음을 느낄 수 있었다. 아까 친구이자 사업 파트너인 매가 렉시를 봐주러 왔을 때, 조지앤은 짤막하게 존과의 상황을 설명했다. 그리고 렉시가 잘 시간이 되기를 기다리며 둘러앉아 있는 동안, 매는 궁금증으로 터질 것처럼 보였다.

"잠들었어?"

조지앤이 들어서자 매는 겨우 속삭이듯 작은 목소리로 물었다.

조지앤은 고개를 끄덕이고 매가 앉은 소파의 반대쪽 끝에 앉았다. 꽃과 그녀의 머릿글자가 수놓인 쿠션을 집어들어 무릎에 놓았다.

"생각해 봤는데 말야,"

매가 돌아앉아 조지앤을 마주하며 말했다.

"이제야 많은 것들이 이해가 되더라고."

"뭐가?"

새로 머리를 짧게 자른 매가 어딘가 멕 라이언을 닮았다고 생각하며 그녀는 물었다.

"우리가 둘 다 운동선수인 남자들을 싫어한다든가 하는 거. 학교 다닐 때 운동부 애들이 내 동생을 두들겨 패곤 했기 때문에 내가 싫어하는 거 알지. 그리고 난 늘 네가 가슴 때문에 그놈들을 안 좋아하는가 보다 했어."

그녀는 손을 가슴 앞에 가져가 멜론 한 쌍이라도 받치는 듯한 시늉을 했다.

"풋볼 팀이 널 더듬어 댔다던가, 아니면 뭐 그 비슷한 끔찍한 일을 겪었는데, 그냥 그 일에 대해 얘기하고 싶어하지 않는 줄만 알았지."

그녀는 손을 청반바지 아래 드러난 맨허벅지로 내렸다.

"렉시 아빠가 운동선수인줄은 상상도 못했지 뭐야. 하지만 이젠 그것도 이해가 돼. 걔는 너보다 훨씬 운동신경이 발달했으니."

"그래, 그렇지."

조지앤은 수긍했다.

"하지만 그건 별로 큰 단서가 아니잖아."

"렉시가 네 살 때인가 우리가 자전거에서 보조바퀴를 뗐던 거 기억나?"

"내가 떼지 않았어, 네가 뗐지."

조지앤은 매의 갈색 눈을 들여다보며 상기시켰다.

"난 걔가 넘어질 경우에 대비해서 그냥 놔두고 싶었다고."

"알아, 하지만 그 바퀴들은 전부 위로 휘어 있어서 어차피 땅에도 닿지 않았는 걸. 아무 필요가 없었다고."

매는 손을 저어 조지앤의 걱정을 털어 냈다.

"렉시가 제 아빠에게서 운동신경을 물려받았나보다 생각했던 기억이 나. 네게서 받지 않은 건 확실하니까."

"얘, 그건 좀 심하잖아."

조지앤은 투덜거렸지만, 정말로 마음에 두지는 않았다. 사실이니까.

"하지만 백만 년이 지난다 한들 존 코왈스키라고 짐작하진 못했을 거야. 맙소사, 조지앤, 그 남자는 하키선수라고!"

그녀는 마지막 두 단어를 보통 연쇄살인범이나 중고차 세일즈맨들한테나 쓰는 혐오스런 경멸을 담아 발음했다.

"나도 알아."

"그 사람이 경기하는 거 봤어?"

"아니."

그녀는 무릎에 놓인 쿠션을 내려다보고 한쪽 구석의 갈색 얼룩에 미간을 찌푸렸다.

"이따금 저녁 뉴스의 스포츠 소식을 보긴 하지만."

"흠, 난 그 사람이 경기하는 거 봤다! 돈 로저스 기억하니?"

"기억하다마다."

그녀는 리넨 쿠션의 얼룩을 만지며 말했다.

"작년에 네가 몇 달 데이트하다가, 그 사람이 자기 라브라돌 개한 테 쏟아붓는 애정이 영 유별나다고 생각해서 차 버렸잖아."

그녀는 입을 다물고 매를 돌아보았다.

"오늘 밤 렉시가 거실에서 뭘 먹게 됐어? 이 쿠션에 초콜릿이 묻은 거 같은데."

"쿠션은 됐어."

매는 한숨을 내쉬고, 짧은 금발 옆머리를 손가락으로 긁어 올렸다.

"돈은 치눅스에 못 말리게 푹 빠져 있어서, 한 번 경기에 같이 갔더랬지. 그 사람들이 얼마나 세게 서로 몸을 부딪치는지 믿을 수가 없었어. 그리고 존 코왈스키보다 더 세게 격돌하는 사람은 아무도 없었어. 한 선수를 날려서 공중제비 돌게 만들지 뭐야. 그리고는 그냥 어깨를 으쓱하고 스케이트를 지쳐 가 버리더라."

조지앤은 도대체 무슨 얘기가 나오려나 궁금했다.

"그게 나랑 무슨 상관이 있는데?"

"넌 그 사람과 잤잖아! 믿을 수가 없어. 그냥 운동선수도 아니라 무뢰한이라고!"

내심 조지앤은 동의했지만, 슬슬 열이 오르기 시작했다.

"아주 오래 전 일이야. 게다가 너도 자랑할 만한 상황은 아니니, 서로 돌은 던지지 말지 그래?"

"무슨 소리야?"

"브루스 넬슨과 잔 여자라면 다른 사람더러 뭐라 할 처지가 아니라 이거지."

매는 가슴에 팔짱을 끼고 소파에 깊이 파묻혔다.

"그렇게 심한 남자는 아니었어."

그녀는 투덜거렸다.

"정말? 징그러운 마마보이에다, 넌 단지 네 맘대로 휘두를 수 있단 이유 하나 때문에 그와 데이트했잖아. 네가 사귀는 남자들이 다 그렇지만."

"최소한 난 정상적인 성생활을 하고 있잖아."

그들은 이 얘기를 수없이 했었다. 매는 조지앤의 성생활 부족을 건강하지 못하다 여겼고, 조지앤은 매가 좀더 자주 거절해야 한다고 느꼈다.

"있지, 조지앤, 금욕은 정상이 아냐, 그러다 너 언젠가 그냥 폭발해버릴 거야. 그리고 브루스는 징그럽지 않았어, 귀여웠다고."

"귀여워? 서른여덟 살이나 먹어서 아직도 자기 엄마와 집에서 살고 있는데. 그 사람을 보면 샌안토니오에 사는 내 팔촌 빌리 얼 생각이 나더라. 빌리 얼은 자기네 엄마가 돌아가실 때까지 같이 살았고, 맹세컨대 꽈배기보다 더 뒤틀린 인간이었어. 혹 자기한테 난시가 올 경우를 대비해 남의 독서용 안경을 훔치곤 했지. 물론 절대 그럴 일은 없었어. 우리 집안 사람들은 전부 완벽한 2.0/2.0 시력의 소유자였으니. 우리 할머니는 걔를 위해 기도해야 한다고 하셨더랬지. 걔한테 충치에 대한 공포가 생기지 않게 기도해야 한다고. 그랬다간 틀니 한 사람들은 빌리 얼 주위에서 무사하질 못할 테니까."

매는 웃음을 터뜨렸다.

"넌 정말 뻥쟁이야."

조지앤은 오른손을 들었다.

"주님께 맹세해. 빌리 얼은 정신병자였어."

그녀는 무릎 위의 쿠션을 내려다보고 수놓인 하얀 꽃을 손끝으로 쓸었다.

"어쨌거나 넌 브루스를 좋아했겠지, 아니라면 그와 잤을 리가 없을 테니. 가끔은 머리가 아니라 가슴으로 선택을 내리게 되니까."

"얘."

매는 조지앤의 주의를 끌기 위해 소파 뒤를 툭툭 쳤다. 그녀가 올려다보자, 매는 말했다.

"난 브루스를 좋아했던 게 아냐. 그냥 그 사람이 불쌍했고 꽤 오래 섹스를 하지 않았던 참이어서 남자와 침대로 향하기에는 정말 안 좋은 이유지. 추천할 만한 게 아냐. 만약 내가 널 나무라는 것처럼 들렸다면 미안해. 진심으로 그런 건 아냐, 맹세해.”

“알아.”

조지앤은 순순히 말했다.

“잘됐다. 자, 말해 봐. 처음 어떻게 존 코왈스키를 만났어?”

“전부 듣고 싶어?”

“으응.”

“좋아. 처음 널 만났을 때, 내가 조그만 핑크 드레스를 입고 있었던 거 기억나?”

“그래. 넌 그 드레스 차림으로 버질 더피와 결혼할 예정이었지.”

“맞아.”

몇 년 전 조지앤은 매에게 버질과의 깨진 결혼 계획에 대해 말했지만 존에 대한 부분은 빼놓았었다. 이제야 매에게 말했다. 전부 다. 개인적인 세부사항만 제외하고는 전부를.

그녀는 섹스에 대해 공개적으로 자유분방하게 말하는 사람이 아니었다. 그녀의 할머니는 절대 그 얘기를 꺼낸 바 없었고, 그녀가 배운 것은 모두 학교 보건수업 혹은 쾌락을 주는 방법을 몰랐거나 그런 것에 신경 쓰지 않는 서툰 남자친구들에게서 배운 것이 전부였다.

그리고는 존을 만났다. 그는 그녀가 그날 밤까지 육체적으로 가능하다고 생각지도 못했던 것들을 가르쳤다. 그는 뜨거운 손과 굶주린 입으로 그녀에게 불을 붙였으며 그녀는 소곤거림으로만 들었던 방식으로 그를 만졌다. 너무나 그를 원한 나머지 그가 하자고 하는 건 모두 하고 또 다른 것들도 했다.

그러나 지금은 그날 밤을 생각조차 하고 싶지 않았다. 몸과 사랑을 그렇게나 쉽게 내줘 버린 젊은 여자를 이젠 자신으로 여길 수가 없었다. 그 여자는 이제 존재하지 않았고 그 여자에 대해 논해야 할 이유가 있다고는 여겨지지 않았다.

야한 세부묘사는 뛰어넘은 다음, 조지앤은 그날 아침 존과 나눈 대화와 그의 하우스보트에서 본 합의를 매에게 말했다.

"일이 어떻게 될지 모르겠어, 다만 렉시가 상처받지 않기만을 빌 뿐이야."

갑자기 기진맥진한 기분으로 그녀는 말을 맺었다.

"찰스에게 말할 거야?"

"모르겠어."

조지앤은 쿠션을 가슴에 껴안고 머리는 소파 등받이에 기대어 천장을 올려다보며 대답했다.

"그와는 단 두 번 데이트했을 뿐이잖아."

"다시 만날 거니?"

조지앤은 지난달 데이트한 남자를 떠올렸다. 그들은 그가 딸의 열 번째 생일파티를 열기 위해 헤런 케이터링을 고용했을 때 만났다. 그는 다음 날 전화했고 그들은 포시즌 레스토랑에서 만나 저녁을 들었다. 조지앤은 미소지었다.

"그러고 싶어."

"그럼 그에게 말하는 게 나을 거다."

찰스 먼로는 이혼남이며 조지앤이 만나 본 남자들 중 가장 좋은 사람 중 하나였다. 그는 지역 케이블 방송국 사장이며, 부유하고 회색 눈이 환하게 밝아지는 근사한 미소가 매력적이었다. 「GQ」잡지 모델처럼 눈부시지 않았고, 그의 키스는 그녀의 눈썹에 불을 붙이지도 못했다. 하지만 따스한 산들바람에 더 가까웠다. 근사하고 편안한 키스.

찰스는 결코 밀어붙이거나 움켜잡지 않았다. 조금만 더 시간이 주어진다면 조지앤은 그와 깊은 관계가 된 자신을 그려볼 수 있었다. 그를 아주 많이 좋아했으며 또한 중요한 것은 한 번 만나 본 렉시 역시 그를 좋아한다는 것이었다.

"말해야겠지."

"그 사람이 이 소식을 좋아할 거란 생각은 안 드네."

조지앤은 고개를 왼쪽으로 돌려 친구를 쳐다보았다.

"왜?"

"왜냐하면 비록 나야 폭력적인 남자를 질색하지만 존 코왈스키는 끝내 주는 남자니 찰스는 질투할 수밖에 없을 테지. 그는 너와 그 하키 깡패 사이에 아직도 뭔가가 있지 않을까 걱정할 거야."

그녀는 렉시 아버지에 대해 자신이 보통 써먹는 거짓말을 들려준 것에 찰스가 기분 나빠하리라는 건 짐작했지만, 그가 질투하리란 걱정은 하지 않았다.

"찰스가 걱정할 일은 아무 것도 없어."

그녀는 존과 다시 낭만적인 관계가 될 가능성은 털끝만치도 없다는 확신을 담아 말했다.

"그리고 행여 내가 존에게 빠질 정도로 정신이 나간다 해도, 그 사람은 날 싫어해. 날 쳐다보는 것조차 좋아하지 않아."

자신과 존의 재결합이라니 너무나 황당해서 두 번 생각할 만큼 머리를 쓸 필요가 없었다.

"목요일날 찰스와 점심 먹을 때 애기할 거야."

하지만 나흘 후 매디슨 가의 작은 식당에서 찰스를 만났을 때, 조지앤은 그에게 무슨 말을 할 기회가 없었다. 존과 무슨 일이 있었는지 설명하기 전에, 찰스가 그녀의 말문을 막히게 만드는 제안을 내놓았다.

"생방송 TV 프로그램을 진행하는 거 어떻게 생각해요?"

그는 파스트라미 샌드위치와 콜슬로를 앞에 두고 물었다.

"북서부의 마사 스튜어트 같은 거죠. 토요일 12시 반과 1시 사이에 넣을 겁니다. 마기의 차고 다음, 오후 스포츠 프로그램 전. 당신이 원하는 건 뭐든지 해도 좋아요. 한 번은 요리를 하고, 다음번엔 드라이 플라워 장식이나 부엌 타일 다시 까는 법을 해도 좋고."

"난 부엌 타일 깔 줄 몰라요."

그녀는 발끝까지 충격 받아 속삭였다.

"그냥 예를 든 거고. 난 당신을 믿어요. 당신은 타고난 재능이 있고 굉장히 화면을 잘 받을 겁니다."

조지앤은 한 손을 가슴에 얹었고 입에서는 새된 목소리가 나왔다.

"내가요?"

"그래요, 바로 당신. 방송국 매니저와 얘기해 봤는데 좋은 아이디어라고 생각하더군요."

찰스는 격려하는 미소를 지었고, 그녀는 자신이 TV 카메라 앞에 나가 프로그램을 진행할 수 있다고 거의 믿을 뻔했다. 찰스의 제안은 그녀의 창조적인 면을 자극했지만 현실이 끼어들었다. 조지앤은 난독증을 갖고 있었다. 어떻게 보완하는 법을 익히긴 했지만 주의하지 않으면 아직도 단어를 틀리게 읽었다. 당황이라도 하면 잠깐 멈추어 어느 쪽이 왼쪽이고 어느 쪽이 오른쪽인지 생각해야 했다.

그리고 몸무게 문제도 있었다. TV 카메라는 사람 몸무게를 3킬로그램 늘린다지 않는가. 조지앤은 이미 몇 킬로그램이 초과했고, 거기에 3킬로그램을 더했다간 TV에 나가 존재하지도 않는 단어를 읽는 것만이 아니라 뚱보로 나올 것이다. 거기에다 렉시도 고려대상이었다. 조지앤은 이미 딸이 보육원이나 베이비시터와 보내는 시간의 양에 죄책감을 느끼고 있었다.

그녀는 찰스의 회색 눈을 쳐다보며 말했다.

"고맙지만 안 되겠어요."

"좀 생각해 보지도 않고서?"

"생각했어요."

그녀는 포크를 집어들고 콜슬로를 찌르며 말했다. 더 이상 그 문제를 생각하고 싶지 않았다. 자신이 방금 던져 버린 가능성이나 기회에 대해 생각하고 싶지 않았다.

"출연료가 얼마나 되는지 알고 싶지 않습니까?"

"아뇨."

정부가 절반을 떼어갈 테니, 그녀는 그 절반 금액에 뚱뚱한 멍청이 꼴이 날 테지.

"조금 더 생각해 보지 않겠습니까?"

그가 너무나 실망한 듯이 보여서 그녀는 대답했다.

"생각해 볼게요."

하지만 마음을 바꾸지 않으리라는 걸 그녀는 알고 있었다.

점심식사 후 그는 그녀를 차까지 바래다주었고, 그녀의 밤색 현대차 옆에 서게 되자 그녀 손에서 열쇠를 받아 들어 문을 열어 주었다.

"언제 다시 만날 수 있을까요?"

"이번 주말은 불가능해요."

존 애기를 꺼내지 못한 데 조금 죄책감을 느끼며 그녀는 말했다.

"당신과 앰버가 다음 화요일 밤에 와서 저와 렉시랑 같이 저녁식사를 하면 어때요?"

찰스는 그녀의 손목을 잡아 손바닥에 열쇠를 놓아주었다.

"그거 좋겠군요."

그는 그녀의 팔에서 목으로 손을 올리며 말했다.

"하지만 당신 혼자만 더 자주 보고 싶은데."

그리고는 입술을 그녀의 입술에 가져다 댔고, 그의 키스는 바쁜 하루 중의 근사한 막간 휴식과도 같았다. 편안한 한숨, 혹은 따스한 수영장에 들어가는 것처럼. 그러니 그의 키스가 그녀를 미치게 만들지 못한다 한들 어떠랴? 그녀는 자신의 자제력을 잃게 만드는 남자를 원치 않았다. 자신을 요란스런 색광으로 만드는 남자를 다신 원치 않았다. 이미 그랬던 적이 있었고, 크게 데였었다.

그의 혀에 혀를 가져다 대자 그가 혹 숨을 들이쉬는 것이 느껴졌다. 그의 빈 손이 그녀의 허리로 올라왔고, 그는 그녀를 자기 품속으로 더 끌어당겼다. 그의 손에 힘이 들어갔다. 그는 더 원했다. 만약 그들이 시애틀 시내 주차장에 서 있지 않았다면 그녀는 그가 원하는 것을 주었을지도 모른다.

그녀는 찰스를 좋아했고 그와 사랑에 빠지는 자신을 그려볼 수 있었다. 그녀가 사랑을 나눈 지 몇 년이 흘렀다. 자신을 남자에게 내준 지 몇 년이 지났다. 뒤로 물러나 욕망에 흐려진 찰스의 눈을 쳐다보았을 때, 그녀는 어쩌면 이제 그 상황을 바꿀 때일지도 모른다고 생각했다. 다시 시도할 때인지도 모른다.

9

"나 봐 봐!"

매는 손에 든 곱게 접은 냅킨에서 눈을 들어 핑크 바비 연을 질질 끌며 달리는 렉시를 보았다. 앞에 커다란 해바라기가 달린 데님 모자가 아이의 머리에서 날려 잔디 위에 떨어졌다.

"잘하네."

매는 소리쳐 주었다. 냅킨을 내려놓고 뒤로 물러서서 평가하는 눈으로 피크닉 테이블을 보았다. 파랑과 흰색 줄무늬 천 끝자락이 산들바람에 팔락거리고 렉시의 잔디 인형이 테이블 중앙 뒤집힌 그릇 위에 놓여 있었다. 자잘한 풀이 난 돼지 인형은 마분지를 잘라 만든 작은 선글라스를 꼈고 목에는 밝은 핑크 스카프가 둘러져 있었다.

"뭘 입증해 보이려는 거야?"

"그런 거 아냐."

조지앤은 대답하고, 연어 아스파라거스 묶음, 훈제 생선 파테, 그리고 토스트 쟁반을 테이블 한끝으로 밀었다. 무슨 이유에서인지 조그만 도자기 고양이가 쟁반 한가운데 앉아 앞발을 핥고 있었다. 고양이의 머리 위엔 노란 펠트천으로 만든 끝이 뾰족한 모자가 씌워져 있었다. 매는 이 피크닉에 무슨 테마가 있는 것이 분명하다는 걸 알 만큼 조지앤을 잘 알았다. 다만 아직 그 테마를 파악하지 못했지만, 곧 알게 되겠지.

그녀는 고양이에게서 지난주 그들이 맡은 여러 행사에서 남은 음식들로 시선을 옮겼다. 미첼 와이즈먼의 유대교 성인식에 냈던 치즈 팬케이크와 전통 유대식 빵. 크랩 케이크와 체크판 카나페는 브로디 부인의 연례 가든 파티에서 나온 것 같았다. 그리고 로스트 치킨과 자두 소스를 곁들인 베이비 백 립은 전날 밤 그들이 주관한 행사에 내놓았던 것이다.

"글쎄, 내 눈엔 누군가에게 네가 요리할 수 있다는 걸 보이려는 듯한데."

"그냥 회사 냉장고를 비운 것뿐이야."

조지앤이 대답했다.

아니, 그것만은 아니었다. 조심조심 보기 좋게 쌓아올린 과일 탑은 일거리 중에 없었다. 사과, 배, 바나나는 완벽했다. 복숭아와 체리는 꼼꼼히 놓여졌고, 페이즐리 케이프를 걸친 파랑새가 반짝이는 녹색과 보라색의 포도 무더기 위에서 아래를 내려다보고 있었다.

"조지앤, 네가 성공한 여자나 좋은 엄마라는 걸 누군가에게 입증해 보일 필요는 없어. 나도 알고 너도 아는 사실이잖니. 그리고 여기서 진짜 어른으로 칠 수 있는 사람은 너와 나 뿐인데, 뭐하러 돌머리 하키선수에게 잘 보이려 이 고생을 해?"

조지앤은 카나페 옆에 놓인 헐렁한 하와이식 원피스 차림의 크리스틸 오리에게서 시선을 들었다.

"존한테 친구를 데려 오라 했으니 혼자 올 거 같지는 않아. 그리고 난 그에게 잘 보이려는 게 아냐. 그가 무슨 생각을 하든 전혀 신경 쓰지 않는다고."

매는 반박하지 않았다. 대신 투명 플라스틱 컵들을 아이스티 옆에 놓았다. 의도적이든 아니든, 조지앤은 7년 전 그녀를 공항에다 내버린 남자에게 좋게 보이려 애쓰고 있었다. 매는 조지앤이 인생에서 성공했음을 입증해 보여야 한다는 걸 이해했다. 비록 강아지 모양 브라우니는 좀 심하다 싶었지만.

그리고 조지앤의 외모 역시 공원에서의 하루를 위한 것치고는 좀 과했다. 매는 친구가 존 코왈스키에게 자신이 완벽하다는 걸 입증해 보이려고 그러는 것인지 궁금했다. 그녀의 검은머리는 양쪽으로 당겨서 금빗으로 고정했다. 귀에 달린 금빛 링은 반짝였고, 메이크업은 흠잡을 데 없었다. 에메랄드 그린색 홀터 드레스는 그녀의 눈과 어울렸고 핑크색 네일 에나멜은 발톱과 어울렸다. 샌들을 벗어 던지자 세 번째 발가락의 가느다란 금빛 링이 햇살에 빛났다.

자기 아이의 아버지에게 잘 보이는 것에 관심이 없는 여자치고는 좀 지나치게 완벽한 차림이었다.

처음 조지앤을 채용했을 때, 매는 그녀 곁에 있으면 약간 초라한 기분이었다. 순종 푸들 옆에 선 잡종 마냥. 하지만 그녀의 자괴감은 오래가지 않았다. 매가 티셔츠와 청바지 차림일 때, 아니면 오늘처럼 반바지에 탱크탑을 입었을 때 제일 편한 것과 마찬가지로 조지앤은 눈부신 여신이 되지 않고 배길 수가 없는 것이다.

"몇 시야?"

조지앤이 자기 몫의 아이스티를 따르며 물었다.

매는 커다란 미키 마우스 손목시계를 들여다보았다.

"11시 45분."

"그럼 20분 남았네. 어쩌면 다행히 그가 나타나지 않을지도 몰라."

"렉시에게는 뭐라고 했어?"

매는 잔에다 얼음을 떨구며 물었다.

"존이 우리 피크닉에 들를지도 모른다고만."

조지앤은 한 손을 눈 위에 차양처럼 가져다 대고 연을 끌고 뛰는 렉시를 바라보았다.

매는 아이스티 피처를 들어 따랐다.

"들를지도 모른다고?"

조지앤은 어깨를 으쓱했다.

"희망은 자유잖아. 게다가 난 존이 정말로 영원토록 렉시 삶의 일부분이 되고 싶은지 확신이 안 서. 조만간에 그가 아빠 노릇을 지겨워할 거란 생각이 들지 않을 수가 없단 말이야. 내가 얼마나 보호심이 강한지 알잖니, 그리고 물론, 그런 일을 당하면 내 고약한 성미가 나오고 말 거야. 당연히 앙갚음해야겠다는 기분이 들 테고."

매는 조지앤을 자신이 아는 중 제일 착한 여자에 속한다고 여겼다. 성미가 드러날 때를 제외하면.

"어떻게 할 건데?"

"음, 그의 하우스보트에다 흰개미를 풀어놓으면 어떨까?"

매는 고개를 내저었다. 그녀는 이 모녀에게 몹시도 헌신적이었으며 그들을 자신의 가족으로 여기고 있었다.

"너무 느려."

"그를 내 차로 치어 버리는 건?"

"점점 열이 오르기 시작하는데."

"차를 몰고 지나가며 총질해 버리면?"

매는 미소지었지만, 렉시가 연을 질질 끌며 그들에게로 걸어오자 대화를 중단했다. 아이가 제 엄마 발치에 풀썩 쓰러지는 바람에 데님 선드레스 자락이 포카혼타스 팬티까지 올라갔다. 투명 플라스틱 샌들에는 뭉개진 풀이 묻어 있었다.

"이젠 못 뛰어."

아이는 헐떡였다. 웬일로 얼굴이 메이크업 없이 깨끗했다.

"정말 잘했네, 내 보물."

조지앤이 칭찬했다.

"주스 줄까?"

"아니. 엄마, 나랑 뛰면서 연 날리는 거 도와줄래?"

"전에 얘기했잖아. 내가 못 뛰는 거 알면서."

"알아."

렉시는 한숨을 내쉬고, 일어나 앉았다.

"뛰면 엄마는 가슴이 아프고 보기 안 좋으니까."

아이는 모자를 도로 쓰고 매를 올려다보았다.

"이모가 도와줄래?"

"그러고 싶지만, 난 브라를 안 했어."

"왜? 엄마는 했는데."

"음, 엄마는 해야 하지만 매 이모는 그럴 필요가 없으니까."

매는 아이를 잠시 뜯어본 후 물었다.

"보통 때 얼굴에 하던 떡칠은 어딜 갔니?"

렉시는 눈을 굴렸다.

"떡칠 아냐. 메이크업이야, 그리고 오늘 메이크업 안 하면 엄마가
고양이 인형 사 준댔어."

"내가 전에 말했잖아, 그거 안 하면 진짜 고양이를 사 주겠다고.
넌 화장품의 노예가 되기엔 너무 어려."

"엄마가 난 고양이도 강아지도 딴 것도 안 된댔어."

"맞아."

조지앤이 말하고 매를 쳐다보았다.

"렉시는 애완동물을 책임질 만큼 나이가 들지 않았고, 난 부담을
지고 싶지 않아. 렉시가 또 시작하기 전에 이 화제는 관두자."

조지앤은 잠깐 멈추었다가 목소리를 낮췄다.

"드디어 애가 겨우 그 집착에서 벗어난 거 같아. 왜, 알지, 내
가…… 갖는 거."

맞다, 매는 알고 있었고, 조지앤이 그 단어를 말해 버려 렉시가 다
시 떠올리지 않게 한 것이 현명하다고 생각했다. 지난 6개월 간, 렉
시는 조지앤더러 자기에게 꼬마 남동생이나 여동생을 만들어 달라고
고집을 피웠다. 렉시는 모든 이들을 미치게 만들었었다. 그러나 이제
매는 더 이상 아기 타령을 듣지 않게 되어 안심했다. 저 아이는 이미

애완동물을 갖고 싶다는 오랜 집착을 갖고 있으며 태어났을 때부터 보증된 엄살쟁이였는데, 이건 전적으로 조그만 긁힌 자국이나 상처마다 늘 난리를 친 조지앤의 탓이었다.

매는 아이스티를 입까지 반쯤 가져갔다가 내려놓았다. 두 명의 아주 크고, 아주 건장한 남자가 그녀를 향해 걸어오고 있었다. 그녀는 칼라 없는 하얀 셔츠를 바랜 청바지 안에 넣어 입은 남자가 존 코왈스키임을 알아보았다. 약간 작고 덩치가 덜한 다른 쪽은 그녀가 한 번도 본 적이 없는 사람이었다.

크고 힘센 남자들은 늘 매에게 압박감을 주었다. 단지 그녀가 155센티미터의 키에 47킬로그램밖에 안 되기 때문은 아니었다. 뱃속이 한번 울렁했고, 자신이 이만큼 불안하다면 조지앤은 완전히 넋이 달아날 지경이겠지 싶었다. 친구를 돌아본 그녀는 그 눈에서 불안을 보았다.

"렉시, 일어나서 옷에 묻은 풀 털어."

조지앤이 천천히 말했다. 딸을 일으키는 그녀의 손이 떨렸다.

매는 조지앤이 불안해하는 걸 여러 번 보았지만, 이 정도로 심한 것은 몇 년만이었다.

"괜찮겠어?"

그녀는 속삭였다.

조지앤은 고개를 끄덕였고, 매는 그녀가 얼굴에 미소를 지으며 파티 주최자 모드로 스위치가 들어가는 것을 지켜보았다.

"안녕, 존."

두 남자가 다가오자 조지앤이 말했다.

"우리를 찾기 어렵지 않았나 모르겠네요."

"아니."

그는 그들 바로 앞에 멈춰 섰다.

"전혀."

그의 눈은 비싸고 어두운 선글라스로 가려져 있었다. 입술은 일직선을 그렸고, 어색한 몇 초 간 둘은 그저 서로를 응시하기만 했다. 그리곤 조지앤이 매의 짐작엔 대충 180센티미터쯤 될 다른 남자에게로 갑자기 관심을 돌렸다.

"존의 친구분이시겠군요."

"휴 마이너입니다."

그는 미소짓고 손을 내밀었다.

조지앤이 그의 손을 양손으로 맞잡고 있는 동안, 매는 휴를 뜯어보았다. 한번 쓱 보고, 그의 미소가 저렇게 강렬한 황록색 눈을 지닌 남자치곤 너무 밝다고 결론 내렸다. 그는 너무 컸고, 너무 잘생겼으며, 목은 너무 굵었다. 그녀의 마음에 들지 않았다.

"오늘 저희와 함께 할 수 있게 되어 너무 기쁘네요."

조지앤은 휴의 손을 놓고, 두 남자를 매에게 소개했다.

존과 휴는 동시에 '안녕하세요'라고 인사를 했다. 조지앤만큼 감정을 숨기는 데 능하지 못한 매는 간신히 미소 비슷한 것을 지어 보였다. 사실 입술을 움찔거린 것에 가까웠다.

"이쪽은 마이너 씨고, 코왈스키 씨 기억하지, 렉시?"

조지앤이 소개를 계속하며 물었다.

"응. 안녕하세요."

"안녕, 렉시. 어떻게 지냈지?"

존이 물었다.

"음,"

렉시는 연극적인 한숨에 실어 말문을 열었다.

"어제는 우리 집 현관 포치에 발가락을 찧었고, 테이블에다 팔꿈치를 진짜 세게 부딪혔지만, 이젠 괜찮아요."

존은 청바지 앞주머니에 양손을 손가락 마디까지 찔러 넣었다. 그는 렉시를 내려다보며 발가락을 찧고 팔꿈치를 부딪친 어린 딸에게 아빠는 뭐라고 말하는 걸까 고민했다.

"이젠 괜찮다니 다행이구나."

그가 떠올릴 수 있는 것은 그게 전부였다. 달리 아무 것도 생각나지 않아 그저 쳐다보기만 했다. 처음 이 애가 자신의 아이라는 것을 깨달았을 때부터 원했던 만큼 아이를 마음껏 쳐다보았다. 립스틱이나 아이섀도 없는 아이의 맨 얼굴을 처음 보았다. 그는 작고 곧은 코에 뿌려진 조그만 갈색 주근깨를 보았다. 아이의 피부는 크림만큼이나 매끄러워 보였고 통통한 볼은 달리기라도 한 것마냥 발그레했다. 입술은 조지앤처럼 뾰로통했지만 눈은 색깔부터 그가 어머니로부터 물려받은 속눈썹까지 그대로 그를 빼닮았다.

"나 연 있어요."

아이가 그에게 말했다.

아이의 진한 갈색머리카락이 커다란 해바라기가 달린 데님 모자 아래로 곱슬곱슬 흘러내렸다.

"그래? 잘됐구나."

그는 중얼거리며, 도대체 자신에게 무슨 문제가 있는 건지 자문했다. 늘 아이들에게 사인을 해 주지 않았던가. 그의 팀 멤버 중 몇은 연습에 아이들을 데려오곤 했고 그 애들과 이야기하는 데 어려움을 겪은 적은 한 번도 없었다. 하지만 무슨 이유에서인지 자신의 아이에게 할 말은 아무 것도 생각해 낼 수가 없었다.

"아, 피크닉하기에 참 멋진 날이죠."

조지앤이 말하자 렉시는 몸을 돌렸다.

"우리가 점심을 좀 차렸답니다. 두 분이 배고프시다면 좋겠네요."

"굶어 죽을 지경입니다."

휴가 털어놓았다.

"당신은 어때요, 존?"

렉시가 엄마를 향해 걸어가자, 존은 아이의 데님 선드레스 뒤 풀물 자국을 알아챘다.

"내가 뭐?"

그는 묻고 올려다보았다.

조지앤은 테이블 반대편으로 걸어가 그를 바라보았다.

"배고파요?"

"아니."

"아이스티 한 잔 들겠어요?"

"아니. 됐어."

"좋아요."

조지앤의 미소가 흐트러졌다.

"렉시, 엄마가 아이스티 따르는 동안 매 이모와 휴 아저씨에게 접시 좀 드릴래?"

그의 대답이 조지앤을 짜증나게 한 것이 분명했으나, 그는 딱히 신경 쓰지 않았다. 마치 경기 전 초조함과도 같은 기분이었다. 도대체 왜인진 모르겠지만 렉시 때문에 엄청나게 겁이 났다.

살면서 그는 NHL의 가장 난폭한 선수들과 마주쳐 봤다. 손목과 발목이 부러졌었고, 쇄골은 두 번 나뭇가지 마냥 부러졌었으며, 왼쪽 눈썹에 다섯 바늘, 머리 오른편에 여섯 바늘, 입 안을 열네 바늘 봉합했었다. 그리고 그건 단지 지금 당장 떠오르는 부상에 불과했다. 매번 부상에서 회복할 때마다 그는 스틱을 잡고 두려움 없이 얼음 위를 지쳐 나갔다.

"철벽 아저씨, 주스 마실래요?"

렉시가 벤치에 올라앉으며 물었다.

아이의 가는 다리와 무릎 뒤를 바라보자니 마치 누군가가 그의 배를 팔꿈치로 지른 기분이었다.

"무슨 주스?"

"블루베리 아님 스트로베리."

"블루베리."

렉시는 폴짝 뛰어내려 테이블을 빙 돌아 쿨러를 향해 달려갔다.

"이봐, 철벽, 이 연어 아스파라거스 좀 먹어 봐."

휴가 권하고는, 아구아구 우겨 넣으며 존의 맞은편인 조지앤의 옆으로 가서 섰다.

"좋아하신다니 기쁘네요."

조지앤은 휴를 향해 돌아서서 미소지었고 아까 존에게 보여 주었던 그런 가짜 미소가 아니었다.

"연어를 얇게 썰었는지 자신이 없었거든요. 아, 그리고 베이비 백립도 꼭 드셔 보세요. 자두 바비큐 소스가 그야말로 둘이 먹다 하나가 죽어도 모를 정도랍니다."

그녀는 다른 쪽 옆에 서 있는 자신의 친구에게 눈길을 주었다.

"안 그러니, 매?"

퉁명스런 키 작은 금발은 어깨를 으쓱했다.

"그래, 물론."

친구를 응시하는 조지앤의 눈이 휘둥그레졌다. 그리고는 도로 휴에게로 돌아섰다.

"제가 치킨 써는 동안 파테를 좀 들어 보시죠?"

그녀는 대답을 기다리지 않고 커다란 칼을 들었다.

"이거 하는 동안, 다들 테이블을 둘러보지 그래요. 잘 들여다보면 피크닉 복장을 한 여러 가지 동물들을 볼 수 있을 거예요."

존은 가슴에 팔짱을 끼고 선글라스와 스카프를 한 잔디 인형을 응시했다. 기묘한 감각이 뒷머리에서부터 스멀스멀 올라왔다.

"오늘이 렉시의 동물 쿠튀르(유명 디자이너 의상) 여름 콜렉션을 선보일 완벽한 기회라고 우린 생각했거든요."

"아, 이제 알겠다."

매가 크랩 케이크로 손을 뻗으며 말했다.

"동물 쿠튀르?"

휴는 존만큼이나 어이없어 하는 목소리였다.

"네. 렉시는 우리 집의 유리와 도자기 동물들한테 옷을 해 입히기를 좋아하거든요. 좀 이상하게 들릴 거라는 건 알아요."

조지앤은 고기를 썰며 말을 이었다.

"하지만 정말로 좋아해요. 얘의 증조모 뻘 되는 챈들러 할머니, 그러니까 제 외할아버지 쪽 친척 할머니인데, 어린 암탉 옷을 디자인하셨죠. 왜 어리냐 하면 나이 들기 전에……."

그녀는 말을 멈추고 칼을 들어 목 앞에 가져가선 목 졸리는 소리를 냈다.

"음, 아시죠들."

그녀는 어깨를 으쓱하고 다시 칼을 내렸다.

"그리고 암탉인 이유는, 말할 것도 없이 수탉 옷을 만드는 건 시간과 재능의 어마어마한 낭비니까요. 그놈들은 천성적으로 성깔이 나쁘거든요. 어쨌든 증조모님은 집안의 어린 암탉들을 위해 후드가 달린 조그만 케이프(짧은 망토)를 만드셨더랬죠. 렉시는 증조할머니의 패션에 대한 안목을 물려받았고 오랜 가족의 전통을 이어나가고 있지요."

"지금 진담이에요?"

휴는 치킨 슬라이스를 그의 접시에 담아 주는 조지앤에게 물었다.

그녀는 오른손을 들었다.

"주님께 맹세해요."

존의 뒷머리에서 근질거리던 감각이 뇌를 직격하면서 과거의 기억이 그를 휘감았다.

"맙소사."

조지앤이 테이블 너머 그에게 눈길을 주었고, 그는 7년 전의 그녀를, 젤로와 발을 씻기는 침례교인에 대해 종알거리던 파릇파릇하고 아름다운 여자를 보았다.

끝내 주는 초록색 눈과 섹시한 입. 그의 검은 실크 로브에 감싸인 군침 도는 몸매. 그녀는 눈웃음과 꿀 바른 목소리로 그를 미칠 지경으로 몰아갔다. 인정하기는 싫었지만, 그는 그녀에게 무관심하지 못했다.

"철벽 아저씨."

존은 바지 벨트 고리를 잡아당기는 손길을 느끼고 렉시를 내려다보았다.

"여기 주스, 철벽 아저씨."

"고맙다."

그는 조그만 파란색 종이팩을 아이에게서 받아 들었다.

"내가 벌써 빨대 꽂았어요."

"그래, 그렇구나."

그는 팩을 입으로 가져가 파란 주스를 빨아 마셨다.

"맛있죠, 응?"

"으음."

그는 인상을 찌푸리지 않으려 애썼다.

"이것도 가져왔어요."

아이는 종이 냅킨을 그에게 내밀었고, 그는 빈 손으로 그걸 움켜쥐었다. 냅킨은 그로선 금방 알아볼 수 없는 모양으로 접혀 있었다.

"토끼."

"그래. 아저씨도 알겠다."

그는 거짓말을 했다.

"나 연 있어요."

"그래?"

"응, 하지만 날지 않아. 엄마는 진짜 큰 브라를 했지만 그래도 못 뛰어요."

아이는 우울하게 고개를 내저었다.

"그리고 매 이모는 브라를 안 해서 못 뛰고."

침묵이 피크닉 자리에 파멸의 장막처럼 내려앉았다. 존은 테이블 맞은편의 두 여자에게로 시선을 들었다. 그들은 마치 동결건조라도 된 듯 우뚝 서 있었다. 매는 검은 올리브를 막 입에 넣으려던 참이었고, 조지앤은 끝에 치킨 조각이 꽂힌 커다란 칼을 허공에 들고 있었다. 둘의 눈은 커다랬고 뺨이 빨갛게 물들어 가고 있었다.

존은 토끼 냅킨에다 대고 쿨럭이며 웃음을 감췄지만, 아무도 말을 하지 않았다.

다만 휴를 제외하고. 그는 몸을 앞으로 숙여, 조지앤 너머 그녀의 작은 친구를 쳐다보았다.

"정말 그렇수, 귀염둥이?"

그는 함박웃음을 머금고 물었다.

두 여자는 동시에 손을 내렸다. 조지앤은 분주하게 썰어 대고 매는 돌아서서 휴에게 인상을 썼다.

휴는 매의 찡그림을 알아채지 못했든가 아니면 신경 쓰지 않았다. 친구를 아는 존으로선, 후자 쪽이라는 데 내기라도 걸 수 있었다.

"난 늘 진보적인 여자에게 약했지요."

그가 말을 이었다.

"사실, 전미 여성 연맹에 가입하는 걸 고려 중인데."

"남자는 전미 여성 연맹에 가입 못해요."

매가 퉁명스럽게 말했다.

"그건 잘못 알고 계시구만. 필 도나휴(토크쇼 진행자)가 회원인 걸로 아는데."

"아니에요."

매가 반박했다.

"흠, 만약 아니라면 그 사람은 회원이 되어야 마땅해요. 내가 만나 본 어떤 여자보다도 더 페미니스트니."

"페미니스트가 당신 엉덩이를 깨문다 해도 알아볼 수 있을지 의심 스럽군요."

동굴 인간은 씨익 미소지었다.

"페미니스트고 아니고 간에 여자한테 엉덩이를 물려 본 적은 없수 다. 하지만 당신이 하겠다면 기꺼이."

가슴 아래 팔짱을 끼고 매가 말했다.

"매너 부족, 목 사이즈, 그리고 이마의 경사를 보아하니, 댁은 하키 를 하겠군요."

휴는 존을 흘끗 쳐다보고 웃음을 터뜨렸다. 남을 약올리고 그게 자신에게로 되돌아왔을 때 유연하게 받아 내는 것은 존이 좋아하는 휴의 일면이었다.

"이마 경사라, 그거 재밌네."

"하키를 하나요?"

"넵. 치눅스의 골키퍼죠. 당신은 뭘 해요, 싸움꾼?"

"피클 드실래요?"

조지앤이 피클 접시를 휴에게 밀었다.

"직접 만든 거예요!"

다시 한 번 존은 벨트 고리를 잡아당기는 손길을 느꼈다.

"연 날릴 줄 알아요, 철벽 아저씨?"

그는 렉시의 얼굴을 내려다보았다. 아이는 햇살에 눈을 찌푸리고 있었다.

"해 볼 수 있지."

렉시가 미소짓자 오른쪽 뺨에 보조개가 쏙 패였다.

"엄마,"

아이는 빙글 돌아 테이블 반대편으로 달려가며 소리쳤다.

"철벽 아저씨가 나랑 같이 연 날린대!"

조지앤의 눈길이 그에게로 날아왔다.

"그러지 않아도 돼요, 존."

"내가 하고 싶어서야."

그는 주스를 테이블에 내려놓았다.

피클 접시를 내려놓고 조지앤이 말했다.

"내가 두 사람과 같이 갈게요."

"아니."

그는 딸과 단둘이 보내는 시간이 필요했다, 그런 시간을 원했다.

"렉시와 내가 알아서 할 수 있어."

"하지만 좋은 생각이라고 여겨지지 않는데요."

“흠, 내 생각은 달라.”

그녀는 재빨리 어깨 너머로 렉시를 돌아보았다. 아이는 땅에 무릎을 꿇고 실을 풀고 있었다. 그녀는 그의 팔을 잡아 몇 걸음 떨어진 곳으로 끌고 갔다.

“좋아요, 하지만 너무 멀리 가진 말고.”

그녀가 그의 앞에 서서 말했다. 그리곤 발돋움하여 그의 어깨 너머로 다른 사람들을 쳐다보았다.

그녀가 렉시에 대해 뭔가 속삭였지만, 그는 제대로 듣고 있지 않았다. 그녀의 향수 내음을 맡을 수 있을 정도로 가까웠다. 그는 자신의 팔뚝을 잡은 그녀의 가는 손가락으로 시선을 내렸다. 그녀의 더블 D 사이즈 젖가슴과 그의 가슴팍 사이에 놓인 것은 아주 좁은 공간뿐이었다.

“뭘 원해?”

그녀의 매끄러운 팔에서 오목하게 패인 부드러운 목덜미로 눈길을 옮기며 그는 물었다. 여전히 남자의 애를 태우는 여자였다.

“방금 말했잖아요.”

그녀는 손을 내리고 발꿈치를 내렸다.

“다시 말해 주지 그래, 하지만 이번에는 당신 가슴은 대화에서 빼고.”

그녀의 눈썹 사이에 주름이 졌다.

“내 뭐? 무슨 소리예요?”

그녀가 진정으로 어리둥절해 보여서, 존은 그녀의 순진한 표정을 거의 믿을 뻔했다. 거의.

“나하고 얘기하고 싶거든 당신 몸은 이용하지 말라고. 물론, 혹시 내가 그 제안을 받아 주길 바라고 그러는 거라면 또 모르지만.”

그녀는 정나미가 떨어져 고개를 내저었다.

“당신은 정말이지 역겨운 사람이야, 존 코왈스키. 내 드레스 앞에서 눈 떼고, 마음을 그 더러운 시궁창에서 끌어내 봐요. 우린 당신의 황당한 환상보다 더 중요한 문제가 있으니까요."

존은 몸을 뒤로 젖히고 그녀의 얼굴을 내려다보았다. 그는 역겹지 않았다. 최소한 자신은 그렇게 생각하지 않았다. 그가 아는 몇몇 남자들만큼 역겹지 않았다.

조지앤이 고개를 한쪽으로 기울였다.

"약속 명심해 줬으면 해요."

"무슨 약속?"

"렉시에게 당신이 아빠라고 말하지 않기로 한 거. 내가 말해야 해요."

"좋아."

그는 선글라스를 벗어 들었다. 선글라스 다리를 청바지 앞주머니에 걸어 매달았다.

"그리고 당신은 렉시와 내가 서로를 알아 나갈 거라는 걸 명심해 줬으면 해. 단둘이. 아이 데리고 연 날리러 갈 거니까, 10분 동안 따라오지 마."

그녀는 잠깐 생각해 보고 말했다.

"렉시는 너무 수줍음이 많아요. 내가 있어야 하는데."

존은 렉시한테 수줍은 구석이 한 군데라도 있을지 진정 의심스러웠다.

"헛소리 마, 조지앤."

그녀의 녹색 눈이 가늘어졌다.

"내가 볼 수 없는 곳에는 가지 말아요."

"내가 뭘 어쩔 거라 생각해? 애를 납치라도 할까 봐?"

"아뇨."

그녀는 그렇게 말했지만, 존은 자신이 그녀를 믿지 않는 것만큼 그녀 역시 자신을 믿지 않는다는 것을 알고 있었다. 그녀도 바로 그 생각을 하고 있다는 기분이 들었다.

"멀리 가지 않을 거야."

그는 다른 사람들을 향해 돌아섰다. 그는 휴에게 조지앤과 렉시에 대해 털어놓았고, 친구가 비밀을 지켜 주리라는 것을 알고 있었다.

"준비됐어, 렉시?"

그는 물었다.

"네엣."

아이가 핑크색 연을 들고 일어나자, 둘은 원반을 던지며 노는 사람들에게서 떨어져 너른 잔디밭으로 향했다. 렉시가 연 꼬리에 두 번째로 발이 엉킨 후, 존은 아이에게서 연을 받아 들었다. 아이의 머리는 간신히 그의 허리에 왔고 옆에서 걷자니 존은 거인이 된 기분이었다. 또다시 아이에게 무슨 말을 해야 할지 몰라 거의 말을 하지 않았다. 하지만 그가 말할 필요도 없었다.

"작년에 내가 정말 어렸을 때, 유치원에 있었는데,"

아이가 말을 꺼내더니, 자기 반의 애들 이름, 그 애들이 애완동물을 갖고 있느냐 없느냐, 그리고 무슨 종인지로 이어졌다.

"그리고 걔는 개가 세 마리나 있어요."

아이가 손가락 세 개를 들어 보였다.

"이건 정말이지 불공평해."

존은 어깨 너머를 돌아보고, 자신들이 오륙십 미터는 걸어왔다고 판단하고 멈춰 섰다.

"여기가 좋을 것 같다."

"아저씨는 개 있어요?"

"아니. 없어."

그는 아이에게 얼레를 도로 넘겼다.

렉시는 슬프게 고개를 저었다.

"나두, 하지만 난 달마시안 갖고 싶어요."

아이는 얼레 자루 양쪽을 쥐면서 말했다.

"점이 아주 많고 아주 커다란 거."

"줄을 팽팽하게 해."

그가 핑크색 연을 머리 위로 쳐들자 산들바람이 부드럽게 당기는
것이 느껴졌다.

"나 뛰지 않아도 돼요?"

"오늘은 괜찮아."

연을 왼쪽으로 움직이자 바람이 더 세게 당겼다.

"이제 뒤로 걸어, 하지만 내가 말할 때까지는 줄을 풀지 말고."

고개를 끄덕거리는 아이가 어찌나 진지해 보이던지 그는 거의 웃
음을 터뜨릴 뻔했다.

열 번의 시도 끝에, 연이 육 미터쯤 날아올랐다.

"도와줘요."

아이가 당황했고, 얼굴은 하늘을 향했다.

"또 떨어질 거야."

"이번엔 아냐."

그는 아이를 안심시키며 옆에 가 섰다.

"그리고 혹시 떨어지면, 다시 날리면 되지."

아이가 고개를 내젓자 데님 모자가 땅에 떨어졌다.

"떨어질 거야, 난 알아. 아저씨가 받아요!"

아이는 얼레를 그에게 밀어붙였다.

존은 아이 옆에 한쪽 무릎을 꿇었다.

"네가 할 수 있어."

렉시가 그의 가슴에 등을 기대오자 그는 심장이 몇 박자 멈추는
것을 느꼈다.

"줄을 천천히 풀어 주기만 하면 돼."

존은 하늘 높이 치솟는 연을 쳐다보는 아이의 얼굴을 응시했다. 아
이의 표정이 동요에서 기쁨으로 빠르게 바뀌었다.

"내가 했어."

아이가 속삭이고, 고개를 돌려 어깨 너머로 그를 넘겨다보았다.

아이의 부드러운 숨결이 그의 뺨을 스치고 그의 영혼을 깊숙이 휩

쓸었다. 조금 전, 그의 심장은 마치 멈춘 것처럼 느껴졌었다. 이젠 다시 부풀어올랐다. 흉골 아래 풍선이 눌려 있는 느낌이었다. 크고 빠르고 강렬하게 부풀어올라, 그는 눈길을 돌려야 했다. 주위에서 연을 날리는 사람들을 쳐다보았다. 부모들과 아이들을 쳐다보았다. 가족. 그는 다시 아빠가 되었다. 하지만 이번에는 얼마나 오래? 그의 냉소적인 잠재의식이 물었다.

"내가 했어요, 철벽 아저씨."

아이는 마치 목소리를 높이면 연이 추락하기라도 할 듯이 소곤거렸다.

그는 자신의 아이를 쳐다보았다.

"내 이름은 존이야."

"내가 했어요, 존 아저씨."

"그래, 그렇구나."

아이가 미소지었다.

"아저씨 좋아."

"나도 널 좋아한다, 렉시."

아이는 연을 올려다보았다.

"아저씨 애들 있어요?"

아이의 갑작스런 질문에 놀라, 그는 대답하기 전 잠시 동안 뜸을 들였다.

"그래."

애한테 거짓말을 하진 않겠지만 렉시는 아직 진실을 받아들일 준비가 되지 않았고, 물론 조지앤에게 약속한 것도 있었다.

"아주 어린 아들이 있었지만 아기였을 때 죽었단다."

"왜요?"

존은 연을 올려다보았다.

"줄을 좀 더 풀자."

렉시가 그가 시킨 대로 하자 그는 말했다.

"너무 일찍 태어났거든."

"아, 몇 시?"

"응?"

그는 자신의 얼굴과 너무나 가까운 조그만 얼굴을 들여다보았다.

"몇 시에 태어났는데요?"

"새벽 네 시쯤."

아이는 그게 모든 문제의 답이 되는 양 고개를 끄덕였다.

"응, 너무 일찍이네. 의사선생님들이 아직 다 자니까. 난 늦게 태어났어요."

존은 아이의 논리에 감탄해서 미소지었다. 상당히 똑똑한 것이 틀림없었다.

"이름이 뭐였어요?"

"토비."

그리고 네 오빠란다.

"이상한 이름이야."

"난 좋아하는데."

그는 공원에 들어온 이래 처음으로 조금 긴장이 풀리는 것을 느끼며 말했다.

렉시는 어깨를 으쓱했다.

"난 아기를 갖고 싶었는데, 엄마가 안 된대요."

존은 조심스레 아이를 가슴에 좀더 편하게 안았고, 모든 것이 제자리에 맞아떨어지는 듯했다. 매끄럽게 패스를 받아 곧장 슛을 날리는 것처럼. 미끄러지고, 날리고, 득점. 그는 아이의 양손과 나란히 얼레자루를 잡고 조금 더 긴장을 풀었다. 그의 턱이 아이의 보드라운 관자놀이에 닿았다.

"잘됐구나, 넌 아기를 갖기엔 너무 어려."

렉시는 킥킥거리고 고개를 저었다.

"나 말고요! 우리 엄마. 우리 엄마가 아기를 가졌으면 좋겠다고."

"그런데 엄마가 안 된다고 했다 이거지?"

"응, 엄마는 남편이 없으니까, 하지만 좀더 노력하면 생길 거예요."

"남편이?"

"응, 그럼 아기도 가질 수 있죠. 울 엄마는 정원에 나가 날 당근처럼 쑥 뽑아 왔다고 그랬지만 그건 정말이 아니에요. 아기는 정원에서 나오는 게 아니잖아요."

"그럼 어디에서 나오는데?"

아이가 그를 올려다보려다 그의 턱에 부딪혔다.

"아저씬 몰라요?"

나야 아주 오래 전부터 알고 있었지.

"네가 말해 주지 그러니."

아이는 어깨를 으쓱하고 눈길을 연으로 돌렸다.

"음, 남자와 여자가 결혼하고 집에 가서 침대에 누워요. 눈을 아주 아주 꼭 감고 아주아주 열심히 생각하는 거예요. 그럼 아기가 엄마 뱃속으로 들어가죠."

존은 웃음을 터뜨렸다. 어쩔 수가 없었다.

"너희 엄마는 네가 아기들이 텔레파시로 생겨난다고 생각하는 걸 아냐?"

"응?"

"아냐, 됐다."

그는 부모들이 아이가 어릴 때 섹스에 대해 얘기해야 한다는 걸 어딘가에서 들었던가 읽은 적이 있었다.

"엄마한테 아기들이 정원에서 자라는 게 아니라는 걸 안다고 말씀드리면 어떨까."

아이는 잠깐 생각해 봤다.

"아뇨. 엄마는 가끔 밤에 그 이야기를 들려주는 거 좋아해요. 하지만 난 이제 부활절 토끼를 믿기엔 너무 컸다고 말했어요."

그는 충격 받은 척했다.

"부활절 토끼를 믿지 않는다고?"

"안 믿어요."

"왜?"

아이는 그가 멍청하다는 듯이 돌아보았다.

"토끼 앞발로는 달걀에 그림을 그릴 수가 없으니까."

"아…… 그건 사실이지."

다시 그는 여섯 살짜리의 논리에 감탄했다.

"그럼 넌 산타를 믿기에도 너무 컸겠구나."

아이는 분개하여 헉 숨을 들이쉬었다.

"산타는 진짜예요!"

그는 토끼가 달걀에 그림을 그릴 수 없다는 논리가 하늘을 나는 사슴이나 굴뚝으로 내려오는 뚱뚱한 할아버지, 혹은 일 년에 364일을 장난감을 만드는 명랑한 꼬마 엘프들에게는 적용이 안 되는 모양이라고 추리했다.

"연줄을 조금 더 풀자."

그는 말하고, 긴장을 풀었다. 끊임없는 수다를 들으며 아이에 대한 자잘한 사실들을 알아챘다. 바람이 아이의 부드러운 머리칼을 날리는 것을 보았고, 까르르 웃어댈 때면 어깨를 굽히고 입가로 손가락을 가져가는 것을 알았다. 그리고 아이는 무척이나 잘 웃었다. 아이가 제일 좋아하는 화제는 동물과 아기인 것이 명백했다. 좀 극적인 경향이 있었고 의심의 여지없이 엄살쟁이였다.

"나 무릎 까졌어요."

아이는 지난 며칠간 자신이 겪은 부상을 한참 나열하고 말했다. 치맛자락을 가느다란 허벅지까지 끌어올리고 한쪽 다리를 내밀더니 형광 녹색 밴드를 손가락으로 만졌다.

"그리고 발가락."

아이는 플라스틱 샌들 아래 보이는 핑크색 밴드를 가리키며 덧붙였다.

"에이미네서 찢었어. 아저씨 아야한 데 있어요?"

"아야? 으음……."

그는 잠깐 생각해 보고 떠올렸다.

"아침에 면도하다 턱을 베였지."

그의 턱을 들여다보느라 아이의 눈이 거의 감기다시피 했다.

"우리 엄마 밴드 있어요. 엄마 가방에 밴드 많아요. 내가 하나 가져다줄 수 있는데."

그는 형광 핑크 밴드를 붙인 자신의 모습을 그려보았다.

"아니. 고맙지만 됐다."

그는 사양하고, 렉시의 다른 특이점을 깨달아 가기 시작했다. 아이의 독특한 말투 같은. 그는 아이에게 온 관심을 쏟고 공원에 둘만 있는 것처럼 행동했다. 하지만 물론 현실은 그렇지 않았고, 오래지 않아 남자애 둘이 그들을 향해 걸어왔다. 아이들은 열세 살쯤 되어 보였고 둘 다 헐렁한 검은 바지, 커다란 티셔츠, 챙을 뒤로 돌려서 쓴 야구모자 차림이었다.

"존 코왈스키 아니에요?"

"그래, 맞다."

그는 말하면서 일어섰다. 보통 그는 방해받는 걸 꺼리지 않았다, 특히 하키 얘기를 좋아하는 아이들이라면. 하지만 오늘은 아무도 자신에게 접근하지 않아 줬으면 했다. 진작에 짐작했어야 했는데. 지난 시즌 이후, 치눅스 팀은 주에서 그 어느 때보다 인기 높았다. 그는 켄 크리피(메이저리그 타자)와 빌 게이츠 다음으로 워싱턴 주에 가장 잘 알려진 얼굴이었다. 특히 그가 유제품 조합을 위해 한 그 도로 광고판 이후.

그의 팀 동료들은 콧수염 모양 우유 자국을 두고 엄청나게 그를 놀려댔고, 비록 아닌 척 했지만 그 광고판 앞을 지날 때마다 그는 머저리가 된 기분이었다. 하지만 존은 스포츠 스타 역을 너무 진지하게 심각하게 받아들이지 않는 법을 오래 전에 익혔다.

"블랙 호크스와 한 경기 봤어요."

스노우보더 그림이 그려진 티셔츠 차림의 남자애가 말했다.

"챌로스를 링크 한복판으로 날려 버린 거 진짜 좋았어요. 우와, 진짜 하늘을 날던데요."

존 역시 그 경기를 기억했다. 그는 페널티와 멜론만한 크기의 멍을 얻었다. 환장하게 아팠지만 그것은 경기의 일부였다. 그의 직업의 일부였다.

"재미있게 봤다니 반갑구나."

그는 아이들의 어린 눈을 들여다보았다. 거기서 본 영웅 숭배는 그를 불편하게 만들었다. 늘 그랬다.

"너희도 하키 하니?"

"그냥 거리에서요."

다른 남자애가 대답했다.

"어디?"

그는 렉시에게로 돌아서서 아이가 따돌려진 기분이 들지 않게 손을 잡았다.

"우리 집 근처 초등학교에서요. 사람들이 잔뜩 모여서 같이 하죠."

두 남자애들이 자기들의 길거리 하키 얘기를 들려주는 동안, 그는 자신들을 향해 일직선으로 걸어오는 젊은 여자를 알아챘다. 그녀의 청바지는 어찌나 타이트하던지 아파 보일 지경이었고, 탱크탑은 배꼽에도 닿지 않았다.

존은 성적으로 노골적인 링크 빠순이를 오십 보 거리에서도 알아볼 수 있었다. 그들은 늘 주위에 있었다. 호텔 로비, 라커룸 밖에서 기다리고, 구단 버스 옆에 진을 쳤다. 유명인들과 자고 싶어 안달 난 여자들은 군중 속에서 알아보기 쉬웠다. 걸음걸이와 머리를 넘기는 동작에서 다 드러났다. 눈에 담긴 결의로 알 수 있었다.

그는 이 여자가 그냥 지나가기를 바랐다.

여자는 그러지 않았다.

"데이빗, 너네 엄마가 부른다."
그녀는 두 남자애들 옆에 서더니 말했다.
"잠깐만 기다리라고 해요."
"지금 오랬어."
"우씨!"
"만나서 재밌었다."
존은 아이들과 악수하려 손을 내밀었다.
"다음에 경기장에 오거든, 라커룸 밖에서 날 기다리면 다른 선수들을 소개해 주지."
"정말요?"
"우와!"
두 아이가 가 버리고 여자가 남았다. 존은 렉시의 손을 놓고 아이의 정수리를 내려다보았다.
"이제 연줄 감을 때다, 너희 엄마가 우리한테 무슨 일이라도 생겼나 하겠어."
"존 코왈스키죠?"
그는 올려다보았다.
"맞습니다."
그의 어조는 그녀의 동행을 환영하지 않는다는 뜻을 분명히 밝히고 있었다. 여자는 웬만큼 예쁘긴 했지만, 말라깽이인데다 가짜 금발티가 났다. 햇볕을 너무 오래 쬔 것 같은. 결의로 여자의 밝은 푸른 눈이 딱딱해졌고, 그는 여자가 그와 같이 자려고 얼마나 무례하게 나올지 궁금했다.
"있죠, 존,"
여자는 입술 끝을 천천히 올려 유혹적인 미소를 지었다.
"난 코니예요."
그녀의 눈이 그를 머리부터 발끝까지 쭉 훑었다.
"그리고 당신 그 청바지를 입으니 꽤 근사해 보이네요."

그는 저 대사를 전에 들어본 적이 있다고 확신했으나, 상당히 오랜만이라 정확히 기억할 수가 없었다. 여자는 그가 렉시와 단둘이 있는 시간을 빼앗고 있는 것만이 아니라 그다지 독창적이지도 않았다.

"하지만 내가 더 근사해 보일걸요. 그걸 벗고 보면 어때요?"

이제야 기억났다. 처음 저 말을 들었을 때 그는 스무 살이었고 막 토론토와 계약을 마친 후였다. 아마도 저런 미끼를 물 만큼 멍청했을 테지.

"난 우리 둘 다 바지를 그냥 입고 있어야 한다고 생각하는데."

그는 왜 남자들만 썰렁하고 케케묵은 수작을 부린다는 비난을 들어야 하나 생각했다. 여자들의 수작도 만만찮게 썰렁했다. 거의 대부분 노골적으로 뻔뻔했다.

"좋아요. 그냥 안으로 스윽 들어가면 되니까."

그녀는 길고 빨간 손톱 끝으로 그의 허리를 따라가다가 아래로 내려갔다.

존은 여자의 손가락을 자신의 바지 단추에서 치우려 손을 뻗었지만, 렉시가 문제를 해결했다. 아이는 여자의 손을 탁 밀쳐 내더니 그들 사이에 들어섰다.

"그렇게 만지는 건 나빠요."

렉시가 고개를 들고 코니를 노려보며 말했다.

"진짜 큰일나요."

아래를 내려다보는 여자의 미소가 흔들렸다.

"딸이에요?"

존은 렉시의 사나운 표정이 재미있어 낮게 쿡쿡거렸다. 그는 확실히 이전에도 경호가 필요했었다. 특히 누가 자기네 팀을 다치게 하면 팬들이 진짜 고약해지는 필라델피아에선 더욱 그랬다. 하지만 여자에게, 더욱이 120센티미터도 안 되는 어린애에게 경호 받아 본 적은 한 번도 없었다.

"애 엄마가 내 친구죠."

그는 미소지으며 말했다.

그녀는 도로 존을 쳐다보고 머리를 살랑 넘겼다.

"애를 엄마한테 보내고, 우리 둘이 내 차로 드라이브나 하죠. 뒷좌석이 아주 커요."

뷰익 뒷좌석에서의 짧은 섹스는 그의 호기심조차 불러일으키지 못했다.

"관심 없습니다."

"다른 어떤 여자도 해 준 적 없는 걸 해 줄게요."

존은 진정으로 그녀의 주장이 의심스러웠다. 그는 거의 모든 것을 최소한 한 번은 해 봤다고 여겼고, 상당수는 확인차 두 번은 해 봤다고 생각했다. 그는 렉시의 어깨에 손을 얹고 코니를 쫓아 버릴 방법을 몇 가지 궁리했다. 딸이 가까이 있으니, 조심해서 거절 의사를 표시해야 했다.

그때 조지앤의 등장이 그의 고민을 해결해 주었다.

"내가 방해가 되는 게 아니라면 좋겠군요."

그녀가 그 꿀 바른 목소리로 말했다.

그는 조지앤에게로 돌아서서 그녀의 허리에 한 팔을 감았다. 그녀의 골반에 손을 얹은 채, 그녀의 경악한 얼굴을 들여다보며 미소지었다.

"당신이 떨어져 있지 못할 줄 알았지."

"존?"

그녀가 헐떡였다.

그녀의 목소리에 깃든 질문에 대답하지 않은 채, 그는 렉시의 어깨에 올렸던 손을 들어 금발 여자를 가리켰다.

"조지앤, 허니, 이쪽은 코니야."

조지앤은 가짜 미소를 억지로 띠고 말했다.

"안녕하세요, 코니."

코니는 조지앤을 쭈욱 훑어보고는, 어깨를 으쓱했다.

"끝내 줬을 텐데."

그녀는 존에게 말하고 돌아섰다.

코니가 가 버리자마자, 존은 조지앤의 도톰한 입술이 딱 일직선을 그리는 것을 보았다. 그녀는 마치 그를 팔꿈치로 콱 찍어 버리고 싶어하는 듯이 보였다.

"당신 취했어요?"

존은 미소짓고 그녀의 귀에 속삭였다.

"우린 친구인 걸로 되어 있잖아, 기억하겠지? 난 내 역을 하고 있을 뿐이라고."

"당신은 친구들을 다 더듬어 대나 보죠?"

존은 웃음을 터뜨렸다. 그녀 때문에, 이 모든 상황 때문에, 하지만 대부분 그 자신 때문에 웃었다.

"녹색 눈에 입이 매운 예쁜 여자들만. 기억해 두지 그래."

10

피크닉이 끝나고 그날 저녁, 조지앤은 여전히 신경이 곤두서 있었다. 존을 상대하는 일은 그녀의 신경을 바닥까지 긁어 놓았고, 매는 손톱만큼도 도움이 되지 않았다. 도움이 되기는커녕 매는 휴 마이너를 모욕하는 데 시간을 보냈으며, 그는 독설을 즐기는 듯했다. 그는 음식을 먹고 너그러이 웃어 댔고 조지앤이 그의 안전을 염려할 정도까지 매를 놀렸다.

이제 조지앤이 원하는 것은 뜨거운 목욕과 오이팩, 그리고 세면 수세미뿐이었다. 하지만 목욕은 찰스에게 사실을 밝힐 때까지 미뤄야 했다.

그와의 미래를 원한다면 존에 대해 얘기해야만 한다. 렉시의 아버지에 대해 거짓말을 했음을 털어놓아야 한다. 오늘 밤에. 그녀는 그 대화를 고대하지는 않았지만 얼른 끝내 버리고 싶었다.

현관 벨이 울렸고 그녀는 찰스를 안으로 들였다.

"렉시는 어디 있죠?"

그가 거실을 둘러보며 말했다. 면바지와 흰색 폴로 셔츠 차림의 그는 편안하고 느긋해 보였다. 관자놀이에 비치는 흰머리는 그의 잘생긴 얼굴에 위엄을 부여했다.

"재웠어요."

찰스는 미소짓고 조지앤의 얼굴을 양손으로 감쌌다. 그리곤 길고 부드럽게 키스했다. 뜨거운 정열 이상의 것을 약속하는 키스. 하룻밤의 관계 이상을 제의하는 키스.

키스가 끝나고 찰스가 그녀의 눈을 들여다보았다.

"아까 전화할 때 근심이 있는 것처럼 들리던데."

"그래요, 조금."

그녀는 그의 손을 잡고 소파에 나란히 앉았다.

"렉시의 아빠가 죽었다고 했던 거 기억하나요?"

"그럼, 그의 F-16기가 걸프전 중에 격추 당했다고."

"음, 내가 좀 얘기를 꾸몄을지도 몰라요…… 사실은 많이."

그녀는 크게 숨을 들이쉬고 존에 대해 말했다. 7년 전 그들의 만남에 대해, 오늘 오후의 피크닉에 대해 말했다. 그녀가 얘기를 끝냈을 때, 찰스는 반기는 기색이 아니었고 그녀는 자신이 그들의 관계를 망쳐 버린 게 아닐까 두려웠다.

"애초에 진실을 말할 수도 있었을 텐데."

그가 말했다.

"아마도요, 하지만 늘 그 일에 대해 거짓말하는 게 익숙해서 얼마 지나고 나니 별로 진실을 생각하게 되지 않더라고요. 그런데 존이 내 인생에 도로 나타났지요. 그래도 그는 아빠 노릇에 금방 싫증을 낼 테니 렉시나 누구에게든 말할 필요가 없을 거라고 생각했어요."

"그가 이제 렉시에게 싫증났다고는 생각지 않는다?"

"그래요. 오늘 공원에서 그는 아이에게 관심을 쏟았고, 다음 주 태평양 과학센터 전시회에 아이를 데려가기로 날을 잡았어요."

그녀는 고개를 저었다.

"그냥 사라질 거 같진 않아요."

"그를 만난 것이 당신에겐 어떤 영향을 미쳤는지?"

“나요?”

그녀는 그의 회색 눈을 응시하며 물었다.

“이제 그가 당신 인생에 나타났잖습니까. 가끔씩 보게 될 텐데.”

“맞아요. 그리고 당신의 전 부인도 당신 인생에 있고.”

그는 눈길을 내렸다.

“그건 똑같지 않지요.”

“왜요?”

그는 슬며시 미소지었다.

“왜냐하면 마가렛은 무척이나 정떨어지니까.”

그는 화내지 않았다. 매의 예상 그대로 질투하고 있었다.

“그리고 존 코왈스키는 잘생긴 남자 아니오.”

“당신도 그렇죠.”

그가 그녀의 손을 잡았다.

“만약 내가 하키선수와 경쟁하고 있는 거라면 그렇게 말해 주고.”

“말도 안 되는 소리 마세요.”

조지앤은 황당함에 웃음을 터뜨렸다.

“존과 난 서로를 미워해요. 1부터 10까지 점수를 매긴다면, 그는 마이너스 30이에요. 잇몸 질환만큼이나 정떨어진다고요.”

그는 미소짓고 그녀를 자기 옆으로 끌어당겼다.

“당신 표현 방식은 참 독특하지. 내가 좋아하는 당신의 많은 일면 중 하나요.”

조지앤은 그의 어깨에 머리를 기대고 안도의 한숨을 내쉬었다.

“당신의 우정을 잃게 될까 겁이 났더랬어요.”

“난 당신에게 그것뿐? 친구?”

그녀는 그를 올려다보았다.

“아뇨.”

“잘됐군요. 난 우정 이상을 원하니까.”

그의 입술이 그녀의 이마를 스쳤다.

"당신과 사랑에 빠질 것 같아."

조지앤은 미소짓고 손바닥으로 그의 가슴에서 목을 쓸어올렸다.

"나도 아마 당신과 사랑에 빠질 것 같아요."

그리곤 그에게 키스했다. 찰스는 바로 그녀가 필요로 하는 그런 남자였다. 믿음직하고 이성적인 남자. 정신 없이 바쁜 생활로 인해 그들은 단둘이서 많은 시간을 보내지 못했다. 조지앤은 주말에도 일했고, 만약 쉬는 밤이 있으면 렉시와 보냈다. 찰스는 보통 저녁이나 주말엔 일하지 않았고, 서로 안 맞는 스케줄 탓에 그들은 대부분 점심에 만났다. 어쩌면 이제 그걸 바꿔야 할 때인지도 모른다. 어쩌면 아침식사를 함께 해야 할 때인지도. 힐튼호텔 스위트룸 231호에서.

조지앤은 사무실 문을 닫아 믹서의 웅웅거림과 직원들의 수다를 차단했다. 매와 함께 쓰고 있는 사무실은 그녀의 집과 마찬가지로 꽃과 레이스로 가득했다. 그리고 사진들. 수십 장의 사진이 주욱 둘러져 있었다. 대부분은 렉시의 사진이었고, 몇 장은 매와 조지앤이 맡았던 다양한 행사에서 찍은 것이었다.

세 장은 레이 헤런의 것이었다. 매의 죽은 쌍둥이 남동생은 두 개의 액자 속에서 화려번쩍한 여장을 하고 있었고, 나머지 하나는 청바지와 진분홍 스웨터 차림으로 비교적 평범해 보였다.

조지앤은 매가 쌍둥이 남동생을 그리워하고 매일 생각하는 것을 알았으나, 또한 매의 고통이 이전만큼 크지 않다는 것도 알고 있었다. 그녀와 렉시가 레이의 죽음이 남긴 빈 공간을 메웠고, 매는 그녀에게 자매이자 렉시에게는 이모 같은 존재가 되었다. 세 사람은 이제 가족이었다.

조지앤은 창가로 다가가 세이드를 올려 한낮의 햇살이 들어오게 했다. 3쪽짜리 계약서를 앤티크 책상에 놓고 앉았다. 매는 오후 늦게까진 들어오지 않을 예정이었고, 조지앤은 찰스와의 점심 데이트까지 한 시간을 남겨 두고 있었다. 그녀는 항목별 목록을 골똘히 들여다보며 중요한 걸 빠뜨리지 않았나 다시 읽고 있었다. 제일 아랫단으로 시선이 내려가다 그녀의 눈은 휘둥그레졌고 놀란 나머지 종이 가장자리에 손을 벴다.

풀러 부인이 9월 생일파티를 중세 테마로 하고 싶다면 거금을 지불해야 할 터였다. 연기할 중세 극단을 고용하고 풀러 부인 집 마당을 중세의 장터로 변모시키는 것은 엄청난 노동과 돈이 드는 일이었다.

조지앤은 손을 내리고 스페셜 메뉴를 보며 무겁게 한숨지었다. 보통 그녀는 도전을 보람으로 여겼다. 멋진 행사를 창조하고 유별난 메뉴를 짜는 데서 즐거움을 느꼈다. 마지막에 모든 것이 포장되어 밴에 실렸을 때의 성취감을 사랑했다. 하지만 이번에는 아니었다. 피곤했고 백 명분의 정식 만찬을 계획하는 과제에 나설 기분이 아니었다.

9월쯤에는 그런 기분이 되기를 그녀는 바랐다. 어쩌면 그때는 그녀의 삶이 좀더 안정되어 있을지도 모르겠지만, 존이 그녀의 삶으로 들어온 날부터 오늘까지 2주 동안 그녀는 롤러코스터를 타고 있는 기분이었다. 공원에서의 피크닉 후로, 그는 시애틀 수족관에서 그녀와 렉시와 만났고, 렉시가 제일 좋아하는 레스토랑 아이언 하우스로 그들을 데려갔다.

두 이벤트 다 긴장감이 넘쳤지만 최소한 수족관의 어두운 수조 사이에선 조지앤은 상어와 해달 이상 정신적으로 부담스런 것을 생각할 필요가 없었다. 그러나 아이언 하우스는 달랐다. 버거가 작은 열차에 실려 테이블로 날라져 오기를 기다리는 동안 예의바른 대화를 시도하기란 고문이었다. 내내 숨을 죽이고 얼른 끝나기만을 기다렸다. 그나마 숨통이 트인 때는 하키팬들이 그들의 테이블로 다가와 존의 사인을 요청했을 때뿐이었다.

혹 조지앤과 존의 사이가 경직되었다 한들, 렉시는 전혀 알아채지 못하는 듯했다. 렉시는 금방 제 아빠에게 열중했고 조지앤으로서는 놀라운 일이 아니었다. 렉시는 붙임성 있고 외향적이며 순수하게 사람들을 좋아했다. 쉽게 잘 웃으며 모든 사람들이 당연히 저를 벨크로 이후 가장 놀라운 자그마한 창조물이라 생각하리라 여겼다.

존은 아이와 같은 생각인 것이 명백했다. 그는 되풀이되는 아이의 개와 고양이 이야기를 귀기울여 듣고 코끼리 농담 시리즈를 들을 때마다 웃어 댔다. 상당히 썰렁하고 손톱만큼도 웃기지 않은데.

조지앤은 계약서를 밀어 놓고 이틀 간 주방의 환기장치를 수리한 전기기사의 청구서로 손을 뻗었다. 존과의 상황에 신경 쓰지 않으려 애썼다.

렉시는 존에게 찰스와 있을 때와 별 다를 바 없이 행동했다. 그래도 존과는 다른 남자와 같지 않을 위험성이 있었다. 존은 렉시의 아빠였고, 조지앤의 마음 한구석은 그들의 관계를 두려워했다. 그건 그녀가 공유할 수 없는 관계였다.

그녀가 알지 못하고 절대 이해하지 못할, 멀리서 지켜볼 수밖에 없는 관계. 존은 조지앤과 딸 사이의 친밀함을 위협할 수 있는 유일한 남자였다.

노크 소리가 들림과 동시에 문이 확 열렸다. 조지앤이 고개를 들자 일등 요리사가 사무실에 머리를 들이밀었다. 사라는 똑똑한 대학생이며 재능 있는 제빵사였다.

"찾아오신 남자분이 있어요."

조지앤은 사라의 눈에 담긴 들뜬 빛을 알아보았다. 지난 두 주 동안, 그녀는 수많은 여자들의 얼굴에서 저 표정을 보았다. 보통 그 뒤에 깔깔거림과 꼴사나운 아양, 사인 요청이 뒤따랐다. 문이 활짝 열리고, 그녀는 사라 너머 여자들에게 저다지도 민망스런 행동을 하게 만드는 남자에게 눈길을 주었다. 정식 턱시도 차림의 그는 묘하게 편안해 보였다.

"안녕, 존."

그녀는 인사하고 자리에서 일어났다. 그가 사무실로 들어와 작고 여성적인 공간을 그의 크기와 남성적인 존재감으로 메웠다. 검은 실크 넥타이가 주름잡힌 하얀 셔츠 앞에 느슨하게 걸려 있었다. 제일 위 금색 단추는 풀어놓은 채였다.

"어쩐 일이죠?"

"근처에 왔다가 한번 들러 볼까 하고."

그는 대답하고 재킷을 벗었다.

"뭐 필요한 거 없으세요?"

사라가 물었다.

조지앤은 문가로 다가갔다.

"앉아요, 존."

그녀는 어깨 너머로 말했다. 주방을 들여다보니, 직원들은 관심을 숨기려 하지조차 않고 있었다.

"아니, 고맙지만 됐어."

그녀는 말하고 그들의 호기심 가득한 얼굴 앞에 문을 닫았다. 돌아서서 존의 모습을 한눈에 훑었다. 그의 재킷은 어깨에 놓여 있었고, 손가락 두 개를 갈고리처럼 해서 거기에 걸고 있었다. 눈부신 흰색 셔츠 위로 검은 멜빵이 그의 널찍한 가슴 위로 올라가 등에서 Y자를 그리고 있었다. 그는 홀랑 집어삼켜도 좋을 만큼 근사해 보였다.

"이건 누구?"

그가 도기 액자에 든 사진을 들고 물었다. 그를 마주 바라보고 있는 레이 헤런은 머리끝을 안으로 만 가발에 빨간 기모노 차림이 유달리 눈길을 끌었다.

비록 조지앤은 레이를 한 번도 만나지 못했지만, 그의 아이라이너 기술과 드라마틱한 색조에 대한 취향에 감탄했다. 아무 여자나, 혹은 아무 남자나 저런 색조의 빨강을 입고 저렇게나 멋져 보일 수는 없는 법이니까.

"매의 쌍둥이 남동생이요."

그녀는 대답하고 다시 책상 뒤로 돌아갔다. 그리곤 그가 뭔가 경멸조나 잔인한 말을 하기를 기다렸다. 그러나 그는 그러지 않았다. 그저 한쪽 눈썹을 치켜올리고 사진을 그녀의 책상에 도로 내려놓았다.

다시금 조지앤은 그가 자신의 환경과 얼마나 동떨어져 보이는지 자각했다. 그는 맞지 않았다. 너무 크고, 너무 남성적이고, 너무 말도 안 되게 잘생겼다.

"결혼하러 가요?"

그녀는 앉으면서 농담을 던졌다.

그는 휙 둘러보고는 재킷을 의자 등받이에 던졌다.

"원 천만에! 이건 내 거 아냐."

그는 의자를 당겨서 앉았다.

"파이오니어 광장에서 인터뷰 중이었어."

그는 간단히 설명하고 모직 바지 앞주머니에 손을 찔러 넣었다.

파이오니어 광장은 조지앤의 가게에서 대략 8킬로미터 거리였다. 근처라고 하기는 좀 무리가 있었다.

"근사한 턱시도네요. 어디 거?"

"모르겠는데. 아마 잡지사가 어디서 빌려 왔겠지."

"무슨 잡지요?"

"「GQ」 폭포 근처에서 사진을 두어 장 찍고 싶어했거든."

그가 너무나 무관심하게 말해서, 조지앤은 이런 일이 흔하다는 걸 과시하기 위해 일부러 그러는 게 아닌가 하는 생각이 들었다.

"약간 휴식이 필요해서 나왔어. 몇 분 시간 좀 있을까?"

"조금요."

그녀는 대답하고 책상 구석의 시계에 눈길을 줬다.

"3시에 파티 케이터링을 해요."

그는 고개를 한쪽으로 기울였다.

"일주일에 파티를 몇 건이나 맡아?"

왜 떠보는 거지?

"때에 따라 다르죠."

그녀는 애매하게 대답했다.

"왜요?"

존은 사무실을 둘러보았다.

"잘 나가고 있는 듯한데."

그녀는 그를 단 일 초도 믿지 않았다. 뭔가 원하는 것이 있는 거다.

"놀랐어요?"

그는 다시 그녀를 돌아보았다.

"모르겠어. 그냥 당신을 한번도 사업가로 생각해 본 적이 없었거든. 당신이 텍사스로 돌아가서 부자 남편을 잡았을 거라고만 생각했으니까."

그의 노골적인 추측은 그녀를 짜증나게 했지만, 완전히 근거 없는 건 아니다 싶었다.

"알다시피, 그런 일은 없었죠. 여기 남아서 이 사업체를 세우는 걸 도왔으니까."

그리고는, 조금 자랑하지 않을 수 없기에 덧붙였다.

"우린 아주 잘해 가고 있어요."

"보니 알겠어."

조지앤은 앞의 남자를 응시했다. 그는 존처럼 생겼다. 똑같은 미소에, 눈썹을 관통하는 똑같은 흉터, 그러나 존처럼 행동하지는 않았다. 그는 꼭…… 글쎄, 너무나 상냥했다. 인상을 쓰고 그녀 성미를 돋구길 좋아하던 남자는 어딜 갔을까?

"그게 여기 온 이유예요? 내 사업에 대해 애기하려고?"

"아니. 부탁할 일이 있어서."

"뭘?"

"당신도 휴가를 가나?"

"물론이죠."

그녀는 이 질문의 방향을 수상해 하며 대답했다. 그는 내가 렉시를 한번도 휴가에 데리고 가지 않았다고 생각하는 걸까? 지난 여름 그들은 텍사스로 날아가서 롤리 아주머니를 찾아뵈었다.

"7월은 늘 케이터링 사업에서는 한가해요. 그래서 매와 나는 몇 주
간 문을 닫죠."
"언제?"
"둘째 셋째 주."
그는 다시 고개를 한쪽으로 기울이고 그녀의 눈을 응시했다.
"렉시가 나와 함께 캐넌 해변에 며칠간 갔으면 해."
"캐넌 해변이라니, 오리건 주에 있는?"
"응. 거기에 집이 하나 있거든."
"안 돼요."
그녀는 단박에 대답했다.
"왜?"
"그 애는 당신과 함께 여행을 갈 만큼 당신에 대해 잘 모르니까."
그는 얼굴을 찌푸렸다.
"물론 당신도 그 애와 같이 오는 거지."
조지앤은 어이가 없었다. 책상에 양손을 짚고 몸을 앞으로 숙였다.
"나더러 당신 집에 머무르라고요? 당신과 같이?"
"물론이지."
말도 안 되는 소리.
"당신 완전히 돌았군요?"
그는 어깨를 으쓱했다.
"아마."
"난 일해야 해요."
"방금 다음 달에 두 주 동안 문을 닫는댔잖아."
"그건 사실이죠."
"그럼 가겠다고 해."
"어림도 없어요."
"왜?"
"왜냐고요?"

그녀는 그가 해변 집에 자신과 머무르는 걸 고려해 달라고 부탁한
다는 데 기가 차서 되물었다.

"존, 당신은 날 안 좋아하잖아요."

"난 당신 안 좋아한다는 말 한 적 없어."

"말할 것도 없어요. 당신의 눈빛만 봐도 알 수 있는데."

그의 눈썹이 가운데로 모였다.

"내가 당신을 어떻게 보는데?"

그녀는 뒤로 물러앉았다.

"인상을 쓰고 날 보며 찌푸리죠. 내가 공공장소에서 몸을 긁는다던
가 하는 식의 보기 흉한 짓이라도 한 것마냥."

그는 미소지었다.

"그렇게 심해?"

"그래요."

"내가 인상을 쓰지 않겠다고 약속한다면?"

"당신이 그 약속을 지킬 수 있다고 생각되지 않는데요. 당신은 무
척 부루퉁한 사람이잖아요."

그는 한 손을 주머니에서 빼서 셔츠 주름 위에 얹었다.

"난 아주 원만해."

조지앤은 어이가 없어 눈을 굴렸다.

"그럼 엘비스는 살아서 네브라스카 주 어딘가에서 밍크를 키우고
있겠네."

존은 쿡쿡거렸다.

"알았어, 난 보통은 원만하지만, 당신도 인정할 건 인정해야지, 우
리 사이의 관계는 보통이 아니라고."

"그건 사실이죠."

그녀는 마지못해 인정했다. 비록 그가 착하고 감수성 풍부한 남자
로 오해받을 일이 있을지는 의심스러웠지만.

존은 팔꿈치를 무릎에 괴고 몸을 앞으로 숙였다. 그의 넥타이 끝이

허벅지 위에 대롱거리고 멜빵은 가슴에 찰싹 달라붙었다.

"이건 내게 중요한 일이야, 조지. 훈련 캠프 전에 별로 시간이 없어. 어딘가 사람들이 날 알아보지 못하는 곳에서 렉시와 함께 있어야 한다고."

"오리건에선 사람들이 당신을 알아보지 못해요?"

"아마, 그리고 알아본다 해도, 오리건 사람 누구도 워싱턴 하키선수한테 신경 안 써. 난 방해받지 않고 렉시에게 온 관심을 쏟고 싶다고. 여기서는 그럴 수가 없어. 당신도 나와 함께 다녀 봤잖아. 어떤지 봤을 텐데."

그는 자랑하는 것이 아니라 그저 사실을 말하고 있었다.

"늘 사인 요청을 받자니 상당히 짜증스럽겠지요."

그는 한쪽 어깨를 으쓱했다.

"평소에는 꺼리지 않아. 다만 소변기 앞에 서서 양손을 다 쓰고 있을 때만 빼고."

양손이라니. 잘났다! 그녀는 웃음을 터뜨리지 않으려 애썼다.

"화장실에까지 쫓아 들어갈 정도면 팬들이 당신을 정말로 좋아하나 보군요."

"그 사람들은 날 몰라. 자기들이 생각하는 나란 사람을 좋아하지. 난 그저 중장비 운전이 아니라 하키를 직업으로 삼은 평범한 남자일 뿐이야."

자조적인 미소로 그의 한쪽 입가가 비틀렸다.

"만약 정말로 날 안다면, 그들은 아마 당신만큼이나 날 좋아하지 않을걸."

난 당신을 좋아하지 않는다고 말한 적은 한 번도 없어요

그 문장이 그들 사이에서 소리 없이 맴돌며 조지앤이 그 말을 입 밖에 내기를 기다리고 있었다.

그녀는 그를 좋아한다고 말할 수 있었다―어렵지 않게. 그녀는 예의상 하는 거짓말 사이에서 자라났다. 하지만 그의 코발트빛 푸른 눈을 들여다보자, 그녀는 그게 얼마나 거짓말일지 확신할 수 없었다. 그가 모든 여자의 환상과도 같은 모습으로 저기 앉아 미소로 그녀를 홀리고 있는 마당이 되자, 그녀는 자신이 그를 정말로 싫어하는지 더 이상 자신할 수 없었다.

어떻게 해서인지 그는 마이너스 30에서 마이너스 10쯤으로 올라갔다. 한 시간 사이의 비약적 발전이었다.

"이 종이에 베인 상처보다는 당신을 좋아해요."

그녀는 집게손가락을 들고 털어놓았다.

"하지만 머리 삗친 날보다는 별로."

한참처럼 느껴지는 몇 초 동안 그는 그녀를 쳐다보았다.

"그러니까…… 난 종이에 베인 상처와 머리 삗친 날 사이의 어디쯤이다?"

"맞아요."

"그 정도라면 뭐."

조지앤은 그가 이렇게 순순히 나올 때면 무슨 말을 해야 할지 알 수가 없었다. 때마침 울린 전화벨 덕분에 곤경에서 벗어났다.

"잠깐 실례."

그녀는 말하고 수화기를 들었다.

"헤런 케이터링, 조지앤입니다."

상대편 남자 목소리는 자신이 정확히 무엇을 원하는지 말하는 데 시간을 낭비하지 않았다.

"아뇨."

그녀는 그의 문의에 대답했다.

"저희는 상반신 누드 케이크 쇼를 하지 않습니다."

존은 숨죽여 쿡쿡거리며 일어섰다. 실내를 둘러보고, 창문 아래 책장으로 향했다. 무성한 양치식물 뒤로 손을 넣어 조지앤이 제일 좋아하지 않는 사진을 꺼내는 그의 손목에서 금색 커프스 단추가 햇살에 반짝였다. 매는 그 사진을 조지앤이 여덟 달 만삭일 때 찍었고, 그게 바로 그 사진이 화분 뒤에 숨겨져 있는 이유였다.

"확실해요,"

그녀는 수화기에 대고 말했다.

"저희를 다른 곳과 착각하고 계신 겁니다."

남자는 헤런 케이터링이 자기 친구의 총각 파티를 맡았었다고 끝끝내 우겨 댔다. 그가 세부사항으로 들어가자, 조지앤은 목소리를 낮추지 않을 수 없었다.

"저희는 어떤 행사에도 토플리스 수영장 웨이트리스를 제공한 적이 없습니다. 그리고 쭉빵이 뭔지도 모르고요."

그녀는 존의 옆모습을 쳐다보았지만, 그의 표정은 그녀 말을 들었다는 내색을 전혀 내비치지 않았다. 핑크와 흰색 땡땡이 임신부복 차림의 조지앤이 서커스 텐트마냥 커다랗게 나온 사진을 응시하는 그의 눈썹이 아래로 내려갔다.

전화를 끊고, 그녀는 일어나서 책상을 빙 돌아갔다.

"그건 끔찍한 사진이에요."

그녀는 그의 옆에 가 서면서 말했다.

"어마어마했네."

"고맙군요."

그녀는 사진을 잡아채려 했지만, 그가 그녀의 손이 닿지 않게 높이 치켜들었다.

"뚱뚱하단 뜻이 아니었어."

그는 사진을 쳐다보며 말했다.

"아주 만삭이라고."

"만삭이었죠."

그녀는 다시 손을 뻗었으나 닿지 않았다.

"이제 이리 내놔요."

"당신은 뭘 밝혔지?"

"무슨 소리예요?"

"임신한 여자는 피클이나 아이스크림을 밝히잖아."
"생선회."
그는 인상을 찌푸리고 옆눈으로 그녀를 쳐다보았다.
"생선회를 좋아해?"
"이젠 아니에요. 그때 너무 먹어서 한참 동안 생선 냄새조차 견딜 수가 없었죠. 그리고 키세스. 매일 밤 아홉 시 반쯤만 되면 키세스를 밝혔죠."
그의 시선이 그녀의 입으로 내려갔다.
"누구의 키스?"
그녀는 속이 약간 덜컹하는 것을 느꼈다. 아주 위험한 감각.
"초콜릿 키세스 말이에요."
"날생선과 초콜릿이라, 흠."
그는 그녀의 입을 몇 초 동안 더 응시한 다음, 다시 사진을 쳐다보았다.
"렉시가 태어났을 때 몸무게가 얼마나 나갔어?"
"4.1킬로그램이요."
그의 눈이 휘둥그레졌고, 그는 마치 자랑스럽기라도 한 듯이 미소 지었다.
"세상에!"
"그게 바로 렉시의 몸무게 측정 때 매가 한 말이죠."
그녀는 다시 사진을 노렸고 이번에는 그의 손에서 낚아챘다.
그는 돌아서서 손을 내밀었다.
"나 아직 다 안 봤어."
조지앤은 사진을 등 뒤에 숨겼다.
"다 봤잖아요."
그는 손을 내렸다.
"당신을 바디체크하게 만들지 마."
"그러지 않을걸요."

“오, 하고말고.”

그의 목소리는 낮고 비단결 같았다.

“그게 내 직업이고 난 프로야.”

조지앤이 애교떨고 여우짓을 한 것은 아주 오래 전의 일이었다. 이젠 그런 행동은 하지 않았다. 그녀는 뒤로 몇 걸음 물러났다.

“난 바디체크가 무슨 뜻인지 모르겠는데요. 몸수색 같은 거예요?”

“아니.”

그는 고개를 젖히고 내리깐 눈꺼풀 아래로 그녀를 쳐다보았다.

“하지만 당신을 위해 기꺼이 규칙을 바꿔 주지.”

책상 모서리가 조지앤의 퇴로를 막았다. 사무실이 갑자기 훨씬 작아진 것처럼 느껴졌고, 그의 눈에 떠오른 빛은 그녀의 심장을 초짜 여배우의 가짜 속눈썹마냥 파닥거리게 만들었다.

“자 어서, 이리 내놓으라고.”

어찌된 영문인지 미처 알기도 전에, 7년 간의 자기 수양은 창밖으로 날아갔다. 입을 열자 녹은 버터처럼 말이 술술 흘러나왔다.

“고등학교 나온 이래 그런 다정한 설득을 듣기는 처음이네요.”

그녀는 느릿하게 말했다.

존이 씨익 웃었다.

“설득이 먹혔어?”

그녀는 미소짓고 고개를 저었다.

“내가 거칠게 나가게 만들 참이야?”

“그것도 안 먹혀요.”

그의 낮고 깊은 웃음소리가 그녀의 사무실을 메우고 그의 눈을 반짝이게 했다. 그녀 앞에 서 있는 남자는 유혹적이고 사람의 마음을 잡아끌었다. 이 사람은 7년 전 그녀를 홀려 옷을 벗게 만들고는, 유독성 폐기물보다 더 빨리 내다 버린 그 존이었다.

“「GQ」 잡지사 사람들이 기다리고 있지 않아요?”

그녀에게서 눈을 떼지 않은 채, 그는 팔을 들어 소매를 걷었다. 손목을 돌려 재빨리 금시계에 눈길을 주었다.

"날 내쫓는 거야?"

"물론이죠."

그는 소매를 내리고 턱시도 재킷으로 손을 뻗었다.

"오리건 가는 거 생각해 봐."

"생각할 필요 없어요."

그녀는 가지 않는다. 논의 끝.

문이 활짝 열리고 찰스가 들어와서, 그들의 논의를 막고 분위기를 급변시켰다. 눈썹을 치켜올리고 찰스는 조지앤과 존을 차례로 쳐다보고, 다시 돌아보았다.

"안녕하시오,"

그가 말했다.

조지앤은 몸을 바로 했다.

"우리 약속은 정오인 줄 알았는데요."

그녀는 사진을 책상에 놓았다.

"회의가 일찍 끝나서, 들러 당신을 태워 가려 생각했죠."

그는 다시 존을 쳐다보았고 두 남자 사이에 무언가가 흘렀다. 뭔가 원시적이고 남성 본질적인 것. 그녀로선 이해할 수 없는 언어로 된 말없는 의사 교환. 조지앤은 침묵을 깨고 두 남자를 소개했다.

"당신이 렉시의 아버지라고 조지앤이 그러더군요."

찰스가 긴장된 몇 초 후 말했다.

"맞습니다."

존은 찰스보다 열 살이 적었고, 키가 크고 강건했다. 아름다운 몸을 지닌 아름다운 남자. 그러나 그 마음은 꽈배기만큼 배배 뒤틀려 있었다.

찰스는 조지앤보다 3센티미터 컸고 건장하다기보단 마른 쪽에 가까웠다. 용모는 위엄 있는 국회의원 같았다. 온건한 사람이었다.

"렉시는 굉장한 아이죠."

"네. 그렇지요."

찰스는 소유권을 주장하듯 조지앤의 허리에 팔을 둘러 자기 옆으로 끌어당겼다.

"조지앤은 환상적인 어머니에, 경이적인 여성이오."

그는 그녀 허리를 살짝 조였다 풀었다.

"또한 재능 있는 요리사이기도 하고."

"네. 기억합니다."

찰스의 눈썹이 처졌다.

"그녀는 아무 것도 필요하지 않아요."

"누구한테서 말입니까?"

존이 물었다.

"당신한테서 말이오."

존은 찰스에게서 조지앤으로 눈길을 옮겼다. 의미심장한 미소가 그의 곧고 하얀 이를 드러냈다.

"아직도 밤이면 키스를 밝혀, 베이비?"

그녀는 그를 한 대 콱 쥐어박고 싶었다. 그는 일부러 찰스의 성미를 자극하고 있었다. 그리고 찰스는…… 그녀는 그가 왜 이러는지 알 수 없었다.

"이젠 아니에요."

그녀는 대답했다.

"어쩌면 제 임자에게 키스를 하지 않아서일지도 모르지."

그는 재킷을 입고 소매를 당겼다.

"아니면 만족해서인지도 모르죠."

그는 찰스에게 회의적인 시선을 던지고 도로 조지앤을 쳐다보았다.

"담에 봐."

그리고는 문을 나섰다.

그녀는 그가 나가는 것을 지켜보고, 찰스에게로 돌아섰다.

"아까 그건 다 뭐예요? 둘 사이에 뭐가 오고간 거죠?"

찰스는 잠시 침묵을 지켰고, 그의 눈썹은 여전히 회색 눈까지 처져 있었다.

"누구 오줌발이 더 멀리 가나 그거지."

조지앤은 이전에 찰스가 험한 말을 쓰는 걸 한번도 들은 적이 없었다. 그녀는 충격 받았고 놀랐다. 그가 존과 경쟁해야 한다고 느끼는 것은 원치 않았다. 두 남자는 완전히 다른 리그에 속해 있었다. 존은 무례하고 노골적이며 욕설을 입에 달고 다녔다. 찰스는 세련되었고 신사였다. 존은 막가는, 무조건 이기고 보자는 싸움꾼이었다. 찰스는 소변기 앞에서 양손을 쓰는 남자에 맞서 전혀 이길 여지가 없었다.

찰스가 고개를 저었다.

"천박한 말을 써서 미안하군요."

"괜찮아요. 존은 사람들에게서 최악의 면을 끌어내는 것 같군요."

"그 사람이 무슨 일로?"

"렉시에 대해 얘기하고 싶어했어요."

"그밖에는?"

"그것뿐이에요."

"그럼 왜 그가 당신한테 키스를 밝히는지 물었답니까?"

"제 성미를 자극한 거예요. 그가 꽤나 잘 하는 일이죠. 그 사람한테 신경 쓰지 마세요."

그녀는 그의 목에 팔을 감고, 그와 자기 자신을 안심시켰다.

"존에 대해 얘기하고 싶지 않아요. 난 우리에 대해 얘기하고 싶어요. 이번 일요일에 아이들을 데리고 샌환 섬에 가서 고래 구경을 하면 어떨까 생각하고 있었어요. 진짜 관광객들이나 하는 짓이라는 건 알지만, 한 번도 해 본 적이 없고 늘 해 보고 싶었거든요. 어떻게 생각해요?"

그는 그녀의 입술에 키스하고 미소지었다.

"당신은 매혹적이고, 당신이 원하는 거라면 뭐든 하겠다고."

"뭐든지?"

"그래요."

"그럼 점심 먹으러 가요. 배고파 죽겠어요."

그녀는 찰스의 손을 잡고 사무실에서 걸어나가다, 서커스 텐트 꼴을 한 자신의 사진이 사라진 것을 알아챘다.

11

7년 만에 처음으로 매는 쌍둥이 남동생이 죽은 것이 다행이다 싶
기까지 했다. 레이의 친구들은 다들 멀리 이사가거나 아니면 세상을
뜨고 말았기 때문이다. 레이는 버림받는 걸 잘 감당하지 못했다. 떠
나는 사람으로선 선택의 여지가 없었다 해도.

매는 선글라스를 콧등으로 밀어 올리고 병원 로비를 가로질렀다.
만약 레이가 살아 있다면 가까운 친구이자 연인인 스탠이 에이즈로
인한 암으로 시들어 가는 모습을 참고 지켜보지 못하리라. 너무 감정
적이 되어 슬픔을 감추지 못하겠지. 하지만 매는 달랐다. 매는 늘 쌍
둥이 동생보다 강했다.

그녀는 고개를 움츠리고 무거운 유리문을 밀어 열었다. 그녀는 자
제력에 집착했다. 그럼 어떤가. 만약 안 그랬다면 병원에 와서 스탠
에게 마지막 작별인사를 못했을지도 모른다. 자제력이 아니었다면 집
에 도착하기 전에 그만 지고 말았을지도. 바로 거기서 무너져 내려
그녀가 동생의 죽음을 이겨내도록 도와준 남자를 위해 흐느끼고 말
았을지도 모른다. 재미있는 농담과 이른 시간의 골프 티오프, 피아니
스트 리버라스의 기념품을 사랑하던 남자. 스탠은 그의 가족들이 집

으로 데려가 죽을 날만을 기다릴 해골 이상의 존재였다. 최근 에이즈 희생자 통계 수치 이상의 존재였다. 친구였고 그녀는 그를 사랑했다.

매는 서늘한 아침 바람을 깊이 들이마셔 병원의 살균된 공기를 폐에서 몰아냈다. 고양이 부치와 함께 사는 자신의 집을 향해 15번가로 발길을 돌렸다.

"어이, 매."

발을 내딛다 멈칫하고 어깨 너머를 돌아보자, 싱글벙글 웃고 있는 휴 마이너의 얼굴과 맞닥뜨렸다. 파란 야구모자가 그의 눈을 가렸고 밝은 갈색머리가 모자 가장자리를 따라 낚시바늘처럼 곱슬거렸다. 그는 한 손에 커다란 하키 스틱 세 개를 들고 블레이드 부분을 어깨에 얹고 있었다. 그를 집 근처에서 보다니 놀라웠다. 매는 캐피탈 힐에 살고 있었는데, 시애틀 중심가 바로 동쪽으로 게이와 레즈비언이 많이 사는 곳으로 잘 알려진 지역이었다. 매는 평생 남자 동성애자들에 둘러싸여 살았고 사람을 만나면 몇 분 안에 성적 지향을 알 수 있었다. 처음으로 그리고 마지막으로 휴를 만났을 때, 그녀는 몇 초 안에 그가 백 퍼센트 이성애자임을 알았다.

"여기서 뭘 하는 거죠?"

그녀가 물었다.

"이 스틱들을 병원에 가져다주는 길이랍니다."

"왜?"

"경매용이죠."

그녀는 몸을 돌려 그를 마주했다.

"당신의 낡아빠진 하키 스틱에다 진짜로 돈을 내는 사람이 있다고요?"

"그러엄."

그의 미소가 커지고 그는 몸을 건들거렸다.

"난 굉장한 골키퍼니까."

그녀는 고개를 내저었다.

"당신은 왕자병이야."

"그걸 꼭 나쁜 것처럼 말하네. 어떤 여자들은 내 그런 점을 진짜로 좋아한다고요."

매는 그와 같은 타입의 잘생기고 건방진 남자를 좋아하지 않았다.

"어지간히 절박한 여자들이겠죠."

그는 쿡쿡거렸다.

"오늘은 뭘 하슈, 햇살을 사방에 뿌리는 거 말고?"

"집에 걸어가고 있어요."

그의 미소가 흐려졌다.

"이 근처에 살아요?"

"네에."

"레즈비언이우, 귀염둥이?"

그녀는 조지앤이 저 질문을 들으면 얼마나 웃어 댈까 생각했다.

"그게 중요해요?"

그는 어깨를 으쓱했다.

"빌어먹게 유감스런 일이겠지만, 그럼 당신이 왜 그렇게 고약하게 구는지 설명이 되겠네."

매는 보통 남자들에게 고약하게 굴지 않았다. 그녀는 남자들을 좋아했다. 다만 운동선수 타입만 빼고.

"단지 내가 당신에게 무례하다고 해서 레즈비언이란 뜻은 아니에요."

"흠, 레즈비언?"

그녀는 주저했다.

"아뇨."

"그거 잘됐네."

그는 다시 미소짓고 한쪽 발로 몸무게를 옮겼다.

"어디서 커피나 맥주 한잔 같이 하지 않을래요?"

매는 어이없어 하는 웃음소리를 냈다.

"꿈 깨요."

그녀는 코웃음치고 커브로 향했다. 차도 위아래를 살피고 차량이 줄어들기를 기다렸다.

"미안해요, 햇살,"

휴가 그녀 뒤에서 누가 묻기라도 한 듯이 소리쳤다.

"하지만 난 변태적인 취향이 아니라서."

매는 두 대의 주차된 차 사이에 들어서며 그를 쳐다보았다. 그는 병원 입구로 뒷걸음치며 하키 스틱으로 그녀를 가리키고 있었다.

"하지만 당신이 진짜 끝내 주고 뭔가 야시시한 걸 입는다면, 1번가의 XXX등급 영화관에 데려가 줄지도. 『프랑스식 그룹 섹스』가 상영 중인데, 당신이 얼마나 외국 영화를 좋아할지 다 안다고."

"메스꺼운 인간."

그녀는 중얼거리고 도로를 건넜다. 그녀는 휴를 쉽게 뇌리에서 떨쳐 냈다. 목 굵은 운동선수보다 더 중요한 생각할 거리가 있었다. 그녀의 친구 범위는 날이 갈수록 줄어들고 있었다.

바로 지난주엔 오랜 친구이자 이웃인 '맨디' 아만도 루이즈에게 작별 인사를 해야 했다. 그녀는 그가 짐을 싸서 캐딜락에 싣는 걸 본 날까지 그가 떠날 생각을 하고 있다는 것조차 몰랐다. 그는 시애틀을 떠나 LA로 향했다. 눈부신 조명과 제 2의 루폴*이 되겠다는 꿈을 좇아서. 매는 스탠을 그리워할 것이다, 맨디도.

하지만 그녀에겐 아직 가족이 있었다. 아직 조지앤과 렉시가 있었다. 지금으로선 그들이 있으니 충분했다. 지금 그녀는 자신의 삶에 만족하고 있었다.

존은 현관문을 열고 조지앤을 재빠르게 위아래로 훑어보았다. 아침 10시, 그녀는 생기차고 어디 흠잡을 구석 하나 없어 보였다. 짙은

---

* 유명한 드랙 퀸(여장 남자) 배우이자 토크쇼 진행자.

머리칼은 꼬아서 뒤통수에 말아 올렸고 다이아몬드 귀걸이가 양쪽 귓불을 장식했다. 그녀는 깊은 가슴 계곡을 가리고 무릎까지 덮는 끔찍한 사무적 정장을 입고 있었다.

"가져왔어?"

그는 그녀가 자신의 하우스보트로 들어오게 뒤로 물러났다. 그녀가 지나가자, 그는 팔을 조금 들고 잽싸게 냄새를 맡아보았다. 그렇게 고약한 건 아니지만, 아무래도 아까 달리기한 다음 샤워를 할걸 그랬다는 생각이 들었다. 조깅 반바지와 후줄근한 회색 티셔츠도 갈아입을걸.

"그래요, 몇 장 가져왔어요."

조지앤은 거실로 들어갔고, 그는 문을 닫았다.

"당신이나 약속 제대로 지켜요."

"어디 물건부터 먼저 보지."

그녀가 베이지색 서류가방을 뒤지는 동안, 그의 눈길은 그녀의 몸을 훑어 내렸다. 암팡지게 말아 올린 머리 그리고 청색과 회색의 핀 스트라이프 정장은 그녀를 거의 무성적으로 보이게 했다—거의. 하지만 그녀의 눈은 조금 지나치게 녹색이었고 입술은 약간 과하게 도톰하며 발그레했다. 그리고 그녀의 몸은…… 음, 제길, 뭘 입든 저 가슴을 가릴 수 있는 건 없었다. 그저 그녀를 쳐다보기만 해도 남자들이 나쁜 생각을 하게 만드는 몸이었다.

"여기."

그녀가 사진 액자를 그에게 내밀었다.

그는 렉시의 사진을 받아 들고 가죽 소파로 갔다. 학교에서 찍은 사진으로, 렉시가 카메라를 향해 진짜 과장된 미소를 짓고 있었다.

"학교에서의 성적은 어때?"

"유치원에서는 성적을 매기지 않아요."

그는 다리를 벌리고 앉았다.

"그럼 아이가 필요한 걸 제대로 배우고 있는지 어떻게 알아?"

"2년 간 유치원을 다녔어요. 간단한 단어를 아주 잘 읽고 쓰고. 정말 다행이죠. 아이가 힘겨워 할까 얼마나 걱정했던지."

그녀가 옆에 앉자, 그는 그녀를 쳐다보았다.

"왜?"

조지앤은 입가를 올렸다.

"그냥요."

그녀는 거짓말을 하고 있었으나, 그는 그녀와 언쟁하고 싶지 않았다―아직은.

"당신이 그러는 거 싫어."

"뭐라고요?"

"그럴 기분도 아니면서 미소짓는 거."

"안됐군요. 나도 당신에 대해 싫은 점이 너무너무 많은데 말이죠."

"어떤 거가?"

"예를 들면 어제 내 사무실에서 그 끔찍한 사진을 훔쳐다가 교환 대가를 요구하는 거요. 난 협박을 좋아하지 않아요."

그는 그녀를 협박할 뜻은 없었다. 그 사진이 마음에 들어서 가져간 것이었다. 다른 이유는 없었다. 그녀의 아름다운 얼굴과 자신의 아이로 커다래진 그녀의 임신한 배를 보는 게 좋았다. 그걸 볼 때면, 가슴이 남자로서의 자부심으로 부풀어올라 거의 목이 메일 듯했다.

"조지, 조지,"

그는 한숨지었다.

"그 흉한 오해는 어젯밤 통화로 풀었다고 생각했는데. 말했잖아, 난 그저 그 사진을 '빌린' 것뿐이라고."

그는 거짓말을 했다. 돌려줄 마음은 추호도 없었지만, 그녀가 전화를 걸어서 그 일로 소리를 질러 대자 그녀의 감정을 자신에게 유리하게 이용하기로 결심했다.

"이제 당신이 훔쳐 간 사진 내놔요."

존은 고개를 저었다.

"그만하거나 아니면 더 큰 가치가 있는 걸로 대체해 놓기 전엔 안 되지. 이건 어째 영 아닌 걸."

그는 말하고 학교 사진을 커피 테이블에 올려놓았다.

"또 뭐가 있어?"

그녀는 쇼핑몰의 세련된 스튜디오에서 찍은 사진을 그에게 건넸다. 그는 진한 화장과 기다란 모조보석 목걸이, 보송보송한 빨간 깃털 목걸이를 둘러 야해 보이는 자신의 어린 딸을 응시했다. 그는 미간을 찌푸리고 사진을 테이블에 던졌다.

"별로."

"그 애가 제일 좋아하는 사진이에요."

"그럼 다시 생각해 보지. 다른 건?"

그녀는 인상을 쓰고 몸을 숙여 서류가방을 더 깊이 뒤졌다. 스커트 옆트임이 갈라지고 허벅지로 올라가, 커피색 스타킹 위의 맨살과 하늘색 가터를 드러냈다. 하느님 맙소사.

"그렇게 차려입고 어딜 가?"

그녀가 허리를 폈다. 스커트가 여며지고 쇼는 끝났다.

"머서에 사는 고객의 집을 방문하기로 했어요."

그녀가 다른 사진을 건넸지만 그는 그걸 쳐다보지 않았다.

"당신 남자친구를 만나는 게 아니고?"

"찰스?"

"남자친구가 더 있어?"

"아뇨, 더 있지 않아요, 그리고 그를 만나는 게 아니고."

존은 믿지 않았다. 누구에게 보여 줄 계획이 아닌 이상 여자들은 저런 속옷을 입지 않는다.

"커피 좀 하겠어?"

그는 부드러운 허벅지와 파란 레이스의 환상 속으로 상상의 나래가 펼쳐지기 전에 일어섰다.

"그래요."

조지앤은 그를 따라 부엌으로 갔다. 구두굽의 또각거리는 소리가 실내를 메웠다.

"찰스는 날 좋아하지 않아."

존은 커피를 두 개의 남색 머그에 따르며 알렸다.

"알아요, 하지만 당신이 그를 좋아한다는 인상도 받지 못했는데요."

"그래. 안 좋아해."

하지만 그 남자에 대한 반감은 개인적인 것이 아니었다. 그야 그 작자는 진짜 머저리이긴 했지만, 그게 주요 요인은 아니었다. 존은 렉시의 삶에 다른 남자가 있다는 것이 마음에 들지 않았다.

"얼마나 심각한 관계야?"

"그건 당신이 상관할 바 아니에요."

어쩌면 그럴지도, 하지만 그는 어쨌든 그 문제를 밀고 나갈 참이었다. 그는 그녀에게 머그를 건넸다.

"크림이나 설탕?"

"스위트너 있어요?"

"응."

그는 찬장을 뒤져 조그만 파란 봉지를 찾아내고 그녀에게 스푼을 주었다.

"당신 남자친구가 내 딸과 함께 시간을 보낸다면 내가 상관할 문제지."

조지앤의 긴 손가락이 스위트너를 커피에 넣고 천천히 저었다. 그녀의 손톱은 연한 자줏빛으로 칠해져 있었으며 길고 완벽했다. 햇살이 싱크대 위의 창문으로 쏟아져 들어와 그녀의 머리칼과 귀걸이에 걸렸다.

"렉시는 찰스를 두 번 만났고 그를 좋아하는 듯했어요. 찰스에겐 열 살짜리 딸이 있고 그 애와 렉시는 같이 잘 놀아요."

그녀는 스푼을 싱크대에 넣고 그를 올려다보았다.

"당신이 알아야 할 것은 이게 전부일 것 같군요."

"렉시가 그 사람을 두 번밖에 안 만났다면, 당신은 그 사람과 알고 지낸 지 별로 오래 되지 않았겠군."

"네, 별로 오래 되지 않았죠."

그녀는 입술을 모아 커피를 후후 불었다. 존은 흰색 타일 카운터에 한쪽 골반을 기대고 그녀가 한 모금 홀짝이는 것을 지켜보았다. 그는 아직 그녀가 그 남자와 자지 않았다는 데 내기라도 걸 수 있었다. 그렇다면 그 남자가 존에게 그렇게나 호전적인 이유가 설명이 된다.

"당신과 렉시가 나와 함께 캐넌 해변으로 간다는 걸 그가 알게 되면 뭐라고 할까?"

"간단해요. 우린 안 가니까."

그는 그녀를 꼬드겨 그의 휴가 계획에 동의하게 만들 방법을 찾느라 전날 밤 골머리를 썩였다. 그녀의 감정에 호소해야겠지. 그녀가 감정이 풍부하다는 건 하늘이 알고 땅이 아는 일이다. 그녀가 느끼는 모든 것이 그 녹색 눈에 고스란히 드러났다. 비록 그녀가 무의미한 미소 뒤에 자신의 감정을 숨기려 해도, 존은 터프하고 냉정한 남자들의 얼굴을 읽어 내는 데 평생을 보냈다. 감정은 억누르는 한편 매정하리만큼 정확하게 강타를 날리는 남자들. 조지앤은 상대도 안 된다. 그는 그녀의 모성적인 면에 호소할 것이다. 만약 그게 먹히지 않으면 순발력을 발휘해야지.

"렉시는 나와 시간을 보낼 필요가 있고, 난 그 애와 관계를 형성해 가야 해. 난 어린 여자 아이에 대해선 잘 몰라."

그는 어깨를 으쓱하며 털어놓았다.

"하지만 그 주제에 관해 여자 박사가 쓴 책을 샀거든. 여자애가 아버지와 어떤 사이였는지가 그 애 인생에서 남자들과의 관계를 결정 짓는다고 썼더라고. 그러니까, 만약 여자애의 아버지가 없었거나 쓰레기라면, 애가 아주 인생 개판…… 아…… 망칠 수 있다고."

조지앤은 존을 한참 동안 쳐다보고는, 조심스럽게 머그잔을 카운터에 놓았다. 그녀는 그가 옳다는 것을 개인적 경험을 통해 알고 있었다. 그녀는 오랜 세월을 망쳤다. 하지만 그가 옳다고 해서 그와 휴가를 같이 보내야 한다는 소리에 넘어가진 않았다.

"렉시는 여기서도 당신을 알아 나갈 수 있어요. 우리 셋만 있으면 재난이 될 거예요."

"당신이 걱정하는 건 우리 셋이 아니야. 우리 '둘'이지."

그는 그녀를 그리고 자신을 가리켰다.

"당신과 나."

"당신과 난 잘 지내지 못하죠."

그가 넓은 가슴팍에 팔짱을 끼자 낡은 회색 티셔츠 칼라가 젖혀지며 그의 쇄골과 목 아래가 드러났다.

"내가 보기엔 당신은 우리가 너무 잘 지내게 될까 겁내는 거 같은데. 내 침대로 들어오게 될까 봐 겁내는 거야."

"헛소리 말아요."

그녀는 어이없어 눈을 굴렸다.

"난 당신을 별로 좋아하지도 않고, 요만큼도 끌리지 않는다고요."

"안 믿어."

"믿건 말건 난 신경 안 써요."

"일단 우리 둘만 남으면 나와 함께 침대로 뛰어들고픈 욕망을 누르지 못할까 봐 겁내는 거야."

조지앤은 웃음을 터뜨렸다. 존은 부자고 잘생겼다. 유명한 스포츠 스타이며 강인한 전사의 육체를 갖추었다.

하지만 그녀는 그와 침대에 뛰어들까 하는 걱정은 하지 않았다. 그가 지구에 남은 마지막 남자고 그녀의 머리에 총을 들이댄다 해도.

"당신은 정신 좀 차려야겠군요."

"내 생각이 맞는 거 같은데."

"아뇨."

그녀는 고개를 젓고 부엌에서 나갔다.

"망상도 어지간하네요."

"하지만 당신은 걱정할 거 없어,"

그가 바짝 뒤따라오며 말했다.

"난 당신에게 관심 없으니까."

조지앤은 서류가방을 들어 소파 위에 놓았다.

"당신은 아름답고 수도사를 울릴 만한 몸매지만, 난 한마디로 동하지가 않거든."

그의 단언은 그녀가 인정하고 싶은 이상으로 자존심을 찔렀다. 내심 그녀는 그가 자기를 볼 때마다 아쉬움에 가슴을 쥐어뜯기를 바랐다. 그녀를 그런 식으로 버린 그 자신을 걷어차고 싶은 기분이 되기를 바랐다. 그녀는 그를 믿지 않는다는 듯이 한쪽 눈썹을 치켜올리고 커피 테이블을 가리켰다.

"어떤 사진으로 할래요?"

"다 두고 가."

"좋아요."

어차피 집에 여벌이 있으니까.

"내 사무실에서 훔쳐 간 사진 내놔요."

"잠깐만."

그가 그녀의 팔을 잡고 눈을 들여다보았다.

"난 당신이 내 집에서 절대로 안전할 거라고 말하는 중이야. 당신이 옷을 찢어발기고 맨몸으로 돌아다닌다 한들 난 쳐다보지도 않을 거라고."

자존심을 달래기 위해 옛날의 모습이 드러나는 것을 그녀는 느꼈다. 남자에게 주는 영향 외엔 어떤 것에도 자신이 없었던 예전의 조지앤이.

"허니, 내가 만약 옷을 벗어 던지면 당신은 눈의 핏줄이 튀어나오고 심장이 마구 두근거려서, 내가 구강 인공호흡을 해 줘야 할 거예요."

"잘못 생각했어, 조지. 당신 마음을 상하게 해서 미안하지만, 난 완전 당신에게 무감각하거든."

그는 손을 내리고 그녀의 자존심을 조금 더 찔러 댔다.

"당신이 헤드락*을 걸고 혀를 내 입안에 쑤셔 넣는다 한들 내가 반응하나 보라고."

"지금 날 설득하려는 거예요, 아니면 당신 자신을 설득하려는 거예요?"

그는 그녀를 위아래로 훑어보았다.

"그냥 사실을 말하고 있는 거야."

"아―하. 자, 여기 당신에게 알려 줄 사실이 있어요."

그녀는 그를 똑같이 위아래로 좌악 훑어보았다. 그녀의 눈길은 그의 탄탄한 종아리부터 시작해서 근육질 허벅지와 허리, 넓은 가슴, 그리고 떡 벌어진 어깨와 잘생긴 얼굴로 올라갔다. 그는 남자답고 뭐랄까 땀에 젖은 듯이 보였다.

"난 차라리 한물 간 생선에게 키스하고 말겠어요."

"조지, 당신 남자친구 봤어. 당신은 이미 한물 간 생선에게 키스하고 있다고."

"당신 같은 멍청한 운동선수보단 낫지."

그의 눈이 가늘어졌다.

"정말 그렇게 생각해?"

그를 약올리고 득의양양해진 그녀는 미소지었다.

"물론이죠."

어떻게 된 일인지 그녀가 깨닫기도 전에, 존이 그녀의 허리에 팔을 감고 앞으로 홱 당겼다. 뒤통수에 말아 올린 머리칼에 그가 손가락을 쑤셔 박았다.

"입 벌리고 아―해."

---

* 상대의 머리를 팔로 감고 조르는 레슬링 기술.

그가 그녀의 입을 확 덮쳐 오며 말했다. 그녀는 놀라 헉 숨을 들이켰고 충격에 팔을 멀거니 늘어뜨린 채로 있었다. 그의 푸른 눈이 그녀의 눈을 응시하더니 그가 키스를 부드럽게 바꾸었고 그녀는 가볍게 자신의 윗입술에 닿는 그의 혀끝을 느꼈다. 그는 그녀의 한쪽 입가를 핥고 조금 빨아들였다. 그의 눈이 스륵 감기고 그는 그녀를 더 바짝 가슴으로 끌어당겼다. 따스한 전율이 그녀의 등을 타고 올라오고 머리끝이 찌릿찌릿했다. 그의 입은 뜨겁고 촉촉했으며, 미처 생각해 보기도 전에 그녀는 그에게 마주 키스하고 말았다. 혀로 그의 혀를 건드리고 열기를 조금 더 올렸다. 그런데 시작했을 때와 마찬가지로 갑자기 그가 그녀를 밀어냈다.

"봤지?"

그는 깊이 숨을 들이쉬고 천천히 내쉬었다.

"아무 것도 아니잖아."

조지앤은 눈을 깜박거리고 태연자약하게 서 있는 그를 올려다보았다. 아직도 마주 닿은 그의 입이 주는 압력을 느낄 수 있었다. 그가 그녀에게 키스했고 그녀는 그러도록 두었다.

"우리 둘이 일주일 동안 같은 집에 살지 못할 이유는 하나도 없어."

그는 엄지손가락으로 자신의 아랫입술을 문질러 붉은 자국을 지웠다.

"물론, 당신이 그 키스에서 뭔가를 느꼈다면 다르지만."

"아뇨. 아무 것도."

그녀는 그에게 장담하려 애쓰며 양쪽 입가를 올렸지만 사실 무언가를 느꼈었다. 아직까지도. 뱃속 깊이 느껴지는 무언가 따스하고 무게가 없는 것. 그녀는 자신이 그에게 키스를 허락한 이유를 알 수가 없었다. 서류가방을 낚아채고, 비명 지르거나 울거나 하는 바보짓을 저지르기 전에 나가려 문으로 향했다. 어쩌면 이미 너무 늦었는지도 모른다. 존의 키스에 반응한 것은 분명히 바보짓이었다.

차로 걸어가면서, 그녀는 허겁지겁 나오는 바람에 그가 훔쳐 갔던 사진을 잊어버렸음을 깨달았다. 그걸 가지러 돌아가진 않을 것이다. 지금은. 그리고 그와 함께 오리건에 가지도 않을 것이다. 어림도 없지. 절대. 그런 일은 없을 것이다.

존은 집 뒤에 붙은 데크에 서서 유니언 호수를 바라보았다. 그녀에게 키스를 했다. 그녀를 만졌다. 그는 후회하고 있었다. 아무 느낌도 없다고 그녀에게 말했다. 만약 그녀가 확인에 나섰더라면 거짓말이라는 걸 발견했으리라.

그는 왜 자신이 그녀에게 키스했는지 알 수가 없었다. 오리건에 있는 자신의 집에서 그녀가 안전할 거라 보증하고 싶었다는 걸 제외하면. 아니면 그녀가 차라리 한물 간 생선에게 키스하겠다고 그래서였는지도 모르겠다.

하지만 제일 큰 이유는 그녀가 근사하고 섹시하며 파란 레이스 가터를 입었고, 그녀의 입술을 얼른 맛보고 싶었기 때문이었다. 그냥 짧은 키스 한 번. 단지 실험을 위해서. 원한 것은 그뿐이었다. 그런데 그 이상을 얻었다. 확 치솟는 욕망과 사타구니의 욱신거림을 얻었다. 이 빌어먹을 갈망을 기분 좋게 해결할 방법이라곤 없었다.

존은 신발을 벗어 던지고 차가운 물 속으로 뛰어들어 몸을 식혔다. 똑같은 실수를 다시 저지르진 않으리라. 키스는 그만. 손대기도 그만. 벌거벗은 조지앤을 생각하는 것도 그만.

12

조지앤은 존의 휴가 계획에 찬성할 생각이 없었다. 캐넌 해변에 안 가겠다는 뜻을 고수할 작정이었다. 가공의 아빠 앤서니에 대한 렉시의 관심만 없었더라면.

샌환 섬 근처로 배를 타러 갔던 날 렉시의 질문은 시작되었다. 찰스와 앰버를 같이 본 것이 아이의 호기심을 자극한 모양이었다. 어쩌면 아이의 나이 때문인지도. 주기적으로 렉시는 늘 앤서니에 대해 물어봤지만, 조지앤은 처음으로 이야기를 꾸며내지 않고 대답하려 노력했다. 그러다가 존에게 전화해서 오리건에서 만나자고 말해 버렸다. 만약 렉시가 존과 서로를 알아가야 한다면, 그가 아빠라는 걸 듣기 전에 그와 함께 시간을 보낼 필요가 있었다. 조지앤은 캐넌 해변 시내로 차를 몰아가며, 자신이 엄청난 실수를 저지르는 것이 아니길 바랐다. 존은 그녀를 자극하지 않겠다고 약속했지만 그녀는 그를 진정으로 믿진 않았다.

"최고로 정중하게 행동할게,"

그는 약속했다.

그래. 그렇기도 하겠다. 차라리 코끼리들이 나무 위에 앉는다는 말을 믿지.

그녀는 옆자리에 안전벨트를 하고 앉은 딸을 돌아보았다. 렉시는 인형 그림을 꼼꼼히 색칠하고 있었으며, 스마일리 얼굴이 그려진 검은 야구모자가 이마를 덮고 어린이용 파란 선글라스가 눈을 가리고 있었다. 토요일이라 아이의 입술은 선명한 빨간색으로 칠해져 있었다. 그리고 이제야 겨우, 그 조그만 빨간 입술은 움직임을 멈추었고 정적이 현대 차의 안을 메우고 있었다.

여행은 유쾌하게 시작되었으나, 타코마 어디쯤에서부터 렉시가 노래하고…… 노래하고…… 노래하기 시작했다.

아이는 『마법 용 퍼프』의 가사 중 아는 부분과 『우리 서로 학교 길에』를 불러 댔다. 또한 『텍사스의 마음 깊숙이』를 기운차게 불러 대고 여느 자부심 강한 텍사스인처럼 열심히 박수를 쳐 댔다. 불행히도 아이는 애스토리아까지 내내 노래를 불렀다.

조지앤이 렉시를 무사히 대학으로 떠나 보낼 날까지의 남은 햇수 계산을 막 마쳤을 때 노래가 멈췄고 조지앤은 렉시를 집에서 내몰은 고약한 엄마가 된 기분이었다.

그러나 그때서부터 질문이 시작되었다.

"우리 아직 다 안 왔어?", "얼마나 더 가?", "여긴 어디야?", "엄마 내 담요 안 잊어 먹고 챙겼어?" 애스토리아에서 시사이드까지, 아이는 자기가 잘 곳과 존의 집 욕실 개수를 놓고 걱정했다. 붙이는 인조 손톱을 챙겼는지 기억이 안 난다 그리고 닷새 동안 가지고 놀 만큼 바비 인형을 넉넉히 챙겼나 안달복달했다. 물놀이용품을 챙기긴 했는데, 내내 비가 오면 어쩌지? 그리고 이웃에 아이들이 있을까? 몇 명이나 있고 몇 살일까?

캐넌 해변을 지나며, 그녀는 북서부 해안에 점점이 자리잡은 수많은 예술가 공동체들을 떠올렸다. 스튜디오와 카페, 선물가게가 중심가에 줄지어 섰다. 상점 전면은 가라앉은 파란색과 회색 녹색을 차려 입었고 고래와 불가사리가 어디에나 그려져 있었다. 인도는 관광객들로 가득했고 색색의 깃발이 늘 부는 산들바람에 펄럭였다.

　그녀는 차 안 라디오 위의 디지털 시계에 눈길을 던졌다. 시간을 준수하도록 교육받았고 보통 제때 도착하지만 오늘은 대략 반 시간쯤 일찍 왔다. 타코마와 기어하트 사이 어디쯤에서 액셀러레이터를 밟은 발에 힘이 들어가 버렸던 것이다. 『우리 서로 학교 길에』와 『아직이야?』를 아이가 불러 대는 동안 현대 차를 시속 135킬로미터가 넘게 밟았다. 경찰에게 걸려 딱지를 뗄 가능성은 걱정이 되지 않았다. 오히려 성인과 대화할 기회라고 반겼을 터였다.

　그녀는 존이 그려 준 지도를 보고 해변가 리조트들 사이에 끼인 풍파에 시달린 집들을 지나쳤다. 시원시원하게 갈겨쓴 그의 글씨를 읽느라 속도를 줄였다가, 그늘진 도로로 접어들어 지시대로 곧장 직진하여 쉽게 집을 찾았다. 그녀는 가파른 흰색 목조 지붕 단층집의 진입로에 주차된 존의 짙은 녹색 레인지 로버 옆에 현대 차를 세웠다. 옹이투성이의 소나무와 아카시아가 목조 포치에 그늘을 드리워 옅은 잿빛으로 물들였다. 그녀는 짐을 차에 둔 채 렉시의 손을 잡고 현관으로 걸어갔다. 한 걸음 한 걸음마다 조지앤의 심장은 속도를 더했다. 한 걸음 한 걸음마다 큰 실수를 저지르는 것이 아닐까 하는 걱정이 커져 갔다.

　그녀는 벨을 누르고 몇 번 노크했다. 아무도 대답하지 않았다. 지도를 들여다보고 그녀는 찬찬히 다시 읽었다. 만약 직접 그린 것이었다면 또 숫자를 바꿔 쓴 게 아닐까 하는 익숙한 불안함이 가슴을 무겁게 짓눌렀을 터였다.

　"아저씨가 낮잠 자고 있을지도 몰라,"

　렉시가 의견을 내놓았다.

　"우리가 들어가서 깨울까."

　"그래, 봐서."

　조지앤은 집의 번지수를 다시 보고, 집 앞에 못 박힌 우편함으로 가서 뚜껑을 열었다. 안을 들여다보며 이웃이나 총기를 휴대한 우편

배달원이 보고 있지 않기를 빌었다. 그녀는 존 앞으로 온 광고 우편물을 꺼내 들었다.

"아저씨가 까먹었을까?"

렉시가 물었다.

"아니었으면 좋겠구나."

조지앤은 대꾸하며 손잡이를 돌려 문을 열었다.

만약 그가 잊어버렸다면? 만약 그가 집안 어딘가에서 자고 있다면? 혹은 여자와 샤워를 하고 있다면? 그녀는 조금 일찍 도착했다. 만약 그가 어떤 순진해 빠진 여자와 침대에서 한창 뒤얽혀 있다면 어쩌지?

"존?"

그녀는 소리쳐 부르고 현관 안으로 발을 디뎠다. 샴페인색의 푹신한 카펫에 발이 파묻혔고, 렉시를 바로 뒤에 데리고 조지앤은 거실로 들어갔다. 집이 앞에서 본 것처럼 단층이 아님을 즉각 깨달았다. 그녀의 왼쪽으로는 아래로 향하는 계단이 있었고 오른쪽엔 식당 위의 이층으로 올라가는 계단이 있었다. 집은 해변과 바다를 내려다보는 언덕 중턱에 지어졌으며, 후면 벽 전체는 표백된 오크목 창틀을 두른 커다란 창문으로 되어 있었다. 세 개의 천창이 거실 위의 천장을 차지하고 있었다.

"우와."

렉시가 감탄하며 제자리에서 빙그르르 돌았다.

"존 아저씨 부자야?"

"그런가 보다."

가구는 현대적이었고 주로 표백된 목재와 철 소재였다. 짙은 청색 천을 씌운 쿠션 소파가 바다 경치나 왼쪽 벽의 벽난로를 바라볼 수 있는 각도로 놓여 있었다. 벽난로 맨틀 위에는 존의 할아버지가 플로리다 만의 커다란 관광객 촬영용 모형 생선 옆에 서서 찍은 사진이 놓여 있었다. 어니를 본 지는 아주 오래되었지만 조지앤은 금방 알아보았다.

"존 아저씨 어디서 넘어진 거 아닐까?"

렉시는 거실과 식당으로 통하는 미닫이 유리문으로 향했다.

"다리가 부러지거나 아님 다쳤을지도 몰라."

둘은 집을 빙 두르고 있는, 해변으로 내려가는 데크를 내다보았다. 데크 아래로는 헤이스택 바위가 맑고 푸른 하늘을 배경으로 우뚝 솟아 있었다. 거대한 바위의 위쪽 절반에 달라붙은 초목 위로 바닷새들이 빙빙 맴돌았고 쉴새없는 끼룩끼룩 소리가 파도소리와 어우러졌다.

"존 아저씨!"

렉시가 목소리를 높여 불렀다.

"어디 있어요?"

조지앤이 미닫이문을 열자 짠내와 해초 내음 그리고 바닷소리를 실은 바람이 불어 들어왔다. 데크로 나서서 깊이 숨을 들이쉬고 천천히 내뱉었다. 어쩌면 이렇게 근사한 곳에 위치한 이렇게 아름다운 집에서 일주일을 보내는 건 그렇게 힘든 일이 아닐지도 모른다. 존의 매력에 홀려 그의 호감도가 올라가게 두지만 않는다면, 그리고 그가 입술 단속을 한다면, 그럼 이 여행은 크나큰 실수가 되지 않을지도 모른다.

발 아래 샌들 바닥을 통해 조지앤은 쿵쿵쿵 하는 묵직한 울림을 느꼈다. 계단을 올라오는 일정한 발소리를 듣자 그녀는 속이 조금 두근거렸다. 이내 존이 한 칸씩 솟아올랐다. 노란색 헤드폰을 땀에 젖은 머리칼 위로 썼고, 얼굴 아래쪽 절반은 짙은 수염 그루터기로 뒤덮여 있었다. 이어 떡 벌어진 어깨와 강건한 가슴이 나타났다. 그는 아랫단을 전정가위로 잘라 낸 듯한 헐렁한 메쉬 소재 탱크탑을 입고 있었다. 조지앤은 그가 뭐하러 저걸 입는 수고를 했을까 싶었다. 그의 배는 평평했고 배꼽 주위에 소용돌이치다가 화살 모양을 그리며 남색 러닝 반바지 속으로 사라지는 짧고 짙은 털 외엔 맨살이었다. 허벅지는 근육 때문에 두꺼웠고 다리는 길고 그을려 있었다.

"일찍 왔네."

그녀는 그가 숨을 고르려 애쓰며 하는 말을 들었다. 그녀가 올려다보자 그는 헤드폰을 내려 목에 걸었다. 그는 손목 쪽으로 돌아간 스포츠 시계를 쳐다보았다.

"그럴 줄 알았으면 여기 있었을 텐데."

"미안해요."

그녀는 그의 모습에 빨개지지 않으려 애썼다.

난 성인이야. 근사하고 땀투성이에 반쯤 벌거벗은 남자를 상대할 수 있어. 단연코 존 코왈스키를 상대할 수 있지. 아무렴.

그를 완전 '머리 막 뻗친 날'로 생각하면 되는 거다. 말 안 듣고, 짜증스럽고, 진짜 엉망진창인.

"가속 페달 밟은 발에 힘이 들어가서요."

"온 지 얼마나 됐어?"

그가 난간에 걸린 하얀 수건으로 손을 뻗었다. 막 샤워하고 나온 듯이 얼굴과 머리칼을 닦아 내더니, 그의 머리 전체가 두꺼운 순면 아래로 사라졌다.

"몇 분밖에 안 됐어요."

"으응, 우린 아저씨가 넘어져서 다친 줄 알았어요."

렉시는 그의 배에 정신이 팔려 있었다. 태어나서 이때까지 렉시는 반쯤 벗은 남자를 가까이서 본 적이 없었다. 아이는 맨살과 털을 응시하곤 좀더 잘 보려 뒤로 한 걸음 물러났다.

"난 아저씨 다리가 부러졌든가 아님 다쳤나 했어요."

그의 머리가 수건 아래에서 솟아 나왔다. 그는 렉시를 쳐다보고 미소지었다.

"만약을 대비해서 밴드를 준비해 놨어?"

그는 수건을 목에 걸고 양끝을 손으로 붙들고 물었다.

아이는 고개를 도리질했다.

"아저씨 배 털 많네요. 진짜 북실북실해!"

렉시는 말하곤 난간으로 돌아섰다. 아이의 관심은 금세 저 아래 해변에서 벌어지는 일들로 쏠렸다.

그는 아래를 내려다보고 커다란 손을 단단한 배에 가져다 댔다.

"그렇게 심하다곤 생각 안 하는데."

그는 배를 손으로 문지르며 말했다.

"훨씬 심한 남자들도 있는 걸. 최소한 난 등에는 털이 없다고."

조지앤은 그의 손이 배 아래쪽으로 미끄러져 내려가는 것을 지켜보았고, 그의 긴 손가락이 짧은 털 사이로 파고들자 기억이 그녀의 머릿속에 신기루처럼 펼쳐졌다. 자신이 그를 만졌던, 따스하고 기운 찬 그를 자신의 손 아래 느꼈던 그 오래전 밤을 기억했다.

"뭘 쳐다보고 있어, 조지앤?"

그녀는 그의 가슴에서 눈으로 눈길을 올렸다. 들켰다. 창피하고 미안한 척 할 수도 있고 아니면 거짓말을 할 수도 있었다.

"당신 신발을 확인 중이었어요."

그는 조용히 큭큭댔다.

"내 물건을 확인 중이었겠지."

아니면 그냥 사실을 인정할 수도 있겠군.

"한참 운전했어요."

그녀는 어깨를 으쓱했다.

"난 가서 우리 짐을 차에서 꺼내 올게요."

존이 그녀 앞에 나섰다.

"내가 가져오지."

"고마워요."

그는 문을 밀어 열었다.

"뭘."

그는 거만한 미소를 지으며 말하곤 거실을 가로질렀다.

"아, 존 아저씨!"

렉시가 소리치며 엄마를 앞질러 달려가, 조지앤이 그들 뒤를 따라오게 했다.

"나 롤러 스케이트 가져왔어요. 그리고 있지있지."

"뭐가?"

"엄마가 나 바비 무릎 보호대 새로 사 줬어요."

"바비?"

"응."

그는 현관문을 열었다.

"근사하구나."

"그리고 또 있죠."

"뭐가?"

"새 선글라스도 있어요."

아이는 파란 안경테를 벗어서 허공에 들어 보였다.

"그죠?"

존은 아이를 향해 돌아섰다.

"이야, 그거 진짜 멋진데."

그는 멈춰 서서 아이의 얼굴을 들여다보았다.

"여기 있는 동안 그 보라색을 온통 얼굴에 바르고 있을 거냐?"

그는 덕지덕지 발라 댄 아이의 아이새도를 두고 물었다.

렉시는 고개를 끄덕였다.

"토요일하고 일요일엔 발라도 돼요."

그는 현대 차 뒤로 가서 말했다.

"글쎄, 지금은 휴가 중이니까 그 메이크업도 잠깐 쉴 수 있지 않을까."

"싫어요. 난 좋은 걸. 내가 젤 좋아하는 거라고요."

"난 개하고 고양이가 네가 제일 좋아하는 건 줄 알았는데."

"음, 메이크업은 내가 가질 수 있는 것 중에서 젤 좋아하는 거예요."

그는 무겁게 포기의 한숨을 내쉬며 수트케이스 두 개와 장난감이

든 더플백을 차 뒷자리에서 끌어냈다.

"이게 다야?"

그가 물었다.

조지앤은 미소짓고 차 트렁크를 열었다.

"젠장."

존은 욕설을 중얼거리며 수트케이스 세 개, 두 벌의 노랑 비옷, 커다란 우산 하나, 그리고 바비의 미용실을 쳐다보았다.

"집안 살림을 다 싸 왔어?"

"이게 원래 짐에서 줄이고 또 줄인 거라고요."

그녀는 말하고 비옷과 우산을 챙겼다.

"제발 렉시 앞에선 욕하지 말아요."

"내가 욕을 했나?"

존은 결백한 척 물었다.

렉시는 깔깔대며 바비의 미용실을 들었다.

조지앤과 렉시는 그를 따라 도로 집으로 들어가 아래층으로 내려갔다. 그는 베이지색과 녹색으로 장식된 손님 침실로 그들을 데려다 놓곤, 짐을 마저 가져오러 나갔다. 그런 다음 그는 아래층을 후딱 안내했다. 웨이트 기구와 운동 기구로 가득한 방이 손님방과 침실을 갈라놓고 있었다.

"난 샤워 좀 해야겠어."

렉시가 방 세 개를 전부 조사한 후 그들이 복도로 나서자 존이 말했다.

"내가 나온 다음, 당신이 원한다면 같이 파도 웅덩이나 구경하러 나가자고."

"우린 먼저 나가고 밖에서 만나도 되잖아요."

조지앤은 구름이 끼기 전에 해가 나 있을 때를 놓치고 싶지 않아 그렇게 제안했다.

"괜찮겠네. 비치 타월 필요해?"

조지앤은 걸스카우트 단원이었던 적은 없었지만 보통 모든 상황에 대비하곤 했다. 그래서 타월도 챙겨 왔다. 존이 가 버린 후, 렉시와 조지앤은 옷을 갈아입었다. 렉시는 핑크색과 빨간색 체크무늬 투피스 수영복을 입고, '텍사스한테 까불지 마' 티셔츠를 머리 위로 뒤집어 썼다.

조지앤은 오렌지와 노란색으로 홀치기 염색한, 허리를 끈으로 묶는 반바지와, 배가 드러나는 홀터탑 그리고 좀 노출이 심한 기분이 들어서 가벼운 면 블라우스를 걸쳤다. 노란 천은 그녀의 엉덩이를 가렸고 그녀는 단추를 채우지 않은 채 두었다. 그녀와 렉시 둘 다 테바 스포츠 샌들을 신고, 비치 타월과 자외선차단제를 집어들고는 밖으로 나섰다.

존이 바닷가에서 그들과 합류할 무렵엔, 렉시는 부서진 성게, 조개 껍데기 한 쪽, 그리고 조그만 게의 집게발을 찾아내었다. 아이는 핑크색 양동이에다 그걸 담고 조지앤의 옆에 쭈그리고 앉아 썰물에 드러난 많은 조그만 바위 중 하나에 달라붙은 말미잘을 관찰했다.

"만져 봐,"

조지앤이 아이에게 말했다.

"끈적거린다."

렉시는 고개를 도리질했다.

"끈적이는 거 알아, 그치만 만지기 싫어."

"안 물어."

존이 두 사람에게 그림자를 드리우며 말했다.

조지앤은 위를 올려다보고 천천히 일어섰다. 존은 면도하고 베이지색 카고 반바지와 올리브색 티셔츠로 갈아입었다. 그는 깨끗하고 캐주얼해 보였으나, 전적으로 점잖아 보이기엔 너무 거칠고 너무 감각적이었다.

"저게 자기 손가락을 붙들고 안 놔줄까 봐 무서운가 봐요."

조지앤이 말했다.

"아냐, 안 무서워."

렉시는 부정하고 다시 고개를 저었다. 아이는 일어나서 삼십 미터 쯤 떨어진 헤이스택 바위를 가리켰다.

"나 저기 가 보고 싶어."

세 사람은 함께 거대한 바위로 향했다. 존은 렉시가 바위에서 바위로 건너뛰도록 도왔고, 아이의 짧은 다리론 좀 벅차게 지형이 험해지자 렉시가 무게라곤 하나도 안 나가는 듯이 번쩍 안아 올려 자기 어깨에 태웠다.

렉시는 존의 머리 양옆을 잡았고 아이의 양동이가 휙 흔들리며 그의 오른쪽 뺨을 쳤다.

"엄마, 나 붕 떴어!"

아이가 소리질렀다.

존과 조지앤은 서로를 쳐다보고 웃음을 터뜨렸다.

"딱 엄마들이 듣고 싶어할 소리로구나."

그녀가 말했다.

그들의 웃음소리가 사그러들어 파도소리에 묻힌 후에도 존의 미소는 남아 있었다.

"난 당신이 원피스나 스커트만 입는다는 생각이 들기 시작하던 차였지 뭐야."

그는 렉시의 발목을 감아쥐며 말했다.

그녀는 그가 알아챘다는 데 놀라지 않았다. 그는 그런 부류의 남자니까.

"난 보통 반바지나 바지는 안 입어요."

"왜?"

조지앤은 정말이지 그 질문에 대답하고 싶지 않았다. 허나 렉시는 개인 정보를 제공하는 데 전혀 거리낌이 없었다.

"엄마는 엉덩이가 크니까."

존은 렉시를 올려다보고 햇살에 눈을 찌푸렸다.

"정말?"

렉시는 고개를 끄덕였다.

"응. 엄마는 늘 그렇게 말해요."

조지앤은 얼굴이 달아오르는 것을 느꼈다.

"그 얘기는 하지 말죠."

존은 그녀의 노란 셔츠 자락을 붙잡아 들어 올리고, 좀더 잘 보려 고개를 옆으로 기울였다.

"커 보이지 않는데."

그는 마치 날씨 얘기라도 하는 것마냥 태연하게 말했다.

"나한테는 상당히 근사해 보이는 걸."

조지앤은 가슴속에 움튼 기쁨의 불꽃에 좀 당혹스러웠다. 그녀는 그의 손을 쳐내고 셔츠 자락을 끌어내렸다.

"글쎄, 크다니까요."

그녀는 말하고 존 옆으로 돌아 그와 렉시를 앞서갔다. 그녀는 7년 전 그가 반드르르한 칭찬으로 자신의 머리를 뒤죽박죽 만들어 놨을 때 무슨 일이 벌어졌는지 기억했다. 모든 남부 소녀들은 미인대회 여왕이 되기를 꿈꾸고, 그는 아주 약간의 노력으로 그녀로 하여금 미스 텍사스가 된 기분이 들게 했다. 그녀는 좋아라 그의 침대에 뛰어들었다. 중간 크기의 돌 옆으로 돌아가면서, 그녀는 그가 매력적일 수도 있으되 또한 아주 고약해질 수도 있다는 사실을 명심했다.

바위의 기반에 다다르자 세 사람은 탐험에 나섰다. 존은 렉시를 땅에 내려놓았고 그들은 함께 일반적인 바다 생물들을 관찰했다. 하늘은 여전히 구름 한점 없었고 화창했다.

조지앤은 존과 렉시가 같이 있는 모습을 지켜봤다. 그들이 오렌지색과 빨간색의 불가사리, 홍합, 그리고 끈적이는 말미잘들을 찾아내는 것을 지켜보았다. 파도 웅덩이 위로 둘이 짙은 머리를 한데 모으고 있는 것을 지켜보며 불안함을 누르려 애썼다.

"애 길을 잃어버렸어."

조지앤이 파도 웅덩이 앞 아이 옆에 쪼그리고 앉자 렉시가 말했다.

"뭐가?"

그녀는 물었다.

렉시는 맑고 차가운 물 속에서 헤엄치고 있는 갈색과 검은색의 작은 물고기를 가리켰다.

"아기인데 엄마가 가 버렸어."

"아기 같지 않은데,"

존이 말했다.

"그냥 작은 물고기일 거다."

아이는 고개를 도리질 쳤다.

"아냐, 존 아저씨. 얘는 아기야."

"음, 물이 다시 들어오면 엄마가 와서 데려갈 거야."

조지앤은 렉시가 너무 속상해 하기 전에 막으려 딸을 안심시켰다. 고아에 관해서라면 렉시는 아주 감정적이 되곤 했다.

"아냐."

아이는 다시 고개를 저었고 턱이 바르르 떨렸다.

"얘네 엄마도 길을 잃어버린 거야."

렉시에겐 편모 하나뿐인데다 매 외에는 가족이라 할 만한 사람이 없었기에, 조지앤은 렉시의 영화와 비디오에 나오는 아이나 동물들이 전부 엄마나 아빠가 있게끔 주의 깊게 골랐다. 지난번 생일 조지앤은 자기가 영화 『베이브』를 볼 만큼 컸다는 렉시의 설득에 넘어갔었다. 중대한 실수였다. 렉시는 그 뒤 꼬박 일주일을 울어 댔다.

"엄마를 잃어버린 거 아니야. 물이 다시 들어오면 집에 갈 수 있어."

"아냐, 잃어버린 게 아니면 엄마는 아기를 두고 가지 않는단 말야. 이 아기 물고기는 이제 집에 못 가."

렉시는 이마를 한쪽 무릎에 댔다.

"얘는 엄마 없이 죽을 거야."

아이는 눈을 꽉 감았고 눈물 한 방울이 콧날을 따라 흘러내렸다.

조지앤은 렉시의 수그린 머리 위로 존을 쳐다보았다. 그는 짙은 푸른 눈에 절박함을 담아 마주 보았다. 그녀가 뭐든 어떻게 해 주기를 바라는 게 분명했다.

"틀림없이 얘네 아빠가 저기서 헤엄치며 얘를 찾고 있을 거야."

렉시는 곧이듣지 않았다.

"아빠는 아기한테 신경 안 써."

"당연히 신경 쓰고말고."

존이 말했다.

"내가 아빠 물고기라면 내 아기를 찾아 헤매고 있을 거다."

렉시는 고개를 돌려 얼마간 존을 쳐다보며, 그의 말을 마음속으로 곰곰이 되새겼다.

"아저씨라면 찾을 때까지 돌아다닐 거예요?"

"물론이지."

그는 조지앤을 잠깐 쳐다보고 다시 렉시에게 눈길을 주었다.

"나한테 아기가 있다는 걸 안다면 영원토록 찾아다닐 거야."

렉시는 코를 훌쩍이고 도로 맑은 물을 응시했다.

"물이 다시 들어오기 전에 애가 죽으면 어떡해?"

"흐음."

존은 렉시의 양동이를 가져가더니 조개껍질을 쏟아 버리고, 작은 물고기를 퍼담았다.

"뭐 하는 거예요?"

렉시가 물었다. 세 사람은 일어섰다.

"네 꼬마 물고기를 아빠한테 데려다 주는 거지."

그는 말하고 파도를 향해 돌아섰다.

"엄마하고 같이 있어라."

조지앤과 렉시는 평평한 바위 위에 서서 존이 파도를 헤치고 나아가는 것을 지켜보았다. 잔잔한 물결이 그의 허벅지까지 차 올랐고,

그녀는 차가운 물이 그의 반바지 아랫단을 적시자 그가 헉 소리를 내는 것을 들었다. 그는 주위를 둘러보곤, 잠시 후 조심스레 양동이를 바닷물 속으로 내렸다.

"아기가 아빠 물고기를 찾았을까?"

렉시가 걱정스레 물었다.

조지앤은 조그만 핑크색 양동이를 든 남자를 응시하며 대꾸했다.

"그럼, 분명히 찾았을 거야."

그가 그들을 향해 걸어왔다. 얼굴에는 미소가 떠올라 있었다. '철벽' 존 코왈스키, 덩치 큰 악당 하키선수, 어린 여자애와 조그만 물고기의 영웅은 방금 그녀의 호감도 차트에서 '머리 뻗친 날'을 훌쩍 넘어 버렸다.

"아빠를 찾았어요?"

렉시가 바위에서 폴짝 뛰어내리며 물이 무릎에 차는 데까지 나아갔다.

"그래, 아기를 보고 어찌나 좋아하던지."

"걔네 아빠인 걸 어떻게 아는데요?"

존은 렉시에게 양동이를 돌려주곤, 아이의 고사리손을 잡았다.

"똑같이 생겼으니까."

"아, 응."

아이는 고개를 끄덕였다.

"아기를 봤을 때 아빠가 어떻게 했어요?"

그는 조지앤이 서 있는 바위 앞에 멈춰 서서 그녀를 올려다보았다.

"응, 공중으로 팔짝 뛰어올랐다가, 자기 아기가 무사한지 확인하려고 그 주위를 빙글빙글 돌더라."

"나도 봤어요."

존이 웃음을 터뜨리자 눈가에 잔주름이 잡혔다.

"정말? 이 멀리서?"

"응. 나 꽁꽁 얼어서 수건 가지러 갈래."

아이는 종알거리곤 해변을 향했다.

조지앤은 그의 얼굴을 쳐다보고 그의 미소에 미소로 답했다.

"영웅이 된 기분이 어때요?"

그녀는 물었다.

존은 조지앤의 허리를 잡아 가볍게 바위에서 들어올렸다. 그녀의 양손은 그의 어깨를 움켜쥐었고 그는 그녀를 얼음장 같은 파도 속에 내려놓았다. 물결이 그녀의 종아리에 휘감기고 산들바람이 머리칼을 흩트렸다.

"내가 당신의 영웅이야?"

그의 목소리는 깔리듯 낮고 비단결 같았다. 위험했다.

"아뇨."

그녀는 그의 단단한 어깨에서 손을 내리고 한 걸음 물러섰다. 그는 크고 강인한 남자였으나, 렉시에겐 아주 다정하고 상냥했다. 그는 기름을 바른 듯이 약았고, 조심하지 않으면 그녀로 하여금 그 고통스런 과거를 잊게 만들지도 모른다.

"난 당신을 안 좋아하잖아요, 기억나요?"

"어—허."

그의 미소는 그녀를 조금도 믿지 않는다고 말하고 있었다.

"우리가 코팔리스 해변에 있었을 때 기억나?"

육지 쪽을 향해 돌아선 조지앤의 눈에 해변을 올라가는 렉시가 들어왔다.

"그게 뭐가요?"

"당신이 날 증오한다고 말한 다음에 무슨 일이 벌어졌나 봐."

파도를 헤치고 나아가면서 그는 시야 한구석으로 그녀를 보았다.

"그럼 당신이 내게 전혀 매력을 느끼지 못해서 잘됐네요."

그는 그녀의 가슴을 흘끔 쳐다보다가 뭍으로 다시 눈길을 돌렸다.

"그래, 잘됐지."

집으로 돌아온, 존은 점심을 만들겠다고 우겼다. 그들은 식탁에 앉

아 새우 칵테일, 신선한 과일, 크랩 샐러드를 채운 납작한 빵을 먹었
다. 존이 정리하는 것을 렉시와 함께 돕던 조지앤은 그의 자동응답기
옆 구석에 처박힌 음식점 봉투를 봐 버렸다.

　네 시쯤 되자 렉시와 함께 차에서 보낸 오전과 여행으로 인한 불
안으로 조지앤은 기진맥진했다. 데크에서 푹신한 긴의자를 찾아내어
렉시를 무릎에 앉히고 몸을 말았다. 존은 그녀 옆의 의자를 차지했고,
세 사람은 충만함에 젖어 바다를 응시했다. 그녀에겐 가야 할 곳도
해야 할 일도 없었다. 그저 평온함을 만끽했다. 비록 옆에 앉은 남자
를 마음 편한 상대라고 할 수야 없지만―존의 존재감은 너무나 컸고,
그들 사이엔 아픈 과거가 너무 많았다―해변의 이 집은 그가 그녀를
자극하려 기를 썼던 때의 긴장된 순간을 만회하고도 남았다.

　잔잔한 소리와 가벼운 산들바람이 조지앤을 잠으로 끌어들였고,
그녀가 깨어났을 때는 혼자뿐이었다. 손으로 짠 담요가 그녀의 다리
를 덮고 있었다. 그녀는 담요를 밀치고 일어나 뻑적지근한 몸을 기지
개를 켜서 풀었다. 해변에서 나는 목소리가 바람결에 실려 왔고 그녀
는 난간으로 가 몸을 내밀었다. 존과 렉시는 해변에 있지 않았다. 손
을 움직이다 뾰족한 가시가 중지에 박혔다. 손가락이 욱신거렸지만
더 시급한 걱정거리가 있었다.

　조지앤은 설마 존이 그녀에게 묻지도 않고 렉시를 어디로든 데려
갔으리라곤 생각지 않았다. 그러나 그는 그녀의 허락을 받아야 한다
고 생각할 부류의 남자가 아니었다. 만약 그가 그녀의 딸과 함께 가
버렸다면, 그녀 손에 죽어도 마땅할 일이었다. 하지만 결국 그녀는
그를 죽이지 않아도 되었다. 아래층 운동기구 방에서 렉시와 존을 발
견했다.

　존은 구석의 최신형 실내 자전거에 앉아서 꾸준한 속도로 페달을
밟고 있었다. 그의 눈길은 손을 머리 아래 받치고 더럽고 조그만 한
쪽 발을 굽힌 무릎 위에 얹은 채 누워 있는 렉시에게 가 있었다.

　"어째서 그렇게 빨리 타요?"

렉시가 물었다.

"스태미나에 도움이 되거든."

앞바퀴 돌아가는 나직한 웅웅 소리 위로 그가 대꾸했다. 그는 아직 아까 입고 있던 올리브색 티셔츠 차림이었고, 짧은 한순간 조지앤은 그의 탄탄한 허벅지와 종아리에 눈길을 향한 채 그를 쳐다보는 즐거움에 빠져들었다.

"스탬—나가 뭐예요?"

"지구력이지. 기운 빼지 않고 어린 녀석들에게 얼음판 위에서 본때를 보여 주려면 필요한 거야."

렉시가 헉 숨을 들이쉬었다.

"아저씨 또 그랬어."

"뭘?"

"욕했어요."

"내가?"

"응."

"미안. 노력할게."

"아까도 그렇게 말했으면서."

렉시가 바닥에서 투덜거렸다.

그는 미소지었다.

"더 열심히 하겠습니다, 코치."

렉시는 잠깐 조용하더니 말했다.

"있잖아요, 아저씨."

"응?"

"우리 엄마도 이런 자전거 있는데."

아이는 존 쪽을 가리켰다.

"그치만 엄마는 그거 안 타는 거 같아."

조지앤의 실내 자전거는 존의 것 같지 않았다. 그렇게 비싼 것이 아니었고, 렉시 말마따나 이젠 타지 않았다. 사실 제대로 탄 적이 없었다.

"얘,"

그녀는 안으로 들어서며 말했다.

"난 그 자전거 늘 쓰고 있어. 셔츠걸이로 아주 유용하다고."

렉시는 고개를 돌리고 미소지었다.

"우린 운동 중이야. 내가 먼저 탔고 이젠 존 아저씨 차례."

존이 그녀 쪽을 쳐다보았다. 자전거 페달이 멈추었지만 바퀴는 계속 돌아가고 있었다.

"그래. 알겠구나."

그들을 찾기 전에 머리를 빗을걸 그랬다고 그녀는 생각했다. 틀림없이 끔찍해 보이겠지.

존은 그렇게 생각하지 않았다. 그녀는 흐트러지고 잠기운에 발그레해 보였다. 평상시보다 목소리가 약간 낮았다.

"낮잠 잘 잤어?"

"내가 그렇게나 피곤한 줄도 몰랐어요."

그녀는 손가락으로 머리를 빗고 고개를 흔들었다.

"흠, 이리 튀고 저리 튀는 꼬맹이하고 발을 맞추려면 진이 빠지지."

그는 그녀가 일부러 저렇게 머리를 흔드는 걸까 궁금했다.

"아주."

조지앤은 렉시에게로 다가가 아이를 일으켰다.

"존 아저씨 운동 끝내게 우린 가서 할 거 찾아보자."

"나 끝났어."

그는 일어서면서 눈길을 가슴 위쪽으로 올려 그녀의 가슴 골짜기를 사춘기 남자애 마냥 빤히 쳐다보지 않으려 애썼다. 그녀의 몸을 흘끔거리다 들켜서 변태스런 놈으로 여겨지고 싶진 않았다. 그녀는 그의 아이의 어머니이며, 비록 그녀가 딱히 무슨 말을 한 적은 없지만 그는 그녀가 자신을 높게 평가하지 않는다는 것을 알고 있었다.

어쩌면 그렇게 생각되어도 할 말이 없을지도.

"사실 오늘은 이걸 할 계획이 없었는데, 당신을 기다리다 렉시와 난 좀 지루해져서. 실내 자전거를 타든가 아니면 바비의 미용실 놀이를 하든가 둘 중에 하나였거든."

"당신이 바비 인형을 갖고 노는 건 상상이 안 돼요."

"그 점에서 우리 의견이 일치하는군."

하지만 그의 좋은 결심엔 딱 하나 문제가 있었다. 그녀가 입고 있는 홀터탑이 그의 의지력을 스르륵 짜내고 있었다. 슈퍼맨과 크립토나이트*의 관계 같다고나 할까.

"렉시하고 난 저녁으로 생굴을 먹을까 하던 중이었어."

"생굴?"

조지앤은 렉시에게로 관심을 돌렸다.

"넌 생굴 안 좋아할 텐데."

"으응. 존 아저씨가 나도 좋아할 거랬어."

조지앤은 반박하지 않았으나, 한 시간 후 해산물 레스토랑에 앉아, 렉시는 메뉴판의 굴 사진을 보자마자 코에 주름을 잡았다.

"우웩이야."

웨이트리스가 테이블로 오자, 렉시는 '갓 구운' 빵으로 한 치즈 토스트, 다른 접시에 따로 담은 프렌치 프라이 그리고 하인츠 케첩을 주문했다.

웨이트리스는 조지앤에게로 주의를 돌렸고, 존은 물러나 앉아 그녀의 남부 매력과 백만 와트짜리 미소의 위력을 구경했다.

"아가씨가 무척 바쁘다는 거 알아요, 그리고 내 경험상 아가씨 직업이 보답이란 없고 지극히 분주하다는 거 알지만, 참 인상이 상냥하네요, 난 몇 가지 바꿨으면 하거든요."

그녀의 목소리엔 여자와 '보답 없는' 직업에 대한 동정이 철철 흘

---

* 슈퍼맨은 고향별 크립톤의 돌 크립토나이트 근처에 가면 무력화된다.

러 넘치고 있었다. 다 끝날 무렵엔, 그녀는 '레몬—차이브(허브의 일종) 브라운—버터 소스'를 곁들인 연어를 주문했는데, 그건 메뉴에도 없는 것이었다. 감자는 볶음밥으로 바꾸었고, '버터 없이, 소금 한 번 톡 치고 차이브 조금만 넣어서'. 멜론은 다른 접시에 따로 담아 달라고 했는데 '멜론은 결코 따뜻하게 내면 안 되니까'랬다. 존은 여자가 조지앤더러 꺼지라고 말하리라 반쯤 예상했지만, 그러지 않았다. 웨이트리스는 그저 조지앤을 위해 메뉴를 바꾸게 되어 기쁘기만 한 듯했다.

일행인 두 여자에 비하면 존의 주문은 무척이나 간단했다. 껍질에 담긴 굴. 추가 주문 없음. 곁들임 없음. 웨이트리스가 떠나자마자 그는 테이블 건너 두 여자를 쳐다보았다. 둘 다 얇은 여름 드레스를 입고 있었다. 조지앤의 옷은 그녀의 녹색 눈과 맞추었다. 렉시의 옷은 아이의 파란 아이섀도와 맞추었다. 그는 찌푸리지 않으려 노력했지만, 어린 딸의 얼굴이 그렇게 화장 범벅이 되는 게 싫었다. 민망스럽고 자리가 어둡다는 걸 다행으로 여기게 만들었다.

"그거 먹을 거예요?"

음식이 나오자 렉시가 물었다. 아이는 그의 저녁식사에 홀리고 동시에 질색하며, 몸을 앞으로 숙였다.

"그래."

그는 굴 껍질을 들어 입가로 가져갔다.

"으음."

그리고는 굴을 입안으로 빨아들여 목으로 꿀꺽 넘겼다.

렉시는 꺅 소리를 질렀고 조지앤은 약간 메슥거리는 듯 자신의 레몬—차이브 브라운—버터 소스 연어로 관심을 돌렸다.

나머지 식사시간은 상당히 잘 진행되었다. 평소보다 덜 긴장해서 떠들었지만, 편한 저녁 분위기는 웨이트리스가 계산서를 그의 옆에 놓았을 때 끝나 버렸다. 조지앤이 손을 뻗었지만 그가 막았다. 그녀의 눈이 테이블 너머로 그와 마주쳤고, 그녀는 만사 제치고 계산서를 향해 달려들 듯이 보였다.

"내가 낼게요."

그녀가 말했다.

"나 힘쓰게 하지 말아 줘."

그는 그녀의 손을 움켜쥐었다. 한바탕 하는 데 반대하는 게 아니라, 장소가 문제였다.

말다툼을 하느니 그녀는 그가 이기게 두었지만, 그에게 보낸 표정은 이따 둘만 있을 때 얘기하자는 뜻을 확실히 하고 있었다.

레스토랑에서 집으로 돌아오는 길에, 렉시는 존의 레인지 로버 뒷좌석에서 잠들어 버렸다. 그는 아이의 따스한 숨결을 목에 느끼며 집 안으로 안고 들어갔다. 더 오래 안고 있고 싶었지만 그러지 않았다. 조지앤이 아이를 재울 준비하는 동안 남아 있고 싶었으나 좀 어색해져서 나왔다.

조지앤은 존이 나가는 것을 지켜보며 렉시의 신발을 벗겼다. 아이에게 파자마를 입히고 침대에 눕혔다. 그리고는 존을 찾으러 나섰다. 손가락에 박힌 가시 때문에 족집게가 있는지 물어보고 싶었고, 그가 자신과 렉시를 위해 낸 돈에 대해 얘기를 해야 했다. 그가 그만했으면 했다. 그녀 몫은 그녀가 낼 수 있다. 그리고 렉시 몫도.

그녀는 창문 앞에 서서 바다를 내다보고 있는 존을 발견했다. 손을 청바지 앞주머니에 찔러 넣고 있었다. 데님 셔츠 소매는 팔뚝까지 말아 올렸고, 저물어 가는 태양이 그에게 불타는 광채를 뿌려 실제보다 더 커보이게 했다. 그녀가 들어서자 그는 몸을 돌려 그녀를 마주했다.

"나 할 얘기가 좀 있어요."

그녀는 그를 향해 걸어가며, 말다툼할 각오를 했다.

"무슨 말 하려는지 알아, 그리고 그렇게 해서 그 예쁜 이마에서 찡그린 주름을 지울 수 있다면 다음 번엔 당신이 계산해."

"오."

그녀는 그의 앞에 멈춰 섰다. 말을 꺼내기도 전에 이겼는데 어째서인지 김빠진 기분이었다.
　"내가 무슨 얘기를 하고 싶어하는지 어떻게 알았어요?"
　"당신은 웨이트리스가 계산서를 내 접시 옆에 놓았을 때부터 내내 인상을 쓰고 있었다고. 잠깐 동안은 당신이 진짜로 테이블 너머로 몸을 날려 맞붙어 빼앗으려 들 줄만 알았다니까."
　잠깐 동안 그녀도 그럴까 생각했었다.
　"난 절대 공공장소에서 몸싸움하지 않아요."
　"그렇다니 다행이네."
　내리깔리는 밤의 그늘 속에서 그녀는 그의 한쪽 입가가 슬쩍 올라가는 것을 보았다.
　"내가 이길 테니까."
　"어쩌면요."
　인정하기 싫어 그녀는 그렇게 말했다.
　"족집게 있어요?"
　"뭘 하려고, 내 눈썹 뽑게?"
　"아니. 가시가 박혔어요."
　존은 식당으로 들어가 식탁 위의 불을 켰다.
　"어디 좀 봐 봐."
　조지앤은 따르지 않았다.
　"별거 아니에요."
　"좀 보자니까."
　한숨을 내쉬고, 그녀는 자포자기하여 식당으로 들어갔다. 손을 내밀어 그에게 중지를 보였다.
　"그렇게 심하지 않은데."
　그가 판정했다.
　잘 보려고 그녀가 몸을 숙이자, 그들의 이마가 거의 닿을 듯했다.
　"커다랗잖아요."
　그의 이마에 주름이 잡혔다.

"금방 올게."

그리고는 식당을 나갔다가 족집게를 들고 돌아왔다.

"앉아."

"내가 할 수 있어요."

"나도 알아."

그는 의자를 뒤로 돌려 말 타듯 앉았다.

"하지만 난 양손을 쓸 수 있으니까 더 쉽게 할 수 있잖아."

그는 의자 등받이에 양팔을 얹고 다른 의자 쪽을 손짓했다.

"아프게 안 하겠다고 약속할게."

걱정스레 그녀는 자리에 앉아 그에게 손을 내밀며, 일부러 둘 사이에 팔길이만큼 거리를 두었다. 존은 의자를 당겨 그녀의 무릎이 나무 의자 뒤에 닿을 정도로 간격을 좁혀, 그녀는 너무 가까워서 그의 허벅지 안쪽에 무릎이 스치지 않게 다리를 모아야 할 정도였다. 그녀는 가능한 한 뒤로 몸을 젖혔다. 그가 그녀의 손을 잡고 중지 지문 부분을 눌렀다.

"아얏."

그녀는 손을 빼려 했지만 그가 손아귀에 더 힘을 주었다.

그는 그녀를 올려다보았다.

"안 아파, 조지."

"아프단 말예요!"

그는 반박하지 않았으나, 놓아주지도 않았다. 눈길을 내리고 족집게로 그녀의 살을 찔렀다.

"아얏."

다시금 그는 눈길을 들고 마주잡은 손 위로 그녀를 쳐다보았다.

"엄살쟁이."

"심술쟁이."

그는 웃음을 터뜨리고 고개를 내저었다.

"당신이 그렇게나 여자 같은 여자만 아니었으면 그렇게 힘들지 않을걸.”

“여자 같은 여자? 그게 무슨 소리예요?”

“거울을 봐 봐.”

그 대답으로 알 수 있는 것은 별로 없었다. 그녀는 다시 손을 잡아 빼려 했다.

“그냥 긴장 풀어.”

그는 가시를 뽑는 작업을 계속하며 말했다.

“꼭 의자에서 펄쩍 뛰어오를 사람처럼 보여. 내가 어쩔 거라 생각해? 족집게로 찌르기라도 할까 봐?”

“아뇨.”

“그럼 긴장 풀어, 거의 다 뺐어.”

긴장을 풀라고? 그가 너무나 가까워서 공간을 전부 차지하고 있었다. 못 박힌 손바닥으로 그녀의 손을 감싸고 검은머리를 그녀의 손가락 끝 위로 숙이고 있는 존만이 존재했다. 너무나 가까워서 그의 청바지와 그녀의 얇은 키위색 드레스 천 너머로 그의 허벅지가 주는 온기를 느낄 수 있을 정도였다. 존은 너무나 강한 존재감을 지니고 있어 그가 이렇게 가까이 있는데 긴장을 풀기란 불가능했다. 그녀는 그의 옆머리로 시선을 들고 거실 저편을 바라보았다. 어니와 커다란 등푸른생선이 그녀를 마주 응시했다. 그녀가 기억하는 존의 할아버지는 인자한 노인이었다. 그분이 어떻게 지내는지, 렉시에 대해 어떻게 생각하는지 궁금해졌다. 그녀는 물어보기로 했다.

존은 눈을 들지 않고 그저 어깨만 으쓱했다.

“할아버지와 어머니한텐 아직 말씀 안 드렸어.”

조지앤은 놀랐다. 7년 전 존과 어니는 꽤 가까워 보였는데.

“왜요?”

“왜냐하면 두 분 다 나더러 다시 결혼해서 가정을 꾸리라고 내내 들볶아 댔으니까. 렉시에 대해 알게 되면, 정통으로 맞은 펀보다 더 빨리 시애틀로 날아오실 거야. 난 가족들에게 시달리기 전에 먼저 렉시를 알아 가고 싶었어. 게다가 우리는 아직 그 애에게 말 안 하기로 했잖아? 우리 어머니와 어니가 주위를 맴돌며 빤히 쳐다보면 렉시가 불편해 할 거야."

다시 결혼해?

조지앤은 그가 그 두 마디 이후에 한 말은 하나도 듣지 못했다.

"당신 결혼했었어요?"

"응."

"언제?"

그는 그녀의 손을 놓고 식탁에 족집게를 내려놓았다.

"당신 만나기 전."

조지앤이 손가락을 쳐다보니 가시가 사라지고 없었다. 그녀는 언제 만났을 때를 말하는 걸까 궁금했다.

"첫 번이요?"

"두 번 다."

그는 의자 등받이를 잡고 몸을 뒤로 기대고는, 미간을 찌푸렸다.

조지앤은 어리둥절했다.

"두 번 다?"

"그래. 하지만 두 번째 결혼은 진짜로 칠 수 없지."

어쩔 수가 없었다. 그녀는 눈썹이 치켜 올라가고 입이 떡 벌어지는 것을 느꼈다.

"당신 두 번 결혼했어요?"

그녀는 손가락 두 개를 세웠다.

"둘?"

그의 눈썹이 처지고 입은 일직선을 그렸다.

"두 번은 그렇게 많은 거 아냐."

한 번도 결혼한 적 없는 조지앤에겐, 두 번은 많은 것처럼 들렸다.

"아까 말했듯이, 어차피 두 번째는 치지 않는다고. 하자마자 이혼했으니까."

"와, 난 당신이 결혼한 적이 있는 줄도 몰랐는 걸요."

그녀는 자기 자식의 아버지이자 그녀 마음을 산산조각 냈던 남자, 존과 결혼했던 그 두 여자가 궁금해지기 시작했다. 궁금증을 참을 수가 없어서 물었다.

"그 여자들은 지금 어디 있어요?"

"첫 아내 린다는 죽었어."

"안됐네요."

조지앤은 어색하게 중얼거렸다.

"어떻게 죽었어요?"

그는 한동안 그녀를 응시했다.

"그냥."

그걸로 화제는 끝이었다.

"디디 딜라이트가 어디 있는지는 몰라. 그녀와 결혼했을 때 난 진짜 취해 있었으니. 하기야 이혼할 때도 마찬가지였지."

디디 딜라이트?! 그녀는 완전히 말문을 잃고 그를 응시했다. 디디 딜라이트?! 세상에나! 물어봐야 했다. 물어보지 않을 수가 없었다.

"디디란 여자가…… 그…… 그…… 연예인이었나요?"

"스트리퍼였어."

그는 담담하게 말했다.

비록 짐작이야 했다지만, 존이 정말로 스트리퍼와 결혼했다는 고백을 듣는 것은 충격이었다.

"정말요! 어떻게 생긴 여자였어요?"

"기억 안 나."

"오,"

그녀의 호기심은 충족되지 못한 채였다.

"난 결혼한 적 없지만, 그랬다면 기억할 거 같은데. 당신 진짜 취했었나 보군요."

"그렇게 말했잖아."

그는 답답해하는 소리를 냈다.

"하지만 내 옆에 렉시를 둬도 괜찮을지 걱정할 건 없어. 이젠 안 마시니까."

"알코올 중독자예요?"

미처 생각하기도 전에 그 질문이 입밖으로 튀어나왔다.

"미안해요. 그런 사적인 질문엔 대답하지 않아도 돼요."

"괜찮아. 아마 그랬을 거야."

그는 그녀의 예상보다 훨씬 선선히 대답했다.

"요양원에 들어간 적은 없지만, 꽤 심하게 퍼마셔서 고주망태가 되곤 했지. 상당히 통제불능 상태였어."

"끊기 힘들었어요?"

그는 어깨를 으쓱했다.

"쉽지 않았지만 내 육체적, 정신적 건강을 위해선 몇 가지를 포기해야 했지."

"예를 들자면?"

그는 씨익 웃었다.

"알코올, 헤픈 여자들, 그리고 마카레나."

그는 몸을 앞으로 숙여 의자 등받이에 양손을 걸쳤다.

"이제 내 비밀을 알았으니 당신도 뭣 좀 대답해 줘."

"뭘요?"

"7년 전, 내가 당신에게 집으로 가는 비행기표를 사 줬을 때, 난 당신이 파산상태라는 인상을 받았거든. 사업 시작은 고사하고 어떻게 생활했어?"

"아주 운이 좋았죠."

그녀는 잠시 가만히 있다 덧붙였다.

"난 헤런 케이터링의 구인 광고에 응했어요."

그가 그녀에게 너무나 솔직했기에, 그리고 그녀가 했던 일 중에 그 무엇도 스트리퍼와의 결혼에 비할 만한 것은 없었기에, 그녀는 매 외에는 아무도 모르는 사실을 조금 덧붙였다.

"그리고 끼고 있던 다이아몬드 반지를 만 달러에 팔았지요."

그는 눈 하나 깜빡하지 않았다.

"버질 거?"

"버질이 내게 준 거예요. 내 거라고요."

어떤 의미인지 알 수 없는 느릿한 미소가 그의 입가에 떠올랐다.

"그가 돌려 받고 싶어하지 않았어?"

조지앤은 가슴 아래 팔짱을 끼고 고개를 한쪽으로 기울였다.

"물론 그랬죠, 그리고 나도 반지를 돌려줄 참이었지만, 그는 내 옷을 가져다가 구세군에 기증해 버렸다고요."

"맞아. 그가 당신 옷을 갖고 있었지?"

"그래요. 결혼식에서 도망쳤을 때, 난 화장품만 빼놓고 전부 두고 나왔다고요. 내가 가진 거라곤 그 멍청한 핑크색 드레스뿐이었어요."

"그래. 나도 그 조그만 드레스 기억나."

"내 물건 때문에 전화를 걸었을 때 그는 나와 얘기조차 하려 들지 않았어요. 자기 사무실에 들러 비서에게 반지를 넘기라고 가정부를 시켜 말하더군요. 가정부도 별로 상냥하지는 않았지만, 그가 내 물건을 어쨌는지 말해 줬어요."

조지앤은 반지를 판 것이 그다지 떳떳하지는 않았으나 일부분은 버질의 탓이었다.

"내 옷들을 한 벌당 사오 달러씩에 전부 다 사들여야 했고 돈이라곤 한 푼도 없었어요."

"그래서 반지를 팔았군."

"보석상이야 원래 가치의 절반 값에 사들이게 되어 기뻐했죠. 내가 처음 매를 만났을 때 그녀의 케이터링 사업은 상황이 좋지 않았어요. 반지 판 돈의 상당부분을 그녀에게 주어 부채를 갚았어요. 그 돈이 조금 도움이 되긴 했지만 오늘날 이만큼 오기까지 난 뼈빠지게 일했다고요."

“난 당신더러 뭐라 안 해, 조지.”

그녀는 자신이 그렇게나 방어적인 말투인 줄 깨닫지 못했었다.

“어떤 사람들은 그럴지도 모르죠, 진실을 알게 되면.”

그의 눈가에 재미있는 기색이 떠올랐다.

“내가 무슨 자격으로 당신에게 뭐라 하겠어? 후유, 난 디디 딜라이트와 결혼했었다고.”

“맞아요.”

조지앤은 레트 버틀러에게 불명예스런 행동을 털어놓는 스칼렛 오하라 같은 기분이 되어 웃음을 터뜨렸다.

“버질이 렉시에 대해 아나요?”

“아니. 아직.”

“그가 알게 되면 어떻게 하리라 생각해요?”

“버질은 똑똑한 사업가야, 그리고 난 그의 특급 선수고. 그가 어떻게 할 거란 생각은 안 들어. 7년 전 일이고 어차피 다 흘러간 일이잖아. 뭐, 렉시 얘기를 하면 아주 반겨하지야 않겠지만, 그와 난 제법 잘 지내고 있어. 게다가 그는 지금 결혼했고 행복해 보여.”

물론 그녀는 그가 결혼한 것을 알고 있었다. 지역 신문이 그와 시애틀 미술관 관장 캐롤라인 포스터—더피의 결혼을 보도했었다. 조지앤은 존의 말대로 버질이 행복하기를 바랐다. 그녀는 그에게 아무런 악감정이 없었다.

“다른 질문에도 대답해 주겠어?”

“아뇨. 내가 당신 질문에 대답했잖아요, 이번은 내가 물을 차례예요.”

존은 고개를 저었다.

“난 디디하고 내 음주문제를 말해 줬잖아. 그럼 두 가지라고. 그러니 당신이 내게 하나 더 말해야지.”

“좋아요. 뭐죠?”

“당신이 렉시의 사진을 가지고 내 하우스보트로 온 날, 그 애가 학교에서 힘겨워 하지 않아 안심했다고 그랬지. 무슨 뜻이야?”

그녀는 정말이지 자신의 난독증에 대해 존 코왈스키에게 얘기하고
싶지 않았다.

“내가 멍청한 운동선수라고 생각해서 그런 거야?”

그는 의자 등받이를 붙잡고 뒤로 몸을 기울였다.

그의 질문은 그녀를 놀라게 했다. 그는 그녀의 대답이 어떻든 상관
없다는 듯이 차분하고 침착해 보였다. 하지만 내색하는 것보다 훨씬
더 신경 쓰고 있다는 기분이 들었다.

“당신을 멍청이라고 해서 미안해요. 직업이나 용모로 평가받는다
는 게 어떤 기분인지 알아요.”

많은 사람들이 난독증으로 고생하고 있다고 그녀는 되뇌었지만,
셰어, 탐 크루즈, 아인슈타인 같은 유명인들 역시 그걸 겪었다 한들
존 같은 남자에게 자신을 드러내기란 쉽지 않았다.

“렉시에 대한 걱정은 당신과 아무런 관련이 없어요. 어렸을 때 난
학교에서 힘겨워 했거든요. 읽기, 쓰기, 산수는 내게 골칫거리였어
요.”

미간 사이의 잔주름을 제외하면 그는 무표정한 채였다. 아무 말도
하지 않았다.

“하지만 발레와 차밍스쿨에서 내가 어땠는지 당신이 봤어야 하는
데.”

그녀는 억지로 말투를 가볍게 해서 그의 미소를 끌어내려 했다.

“이제껏 무대에 나선 중 최악의 발레리나일지는 모르지만, 매력 수
업에서는 우수했어요. 사실 반 수석으로 졸업했죠.”

그는 고개를 내저었고 이마의 주름이 사라졌다.

“추호도 의심치 않아.”

조지앤은 웃음을 터뜨리고 경계를 조금 풀었다.

“다른 아이들이 구구단을 외울 때 난 테이블 세팅을 연구했어요.
새우 포크에서부터 핑거볼(손가락 씻는 그릇)까지 모든 것의 정확한 위

치를 알았죠. 다른 여자애들이 소녀탐정 낸시 드루를 읽는 동안 난 은수저 패턴을 읽었죠. 오찬용 은수저와 만찬용 은수저를 구분하는 데는 아무런 문제가 없었지만, 무난과 난무, 의상과 상의, 그런 건 애 먹었죠."

그의 눈이 약간 가늘어졌다.

"난독증?"

조지앤은 좀더 곧게 앉았다.

"그래요."

부끄러울 게 없다는 것은 알고 있었다. 그래도 덧붙이지 않을 수 없었다.

"하지만 난 극복하는 법을 익혔어요. 사람들은 난독증이라면 읽지 못한다고 여기죠. 그건 사실이 아니에요. 다만 조금 다르게 배울 뿐 이지. 난 대부분의 사람들처럼 읽고 쓰기를 하지만 산수는 절대 내 장기가 될 수 없을 거예요. 이젠 난독증이라는 것이 그렇게 힘들지 않아요."

그는 잠시 그녀를 쳐다보더니 말했다.

"하지만 어렸을 때는 그랬었잖아."

"물론이죠."

"검사 받았어?"

"그래요. 4학년 때 무슨 의사에게 검사를 받았죠. 별로 기억도 안 나요."

그녀는 안에 쌓여 가는 분개를 느끼며 의자를 뒤로 밀고 일어났다. 그게 자기가 상관할 일이라도 되는 양 그녀의 문제를 드러내 놓게 만 드는 존에 대한 분개. 그리고 어린 그녀의 삶을 뒤집어 놓았던 그 의 사에 대한 오래된 울분을 느꼈다.

"의사가 할머니에게 내가 뇌기능장애가 있다고 그랬죠. 아주 틀린 말은 아니지만 좀 가혹한 용어에 애매한 진단이었죠. 70년대엔 난독 증부터 정신지체까지 모조리 뇌기능장애로 여겼어요."

그녀는 마치 그게 하나도 신경 쓰이지 않는다는 듯이 어깨를 으쓱하고 억지로 조금 웃었다.

"의사는 내가 결코 정말 똑똑해지지 못할 거랬죠. 그래서 난 자라면서 멍청하고 막막한 기분이 들었어요."

천천히 존이 자리에서 일어나 의자를 자기 앞에서 치웠다. 그의 눈은 진짜 가늘어져 있었다.

"아무도 그 의사더러 가 뒈지라고 하지 않았어?"

"어, 나…… 난……."

조지앤은 그의 분노에 화들짝 놀라 더듬거렸다.

"우리 할머니가 상소리를 하시는 건 상상이 안 되는데요. 그분은 침례교인이셨어요."

"할머님이 당신을 다른 의사에게 데려가지 않았어? 다른 데서 검사 받지 않았어? 지도 교사를 찾아보거나? 뭐든 안 했어?"

"네."

날 차밍스쿨에 등록시켰지.

"왜?"

"어떻게 해 볼 여지가 있다고 생각하지 않으셨어요. 그땐 70년대 중반이었고 지금처럼 정보가 많지 않았으니. 그러나 오늘날에도 가끔 아이들이 오진을 받곤 하죠."

"그런 일이 있어선 안 돼."

그의 시선이 그녀의 얼굴을 떠돌다가, 그녀의 눈으로 돌아왔다.

그는 아직도 화가 나 보였지만 그녀는 그가 신경 써야 할 이유를 단 하나도 생각해 낼 수가 없었다. 이건 그녀가 결코 보지 못한 존의 일면이었다. 그녀 앞에 서 있는 이 남자가, 존처럼 보이는 남자가 그녀를 혼란스럽게 했다.

"이제 가서 자야겠어요."

그녀는 웅얼거렸다.

그는 무슨 말을 하려 입을 벌렸다가 다시 다물었다.

"좋은 꿈 꿔."

그리고는 한 걸음 물러섰다.

하지만 조지앤에겐 좋은 꿈은 없었다. 오랫동안 꿈이라곤 없었다. 그녀는 침대에 누워 천장을 올려다보며 옆에 누운 렉시의 고른 숨소리를 들었다. 존의 분노한 반응을 생각하며 말짱히 깨어 있었고, 혼란은 점점 커져 갔다.

그녀는 그의 아내들에 대해 생각했다 주로 린다에 대해. 이렇게 많은 세월이 흘렀는데 그는 아직도 그녀의 죽음에 대해 터놓고 얘기하지 못했다. 조지앤은 어떤 여자가 존 같은 남자에게 그만한 사랑을 불러일으켰을까 궁금했다. 그리고 존의 마음속 린다의 자리를 채울 여자가 있을지 궁금했다.

생각하면 생각할수록 그렇지 않기를 바라는 자신을 깨달았다. 별로 좋은 감정은 아니었지만 진실이었다. 존이 다른 말라깽이 여자와 행복을 찾기를 원치 않았다. 그가 그녀를 시애틀—타코마 공항에다 버린 날을 후회하기를 바랐다. 그가 남은 평생 스스로의 머리를 쥐어박으며 후회하길 바랐다. 물론 그녀가 그와 다시 사귈 것은 아니다. 그런 건 생각조차 안 하니까. 그저 그가 괴로워하길 원했다. 그리고 어쩌면 그가 오랫동안 괴로워하고 나면, 무심하게 그녀의 마음을 산산조각 냈던 그를 용서하게 될지도.

어쩌면.

13

조지앤에게 주어진 선택은 전기 모래썰매와 범퍼카, 아니면 해변의 코스를 따라 인라인 스케이트 타기였다. 그 중 어느 것에도 그녀는 들뜨지 않았다—사실, 전부 다 그녀 귀에는 지옥처럼 들렸다. 하나 선택하든가 아니면 렉시 뜻대로 범퍼카를 타야 했기에, 그녀는 인라인 스케이트를 택했다. 탈 수 있어서 고른 게 아니었다. 저번에 시도했을 때는 어찌나 호되게 넘어졌던지 절로 눈물이 나려는 걸 억눌러야 했다. 어린애들이 휙휙 지나가고 불빛이 번쩍거리는 가운데 주저앉아, 꼬리뼈가 어찌나 욱신거리던지 양손으로 엉덩이를 움켜쥐지 않기 위해 온 힘을 쏟아야 했다.

인라인 스케이트의 아픈 기억이 너무나 생생해서, 범퍼카를 택하고 충격은 운에 맡길 뻔했지만, 아까 코스를 봐 두었다. 해변을 따라 길게 뻗어 있었고 바다 쪽으론 60에서 90센티미터 높이의 돌벽으로 경계가 지어져 있었다. 돌벽 안으로 놓인 벤치들이 즉시 그녀의 눈에 들어왔고, 그녀는 선택을 내렸다.

이제 바닷바람이 그녀의 포니테일 끝을 살랑살랑 흔드는 가운데 조지앤은 행복하게 한숨을 내쉬었다. 한쪽 팔을 돌 벤치 등받이 위로 뻗고 한쪽 무릎을 다른 쪽에 얹었다. 그녀 왼발의 스케이트는 몇십 미터 떨어진 바다의 파도처럼 앞뒤로 흔들렸다. 앞을 끈으로 묶는 하얀 실크 블라우스와 흰색과 자주색의 하늘하늘 비치는 스커트 차림에, 대여한 울트라 휠을 신고 거기 앉아 있는 자신이 좀 이상해 보일 것 같긴 했다. 그래도 일어나서 엉덩방아를 찧느니 별나 보이는 게 낫다 싶었다.

그 자리에 앉아서 존이 렉시에게 인라인 스케이트를 가르치는 것을 구경하는 이 상황이 그녀에겐 만족스러움 이상이었다. 집에서 렉시는 바비 롤러스케이트로 근방을 휩쓸었지만, 한 줄짜리 바퀴 위에서 균형 잡는 방법을 배우기란 연습이 필요했고 조지앤은 자신보다 운동에 소질이 있는 사람이 렉시를 돕게 되어 안심했다. 또한 버림받은 기분이 아니라 위험한 임무에서 벗어난 듯한 기분이라는 데 놀랐다.

처음 렉시의 발목은 조금 후들거렸지만, 존이 아이를 자기 앞에 세워 양팔을 잡고는 자신의 인라인 스케이트를 아이의 스케이트 바깥에 놓았다. 그리고는 바닥을 밀어내자 두 사람은 나아가기 시작했다. 조지앤은 그가 렉시에게 뭐라고 하는지 들을 수 없었으나, 딸이 고개를 끄덕이고 존과 동시에 맞춰 발을 움직이는 것을 보았다.

바퀴의 높이 때문에 존은 거대해 보였다. 렉시의 뒤통수는 'Bad Dog'이란 글씨가 새겨진 티셔츠 자락을 안으로 넣어 입은 그의 청반바지 허리에 간신히 닿았다. 형광 핑크 운동용 반바지와 핑크색 키티 셔츠를 입고 아버지의 커다란 발 사이에서 스케이트를 타는 렉시는 너무나 작고 여려 보였다.

조지앤은 그들이 멀어지는 것을 지켜보고, 코스를 따라 걷는 관광객들에게로 시선을 돌렸다. 젊은 커플이 2인용 유모차를 밀며 성큼성큼 지나가자, 조지앤은 자주 그랬듯이 남편이 있다는 것은, 전형적인 가족이 있다는 것은 과연 어떤 것일지 궁금했다. 그리고 비록 혼자서 잘 해 나가고 있긴 해도, 근심을 나눌 남자가 있다는 것은 어떤 것일지도 궁금했다.

찰스를 생각하자 죄책감이 들었다. 그녀는 그에게 캐넌 해변에서 렉시와 휴가를 보낼 계획을 말하긴 했으나 중요한 사실인 존 얘기는 하지 않았다. 찰스는 그녀가 떠나기 전날 밤 전화를 걸어 잘 다녀오라는 인사까지 했다. 그때 얘기할 수도 있었지만 하지 않았다. 언젠가는 얘기해야겠지. 그는 좋아하지 않을 테고, 그녀는 그를 탓할 수 없을 것이다.

갈매기 무리가 그녀 위에서 끼룩거려, 그녀의 관심을 찰스 문제에서 해변을 향해 빵부스러기를 던지는 몇몇 아이들에게로 돌려놓았다. 새들과 사람을 한동안 지켜보던 조지앤의 눈에 존과 렉시가 들어왔다. 존은 그녀 쪽을 향해 스케이트를 뒤로 타고 있었다. 그녀는 그의 근육질 종아리에서 무릎 뒤와 단단한 허벅지, 지갑으로 불룩해진 뒷주머니를 천천히 눈길로 훑어 올라갔다. 그는 한쪽 발을 다른 발 뒤로 엇갈리더니 갑자기 빙글 돌아 렉시와 나란히 앞으로 나아갔다.

조지앤은 딸을 쳐다보고 웃음을 터뜨렸다. 렉시의 눈썹은 처졌고 얼굴은 존이 하는 말에 집중하느라 찌푸려져 있었다. 둘은 천천히 지나갔고 존이 조지앤을 돌아보았다. 그녀를 본 그의 눈썹이 처지자, 그와 렉시가 얼마나 닮았던지 조지앤은 흠칫 놀랐다. 늘 렉시가 자신보다는 존을 닮았다고 생각하긴 했어도 둘 다 찡그리고 있으니 눈에 띌 만큼 똑같았다.

"난 당신이 여기서 연습하고 있는 줄 알았는데."

그게 아까 그녀가 한 말이었고, 그는 그녀를 믿었다.

"오, 했어요."

그녀는 거짓말했다.

"그럼 가자."

그는 고갯짓했다.

"조금 더 연습해야 해요. 난 두고 가 봐요."

렉시가 자기 발에서 눈길을 들었다.

"봐 봐, 엄마, 나 이제 잘 탄다."

"그래, 그렇구나."

그들이 미끄러져 지나가자마자, 조지앤은 다시 사람들 구경을 했다. 존과 렉시가 다음번에 돌아올 때는 스케이트에 질려서 셋이 스케이트를 반납하고 길가에 줄지은 기념품 가게에서 진지하게 쇼핑이나 했으면.

하지만 렉시가 마치 나면서부터 발에 바퀴를 달고 나온 듯 겁없다 달려나가자 그녀의 소망은 꺾이고 말았다.

"너무 멀리 가지 마."

존이 렉시의 뒤에 대고 외치곤, 조지앤 옆에 앉았다.

"저 또래 아이치고는 꽤 잘해."

그렇게 말하곤 그는 뿌듯함에 미소지었다.

"렉시는 늘 빨리 익혀요. 생후 9개월 되기 일주일 전에 걸음마를 했죠."

그는 자신의 발을 내려다보았다.

"나도 그랬다는 것 같아."

"정말요? 애가 너무 일찍 걸음마를 해서 다리가 휘지 않을까 걱정했지만, 꽁꽁 묶어 두지 않는 이상 막을 방법이 없더라고요. 게다가 다리가 휘느니 어쩌느니 하는 건 다 할머니들의 미신이라고 매가 그래서."

그들은 잠시 조용히 자신들의 딸을 지켜보았다. 아이는 엉덩방아를 찧었다가 저 혼자 일어나서 다시 나아갔다.

"우와, 처음이네."

조지앤은 렉시가 눈에 커다란 눈물을 달고 자신을 향해 달려오지 않은 데 놀랐다.

"뭐가?"

"엉엉 울면서 밴드를 달라고 하지 않잖아요."

"오늘은 다 큰애답게 굴겠다고 그러던데."

"흐음."

딸을 향한 조지앤의 눈이 가늘어졌다. 매의 말이 맞는지도. 어쩌면 렉시는 조지앤이 생각하는 것보다 더 과장벽이 있는지도 모르겠다.

존이 그녀의 맨팔을 팔꿈치로 쿡 찔렀다.

"준비됐어?"

"뭐가요?"

그렇게 묻긴 했어도 어쩐지 답을 알 것 같은 아주 나쁜 예감이 들었다.

"스케이트."

그녀는 꼰 다리를 풀고 그에게로 돌아앉았다. 얇은 스커트 천을 사이에 두고 그녀의 무릎이 그의 무릎을 스쳤다.

"존, 아주 솔직히 말할게요. 난 스케이트 싫어해요."

"그럼 왜 이걸 골랐어?"

"이 벤치 때문이죠. 그냥 여기 앉아서 구경할 수 있겠다 싶어서."

그가 일어나서 한 손을 내밀었다.

"어서."

그녀의 눈길은 그의 손바닥에서 그의 팔을 따라 올라갔다. 그의 얼굴을 쳐다보고 고개를 저었다.

그는 꼬꼬댁* 소리를 내는 것으로 대답했다.

"유치해."

조지앤은 눈을 굴렸다.

"날 허브와 향신료로 씌워 상에 올리든 말든 마음대로 해요, 그래도 난 스케이트 안 타요."

존이 웃음을 터뜨리자 그의 푸른 눈 가장자리에 주름이 잡혔다.

"최대한 예의바르게 굴겠다고 약속했으니, 당신이 어떤 모습으로 상에 올라왔으면 좋을지 말 안 할게."

---

* 닭(chicken)에는 겁쟁이라는 뜻이 있다.

"고맙네요."

"어서, 조지, 내가 도와줄게."

"당신 도움 갖고 될 일이 아니에요."

"5분. 5분 후면 당신은 프로처럼 스케이트를 타게 될 거야."

"고맙지만 사양할래요."

"그냥 여기 앉아만 있을 순 없어, 조지."

"왜요?"

"지루해질 테니까."

그리곤 그는 어깨를 으쓱하고 덧붙였다.

"그리고 렉시가 당신 걱정을 할 테니까."

"렉시는 내 걱정 안 해요."

"하고말고. 당신 혼자 여기 앉아 있는 게 싫다고 그랬는 걸."

그는 거짓말을 하고 있었다. 다른 여섯 살배기와 마찬가지로 렉시는 기본적으로 자기중심적이며 엄마를 당연한 존재로 여겼다.

"5분이 지나면 벤치에 앉아 있게 내버려 둘 거죠?"

그녀는 그가 자신을 혼자 내버려 두게끔 타협했다.

"약속해, 그리고 당신을 넘어지지 않게 하겠다는 약속도."

조지앤은 포기의 한숨을 내쉬고 한 손을 그의 손에, 다른 손을 돌벽에 짚었다.

"난 그다지 운동 신경이 좋지 않아요."

그녀는 조심조심 일어서며 경고했다.

"뭐, 대신 다른 재능들이 보충하잖아."

그녀는 무슨 뜻이냐고 물을 참이었지만, 그가 그녀 뒤로 돌아가 든든한 손을 그녀의 골반에 얹었다.

"좋은 스케이트 외에,"

그가 그녀의 왼쪽 귀 가까이에 대고 말했다.

"가장 중요한 것은 균형이야."

조지앤은 목 옆에 그의 숨결을 느끼고 너무나 동요해서 살갗이 짜릿짜릿했다.

"내 손은 어디 둬요?"

그가 어찌나 오래 아무 말이 없었던지 그녀는 그가 대답을 안 하려는 줄 알았다. 그리고 막 그녀가 다시 물으려 입을 열었을 때, 그가 말했다.

"아무데나 당신 원하는 곳에."

그녀는 주먹을 꼭 쥐고 손을 양옆으로 늘어뜨렸다.

"긴장을 풀어야 해."

함께 천천히 코스로 나아가며 그가 말했다.

"바퀴 달린 나무기둥 같잖아."

"어쩔 수가 없어요."

그녀의 등이 그의 가슴에 부딪히자, 그녀의 골반을 잡은 그의 손에 힘이 들어갔다.

"할 수 있어. 먼저 무릎을 조금 굽히고 무게 중심을 잡아야 해. 그런 다음 오른쪽 발로 밀어."

"아직 5분 안 지났어요?"

"응."

"나 넘어질 것 같아요."

"넘어지지 않게 해 준다니까."

조지앤이 코스에 흘끔 눈길을 주자 조금 떨어져 있는 렉시가 눈에 들어왔다. 그녀는 자신의 스케이트를 내려다보았다.

"정말이죠?"

그녀는 마지막으로 물었다.

"그럼. 난 이걸로 먹고사는 사람이잖아. 알지?"

"좋아요."

조심조심 그녀는 무릎을 살짝 굽혔다.

"잘했어. 이제 조금 밀고 나가."

하지만 그의 지시를 따르자 그녀의 발은 미끄러지기 시작했다. 존은 한쪽 팔로 그녀의 몸을 감고 다른 손으로 그녀를 넘어지지 않게 잡았다. 그녀는 그의 가슴에 밀착한 자신을 발견하고 숨이 턱 막혔다. 지금 그녀의 어딜 움켜쥐었는지 그가 알고 있을까?

존은 의심의 여지없이 알고 있었다. 혹 장님이었다 해도 조지앤의 크고 부드러운 가슴을 움켜쥔 것을 알았을 거다. 흔들리던 그의 자제력이 와장창 부숴졌다. 지금까지 그는 그녀에 대한 몸의 반응을 상당히 잘 다스려 왔다. 그러나 지금, 어제 아침 그의 데크에 서 있던 그녀를 본 이래 처음으로 그의 자제력이 완전히 달아나 버렸다.

"괜찮아?"

그는 겨우 묻고는 조심스레 그녀의 가슴에서 손을 뗐다.

"네."

그는 조지앤 곁에 있는 것이 전혀 문제될 일 없다고 스스로에게 말해 왔다. 그녀와 한 집에서 지내는 닷새 간을 감당할 수 있다고. 그러나 틀렸다. 그냥 벤치에 앉아 있게 그녀를 내버려 뒀어야 했다.

"당신 그…… 거길 잡으려 한 게 아니었는데……."

그녀의 엉덩이는 그의 사타구니에 눌려 있었고 방심한 한순간 정욕이 불덩이처럼 그를 꿰뚫었다. 그는 그녀의 옆얼굴로 고개를 숙였다. 세상에. 그녀의 목은 보기만큼 맛도 근사할까? 존은 눈을 감고 환상에 젖었다. 그녀의 머리칼 내음을 들이쉬었다.

"이제 5분 지난 거 같은데요."

제정신이 돌아오면서 그는 그녀의 허리로 손을 가져가 둘 사이를 몇 인치 떼 놓았다. 속을 뒤틀어 놓는 욕망을 무시하려 애썼다. 조지앤과 성적인 관계가 되는 것은 좋은 생각이 아니라고 스스로를 타일렀다. 그의 몸이 말을 안 듣는 게 유감이었다.

어제 조그만 홀터탑과 반바지 차림의 그녀를 해변에서 본 이래, 그는 그녀의 긴 다리와 깊은 가슴 계곡을 무시하라고 몇 번씩 상기해야 했다. 그녀가 누구이며 무슨 짓을 했는지도. 하지만 어젯밤 이후 그건 더 이상 문제가 되지 않았다.

어젯밤 그는 아름다운 얼굴과 끝내 주는 몸 너머를 보았다. 그녀가 웃음과 미소 뒤에 감추려 한 고통을 보았다. 그녀는 테이블 세팅과 은수저 무늬와 난독증 그리고 자신이 멍청하다고 생각하며 막막한 기분 속에 자랐던 이야기를 들려주었다. 그녀는 마치 전혀 개의치 않는 듯이 말했다. 하지만 그렇지 않았다. 그녀에겐 그리고 그에겐.

어젯밤 그는 근사한 눈과 커다란 가슴 너머를 보았고 그의 존경을 받아 마땅한 여자를 보았다. 그녀는 그의 아이의 어머니였다. 또한 그의 방종한 환상과 관능적인 꿈의 주연이기도 했다.

"도로 벤치로 데려가 줄게."

그는 그녀와 함께 돌벽 쪽으로 향했다. 그녀를 제일 친한 친구의 여동생쯤으로 생각하라고 스스로를 타일렀으나 먹히지 않았다. 다시 그녀를 자신의 여동생으로 생각하기로 결심했지만, 몇 시간 후 기념품 가게와 아케이드를 휩쓸고 나서는 그녀를 누구의 여동생으로 생각하는 것을 포기했다. 절대 불가능했다.

대신 그는 딸한테 집중했다. 렉시의 끊임없는 수다는 그에게 큰 도움이 되었다. 그 애는 차가운 물 한 양동이 같았고, 아이의 질문은 그의 침대에 길게 드러누운 조지앤 생각에서 그를 구출했다.

렉시의 눈을 들여다볼 때면, 그는 아이의 들뜸과 순수함을 보았고 자신이 이렇게 완벽한 작은 인간을 창조하는 데 일조 했다는 것에 경이로움을 느꼈다. 아이를 안아 올려 자신의 어깨에 태우거나 손을 잡을 때면 그의 심장은 쿵쿵 뛰었다. 그리고 아이가 웃을 때면, 그는 모든 것을 치를 가치가 있음을 알았다. 아이와 함께 있는 것은 그 엄마를 향한 갈망이라는 지옥을 버틸 가치가 있었다.

집으로 돌아가는 차 안에서, 그는 렉시가 어린 목소리로 열띠게 불러 대는 노래로 정신을 분산시켰다. 아이가 이 주일 전에도 얘기했던 농담에 인내심 있게 귀를 기울였으며, 집에 도착하자 아이는 욕조에 뛰어드는 것으로 보답했다. 그는 노래를 들어 주고, 농담에 웃어 주었는데 아이는 그를 버리고 욕조 가득한 물과 스키퍼 인형을 택했다.

존은 「하키 뉴스」 잡지를 들고 식탁에 앉았다. 그의 눈은 마이크 브로피의 칼럼을 훑었으나 제대로 집중하고 있지 않았다. 조지앤이 부엌에 서서 야채를 썰고 있었다. 그녀는 머리를 풀어 내린 채였고 맨발이었다. 그는 마리오 르뮤에 관한 세 페이지짜리 기사로 넘어갔다. 그는 마리오를 좋아했다. 마리오를 존중했지만, 그 순간엔 조지앤이 무언가를 통통통 써는 소리 외엔 아무것에도 집중할 수가 없었다.

마침내 그는 잡지 읽는 것을 포기하고 르뮤가 좌석에 처박히는 사진에서 눈길을 들었다.

"뭘 하는 거야?"

그녀는 어깨 너머로 그를 흘끗 돌아보곤, 칼을 내려놓은 다음 돌아섰다.

"랍스터에 곁들일 근사한 샐러드를 만들려고요."

그는 잡지를 덮고 일어섰다.

"난 근사한 샐러드는 원치 않아."

"오, 그럼 뭘 원하나요?"

그는 그녀의 녹색 눈에서 입으로 시선을 옮겼다. 그는 생각했다. 진짜 야한 거. 그녀는 뭔지 핑크색의 반짝거리는 걸 입술에 발랐고 좀더 진한 색으로 윤곽을 그렸다. 그는 그녀의 목으로, 가슴으로, 발로 시선을 내렸다. 존은 발을 섹시하다고 여겨 본 적은 한 번도 없었다. 발에 대해 많이 생각해 본 적 자체가 없었으니까. 그녀가 세 번째 발가락에 끼고 있는 금발가락찌는 그의 내부에 뭔가를 불러일으켰다. 하렘 여자가 생각나게 했다.

"존?"

그는 그녀에게로 걸어가 그녀의 얼굴을 바라보았다. 치켜 올라간 녹색 눈과 도톰한 입술의 하렘 여자가 그에게 뭘 원하느냐고 묻고 있었다. 하우스보트에서의 그날 이후, 그는 그녀에게 키스해서 좋을 것 없다는 걸 알고 있었다.

"뭘 원하는데요?"

에잇, 모르겠다. 그는 그녀 바로 앞에 멈춰 섰다. 그래, 키스 딱 한 번만. 거기서 그만둘 수 있다. 전에도 그만둔 적이 있고 벽 하나 너머 렉시가 욕조에서 바비와 함께 놀고 있는 상황에서는 일이 걷잡을 수 없게 진행될 리 없다. 조지앤은 친구의 여동생도, 그의 여동생도, 테레사 수녀도 아니었다.

존은 손가락 마디로 그녀의 턱을 쓸었다.

"뭘 원하는지 보여 줄게."

그리곤 천천히 고개를 숙이자 그녀의 눈이 커다래지는 것을 보았다. 그의 입이 그녀의 입을 스치며 뒤로 물러날 시간을 주었다.

"이걸 원해."

그녀의 입술이 벌어지며 깊고 떨리는 숨결이 새어나왔고 눈은 파르르 감겼다. 그녀는 부드럽고 달콤하며 립스틱은 체리맛이 났다. 그녀를 원했다. 불길을 원했다. 그녀의 옆머리에 손가락을 파묻으며 그녀의 고개를 들어올려 딥키스로 돌입했다. 무모하고 거친 키스였다. 그는 그녀의 입술을, 그녀와 자신의 욕망을 탐닉했다. 그녀의 손이 그의 어깨로, 목으로, 뒤통수로 느껴졌고, 그녀는 그의 혀를 자기 입 안으로 더 깊숙이 가볍게 빨아들였다. 그녀에 대한 갈망이 뱃속 깊은 곳에서 끓어올랐다. 더 많은 것을 갈구했고 그녀의 블라우스를 여민 리본으로 손을 뻗었다. 리본을 잡아당기자 옷이 넓게 벌려졌고, 그는 그녀의 촉촉하고 뜨거운 입에서 떨어져 뒤로 물러났다.

그녀의 아름다운 눈은 열정으로 온통 흐릿해졌으며 입술은 키스로 인해 촉촉이 젖어 부풀어 있었다. 그는 그녀의 몸에서 가슴으로 시선을 내렸다. 그녀의 블라우스는 벌어져 있었고 하얀 레이스가 깊은 가슴 골짜기를 가로질렀다. 자신이 돌이킬 수 없는 시점에 위험하리만치 가깝다는 것을 그는 알고 있었다. 가깝지만, 아직 거기에 이른 것은 아니다. 아직 절벽 너머로 떨어지기 전 돌아설 공간이 조금은 남았다.

그는 그녀의 풍만한 가슴을 손바닥으로 감싸고 골짜기에 얼굴을 묻었다. 그녀의 피부는 따스하고 파우더 향이 났으며, 새틴 브라의 가장자리에 입을 맞추자 그녀가 헉 숨을 들이키는 것이 느껴졌다. 그는 폐 깊숙이 공기를 빨아들이고 눈을 감고, 그녀에게 하고 싶은 모든 것들을 생각했다. 뜨겁고, 격렬한 것들. 그의 기억 속에 그녀에게 했던 것들. 그는 그녀의 부드러운 살을 혀끝으로 스치며 이번에 숨을 쉴 때 그만두겠다고 맹세했다.

"존, 우리 이제 그만해야 해요."

그녀는 헐떡였지만, 몸을 빼거나 그의 머리를 감싼 손을 치우지는 않았다.

그녀가 옳다는 것을 그는 알고 있었다. 옆의 욕실에 그들의 아이가 없더라도, 이 이상 계속하는 것은 어리석은 짓이다. 그리고 지금껏 살아오며 존은 이따금 후레자식이 되긴 했어도 멍청한 후레자식이었던 적은 없었다. 최소한 지난 몇 년 간은.

그는 그녀의 오른쪽 가슴 곡선에 입맞추었다. 그의 몸은 계속하기를 갈망하며 그녀를 바닥으로 밀어붙이고 끝까지 가자고 재촉했지만, 그만 물러났다. 그녀의 얼굴을 들여다보았을 때 그는 육체적 굶주림에 거의 넘어갈 뻔했다. 그녀는 조금 넋이 나간 듯했지만, 남은 저녁 시간을 벌거벗은 채 보내고 싶어하는 여자처럼 보였다.

"세상에나."

그녀는 낮게 속삭이곤 블라우스 자락을 여몄다.

꿀처럼 달콤한 억양이 그녀의 입에서 흘러나오자 그는 7년 전 차에 태워 주었던 그 여자를 떠올렸다. 시트에 휘감긴 그녀의 모습을 떠올렸다.

"머리 삗친 날보다는 나를 좋아하는 것 같은데."

그녀는 아래를 내려다보고 리본을 묶었다.

"렉시를 들여다봐야겠어요."

그리곤 그녀는 말 그대로 부엌에서 뛰쳐나갔다.

그는 그녀가 가는 것을 지켜보았다. 피부가 조여드는 느낌이었고 못이라도 박을 수 있을 만큼 단단해져 있었다. 성적 좌절감이 그의 속을 할퀴었고 세 가지 선택안이 있었다. 그녀를 쫓아가 버둥거리며 옷을 벗기는 것, 그 혼자서 알아서 처리하는 것, 아니면 운동기구 방에서 좌절감을 운동으로 푸는 것. 그는 세 번째, 가장 건전한 것을 택했다.

머릿속에서 그녀를, 그녀의 피부 맛과 손에 감싸인 그녀의 가슴 감촉을 몰아내기 위해 러닝머신 삼십 분을 달렸다. 그리고 삼십 분을 더 실내 자전거를 타고, 근력 트레이닝에 들어갔다.

나이 서른다섯에, 존은 하키에서 은퇴하기까지 이제 2년 정도만 남았을 거라 계산했다. 그 남은 기간을 최고의 해로 만들고 싶었고, 그 어느 때보다 열심히 해야 했다.

하키 기준으로 볼 때 그는 나이가 많았다. 그는 베테랑이었지만, 그 말인즉 스물다섯일 때보다 더 잘하지 않으면 그가 너무 나이 많고 느려졌다는 수군거림을 직면해야 한다는 뜻이었다. 스포츠 기자들과 경영 윗선들은 모든 베테랑들에 대해 회의를 품었다. 그들은 그레츠키, 메시에, 그리고 헐에 대해 회의를 품었다. 그리고 코왈스키에 대해서도. 만약 그가 안 좋은 밤을 보냈거나, 너무 약하게 격돌하거나, 겨냥이 크게 빗나가면 스포츠 기자들은 그에게 엄청난 계약금의 가치가 있는지 대놓고 의문시했다. 그가 이십대일 적엔 그러지 않았으나, 지금은 그랬다.

그에 대해 그들이 한 말 중 몇몇은 진실일 것이다. 어쩌면 몇 초 느려졌을지도 모르나, 그는 순수한 육체적 힘으로 그걸 보충했다. 살아남고 싶다면 적응하고 맞춰 나가야 한다는 것을 그는 오래 전에 알았다. 그는 아직도 상당히 과격한 플레이를 하지만, 이젠 더 똑똑하게 했고, 다른 기술들도 썼다.

지난 시즌 그는 대수롭잖은 부상들만 입고 벗어났다. 훈련 캠프까지 몇 주밖에 안 남은 지금, 그는 신체적으로 평생 최상의 컨디션이었다. 건강하고 탄탄했으며 링크를 휩쓸 준비가 되어 있었다.

스탠리컵에 도전할 준비가 되어 있었다.

존은 근육이 당길 때까지 다리 운동을 하고, 윗몸 일으키기 이백오십 번을 한 다음 샤워를 했다. 위층으로 돌아가기 전 청바지와 흰 셔츠로 갈아입었다.

데크로 나가자 조지앤과 렉시가 긴의자에 앉아 파도를 보고 있었다. 그가 그릴에 불을 피우는 동안 존도 조지앤도 입을 열지 않고 렉시가 긴장된 침묵을 메우도록 두었다. 저녁식사 동안, 조지앤은 그에게 제대로 눈길조차 주지 않았고, 식사가 끝나자 설거지를 하려 벌떡 일어섰다. 그녀가 그에게서 간절히 떨어지려 하고 있으니만큼 그는 그러도록 두었다.

"뭔가 게임 있어요, 존 아저씨?"

렉시가 턱을 괴고 물었다. 머리칼은 뒤로 땋아 내렸고, 조그만 자주색 잠옷을 입고 있었다.

"캔디 랜드나 뭐 다른 거요?"

"없는데."

"카드는?"

"있을지도."

"슬랩잭(아이들 카드게임의 일종) 할래요?"

슬랩잭은 정신을 딴 데로 돌릴 좋은 방법 같았다.

"그러자."

그는 일어서서 카드를 가지러 갔지만 찾아내지 못했다.

"카드가 없나 보다."

그는 실망한 렉시에게 말했다.

"아. 그럼 바비 인형 놀이 할래요?"

차라리 내 왼쪽 불알을 잘라 내고 말지.

"렉시,"

부엌문간에 서서 타월에 손을 닦던 조지앤이 말했다.

"존이 바비 인형 놀이를 하고 싶어할 거 같지 않구나."

“제발,”

렉시가 그에게 애원했다.

“아저씨 먼저 제일 좋은 옷 고르게 해 줄게요.”

그는 커다란 파란 눈과 핑크색 뺨을 한 아이의 조그만 얼굴을 쳐다보았고 자신의 입에서 나오는 대답을 들었다.

“좋아, 하지만 난 켄을 할 거다.”

렉시는 의자에서 폴짝 뛰어내려 달려나갔다.

“다리가 부러져서 켄은 없어요.”

아이가 어깨 너머로 말했다.

그가 조지앤을 돌아보니, 그녀는 불쌍하다는 눈빛으로 고개를 내젓고 있었다. 최소한 이젠 그를 피하지 않고 있었다.

“당신도 할 거야?”

조지앤도 같이 한다면 자신은 조금 하다가 빠질 수 있으리라 여기고 그는 물었다.

그녀는 소리 없이 웃고는 소파로 걸어갔다.

“됐네요. 당신이 좋은 옷을 다 골라 갈 텐데.”

“당신이 먼저 골라도 돼.”

“미안해요, 아저씨.”

그녀는 잡지를 집어들고 앉았다.

“혼자 잘 해 보도록 해요.”

렉시가 장난감을 산더미처럼 들고 돌아왔고, 존은 한동안 발목 잡혔다는 불길한 예감이 들었다.

“아저씨가 보석 머리 바비 해도 돼요.”

렉시는 그에게 벌거벗은 인형을 던지곤, 팔을 벌려 파스텔 플라스틱 가구들을 바닥에 떨어뜨렸다.

그는 바닥에 책상다리를 하고 앉은 다음, 인형을 집어들고 재빨리 훑어보았다. 아이였을 적엔, 벌거벗은 바비를 만지기 위해서라면 거의 뭐든 내주었을 것이다. 이제 바비를 제대로 볼 기회가 주어지자,

그는 바비가 마른 엉덩이에 무릎에서는 뿌드득 소리가 난다는 것을 발견했다.

운명에 굴복하여 그는 바닥에 앉아 옷더미를 뒤졌다. 표범무늬 레오타드와 거기에 맞는 레깅스를 골랐다.

"여기 어울리는 핸드백 있어?"

그는 미용실을 세우느라 바쁜 렉시에게 물었다.

"아뇨, 하지만 부츠는 있어요."

아이는 물건들을 뒤져, 부츠를 내밀었다.

그는 그걸 훑어보았다.

"잘 차려입은 여자라면 누구라도 필요한 바로 그거네, 나가요 부츠."

"나가요 부츠가 뭐예요?"

"신경 쓰지 마."

조지앤이 잡지 뒤에서 말했다.

인형놀이는 존에게 있어 새로운 경험이었다. 그에겐 여동생이나 또래의 여자 친척이 없었다. 어린 시절 그는 액션 피겨*를 가지고 놀기도 했으나 대체로 그냥 하키만 했다.

그는 바비의 단단한 플라스틱 가슴 위로 레오타드를 끌어올린 다음 레깅스로 손을 뻗었다.

인형에게 옷을 입히며 그는 몇 가지를 깨달았다. 우선, 레깅스에 고무 다리를 끼워 넣기란 진짜 고역이었고, 둘째, 만약 바비가 진짜 인간이라면 그가 옷을 입히거나 벗기고 싶어할 타입의 여자가 아닐 것이다. 말라빠졌고 단단하며 발끝은 뾰족했다. 그는 다른 중요한 점도 깨달았다.

"어, 조지앤?"

"흐음?"

---

* 영화나 만화의 캐릭터를 따서 만든 플라스틱 인형.

그는 몸을 돌려 그녀를 쳐다보았다.

"이거 아무한테도 말 안 할 거지, 응?"

그녀는 잡지를 조금 내렸고 커다란 녹색 눈이 그 너머로 그를 쳐다보았다.

"뭘요?"

"이거."

그는 미용실을 가리켰다.

"이런 건 나쁜 새끼라는 내 평판을 심각하게 위협할 수 있다고. 아, 미안."

그는 여자들이 미처 지적하기 전에 말을 고쳤다.

"이런 건 내 삶을 지옥으로 만들 수 있다고."

그녀의 사악한 웃음소리가 그들 사이의 공간을 채웠고 그 역시 웃지 않을 수가 없었다.

여기 앉아 바비 인형의 발을 부츠에 쑤셔 넣으려 하고 있는 자신이 무척이나 멍청해 보일 거라 상상했다. 그러다 갑자기 조지앤의 웃음이 그치고 그녀는 잡지를 테이블에 놓았다.

"난 샤워할래요."

그녀는 일어서며 말했다.

"이제 퍼머 할래요?"

렉시가 물었다.

존은 조지앤이 걸어나가자 흔들리는 엉덩이를 쳐다보았다.

"퍼머 해야 하는 거냐?"

그는 딸에게로 관심을 돌리며 물었다.

"응."

존은 나가요 부츠를 신은 바비를 통통 뛰게 해서 핑크색 미용실 의자에 앉혔다. 미용실에 대해 많이 알진 못했지만, 거기에다 자기들 시간과 그의 돈을 들인 여자친구가 한둘 있었다.

"여기 있는 동안 손톱 손질도 될까?"

그는 묻고, 비키니 왁스*와 살구 마사지를 주문했다.

렉시는 웃음을 터뜨리더니 그더러 웃기다고 했고, 그러자 갑자기 바비 인형 놀이가 그렇게 고역스럽지 않았다.

렉시는 열 시까지 버티다가 지쳐서는 존더러 침대에 안아 데려가 달라고 했다. 바비 미용실 놀이에 호응함으로써 그는 딸에게 큰 점수를 땄다.

다른 때였더라면 조지앤은 렉시의 배신에 상처받았을지도 모르나, 오늘 밤엔 다른 일들이 마음속을 차지하고 있었다. 다른 큰 문제들이. 부엌에서의 그 키스 이후, 존의 호감도는 머리 뻗친 날만이 아니라 눈썹 뽑기보다도 더 위로 치솟았다. 더구나 그는 바닥에 앉아 여섯 살 여자애와 인형놀이를 했다. 처음 그는 우스꽝스러워 보였다. 덩치 크고 근육질에 커다란 손의 남자가 어울리는 핸드백과 플라스틱 부츠를 놓고 고민하는 모습이라니. 자기의 평판을 염려하는 마초 하키 선수.

그런데 어느 순간 그가 전혀 우스꽝스러워 보이지 않았다. 바닥에 앉아 바비한테 레깅스를 껴 입히는 그가 자연스러워 보였다. 그는 아빠처럼 보였고, 그녀는 엄마, 그리고 돌연 그들은 진짜 가족처럼 보였다. 하지만 실제는 아니다. 서로를 쳐다보고 웃음을 터뜨릴 때, 그녀는 약간 가슴이 아파 왔다.

그리고 거기에 우스꽝스러운 면은 전혀 없었다. 그녀는 데크로 나가며 생각에 잠겼다. 바다의 파도는 거의 보이지 않았으나 소리는 들을 수 있었다. 기온이 떨어졌고 그녀는 파란색 스웨터와 데님 스커트로 갈아입은 것을 다행으로 여겼다. 발가락이 좀 시려서 진작에 신발 생각을 했더라면 좋았을 텐데 싶었다. 그녀는 팔로 몸을 감싸고 밤하늘을 올려다보았다. 천문학에 뛰어나진 않았지만 별 보는 것을 좋아

---

* 왁스를 이용하여 비키니 라인의 체모를 정리하는 것.

했다.

등 뒤의 문이 열렸다 닫히는 소리가 들리고, 그녀의 어깨에 담요가 둘러졌다.

"고마워요."

손뜨개 담요를 좀더 단단히 감으며 그녀는 중얼거렸다.

"뭘. 렉시는 시트에 닿기도 전에 곯아떨어진 거 같아."

존이 그녀 옆 난간 앞에 서며 말했다.

"보통 그래요. 난 그걸 늘 축복으로 여겼어요. 렉시를 사랑하지만, 그 애가 잠들었을 때면 반갑더군요."

그녀는 고개를 내저었다.

"심한 소리죠."

그는 나직이 쿡쿡 거렸다.

"아니, 그렇지 않아. 애가 사람을 얼마나 진 빠지게 하는지 알만해. 부모에 대한 존경심이 새로 우러났다니까."

그녀는 바다를 바라보는 그의 옆모습을 올려다보았다. 집에서 흘러나온 불빛이 나무 데크 위를 비추고 그의 얼굴에 그림자를 던졌다. 그는 남청색 고어텍스 재킷을 입고 있었고, 대조되는 녹색 스탠드업 칼라가 소금기 실린 산들바람에 살랑살랑 휘날렸다.

"당신은 어렸을 때 어땠어요?"

궁금해져서 그녀는 물었다. 렉시와 그녀는 사람들이 생각하는 것만큼 그렇게 똑같지 않았다.

"상당히 기운찼지. 나 때문에 할아버지가 십 년은 감수하셨을 거야."

그녀는 그를 향해 돌아섰다.

"어젯밤 어니와 당신 어머니 얘기를 했었죠. 당신 아버지는요?"

존은 어깨를 으쓱했다.

"기억 안 나. 내가 다섯 살 때 차 사고로 돌아가셨거든. 어머니는 직장을 두 군데나 다니셔서, 난 거의 할머니 할아버지 손에 컸지. 할머니는 내가 스물셋일 적에 돌아가셨어."

"그럼 우리에겐 공통점이 있는 셈이네요. 둘 다 할머니 손에 자랐으니."

그가 그녀를 쳐다보았다. 집의 불빛이 그의 옆모습을 밝혔다.

"당신 어머니는?"

수년 전 그녀는 자신의 과거에 대해 거짓말을 하고, 지어내고, 예쁘게 꾸며냈었다. 그는 기억하지 못하는 게 분명했다. 이제 그녀는 스스로를 자연스럽게 받아들였으며 거짓말할 필요를 느끼지 못했다.

"어머니는 날 원치 않았어요."

"당신을 원치 않아?"

그의 눈썹이 처졌다.

"왜?"

그녀는 어깨를 으쓱하고 검은 밤바다와 그보다 더 검은 헤이스택 바위의 실루엣을 바라보았다.

"어머닌 결혼을 하지 않았고 내 짐작엔……."

그녀는 잠시 입을 다물었다 말했다.

"사실은, 난 몰라요. 작년에서야 어머니가 낙태를 하려 했지만 할머니가 만류했다는 말을 아주머니한테서 들었으니까. 내가 태어났을 때, 할머니가 날 병원에서 집으로 데리고 가셨어요. 어머닌 날 보지도 않고 마을을 떠난 거 같아요."

"진짜야?"

그는 믿을 수 없다는 말투였다.

"물론이죠."

그녀는 자기 몸을 더 꽉 끌어안았다.

"늘 어머니가 돌아올 거라 믿고, 어머니가 날 원하게끔 착한 아이가 되려고 노력했죠. 하지만 어머니는 결코 돌아오지 않았어요. 전화조차 하지 않았죠."

그녀는 다시 어깨를 으쓱하고 팔을 문질렀다.

"그래도 할머니는 그걸 메워 주려 애쓰셨죠. 날 사랑하고 힘닿는 한 잘 보살펴 주셨어요. 그건 날 누군가의 아내가 되게끔 제대로 준비시킨다는 뜻이었죠. 할머닌 당신 돌아가시기 전에 내가 결혼하는 걸 보고 싶어하셔서, 말년에는 내 남편감을 찾는 데 심혈을 기울이셨어요. 그 정도나 너무 심해져서 같이 식품점에 갈 수도 없었죠."

그녀는 추억에 미소지었다.

"계산원부터 상품 관리자까지 모든 사람과 날 짝지으려 드셨죠. 하지만 할머닌 사실 내심 정육 담당 클레터스 J. 크렙스를 마음에 두고 계셨어요. 돼지 사육 농가에서 자라서서 자연히 좋은 돼지고기에 약했거든요. 그가 결혼했다는 걸 알았을 땐 당연히 낙담하셨죠."

그녀는 그에게서 폭소가 터져 나올 줄 알았으나 킥킥거리는 소리조차 없었다.

"당신 아버진?"

"어떤 분인지 몰라요."

"아무도 말해 주지 않았어?"

"어머니를 제외하면 아무도 모르는데, 어머닌 말하지 않았어요. 어렸을 때 난 가끔 생각하길……."

그녀는 말을 끊고, 민망함에 고개를 저었다.

"별거 아니에요."

그리곤 담요에 코를 묻었다.

"무슨 생각을 했는데?"

그녀는 그를 올려다보고 그의 목소리에 담긴 다정함에 대꾸했다.

"바보 같죠, 하지만 아버지가 알았다면 내가 늘 착한 아이가 되려 그렇게 노력했으니 날 사랑해 줄 거라 생각했어요."

"바보 같지 않아. 알았다면 그분은 분명 당신을 무척 사랑하셨을 거야."

"난 그렇게 생각하지 않아요."

살아오면서, 그녀가 가장 사랑을 받고 싶었던 남자들은 사랑을 주지 않았다. 존이 바로 그 훌륭한 예가 아니던가. 그녀는 고개를 돌리고 바다를 바라보았다.

"그분은 아마 신경 쓰지 않았겠지만, 그렇게 말해 줘서 고마워요."

"아냐, 그렇지 않아. 분명히 그랬을 거라 확신해."

그녀는 분명히 그러지 않았을 거라 확신했지만 상관없었다. 환상은 여러 해 전에 포기했으니까.

바람이 그들의 머리칼을 흩트리고 검정과 은빛의 파도를 지켜보는 그들 사이에 침묵이 자리했다. 그리곤 존이 말했다. 바람보다 클까말까한 소리로.

"당신은 내 마음을 아프게 해."

그는 재킷 주머니에 양손을 찔러 넣고 돌아서서 그녀를 마주했다.

"아까 부엌에서 있었던 일에 대해 얘기해야겠어."

조지앤은 그의 고백에 아연해졌고 별로 그들의 키스에 대해 얘기하고 싶지 않았다. 왜 그가 자신에게 키스했는지, 왜 그가 자신에게서 싫다고 말할 의지를 빨아들이기라도 한 듯 반응했는지 알 수가 없었다. 발이 시렸고, 물러나서 생각을 정리할 때라고 생각했다.

"알겠지만 난 당신에게 무척 끌리고 있어."

그녀는 좀더 있으면서 그의 말을 듣기로 했다.

"당신에게 관심 없다고, 무감각하다고 말했었지. 음, 그건 거짓말이었어. 당신은 아름답고 부드러워. 만약 우리 사이의 상황이 달랐다면 당신과 사랑을 나누기 위해 폐라도 떼어 줬을 거야. 하지만 상황이 상황이니, 만약 내가 당신을 덮쳐 버리기라도 할 듯이 쳐다보는 걸 발견하더라도 내가 안 그러리라는 걸 알아줬으면 해. 난 서른다섯 살이고 자제할 수 있어. 내가 뭐든 다시 시도할까 봐 걱정하지 않았으면 해."

지금까지 그녀와 함께 하기 위해서라면 장기라도 떼어 주겠다고 한 사람은 아무도 없었다.

"당신에게 키스하거나 만지거나 달려들지 않을 거라고 약속할게.

우리 사이의 섹스는 실수가 될 거라는 데 당신도 동의할 거라고 생각해."

비록 동의하긴 해도, 그가 자제할 수 있다는 것에 그녀는 조금 실망했다.

"맞는 말이에요, 물론."

"우리가 지금까지 쌓아올린 협력적인 관계를 망치게 될 거야."

"사실이죠."

그는 돌아서서 그녀를 쳐다보았다.

"우리가 무시하면 사라질 테지."

그의 시선이 그녀의 머리칼로, 그리고 얼굴로 움직였다.

"그렇게 생각해요?"

그의 미간에 주름이 잡히고 그는 천천히 고개를 저었다.

"아니, 순 개소리지."

그는 주머니에서 손을 빼서 그녀의 뺨을 따스한 손바닥으로 감쌌다. 그의 엄지가 그녀의 싸늘해진 피부를 스치고 그는 고개를 숙여 그녀와 이마를 맞대었다.

"난 꽤나 이기적인 남자고 당신을 원해."

그의 목소리는 낮았다.

"당신한테 키스하고 싶고 만지고 싶고,"

그가 말을 멈추었고 그녀는 그의 눈에서 미소를 보았다.

"당신의 끝내 주는 몸에 달려들고 싶어. 서른다섯이라도 당신과 함께 있으면 나 자신을 자제할 수가 없어. 당신을 원하는 마음이 점령해 버려서 내내 당신과 사랑을 나누는 생각을 해. 알고 있었어?"

그는 그녀를 포위하고, 숨도 쉴 수 없게 해 버렸으며 그녀의 저항력을 고갈시켰다. 아무 말도 못하고 그녀는 고개를 저었다.

"어젯밤 당신에 대한 아주 야한 꿈을 꿨어. 뜨거웠지. 말로 할 수조차 없는 일들을 당신에게 했지. 어떤 건지 말하면 일이 꼬일 테니까 말 못해."

그가 내 꿈을 꿨다고? 그녀는 뭔가 똑부러지고 도발적인 말을 생각해 내려 했으나 떠오르지 않았다. 그가 그녀의 끝내 주는 몸에 달려들고 싶다고 말했을 때 그녀의 남은 이성적인 사고능력은 날아가고 말았다. 그녀는 늘 자신을 서툴고 둔하다고 여겨 왔다.

"그러니 당신이 이성적이길 기대하고 있어. 당신이 내게 안 된다고 말해 주길."

그는 그녀와 입술을 스치고 말했다.

"안 된다고 말하면 그냥 내버려 둘게."

그는 너무나 가까웠고 너무나 잘생겼으며 그녀는 이성적이 되기엔 너무나 그를 원하고 있었다. 그의 품안으로 파고들고 싶었으며 안 된다고 말하는 건 생각조차 할 수 없었다. 그녀의 손이 담요를 놓자 어깨에서 흘러내려 발치에 떨어졌다. 그녀는 그의 재킷 옷깃을 움켜쥐었다. 그녀의 혀끝이 가볍게 그의 입술 사이를 건드리자 그는 그녀에게 입을 열었다. 아까 그들이 나눈 키스는 천천히 시작했지만 몇 초 만에 불붙었었다. 이번 키스는 입술에서 머물렀다. 입이 벌어지고 혀가 살짝 닿았다. 밤은 길고 둘 중 누구도 서두르지 않았다.

수년 전, 그녀는 남자를 기쁘게 하는 방법을 알고 있었다. 예술의 경지까지 갈고 닦은 기술은 그녀 안 어딘가에 깊이 묻혀 있었다. 자신이 남자를 희롱하는 방법을, 미치게끔 몰아가는 방법을 아직 알고 있는지 알 수가 없었다. 손을 그의 바지 허리로 가져가 천천히 재킷 아래로 파고들어 그의 따스한 복부에서 가슴으로 미끄러져 올라갔다. 그녀의 손길 아래 그의 단단한 근육이 조여들고 그의 입은 더 깊이 그녀를 파고들며 부드럽게 빨아들였다. 그녀의 혀는 그를 희롱했고, 그녀는 그의 둔중한 심장박동을 느꼈다. 그는 한 손을 그녀의 골반으로 가져가 그녀를 더 가까이 끌어당겼다.

아랫배에 맞닿은 그가 부풀어오르는 것을 느꼈다. 그는 길고 단단했다. 열정과 여성으로서의 만족감이 뒤섞이고 그녀를 꿰뚫어, 허벅지 사이에 자리잡았다. 가볍게 그를 스치자 그녀의 열정은 달아올라

뒤틀렸다. 그녀의 골반을 잡은 그의 손아귀에 힘이 들어가더니, 그가 그녀의 입술에서 떨어졌다.

"7년 전 당신은 좋았지."

밤바람에 그의 짧은 옆머리가 살랑거렸다.

"지금은 더 나아졌단 기분이 들어."

조지앤은 실습 덕분이 아니라고 말할 수도 있었다. 사실 실습에서 물러난 지 너무 오래되어 적절한 관능적인 대꾸를 할 수가 없었다. 정신을 빼놓는 그의 감각적인 입과 머릿속을 채우는 그의 부끄러운 줄 모르는 말들이 사라지자, 스웨터 사이로 파고 들어오는 선뜻한 바람을 느끼고 그녀는 부르르 떨었다.

"가지."

그가 말하고 그녀의 손을 잡았다. 그들은 나란히 집안으로 들어가 문을 닫았다. 존은 그녀의 입술에 살며시 키스하고 재킷을 벗었다.

"아직 추워?"

재킷을 소파에 던지며 그가 물었다.

조지앤의 팔뚝 잔털이 쭈뼛거렸지만 추위 때문은 아니었다.

"괜찮아요."

그녀는 스웨터 위로 팔을 문질렀다.

"어쨌든 벽난로 불 피우면 어떨까?"

다시 그의 입술을 느낄 때까지 오래 기다리고 싶진 않았으나, 사랑에 굶주린 것처럼 보이고 싶지도 않았다.

"너무 수고스럽지 않다면요."

그는 느긋하게 씨익 웃어 보였다.

"아, 어떻게 해 볼 수 있을 거 같아."

그리고는 청색과 흰색의 타일 맨틀로 걸어가 스위치를 켰다. 오렌지색 불꽃이 가스 분사구에서 뿜어져나와 가짜 장작을 감쌌다.

조지앤의 입가에도 미소가 떠올랐다.

"그건 반칙이라고 봐요."

“내가 보이스카웃이라면 그렇겠지, 하지만 아니잖아.”
“진작에 짐작했어야 했는데.”
그녀는 돌아서서 창밖을 쳐다보았지만 그녀 자신의 모습 너머는 볼 수가 없었다. 다급히 자신이 새틴 속옷을 입었던가 아니면 평범한 하얀 면으로 갈아입었던가 기억해 내려 애쓰는 동안 잠시 어쩔 바를 모르고 당황했다.
“뭘?”
그가 그녀 뒤에 와 서면서 물었다.
“내가 보이스카웃이 아니라는 거?”
그는 그녀를 자신의 품으로 끌어당겼다.
“아니면 내가 가짜 불을 갖고 있으리라는 거?”
조지앤의 창에 비친 그의 모습을 쳐다보았다. 그의 근사한 얼굴을 응시했고, 이제 자신의 팬티가 수수한지 야시시한지 더 이상 신경 쓰지 않았다. 등을 조금 휘고 엉덩이를 그의 사타구니에 눌렀다.
“당신 불은 가짜예요, 존?”
그는 숨을 훅 들이쉬었고 입을 연 그의 웃음소리는 약간 긴장되어 있었다.
“당신이 착한 아이라면, 나중에 보여 줄게.”
그는 그녀의 정수리에 키스하고 그녀의 스웨터 자락을 잡았다.
“하지만 지금은, 당신이 내게 보여 줘.”
그는 그녀의 머리 위로 스웨터를 벗겨 한쪽으로 내던졌다. 그녀에게 처음 떠오른 본능은 손을 올려 그의 눈길로부터 가슴을 가리는 것이었다. 하지만 그러는 대신 팔을 내린 채 데님 스커트와 파란색 새틴 브라 차림으로 그의 앞에 서 있었다. 그의 손가락이 그녀의 배를 스치더니 묵직한 젖가슴을 강한 손으로 감쌌다.
“아름다워.”
그녀의 유두를 감싼 새틴 위로 엄지를 문지르며 그가 말했다.
“너무 아름다워서 숨도 제대로 쉴 수가 없어.”

조지앤은 그 기분을 알았다. 그의 손이 자신의 젖가슴을 들어 올리는 것을 지켜보고 있자니 폐에서 공기가 전부 빠져나간 듯한 기분이었다. 그가 브라를 풀고 천천히 끈을 어깨에서 밀어 내리는 동안 그녀는 눈길을 돌릴 수가 없었다. 파란 새틴이 그녀의 가슴 곡선을 미끄러져 내려가 젖꼭지를 스치고는 그녀의 팔에서 바닥으로 떨어졌다. 갑자기 부끄러워져서 조지앤은 몸을 돌려 그의 가슴에 파묻혀 뜨거운 시선에서 도망치려고 했다. 하지만 그는 손을 그녀의 허리로 내리고 그 자리에 잡아 두었다.

"누가 우릴 볼지도 몰라요."

"밖엔 아무도 없어."

그는 가볍게 손끝으로 그녀의 젖가슴 끝을 쓸었다.

그녀의 숨결이 얕아졌다.

"있을지도 모르잖아요."

"우린 해변과 같은 높이가 아냐. 훨씬 높은 걸."

그녀는 뾰족해진 젖꼭지를 그가 엄지와 검지로 살며시 집는 것을 지켜보았고, 불현듯 더 이상 신경 쓰지 않았다. 사람들이 떼를 지어 데크를 행진해 간다 해도 신경 쓰지 않을 것이다. 그녀는 등을 휘고 양팔을 들어올렸다. 그의 뒤통수를 감싸 입술을 자신에게로 내렸다. 그의 입안으로 혀를 밀어 넣고 뜨겁고 탐욕스럽게 키스했다. 그는 가슴 깊이 신음하며 그녀의 가슴을 희롱했다. 들어 올리고 움켜쥐고, 그 다음엔 그녀의 허리 단추로 손을 가져갔다. 그녀의 스커트와 파란 새틴 속옷이 엉덩이와 허벅지를 지나 발치에 떨어졌다. 그녀는 옷에서 빠져나와 한켠으로 차내고, 벌거벗은 몸이 되어 맨엉덩이를 그의 청바지 지퍼에 댔다. 그는 완전히 옷을 차려입은 반면 그녀는 완전히 벌거벗었고, 살갗에 닿는 닳은 데님의 감촉은 지극히 에로틱했다. 그는 그녀의 엉덩이에 자신의 흥분한 남성을 밀어붙이면서 입으로 그녀의 목선을 따라 뜨겁고 자잘한 키스들을 흩뿌렸다. 그녀의 어깨를 살짝 깨문 다음, 입으로 빨아들였다.

조지앤은 창으로 시선을 돌리고, 흐릿한 유리를 통해 그의 커다란 손이 자신의 몸을 가로지르는 것을 지켜보았다. 그는 그녀의 가슴을, 배를, 엉덩이를 애무했다. 한 발을 그녀 발 사이에 넣어 벌어지게 했다. 그리고는 그녀의 벌어진 허벅지로 손을 내려 부드럽게 다루었다. 그의 손가락에 스친 그녀는 젖어 매끄러웠고 그의 손길에 예리한 갈망을 불렀다. 몸 속이 녹아 내려 아래에 고이는 듯했다. 그의 손, 그의 입, 그의 뜨거운 눈길. 그녀는 유리창에 비친 자신의 얼굴을 바라보았으나 자신을 마주하고 있는 여자를 알아볼 수가 없었다. 창에 비친 여자는 취한 듯이 보였다. 자신이 신음하는 것을 들었고, 그를 제지하지 않으면 자기 혼자서 절정에 도달할까 두려웠다. 그러고 싶지 않았다. 그가 자신과 함께 하길 원했다.

그녀는 황홀한 몇 초 동안 그의 손이 주는 쾌락을 만끽하고는, 돌아서서 그의 목에 팔을 감았다. 탐욕스레 그에게 키스하며 무릎으로 그의 허벅지 바깥쪽을 쓸어올렸다. 그의 손가락이 그녀의 척추를 타고 감각적으로 더듬어 내려갔고, 그는 그녀의 엉덩이를 움켜쥐고 발끝으로 서게 들어올려 밀착하여 허리를 돌렸다. 그녀는 그의 목으로 입을 가져가 그의 피부를 맛보았다. 그는 신음했고 그녀는 그의 몸을 미끄러져 내려가 그 앞에 섰다. 그녀의 손이 그의 배로, 티셔츠 자락으로 내려갔고, 그녀는 신축성 있는 면 티셔츠 자락을 그의 바지 허리에서 끌어냈다.

존은 한 팔을 머리 위로 들어 셔츠의 등 쪽을 움켜쥐고는 머리 위로 벗어 던져 버렸다. 조지앤은 열정으로 가득한 그의 푸른 눈에서 짧고 짙은 털이 덮고 있는 그의 크고 근육질 가슴으로 시선을 내렸다. 그녀의 젖가슴 끝이 그의 납작한 갈색 유두 몇 인치 아래에 닿았다. 가는 체모 한 줄이 가슴을 따라 내려가, 그녀의 풍만한 가슴 계곡 사이를 지나 바지 허리 아래로 사라졌다.

"당신을 봐."

그가 속삭임보다 클까말까 한 소리로 말했다. 그의 목소리는 욕망으로 온통 허스키 해져 있었다.

"당신은 내가 받아 본 중 최고의 선물 같아. 모든 크리스마스를 하나로 근사하게 포장해 묶은 것처럼."

조지앤은 그의 바지 단추를 당겨 벌어지게 했다.

"그간 좋은 아이로 지냈나요?"

그녀는 그의 청바지 안으로 양손을 밀어 넣으며 물었다.

그는 빠르게 숨을 들이켰다.

"맙소사, 그래."

그녀는 그의 팬티 허리를 잡아당겨 납작한 배 아래로 끌어내렸다.

"그렇다면,"

목을 울리며 말하고 그의 길고 단단한 남성을 한 손가락으로 주욱 쓸어올렸다.

"어떻게 해 주길 원해요? 나쁘게 아니면 착하게?"

운동화를 벗어 내던지는 그의 폐에서 훅 숨이 뿜어져 나왔다.

"난 착하게 사는 방법이라곤 몰라, 그리고 이제 와서 바꾸기엔 너무 오랜 세월을 페널티 박스*에서 보냈거든."

"그럼 나쁜 아이?"

그녀는 그의 청바지와 속옷을 끌어내리고, 그의 맨허벅지를 손으로 쓸어올렸다. 그녀의 손길 아래 그의 근육이 단단해졌고 그녀는 자신이 그에게 미치는 영향에 기뻐했다.

"오, 그래."

옷에서 발을 빼는 그의 목소리는 경직되어 있었다. 그는 지갑을 바지에서 꺼내 소파 끝 테이블 위에 던졌다. 그리곤 완전히 벌거벗은 채 그녀 앞에 섰다. 다년간의 훈련으로 완전히 다듬어진 키 크고 단단한 운동선수. 그에게 부드러운 구석이라곤 하나 없었다. 그의 육체적인 직업이 그의 강인한 몸에 드러났다.

---

* 아이스하키에선 반칙을 저지른 선수는 경기에서 제외되어 2분 간 페널티 박스에 들어가 있어야 한다.

그녀가 그에게 다가서자, 뜨거운 남성의 굵은 머리부분이 그녀의 배에 닿았다. 그녀의 손이 그의 복부를 쓸어올라갔고, 그의 내리 깔린 눈길을 올려다보았을 때, 그녀는 자신이 남자를 기쁘게 하는 방법을 잊지 않았음을 깨달았다. 이 남자를 기쁘게 하는 방법은 잊지 않았다.

7년 전 그는 어떻게 하면 그를 미치게 만들 수 있는지 보여 주었고, 그녀는 잊지 않았다. 앞으로 몸을 숙여 그의 납작한 젖꼭지에 혀를 가져다 댔다. 그녀의 입술 아래 그것이 튀어 오르더니 단단해졌다. 그의 양손은 그녀의 뒤통수로 올라가 머리칼에 손가락을 얽었다.

"당신 때문에 죽을 거 같아."

조지앤은 일어나면서 자신의 젖가슴 끝이 그의 가슴을 스치게 했다.

"그럼 하느님이 당신의 영혼에 자비를 베푸시길."

그녀는 속삭이며 그의 귓불을 빨아들이고 따스한 그의 몸에 몸을 문질렀다. 목과 어깨를 자근자근 조금씩 깨물어 가다가, 배에서 아랫배로 이어지는 체모에 주욱 키스해 내려갔다. 그의 앞에 무릎을 꿇고 그의 숨이 가빠질 때까지 키스하고 애무하고 희롱했다.

"타임 아웃."

그가 헐떡이고는 그녀의 팔을 잡아 일으켜 세웠다.

"타임 아웃 없어요."

그녀는 그의 가슴에 손바닥을 대고 밀었다. 그는 한 걸음 뒤로 물러났고 그녀는 따라갔다.

"이건 하키 게임이 아니에요."

그녀는 그의 발꿈치가 부딪힐 때까지 계속 밀었다.

"그리고 난 선수들 중의 하나가 아니고."

그는 앉았고 그녀는 그의 허벅지 사이에 들어섰다.

"조지, 허니, 아무도 당신을 남자로 잘못 볼 일은 없을 거야."

그는 한 손으로 그녀의 엉덩이를 애무하면서 가까이 당겼다. 젖꼭

지를 뜨거운 입 안으로 빨아들이고 다른 쪽 손가락으로 불길을 쓰다
듬었다. 그가 자신의 가슴에 키스하는 모습을 보는 동안 그녀의 핏줄
에 생생한 감정이 고동쳤다. 이 사람은 존이다, 그녀를 아름답고 탐
스러운 기분이 들게 만드는 남자. 그녀의 마음을 찢어 놓고 열 달 후
에 돌려준 남자. 그녀는 눈을 감고 그를 꼭 끌어안았다. 그가 손과 입
으로 그녀를 애무하는 동안 그를 안고 있었고, 자신의 입에서 이젠
되었다는 말이 나오는 것이 들렸다. 자신이 거의 끝까지 갔다고 느껴
졌을 때 그녀는 뒤로 물러섰다.

아무 말 없이 그는 구석 테이블 위의 지갑에서 은박 포장된 콘돔
을 꺼냈다. 이로 포장을 찢었지만, 그걸 씌우기 전에 조지앤이 그에
게서 콘돔을 가져갔다.

"남자에게 여자 일을 시키지 말라던데."

그녀는 얇은 라텍스를 그에게 씌웠다. 그가 자신의 손 안에서 고동
치는 것을, 준비되어 절정을 향해 잔뜩 긴장하고 있음을 느꼈다. 그
의 무릎에 올라타 그의 푸른 눈을 들여다보았다. 천천히 그녀는 그의
발기한 남성 위로 몸을 내렸다.

그는 크고 단단했으며 몇 번의 시도 끝에 그녀를 완전히 채웠다.
그녀는 그를 깊이 받아들인 채 잠시 꼼짝 않고 앉아, 그를 받아들이
기 위해 자신의 몸이 적응하는 것을 느꼈다. 그는 뜨거웠고, 그녀는
만족스러우면서도 동시에 초조했다. 그의 목 근육이 단단해지고 그녀
는 그의 강철같은 어깨에 손톱을 박았다. 그의 눈은 흐릿해지고 턱은
굳어졌다. 그녀는 그의 입술에 키스한 다음, 움직이기 시작했다. 흥분
때문인지 경험 부족 탓인지 그녀의 움직임은 어색했다. 그녀의 무릎
이 소파에 파묻혔고, 그가 돌진해 오자 그녀는 몸을 일으켰다.

"긴장 풀어."

그의 양손이 그녀의 엉덩이를 감쌌다.

"여유를 갖고."

조지앤은 그의 입을 덮치고 답답함에 신음을 내질렀다. 긴장을 풀

수 없었고 여유를 가지기엔 너무 흥분해 있었다.

존은 그녀에게서 입을 떼어 내고는, 그녀의 등과 엉덩이에 팔을 감아 함께 몸을 굴려 그녀가 소파에 누워 자신을 올려다보게 했다. 그는 여전히 그녀 안 깊숙이 파묻혀 있었다. 한쪽 무릎을 소파에 딛고 다른 발은 바닥을 디뎠다.

"여자에게 남자 일을 시키지 말아야지."

그는 말하고 물러났다. 괴로운 신음이 그녀의 목에서 흘러나오고 그는 다시 그녀 안 깊숙이 돌진했다. 그녀는 그에게 매달렸고 그는 그녀 안으로 계속하여 파고들며 그녀를 직전까지 몰아갔다. 그녀는 알아들을 수 없는 말을, 아마 나중에 부끄러워할 말을 중얼거렸지만, 지금으로선 자제할 수도 없었고 신경 쓰지도 않았다.

"바로 그거야, 허니."

그는 깊이 돌진하며 속삭였다.

"당신이 뭘 원하는지 말해."

그리고 그녀는 그렇게 했다, 아주 세세하게. 숨을 몰아쉬며 그는 그녀의 얼굴 양옆에 손을 짚었다.

그는 그녀에게 아름답다고, 그녀가 얼마나 근사하게 느껴지는지 말했다. 매번의 진입마다 그는 그녀를 산 채로 불태웠고, 절정에 올랐을 때 그녀는 그의 이름을 외쳤다. 그녀의 몸은 그를 세게 쥐어짰으며 그녀가 정점에서 가라앉는 것을 막 느꼈을 때 다시 시작되었다.

존의 눈은 질끈 감기고 숨결은 잇새로 가쁘게 새어나왔다. 그는 그녀의 외침에 만족의 신음으로 답했다. 마지막으로 그녀 안으로 파고들었고, 끝에 달했을 때 그의 근육은 돌처럼 굳어졌으며 그는 하키선수처럼 욕설을 내뱉었다.

14

존은 침대 가장자리에 앉아 은색과 푸른색의 운동화에 발을 쑤셔 넣었다. 방은 전쟁터 같았다. 시트는 매트리스 한가운데에 뭉쳐졌고 오리털 이불과 베개는 바닥에 내던져져 있었다. 반쯤 먹은 햄 샌드위치가 놓인 접시가 서랍장 위에 쌓였고 지역 화가에게서 사들인 유화는 벽에서 떨어져 액자가 부서져 있었다.

그는 신발끈을 묶고 일어섰다. 방에서는 그녀 냄새가, 자신의 냄새가 났다—그리고 섹스의 냄새가. 그는 젖은 타월 더미를 건너뛰고 서랍장에서 워크맨을 집어들었다. 헤드폰을 목에, 카세트 플레이어는 반바지 허리에 걸었다.

격정적이었다. 그게 그가 생각해 낼 수 있는 어젯밤을 묘사할 유일한 단어였다. 아름답고 격정적인 여자와의 격정적인 섹스. 이보다 더 좋을 수 있을까.

다만 문제가 있었다. 조지앤은 그냥 여느 아름답고 격정적인 여자가 아니었다. 그가 데이트하던 상대가 아니었다. 여자친구가 아니었다. 그리고 단지 하키선수와 재미를 보고 싶어하는 그런 여자가 단연코 아니었다. 그녀는 그의 아이의 어머니였다. 일이 복잡해질 수밖에 없었다.

그는 복도로 나갔다. 그의 발길은 손님방 앞에 멈추었고, 반쯤 열려진 문 사이로 안을 들여다보았다. 조지앤의 눈은 커튼 너머로 스며드는 새벽 햇살 아래 감겨져 있었고, 숨결은 느리고 편안했다.

그녀는 『초원의 집』에 나오는 것 같은, 목까지 단추를 채우는 하얀 나이트가운 차림이었다. 하지만 네 시간 전쯤엔, 그녀는 침실의 거품 욕조에서 벌거벗고 최선을 다해 로데오 퀸 흉내를 내고 있었다. 약간 연습하자 정말 잘하기도 했었다. 특히 그녀가 그 섹시한 남부 목소리로 그의 이름을 속삭이며 몸을 들썩이는 몸짓이 좋았다.

조지앤 뒤의 움직임이 그의 주의를 끌었고 그는 렉시에게로 눈길을 돌렸다. 아이가 옆으로 돌아누우며 시트 대부분을 끌어가는 것을 지켜보았다. 그는 물러나서 계단을 올라갔다.

어젯밤 그녀는 또다시 자신의 과거 일부분을 보여 주었다. 혼란스럽고 상처받은 어린 소녀가 드러났고, 성인으로서의 그녀를 보는 그의 관점에 새로운 측면을 더했다. 그녀가 뭔가를, 딱히 그녀에 대한 그의 인식을 바꾸려 그랬다고는 여겨지지 않았다. 하지만 그렇게 되었다.

존은 부엌으로 들어가 냉장고를 열고 고단백 고탄수화물 요구르트 셰이크를 꺼냈다. 발로 문을 닫으며, 퀵 에너지 드링크의 뚜껑을 따고 자동응답기의 되감기 버튼을 눌렀다. 볼륨을 높이고 한쪽 골반을 카운터에 기대고는 아침식사를 입가로 가져갔다.

첫 메시지는 어니에게서 온 것이었고, 할아버지가 또 메시지를 남겨야 하냐며 늘상 하는 잔소리를 듣는 동안 그는 조지앤을 생각했다. 자기 어머니에 대해 아무렇지도 않게 말하던 그녀의 목소리를 생각했다. 그녀는 식품점의 정육 담당에게 자신을 시집보내려던 할머니에 대해 농담했고, 자기 아버지의 사랑을 기대하는 것이 바보스럽다고 생각했다. 그게 너무 큰 기대라도 되는 듯이 민망해 했다.

자동응답기가 삑 하더니 그의 에이전트 더그 헤네시가 존에게 바우어 사와 잡아 놓은 회의를 통보했다. 그는 자신의 스케이트를 맞춤 제작하는 사람들과 앉아서 왜 지난 시즌 그의 부츠가 불편해지기 시작했는지 알아내야 했다. 존은 늘 바우어를 신었다. 앞으로도 그럴 테고. 그는 아는 몇몇 남자들만큼 미신적이진 않았으나, 제조사를 바꾸느니 문제를 바로잡는 쪽을 택할 만큼은 미신적이었다.

그는 남은 요구르트 드링크를 들이키고, 캔을 구겨서 쓰레기통에 던졌다. 자동응답기가 꺼졌고 존은 부엌에서 나갔다. 안개가 데크와 그 아래 해변을 감돌고 있었다. 드문드문 아침 햇살이 안개를 뚫고 거실 창문을 통해 빛의 파편을 던졌다.

지난밤 그는 저 창문에서 그녀를 보았다. 그녀의 옷이 아름다운 몸에서 흘러내리는 것을, 열정으로 그녀의 입매가 느슨해지고 눈이 흐릿해지는 것을 지켜보았다. 자신의 손이 그녀의 매끄러운 피부를 쓸어 가고 손바닥이 부드러운 젖가슴을 감싸는 것을 지켜보았다. 그녀가 맨엉덩이를 자신의 바지 앞자락에 위아래로 문지르는 것을 지켜보자, 바로 그 자리에서 폭발할 뻔했다.

조용히 존은 데크로 나갔다. 해변으로 향하는 계단을 최대한 가볍게 뛰어 내려갔다. 조지앤을 깨우고 싶지 않았다. 어젯밤 이후 그녀는 십중팔구 수면이 필요할 테니까.

그는 생각을 해야 했다. 어제 일에 대해 그리고 이제 어떻게 할지 생각해야 했다. 조지앤을 피해 다닐 수는 없다, 그리고 싶지도 않고. 그는 그녀를 좋아했다. 인생에서 그 모든 것을 성취한 그녀를 존경했다, 특히 이제 그녀를 조금 더 이해하게 되고 나선 더욱. 그리고 이제 왜 그녀가 7년 전 렉시에 대해 그에게 말하지 않았는지 더 이해하게 되었다. 그녀가 말하지 않았던 게 좋았다고는 말 못해도, 이제 화가 나진 않았다.

하지만 화가 나지 않았다는 것과 사랑에 빠져 있다는 것은 천지차이다. 그는 그녀를 좋아했다. 그녀가 그 이상을 원치 않았으면 했다. 왜냐하면 자신은 그 이상을 줄 수가 없다는 생각이 들기 시작했으니까. 그는 두 번을 결혼했고 두 여자 다 사랑하지 않았다.

사람들은 섹스를 사랑과 혼동한다. 존은 결코 그러지 않았다. 그 둘은 완전히 따로 떨어져 있었다. 그는 할아버지를 사랑했다. 어머니를 사랑했다. 첫 아이 토비, 그리고 이제 렉시에 대해 느끼는 사랑은 그의 골수 깊숙이 파고들었다. 하지만 여자와 사랑에 빠진 적은 없었다. 남자를 미치게 만드는 그런 사랑은. 그는 조지앤이 섹스와 사랑을 분리하기를 바랐다. 그녀가 그럴 수 있을 거라 생각했지만, 만약 그러지 못한다면 그녀를 상대하기란 진짜 어려워질 수밖에 없었다.

어젯밤 손을 잘 간수해야 마땅했을 테지만, 조지앤이 관련된 일에선 그는 하지 말아야 할 일을 저지르기가 태반이었다. 그녀에 대한 열망이 그를 뒤틀어 놓았고 섹스는 다분히 피할 수 없는 결말이었다. 이제 스스로에게 손을 잘 간수하라고 말할 수 있겠지만 경험상 아마 그러지 않으리라는 것을 알고 있었다. 조지앤에 대해선 그의 기록은 그다지 좋지 않았다. 그녀는 굉장한 몸을 지녔고 그녀와의 섹스는 최고였다.

존의 발이 젖은 모래에 닿았고 그는 왼발을 뒤로 들었다. 발목을 잡고 대퇴근 스트레칭을 했다.

그들의 관계는 여기에 문젯거리를 더하지 않아도 이미 미약했다. 그녀는 그의 아이의 어머니고, 그는 생각을 순수하게 제한해야만 했다. 그녀의 부드러운 입에 키스하며 그녀 안으로 깊숙이 밀고 들어가는 것을 생각하면 안 된다. 스스로를 자제할 것이다. 자기 제어로 먹고사는 운동선수가 아닌가.

그리고 만약 실패하면……

존은 발을 내리고 다른 다리를 뻗었다. 실패하지 않을 것이다. 그건 생각조차 하지 않을 거다. 일주일에 두어 번쯤 그녀의 집에 들러 그녀를 구슬려 옷을 벗기는 생각도 안 할 거다.

조지앤은 하품이 터져나오는 입을 가리며 프룻 룹스 시리얼 그릇에 우유를 부었다. 머리칼을 한쪽 귀 뒤로 넘기고, 부엌을 가로질러 가 시리얼을 식탁에 놓았다.

"존 아저씨는 어디 있어?"

렉시가 스푼을 들며 물었다.

"모르겠다."

조지앤은 딸 맞은편 의자에 앉아 로브 옷깃을 여몄다. 식탁에 팔꿈치를 괴고 손으로 턱을 받쳤다. 그녀는 녹초가 되도록 지쳤고 허벅지 근육이 아팠다. 작년에 사흘 다닌 에어로빅 클래스 이후로 이렇게 근육이 쑤셔 본 적이 없었다.

"또 뛰고 있을 거야."

렉시는 프룻 룹스 한 수저를 입안에 넣었다. 어젯밤 잠자리에 들기 전에 머리를 땋았기 때문에 아이의 머리카락이 부스스하게 삐죽삐죽 빠져나와 있었다. 녹색의 동그라미가 재스민 공주 잠옷에 떨어지자, 아이는 도로 그릇에 던져 넣었다.

"그렇겠지."

조지앤은 대답하고, 어젯밤 이후 그에게 왜 운동이 필요한지 의아해 했다. 그들은 여러 군데에서 사랑을 나누었고 거품 욕조에서 마지막 피날레를 맞았다. 그녀는 그의 온몸을 비누칠하고 씻어 낸 부분에 입맞췄다. 그는 그녀의 살갗에서 물방울들을 빨아먹는 것으로 보답했다. 통틀어서 그녀는 두 사람 다 톡톡히 운동을 했다고 보았다. 눈을 감고 그녀는 그의 강한 팔과 조각 같은 가슴을 생각했다. 그의 매끄러운 등과 근육질 엉덩이에 붙어 서서 단단한 그의 복부를 애무하는 모습을 그리자, 속이 두근거렸다.

"어쩜 아저씨 금방 돌아올지도 몰라."

렉시가 시리얼을 우물거리며 말했다.

조지앤은 눈을 떴다. 벌거벗은 존의 모습은 사라지고, 입안에 잔뜩 색색의 동그라미를 문 딸의 모습이 그 자리를 대신했다.

"입을 다물고 씹어야지."

그녀는 자동적으로 렉시를 타일렀다. 딸의 얼굴을 바라보고 있자니 부끄러운 기분이 들었다. 순진한 아이 앞에서 그런 야한 생각을 하는 건 점잖지 못한 일이고, 세상 어딘가엔 아침 커피 전에 벌거벗은 남자를 떠올리는 것은 에티켓에 어긋나는 곳이 있을 것이다.

조지앤은 부엌으로 돌아가 찬장에서 스타벅스 봉지와 종이 커피 필터를 꺼냈다. 존은 아주 오랜만에 그녀가 살아 있음을 느끼게 해 주었다. 그는 깊고 푸른 눈에 불타는 갈망을 담아 그녀를 쳐다보았고 그녀로 하여금 갈망의 대상이 된 기분을 느끼게 했다. 그는 그녀가 마치 섬세한 비단으로 만들어지기라도 한 양 그녀의 피부를 쓰다듬었고 아름답다고 느끼게 했다. 존과의 섹스는 근사했다. 그의 품 안에서 그녀는 자신의 성에 자신감을 가진 여자로 변했다. 사춘기 이후 처음으로 자신의 육체가 신경 쓰이지 않았고, 평생 처음으로 연인으로서의 자신에 확신을 가졌다.

하지만 얼마나 근사했던 간에, 존과의 섹스는 실수였다. 손님방 문간에 서서 그가 굿나잇 키스를 할 때부터 그건 알고 있었다. 공허한 가슴속에서 느낄 수 있었다. 존은 그녀를 사랑하지 않았고, 그 사실이 얼마나 상처가 되는지 그녀는 놀랐다.

처음부터 그가 자신을 사랑하지 않는다는 것을 알고 있었다. 그는 그녀에게 정욕 외의 다른 것을 느낀다는 말이나 내색을 한 적이 없었다. 그녀는 그를 원망하지 않았다. 이 고통은 자신 탓이며 혼자서 감당해야 할 것이었다.

조지앤은 커피메이커에 물을 채우고 버튼을 눌렀다. 한쪽 골반을 카운터에 기대고 가슴 아래 팔짱을 꼈다. 그를 몸으로 사랑하되 마음은 지킬 수 있을 줄 알았다. 이제 모든 환상은 아침 햇살에 불타올라 사라졌다. 그녀는 늘 존을 사랑했다. 스스로에게 그걸 인정할 수는 있었으나 어떻게 해야 할지는 알 수 없었다. 어떻게 정기적으로 그를 보면서 담담한 우정만 느낄 수 있을까? 그녀는 어떻게 해야 할지 몰랐다. 그저 그래야 한다는 것만을 알 뿐.

전화벨이 울려 조지앤을 화들짝 놀라게 했다. 자동응답기가 두 번 삐삑거리고 켜졌다.

"네, 존,"

남자 목소리가 기계에서 말했다.

"커크 슈와츠입니다. 연락 드리는 데 이렇게 오래 걸려서 죄송합니다. 지난 두 주일 동안 휴가를 다녀오느라. 어쨌든, 요청하신 대로 따님의 출생증명서를 받아 놨습니다. 아이 어머니는 아버지 이름을 공란으로 해 놨군요."

조지앤 내부의 모든 것이 얼어붙었다. 그녀는 테이프에 눈길을 고정시키고 천천히 돌아가는 것을 지켜보았다.

"어머니가 아직도 협조적이라면, 그걸 바꾸기란 힘들지 않습니다. 방문권과 양육권에 대해선 시내로 돌아오신 다음에 법적 권리에 대해 얘기하지요. 저번에 만났을 때 지금 상황에서의 최선의 행동은 우리가 법적으로 무엇을 할지 결정할 때까지 아이 어머니를 기분 좋게 하는 거라고 결론지었었죠. 어…… 당신이 최근까지 딸에 대해 몰랐고, 상당한 수입이 있으며 기꺼이 양육비를 부담하고자 한다는 사실은 아주 유리하게 작용하리라 생각합니다. 아마 이혼한 부부의 경우와 같은 양육권을 얻을 겁니다. 시내로 돌아오시면 자세히 얘기를 나누도록 하지요. 그때 뵙겠습니다. 안녕히."

테이프가 꺼지자 조지앤은 눈을 깜박였다. 렉시에게로 돌아서서 아이가 스푼 손잡이 뒤에 붙은 프룻 룹스를 빨아먹는 것을 지켜보았다.

조지앤의 가슴에서 시작된 떨림이 아래로 번져 갔다. 그녀는 부들거리는 손을 들어 입술에 손가락을 눌렀다. 존이 변호사를 고용했다. 그는 안 그러겠다고 했었지만, 그건 거짓말인 것이 분명해졌다. 그는 렉시를 원했고 조지앤은 태평하게 그가 원하는 것을 내주었다. 자신의 불안을 젖혀 두려 애쓰며 존이 자유롭게 딸과 시간을 보낼 수 있게 해 주었다. 아이를 위해 옳은 일을 하고 싶었기에 그녀 자신의 두려움을 무시하려 애썼다.

"빨리 다 먹어."

그녀는 부엌에서 돌아서며 말했다. 떠나야 했다. 이 집에서, 그리고 존으로부터.

10분 안에 조지앤은 옷을 갈아입고 이를 닦고 머리를 빗고, 모든 것을 수트케이스에 던져 넣었다.

아이 어머니를 기분 좋게…… .

어젯밤 그가 얼마나 자신을 기분 좋게 했는지 생각하자 조지앤은 속이 뒤집힐 것만 같았다. 그녀와 같이 잔 것은 임무의 정도를 넘어선 짓이었다.

그로부터 5분 안에 그녀는 차에 짐을 다 실었다.

"얼른 와, 렉시."

그녀는 집 안으로 다시 들어서며 외쳤다. 존이 돌아오기 전에 가 버리고 싶었다. 대면을 원치 않았다. 스스로를 믿을 수가 없었다. 그렇게 잘 해 주었는데. 그녀는 공정하려고 노력했지만 이젠 그만이다. 분노가 화염방사기마냥 들끓었다. 그녀는 억제하지 않고 타오르게 두었다. 수치와 마비될 듯한 상처보다는 격분을 느끼는 게 낫다.

부엌에서 걸어나온 렉시는 여전히 자주색 잠옷 차림이었다.

"우리 어디 가?"

"집에."

"왜?"

"갈 때가 되었으니까."

"존 아저씨도 가는 거야?"

"아니."

"난 아직 가고 싶지 않은 걸."

조지앤은 현관문을 열었다.

"그거 차암 안됐구나."

렉시는 얼굴을 찌푸리고 쿵쿵 거리며 집에서 나왔다.

"아직 토요일 아니잖아."

인도로 내려가며 아이는 삐죽거렸다.

"우리 토요일까지 있을 거라고 그랬으면서."

"계획이 바뀌었어. 일찍 집에 가는 거야."

그녀는 아이의 안전벨트를 채우고, 셔츠와 반바지, 브러시를 무릎에 놓았다.

"고속도로에 들어가면 옷 갈아입을 수 있어."

그녀는 운전석에 앉으며 설명했다. 시동을 걸고 후진했다.

"스키퍼를 욕조에 두고 왔는데."

조지앤은 브레이크를 밟고 토라진 렉시를 쳐다보았다. 돌아가서 스키퍼를 가져오지 않으면, 시애틀까지 가는 내내 렉시가 걱정하고 안달하리라는 것을 그녀는 알고 있었다.

"어느 쪽?"

"매 이모가 내 생일날 준 거."

"어느 쪽 욕조?"

"부엌 옆에 있는 거."

조지앤은 차를 도로 주차하고 내렸다.

"시동 걸려 있으니까 아무 것도 건드리지 마."

렉시는 어깨를 으쓱했다.

어린 시절 이후 처음으로 조지앤은 달렸다. 집안으로 달려들어가 욕실로 들어갔다. 스키퍼 인형은 타일 벽에 붙은 비누 받침에 앉아 있었고, 그녀는 인형 다리를 잡아챘다. 돌아서다가 거의 존과 부딪힐 뻔했다. 그는 문가에 서서 양손을 나무 문틀에 짚고 있었다.

"무슨 일이야, 조지앤?"

그녀의 심장이 뒤틀렸다. 그를 증오했다. 그리고 자신을 증오했다. 평생 두 번째로 그에게 넘어가 이용당했다. 두 번째로 그가 너무나 큰 고통을 가져와 그녀는 숨조차 거의 쉴 수 없었다.

"저리 비켜요, 존."

"렉시는 어디 있어?"

"차에. 우린 갈 거예요."

그의 눈이 가늘어졌다.

"왜?"

"당신 때문이야."

그녀는 그의 가슴을 양손으로 밀었다.

그가 비켜났지만, 그녀는 얼마 못 가 현관문을 열려다 그에게 팔을 붙잡혔다.

"당신은 같이 잔 다른 남자들에게도 이렇게 행동하는 거야, 아니면 나만 운이 없는 건가?"

조지앤은 휙 돌아서서 유일한 무기를 휘둘렀다. 그의 어깨를 젖은 스키퍼 인형으로 갈겼다. 인형의 머리가 떨어져 나가 거실로 날아갔다. 격분이 수면 아래에서 끓어올랐고 그녀는 저 불쌍한 스키퍼마냥 머리가 떨어져 나갈 것만 같았다.

존은 그녀의 손에 들린 머리 없는 인형에서 그녀에게로 눈길을 옮겼다. 그의 눈썹이 치켜 올라갔다.

"뭐가 문제야?"

타고난 남부 기품, 미스 버디 학교의 교양 수업과 다년간에 걸친 예의바르고 공손하라는 할머니의 가르침은 끓어오르는 분노에 재가 되어 버렸다.

"그 불쾌한 손 내게서 떼, 이 부도덕한 개자식 같으니!"

그의 손아귀에 힘이 들어갔고 눈은 그녀의 눈을 직시했다.

"어젯밤엔 날 불쾌하다고 여기지 않던데. 내가 개자식일진 몰라도, 우리가 함께 한 일 때문에 그런 소릴 들을 이유는 없어. 어젯밤 우린 달아올라 해결을 봤지. 우리가 내렸던 것 중에 가장 현명한 선택은 아닐지 몰라도 벌어진 일이야. 자, 성인답게 받아들이라고, 젠장."

조지앤은 팔을 휙 빼고 뒤로 물러났다. 덩치가 크고 힘이 세서 그를 진짜 세게 때려 줄 수 있다면 좋겠다. 매몰찬 말을 쏘아붙여 그의

마음을 조각낼 수 있다면 좋겠다. 하지만 그녀는 육체적으로 강하지
도 않았고 정신적 압박감 아래 머리가 빨리 돌아가지도 않았다.

"당신 어제 참 나를 기분 좋게 했지, 아냐?"

그는 눈을 깜박였다.

"'기분 좋다'란 표현도 가능이야 하겠지. 나라면 '만족했다'고 하겠
지만 당신이 '기분 좋다'를 쓰고 싶다면 나야 상관없어. 당신 기분 좋
았지. 나도 좋았고. 우리 둘 다 꽤나 빌어먹게 기분 좋았지."

그녀는 머리 없는 스키퍼로 그를 가리켰다.

"교활한 개자식. 당신은 날 이용했어."

"허, 그게 언제였지? 당신 혀가 내 목구멍까지 들어와 있을 때? 아
니면 당신 손이 내 바지 안에 있을 때? 내가 보기엔 서로 상당히 이
용을 한 거 같은데."

조지앤은 눈앞이 시뻘개져 그를 노려보았다.

"당신은 내게 거짓말을 했어요."

"무슨 거짓말?"

그에게 다시 거짓말을 할 기회를 주는 대신, 조지앤은 부엌으로 들
어가 자동응답기를 되감기 했다. 그리곤 플레이 버튼을 누르고 변호
사의 목소리가 조용한 방안을 채우는 동안 존의 얼굴을 지켜보았다.
그의 표정은 아무 내색도 드러내지 않았다.

"당신 별거 아닌 걸로 괜히 난리 치는 거야."

테이프가 정지되자마자 그는 말했다.

"당신이 생각하는 그런 게 아니라고."

"이 사람 당신 변호사예요?"

"그래."

"그럼 앞으로 우리 연락은 변호사를 통해서 해요."

그녀의 목소리는 무서우리만큼 차분했다.

"렉시에게서 떨어져요."

"어림없어."

그는 위압적으로 그녀를 내려다보았다. 순전한 의지의 힘만으로 자신의 뜻을 관철하는 데 익숙한 덩치 크고 강한 남자.

조지앤은 기죽지 않았다.

"우리 생활엔 당신 자리는 없어요."

"난 렉시의 아빠야, 당신 맘대로 지어낸 토니인가 하는 자식이 아니라. 당신은 아이한테 내내 거짓말을 했어. 이제 그 애가 진실을 알 때야. 우리 사이에 무슨 문제가 있든 렉시가 내 딸이라는 사실이 바뀌진 않아."

"그 애에겐 당신은 필요 없어요."

"개소리."

"그 애 근처에 얼씬 말아요."

"날 막지 못할걸."

아마 그가 옳을지도. 하지만 또한 그녀는 딸을 잃지 않기 위해 무엇이든 할 것이다.

"곁에 얼씬대지 말아요."

그녀는 마지막으로 경고하고 나가려 몸을 돌렸다. 발걸음이 흠칫 멈추었다.

렉시가 부엌 문가에 서 있었다. 아이는 아직 파자마 차림이었고 머리는 여전히 삐죽삐죽 서 있었다. 아이의 눈길은 마치 처음 보는 사람이기라도 한 양 존에게 못박혀 있었다. 조지앤은 렉시가 얼마나 오래 거기에 있었는지 몰랐으나, 아이가 무슨 말을 들었을지 두려웠다. 그녀는 렉시의 손을 붙잡아 끌고 집을 나갔다.

"이러지 마, 조지앤."

존이 뒤에서 외쳤다.

"같이 풀어 갈 수 있다고."

하지만 그녀는 돌아서지 않았다. 이미 그에게 너무 많은 것을 주었다. 그녀의 마음, 영혼, 신뢰를 주었다. 그녀 인생에서 가장 중요한 것은 주지 않으리라. 마음 없이는 살 수 있어도, 렉시 없이는 살 수가 없었다.

매는 조지앤의 포치에 놓인 신문을 집어들고 집안으로 들어갔다. 렉시가 라스베리 크림치즈 머핀을 손에 들고 소파에 앉아 있었으며 텔레비전에선 드라마 『브래디 번치』의 주제가가 흘러나오고 있었다. 라스베리 크림치즈 머핀은 렉시가 제일 좋아하는 것으로 아픈 데를 단 것으로 달래려는 시도였다. 하지만 조지앤이 어젯밤 전화로 한 이야기를 들은 후, 매는 달디단 머핀이 만사를 해결할지 확신할 수 없었다.

"엄마는 어디 있니?"

매는 신문을 의자에 던지며 물었다.

"밖에."

렉시는 화면에서 눈을 떼지 않은 채 대꾸했다.

매는 지금은 렉시를 혼자 놔두기로 결정하고 부엌으로 들어가 에스프레소를 뽑았다. 뒤로 나가자 조지앤이 벽돌 포치 옆에 서서 앨버틴 장미를 가지치기해서 시든 꽃을 외바퀴수레에 던지고 있었다.

지난 삼 년 간, 매는 조지앤이 뒷문을 둘러싼 덩굴 받침으로 부지런히 장미를 올리는 것을 지켜보았다. 소담한 핑크색 디기탈리스와 연보라색 참제비고깔이 조지앤 발치의 화단과 정원을 빽빽이 메우고 있었다. 아침 이슬이 섬세한 꽃잎에 매달리고 조지앤의 로브 아래쪽 절반을 적시고 있었다. 오렌지색 실크 아래 그녀는 구겨진 티셔츠와 하얀 면 팬티를 입고 있었다. 땋아서 묶은 포니테일에서 머리카락이 흘러내렸고 오른손의 연자주색 네일 에나멜은 잡아뜯기라도 한 양 심하게 벗겨져 있었다. 렉시의 상황이 생각보다 심각한 모양이었다.

"어젯밤 눈 좀 붙이긴 했어?"

매는 마지막 계단에 서서 물었다.

조지앤은 고개를 젓고 시든 장미로 손을 뻗었다.

"렉시가 나한테 말을 안 해. 집에 오는 길에도 말을 안 했고, 오늘도 마찬가지야. 새벽 두 시가 되도록 잠들지 않았어."

그녀는 장미를 수레에 던졌다.

"걘 안에서 뭐 해?"

"『브로디 번치』를 보고 있어."

매는 벽돌 파티오를 가로지르며 대답했다. 커피를 연철 테이블에 내려놓고 의자에 앉았다.

"어젯밤 통화했을 땐 애가 잠을 못 잘 정도란 얘기는 안 했잖니. 전혀 렉시답지 않은데."

조지앤은 손을 떨구고 어깨 너머를 돌아보았다.

"말을 안 한다니까. 그것도 전혀 그 애답지 않지."

그녀는 매에게로 걸어가 원예용 가위를 테이블에 놓았다.

"어째야 좋을지 모르겠어. 애하고 얘기를 해 보려 했지만 그냥 날 무시해. 처음엔 바닷가에서 재미있게 노는데 끌고 와서 화가 났나 했지. 이제 그게 허망한 생각이라는 걸 알겠어. 나와 존이 언쟁하는 걸 들은 거야."

조지앤은 비참함에 후줄근한 몰골로 매의 옆 의자에 털썩 주저앉았다.

"내가 제 아빠에 대해 거짓말한 걸 안 거야."

"이제 어떻게 할 거야?"

"변호사와 얘기하게 약속을 잡아야지."

그녀는 하품하고 주먹 위에 턱을 괴었다.

"누구로 할지, 법률 자문 비용을 어디서 구할지는 아직 모르겠어."

"어쩌면 존이 정말로 양육권 분쟁까지 가진 않을지도 몰라. 어쩌면 네가 그와 얘기하면……."

"난 그와 얘기하고 싶지 않아."

조지앤이 갑자기 생생해져서 말을 잘랐다. 등을 똑바로 폈고 눈은 가늘어졌다.

"거짓말쟁이에 사기꾼이고, 원칙이라곤 하나도 없는 사람이야. 내

약점을 이용했어. 진작에 섹스를 했어야 했는데. 네 말을 들었어야 했어. 네가 옳아. 나 그냥 폭발해선 색광이 되어 버렸어. 섹스는 폭발할 때까지 미뤄 두면 안 되는 건가 봐.”

매는 입이 떠억 벌어지는 것을 느꼈다.

“농담 마!”

“아, 농담이면 얼마나 좋겠어.”

“하키선수랑?”

조지앤은 고개를 끄덕였다.

“또?”

“넌 내가 저번 경험으로 배운 바가 있을 거라 생각했겠지.”

매는 무슨 말을 해야 할지 몰랐다. 조지앤은 그녀가 아는 가장 성적으로 억압된 여자 중 하나였다.

“어쩌다 그렇게 됐어?”

“몰라. 그냥 그렇게 되어 버렸어.”

매는 스스로를 난잡하다고 여기지 않았다. 그저 거절해야 할 때 늘 그렇게 하지 않을 뿐이지. 그에 반하여 조지앤은 늘 거절했다.

“그가 날 속였어. 친절하고 렉시에게 너무 잘해 줘서 그만 잊어버렸어. 아, 그가 얼마나 지독한 작자인지 진짜로 잊은 건 아냐, 그저 잊고 싶었던 거지.”

매는 용서하고 잊자는 따위의 얘기를 받아들이지 않았다. 천벌이라든가 하는 걸 좋아했고 눈에는 눈이라는 신조였다. 하지만 존 같은 잘생긴 남자가 어떻게 여자로 하여금 몇 가지를—하룻밤 불장난 후에 공항에 내버려졌던 일 같은 걸—간과하게 만들 수 있는지는 알 수 있었다. 만약 그 여자가 90킬로그램의 단단한 근육덩어리에 끌린다면 말이지만. 물론, 매는 그렇지 않았다.

“그는 그렇게까지 할 필요가 없었어. 난 그가 요청하는 거라면 다 해 줬다고. 그가 렉시를 보고 싶어할 때마다 그렇게 해 줬단 말야.”

조지앤의 눈에 분노가 눈물과 뒤엉켰다.

"나와 자기까지 할 필요는 없었어. 난 자선 대상이 아니야."

최악으로 머리가 뻗치고, 눈 밑엔 다크 서클과 벗겨진 손톱을 한 날이더라도, 매는 조지앤을 자선 대상으로 여길 남자가 있으리라곤 믿지 않았다.

"정말로 네가 안된 마음에 그가 너와 사랑을 나누었다고 믿어?"

조지앤은 어깨를 으쓱했다.

"그에게 그렇게 힘든 일은 아니었겠지만, 그가 변호사와 만나 렉시의 양육권을 얻기 위해 무슨 조치를 취할지 결정할 때까지 날 기분 좋게 해 두고 싶었다는 건 알아."

그녀는 뺨을 양손으로 감쌌다.

"너무 수치스러워."

"내가 뭘 도우면 될까?"

매는 앞으로 몸을 숙여 조지앤의 어깨에 손을 얹었다. 사랑하는 사람들을 위해서라면 온 세상에라도 맞설 것이다. 그녀의 인생엔 그렇게 느껴졌던 때가 있었다. 지금은 별로 그렇지 않지만, 레이가 살아 있을 때 그녀는 두 사람 몫의 전투를 치렀다. 특히 덩치 크고 운동하는 남자애들이 레이를 젖은 수건으로 때리는 걸 재미있어 할 때. 레이는 체육 수업 자체를 싫어했지만, 매는 체육 시간을 지배하는 머저리 운동선수들을 싫어했다.

"내가 어떻게 했으면 좋겠어? 렉시하고 얘기를 해 볼까?"

조지앤은 고개를 저었다.

"렉시에겐 혼자 마음을 정리할 시간이 필요할 것 같아."

"그럼 내가 존하고 얘기를 해 볼까? 네 기분을 그에게 전하면 혹시……."

"아니."

그녀는 손등으로 뺨을 닦았다.

"그가 다시 나에게 얼마나 상처를 주었는지 알게 하고 싶지 않아."

"사람을 고용해서 그의 무릎을 부서뜨릴 수도 있지."

조지앤은 잠깐 있다가 말했다.

"아니. 우리한텐 프로 해결사를 고용할 만큼의 돈이 없잖아, 그리고 현금 없이 좋은 일손을 찾기란 너무 힘들어. 토냐 하딩*이 어떻게 되었나 봐. 어쨌든 제안은 고마워."

"아…… 친구 좋다는 게 뭐겠어?"

"전에도 존으로 인한 아픔을 이겨낸 적 있어. 물론 그땐 렉시는 문제가 아니었지만, 다시 이겨낼 거야. 어떻게 해낼진 모르겠지만 그렇게 할 거야."

조지앤은 로브를 단단히 몸에 감고 얼굴을 찌푸렸다.

"그리고 찰스가 있지. 그에게 뭐라고 하면 좋니?"

매는 에스프레소로 손을 뻗었다.

"당연히 아무 말도 말아야지."

그리곤 한 모금 마셨다.

"거짓말을 하라고?"

"아니. 그냥 말하지 마."

"그가 물어보면 뭐라고 해?"

그녀는 커피를 다시 테이블에 내려놓았다.

"그건 네가 얼마나 그 사람을 좋아하냐에 달렸지."

"나 정말 찰스를 좋아해. 그렇게 보이지 않는 건 알지만, 정말이야."

"그럼 거짓말해."

조지앤의 어깨가 축 처지고 그녀는 한숨을 내쉬었다.

"너무 죄책감이 들어. 내가 존과 함께 침대에 뛰어들었다니 믿을 수가 없어. 찰스 생각은 하지도 않았다니까. 어쩌면 난 「코스모폴리탄」 잡지에서 읽은 그런 여자인지도 몰라. 마음속 깊은 곳에서 자신이 가치가 없다고 생각하기에 연애를 망치는 여자 말야. 어쩌면 나를

---

* 미국 피겨스케이팅 선수. 94년 동계올림픽을 앞두고 올림픽 출전을 위해 남편을 시켜 라이벌 낸시 캐리건을 습격했다가 들통났다.

사랑하지 않는 남자를 사랑할 운명을 타고났나 봐.”

“아무래도 너 「코스모폴리탄」은 그만 읽어야겠다.”

조지앤은 고개를 저었다.

“정말 다 망쳐 버렸어. 나 어쩜 좋으니?”

“이겨낼 거야. 넌 내가 아는 중에 제일 강한 여자인 걸.”

매는 조지앤의 어깨를 토닥였다. 그녀는 조지앤의 강함과 의지에 신뢰를 갖고 있었다. 친구가 스스로를 배짱 있는 여자로 보지 않는다는 것은 알고 있었으나, 어차피 조지앤은 스스로를 정확하고 객관적인 시각으로 보지 않는 경우가 많았다.

“아, 네가 오리건에 있는 동안 그 골키퍼 휴가 나한테 전화했단 얘기 했던가?”

“존의 친구가? 왜?”

“데이트하고 싶어하더라.”

조지앤은 어안이 벙벙하여 매를 몇 초 동안 응시했다.

“네가 병원 밖에서 그와 마주쳤을 때 네 감정을 확실히 전달한 줄 알았는데.”

“그랬지, 하지만 다시 물어보던 걸.”

“정말? 강적이다.”

“그래, 두말하면 잔소리지.”

“음, 상냥하게 거절하지 그랬어.”

“그랬지.”

“뭐라고 했는데?”

“하, 싫어요.”

보통 때라면 조지앤과 매는 매의 무례한 거절에 대해 설전을 벌였을 것이다. 그러는 대신 조지앤은 어깨를 으쓱하고 말했다.

“뭐, 다시 전화 올까 걱정하진 않아도 될 거 같네.”

“그 사람 다시 전화했어, 하지만 그저 날 짜증나게 하려는 거 같아. 내가 아직도 싸움꾼이냐고 묻더라.”

“뭐라고 해 줬니?”

“아무 말도. 그냥 끊어 버렸어. 그 이후로는 한 번밖에 전화 안 왔고.”

“음, 모든 하키선수와 거리를 두는 것이 최선이라고 확신해. 우리 둘 다를 위한 최선.”

“난 문제될 거 없어.”

매는 조지앤에게 최근 남자친구 얘기를 할까 생각했지만, 관두기로 결정했다. 그는 유부남이었고 조지앤은 그런 일에 대해 설교를 늘어놓는 경향이 있었다. 하지만 매는 아이가 없는 한 다른 여자의 남편과 자는 것에 아무런 양심의 거리낌을 느끼지 않았다.

그녀는 결혼을 원치 않았다. 저녁 식탁에서 같은 남자의 얼굴을 매일 밤 보고 싶지 않았다. 그의 빨래를 하거나 아이를 낳아 주고 싶지 않았다. 그녀는 그저 섹스만을 원했고, 유부남들은 완벽한 상대였다. 뭐든지 그녀 마음대로 할 수 있고 언제, 어디서, 얼마나 자주 만날지 정할 수 있었다.

그녀는 조지앤에게 자신이 얼마나 자주 유부남과 데이트하는지 절대 말하지 않았다. 비록 조지앤이 존 코왈스키에 관한 한 성적으로 약한 면이 있기는 해도 가끔 진짜 깐깐해질 때가 있으니까.

15

몇 시간의 고된 연습 후, 코치와 선수들은 퍽 두 개로 연습 경기를 하러 얼음판 위에 모였다. 훈련 캠프 사흘째, 치눅스는 좀 재미있는 걸 할 참이었다. 팀의 골키퍼 둘이 각각 링크의 양쪽 골라인 반원 안에서 누군가가 자신들에게 고무 퍽을 날리길 기다리며 경계를 늦추지 않고 웅크려 있었다.

지저분한 욕설과 스케이트의 규칙적인 샥샥샥 소리가 얼음판을 지그재그로 가로지르는 존의 귀를 메웠다. 사람들 사이를 이리저리 피해 통과하자 그의 유니폼 셔츠 소매가 나풀거렸다. 그는 고개를 들은 채였고, 퍽이 그의 스틱 블레이드 근처를 스쳐 갔다. 신참 수비수가 뒤에 달라붙은 것을 느끼고 바디체크 당하지 않으려 휴 마이너 옆으로 손목 높이의 슛을 날렸다.

"이거나 먹어라, 촌놈."

그는 체중을 스케이트 날에 싣고 골대 앞에서 갑자기 멈춰 섰다. 얼음 가루가 휴의 패드에 잔뜩 튀었다.

"염병할 노인네가."

휴는 투덜거리고 뒤로 손을 뻗어 퍽을 집었다. 링크 반대편으로 그걸 던지곤 다시 몸을 웅크리고 빨간색의 골대 위와 옆을 스틱으로 두 들기며, 경기 상황에서 눈을 떼지 않은 채 자신의 위치를 잡았다.

존은 웃음을 터뜨리고 난투극의 현장으로 돌아갔다. 연습이 끝나 자 전투로 인해 욱씬거렸지만 다시 전쟁터로 돌아와 기뻤다. 라커룸 에서 날을 갈도록 스케이트를 트레이너에게 넘기고 샤워를 했다.

"어이, 코왈스키."

코치 보조가 라커룸 문가에서 불렀다.

"옷 다 입었으면 더피 씨가 보자는데. 나이스트롬 코치하고 같이 계셔."

"고마워요, 케니."

존은 신발끈을 묶고 치눅스 로고가 있는 녹색 티셔츠를 입고 파란 색 나일론 운동복 바지 안으로 옷자락을 넣었다. 팀 동료들은 다양한 상태의 벗은 모습으로 라커룸 안을 어슬렁거리며 하키와 계약, NHL 이 다가올 시즌에 적용할 새 규칙에 대해 이야기하고 있었다.

버질 더피가 존더러 보자고 하는 것은 유별난 일이 아니었다. 특히 팀 매니저가 새 선수를 스카우트하러 출장가고 없을 때면. 그는 고참 선수였고 30년 동안 하키를 한 남자보다 더 하키에 대해 잘 아는 사 람은 없었다. 버질은 존의 의견을 존중했고 존은 구단주의 사업적 통 찰력을 존중하게 되었다. 비록 때로 서로 의견이 맞지 않을 때도 있 지만. 현재 그들은 인포서(상대 팀이 겁을 먹도록 거친 플레이를 하는 선수) 를 놓고 논의 중이었다. 좋은 인포서란 싸게 구할 수 있는 게 아니었 고 버질은 매번 한 선수에 수백만 달러를 치르고 싶어하지 않았다.

사무실로 가면서 존은 버질이 렉시의 존재를 알면 어떻게 반응할 까 생각했다. 노인이 정말 기뻐하리라 여기진 않았으나 이젠 트레이 드 될까 두렵진 않았다. 비록 그 가능성을 완전히 젖혀 둘 수는 없었 지만. 버질은 벌컥 하는 경향이 있었다.

7년 전 벌어진 일을 버질이 늦게 들을수록 나았다. 존은 렉시를 일 부러 비밀로 해 두진 않았으나 그 사실을 버질의 코앞에 들이댈 필요도 없다고 여겼다.

렉시를 생각하고 그는 미간을 찌푸렸다. 한 달 보름 전 캐넌 해변에서의 그날 아침 이후, 조지앤은 렉시를 그에게서 떼어놓았다. 립스틱 바른 싸움꾼을 변호사로 고용하여 친자 검사를 주장했다. 그들은 몇 주씩 검사를 지연시키더니, 법원 명령으로 검사가 행해지기로 한 날 안면을 홱 바꾸어선 법적으로 친부임을 인정하는 서류에 서명했다. 조지앤의 펜놀림으로, 존은 법률상 렉시의 아버지로 확정되었다.

가정 조사관이 존과의 면담 약속을 잡고 그의 하우스보트를 살펴보았다. 같은 조사관이 조지앤과 렉시와 이야기를 나누어, 일단 아버지와 딸이 초기 몇 번 짧은 시간 만남을 가지고 난 다음에 더 긴 시간 방문을 하라고 권했다. 그 기간이 지나면 존은 이혼한 경우의 아버지가 받는 것과 같은 양육권을 얻게 될 것이다. 다만 그는 법원에 나갈 필요조차 없다는 것만 제외하고. 일단 조지앤이 법적으로 존을 렉시의 아버지로 인정하자, 모든 것이 빠르게 진행되기 시작했다.

존의 찌푸린 얼굴이 굳어졌다. 하지만 지금으로선 조지앤이 여전히 그를 꽉 틀어쥐고 있었다. 그는 그 경험에서 아무런 즐거움도 얻지 못했으나 조지앤은 자신의 주도권을 좋아하는 것이 명백했다. 뭐, 즐길 수 있을 때 즐기라고, 막판에 가면 조지앤이 뭘 원하는지는 그다지 상관없게 될 테니까.

그녀는 그가 양육비를 대거나 렉시의 낮 보육 비용과 의료보험료에서 그의 몫을 내길 원치 않았다. 변호사를 통해 그는 넉넉한 양육비, 거기에 더해 낮의 보육 비용 전액과 보험을 대겠다고 제안했다. 그는 자신의 아이를 부양하고 싶었고 아이에게 필요한 거라면 모든 기꺼이 낼 참이었으나 조지앤은 모조리 거절했다. 그녀의 변호사가 전한 말에 따르면, 그녀는 그에게서 아무 것도 원치 않았다. 마지막엔 그건 상관없게 될 것이다. 변호사들은 세부사항까지 확실하게 정리하는 마지막 단계에 와 있었다. 조지앤은 그가 주는 대로 받아야 하게 될 것이다.

그녀가 별거 아닌 일로 소란을 피운 해변 집에서의 그날 아침 이래 그는 조지앤을 보거나 이야기를 나눈 적이 없었다. 그녀는 모든 것을 부풀려선, 실제론 그녀에게 거짓말한 적이 없는 그를 교활한 거짓말쟁이라고 불렀다. 좋다, 어쩌면 그녀가 그의 하우스보트에 왔던 첫날밤 사실을 털어놓지 않은 것으로 거짓말을 했는지도 모른다. 그들은 변호사를 고용하지 않기로 동의했지만, 그는 이미 그녀가 그의 집에 나타나기 두 시간 전 커크 슈와츠를 고용해 버렸다. 그날 밤 그녀와 얘기하기 전부터 그는 이미 자신의 권리에 대해 기본개념을 파악하고 있었다.

어쩌면 그녀에게 말해야 했는지도 모르지만, 그녀는 그저 분개하고 렉시를 그에게서 떼어놓으려 했을 것이다. 그리고 그의 생각이 옳았다. 하지만 지금 와서도 그는 그때의 결정을 바꿀 마음이 없었다. 그는 알 필요가 있었다. 조지앤이 이사하거나 결혼하거나 렉시를 못 만나게 할 경우에 대비해 자신의 법적 선택권을 알아야 했다. 그는 출생증명서에 누가 렉시의 아빠로 등재되어 있는지 알고 싶었다. 정보를 원했다. 자신의 법적 권리를 모르고 넘어가기엔 렉시와의 미래는 너무나 중요했다.

캐넌 해변 집의 부엌에 서 있던 렉시의 모습이 아직도 그의 뇌리에 선했다. 아이 얼굴의 혼란과 조지앤에게 끌려 인도를 내려갈 때 어깨 너머로 그를 돌아보던 당황한 눈빛을 기억했다. 그는 아이가 그런 식으로 그에 관해 듣기를 원치 않았다. 먼저 아이와 좀더 많은 시간을 보내고 싶었다. 아이도 자신만큼 그 소식에 기뻐하길 원했다.

이제 아이가 어떻게 생각하는지 모르지만, 곧 알게 될 것이다. 이틀 후 첫 방문에서 렉시를 보게 된다.

존은 코치 사무실에 들어가 문을 닫았다. 버질 더피는 뉴욕 5번가의 리넨 수트 차림에 카리브해에서 그을린 얼굴로 소파에 앉아 있었다.

"저거 봐."

포터블 텔레비전 화면을 가리키며 더피가 말했다.

"저 녀석은 시멘트 덩어리라니까."

책상 뒤에 앉은 래리 나이스트롬은 구단주만큼 열의가 있어 보이지 않았다.

"하지만 물가에서 호수로 슛을 날리라고 해도 못 넣을 겁니다."

"퍽을 슛하는 거야 가르칠 수 있지만, 마음가짐은 가르칠 수 없는 거야."

버질은 존을 쳐다보고 화면을 가리켰다.

"어떻게 생각하나?"

존이 소파에 앉아 텔레비전에 눈길을 주자 마침 플로리다 팬더스의 신인이 필라델피아 플라이어스의 에릭 린드로스를 보드에 밀어붙이고 있었다. 193센티미터의 린드로스가 다시 일어나기까진 시간이 좀 걸렸고 그런 다음 천천히 벤치로 향했다.

"개인적 경험에서 녀석이 높게 부딪힌다는 건 말씀드릴 수 있습니다. 풋볼 라인배커처럼요. 그리고 세게 돌진하긴 하지만 장래성이 있는지는 확신 못하겠군요. 얼마랍니까?"

"오십만."

존은 어깨를 으쓱했다.

"오십만 값어치는 하겠지만, 우리에겐 그림슨이나 도미 같은 선수가 필요해요."

버질이 고개를 저었다.

"너무 비싸."

"또 누구를 고려하고 계십니까?"

버질은 빨리감기 버튼을 눌렀고 세 사람은 함께 다른 후보자들을 논평했다. 팀 트레이너가 서류 더미를 들고 들어와 나이스트롬 맞은편에 앉았다. 비디오가 돌아가는 동안 두 남자는 서류를 한 장씩 검토했다.

"자네 체지방율은 12퍼센트 미만이야, 코왈스키."

코치가 고개도 들지 않은 채 말했다.

존은 놀라지 않았다. 몸무게로 인해 느려져선 안 되기에 그는 체중 조절을 위해 열심히 운동했다.

"코벳은 어때요?"

그는 팀 동료에 대해 물었다. 치눅스의 라이트 윙은 여름 내내 바비큐 뷔페에서 진을 치다 온 것 같은 모습으로 훈련 캠프에 도착했다.

"망할!"

나이스트롬이 욕설을 내뱉었다.

"20퍼센트야!"

"누가?"

버질이 묻고는 정지 버튼을 눌렀다. 테이프가 나오고 화면에서는 지역 방송국이 팸퍼스 선전을 내보냈다.

"빌어먹을 코벳이요."

트레이너가 대답했다.

"녀석의 비곗덩어리 엉덩짝 밑에다 불을 피울랍니다."

코치가 을러댔다.

"출전 정지 시키든가 제니 크레이그에게 보내야겠어요."

"트레이너를 붙여요."

존이 제의했다.

"캐롤린의 다이어트를 시켜 보지."

버질이 제의했다.

"다이어트를 할 때면 그녀는 진짜 신경이 곤두서거든."

캐롤린은 버질의 4년 된 아내로, 남편과 나이차가 열 살밖에 나지 않았다. 존이 아는 안에선 그녀는 좋은 여자였고 둘은 행복해 보였다.

"경기 전마다 밥 한 컵과 팍팍한 치킨 60그램만 줘 봐, 그리곤 느긋이 앉아서 녀석이 펄펄 나는 걸 구경하라고."

팸퍼스 선전이 끝나자 존이 거의 두 달 동안 듣지 못한 목소리가 텔레비전에서 흘러나왔다.

"딱 제때 돌아오셨네요."

조지앤이 12인치 화면에서 말했다.

"막 죄악 한 방울을 더하려던 참이었거든요, 다들 이걸 놓치지 마셔야 해요."

"이게 무슨……."

존은 중얼거리고 앞으로 당겨 앉았다.

조지앤은 그랜드 마리너 병을 집어들고 그릇에 한 번 부었다.

"자, 혹시 아이가 있으시거든 술을 넣기 전에 무스를 약간 덜어 놓으시는 게 좋겠어요. 제 할머니는 모든 알코올 음료를 통틀어 죄악의 음료라 하셨죠."

그녀의 치켜 올라간 녹색 눈이 카메라를 응시하고 미소지었다.

"종교적 이유로 알코올 섭취를 삼가고 계시다든가 21세 이하거나, 혹은 죄악을 순전하게 즐기는 분이라면, 그랜드 마리너는 아예 건너뛰고 대신 오렌지 껍질 간 것을 조금 넣어 주세요."

그는 마비된 다람쥐마냥 멍하니 그녀를 응시하며, 자신이 그녀에게 순전한 죄악을 잔뜩 즐기게 해 주었던 밤을 기억했다. 그리고 다음 날 아침, 그녀는 멍청한 조그만 인형으로 그를 갈기곤 그가 자기를 이용했다고 비난했다. 그녀는 미치광이다. 앙심 깊은 미친 여자다.

그녀는 자수 놓인 커다란 칼라가 달린 흰색 블라우스를 입고 목에는 짙은 청색 앞치마를 두르고 있었다. 머리는 뒤로 빗어 넘겼고 귓불에는 작은 진주가 박혀 있었다. 누군가 그녀의 넘쳐나는 섹시함을 억제시키려 노력한 모양이지만 소용없었다. 다 그대로였다.

그녀의 유혹적인 눈과 도톰한 붉은 입술에 있었다. 그걸 볼 수 있는 사람이 그 하나뿐일 리는 없겠지. 그녀는 우스꽝스러워 보였다. 『베이워치』의 섹시걸이 요리 프로를 진행하는 것 같달까. 그는 그녀가 무스를 작은 그릇에 옮겨 담으며 동시에 끊임없이 조잘거리는 것을 지켜보았다. 다 되자 손을 들어 올리더니 입술을 벌리고 손마디의 초콜릿을 빨아먹었다. 그는 코웃음쳤다. 왜냐하면 그녀가 시청률 때문에 저 짓을 한다는 걸 알았으니까.

아이를 둔 엄마가 아닌가, 세상에. 어린 딸을 둔 엄마는 텔레비전에서 섹스 심벌처럼 굴어선 안 되는 법이다.

텔레비전이 갑자기 꺼지고, 존은 조지앤의 얼굴이 화면에 비춘 이래 처음으로 버질을 의식했다. 구단주는 충격 받은 듯했고 볕에 그을린 얼굴이 조금 창백했다. 분노나 격노는 아니었다. 그를 식장에 버려두고 떠난 여자에 대한 사랑이나 배신감도 아니었다. 버질은 일어나 리모컨을 소파에 던지곤, 아무 말 없이 문을 나섰다.

존은 그가 가는 것을 지켜보고, 다른 남자들에게로 주의를 돌렸다. 그들은 여전히 체지방율을 놓고 논의 중이었다. 그들은 조지앤을 보지 못했으나, 설령 그랬다 해도 존은 그녀가 누구인지 그들이 알아챘을지 의심스러웠다. 그에게 있어 그녀가 누구인지. 버질에게 있어 그녀가 누구인지.

조지앤은 추락하고 있는 기분이었다. 그녀는 6회분을 녹화했고, 그 기분은 매번 아주 조금씩만 나아질 뿐이었다. 긴장을 풀고 즐기자고 스스로에게 말했다. 생방송이 아니니, 혹 망치면 멈추고 다시 시작할 수 있다. 하지만 그래도 신경이 곤두서 뱃속이 울렁거리는 가운데 그녀는 카메라를 쳐다보며 털어놓았다.

"다들 아시려나 모르겠지만, 전 댈러스 출신이랍니다—커다란 모자와 부풀린 머리의 고장이죠. 전세계의 요리를 공부했지만 첫 시작은 텍스—멕스(텍사스·멕시코) 요리였어요. 텍스—멕스라 하면 대부분 타코를 생각하시죠. 자, 여러분들께 조금 다른 것을 보여 드릴게요."

한 시간 넘게 조지앤은 망고, 칠리, 토마토를 썰었다. 썰기가 끝나자 미리 준비한, 간단하지만 우아한 텍사스 풍의 정찬을 오븐에서 꺼냈다.

"다음 주에는 부엌에서 잠시 벗어나 나만의 사진 액자를 만드는 방법을 보여 드리겠어요. 아주 쉽고 무척 재미있답니다. 다음 시간에 봐요.”

카메라 위의 불빛이 꺼지고 조지앤은 후유 숨을 내쉬었다. 오늘 녹화는 그다지 나쁘지 않았다. 돼지 등심을 딱 한 번밖에 안 떨어뜨렸고 단어를 세 번만 잘못 읽었다. 처음 녹화 같진 않았다. 첫 번째는 녹화하는 데 일곱 시간이 걸렸다. 벌써 며칠 전에 방송되었지만, 그녀는 초콜릿 무스가 시청자에게 대실패이리라 확신해서 직접 볼 엄두를 내지 못했다. 물론, 찰스는 프로그램을 보고 그녀가 지루하지 않았으며 뚱뚱하고 멍청해 보이지 않았다고 주장했다. 그녀는 믿지 않았다.

렉시가 바닥에 테이프로 붙인 케이블 몇을 넘어 조지앤에게로 다가왔다.

“나 화장실 갈래.”

조지앤은 뒤로 손을 돌려 앞치마를 풀었다. 그녀에겐 소형 마이크가 달려 있었다.

“몇 분만 기다리면 엄마가 데려가 줄게.”

“나 혼자 갈 수 있어.”

“제가 데려갈게요.”

젊은 제작 보조가 나섰다.

조지앤은 감사의 미소를 지었다.

렉시는 얼굴을 찌푸리고 보조의 손을 잡았다.

“나 이제 다섯 살 아니란 말야.”

조지앤은 딸이 가는 모습을 지켜보며 머리 위로 앞치마를 벗었다. 프로그램 진행 계약조건 중의 하나는 렉시를 녹화장에 데려와도 된다는 것이었다. 찰스는 동의했고 렉시에게 ‘크리에이티브 컨설턴트’란 직함을 주었다. 렉시는 아이디어를 내고, 스튜디오에 와서 조지앤이 요리를 사전 준비하는 것을 도왔다.

“오늘 굉장했어요.”

찰스가 스튜디오 뒤에서 나와 그녀를 맞았다. 그는 그녀가 마이크를 뗄 때까지 기다렸다가 그녀 어깨에 팔을 둘렀다.

"첫 회 시청자 반응이 아주 좋던데."

조지앤은 안도의 한숨을 내쉬고 그를 올려다보았다. 그들의 사적인 관계 때문에 그가 그녀의 프로그램을 유지하는 건 바라지 않는 바였다.

"그냥 내게 잘해 주려고 하는 소리 아닌 거 맞아요?"

그는 그녀의 관자놀이에 입술을 댔다.

"그럼."

그녀는 그가 말할 때 그의 미소를 느꼈다.

"시청률이 떨어지면 잘라 버리겠다고 약속하죠."

"고마워요."

"천만에."

그는 그녀의 머리에 입맞추곤 물러났다.

"당신과 렉시가 나와 앰버와 함께 저녁이나 하면 어떻겠습니까?"

조지앤은 스튜디오 세트 주방 카운터 뒤에서 가방을 꺼냈다.

"안 돼요. 존이 오늘 밤 첫 방문차 렉시를 데리러 와요."

찰스의 눈썹이 잿빛 눈 위로 모였다.

"내가 같이 있어 줄까요?"

조지앤은 고개를 저었다.

"괜찮을 거예요."

그렇게 말했지만 그럴 거라 생각하진 않았다. 렉시가 가고 나면 자신이 무너질까 두려웠고, 그렇게 된다면 혼자 있고 싶었다. 찰스는 아주 좋은 친구였지만, 그는 그녀를 도울 수 없었다. 이번에는.

캐넌 해변에서 돌아오고 사흘 후, 그녀는 찰스에게 여행에 대해 말했다. 섹스 부분만 제외하고 전부. 그는 그녀가 존과 같이 지냈다는 것을 듣고 반색하진 않았으나, 이것저것 많이 묻지도 않았다. 대신 전처의 변호사 이름을 알려 주고 반 시간짜리 텔레비전 프로그램을 다시 제안했다. 돈이 필요했기에 그녀는 생방송 대신 녹화로 하고 렉시가 따라와도 좋다는 조건을 달아 받아들였다.

일주일 후, 그녀는 계약서에 서명했다.

"아빠와 함께 시간을 보내는 것에 대해 렉시는 어떻게 생각합니까?"

조지앤은 가죽 가방을 어깨에 맸다.

"모르겠어요. 이제 자기 성이 코왈스키라 조금 혼란스러워 하죠. 철자 쓰는 데 애를 좀 먹었지만, 그 외엔 별 말을 안 해요."

"렉시가 그에 대해 말을 안 한다?"

존이 자기 아버지라는 것을 알게 된 이후 몇 주 동안, 렉시는 조지앤에게 냉랭하고 서먹서먹했다. 조지앤은 왜 거짓말을 했는지 설명하려 했고, 렉시는 조용히 들었다. 그리곤 자신의 모든 분노를 엄마에게 쏟아 부어 두 사람 다 상처를 입었다가 겨우 흘려 보냈다. 그들의 삶은 이제 결코 옛날 같아질 수 없으리라. 하지만 그 애는 존에 대해 알기 전과 거의 같은 어린 소녀였다. 비록 아이가 유별나게 조용한 때가 종종 있긴 했지만. 조지앤은 아이에게 무슨 생각을 하는지 물어볼 필요가 없었다. 그냥 알 수 있었으니까.

"오늘 밤 그가 너와 외출하러 올 거라고 말했어요. 별로 말은 없었고, 그저 언제 그가 자길 도로 집에 데려다 줄지 묻더군요."

렉시가 화장실에서 돌아왔고 세 사람은 스튜디오에서 나와 건물 현관으로 향했다.

"있잖아요, 찰스 아저씨."

"응?"

"나 이제 1학년이에요. 우리 선생님은 이름은 버거 선생님이고, 햄버거에서 햄 빠진 거랑 같아요. 선생님이 상냥하고 반에다 모래쥐를 키워서 좋아요. 걔는 갈색이랑 흰색이고 귀가 쪼그매요. 다들 걜 스팀피라고 불러요. 난 퐁고라고 이름 붙이고 싶었는데."

아이는 건물에서 주차장까지 조잘조잘 떠들었다. 하지만 집으로 항하는 차 안에서, 아이는 무척 조용했다. 조지앤은 얘기를 하려 노력했지만, 아이는 정신이 딴 데 가 있는 것이 명백했다.

한 블록 못 미쳐 조지앤은 존의 레인지 로버가 자신의 집 앞에 세워져 있는 것을 알아챘다. 그가 다리를 넓게 벌리고 허벅지에 팔을 얹은 채 현관 포치에 앉아 있는 것을 보았다. 그녀는 차를 진입로로 넣고 조수석을 돌아보았다. 렉시는 앞의 차고 문을 응시하며 윗입술을 잇새로 빨고 있었다. 아이의 작은 손은 다음 프로그램 아이디어를 쓰라고 찰스가 준 클립보드를 꽉 움켜쥐고 있었다. 종이 위에 아이는 엉성하게 고양이와 개를 그리고 '애완동물 쇼'라고 써 놓았다.

"불안하니?"

내심 자신도 속이 두근거리길 시작하는 것을 느끼며 조지앤은 딸에게 물었다.

렉시는 어깨를 으쓱했다.

"네가 가고 싶지 않다면, 존은 억지로 시키진 않을 거야."

조지앤은 그게 사실이길 바라며 말했다.

렉시는 잠시 침묵을 지키다 물었다.

"아저씨가 날 좋아하는 거 같아?"

조지앤은 목이 울컥 조여들었다. 늘 자신감에 넘치던 렉시가, 다들 자동적으로 자길 사랑하리라 확신하던 렉시가 제 아빠에 대해선 전혀 확신하지 못하고 있었다.

"물론 널 좋아하고말고. 그는 처음 봤을 때부터 널 좋아했단다."

"아."

아이가 한 말은 그게 다였다.

함께 그들은 차에서 내려 인도를 올라갔다. 커다란 까만 선글라스 너머, 그녀는 그가 일어서는 것을 보았다. 그는 베이지색 바지와 흰색 티셔츠에 단추를 안 채우고 밖으로 내어 입은 플레이드 셔츠 차림으로 캐주얼하고 편안해 보였다. 짙은 머리칼은 그녀가 마지막으로 보았을 때보다 짧게 잘려 있었다. 앞머리가 삐죽삐죽 그의 이마로 드리워졌다. 그의 시선은 딸에게 못박혀 있었다.

"안녕, 렉시."

아이는 갑자기 골똘히 클립보드를 내려다보았다.

"안녕하세요."

"마지막으로 만났을 때 이후로 뭐 했어?"

"아무 것도."

"학교는 어때?"

아이는 그를 쳐다보지 않았다.

"좋아요."

"선생님 좋으니?"

"으응."

"선생님 성함은 뭐고?"

"버거 선생님."

긴장감이 거의 손에 잡힐 듯했다. 렉시는 우체부에게도 지금 제 아빠한테 하는 것보다 더 친근하게 대하는 아이였고, 둘 다 그 사실을 알고 있었다. 존은 조지앤에게로 눈길을 들어올렸고 그의 눈은 따지고 있었다. 조지앤은 발끈했다. 그를 좋아하지 않을 진 몰라도 그에 대해 나쁜 소리는 한 마디도 한 적이 없었다―뭐, 최소한 렉시가 듣는 자리에선. 그녀가 이제 그의 뜻대로 고분고분 끌려다니지 않겠다고 결심하긴 했지만 그렇다고 렉시에게 어떤 식으로든 영향을 미치려 들었다는 뜻은 아니다. 그녀는 렉시답지 않은 수줍음에 놀랐지만, 그 이유를 알고 있었다. 아이가 소극적이 된 원인이 크고 근육질의 거인처럼 앞에 서 있었고, 아이는 이제 그의 앞에서 어떻게 행동해야 할지 모르고 있었다.

"존에게 모래쥐 얘기 해 주지 그러니."

그녀는 렉시의 가장 최근 관심사를 언급했다.

"우리 모래쥐 있어요."

"어디에?"

"학교에."

존은 이 아이가 6월에 만났던 어린 소녀라는 것을 믿을 수 없었다. 그는 아이를 내려다보고 그 수다쟁이는 어딜 갔을까 생각했다.

"안으로 들어갈래요?"

조지앤이 말했다.

그는 그녀를 잡아 흔들며 내 딸에게 무슨 짓을 했냐고 다그치고 싶었다.

"아니. 우린 가 봐야지."

"어디로?"

그는 그녀의 커다란 선글라스를 쳐다보며 당신이 상관할 일 아니라고 쏘아붙일까 생각했다.

"렉시에게 내가 사는 곳을 보여 주고 싶어."

그는 클립보드를 렉시의 손아귀에서 빼냈다.

"9시에 데려올게."

그리곤 클립보드를 조지앤에게 넘겼다.

"안녕, 엄마. 사랑해."

조지앤은 아래를 내려다보고 그 가짜 미소를 지었다.

"쪽쪽 해 주렴, 내 보물."

렉시는 발끝으로 서서 엄마에게 작별 뽀뽀를 했다. 존은 지켜보면서, 조지앤이 가진 것을 원했다. 자식의 사랑과 애정을 원했다. 아이가 팔을 그의 목에 감고 뽀뽀해 주며 사랑한다고 말해 주기를 바랐다. 아이가 그를 아빠라고 부르는 것을 듣고 싶었다.

일단 렉시를 자신의 집으로 데려가 긴장이 풀리면, 일단 조지앤의 영향에서 벗어나면 그가 알던 어린 소녀로 돌아갈 거라 확신했다.

하지만 그렇게 되지 않았다. 그가 일곱 시에 데려간 어린 소녀는 아홉 시에 집에 데려다 줄 때도 그대로 똑같았다. 아이와 이야기하기란 녹은 얼음에서 스케이트 타기 같았다—느리고 속터지게 답답했다. 아이는 그의 하우스보트에 대해서 별 말을 하지 않았고, 그 즉시 모든 욕실의 위치를 알고 싶어하지도 않았다. 캐넌 해변에서는 욕실 위치가 아이에게 무척 중요한 일 같았기에 그는 놀랐다.

그는 아이를 위해 비워둔 여분의 침실을 보여 주고, 나중에 쇼핑하러 데려갈 테니 네 마음대로 꾸며도 좋다고 말했다. 그는 아이가 좋아할 거라 생각했지만, 아이는 그저 고개를 끄덕이고 아래 데크로 나가도 되냐고 물을 뿐이었다. 아이는 그의 보트에 언뜻 관심을 비쳤고, 그래서 그들은 선댄서 호에 올라타 천천히 호수를 항해했다. 그는 아이가 선실을 살피고 주방의 소형 냉장고를 열어 보는 것을 지켜보았다. 아이를 그의 무릎에 앉혀 조종할 수 있게 해 주었다. 아이의 눈은 커다래지고 마침내 입가가 올라가 미소지었지만, 말은 별로 하지 않았다.

그녀의 집을 나선지 두 시간 후 다시 돌아와 주차할 때쯤, 그의 기분은 하늘에 빠르게 모여들고 있는 먹구름과 맞아떨어졌다. 자신이 저녁을 함께 보낸 여자애가 누군지는 모르겠지만, 그 애는 렉시가 아니었다. 그의 렉시는 웃고 깔깔대고 쉴새없이 조잘거렸다.

레인지 로버가 채 멈추기도 전에 조지앤이 집에서 나와 그들에게로 걸어왔다. 그녀는 움직일 때면 발목께에서 하늘거리는 헐렁한 레이스 드레스 차림이었고, 머리카락은 정수리에 말아 올려져 있었다.

길 건너편 마당에 서 있는 어린 여자애가 렉시의 이름을 부르며 긴 금발 바비를 마구 흔들었다.

"누구냐?"

존은 렉시가 안전벨트를 푸는 것을 도우며 물었다.

"에이미."

아이는 문을 열고 사륜구동 차에서 폴짝 뛰어내렸다.

"엄마, 가서 에이미랑 놀아도 돼? 에이미한테 새 인어 바비가 있는데, 엄마 보여 줄게, 나도 그거 갖고 싶거든."

조지앤은 레인지 로버의 앞으로 빙 돌아 걸어오는 존을 올려다보았다. 그들의 눈이 잠깐 마주쳤다가 그녀는 딸에게로 눈길을 내렸다.

"비가 올 텐데."
"제발,"
아이는 조르며 발바닥에 스프링이라도 달린 양 깡총깡총 뛰었다.
"몇 분만?"
"15분이다."
조지앤은 렉시가 쪼르르 달려가 버리기 전에 아이의 어깨를 붙잡
았다.
"존에게 뭐라고 해야지?"
렉시는 멈춰 서서 그의 몸 중간쯤을 쳐다보았다.
"고마워요, 존 아저씨."
아이는 들릴까말까 하게 속삭였다.
"재밌었어요."
뽀뽀는 없었다. '사랑해요' 아빠란 말도 없었다. 이렇게 빨리 사랑
과 애정을 기대한 것은 아니었으나, 렉시의 가르마를 내려다보며 그
는 예상보다 더 오래 기다려야 하리라는 것을 알았다.
"다음번엔 키 아레나*에 가도 좋겠지, 내가 일하는 곳을 보여 줄
게."
열띤 반응이 나오지 않자 그는 덧붙였다.
"아니면 쇼핑몰에 가도 되고."
존은 쇼핑몰을 싫어했지만, 이대로 견딜 수가 없었다.
렉시의 입가가 위로 올라갔다.
"좋아요."
그리곤 커브로 걸어갔다. 아이는 양쪽을 살피고 길을 쌩하니 가로
질렀다.
"얘, 에이미,"
아이는 큰 소리로 불렀다.

---

* 시애틀의 실내 농구, 아이스하키 경기장.

"나 뭐 했는지 알아? 커다란 보트를 타고 가스 워크 공원 옆을 지나갔다. 그리고 물고기가 물 위로 뛰어오르는 것도 봤고 존 아저씨가 그 위로 지나갔어. 존 아저씨 보트에 침대랑 냉장고도 있어, 나도 진짜 오래 배 조종했어."

존은 두 아이가 에이미의 현관으로 향하는 것을 지켜보고, 조지앤에게로 돌아섰다.

"애한테 무슨 짓을 한 거야?"

그녀는 그를 올려다보았고 녹색 눈 위로 눈썹이 모였다.

"난 아이한테 아무 짓도 안 했어요."

"개소리. 저앤 내가 6월에 만난 렉시가 아냐. 애한테 뭐라고 했어?"

그녀는 그를 한동안 응시하다 말을 꺼냈다.

"안으로 들어가죠."

그는 안으로 들어가고 싶지 않았다. 차를 마시며 일을 이성적으로 의논하고 싶지 않았다. 그녀와 협력할 기분이 아니었다. 분이 치솟아 소리지르고 싶었다.

"여기도 좋아."

"존, 난 집 앞 잔디밭에서 이 얘기를 나누진 않을 거예요."

그는 그녀의 눈길을 맞받고, 그녀더러 앞장서라고 손짓했다. 그녀를 따라 집을 빙 돌면서 그는 일부러 그녀의 뒤통수에 눈길을 고정했다. 그녀가 움직이는 모습을 의식하고 싶지 않았다. 예전에 그는 늘 그녀의 엉덩이가 움직이며 드레스 자락이 흔들리는 모습을 감상하곤 했다. 지금 그는 그녀에 대해 뭐든 감상할 기분이 아니었다.

그는 그녀를 따라 파스텔 색조로 넘쳐 나는, 너무나 조지앤다운 여성적인 색채의 향연이 벌어진 뒤뜰로 들어섰다. 꽃들이 폭풍 직전의 바람에 흔들리고 스프링클러가 파란색과 흰색의 줄무늬 그네 근처 잔디밭에 물을 주고 있었다. 그가 처음 렉시를 만났을 때 봤던 조그만 플라스틱 쇼핑 카트가 외바퀴수레 옆에 놓여 있었다. 둘 다 시든 꽃과 잡초로 가득차 있었다. 마당을 둘러보던 그는 그들 집의 차이를 실감했다. 조지앤의 집엔 마당과 그네, 화단, 그리고 깎아야 할 잔디밭이 있었다. 그녀는 아이가 자전거를 탈 수 있고 스케이트를 탈 수 있는 평평한 인도가 있는 거리에 살았다. 존의 하우스보트 정박소 사용료만 해도 조지앤의 주택 융자 상환금과 맞먹을 만했다. 그는 굉장한 경치와 굉장한 집을 가지고 있었으나 그건 가정이 아니었다. 이집 같진 않았다. 정원이나 마당, 평평한 인도가 없었다.

여긴 가족이 살고 있어, 그는 조지앤이 키 큰 라벤더 뒤 수도꼭지로 손을 뻗는 것을 지켜보며 생각했다. 그의 가족. 아니. 그의 가족이 아니다. 그의 딸.

"우선,"

조지앤이 몸을 바로하며 말을 꺼냈다.

"내가 렉시에게 상처 줄 행동이나 말을 했다는 소린 말아요. 당신을 좋아하진 않지만, 내 딸 앞에서 당신에게 나쁜 말은 한 마디도 안 했으니까."

"안 믿어."

조지앤은 어깨를 으쓱하고 차분함을 유지하려 애썼다. 뭔가 상한 거라도 먹은 양 속이 울렁댔고 그녀 앞에는 존이 홀랑 삼켜 버려도 좋을 만큼 근사한 모습으로 서 있었다. 그의 곁에 있는 걸 감당할 수 있으리라 생각했지만 이젠 확신할 수 없었다.

"당신이 믿든 말든 난 상관 안 해요."

"왜 애가 예전처럼 얘기를 안 하는 거야?"

그녀의 견해를 말해 줄 수는 있겠지만, 뭐하러? 왜 그가 딸을 빼앗아 가도록 도와야 하나?

"시간을 좀 줘요."

존은 고개를 저었다.

"처음 만났을 때 그앤 따발총마냥 조잘댔어. 이젠 내가 자기 아빠라는 걸 알게 되었는데 거의 입도 뻥긋 안 한다고. 도무지 말이 안 돼.”

조지앤에게는 완전히 말이 되는 이야기였다. 딱 한 번 어머니를 만났을 때, 그녀는 거부당할까 두려워 빌리 진에게 무슨 말을 해야 할지 알 수가 없었다. 조지앤은 그때 스무 살이었고 여섯 살 어린애가 어떤 기분일지는 상상할 수밖에 없었다. 렉시는 존에게 무슨 말을 해야 할지 모르고, 자기답게 행동하기를 겁내는 것이다.

존은 한 발에 몸무게를 싣고 고개를 한쪽으로 기울였다.

“당신이 그 애에게 나에 대한 거짓말을 잔뜩 해 댄 게 분명해. 당신이 열받은 건 알았지만, 이렇게까지 할 줄은 몰랐어.”

조지앤은 배를 양팔로 감고 아픔을 안으로 삭였다. 그가 자신을 나쁘게 생각하든 말든 신경 쓰지 말아야 할 테지만 상처가 되었다.

“나한테 거짓말 어쩌고 하는 소리 말아요. 애초에 당신이 변호사를 고용하지 않았다고 거짓말하지 않았다면 이런 일은 벌어지지도 않았을 텐데. 당신은 거짓말쟁이에 호색한이야. 그렇지만 그렇다고 렉시에게 당신에 대해 나쁜 말을 해 댈 정도는 아니라고요.”

존은 몸을 뒤로 젖히고 가늘게 뜬눈으로 그녀를 내려다보았다.

“아하…… 이제 본심이 나오시는군. 당신은 내 소파에서 벌거벗었던 일에 열받은 거야.”

조지앤은 뺨이 빨갛게 변하지 않기를 빌었지만, 여고생마냥 얼굴이 달아오르는 것을 느낄 수 있었다.

“우리 사이에 있었던 일 때문에 내가 딸이 당신을 거부하게끔 물들여 놨다고 암시하는 거예요?”

“허, 암시 같은 거 안 해. 대놓고 말하는 거지. 당신은 내가 꽃을 보내거나 뭐 다른 시시껄렁한 짓을 안 했다고 화내는 거야. 모르지, 아침에 일어났을 때 욕실에서 한 번 하고 싶었는데 내가 옆에 없어 당신이 필요한 걸 주지 못했는지도.”

조지앤은 더 이상 아픔을 안으로 삭일 수가 없어 내쏘았다.

“아니면 당신이 날 만지도록 두었다는 게 역겨워서인지도 모르죠.”

그는 다 안다는 미소를 지었다.

"당신은 역겨워 하지 않았어. 달아올랐었다고. 아무리 해도 만족 못했으면서."

"정신 차리시지."

조지앤은 조롱했다.

"당신은 그 정도로 인상적이진 않았다고요."

"헛소리. 우리가 몇 번이나 했더라?"

그는 한 손가락을 펴고 세기 시작했다.

"소파에서."

그는 또 한 손가락을 폈다.

"벌거벗은 당신 젖가슴에 별빛이 내리는 다락의 이불 속에서."

손가락 세 개.

"뜨거운 물이 우리 엉덩이를 때리고 온통 바닥으로 넘쳐 나는 거품 욕조에서. 바닥이 썩지 않게 다음날 카펫을 들어내야 했지."

그는 미소짓고 네 번째 손가락을 폈다.

"벽에 대고, 바닥에서, 그리고 내 침대에서. 그땐 난 딱 한 번밖에 안 갔으니까 한 번으로 세는 거야. 다만 당신은 한 번 이상 갔을 테지만."

"아니에요!"

"미안. 처음 소파에서 했을 때와 헷갈렸나 보군."

"당신은 지저분한 얘기가 오가는 라커룸에서 너무 많은 시간을 보냈군요."

그녀는 악문 잇새로 말했다.

"진짜 남자는 자기 성생활에 대해 얘기하지 않아요."

그는 한 발짝 다가섰다.

"베이비, 당신이 내 침대에서 하는 모양으로 판단하자면, 당신이 아는 '진짜' 남자라곤 나뿐이라고 봐."

그녀가 하는 말은 그저 그의 단단한 가슴에 부딪혀 튕겨나올 뿐인데, 그의 말은 그녀의 가슴을 멍들게 했다. 그녀는 그를 이길 수 없기에 한껏 지루한 척했다.

"맘대로 생각해요, 존."

그는 둘 사이가 몇 인치밖에 안 될 정도까지 다가왔고 잘난 척하는 미소로 입술이 휘어졌다.

"정말 잘 부탁하면, 내 연장을 광내게 해 줄지도."

그는 얼굴을 그녀에게 가까이 낮추고 비단결 같은 목소리로 물었다.

"잠보니* 타고 싶어?"

조지앤은 버티고 서서 그를 올려다보았다. 이번에는 오리건에서 그랬던 것처럼 이성을 잃고 나쁜 말을 해 대진 않을 것이다. 그녀는 턱을 조금 치켜들고 나무라는 투로 말했다.

"이래 봐야 당신 꼴만 우스워져요."

그의 눈이 가늘어졌다.

"옷을 입고 있을 때 좀더 잘했더라면 당신은 지금쯤 결혼했을 거야."

늘 그랬듯 존은 모든 공간을 차지했다. 그녀의 숨결을 앗아가 버렸지만, 그래도 그녀는 그의 살내음과 애프터쉐이브 향으로 가득한 공기를 어떻게 들이쉴 수 있었다.

"당신이 나한테 충고를 해요? 스트리퍼랑 결혼했으면서."

그의 머리가 홱 젖혀지고 그는 한 걸음 뒤로 물러났다. 그의 얼굴 표정으로 그녀는 마침내 자신의 말이 한 점 땄음을 알 수 있었다.

"맞아. 끝내 주는 젖가슴에 대해서라면 난 늘 진짜 멍청한 돌대가리처럼 굴었지."

그는 손목을 뒤집어 시계를 보았다.

"디트로이트에서 발목이 부러졌을 때 이후로 이렇게 재미있었던

---

* 링크장 얼음을 평평하게 하는 기계.

적이 없지만, 가 봐야겠어. 토요일날 렉시를 데리러 오지. 3시까지 준
비시켜 놔."

그는 그녀에게 눈길조차 주지 않고 돌아서 가 버렸다.

조지앤은 목에 손을 얹고 그가 뒷문을 나가 버리는 모습을 지켜보
았다. 어떻게 했는지는 모르겠지만, 그녀는 분명히 그의 엄청난 자만
심에 흠을 냈다.

가슴이 죄어들어 그녀는 뒷문 포치로 가서 제일 아래 계단에 앉
았다.

내가 이긴 거라면, 왜 기분이 나아지지 않을까?

16

"진짜 죽겠네."

매는 중얼거리며 칼루아 앤드 크림 칵테일을 입가로 가져가 한 모금 마셨다. 반짝이는 검은 구두 한 짝이 흔들거리는 오른발 발가락에 아슬아슬하게 매달려 있었다. 잔 너머로 그녀는 차체 낮은 캐딜락이 천천히 지나가며 매연을 뿜어내는 것을 지켜보았다. 손으로 얼굴 앞을 휘젓고는 밖에 앉아서 기다리기로 한 것이 실수가 아닌가 궁리했다.

작은 테이블에서 그녀는 독특한 오래된 재즈 바로 걸어오는 사람들을 전부 볼 수 있었다. 색소폰 가락이 열린 문에서 해질녘의 다운타운으로 흘러나왔다. 그녀 주위의 커플들은 시애틀에서 사람들이 제일 염려하는 것들에 대해 얘기하고 있었다. 비, 커피, 그리고 마이크로소프트.

그녀는 음료를 도로 테이블에 놓고 손목시계에 눈길을 주었다.

"그는 안 와."

그녀는 스스로에게 말하고 다시 구두를 신었다. 금요일 밤이었다. 간만에 일하지 않는 날이었고 그녀는 립스틱과 마스카라를 발랐는데다 헛일이었다. 드레스까지 입었다. 아래 아무 것도 안 입은, 근사하고 조그만 검은색 슬립 드레스. 그녀는 얼어 죽을 지경이었고 제일 최근 연인 테드는 코빼기도 보이지 않았다.

십중팔구 아내 때문에 못 나오는 거겠지. 그녀는 가방으로 손을 뻗었다. 보통은 가방을 들고 다니지 않았으나 오늘 밤은 돈을 넣을 데가 아무데도 없었다. 속옷조차도. 그녀는 이십 달러를 꺼내 테이블에 놓았다. 그를 더 기다리지는 않을 거다. 그럴 정도로 목을 매진 않았다.

"이야, 당신 같은 아가씨가 혼자서 뭘 하시나?"

매는 올려다보며 남자더러 저리 꺼지라고 하려 입을 열었다. 대신 인상을 찌푸리고 말했다.

"막 오늘 밤 이 이상 운 나빠질 수 없다고 생각했더니만."

휴 마이너는 웃음을 터뜨리고 같이 온 남자들에게로 돌아섰다.

"먼저들 들어가."

그는 매의 맞은편 의자를 뺐다.

"난 조금 있다가 낄게."

매는 남자들이 안으로 들어가는 것을 보고 가방을 집어들었다.

"난 막 일어서려던 참이에요."

"한 잔은 하고 갈 수 있겠지?"

"아뇨."

"왜 안 되는데?"

얼어 죽을 지경이니까.

"왜 내가 받아들이고 싶겠어요?"

"내가 사는 거니까."

매는 공짜 술이란 미끼에 끌린 적이 결코 없었으나, 바로 그때 빨간머리 웨이트리스가 테이블로 와선 여자 망신을 다 시켰다. 그녀는 소곤거리고, 휴의 어깨에 몸을 문질러 대고, 바짝 엎드려 입으로 봉사하는 것 빼고 전부 했다. 그녀는 크고 예쁜 파란 눈에 근사한 몸매였고 휴에게 자기 몸에다 사인을 해 달라고 졸랐지만, 장하게도 휴가 그걸 거절했다.

"그렇지만 부탁 하나 하지, 맨디."

그는 웨이트리스에게 말했다.

"여기 벡스 맥주와……."

그는 말을 끊고 매에게로 주의를 돌렸다.

"당신 마시던 건 뭐?"

그녀는 떠날 수 없었다. 지금은 안 된다. 맨디가 질투의 칼날을 그녀 쪽으로 보내고 있는 지금은. 다른 여자들은 보통 매 헤런을 질투하지 않았다.

"칼루아 앤드 크림."

"벡스하고 칼루아 앤드 크림을 가져다주면, 정말 고맙겠는데."

"얼마나 고마운데요?"

여자는 주위를 둘러보곤, 몸을 숙여 그의 귀에 속삭였다.

휴는 소리 없이 웃었다.

"맨디, 당신 부탁은 몇몇 주에선 법에 저촉되는 거라 난 관심 없어. 하지만 오늘 여기 드미트리 울라토프와 같이 왔거든. 외국인이라 당신이 하자는 대로 하면 체포될 수도 있다는 걸 모를 거야. 가서 그를 찍어 봐."

여자가 웃음을 터뜨리고 가자, 휴는 뒤로 몸을 기대 맨디의 뒷모습에 시선을 고정했다.

"관심 없다면서요?"

매가 그에게 일깨웠다.

"보는 건 잘못 아니잖아."

그는 말하고 매에게로 주의를 돌렸다.

"하지만 당신만큼 예쁘진 않지."

십중팔구 만나는 여자마다 저런 소리를 하겠거니 싶어 매는 조금도 우쭐하지 않았다.

"저 여자가 뭘 하고 싶어했어요?"

휴는 고개를 저었고 황록색 눈이 반짝거렸다.

"어허, 그건 비밀 탄로가 되는데."

"말 안 할 거예요?"

"아니."

그는 가죽 봄버 재킷을 벗어 테이블 너머로 그녀에게 건넸다. 크림색 정장 셔츠 아래 그의 어깨는 넓어 보였다.

"내 소름이 테이블 너머에서도 도드라져 보여요?"

그녀는 묻고 고맙게 재킷을 받아 들었다. 크고 따스하게 그녀의 어깨를 덮었다. 남자 내음이 났다.

그는 미소지었다.

"뾰족하니 아주 도드라져 보이지, 그래."

매는 그가 뭘 말하는지 묻지 않아도 알았고, 얌전떨고 창피해 하기엔 이 동네에 너무 오래 살았다.

"내 질문엔 대답 안 할 거야?"

그가 물었다.

"무슨 질문?"

"당신 같은 아가씨가 여기서 혼자서 뭘 해?"

"나 같은?"

"그래,"

그는 웃음소리를 냈다.

"상냥하고. 매력적이고. 많은 남자들이 당신의 그 따사로운 성품에 끌릴 거라 보는데."

그녀는 전혀 우습지 않았다.

"내가 왜 여기 있는지 정말 알고 싶어요?"

"알고 싶으니 물었지."

거짓말을 하거나 뭔가 지어낼 수도 있었다. 대신 그녀는 진실을 털어놓아 그에게 충격을 주기로 결심했다. 그의 재킷을 모아 쥐고 테이블로 몸을 숙였다.

"내 유부남 애인을 만나서, 매리어트 호텔에서 밤새도록 격렬한 섹스를 나눌 거예요."

"뻥 아니라?"

그래, 충격 받았군. 이제 그녀는 도덕성 측면에선 파산지경일 남자에게서 도덕적 분개가 터져 나오길 기다렸다.

"밤새도록?"

그의 반응에 실망하여 그녀는 물러나 앉았다.

"음, 격렬한 섹스를 나눌 참이었지만 그가 안 와서. 못 빠져나온 모양이네요."

웨이트리스가 다가와 음료를 내려놓았다. 휴의 앞에 맥주를 내려놓으며 여자는 그의 귀에다 대고 뭔가를 속삭였다. 그는 고개를 젓고 뒷주머니에서 지갑을 꺼내어, 그녀에게 5달러 두 장을 건넸다.

웨이트리스가 자리를 뜨자마자 매는 물었다.

"이번엔 뭘 원하던가요?"

휴는 맥주를 입가로 들어올려 길게 한 모금 들이켜고 도로 내려놓았다.

"존이 오늘 밤 여기 나타날지 알고 싶어했지."

"오나요?"

"아니, 하지만 설령 존이 여기 있다 해도, 저 여잔 그의 타입이 아닌 걸."

매는 칵테일을 한 모금 홀짝였다.

"어떤 여자가 그의 타입이죠?"

휴는 미소지었다.

"당신 친구."

그가 미소짓고 눈이 저런 식으로 빛날 때면, 매는 몇몇 여자들이 그를 아주 잘생겼다고 생각하는 이유를 알 만했다.

"조지앤?"

"응."

그는 녹색 병의 목을 엄지와 검지로 잡고 빙빙 굴렸다.

"존은 그녀 같은 몸매의 여자를 좋아해. 늘 그랬지. 아니었음 지금 같은 난장판에 빠지지 않았을 텐데. 그녀가 그를 상당히 심하게 망가뜨려놨다고."

매는 하마터면 술이 목에 걸릴 뻔했다. 커피맛 술을 윗입술에서 핥아 내고 쏘아붙였다.

"그를 망가뜨려놔? 조지앤은 착하기 그지없는 사람인데, 오히려 그가 그녀의 인생을 지옥으로 만들었는 걸."

"그건 몰라. 난 존의 얘기만 들었고, 그는 사적인 일을 누구와 잘 논의하지 않거든. 하지만 렉시에 대해 알았을 때 존이 기겁한 건 알지. 한동안 정말로 굳어 있었고 신경이 날카로웠어. 아이 얘기밖에 안 하더라니까. 몇 달씩 계획했던 칸쿤 여행을 취소하고, 월드컵에서도 손을 뗐지. 대신 렉시와 조지앤을 오리건에 있는 그의 집에 초대했고."

"그저 조지앤을 속여 자기를 믿게 한 다음에 다시 망쳐 놓고 싶었으니까 그랬겠죠."

그는 어깨를 으쓱했다.

"오리건에서 무슨 일이 있었는지 난 잘 몰라, 하지만 당신은 아는 모양이군."

"그가 상처를 주……."

"매?"

남자 목소리가 끼어들었다. 그녀는 왼쪽으로 몸을 돌려 테이블 옆에 선 테드를 올려다보았다.

"늦어서 미안해요, 하지만 빠져나오는 데 좀 문제가 있었거든요."

테드는 키가 작고 말랐으며, 매는 처음으로 그가 바지를 좀 너무 높이 치켜 입는다는 것을 알아챘다. 테이블 저편의 눈요깃감 옆에 놓고 보니 그는 진짜 좀팽이로 보였다.

"안녕, 테드."

매는 인사하고 휴를 가리켰다.

"이쪽은 휴 마이너에요."

테드는 미소짓고 유명한 골키퍼에게 한 손을 내밀었다.

휴는 미소짓지 않았고, 테드와 악수를 하지도 않았다. 대신 일어서서 작은 남자를 내려다보았다.

"딱 한 마디만 하지."

그는 차분한 목소리로 말했다.

"당장 여기서 꺼지지 않으면 늘씬하게 패 버리겠어."

테드의 미소와 손이 동시에 떨구어졌다.

"뭐라고요?"

"다시 매 근처에 얼씬거리면 피범벅이 될 줄 알라고."

"휴!"

매는 헉 숨을 들이켰다.

"그리고 당신 마누라가 병원으로 시신 신원을 확인하러 오면, 왜 내가 본때를 보여 줬는지 그녀에게 말해 주지."

"테드!"

매는 벌떡 일어나 두 남자 사이에 끼어들었다.

"거짓말이에요. 당신을 해치지 않을 거예요."

테드는 휴와 매를 번갈아 보더니, 아무 말 없이 돌아서선 도망치다시피 달려갔다. 매는 빙글 돌아 휴의 재킷을 테이블에 내던졌다. 주먹을 불끈 쥐고 그의 가슴을 쳤다.

"이 덩치 큰 돌대가리가!"

바의 다른 테이블에 앉은 사람들이 쳐다봤지만, 그녀는 신경 쓰지 않았다.

"아야."

그는 셔츠 앞을 문질렀다.

"조그만 체격치곤 손 되게 맵네."

“당신 도대체 왜 이래? 저 사람은 내 데이트 상대였다고.”

매는 씩씩거렸다.

“그래, 그리고 당신 나한테 고마워해야지. 완전 생쥐같더구만.”

그녀도 그가 좀 그렇다는 것은 알고 있었으나, 어쨌든 괜찮게 생긴 생쥐였다. 그를 찾아내는 데 석 달이 걸렸고, 아직 시험도 안 해 봤다. 그녀는 가방을 테이블에서 잡아채고 거리를 쳐다보았다. 서두르면 그를 잡을 수 있을지도. 따라가려고 돌아선 그녀는 강한 손가락이 자신의 팔을 쥐는 것을 느꼈다.

“가게 두라고.”

“싫어.”

매는 팔을 획 잡아채려 했으나 그럴 수가 없었다.

“젠장할.”

도망치는 테드의 뒷모습이 사라지자 그녀는 욕설을 내뱉었다.

“이젠 나한테 전화 안 할 거야.”

“그렇겠지.”

그녀는 휴의 미소짓는 얼굴에 인상을 썼다.

“당신 왜 그런 거야?”

그는 어깨를 으쓱했다.

“그 남자가 마음에 안 들어서.”

“뭐?”

매는 헛웃음이 다 나왔다.

“당신이 그를 좋아하든 말든 누가 상관하는데? 난 당신 허락 필요 없어.”

“그 사람은 당신을 위한 남자가 아냐.”

“당신이 어떻게 아는데?”

그는 그녀에게 미소지었다.

“내가 당신 남자니까.”

이번에 그녀가 터트린 웃음은 헛웃음이 아니었다.

"농담이겠지."

"난 진지해."

그녀는 믿지 않았다.

"당신은 바로 내가 절대 데이트하지 않는 타입의 남자인 걸."

"어떤 타입?"

그녀는 아직 자신의 팔을 쥐고 있는 그의 손을 이거 보란 듯이 쳐다보았다.

"마초에, 머리까지 근육이 들어찼고, 자기중심적인 타입. 자기보다 작고 약한 사람을 멋대로 다뤄도 된다고 생각하는 남자들."

그는 그녀의 팔을 놓고 테이블에서 자기 재킷을 챙겼다.

"난 자기중심적이지 않아, 그리고 사람들을 멋대로 다루지 않고."

"정말? 그럼 테드는?"

"테드는 포함되지 않지."

그는 재킷을 다시 그녀의 어깨에 걸쳐 주었다.

"내가 보기에 그는 작은 체격에 콤플렉스가 있어. 십중팔구 자기 아내를 때릴걸."

매는 그의 말도 안 되는 추측에 미간을 찌푸렸다.

"난 어떻고?"

"당신이 뭐?"

"날 멋대로 다루고 있잖아."

"허니, 당신이 약하다고 하면 남들이 웃어."

그는 재킷 칼라를 그녀의 턱까지 올려 주고 그녀의 어깨에 손을 얹었다.

"그리고 당신은 날 스스로 인정하고 싶은 이상으로 좋아한다고 생각해."

매는 아래를 내려다보고 눈을 감았다. 이런 일이 있을 수는 없어.

"날 알지도 못하면서."

"당신이 아름답다는 걸 알아. 당신 생각 아주 많이 했어. 난 당신에게 무척 끌리고 있어, 매."

그녀의 눈이 번쩍 뜨였다.

"날?"

휴 같은 남자는 그녀 같은 여자에게 끌리지 않는다. 그는 유명 스
포츠 선수였다. 그녀는 고등학교 졸업 때까지 데이트라곤 해 보지도
못한 절벽 가슴에 깡마른 여자였다.

"하나도 안 웃겨."

"나도 그렇게 생각해. 처음 공원에 서 있는 당신을 봤을 때부터 좋
아했어. 왜 내가 계속 전화했다고 생각했는데?"

"그냥 당신이 여자들을 괴롭히는 걸 좋아하는 줄 알았지."

그는 웃음을 터뜨렸다.

"아니. 당신뿐이야. 당신은 특별해."

그녀는 잠시 그의 말에 넘어갔다. 그녀로선 데이트할 뜻이 전혀 없
는 덩치 큰 운동선수의 관심에 우쭐함을 느낀 것도 잠깐. 그 순간은
오래 가지 않았다. 처음 그들이 만났을 때 그가 어떻게 그녀를 놀렸
는지 기억이 났으니까.

"당신은 진짜 못된 인간이야."

"내게 당신 마음을 바꿀 기회를 줬으면 좋겠어."

그녀는 그의 손목을 잡았다.

"이젠 웃기지 않아."

"난 이 일이 웃기다고 생각한 적 없어. 난 보통 날 좋아해 주는 여
자를 좋아했다고. 날 싫어하는 사람에게 빠진 적은 없었어."

그가 너무나 진지해 보여 그녀는 그를 거의 믿었다.

"난 당신 싫어하지 않는 걸."

그녀는 털어놓았다.

"흠, 출발점이 되겠군."

그는 양손을 그녀의 목으로 가져가 엄지손가락으로 그녀의 턱을
젖혔다.

"아직 추위?"

"조금."

목에 느껴지는 그의 손바닥 온기가 떨리는 열기를 배까지 전달했다. 그녀는 자신의 반응에 충격 받고 조금 당황했다.

"음료수 들고 안으로 들어갈까?"

그녀의 충격은 혼란스러움으로 바뀌었다.

"난 집에 가고 싶어."

실망으로 그의 한쪽 입가가 처졌고 그는 그녀의 팔뚝으로 손을 옮겼다.

"차까지 데려다 줄게."

"난 택시 타고 왔어."

"그럼 집까지 데려다 주지."

"좋아, 하지만 당신을 집안에 들이진 않을 거야."

그녀를 난잡하다고 여길 여자들도 있겠지만, 그녀에게는 기준이 있었다. 휴 마이너는 잘생기고 성공했으며, 완벽한 신사처럼 행동했다. 다만 그녀의 타입은 아니었다.

"당신 마음대로."

"진심이야. 안에는 못 들어와."

"믿어. 그렇게 해서 당신 마음이 더 편해진다면, 바이크에서 내리지도 않겠다고 약속할게."

"바이크?"

"응, 내 할리를 타고 왔거든. 당신도 좋아할 거야."

그는 한 팔로 그녀의 어깨를 감고 그들은 함께 바 입구로 향했다.

"우선 드미트리와 스튜어트를 찾아서 난 간다고 말해야 해."

"당신과 함께 오토바이를 탈 순 없어."

그들은 입구에 멈춰 한 무리의 사람들이 나오게 비켜 주었다.

"왜 안 돼. 당신 다치게 하진 않을 거야."

"그걸 걱정하는 게 아니라."

그녀는 출입문 위의 오렌지색 밀러 불빛을 받은 그의 얼굴을 올려다보았다.

"속옷이라곤 하나도 안 입어서."

그는 몇 초 간 얼어붙었다가 미소지었다.

"허, 그럼 우린 공통점이 있네. 나도 그렇거든."

존은 캐롤린 포스터—더피를 따라 버질의 베인브릿지 저택 현관을 지났다. 그녀의 금발은 희끗희끗한 가닥이 비쳤고 잔주름이 눈가에 자리했다. 그녀는 지혜와 우아함과 함께 성숙해 가는 그런 운 좋은 여자들 중의 하나였다. 뻔히 티나는 머리 염색이나 성형수술로 노화와 싸우지 않을 지혜와, 예순다섯의 나이에도 불구하고 아름다워 보이는 우아함을 갖추었다.

"그이는 당신을 기다리고 있어요."

그녀는 정식 만찬용 식당을 지나며 말했다. 마호가니 더블도어 앞에 멈춰 서서 연한 푸른 눈에 근심을 담아 존을 올려다보았다.

"오늘 방문을 짧게 해 달라고 부탁해야겠군요. 버질이 오늘 밤 만나자고 전화한 건 알지만, 그 사람 요 며칠 평소보다 열심히 일했거든. 피곤한데도 쉬려 들지 않아요. 뭔가 잘못된 게 분명한데 나한테 털어놓으려 하질 않더군요. 무슨 일로 저렇게 저조한지 혹시 알아요? 사업 문제인가?"

"전 모릅니다."

존은 대답했다. 그는 3년 계약의 두 번째 해였고 앞으로 일 년 간은 협상에 대해 걱정할 일이 없었기에, 버질이 그의 계약에 대해 논의하려 불렀다고 생각하긴 어려웠다. 게다가 그는 협상을 직접 다루지 않고 스포츠 매니지먼트 회사에 맡기고 있었다.

"제 짐작엔 드래프트 지명에 대해 얘기하고 싶어하시는 모양입니다."

그렇게 말은 했지만, 그는 직접 만나 얘기를 하자는 버질의 요청이 이상하다고 생각하고 있었다. 특히 금요일 밤 아홉 시에.

찌푸린 캐롤린의 이마에 주름이 잡히고 그녀는 돌아서서 뒤의 문을 열었다.

"존이 왔어요."

버질의 사무실로 들어가며 그녀가 알렸다. 존은 그녀를 따라 체리 목과 가죽, 일본 어부 조각과 커리어 앤드 이브스의 석판화로 가득한 방으로 들어갔다. 제각각 다른 소재가 섞이며 부유함과 고급취향의 분위기를 만들어 내고 있었다.

"하지만 반 시간만 있게 할 거예요. 그 다음엔 당신 쉴 수 있도록 그를 보내겠어요."

버질은 앞의 책상에 흩어진 몇 장의 서류에서 고개를 들었다.

"나가는 길에 문 닫아."

그가 아내에게 한 대답이었다.

입매가 얄팍하게 가늘어졌지만 그녀는 아무 말도 않고 방에서 나갔다.

"좀 앉지?"

버질이 책상 맞은편의 의자를 향해 손짓했다.

존은 노인의 얼굴을 보고 자신이 왜 호출되었는지 알았다. 쓰라림과 피로가 버질의 눈 아래 살을 축 처지게 만들었다. 그는 이른다섯 살 나이 그대로 보였다. 존은 가죽 팔걸이 의자에 앉아 기다렸다.

"일전에 자네는 조지앤 하워드를 텔레비전에서 보고 진정으로 놀란 듯하더군."

"그랬습니다."

"그녀가 여기 시애틀에서 TV 프로그램을 맡은 걸 몰랐나?"

"네."

"어떻게 그럴 수가 있지, 존? 둘이 상당히 가깝잖나."

"보다시피 그렇게 가깝지 않은 게 분명하군요."

존은 대답하며 정확히 버질이 얼마나 알고 있을까 궁금해했다.

버질은 서류 한 장을 집어들어 책상 너머로 건넸다.

"이 서류는 자네가 거짓말쟁이라고 하는데."

존은 문서를 받아 들었고 그의 눈길은 재빨리 렉시의 출생증명서 사본을 훑었다. 그는 렉시의 아버지로 등재되어 있었고 그건 보통이라면 기분 좋을 일이었지만, 누가 자신의 사생활을 파고드는 것은 달갑지 않았다. 그는 서류를 도로 책상에 툭 던지고 버질의 눈길을 마주했다.

"어디서 났습니까?"

버질은 손을 저어 존의 질문을 물리쳤다.

"그게 사실인가?"

"네, 그렇습니다. 어디서 났습니까?"

버질은 어깨를 으쓱했다.

"사람을 시켜 조지앤을 좀 조사했지, 그러다 자네 이름을 봤을 때 내가 얼마나 놀랐을지 상상해 보게."

그는 존의 법적 친권을 증빙하는 몇 장의 법률 서류를 들었다. 버질은 그것들을 건네지 않았으나 그럴 필요가 없었다. 존에게도 집에 사본이 있으니까.

"자네는 조지앤과 사이에서 자식을 낳았군."

"제가 그랬다는 거 아실 테니, 군소리는 치우고 요점이나 말씀하시죠."

버질은 서류를 다시 내려놓았다.

"그게 내가 늘 자네를 마음에 들어한 점 중에 하나지, 존. 자네는 뭐든 살금살금 회피하려 들지 않아."

그의 눈길은 전혀 흔들림이 없었다.

"자네가 내 약혼녀와 섹스한 건 그녀가 날 뒷마당에 멍청한 늙다리마냥 세워 두고 떠나기 전인가 후인가?"

비록 남이 자신의 과거를 파고들거나 사적인 질문을 해 대는 걸 좋아하지 않긴 해도, 존은 이건 당연하다고 생각했다. 그는 버질이 제대로 된 답변을 들을 자격이 있다고 믿을 만큼 존경했다.

"조지앤이 결혼식장을 나온 후에 그녀를 처음 만났습니다. 그녀가 당신 집에서 도망 나와 차를 태워 달라고 부탁하기 전엔 그녀를 본 적이 없었고요. 그녀는 웨딩 드레스를 입고 있지 않았고, 전 그녀가 누군지 몰랐습니다."

버질은 의자 깊숙이 앉았다.

"그러나 어느 시점에서 자네는 알았겠지."

"네."

"그녀가 누구인지 발견했을 때, 자네는 어쨌든 그녀와 잤고."

존은 미간을 찌푸렸다.

"아시다시피요."

그가 보는 한에선, 조지앤을 결혼식에서 데려감으로써 그는 버질에게 큰 은혜를 베푼 셈이었다. 그녀는 아주 지독하게 못된 여자가 될 수도 있었고 존은 노인이 침대에서 인상적이지 못하단 말을 듣고 받아넘길 수 있으리라 생각지 않았다. 존처럼은 못할 것이다.

버질은 그녀가 없는 쪽이 낫다. 그녀는 남자를 달아올라 반쯤 단단해지게 만들어 놓곤, 이래 봐야 당신 꼴만 우스워진다고 말하지 않는가. 그녀는 독한 여자였다, 의심의 여지 없이.

"둘이 얼마나 오래 연인이었나?"

"별로 길지 않죠."

그는 버질을 알았고, 노인이 그저 솔깃한 세부사항이나 듣자고 자신을 이 섬까지 불러오지 않았음을 알았다.

"요점이요."

"자네는 내 팀에서 아주 잘 뛰어 주었고, 지금껏 자네가 어디다 박든 난 상관 안 했어. 하지만 조지앤과 놀아났을 때, 자넨 날 엿먹인 거야."

존은 책상 너머로 달려들어 버질을 떡이 되도록 두들겨 패는 걸 심각하게 고려했다. 만약 버질이 그렇게나 늙지 않았다면 그랬을지도 모른다. 조지앤은 그가 함께한 중 가장 유혹적이고 뜨거운 여자였고, 그저 불장난 상대가 아니었다. 그녀는 그에게 있어 그 이상의 존재였고 마치 걸레라도 되는 듯한 말을 들을 이유가 없었다. 노력 끝에 그는 분노를 억눌렀다.

"아직 요점을 못 들었습니다만."

"자넨 치눅스에서 뛰든가, 아니면 조지앤을 가질 수 있어. 둘 다는 안 돼."

존은 남이 그의 사생활을 파는 것보다 협박당하는 걸 더 싫어했다.

"지금 트레이드 시키겠다 위협하는 겁니까?

버질은 무섭도록 심각했다.

"자네가 날 그렇게 할 수밖에 없도록 만든다면."

존은 버질에게 어디 해 볼 테면 해 보라고 말할까 했다. 다섯 달 전이라면 그랬을 거다. 치눅스에서 뛰는 걸 좋아하고 다른 팀에선 주장 자리를 얻을 가망이 없다 해도, 그는 위협을 잘 받아들이지 않았다. 하지만 지금 그에겐 잃을 것이 너무 많았다. 막 자신에게 아이가 있음을 발견했고 공동 양육권을 얻은 참이었다.

"우린 함께 딸을 낳았으니, 아무래도 그 '가진다'란 말이 무슨 뜻인지 설명하셔야겠군요."

"아이는 만나고 싶은 만큼 만나. 하지만 아이 엄마는 건드리지 마. 데이트하지 마. 그녀와 결혼하지도 말고. 그랬다간 자네와 나 사이에 문제가 생길 거야."

만약 버질이 일 년 전, 아니 몇 달 전에만 위협을 했어도, 존은 십중팔구 그냥 나와 버리고 트레이드를 감수했을 것이다. 하지만 디트로이트나 뉴욕 혹은 로스앤젤레스로 이사가야 하게 된다면 어떻게 렉시에게 아빠가 되어 줄 수 있겠는가? 같은 주에 살지 않는다면 어떻게 렉시가 커 가는 모습을 지켜볼 수 있겠는가?

"젠장, 버질."

그는 노인이 일어서는 것을 지켜보며 말했다.

"조지앤과 나 중에 누가 더 상대를 미워하는지 모를 지경입니다. 지난주에 물어봤더라면 당신은 괜한 헛수고를 덜었을 테고 난 여기까지 운전해 오는 수고를 안 해도 되었을 텐데. 난 조지앤을 질색하고 그녀는 더하다고요."

버질의 피로에 벌개진 눈은 존을 거짓말쟁이라 말하고 있었다.

"내가 한 말이나 명심해 둬."

"잊혀질 것 같지 않군요."

존은 마지막으로 노인을 쳐다보고 돌아서서 방을 나왔다. 집을 걸어나오는 그의 귀에 버질의 위협이 쟁쟁했다.

자넨 치눅스에서 뛰든가, 아니면 조지앤을 가질 수 있어. 둘 다는 안 돼.

그는 15분간 페리를 기다렸고, 자신의 하우스보트에 다다랐을 무렵엔 말도 안 되는 버질의 위협에 헛웃음이 나왔다. 노인은 아마 자기가 완벽한 복수 방법을 찾아냈다고 생각하겠지. 그리고 아마 괜찮은 것이기도 하겠지만, 존과 조지앤은 같은 방에 있는 것조차 참아 낼 수 없었다. 그들을 함께 하도록 강요하는 것이 오히려 더 적합한 처벌이리라.

사이렌과 벨, 비명을 질러 대는 타이어, 그리고 유리 깨지는 소리가 나무를 들이박고 인도로 돌진하여 행인들을 납작하게 만들어 버리는 렉시를 지켜보는 존의 귀를 가득 메웠다.

"나 잘하죠."

아이는 오락실의 정신 없는 소란 너머로 소리쳤다.

그는 렉시 앞의 화면을 응시하며 관자놀이가 욱신거리기 시작하는 것을 느꼈다.

"거기 할머니 조심해라."

그의 경고는 너무 늦었다. 렉시는 노인을 깔아뭉개고 알루미늄 보행보조기를 날려 버렸다.

존은 전자오락이나 오락실을 딱히 좋아하지 않았다. 쇼핑몰을 좋
아하지 않았고 필요한 것은 우편주문하는 쪽을 선호했으며, 만화영화
도 그다지 좋아하지 않았다.

게임이 끝나고 존은 손목을 뒤집어 손목시계를 보았다.

"이제 슬슬 가야 할 때다."

"나 이겼어요, 존 아저씨?"

커다란 화면에 뜬 자기 점수를 가리키며 렉시가 물었다. 아이는 그
가 파이크 플레이스 마켓의 장신구 가판에서 사 준 은세공 반지를 가
운데손가락에 끼고 있었고, 옆자리엔 그가 다른 가판에서 사 준 수공
유리 고양이가 앉아 있었다. 그의 레인지 로버 뒷좌석은 장난감으로
가득했고 그는 렉시에게 『노틀담의 꼽추』를 보여 주러 영화관으로
가기 전에 시간을 죽이는 중이었다.

그는 딸의 사랑을 돈으로 사려하고 있었다. 그는 뉘우치지 않았
다. 상관하지 않았다. 단 한 번이라도 아이가 '아빠'라고 부르는 걸
들을 수만 있다면 무엇이든 사 주고, 수십 개의 시끄러운 오락실에
서 시간을 보내고, 디즈니 영화관에 몇 시간이고 앉아 있을 수 있을
것 같았다.

"거의 이겼어."

그는 거짓말하고 아이의 손을 잡았다.

"고양이 챙겨야지."

둘은 사람들 사이를 뚫고 오락실을 나왔다. 예전의 렉시로 돌려 놓
을 수만 있다면 그는 무엇이든 할 참이었다.

아까 낮에 데리러 집에 가자, 아이는 아이새도나 립스틱 자국 하나
없이 깨끗한 얼굴로 문가에서 그를 맞았다. 토요일이었고 비록 딸이
나가요 메이크업을 안 한 쪽을 선호하긴 했어도 6월에 만났던 그 여
자애가 보고픈 마음에 그는 아이더러 연한 립글로스를 좀 바르면 어
떻겠냐고까지 했다. 아이는 고개를 저어 사양했다.

조지앤에게 렉시의 이상한 행동에 대해 다시 한 번 얘기하고 싶었

으나 그녀는 집에 없었다. 오른쪽 콧구멍에 링을 달고 있는 십대 베이비시터의 말에 따르면, 조지앤은 일하러 갔지만 그가 렉시와 함께 돌아오기 전에 집에 올 것이라 했다.

나중에 조지앤하고 얘기 좀 해야겠어, 그는 렉시와 영화관을 향하며 생각했다. 어쩌면 둘 다 이성적인 성인답게 행동하여 그들의 딸을 위한 최선을 결정할 수 있을지도. 그래, 어쩌면. 하지만 조지앤에겐 그의 신경을 건드리고 자신을 자극하고 싶게 만드는 뭔가가 있었다.

"저거 봐요!"

렉시가 우뚝 멈춰 서서 가게 진열창을 응시했다. 유리 뒤에는 몇 마리의 줄무늬 새끼고양이가 몸을 말고 서로를 쫓아 카펫 두른 기둥을 기어오르고 있었다. 한 여섯 마리쯤의 아기고양이들이 커다란 철망 우리 안에 들어 있었고, 아이가 경이로움에 젖어 쳐다보고 있는 동안, 존은 메리무어 공원에서 그의 마음을 훔쳐 간 어린 소녀를 얼핏 볼 수 있었다.

"안에 들어가서 잠깐 볼까?"

아이는 마치 그가 중범죄라도 제안한 듯이 올려다보았다.

"엄마는 나더러……."

아이는 말을 끊었고 느리게 미소로 입가가 올라갔다.

"좋아요. 아저씨랑 들어갈게."

존은 '패티 애완동물' 문을 열고 딸을 들여보냈다. 가게 안에는 카운터 뒤에 서서 뭔가를 노트에 쓰고 있는 여자 판매원뿐이었다.

렉시는 그에게 유리 고양이를 넘기곤, 우리로 다가가 철망 위로 손을 뻗었다. 안에다 손을 넣고는 손가락을 꼼지락거렸다. 즉시 노랑 줄무늬 고양이가 달려들어 털투성이의 조그만 몸을 아이의 손목에 감았다. 아이는 까르르 웃고 새끼고양이를 가슴께로 들어올렸다.

존은 유리 장신구를 청색과 녹색의 폴로 셔츠 가슴 주머니에 넣고 렉시 옆에 쭈그렸다. 새끼고양이의 귀 사이를 긁어 주자 그의 손마디가 딸의 턱을 스쳤다. 그는 어느 쪽이 더 보드라운지 알 수 없었다.

렉시는 주체하지 못할 만큼 들떠 그를 쳐다보았다.

"나 얘가 마음에 들어요, 존 아저씨."

그는 조그만 고양이의 귀를 만지고 손등으로 렉시의 턱을 쓸었다.

"아빠라고 불러도 돼."

그는 말하고 숨을 죽였다.

커다란 푸른 눈이 한 번, 두 번 깜박이곤, 아이는 고양이의 정수리에 대고 미소를 감추었다. 하얀 한쪽 뺨에 보조개가 패였지만 아무 말도 하지 않았다.

"저 새끼고양이들은 다 예방접종을 마쳤답니다."

판매원이 존의 뒤에서 알렸다.

존은 그의 러닝화 끝을 내려다보았고, 실망감이 그의 마음을 짓눌렀다.

"오늘은 그냥 보기만 할 겁니다."

그는 일어서며 말했다.

"그 줄무늬 꼬마를 오십 달러에 드릴 수 있어요. 자, 거저나 마찬가지랍니다."

존은 렉시의 동물에 대한 애착을 고려할 때, 만약 조지앤이 아이에게 하나 키우게 해 줄 참이었다면 진작에 그랬으리라 여겼다.

"고양이를 데리고 집에 가면 아이 엄마가 십중팔구 날 죽일 걸요."

"강아지는 어떠세요? 막 꼬마 달마시안이 들어왔는데."

"달마시안?"

렉시의 귀가 쫑긋했다.

"달마시안 있어요?"

"바로 저기란다."

판매원은 유리 개장을 가리켰다.

렉시는 새끼고양이를 살며시 우리 안에 내려놓고 달마시안이 있는 곳으로 향했다. 우리 안은 달마시안과 벌렁 드러누워 잠든 작고 통통한 허스키, 사료 그릇 속에 몸을 말고 있는 커다란 쥐를 제외하면 비어 있었다.

"저건 뭐예요?"

커다란 귀에 거의 털이 없는 쥐를 가리키며 렉시가 물었다.

"그건 치와와야. 아주 착하고 작은 개지."

존은 저걸 개라고 불러서는 안 된다고 생각했다. 온통 바들바들 떠는 게 처량맞아 보였고, 개라는 종의 망신감이었다.

"추워서 저러나?"

렉시가 이마를 유리에 대고 의아해했다.

"아닐걸. 따뜻하게 해 주고 있는데."

"겁이 나는 거야."

아이는 한 손을 개장 위에 두고 말했다.

"쟨 엄마가 보고 싶은 거예요.."

"오, 안 돼."

딸을 위해 조그만 물고기를 구출하러 태평양에 들어갔던 기억이 존의 뇌리에 떠올랐다. 저 멍청한 발발 떠는 개를 구하는 척할 수는 절대 없었다.

"아냐, 저 녀석은 엄마를 보고 싶어하지 않아. 여기 혼자 사는 걸 좋아해. 내기해도 좋지만 분명 자기 사료 그릇에서 자는 걸 좋아할걸. 지금 아주 좋은 꿈을 꾸고 있고, 강한 바람 속에 있는 꿈을 꾸느라 떠는 거야."

"치와와는 예민한 종이랍니다."

판매원이 알려 주었다.

"예민?"

존은 개를 가리켰다.

"자고 있는 걸요."

여자는 미소지었다.

"그저 약간의 온기와 애정이 필요할 뿐이에요."

그리고는 돌아서서 스윙도어 뒤로 돌아갔다. 몇 초 후 유리 개장의 뒤가 열리고 한 쌍의 손이 그릇에 몸을 말고 있는 개를 향해 뻗어왔다.

"영화 시간에 맞추려면 가야 해."

존이 말했지만 이미 늦은 뒤였다. 여자가 돌아와서 기다리고 있는 렉시의 팔에 개를 안겨 주었다.

"얘 이름은 뭐예요?"

렉시는 자신을 마주 바라보고 있는 구슬 같은 검은 눈을 내려다보며 물었다.

"이름은 없어,"

여자가 대답했다.

"주인이 이름을 정하는 거란다."

개의 조그만 핑크색 혀가 낼름 렉시의 턱을 핥았다.

"날 좋아하네."

아이는 웃음을 터뜨렸다.

존은 얼른 렉시와 개를 떨어뜨려 놓으려 안달하며 시계를 들여다보았다.

"영화 시작하겠다. 이제 가야 해."

"벌써 세 번 봤어요."

아이는 개에게서 눈도 떼지 않고 말했다.

"넌 진짜 내 보물이야."

느릿한 말투가 놀랄 만큼 제 엄마와 똑같게 들렸다.

"쪽쪽 해 줘."

"안 돼."

존은 갑자기 엔진 하나만으로 착륙을 시도하려는 조종사 기분이 되어 고개를 저었다.

"쪽쪽은 안 된다고."

"얘 이젠 안 떨어요."

렉시는 뺨을 개의 얼굴에 부볐고 개는 아이의 귀를 살짝 핥았다.

"이제 돌려 드려야지."

"하지만 앤 나를 사랑해요, 나도 앨 사랑하고. 데려가면 안 돼요?"

"오, 안 돼. 너희 엄마가 날 죽일 거다."

"엄마는 신경 쓰지 않을 거예요."

존은 렉시의 목소리에서 목메인 소리를 듣고 아이 옆에 무릎을 꿇었다. 그는 다른 엔진 하나도 죽고 땅이 자신을 향해 육박해 오는 것을 느꼈다. 추락하기 전에 빨리 뭔가 생각해 내야 한다.

"아니, 네 엄만 안 좋아할 거다. 하지만 봐 봐. 거북이를 사 줄 테니까 내 집에 두는 거야, 그러면 네가 올 때마다 거북이와 놀 수 있지."

행복하게 몸을 만 개를 품에 안고, 렉시는 존의 가슴으로 몸을 기울였다.

"거북이는 갖고 싶지 않아요. 꼬마 퐁고를 갖고 싶어요."

"꼬마 퐁고? 넌 그 녀석 이름을 지을 수 없어, 렉시. 네 것이 아니잖니."

눈물이 렉시의 눈에 그득 고이고 턱이 바르르 떨렸다.

"하지만 난 얘를 사랑하는 걸요, 얘도 날 사랑하고."

"차라리 진짜 개를 갖고 싶지 않아? 다음 주말에 진짜 개를 보러 갈 수 있는데."

아이는 고개를 저었다.

"얘는 진짜 개예요. 그냥 아주 작은 거지. 얘한텐 엄마가 없고 내가 여기다 두고 가 버리면 날 너무너무 보고 싶어할 거예요."

눈물이 주룩 흘러 넘치고 아이는 흑흑거렸다.

"제발, 아빠, 퐁고 데려가게 해 줘요."

존의 심장이 갈비뼈에 충돌하고 목구멍까지 치솟았다. 딸의 가련하리만치 슬픈 얼굴을 응시하자, 그는 추락했다. 불타 버렸다. 구제받을 길은 없었다. 그는 천치였다. 하지만 딸이 '아빠'라고 부르지 않는가! 그는 지갑을 꺼내어 기뻐하는 판매원에게 비자카드를 내주었다.

"좋아,"

그는 렉시의 몸에 팔을 둘러 끌어당겼다.

"하지만 네 엄마가 우릴 죽일 거다."

"정말? 퐁고 가져도 돼요?"

"그런 거 같다."

아이의 눈물이 더 흘러내리고 얼굴을 그의 목덜미에 묻었다.

"아빠 세상에서 제일 좋은 아빠야."

아이는 엉엉댔고 그는 피부에 닿는 물기를 느꼈다.

"영원히 착한 아이가 될게요."

아이의 어깨가 떨리고 개도 떨었으며 존은 자신도 떨기 시작할까 두려웠다.

"사랑해요, 아빠."

아이가 속삭였다.

빨리 뭔가를 하지 않으면 그도 렉시처럼 엉엉 울기 시작할 것만 같았다. 판매원 앞에서 여자애처럼 엉엉 울어 대고 말 것이다.

"사료를 좀 사야겠구나."

"그리고 개 우리도 필요하실 거예요."

판매원이 그의 신용카드를 갖고 가면서 말했다.

"그리고 털이 아주 조금밖에 없으니, 스웨터도요."

렉시와 퐁고 그리고 개의 용품들을 레인지 로버에 실을 무렵엔, 존은 거의 천 달러 가까이를 날린 후였다. 시내를 가로질러 벨뷰로 가는 도중 렉시는 따발총처럼 조잘대고 강아지에게 자장가를 불러 주었다. 하지만 동네에 가까워질수록 아이는 점점 더 조용해졌다. 존이 커브 옆에 차를 세울 때는 침묵이 차 안을 메웠다.

존은 렉시를 차에서 내리게 도왔고, 인도를 오르는 동안 두 사람 다 아무 말이 없었다. 그들은 현관 포치 불빛 아래 멈춰 서서 닫힌 문을 응시하며, 팔에 바들바들 떠는 쥐새끼를 안은 렉시가 조지앤을 마주하게 될 순간을 미뤘다.

"엄마 무지 화낼 거야."

렉시가 들릴까말까 한 소리로 알렸다.

존은 아이의 조그만 손이 자신의 손을 움켜쥐는 걸 느꼈다.

"그래. 열불을 터뜨리겠지."

렉시는 그의 말을 고치지 않았다. 그냥 고개를 끄덕이고 말했다.

"응."

자넨 치눅스에서 뛰든가, 아니면 조지앤을 가질 수 있어. 둘 다는 안 돼.

그는 웃음을 터뜨릴 뻔했다. 설령 그가 갑자기 조지앤과 미친 듯이 사랑에 빠진다 해도, 오늘 밤 이후로 그의 경력은 연방 금고만큼이나 굳건할 거다.

문이 열리고 존의 예상이 실현화될 때가 되었다. 조지앤은 존과 렉시를 쳐다보고, 렉시 품의 발발 떠는 개로 눈길을 옮겼다.

"그건 뭐야?"

렉시는 아무 말 없이 존이 말하도록 두었다.

"어, 애완동물 가게에 들어갔다가……."

"오, 안 돼!"

조지앤이 소리쳤다.

"애완동물 가게에 데려갔어요? 얘는 애완동물 가게에 들어가면 안 된다구요. 저번에는 하도 울어 대서 토하기까지 했는데."

"어, 밝은 면을 봐, 이번엔 토하지 않았어."

"밝은 면?"

그녀는 렉시의 품안을 가리키고 소리질렀다.

"저거 개예요?"

"그게 판매원이 한 말이지만, 난 아직도 확신 못하겠어."

"도로 물러요."

"안 돼, 엄마. 퐁고는 내 거야."

"퐁고? 벌써 이름까지 지었어?"

존을 쳐다보는 그녀의 눈이 가늘어졌다.

"좋아. 퐁고는 존이랑 살면 돼."

"난 마당이 없는 걸."

"데크가 있잖아요. 그거면 됐지."

"앤 아빠랑 살 수 없어, 그럼 나랑 주말에밖에 못 만나잖아, 그리고 카펫에다 쉬야하지 않게 훈련시킬 수가 없고."

"누굴 훈련시켜? 퐁고? 아님 너희 아빠?"

"안 웃겨, 조지앤."

"나도 알아요. 도로 물러요, 존."

"나도 그럴 수 있으면 좋겠어. 하지만 영수증에 서명하면 환불 불가야. 퐁고를 무를 수는 없다고."

그는 언제나와 마찬가지로 아름답고 미치도록 화가 나서 서 있는 조지앤을 쳐다보았다. 하지만 캐넌 해변 이후 처음으로 그는 그녀와 싸우고 싶지 않았다. 벌써 저지른 것 이상으로 그녀를 자극하고 싶지 않았다.

"미안해, 하지만 렉시가 울기 시작하니 안 된다는 말을 못하겠더라. 애가 개 이름을 짓고 내 목에 대고 우는 바람에 판매원에게 신용 카드를 넘겨 버렸어."

"알렉산드라 매, 안으로 들어가."

"어어."

렉시는 개를 감싸안고 고개를 푹 숙이더니 제 엄마를 지나쳐 뛰어 들어갔다.

존은 따라가려 했지만 조지앤이 그의 앞을 막아섰다.

"난 저 애한테 지금까지 오 년 동안 네가 열 살이 될 때까진 애완 동물을 가질 수 없다고 말해 왔어요. 당신이 애를 데리고 몇 시간 나가더니 애가 털 없는 개랑 돌아오는군요."

그는 오른손을 들었다.

"알아, 그리고 미안해. 내가 개 사료도 다 사고, 렉시와 내가 강아지 훈련 학교에도 전부 데려갈게."

"나도 사료값은 댈 수 있어요!"

조지앤은 양손을 들어 이마를 눌렀다. 머리가 터질 것 같은 기분이었다.

"너무 화가 나서 눈앞이 제대로 안 보일 지경이야."

"당신 읽게 강아지 책을 사 왔다고 하면 도움이 될까?"

"아뇨, 존."

그녀는 한숨쉬고 손을 내렸다.

"도움 안 돼요."

"조그만 개장도 있어."

그는 그녀의 손목을 잡고 끌고 갔다.

"이것저것 한가득 샀지."

조지앤은 그에게 끌려가며 펄쩍 상승한 자신의 맥박을 무시하려 애썼다.

"이것저것이라뇨?"

그는 레인지 로버의 뒷좌석 문을 열고 그녀에게 서랍장만한 크기의 개장을 건넸다.

"바닥에 똥 싸지 않게 밤에는 여기다 두는 거야."

그리곤 다시 차 안으로 손을 뻗었다.

"여기 훈련에 관한 책하고, 치와와에 관한 책,"

그는 제목을 읽기 위해 잠깐 말을 멈추었다.

"<함께 살 수 있는 개로 키우는 방법> 그리고 하나 더 사료와 이빨을 위한 비스킷, 씹는 장난감, 개목걸이와 끈, 조그만 스웨터도 있어."

"스웨터? 가게에 있는 물건을 다 쓸어 온 거예요?"

"거의."

그는 돌아서서 차 안에 고개를 박았다.

개장 너머로 조지앤은 그녀 쪽을 향한 존의 뒷주머니에 눈길을 주었다. 그의 청바지는 여기저기 연한 청색으로 바래 있었고 가죽을 엮은 벨트가 고리에 꿰어져 있었다.

"여기 어디 있을 텐데."

그가 말하자 그녀는 재빨리 사륜구동 차량의 뒤로 눈길을 돌렸다. 차는 커다란 장난감 가게 쇼핑백들과 '얼티밋 하키'란 글씨가 쓰인 커다란 상자로 가득차 있었다.

"이게 다 뭐예요?"

그녀는 고갯짓으로 차 뒤를 가리키며 물었다.

존은 어깨 너머로 그녀를 돌아보았다.

"렉시가 고른 거 몇 가지야. 애가 내 집에 왔을 때 아무 것도 없어서 좀 샀어. 바비가 얼마나 나가는지 믿기지가 않아. 그게 개당 육십 달러씩이나 나가는 줄은 꿈에도 몰랐다니까."

그는 허리를 펴고 그녀에게 튜브를 건넸다.

"퐁고의 치약이야."

조지앤은 경악했다.

"바비 하나에 육십 달러나 줬다고요?"

그는 어깨를 으쓱했다.

"뭐, 하나는 푸들이 딸렸고 다른 하나는 얼룩말 무늬 재킷에 베레모가 딸린 걸 고려하면 그렇게 심하게 바가지 썼다고는 생각하지 않아."

옴팡 뒤집어썼으면서. 상자를 뜯고 며칠 내에 렉시는 그 인형들을 벌거벗겨 벼룩시장에서 사 온 것처럼 보이게 만들어 놓을 것이다. 조지앤은 렉시에게 비싼 장난감을 사 준 적이 드물었다. 그녀의 딸은 비싼 거라고 덜 비싼 것보다 더 조심히 다루지도 않으려니와, 조지앤에겐 인형 두 개에 백이십 달러를 아무렇잖게 쓸 수 있는 달이 많지 않았다.

그녀는 크리스마스와 생일에는 약간 열광하여 돈을 많이 쓰는 경향이 있었지만, 정해진 예산이 있었고 그런 때를 대비해 돈을 따로 모아야 했다. 그러나 존은 그렇지 않았다. 지난달, 그들의 변호사가 양육권 합의안을 결정지을 때 그녀는 그가 하키로 일 년에 육백만을 벌고, 거기에 더해 투자와 광고로 그 절반을 더 번다는 사실을 알게 되었다. 그녀는 결코 겨룰 수가 없었다.

그녀는 그의 미소지은 얼굴을 쳐다보며 그가 무엇을 노리는 걸까 생각했다. 조심하지 않으면 그는 모든 것을 가져가고 그녀에겐 털 없는 개 말고는 아무 것도 안 남길 것이다.

17

"저지방 라떼랬니, 아님 모카랬니?"

조지앤은 금속 필터에 에스프레소를 채우며 매에게 물었다.

"저지방."

몸을 웅크리고 개 비스킷을 우물대고 있는 퐁고에게서 눈을 떼지 않은 채 매는 대답했다.

"젠장, 되게 처량하다. 내 고양이가 너희 개보다 더 커. 부치가 애한테 쓴맛을 보여 줄 수 있을걸."

"렉시,"

조지앤은 소리쳐 불렀다.

"매 이모가 또 퐁고 흉본다."

렉시가 레인코트 소매에 팔을 끼워 넣으며 부엌으로 들어왔다.

"내 개 흉보지 마."

아이는 인상을 쓰고 식탁에서 책가방을 집어들었다.

"얜 예민하단 말야."

아이는 무릎을 꿇고 얼굴을 개한테 들이밀었다.

"나 이제 학교 가야 해, 이따 봐."

강아지는 먹던 비스킷을 두고 렉시의 입을 핥았다.

"얘, 내가 뭐라고 했지."

조지앤은 나무라며 저지방 우유를 냉장고에서 꺼냈다.

렉시는 어깨를 으쓱하고 말했다.

"난 신경 안 써. 사랑하는 걸."

"엄마는 신경 쓰여. 자, 얼른 에이미네로 가지 않으면 차 놓친다."

렉시는 작별 뽀뽀를 위해 입술을 내밀었다.

조지앤은 고개를 젓고 렉시를 현관으로 바래다주었다.

"난 자기 몸을 핥는 개한테 뽀뽀하는 아이들하곤 뽀뽀 안 해."

문가에서 그녀는 렉시가 길을 건너는 것을 지켜본 다음, 부엌으로 돌아갔다.

"쟨 완전히 그 강아지에 미쳤어."

그녀는 에스프레소 기계로 향하며 매에게 말했다.

"우리 집에 온 지 이제 닷새인데 저 강아지가 우리 생활을 점령해 버렸다니까. 렉시가 강아지한테 만들어 준 조그만 데님 조끼를 너도 봐야 해."

"할 얘기가 있어."

매가 불쑥 말했다.

조지앤은 어깨 너머로 친구를 돌아보았다. 매한테 무슨 일이 있을 거란 짐작은 했었다. 보통 이렇게 일찍 커피를 마시러 오지 않았고, 요 며칠 정신이 딴 데 팔려 있었다.

"뭔데?"

"사랑하고 있어."

조지앤은 미소짓고 에스프레소 기계에 물 두 잔을 채웠다.

"나도 널 사랑해."

"아니."

매는 고개를 저었다.

"그 말이 아냐. 휴를 사랑한다고, 골키퍼 말야."

“뭐?”

손이 우뚝 멈추고 눈썹이 내려갔다.

“존의 친구?”

“응.”

조지앤은 유리 용기를 제자리에 넣었지만 기계를 켜는 것을 잊었다.

“난 네가 그 사람 싫어하는 줄 알았는데.”

“그랬지, 하지만 지금은 모르겠어.”

“무슨 일이 있었기에?”

매는 조지앤만큼이나 혼란스러워 보였다.

“나도 모르겠어! 지난 금요일 밤 그가 날 바에서 집으로 데려다 줬는데, 그 이후로 떠나질 않았어.”

“그가 너하고 지난 엿새 동안 같이 살았단 말야?”

조지앤은 식탁으로 걸어갔다. 어디 좀 앉아야 했다.

“음, 지난 엿새 밤은 거의.”

“이거 농담이지?”

“아니, 하지만 네가 그렇게 생각하는 거 이해해. 어쩌다 그렇게 되었는지 나도 모르겠어. 그에게 내 집에 들일 수 없다고 말하고 있었는데, 그 다음 어떻게 된 건지 미처 깨닫기도 전에 우리 둘 다 벌거벗고 누가 위로 올라가느냐를 두고 싸우고 있지 뭐야. 그가 이겼고 난 그와 사랑에 빠져 버렸어.”

조지앤은 충격으로 멍청해졌다.

“정말이야?”

“응. 그가 위였어.”

“그 말이 아니야!”

만약 조지앤이 매와의 관계에서 바꾸고 싶은 게 하나 있다면, 조지앤이 알고 싶지 않은 내막을 털어놓는 매의 경향이었다.

“정말로 그와 사랑에 빠졌어?”

매는 고개를 끄덕였고, 7년 간의 우정에서 처음으로 조지앤은 친구의 갈색 눈에 눈물이 고이는 것을 보았다. 매는 늘 너무나 강했기에, 그녀가 우는 것을 보는 조지앤의 마음은 찢어졌다.

"오, 애,"

그녀는 한숨쉬고 매의 의자 옆에 무릎을 꿇었다.

"미안해."

그녀는 친구한테 팔을 두르고 위로하려 애썼다.

"남자들이란 진짜 죽일 놈들이야."

"알아."

매는 흐느꼈다.

"모든 것이 근사했는데, 그가 그런 짓을 해 버렸어."

"뭘 어쨌는데?"

매는 몸을 뒤로 하고 조지앤의 얼굴을 쳐다보았다.

"내게 청혼했어."

조지앤은 말문을 잃고 무릎에 힘이 빠졌다.

"난 너무 이르다고 했는데, 그는 들으려 하지 않아. 자기는 날 사랑하고, 나도 자기를 사랑하는 거 안대."

그녀는 조지앤의 리넨 식탁보 자락을 움켜쥐고 눈가를 닦았다.

"당장 결혼해야 한다고는 생각지 않는다고 말했지만, 그는 내 말을 듣지 않아."

"물론 지금 결혼할 순 없지."

조지앤은 테이블을 잡고 몸을 일으켰다.

"지난주엔 너 그 사람을 좋아하지조차 않았잖아. 그 사람은 어떻게 너더러 그런 중요한 결정을 이렇게 짧은 시간 안에 하기를 바란다니? 엿새는 남은 평생을 그와 함께 보내고 싶은지 알기엔 충분치 않은 시간인 걸."

"난 사흘째 밤에 알았는데."

조지앤은 의자를 더듬어 찾았다. 어질어질해서 다시 앉아야 했다.

“지금 일부러 나 헷갈리게 하는 거야? 너 그 사람하고 결혼하고 싶어?”

“아 그럼.”

“그런데 그에게 안 된다고 했다고?”

“나 그러겠다고 했어! 안 된다고 말하려 했지만, 그럴 수가 없었어.”

매는 눈물을 터뜨렸다.

“어리석고 충동적으로 들릴지도 모르지만, 나 정말 그 사람 사랑해, 그리고 행복해질 기회를 내던져 버리고 싶지 않아.”

“너 별로 행복하게 들리지 않는데.”

“행복해! 이런 기분 처음이야. 휴는 날 즐겁게 해, 이렇게 즐거울 수 있다곤 생각도 못해 봤지만. 그는 날 웃게 하고, 나를 재미있다고 생각해. 그는 날 행복하게 해, 하지만…….”

그녀는 말을 끊고 다시 눈을 닦았다.

“난 너도 행복하길 바라.”

“나?”

“지난 몇 달 동안 넌 힘들어했잖아, 특히 오리건에서의 그 일 이후로. 넌 불행한데 난 이렇게 행복한 적이 없을 정도라서 너무 미안해.”

“난 행복해.”

그녀는 매를 안심시키고, 그게 사실일까 의문에 잠겼다. 워낙 많은 일들이 한꺼번에 일어나 자신의 기분에 대해 생각해 보지 않았다. 지금 생각해 보면, 뇌리에 떠오르는 유일한 단어는 ‘충격’이었다. 하지만 지금은 자신의 기분을 끌어내 들여다볼 때가 아니었다.

“얘,”

그녀는 미소지으며 양 팔을 뻗어 테이블을 톡톡 쳤다.

“지금 당장으로선 네 행복에 집중하자. 보아하니 결혼식 계획을 짜야겠네.”

매는 조지앤의 손을 잡았다.

"이 모든 일이 성급하게 들린다는 건 알아, 하지만 나 정말 휴를 사랑해."

그의 이름을 말할 때 그녀의 얼굴은 환하게 밝아졌다.

조지앤은 친구의 눈을 응시하며 로맨스와 흥분이 의심을 뛰어넘게 두었다—지금으로선.

"날은 잡았어?"

"10월 10일."

"그건 3주 뒤잖아!"

"알아, 하지만 하키 시즌이 5일에 디트로이트에서 시작되고, 휴는 시즌 첫 경기를 놓칠 수 없거든. 그 다음엔 뉴욕과 세인트루이스를 다녀와서야 여기로 돌아와, 9일에 콜로라도를 상대로 경기가 있어. 우리 스케줄을 확인해 봤는데 10월 앞에서부터 3주 간은 정말 한가하더라. 그러니까 휴와 난 10일에 결혼하고, 마우이로 일주일간 신혼여행을 갔다가, 난 여기로 돌아와서 베넷 파티 준비를 돕고 휴는 메이플 리프스와의 경기를 위해 토론토로 뜨는 거야."

"3주."

조지앤은 신음했다.

"어떻게 3주 안에 근사한 결혼식을 준비해?"

"넌 그럴 거 없어. 난 네가 결혼식에 와 주길 바라는 거지 주방에 처박혀 있길 바라는 게 아니야. 앤 맥클린을 고용해서 전부 맡기기로 결정했어. 그녀는 레드먼드의 커다란 연회장을 관리하고 있고, 이렇게 여유를 적게 두고 일을 맡을 만큼 궁하거든. 넌 웨딩드레스 고르는 걸 도와주면 고맙겠어. 내가 그런 일에 얼마나 막막한지 알잖아. 난 아마 뭔가 흉측스러운 걸 골라 놓고도 까맣게 모를걸."

조지앤은 미소지었다.

"기꺼이 돕고 싶어."

"그리고 다른 것도 해 주었으면 해."

조지앤의 손을 잡은 그녀의 손에 힘이 들어갔다.

"내 수석 들러리가 되어 주면 좋겠어. 휴는 존에게 신랑 수석 들러리를 해 달라고 부탁할 거니까, 넌 그의 옆에 서야 할 거야."

눈물로 조지앤은 목이 메였다.

"존과 나 사이의 문제는 걱정하지 마. 난 너와 함께 서고 싶어."

"문제가 하나 더 있어, 큰 거야."

"3주 안에 결혼식을 준비하고 존 옆에 서야 하는 것보다 더 나쁜 게 뭐가 있겠어?"

"버질 더피."

조지앤의 내면 모든 것이 얼어붙었다.

"휴에게 그를 초대할 순 없다고 말했지만, 휴는 어떻게 회피할 수 있을지 모르겠대. 우리가 그의 팀 선수들, 트레이너와 코치 그리고 경영부서 사람들을 초대하면 구단주를 뺄 수는 없다는 거야. 난 그냥 가까운 친구들만 초대하자고 제안했지만, 팀 동료들이 그의 가까운 친구들이야. 그러니 어떻게 누구는 초대하고 누구는 안 초대할 수 있겠니?"

매는 양손으로 얼굴을 감쌌다.

"어째야 할지 모르겠어."

"물론 버질을 초대해야지."

조지앤은 과거가 돌아와 자신을 뒤쫓는 것을 느끼며 간신히 대꾸했다. 처음엔 존, 이젠 버질.

매가 고개를 젓고 손을 떨구었다.

"내가 어떻게 너한테 이런 짓을 할 수 있을까?"

"난 어른이야. 버질 더피는 겁 안 난다고."

그녀는 그게 사실일까 생각했다. 자신의 부엌에 앉아 있는 지금은 겁나지 않았으나, 결혼식에서 그를 볼 때 어떤 기분이 들지는 확신할 수가 없었다.

"그를 초대해, 그리고 네가 원하는 사람이면 누구든. 내 걱정은 마."

"난 휴한테 그냥 라스베가스로 날아가서 가짜 엘비스를 주례로 결혼하면 어떠냐고 했어. 그러면 문제가 해결되겠지."

조지앤은 자신의 과거 실수 때문에 친구를 라스베가스로 도망가게 둘 수는 없었다.

"그런 생각은 하지도 마."

그녀는 콧대를 높이 세우고 타일렀다.

"내가 허접한 사람들을 어떻게 생각하는지 알잖아, 그리고 가짜 엘비스를 주례로 세워 결혼하는 건 하류층급으로 허접하다고. 그럼 난 그만큼이나 허접한 결혼선물을 사 줘야겠지. 펩시병으로 너만의 유리잔을 만들 수 있는 유리 커터라든가 뭐 그런 거. 그렇다면 미안하지만, 더 이상 널 사랑할 수 있을 거 같지 않아."

매는 웃음을 터뜨렸다.

"알았어, 엘비스는 관둘게."

"좋아. 넌 아름다운 결혼식을 올리게 될 거야."

그녀는 자신의 스케줄 수첩을 찾으러 갔다.

그녀와 매는 함께 실무로 들어갔다. 매가 원하는 케이터링 업자에게 전화하고, 조지앤의 차에 올라타 레드먼드로 향했다.

그 다음 주, 그들은 꽃집과 상의하고 십여 벌의 웨딩드레스를 봤다. 헤런 케이터링과 텔레비전 프로그램 일, 렉시, 그리고 성큼성큼 다가오고 있는 결혼식 사이에 끼여, 조지앤은 자신에 대해 생각할 시간이라곤 전혀 없었다. 앉아서 쉴 수 있는 유일한 시간은 존이 와서 렉시와 퐁고를 데리고 강아지 훈련 수업을 받으러 가는 월요일과 수요일 밤뿐이었다. 하지만 그때조차 그녀는 긴장을 풀 수 없었다. 키 크고 잘생긴 존이 늦여름 산들바람 같은 내음을 몰고 들어올 때면 그럴 수가 없었다. 그를 보면 그녀의 멍청한 심장은 두근거렸고, 그가 가려고 돌아서면 가슴이 아렸다.

그녀는 다시 그와 사랑에 빠졌다. 다만 이번에는 저번보다 더 비참하게 느껴질 뿐. 자신을 사랑해 주지 않는 사람들을 사랑하는 건 졸업했다고 생각했지만 아닌 것이 명백했다. 그가 그녀의 마음을 산산 조각 냈어도, 그녀는 언제까지나 존을 사랑할 것이다. 그는 그녀의 사랑과 아이를 가져가고 공허함만을 남겼다.

매는 결혼하고 자신의 삶을 시작하겠지, 조지앤은 혼자 버려진 기분이었다. 그녀의 삶은 좋아하는 것들로 가득했으나, 사랑하는 사람들은 그녀가 쫓아갈 수 없는 방향으로 나아가고 있었다.

며칠 후면 렉시는 존과 처음으로 주말을 함께 보내고 어니 맥스웰과 존의 어머니 글렌다를 만나게 된다. 그녀의 딸은 조지앤은 줄 수 없는 가족에 속해 있었다. 그녀는 속하지 않는, 앞으로도 결코 그럴 일이 없는 가족. 존은 렉시가 원하고 필요한 것이라면 무엇이든 줄 수 있고, 조지앤은 홀로 남겨져 뒤로 떠밀려졌다.

결혼식 열흘 전, 헤런의 사무실에 홀로 앉아 렉시와 존 그리고 매에 대해 생각하고 있자니 조지앤은 쓸쓸한 기분이었다. 찰스가 전화해서 맥코믹 앤드 슈믹에서 만나 점심이나 함께 하면 어떠냐고 했을 때, 그녀는 몇 시간 벗어날 기회에 반색했다. 금요일 오후였고 저녁때에는 큰 행사를 맡기로 되어 있었기에, 친근한 얼굴과 유쾌한 대화가 필요했다.

조개와 게를 먹으며 그녀는 찰스에게 매와 결혼식에 대해 모두 이야기했다.

"돌아오는 목요일로부터 일주일이에요."

그녀는 리넨 냅킨에 손을 닦으며 말했다.

"이렇게 여유가 없으니 커크랜드의 작은 교회와 피로연장으로 레드먼드의 연회장을 잡은 것만도 다행이에요. 렉시는 꽃 뿌리는 아이를 하고 난 신부 수석 들러리에요."

조지앤은 포크를 집어들고 고개를 내저었다.

"난 아직 입을 드레스를 못 찾았어요. 금방 끝날 테고, 렉시가 결혼할 때까진 다시 이런 난리를 겪지 않아도 되니 다행일 뿐이죠."

"당신은 언젠가 결혼할 계획이 없고?"

조지앤은 어깨를 으쓱하고 눈길을 피했다. 결혼 생각을 할 때면, 그녀는 늘 「GQ」 사진 촬영날 정식 턱시도 차림을 했던 존의 모습을 떠올리곤 했다.

"별로 많이 생각해 보지 않았어요."

"흠, 생각해 보지 그래요?"

조지앤은 찰스를 쳐다보고 미소지었다.

"청혼하는 거예요?"

"당신이 받아들일 거라 생각했다면 그랬겠죠."

그녀의 미소가 천천히 스러졌다.

"걱정 말아요."

그가 말하곤 조개껍질을 자기 접시 위의 무더기 위에 던졌다.

"지금 청혼함으로써 당신을 당황하게 하고 거절당하려는 건 아니니까. 당신이 준비가 되지 않은 거 알아요."

그녀는 그를 응시했다. 그녀에게 큰 의미가 있는 근사한 남자, 하지만 아내가 남편을 사랑하는 식으로 사랑하지는 않는 남자. 그녀의 머리는 그를 사랑하길 원했지만, 마음은 다른 사람을 사랑하고 있었다.

"아주 고려 대상 외로 밀어내진 말고. 그저 생각만 해 봐요."

그는 말했고 그녀는 그렇게 했다. 찰스와 결혼하면 그녀의 몇몇 문제는 풀리겠지. 그는 그녀와 렉시에게 편안한 삶을 줄 수 있고 그들은 함께 가족을 이룰 것이다. 그런 식으로 그를 사랑하지는 않았으나, 시간이 좀더 주어진다면, 어쩌면 그럴 수 있을지도. 어쩌면 그녀의 머리가 마음을 설득할 수 있을지도 모른다.

존은 욕실 바닥의 양말과 러닝화 무더기 위에 티셔츠를 던졌다. 조깅용 반바지만 입은 채, 얼굴 아래쪽을 면도 크림으로 뒤덮었다. 면도기를 향해 손을 뻗으며, 그는 앞의 거울을 쳐다보고 미소지었다.

"들어오고 싶으면 들어와서 얘기해도 돼."

그는 뒤에 서서 욕실 안을 훔쳐보고 있는 렉시에게 말했다.

"아빠 뭐해?"

"면도."

그는 왼쪽 귀 아래에 면도기를 대고 아래로 내렸다.

"엄마는 다리랑 겨드랑이를 면도하는데."

그의 옆에 와 서며 렉시가 말했다. 아이는 핑크와 흰색 줄무늬 잠옷을 입고 있었고, 머리는 자고 일어나 온통 부스스했다. 어젯밤 렉시는 처음으로 혼자 그와 함께 지냈고, 그가 아이 방의 거미를 죽여준 이후로는 모든 것이 정말 수월하게 돌아갔다. 그가 거미를 책으로 때려잡아 주자, 딸은 마치 그가 물 위를 걷기라도 한 듯이 쳐다보았다.

"나도 7학년이 되면 면도를 해야 하겠지. 그때쯤이면 되게 털 많을 거야."

아이는 거울을 통해 그를 올려다보았다.

"아빠 생각엔 퐁고가 털 많이 날 거 같아?"

존은 면도날을 물에 헹구며 고개를 저었다.

"아니. 그녀석이 털이 북슬거릴 날은 절대 없을 거다."

어젯밤 그가 렉시를 데리러 갔을 때, 그 불쌍한 강아지는 온통 보석이 붙은 빨강 새 스웨터 차림에 거기 맞춘 털모자를 쓰고 있었다. 그가 집에 들어갔을 때, 개는 그를 쳐다보더니 다른 방으로 달려가 숨었다. 조지앤은 개가 존의 키 때문에 무서워서 그러나보다고 했지만, 존은 불쌍한 퐁고가 다른 남자한테 그런 계집애 같은 몰골을 보이고 싶지 않아서 그랬으리라 짐작했다.

"눈썹을 어쩌다 그렇게 크게 다쳤어?"

"요 조그만 거?"

그는 오래된 흉터를 가리켰다.

"열아홉 살 때쯤, 누가 내 머리를 향해 펀을 날렸는데 제때 못 피했지."

“아팠어?”

환장하도록 아팠지.

“아니.”

존은 턱을 천장으로 쳐들고 턱선 아래를 면도했다. 시야 한구석으로 그는 렉시가 자신을 쳐다보는 것을 보았다.

“이제 옷 입지 그러냐. 할머니와 어니 노할아버지가 반 시간쯤 있으면 오실 거다.”

“나 머리 묶어 줄 거야?”

아이는 한 손을 쳐들어 그에게 헤어브러시를 보였다.

“난 여자애들 머리 묶을 줄 모르는데.”

“하나로 해서 포니테일로 묶으면 돼. 되게 쉬워. 아니면 옆으로 해도 되고. 높이 묶어 주기만 해 줘, 낮게 한 거는 싫으니까.”

“해 보지,”

그는 말하고 면도기에서 크림과 털을 씻어 낸 다음, 다른 쪽 뺨을 시작했다.

“하지만 내놓은 애처럼 보여도 아빠 원망하지 마.”

렉시는 까르륵 웃고는 그에게 머리를 기댔다. 아이의 보드라운 머리칼이 그의 피부를 스쳤다.

“엄마가 찰스 아저씨랑 결혼해도 내 이름은 아빠처럼 코왈스키야?”

면도기가 존의 입가에서 멈칫 정지했다. 그의 시선은 거울에서 렉시의 쳐들린 얼굴로 내려갔다. 그는 천천히 면도날을 얼굴에서 떼어 뜨거운 물 아래 갖다 댔다.

“네 엄마는 찰스와 결혼할 계획이냐?”

렉시는 어깨를 으쓱했다.

“어쩌면. 생각해 보고 있어.”

존은 조지앤의 결혼에 대해 진지하게 생각해 보지 않았었다. 이제 그 생각을, 다른 남자가 그녀를 만진다는 생각을 하자 속이 잔뜩 뒤틀렸다. 그는 재빨리 면도를 마치고 수도를 잠갔다.

"엄마가 그렇게 말하던?"

"응, 하지만 아빠가 있으니까, 엄마더러 아빠랑 결혼하는 거 생각해 보라고 그랬어."

그는 타월을 집어 왼쪽 귀 아래의 하얀 크림을 닦아 냈다.

"엄마가 뭐라고 했어?"

"웃더니 그런 일은 없을 거래, 하지만 그래도 아빠가 엄마한테 물어볼 수 있잖아, 그치?"

조지앤과 결혼해? 그는 조지앤과 결혼할 수 없었다. 비록 퐁고 사건 이후 그들이 상당히 잘 지내고 있긴 해도, 그는 그녀가 자신을 좋아하게 될 거라는 생각은 들지 않았다.

그는 그녀를 좋아한다고 솔직히 말할 수 있었다. 어쩌면 너무나 많이. 렉시를 데리러 갈 때마다 그는 옷을 안 입은 그녀의 모습을 그려 보곤 했지만 정욕은 평생의 약속을 지탱하기엔 부족했다. 그녀를 존중하기도 했으나, 존중도 부족하긴 마찬가지였다. 그는 렉시를 사랑하고 아이가 행복해지기 위해 필요한 것이라면 뭐든 주고 싶었으나 오래 전에 아이 때문에 결혼해선 안 된다는 교훈을 배웠다.

"아빠가 그냥 물어보면 안 돼? 그럼 우리 집에 아기가 생길 거야."

아이는 강아지를 조를 때와 똑같은 애원하는 표정으로 올려다보고 있었으나 이번엔 그는 넘어갈 참이 아니었다. 다시 결혼한다면 그 여자 없는 삶은 지옥이기 때문에 하게 될 것이다.

"네 엄마가 날 좋아하는 거 같지 않은데."

그는 말하고 타월을 세면대 옆의 카운터에 던졌다.

"머리는 어떻게 하면 되는 거야?"

렉시가 그에게 브러시를 건넸다.

"우선 엉킨 데부터 풀어야 해."

존은 한쪽 무릎을 꿇고 조심스레 렉시의 뒷머리를 빗어 내렸다.

"아프지 않아?"

아이는 고개를 저었다.

"엄마는 아빠 좋아해."

"엄마가 그렇게 말했어?"

"엄마는 아빠가 잘생기고 근사하다고 생각해."

존은 쿡쿡 웃었다.

"네 엄마가 그런 말 안 했다는 거 알아."

렉시는 어깨를 으쓱했다.

"아빠가 뽀뽀하면 엄마는 아빠가 잘생겼다고 생각할 거야. 그럼 아기를 가질 수 있어."

비록 조지앤에게 키스한다는 건 그에게 늘 미칠 듯한 유혹이긴 했어도, 한 번의 키스가 마술처럼 모든 문제를 풀지는 의심스러웠다. 아기를 만드는 건 생각조차 하고 싶지 않았다.

그는 렉시를 한쪽으로 돌려 왼쪽 귀 아래의 엉킨 머리를 살살 빗었다.

"머리에 음식이 붙은 것처럼 보이는데."

너무 세게 당기지 않으려 조심하며 그는 말했다.

"피자일 거야."

렉시는 신경 쓰지 않고 말했다. 외려 더 망쳐 놓는 게 아닌가 겁내며 존이 부드러운 머릿결을 빗어 내리는 동안 그들은 침묵 속에 앉아 있었다. 렉시는 조용히 있었고, 존은 조지앤과 키스 그리고 아기 화제가 끝난 것에 대해 안도했다.

"아빠가 뽀뽀하면 엄만 아빠를 찰스 아저씨보다 더 좋아할 거야."

렉시가 속삭였다.

존은 커튼을 걷고 디트로이트의 밤을 내다보았다. 옴니 호텔에 있는 그의 방에서 그는 긴 기름 줄기처럼 보이는 강을 볼 수 있었다. 초조하고 신경이 날카로웠으나 새삼스런 것은 아니었다. 경기 후에 마음이 가라앉는 데는 몇 시간이 걸렸다, 특히 레드 윙스와의 시합 이후엔. 지난해 디트로이트 레드 윙스는 세르게이 페도로프의 백핸드 페이크로 치눅스를 간신히 한 점 차이로 플레이오프전에서 밀어냈다. 올해 치눅스는 라이벌을 상대로 하여 4대2의 승리로 긴 시즌을 시작했다. 시즌 시작으로는 근사했다.

대부분의 선수들은 아래층 바에서 자축하고 있었다. 그는 초조하고 신경이 곤두서서 잠들기엔 너무 흥분해 있었으나, 그렇다고 사람들 사이에 있고 싶지 않았다.

하지만 뭔가 잘못되어 있었다. 페티소프에게 먹인 기습공격을 제외하면 존은 교과서적인 하키를 했다. 자신이 좋아하는 방식대로 속도와 힘, 기술 그리고 거친 바디체크를 써서 플레이했다. 좋아하는 일을 하고 있었다. 늘 좋아했던 일을.

그러나 뭔가 잘못되어 있었다. 그는 만족하지 못했다.

자넨 치눅스에서 뛰든가, 아니면 조지앤을 가질 수 있어. 둘 다는 안 돼.

존은 커튼이 제자리로 돌아가게 놓고 손목시계에 눈길을 주었다. 디트로이트는 자정, 시애틀은 아홉 시였다. 그는 침대 옆 테이블로 가서 수화기를 들고 번호를 돌렸다.

"여보세요."

그녀가 세 번째 신호음에 받자, 그의 마음속 깊은 곳에서 무언가 술렁였다.

아빠가 뽀뽀하면 엄마는 아빠가 잘생겼다고 생각할 거야. 그럼 아기를 가질 수 있어.

존은 눈을 감았다.

"안녕, 조지."

"존?"

"그래."

"당신 어디…… 지금 뭘……? 세상에나, 지금 당신을 텔레비전으로 보고 있는데."

그는 눈을 뜨고 방 저편 닫힌 커튼을 쳐다보았다.

"서부 지역에는 녹화방송되고 있는 거야."

"아. 이겼어요?"

"그래."

"렉시가 들으면 좋아하겠네. 지금 거실에서 당신을 보고 있거든요."

"렉시는 어떻게 생각해?"

"음, 커다란 빨간 남자가 당신을 쓰러뜨릴 때까진 아주 좋아하는 거 같았어요. 그 뒤로 걱정했죠."

그 '커다란 빨간 남자'는 디트로이트 팀의 인포서였다.

"이젠 괜찮아?"

"네. 당신이 다시 돌아다니는 거 보고 괜찮아졌어요. 쟨 정말로 당신 보는 걸 좋아하는 것 같아요. 핏줄이란 거겠죠."

존은 전화기 옆의 메모장을 내려다보았다.

"당신은 어때?"

그는 왜 그녀의 대답이 이렇게나 중요하게 느껴지는지 의아했다.

"음, 난 보통 스포츠 시청을 좋아하지 않아요. 아무한테도 말하지 마요, 왜냐하면 당신도 알다시피, 난 텍사스 출신이잖아요. 하지만 풋볼보다는 하키 보는 걸 좋아하죠."

그녀의 목소리는 그로 하여금 어두운 정열을, 창문에 비친 모습, 그리고 뜨거운 섹스를 생각나게 했다.

아빠가 뽀뽀하면 엄만 아빠를 찰스 아저씨보다 더 좋아할 거야.

남자친구에게 키스하는 그녀를 생각하자 마치 가슴에 폭탄이라도 맞은 기분이었다.

"당신과 렉시에게 줄 금요일 시합 티켓이 있어. 둘이 꼭 와 주었으면 해."

"금요일? 결혼식 다음 날?"

"무슨 문제라도? 일해야 해?"

그녀는 한참 가만히 있다가 대답했다.

"아니, 갈 수 있어요."

그는 전화에 대고 미소지었다.

"가끔 말이 좀 험해질 거야."

"우린 이제 익숙해졌다고 생각해요."

그는 그녀의 목소리에서 웃음기를 들을 수 있었다.

"렉시가 옆에 있어요. 바꿔 줄게요."

"잠깐, 한 가지 더 있어."

"뭐가요?"

내가 돌아갈 때까지 당신 남자친구와 결혼할지 결정하지 말고 기다려. 그는 좀팽이에 머저리고 당신은 더 나은 사람을 만날 자격이 있어.

그는 침대에 털썩 주저앉았다. 그에겐 뭐든 요구할 권리가 없었다.

"아냐. 정말 피곤하네."

"뭐 달리 필요한 거 있어요?"

그는 눈을 감고 깊이 숨을 들이쉬었다.

"아니, 렉시 바꿔."

18

렉시는 마치 자기가 꽃 뿌리는 역할을 담당하기 위해 태어나기라도 한 듯이 통로를 나아갔다. 어깨에 컬이 통통 튀고 장미 꽃잎이 장갑 낀 손에서 작은 교회의 카펫으로 흩날렸다.

조지앤은 목사 왼쪽에 서서 핑크 새틴과 크레이프(주름진 비단) 드레스 자락을 2인치 정도 끌어내리고 싶은 충동과 싸웠다. 그녀의 눈길은 하얀 레이스로 차려입고 마치 자신이 이 소규모의 사람들이 작은 교회에 모인 이유인 양 환한 얼굴로 통로를 나아가는 딸에게 고정되어 있었다. 조지앤 자신도 약간 환한 미소가 떠오르는 것을 어쩔 수 없었다. 자신의 꼬마가 무척이나 자랑스러웠다.

엄마 곁에 다다랐을 때, 렉시는 돌아서서 남청색 휴고 보스 정장 차림으로 통로 저편에 서 있는 남자에게 미소지었다. 아이는 바구니 손잡이에서 손가락 세 개를 떼어 꼬물거려 보였다. 존의 한쪽 입가가 올라가고, 그는 아이에게 손가락 두 개를 흔들어 보였다.

결혼행진곡이 시작되고 모든 이들의 눈이 입구로 쏠렸다. 하얀 장미와 안개꽃으로 엮은 관이 매의 짧은 금발을 감쌌고, 조지앤의 도움을 받아 고른 길고 하얀 오간자 드레스는 아름다웠다. 드레스는 심플

했고 몇 미터씩 되는 새틴과 명주 망사에 매를 파묻어 버리는 것이 아니라 두드러지게 하고 있었다. 앞트임은 그녀의 작은 체구에 근사한 세로 무늬를 넣어 주고 있었다.

매는 에스코트 없이 고개를 높이 쳐들고 통로를 걸어왔다. 그녀는 가족을 초대하지 않고 대신 신부측 하객석을 일 관련 친구들로 채웠다. 조지앤은 매를 설득하여 절연한 부모님을 초청하려 했지만, 매는 단호했다. 그녀의 부모는 레이의 장례식에 오지 않았으니, 그녀의 결혼식에도 올 필요가 없다고 했다. 그들이 그녀 평생 가장 행복한 날을 망치게 하고 싶지 않았다.

모든 이들의 눈이 신부에게 고정되어 있는 기회를 틈타 조지앤은 신랑을 뜯어보았다. 검은 턱시도 차림의 휴는 몹시 잘생겼지만, 그녀는 그의 외모나 코트 재단에 관심이 있는 것이 아니었다. 그녀는 매에 대한 그의 반응을 지켜보았고, 그녀가 본 것은 예상치 못한 로맨스와 서두른 결혼식에 대한 그녀의 근심을 덜어 주었다. 그가 어찌나 환해졌던지 조지앤은 그가 팔을 벌려 매가 뛰어와 안기게 할 줄만 알았다. 그의 얼굴 전체가 미소짓고 있었으며 눈은 막 복권에라도 당첨된 듯이 빛났다. 그는 미치도록 사랑에 빠진 남자처럼 보였다. 매가 그렇게 빨리 빠져든 것도 놀랄 일이 아니었다.

매는 지나가면서 조지앤에게 미소짓고는, 나아가 휴 옆에 섰다.

"여러분, 오늘 우리는……."

조지앤은 자신의 베이지색 T—스트랩 가죽 구두코로 눈길을 떨구었다.

미치도록 사랑에 빠졌다라.

전날 밤, 그녀는 찰스에게 그와 결혼할 수 없다고 말했다. 미치도록 사랑하지 않는 남자와 결혼할 수는 없었다. 그녀의 눈길은 통로 건너 존의 술 달린 검은 로퍼로 향했다. 살아오면서 몇 번, 그가 욕망을 가득 담은 푸른 눈으로 자신을 쳐다보는 것을 보았다. 사실 저번에 그가 렉시를 데리러 왔을 때, 그녀는 그의 '당신 몸에 달려들고

싶어' 하는 표정을 보았다. 하지만 욕망은 사랑과 같지 않다. 욕망은
다음 날 아침까지도 가지 않는다, 특히 존하고는.

그녀의 눈길은 그의 긴 다리를 따라 더블 버튼 재킷으로, 와인색과
남색의 넥타이로 올라갔다. 그녀의 꼼꼼한 눈길은 그의 얼굴에서 자
신을 마주 응시하고 있는 푸른 눈으로 향했다.

그는 미소지었다. 그녀의 머릿속에 경계경보를 울리게 하는 그 유
쾌한 작은 미소. 그녀는 예식으로 주의를 돌렸다. 존이 뭔가를 원하
고 있다.

앞줄에 앉은 여자들이 나직이 흐느끼기 시작하자 조지앤은 그들
쪽을 곁눈질했다. 결혼식 전에 잠깐 만나지 않았더라도 조지앤은 그
들이 휴의 가족들이라는 것을 맞췄을 것이다. 그의 어머니에서 세 누
이들 그리고 여덟 명의 조카들까지 전 가족이 닮아 있었다.

그들은 짧은 예식 내내 울어 댔고 식이 끝나자 퇴장 행렬을 따르
며 울었다. 조지앤과 렉시는 존 옆에서 통로를 따라 문을 지났다. 몇
번인가 그의 남색 재킷 소매가 그녀의 팔을 스쳤다.

복도에서 휴의 어머니는 아들을 밀쳐 내고 신부에게로 다가갔다.

"어쩜 이렇게 이쁘니."

그의 어머니는 매를 껴안으며 말하곤 그녀를 누이들에게로 넘겼다.

조지앤, 존, 그리고 렉시는 매의 친구들과 휴의 가족들 무리가 커
플을 둘러싸고 축하하자 옆으로 비켜섰다.

"자."

렉시가 장미 꽃잎 바구니를 조지앤에게 넘기고 한숨쉬었다.

"나 힘들어."

"우리 먼저 나가서 피로연장으로 가도 될 거 같은데."

존이 조지앤의 옆에 와 서면서 말했다.

"당신하고 렉시는 나하고 같이 타고 가지?"

조지앤은 돌아서서 그를 올려다보았다. 결혼식 예복 차림의 그는
몹시도 멋져 보였다. 옷깃에 달린 축 늘어진 붉은 장미만 빼고. 그는

핀을 꽃송이가 아니라 가지에다 꽂았다.

"웬델이 사진 찍을 때까지는 못 가요."

"누구?"

"웬델. 매가 고용한 사진가예요. 우리는 그가 결혼식 사진을 찍을 때까지는 못 가요."

존의 미소가 찌푸림으로 바뀌었다.

"정말로?"

조지앤은 고개를 끄덕이고 그의 가슴을 가리켰다.

"당신 장미가 떨어지게 생겼어요."

그는 아래를 내려다보고 어깨를 으쓱했다.

"난 이런 거 잘 못해. 당신이 좀 고쳐 줄래?"

그러지 않는 게 낫다는 분별 있는 판단을 무시하고 조지앤은 그의 남색 수트 옷깃 아래 손가락을 밀어 넣었다. 그녀의 머리 위로 그가 머리를 숙였고, 그녀는 긴 핀을 뽑아 냈다. 너무 가까워 오른쪽 관자놀이에 그의 숨결을 느낄 수 있었다. 그의 코롱 내음이 그녀의 머리를 채웠으며 그녀가 고개를 돌리면 그들이 입이 맞닿을 것 같았다. 그녀는 핀으로 모직물에 짙은 빨강 장미를 꽂았다.

"다치지 않게 조심해."

"안 다쳐요. 늘 이러는 걸."

그녀는 그의 옷깃을 쓸어내려 있지도 않은 주름을 펴면서, 손끝에 닿는 비싼 모직의 감촉을 만끽했다.

"남자들한테 늘 꽃을 꽂아 줘?"

고개를 젓자 그녀의 관자놀이가 그의 매끄러운 턱을 스쳤다.

"나하고 매한테. 우리 일 관계로요."

그가 그녀의 맨팔에 손을 얹었다.

"정말 나하고 같이 피로연장으로 가지 않겠어? 버질이 있을 테니 당신 혼자 있고 싶지 않을 거 같아서."

결혼식을 둘러싼 혼돈의 도가니 속에, 조지앤은 옛 약혼자에 대해 생각하는 것을 피할 수 있었다. 그런데 갑자기 버질을 생각하자 그녀의 뱃속이 무겁게 내려앉았다.

"그에게 렉시에 대해 말했어요?"

"그는 알아."

"어떻게 받아들이던가요?"

그녀는 있지도 않은 주름을 하나 더 손가락으로 쓸고는 손을 내렸다.

존은 커다란 어깨를 으쓱했다.

"괜찮아. 7년씩이나 되었으니 그도 이제 극복했어."

조지앤은 안도했다.

"그럼 난 따로 피로연장으로 갈래요, 어쨌든 물어봐줘서 고마워요."

"뭘."

그는 따스한 손바닥으로 그녀의 어깨까지 쓸어올라갔다가, 다시 손목으로 내려갔다. 그녀 팔의 잔털이 쭈뼛쭈뼛했다.

"그 사진 정말 찍어야 해?"

"네?"

"난 사진 찍으려고 기다리는 거 싫어해서."

그는 또 그러고 있었다. 모든 공간을 차지하고 그녀의 사고력을 빨아들이고 있었다. 그와 닿는 것은 달콤한 기쁨이며 동시에 순전한 고문이었다.

"이제쯤이면 당신은 그런 거에 익숙해졌을 거라 생각했는데요."

"사진은 싫어하지 않아, 기다리는 게 문제지. 난 인내심 강한 남자가 아냐. 뭔가를 원할 때면 해 버리는 걸 좋아하지."

조지앤은 그가 더 이상 사진에 대해 이야기하고 있지 않다는 느낌이 들었다. 몇 분 후, 사진가가 그들을 제단 앞의 계단에 배치하자, 그녀는 기쁨이자 고문인 경험을 또 견뎌 내야 했다. 웬델은 여자들이 남자들 앞에 서도록 배치했고, 렉시는 매 곁에 세웠다.

"행복한 작은 미소를 보여 주세요."

사진가가 요청했다. 부드러운 목소리는 그가 여성적인 면에 근접해 있음을 암시하고 있었다. 삼각대 위의 카메라를 통해 보며, 그는 그들에게 좀더 가까이 붙어서라고 손짓했다.

"자아, 난 여러분들의 행복한 얼굴에서 행복한 작은 미소를 보고 싶다고요."

"PBS 방송국의 그 화가와 관련 있는 사람인가?"

존이 휴에게 슬며시 물었다.

"아프리카인들과 유화 그리는 작자?"

"그래. 그 사람도 행복한 작은 구름들이며 그딴 시시껄렁한 걸 그리곤 했지."

"아빠!"

렉시가 크게 소곤거렸다.

"욕하지 마."

"미안."

"다들 '결혼 첫날밤' 해 볼래요?"

웬델이 물었다.

"결혼 첫날밤!"

렉시가 소리쳤다.

"아주 잘했어, 꼬마 아가씨. 다른 사람들은?"

조지앤은 매를 쳐다보았고 그들은 웃기 시작했다.

"다들 '행복—행복—행복'해 봐요."

"젠장, 어디서 저 사람을 구했어?"

휴가 매에게 물었다.

"안 지 몇 년 됐어. 레이의 좋은 친구였지."

"아하, 그럼 이해가 되네."

존이 조지앤의 허리에 손을 가져가자 그녀의 웃음은 뚝 그쳤다. 그는 그녀의 배로 손바닥을 가져가 단단한 자신의 가슴으로 그녀의 등을 끌어당겼다. 그의 목소리가 그녀의 귓가에 낮게 울렸다.

"'치즈' 해 봐."

조지앤은 숨이 목에 걸렸다.

"치즈."

그녀는 약하게 중얼거렸고 사진가는 셔터를 눌렀다.

"이제 신랑 가족분들이요."

웬델이 필름을 감으며 외쳤다.

존의 팔 근육에 힘이 들어갔다. 손이 감싸듯 주먹 쥐어졌고 그녀의 드레스 자락이 허벅지까지 올라갔다. 그리곤 그는 손을 떨구고 한 걸음 물러나 그들 사이에 몇 인치 거리를 두었다. 조지앤이 쳐다보자 그는 다시 기분 좋게 슬쩍 미소지었다.

"어이, 휴,"

조금 전 조지앤을 가슴에 단단히 껴안았던 적이 없다는 듯 그는 친구에게로 주의를 돌렸다.

"우리가 시카고에 있을 때 칠리오스 봤어?"

조지앤은 그 포옹에 별 의미를 부여하지 말라고 스스로를 타일렀다. 있지도 않은 동기나 감정을 찾아봐야 소용없다는 것을 잘 알고 있었다. 그의 소유욕을 드러내는 포옹이나 기분 좋은 미소에 빠져 봐야 소용없다는 것을 알고 있었다. 그냥 잊어버리는 것이 최선이다. 아무 의미도 없고, 아무런 미래도 없다. 그에게서 무엇이든 기대해 봐야 소용없다는 걸 그녀는 알고 있었다.

한 시간 후, 음식과 꽃이 잔뜩 놓인 피로연장의 뷔페 테이블 옆에 서서, 그녀는 여전히 잊으려 애쓰고 있었다. 매순간 그를 찾아보는 걸 그만두려고, 하키선수들임이 분명한 남자들과 함께 서서 다리 잘 빠진 금발과 웃고 있는 그를 의식하지 않으려 애썼다. 잊으려 했지만 그럴 수가 없었다. 버질이 피로연장 어딘가에 있다는 것 역시 잊을 수 없기는 마찬가지였다.

조지앤은 렉시에게 갖다 줄 접시에 초콜릿 입힌 딸기를 하나와 치킨 윙과 브로콜리 두 조각을 놓았다.

"케이크랑 저것도 먹고 싶어."

렉시가 사탕이 가득한 크리스털 그릇을 가리켰다.

"케이크는 매하고 휴가 자른 다음에 줄게."

조지앤은 접시에 사탕 몇 개와 당근 스틱을 같이 담아 렉시에게 넘겼다. 그녀의 눈길이 사람들을 휙 훑었다.

그녀의 속이 덜컹 내려앉았다. 7년 만에 처음으로 버질 더피를 실물로 보았다.

"가서 매 이모 옆에 서 있어."

딸의 어깨를 잡아 돌려세우며 그녀는 말했다.

"조금 있다가 갈게."

그녀는 렉시를 살짝 밀고 아이가 신랑 신부에게로 가는 것을 지켜보았다. 조지앤은 남은 저녁시간 내내 버질이 자신을 대면할지 그리고 그가 무슨 말을 할지 조마조마해 하며 지낼 수 없었다. 용기를 잃기 전에 대면을 끝내버려야 한다. 그녀는 크게 숨을 들이쉬고, 자신의 과거를 직면하러 성큼성큼 걸어갔다. 하객들 사이를 뚫고 버질 앞에 섰다.

"안녕하세요, 버질."

그녀는 그의 눈이 싸늘해지는 것을 보았다.

"조지앤, 날 대면할 배짱이 있었군. 당신이 그럴지 궁금했지."

그의 어조는 존이 아까 교회에서 한 말과는 달리 전혀 극복하지 않았음을 드러내고 있었다.

"7년 전이에요, 그리고 제겐 지난 일이고요."

"당신이야 그러기 쉽겠지. 내겐 그렇게 쉽지 않아."

신체적으로 그는 별로 많이 변하지 않았다. 머리숱이 좀 줄어들고 나이를 먹어 눈이 좀 처진 듯한 정도.

"우리 둘 다 과거는 잊어야죠."

"허어, 왜 내가 그래야 하지?"

그녀는 그를 잠시 쳐다보았고, 주름진 얼굴 아래 적의를 띤 남자를 보았다.

"지난 일과 제가 당신에게 드린 상처는 죄송해요. 결혼식 전날 밤 마음이 바뀌었다고 말하려 했지만 당신은 듣지 않았죠. 당신 탓을 하는 게 아니라, 그저 제 기분을 말씀드리는 거예요. 제가 어리고 철이 없었죠. 죄송해요. 제 사과를 받아 주셨으면 해요."

"지옥이 얼어붙을 때나."

그녀는 그의 분노가 정말로 마음에 걸리지 않는다는 것을 발견하고 놀랐다. 그가 자신의 사과를 받아들이지 않는다 해도 상관없었다. 그녀는 자신의 과거를 직면했고 수년간 짊어졌던 죄책감으로부터 자유로워졌다. 그녀는 더 이상 어리고 철없지 않았다.

"그런 말을 들으니 유감이군요, 하지만 당신이 제 사과를 받아들이든 말든 밤잠을 못 이루거나 하진 않을 거예요. 제 삶은 저를 사랑해 주는 사람들로 가득하고 전 행복하니까요. 당신의 분노나 적개심에 상처받진 않아요."

"아직도 7년 전처럼 순진해 빠졌군."

그가 말했고 한 여자가 버질에게 다가와 그의 어깨에 손을 얹었다. 조지앤은 즉시 지역 신문에 났던 수많은 사진으로 본 캐롤라인 포스터—더피를 알아보았다.

"존은 결코 당신과 결혼 안 해. 팀을 포기하고 당신을 택하진 않을 거야."

그는 돌아서서 아내와 함께 가 버렸다.

조지앤은 그의 뒷모습을 응시하며, 그의 마지막 한 마디에 어리둥절했다. 그가 혹시 존을 위협했을까? 그렇다면 존은 왜 내게 말하지 않았을까? 그녀는 도무지 알 수가 없어 고개를 저었다. 가장 황당한 꿈속에서조차 존이 자신과 결혼하거나 무엇을 포기하고 자신을 택하리라는 생각은 해 본 적이 없었다.

뭐, 그래. 그녀는 신랑 신부와 터프해 보이는 남자 결혼 하객들에 둘러싸인 렉시에게로 향하며 인정했다. 어쩌면 가장 황당한 꿈속에서는 존이 열띤 하룻밤의 섹스 이상을 제안하는 것을 그려보았을지도 모르나, 그건 현실이 아니었다. 그녀가 그를 사랑하긴 해도, 그리고 그가 가끔은 굶주린 욕망을 담은 눈으로 그녀를 쳐다보기는 해도, 그건 그가 그녀를 사랑한다는 뜻은 아니었다. 잠깐의 정사 외의 그 무엇을 위해 그녀를 선택하리라는 뜻은 아니었다. 그가 아침이면 그녀를 저버려 공허하고 외롭게 남겨지게 하지 않으리란 뜻은 아니었다.

조지앤은 밴드가 세팅 중인 무대를 지났고 그녀의 생각은 버질에게로 돌아갔다. 그를 직면하고 과거의 짐에서 벗어났기에 상당히 기분이 좋아졌다.

"어때?"

매의 옆에 서면서 그녀는 물었다.

"굉장해."

매는 친구를 돌아보고 미소지었다. 근사하고 행복해 보였다.

"처음엔 삼십 명의 하키선수들하고 한 공간에 있는 게 조금 불안했어. 하지만 대부분을 만나 보니 꽤 좋은 사람들이야, 우리와 같은 인간이던데. 레이가 여기 없어서 안됐어. 이 굵은 근육과 탱탱한 엉덩이들에 둘러싸여 있었다면 천국에 간 기분일 텐데."

조지앤은 킥킥 웃고 렉시의 접시에서 딸기를 집었다. 연회장 저편 존에게 눈길을 주다가 인파 너머로 자신을 쳐다보고 있는 그를 발견했다. 그녀는 딸기를 깨물고 눈길을 돌렸다.

"엄마."

렉시가 찡그렸다.

"다음에는 야채 먹어."

"휴의 친구들하고 인사했어?"

매가 새신랑을 팔꿈치로 쿡 찔렀다.

"아직."

그녀는 대답하고 남은 딸기를 입안에 쏙 넣었다.

휴가 그녀와 렉시를 비싼 모직 수트와 실크 넥타이 차림의 두 남자에게 소개했다. 첫 번째 남자 마크 부처는 한쪽 눈이 볼만하게 멍들어 있었다.

"드미트리는 기억할지도 모르겠군요."

소개를 마친 후 휴가 말했다.

"몇 달 전 당신이 왔을 때 존의 집에 있었거든요."

조지앤은 밝은 갈색머리와 푸른 눈의 남자를 쳐다보았다. 전혀 기억나지 않았다.

"어쩐지 낯익어 보인다 했어요."

그녀는 거짓말을 했다.

"나 기억해요."

드미트리의 억양은 뚜렷했다.

"당신은 빨간색을 입고 있었죠."

"그랬었나요?"

조지앤은 그가 자신의 드레스 색을 기억한다는 데 우쭐해졌다.

"기억하다니 놀랍네요."

드미트리가 미소짓자 눈가에 잔주름이 잡혔다.

"기억해요. 나 지금은 금목걸이 안 했어요."

무슨 말인가 싶어 조지앤이 매를 돌아보자, 매는 어깨를 으쓱하고 씨익 웃고 있는 휴를 올려다보았다.

"맞아. 드미트리에게 미국 여자들은 남자들이 장신구를 다는 거 좋아하지 않는다고 설명해 줘야 했거든."

"글쎄, 그럴까."

매가 반박했다.

"난 진주 초커와 귀걸이를 한 모습이 눈부신 남자들을 몇 아는걸."

휴는 매를 옆으로 끌어당기고 그녀의 정수리에 입맞췄다.

"드랙 퀸 얘기가 아니야, 허니."

"얘가 딸입니까?"

마크가 조지앤에게 물었다.

"네, 그래요."

"아저씨 눈은 왜 그래요?"

렉시가 조지앤에게 접시를 넘기곤, 마지막 남은 딸기로 마크를 가리켰다.

"애벌란치 선수가 구석에 몰아넣고 한 방 먹였거든."

존이 조지앤의 뒤에서 대답했다. 그는 렉시를 한 팔로 들어올려 눈을 맞추었다.

"불쌍하게 여길 거 없어, 맞을 만한 짓을 했겠지."

조지앤은 존을 돌아보았다. 버질이 남기고 간 말에 대해 묻고 싶었지만 둘만 남을 때까지 기다려야 할 것 같았다.

"스틱으로 리치를 찔러 대지 말았어야지."

휴가 덧붙였다.

마크는 어깨를 으쓱했다.

"리치는 작년에 내 손목을 부러뜨렸는 걸."

그리고 대화는 누가 제일 많이 부상을 겪었는가로 흘러갔다. 처음 조지앤은 골절된 뼈, 파열된 근육, 그리고 꿰맨 바늘 숫자의 나열에 경악했다. 하지만 들으면 들을수록 그 끔찍함에 매료되었다. 이 안의 몇 명이나 자기 이를 제대로 간수하고 있을지 궁금해지기 시작했다. 들어보건대 별로 많지 않을 듯했다.

렉시가 존의 머리 양옆을 감싸 그의 얼굴을 자기에게로 돌렸다.

"어젯밤 다쳤어, 아빠?"

"나? 어림없지."

"아빠?"

드미트리가 렉시를 쳐다보았다.

"딸이야?"

"그래."

존은 팀 동료들에게로 눈길을 돌렸다.

"요 꼬마 근심꾼이 내 딸, 렉시 코왈스키다."

조지앤은 그가 최근까지 렉시에 대해 몰랐다고 말하기를 기다렸으나, 그는 그러지 않았다. 갑작스런 딸의 등장에 대해 어떤 설명도 하지 않았다. 그저 아이가 늘 거기에 있었던 듯이 품에 안고 있었다.

드미트리는 조지앤을 흘끔 보곤, 다시 존을 쳐다보았다. 질문하듯 한쪽 눈썹을 치켜올렸다.

"그래,"

존의 대답은 조지앤으로 하여금 두 남자 사이의 무언의 의사소통을 궁금해하게 만들었다.

"몇 살이지, 렉시?"

마크가 물었다.

"여섯 살. 나 생일 지났고 이제 1학년이에요. 이제 강아지도 있어요. 아빠가 줬으니까. 개 이름은 퐁고인데 별로 안 커요. 털도 별로 없어서 귀가 시려워요. 그래서 내가 모자를 만들어 줬어요."

"빨간색이죠."

매가 존에게 말했다.

"광대 모자처럼 보이는."

"어떻게 개한테 모자를 씌웠어?"

"개를 자기 무릎 사이에 끼우고 잡아 눌러서요."

조지앤이 대답했다.

존은 딸에게 눈길을 주었다.

"퐁고를 깔고 앉았어?"

"응, 아빠, 퐁고는 그거 좋아해."

존은 과연 퐁고가 멍청한 모자를 쓰는 걸 좋아할지 의심스러웠다. 그는 딸에게 강아지를 깔고 앉지 말라고 하려 입을 열었으나, 밴드가 짜짠 울리는 바람에 무대로 관심을 돌렸다.

"안녕하십니까,"

가수가 마이크에 대고 말했다.

"오늘 밤의 첫 곡을 위해, 모두들 댄스 플로어에 함께해 주십사 휴와 매가 부탁드리는군요."

"아빠,"

렉시가 음악 너머로 말했다.

"나 케이크 한 조각 먹어도 돼?"

"엄마가 괜찮다고 했어?"

"응."

그는 조지앤에게로 돌아서서 그녀의 귓가로 입을 가져갔다.

"우린 테이블로 갈 거야. 당신도 같이 가겠어?"

그녀는 고개를 저었고, 존은 그녀의 녹색 눈을 깊이 응시했다.

"아무데도 가지 마."

그녀가 대답하기도 전에, 그와 렉시는 연회장을 가로지르고 있었다.

"나 큰 조각 줘."

렉시가 그에게 말했다.

"크림 많이 있는 거."

"그러다 배탈난다."

"아냐, 안 나."

그는 딸을 테이블 옆에 내려놓고 아이가 빨간 장미만 있는 케이크 조각을 고를 때까지 길고 답답한 몇 분을 기다렸다. 애한테 포크를 찾아주고 원탁 테이블의 휴의 조카딸 옆에 자리를 마련해 주었다. 조지앤을 찾아 몸을 돌렸을 때, 그는 드미트리와 댄스 플로어에 있는 그녀를 발견했다. 보통 그는 그 젊은 러시아인을 좋아했지만 오늘 밤은 아니었다. 조지앤이 짧은 드레스 차림이고, 드미트리가 그녀를 벨루가 캐비어라도 되는 듯이 쳐다보고 있는 지금은.

존은 북적거리는 댄스 플로어를 헤치고 팀 동료의 어깨에 한 손을 얹었다. 그는 아무 말도 할 필요가 없었다. 드미트리는 그를 쳐다보고, 어깨를 으쓱하고는 가 버렸다.

"이건 별로 좋은 생각이 아닌 거 같아요."

그가 품안으로 끌어들이자 조지앤이 말했다.

"왜?"

그는 더욱 가까이 끌어당겨, 그녀의 부드러운 곡선을 자신의 가슴에 맞대고 부드러운 음악에 맞추어 그들의 몸을 움직였다.

자넨 치눅스에서 뛰든가, 아니면 조지앤을 가질 수 있어. 둘 다는 안 돼.

그는 버질의 경고를 생각하고, 품안의 따스한 여자를 생각했다. 그는 이미 결정을 내렸다. 며칠 전 디트로이트에서.

"우선 드미트리가 내게 댄스를 청했으니까요."

"녀석은 빨갱이야. 멀찍이 떨어져 있으라고."

조지앤은 그의 얼굴을 볼 수 있을 만큼 몸을 뒤로 젖혔다.

"당신 친구인 줄 알았는데."

"그랬지."

그녀의 이마에 주름이 잡혔다.

"무슨 일이 있었는데요?"

"우리 둘 다 같은 것을 원했어, 다만 그는 그걸 얻지 못할 테고."

"뭘 원했어요?"

그가 원하는 것은 아주 많았다.

"당신이 버질하고 이야기하는 거 봤어. 그가 뭐래?"

"별로요. 7년 전에 있었던 일 미안하다고 그랬지만, 그는 내 사과를 받아들이지 않았어요."

그녀는 잠시 혼란스러운 듯 보였다가, 고개를 젓곤 눈길을 돌렸다.

"당신은 그가 극복했다고 그랬었죠, 하지만 그는 아직도 몹시 울분을 품고 있었어요."

존은 그녀의 목으로 손바닥을 미끄러뜨려 엄지손가락으로 그녀의 턱을 치켜올렸다.

"버질 걱정은 하지 마."

그는 그녀의 얼굴을 들여다보다가, 자신을 마주 응시하고 있는 노인에게로 눈을 돌렸다. 그러다 다시 그의 눈길은 드미트리와 조지앤의 가슴선에 흘끔흘끔 시선을 던지고 있는 대여섯 명의 다른 남자들을 찾아냈다. 그리곤 그는 고개를 숙여 그녀의 입술을 점령했다. 입으로 그리고 혀로 그녀를 소유했고 그의 손은 그녀의 등에서 엉덩이로 내려갔다. 키스는 느긋하고 길고 깊었다. 그녀는 그에게 매달렸고, 그가 마침내 입을 뗐을 때 그녀의 숨은 가빴다.

"세상에나."

그녀가 속삭였다.

"자, 찰스 얘기 좀 해 보지."

그녀의 눈길은 조금 멍했다. 그녀 눈에 담긴 열정이 그로 하여금 흐트러진 침대 시트와 부드러운 육체를 생각나게 했다.

"찰스에 대해 알고 싶어요?"

"당신이 그와 결혼할 생각을 하고 있다고 렉시가 그랬어."

"난 거절했어요."

안도감이 그를 휩쓸었다. 그는 그녀의 몸에 단단히 팔을 감고 머리칼에 미소를 묻었다.

"당신 오늘 밤 더 아름다워 보여."

그녀의 귀에 대고 그는 말했다. 그리고는 몸을 젖혀 그녀의 얼굴을, 관능적인 입을 쳐다보고 말했다.

"어디 당신을 농락할 수 있는 데를 찾아볼까? 여자 화장실은 얼마나 커?"

그는 그녀가 고개를 돌리고 미소를 감추려 하기 전 그녀의 눈에서 흥미의 불꽃을 감지했다.

"약이라도 했어요, 존 코왈스키?"

"오늘 밤은 아냐,"

그는 웃음을 터뜨렸다.

"낸시 레이건의 캠페인대로 그냥 '싫다'고 하지. 당신은 어때?"

"물론 아니죠."

그녀가 코웃음쳤다.

음악이 끝나고 좀더 빠른 곡이 시작되었다.

"렉시는 어디 있어요?"

그녀가 소음 너머로 물었다.

존은 아이를 앉혔던 테이블을 넘겨다보고 가리켰다. 아이는 뺨을 손바닥으로 받치고 눈은 반쯤 감겨 있었다.

"금방 곯아떨어질 것처럼 보이는데."

"집에 데려가는 게 좋겠어요."

존은 그녀의 등에서 어깨로 손을 끌어올렸다.

"내가 당신 차까지 안아다 줄게."

조지앤은 그의 제안을 잠시 생각했다가 그러기로 결정했다.

"그럼 좋죠. 나 가방 챙겨 올 테니까 밖에서 봐요."

그녀의 팔을 잡은 그의 손에 잠깐 힘이 들어갔다가, 그녀를 놓아주었다. 그녀는 그가 렉시를 향해 걸어가는 것을 지켜보고, 돌아서서 매를 찾으러 갔다.

오늘 밤 그의 손길엔 분명 무언가 다른 것이 있었다. 그녀를 안고 키스하는 방식에 무언가가 있었다. 그녀를 놓아주는 것이 내키지 않기라도 한 양 무언가 뜨거운 소유욕을 드러내는 것이. 그녀는 괜히 너무 많은 의미를 부여하지 말자고 스스로에게 주의를 주었지만, 은은한 따스함이 가슴에 자리했다.

그녀는 재빨리 가방을 챙기고 매와 휴에게 작별 인사를 했다. 밖으로 나오니 어둠이 내려 있었고 주차장은 가로등 불빛에 밝혀져 있었다. 그녀의 차 뒤에 기대선 존이 눈에 들어왔다. 그는 렉시를 자신의 모직 재킷으로 감싸 가슴에 안고 있었다. 하얀 셔츠가 어두운 주차장에서 두드러졌다.

"그런 식으로 되는 게 아니야."

그녀는 그가 렉시에게 말하는 것을 들었다.

"네 별명을 네가 지을 수는 없어. 누구 다른 사람이 널 뭐라고 부르기 시작하고, 그 별명이 그냥 붙어 버리는 거지. 에드 조바노브스키가 직접 자기 별명을 '스페셜 에드'로 골랐겠어?"

"하지만 난 '고양이'가 되고 싶은 걸."

"'고양이'는 안 돼."

그는 조지앤을 올려다보고 차에서 떨어졌다.

"펠릭스 팻뱅이 '고양이'니까."

"그럼 개는 돼?"

렉시가 그의 어깨에 머리를 기대며 물었다.

"설마 사람들이 정말로 널 '개' 렉시 코왈스키로 부르길 원하는 건 아니겠지?"

렉시는 그의 목에 대고 킥킥거렸다.

"아니, 하지만 나도 아빠처럼 별명이 있었으면 좋겠어."

"고양이가 되고 싶다면 치타는 어떠냐? '치타' 렉시 코왈스키."

"좋아."

아이는 하품하며 말했다.

"아빠, 왜 정글에선 동물들이 카드 게임을 안 하는지 알아?"

조지앤은 눈을 굴리고 열쇠를 꽂았다.

"치타*가 너무 많으니까."

그가 대답했다.

"그 농담 벌써 오십 번은 들었다."

"아, 깜박했어."

"네가 뭘 깜박했을 것 같진 않은데."

존은 낮은 웃음소리를 내며 렉시를 조수석에 앉혔다. 차의 실내등이 그의 짙은 머리칼에 반사되었고 파란색과 빨간색의 페이즐리 멜

---

* cheetah(치타)와 cheater(속이는 사람, 사기꾼)의 발음이 비슷한 것을 이용한 농담.

빵을 비추었다.

"내일 밤 하키 경기에서 보자."

렉시는 안전벨트를 채웠다.

"쪽쪽 해 줘, 아빠."

아이는 입술을 내밀고 기다렸다.

조지앤은 미소짓고 운전석 쪽으로 걸어갔다. 렉시에 대한 존의 애정이 그녀 마음속 여린 부분에 와 닿았다. 그는 훌륭한 아빠였고, 조지앤과 존 사이에 무슨 일이 있던 간에 그가 렉시를 사랑했기에 그녀는 그를 사랑할 것이다.

"이봐, 조지?"

그의 목소리가 차가운 밤 공기 속에 따스한 손길처럼 와 닿았다.

그녀는 차 지붕 너머로 밤의 어둠에 부분적으로 가려진 그의 얼굴을 쳐다보았다.

"어디로 가?"

그가 물었다.

"어, 집이죠, 당연히."

그는 깊게 울리는 웃음소리를 냈다.

"당신은 아빠한테 쪽쪽 안 해 줄 거야?"

유혹이 그녀의 약한 의지와 자제력을 괴롭혔다.

하, 누구를 속이려는 거지? 존과 관련된 일에선 그녀는 자제력이라곤 전혀 없었다. 특히 아까의 키스 이후론. 그녀는 그의 유혹적인 제안에 넘어갈 여지가 없게 얼른 운전석 문을 열었다.

"오늘 밤은 안 돼요, 종마씨."

"방금 날 종마라고 부른 거야?"

그녀는 한 발을 문틀에 얹었다.

"지난달에 내가 당신한테 쓴 호칭에 비하면 비약적 발전이라고요."

그렇게 말하고 차에 탔다. 엔진 시동을 걸었고, 존의 웃음소리가 밤하늘에 울려 퍼지는 가운데 그녀는 주차장을 빠져나왔다.

집으로 가는 길에서 그녀는 그의 변화를 생각했다. 그녀의 마음은 그 모두가 뭔가 근사한 것을 의미한다고 믿고 싶어했다. 예를 들어 그가 하키 퍽에 머리를 맞아 돌연 정신이 들어 그녀 없이는 살 수 없다는 것을 깨달았다든가 하는. 하지만 존과의 경험은 그럴 리 없다고 말하고 있었다. 자신의 감정을 그에게 적용시켜 숨겨진 동기를 찾아봐야 소용없다는 것을 알고 있었다. 그의 모든 말과 손길을 분석하려는 것은 미친 짓이다. 그에 대해 경계를 늦출 때마다 그녀는 늘 상처받았다.

렉시를 재운 다음, 조지앤은 존의 수트 재킷을 식탁 의자 등받이에 걸고 구두를 벗었다. 보슬비가 창문에 톡톡 떨어지고 그녀는 허브차 우릴 물을 끓였다. 의자로 가서 존의 재킷 어깨를 손가락으로 쓸어보며, 교회 통로 맞은편에 서서 푸른 눈으로 그녀를 마주 보던 그의 모습을 떠올렸다. 그의 코롱 내음과 목소리를 기억했다.

어디 당신을 농락할 수 있는 데를 찾아볼까?

그의 말에 그녀는 혹했었다.

퐁고가 캉캉거리고 난 직후 현관벨이 울렸다. 조지앤은 현관으로 나가는 길에 개를 안아 올렸다. 짙은 머리에 빗방울이 반들거리는 존을 현관 계단에서 보고 그렇게 놀라지 않았다.

"내일 밤 경기 티켓을 주는 걸 깜박해서."

그는 봉투를 내밀었다.

조지앤은 티켓을 받아 들고, 그러지 않는 게 좋다는 걸 알면서도 그를 안으로 청했다.

"차 끓이는 중이에요. 당신도 좀 들래요?"

"뜨거워?"

"네?"

"아이스티 있어?"

"물론이죠, 난 텍사스 출신인 걸요."

그녀는 부엌으로 돌아가 퐁고를 바닥에 내려놓았다. 강아지는 존에게로 달려가 그의 구두를 핥았다.

"퐁고는 꽤 훌륭한 경비견이 되고 있어요."

그녀는 냉장고에서 아이스티 피처를 꺼내며 말했다.

"그래. 알 만하군. 누가 집에 몰래 들어오면 녀석이 어떻게 할까? 그 사람 구두 핥기?"

조지앤은 웃음을 터뜨리고 냉장고 문을 닫았다.

"아마도, 하지만 우선 미친 듯이 짖어 댈 거예요. 퐁고를 두는 쪽이 경보기 설치하는 것보다 훨씬 나아요. 좀 이상하긴 하지만, 퐁고가 집에 있으면 더 안전하게 느껴져요."

그녀는 봉투를 카운터에 놓고 잔을 채웠다.

"다음에는 진짜 개를 사 줄게."

존이 그녀에게로 몇 걸음 다가와 아이스티를 받아 들었다.

"얼음은 됐어. 고마워."

"다음이란 없어야죠."

"다음은 늘 있어, 조지."

그가 말하고 잔을 입가로 가져갔다. 길게 들이키는 동안 그의 눈은 그녀를 쳐다보고 있었다.

"정말 얼음 좀 넣지 않을래요?"

그는 고개를 젓고 아이스티를 내려놓았다. 입술의 물기를 빨며 그녀의 가슴과 허벅지를, 그리고 다시 얼굴을 훑었다.

"그 드레스가 하루 종일 날 미치게 했어. 처음 만났을 때 당신이 입고 있던 그 조그만 핑크 웨딩드레스 생각이 나던데."

그녀는 아래를 내려다보았다.

"이건 그 드레스하고 하나도 안 똑같아요."

"짧고 핑크색이잖아."

"그 드레스는 훨씬 짧았고, 어깨끈이 없었는데다 너무 타이트해서 난 숨도 못 쉬었어요."

"기억나."

그는 미소짓고 카운터에 옆으로 기댔다.

"코팔리스로 가는 내내, 당신은 위를 끌어올리고 아래를 잡아당겼지. 미치도록 유혹적이었어, 에로틱한 줄다리기처럼. 어느 쪽이 이기나 계속 보고 있었지."

조지앤은 냉장고에 한쪽 어깨를 기대고 팔짱을 꼈다.

"당신이 그런 걸 다 기억하다니 놀랍네요. 내 기억으론 당신은 날 별로 좋아하지 않았는데."

"그리고 내 기억으론, 그렇지 않는 게 현명하다는 걸 알면서도 난 당신을 좋아했지."

"내가 벌거벗었을 때뿐이죠. 그 외에는 당신 상당히 무례했어요."

그는 손에 든 아이스티에 대고 미간을 찌푸렸다가, 다시 그녀를 쳐다보았다.

"난 그렇게 기억하지 않지만, 혹 내가 당신에게 무례했다면 그건 당신에게 개인적으로 뭔가 반감이 있어선 아냐. 당시 내 인생은 개판이었거든. 술을 많이 마시고 내 경력과 내 자신을 망치기 위한 거라면 뭐든 했었지."

그는 잠시 말을 멈추고 크게 숨을 들이쉬었다.

"내가 전에 결혼했다고 말한 거 기억나?"

"물론이죠."

어떻게 그녀가 디디와 린다를 잊을 수 있을까?

"음, 린다가 자살했다는 건 당신에게 말 안 했었지. 그녀가 집의 욕조에서 죽어 있는 걸 내가 발견했어. 그녀는 손목을 면도날로 그었고, 오랫동안 난 자책했지."

말문이 막힐 정도로 충격을 받은 조지앤은 그를 응시했다. 무슨 말을 어떻게 해야 할지 알 수가 없었다. 처음 든 충동은 그의 허리에 팔을 감고 안됐다고 말하는 것이었지만, 그녀는 억눌렀다.

그는 한 모금 마시고 손등으로 입을 닦았다.

"사실 난 그녀를 사랑하지 않았어. 못난 남편이었고 그녀가 임신했기 때문에 결혼했을 뿐이야. 아기가 죽자, 더 이상 우리를 묶어 놓을 것은 없었지. 난 결혼을 끝내고 싶었어. 그녀는 그렇지 않았고.”

가슴이 아프게 조여들었다. 존을 알았기에 그녀는 그가 참담해 했으리라는 걸 알았다. 왜 그가 지금 그 얘기를 해 주는 걸까. 왜 그다지도 고통스러운 일을 솔직히 털어놓는 걸까?

“아기가 있었어요?”

“그래. 미숙아로 태어나 한 달 후에 죽었지. 토비가 살아 있다면 여덟 살이야.”

“안됐어요.”

생각나는 말이라곤 그것뿐이었다. 그녀는 렉시를 잃는다는 것은 상상도 할 수 없었다.

그는 잔을 조지앤 옆의 카운터에 놓고, 그녀의 손을 잡았다.

“가끔은 그 애가 살았다면 어떤 아이가 되었을까 생각하지.”

그녀는 그의 얼굴을 보며 다시금 가슴에 은은한 따스함을 느꼈다. 그는 그녀를 아끼고 있다. 어쩌면 신뢰와 아끼는 마음이 뭔가 더한 것으로 바뀔 수 있을지도 모른다.

“두 가지 이유 때문에 당신에게 린다와 토비에 대해 말하고 싶었어. 당신이 그들에 대해 알았으면 했고, 비록 내가 전에 두 번 결혼했다지만 같은 실수를 저지르지는 않으리라는 걸 알아줬으면 해서. 아이 때문에, 혹은 욕망 때문에 다시 결혼하는 일은 없을 거야. 만약 다시 결혼한다면 미치도록 사랑에 빠져서일 거야.”

그의 말은 조지앤의 은은한 따스함에다 얼음물 한 양동이를 퍼부은 듯했고 그녀는 그에게서 손을 빼냈다. 그들은 함께 아이를 가졌고, 존이 그녀에게 육체적으로 끌린다는 것은 비밀이 아니었다. 그는 결코 즐거운 한때 이상을 약속한 적이 없었건만 그녀는 또 저지른 것이다. 가질 수 없는 것을 바랐고 그걸 깨닫자 너무나 가슴이 아파 눈이 따끔따끔했다.

“얘기 들려줘서 고마워요, 존, 하지만 지금으로선 당신의 정직함을 반가워할 수가 없네요."

그녀는 현관으로 향하며 말했다.

"이제 그만 가 주었으면 해요."

"뭐?"

그녀 뒤에 바싹 따라오는 그는 어이가 없는 듯했다.

"난 얘기를 하던 참이었는데."

"알아요. 하지만 당신이 섹스를 원할 때마다 여기 와서 내가 옷을 찢어발기고 당신에게 복종하길 기대할 수는 없는 일이잖아요."

그녀는 떨리는 턱을 누르지 못하고 현관문을 열었다. 자신이 완전히 무너지기 전에 그를 보내고 싶었다.

"그게 당신이 생각하는 거야? 당신은 그저 섹스 상대라고?"

조지앤은 움찔하지 않으려 애썼다.

"그래요."

"도대체 뭐가 어떻게 돌아가는 거야?"

그는 문을 그녀의 손에서 잡아채 쾅 닫았다.

"난 내 속을 털어놨는데 당신은 그걸 온통 깔아뭉갰어! 당신에게 정직히 대했더니, 당신은 내가 당신 옷을 벗기려 한다고 생각하는군."

"정직? 당신은 뭔가 원하는 게 있을 때만 정직할 뿐이죠. 내게 늘 거짓말을 했어."

"내가 언제 당신에게 거짓말을 했는데?"

"당신 변호사, 예를 들라면."

"그건 거짓말이 아냐, 말을 못한 것뿐이지."

"거짓말이에요, 그리고 오늘 또 내게 거짓말했고."

"언제?"

"교회에서. 당신은 버질이 7년 전에 있었던 일을 극복했다고 그랬죠. 하지만 아니라는 거 당신도 알잖아요."

그는 몸을 젖히고 그녀에게 찌푸렸다.

“그가 뭐라고 했어?”

“당신이 팀을 포기하고 날 택하지 않을 거라고. 그게 무슨 뜻이죠?”

“진실?”

“물론이에요.”

“좋아, 내가 당신과 연관되면 날 다른 하키 팀으로 트레이드 시키겠다고 위협했어, 하지만 그건 상관없어. 버질 일은 잊으라고. 그저 자기가 원했던 걸 내가 하룻밤 상대로 손에 넣었다는 데 열받은 것뿐이니까.”

조지앤은 벽에 기댔다.

“나?”

“그래, 당신.”

“당신에게 있어 난 그뿐인가요?”

그녀는 그를 쳐다보았다.

그는 숨을 훅 내쉬고 손가락으로 옆머리를 긁어 올렸다.

“내가 여기에 재미나 보러 왔다고 생각한다면, 틀렸어.”

그녀는 그의 모직 바지가 불룩한 데까지 눈길을 내렸다가, 다시 그의 얼굴로 올렸다.

“그래요?”

분노가 그의 뺨을 물들이고 턱에 힘이 들어갔다.

“당신에 대한 내 감정을 더러운 것으로 만들지 마. 난 당신을 원해, 조지앤. 당신이 방에 들어오기만 해도 난 당신을 원하게 돼. 당신에게 키스하고 싶고, 만지고 싶고, 사랑을 나누고 싶어. 내 신체적 반응은 자연스러운 거고, 그걸 사과하진 않을 거야.”

“그리고 아침이면 당신은 가 버리고, 난 다시 홀로 남겠죠.”

“개소리.”

“두 번이나 있었던 일이에요.”

“지난번엔 당신이 날 두고 도망쳤어.”

그녀는 고개를 저었다.

"언제 누가 도망쳤냐는 중요하지 않아요. 결말은 같으니까. 당신은 내게 상처 줄 마음이 없었겠지만, 그렇게 되는 걸요."

"난 당신에게 상처 주고 싶지 않아. 당신을 기분 좋게 만들고 싶어, 그리고 당신이 내게 솔직해진다면, 당신도 날 원한다는 걸 인정할 거야."

"안 돼요."

그의 눈이 가늘어졌다.

"난 그 말 싫어해."

"미안하지만 달리 어쩌 보기엔 우리 사이에는 너무 많은 일이 있었어요."

"7년 전에 있었던 일로 아직 날 벌주고 있는 거야, 아니면 그저 핑계야?"

그는 그녀 머리 양옆으로 벽을 짚었다.

"뭘 두려워하는 거지?"

"당신은 아니에요."

그는 그녀의 턱을 손바닥으로 감쌌다.

"거짓말. 아빠가 당신을 사랑하지 않을까 두려운 거지."

그녀의 숨이 폐에 걸렸다.

"잔인해요."

"그럴지도, 하지만 진실이야."

그의 엄지가 그녀의 다문 입술을 스쳤다. 그는 다른 손으로 그녀의 손목을 감아쥐었다.

"당신은 원하는 것에 손을 뻗어 붙잡는 게 두려운 거야, 하지만 난 안 그래. 난 내가 원하는 것이 뭔지 알아."

그는 그녀의 손바닥을 자신의 단단한 가슴에서 셔츠 버튼으로 미끄러뜨렸다.

"아직 아빠가 알아줬으면 해서 착한 아이가 되려고 노력하고 있어? 이거 알아, 베이비,"

그는 속삭이며 그녀의 손을 자신의 바지 앞자락으로 가져가 단단한 남성에 대고 눌렀다.

"난 알아챘어."

"그만해요."

그녀는 참지 못하고 눈물을 터뜨렸다. 그가 미웠다. 그를 사랑했다. 그가 가 버리기를 원하는 것만큼 그가 있어 주기를 절실히 원했다. 노골적이고 잔인하지만 그가 옳았다. 그가 자신을 비참하고 불행하게 만들까 겁이 나서 자신이 원하는 것을 갖기를 두려워했다. 허나 이미 비참하고 불행했다. 그는 마약 같았고 그녀는 중독되었다.

"내게 이러지 말아요."

존은 그녀의 뺨에서 눈물을 닦아주고 손을 놓았다.

"당신을 원해, 그리고 난 더티 플레이 하는 걸 두려워하지 않아."

존을 끊어야 해, 중독에서 벗어나야 해. 재활해야 해. 뜨거운 키스나 손길, 굶주린 시선은 이제 그만. 강해져야 한다.

"당신은 그저 조금…… 조금……."

존은 고개를 젓고 미소지었다.

"그냥 조금만 원하는 게 아냐. 난 전부를 원해."

19

존은 조지앤의 눈을 들여다보고 소리 없이 웃었다. 그녀는 터프해지려 애쓰고 있었으나 '나쁜 새끼'란 단어조차 입밖에 내질 못하고 있었다. 그게 바로 그를 끌어당기는 그녀의 일면 중 하나였다.

"당신 마음, 정신, 그리고 몸을 원해."

그는 고개를 숙여 그녀와 입술을 스쳤다.

"당신 전부를 원해…… 영원히."

그는 속삭이고 그녀의 허리에 팔을 감았다. 그녀의 손바닥이 그를 밀어낼 것처럼 가슴에 닿았지만, 곧 그녀가 부드러운 입을 벌리자 그는 너무나 달콤하여 거의 무릎에 힘이 빠질 듯한 승리를 느꼈다. 그녀의 몸과 영혼을 갈망했고, 그녀를 발끝으로 서게 해서 자신의 굶주림을 채웠다.

몇 초 만에 키스는 입과 혀, 뜨거운 쾌락의 격렬한 광란으로 바뀌었다. 그는 드레스를, 그리고 그녀의 가는 슬립과 브라 끈을 끌어내려 그녀를 허리까지 벌거벗겼다. 그녀의 팔은 옆구리에 고정되었고 그는 천국의 광경처럼 그를 향해 솟아 나온 풍만한 젖가슴을 보러 뒤로 물러섰다. 그녀의 허리에 한 팔을 감고 고개를 숙여 왼쪽 젖가슴

끝에 부드럽게 입술을 눌렀다. 그의 혀가 도드라진 젖꼭지를 핥자 그녀는 신음했다. 그를 향해 몸을 휘었고, 그는 그녀의 젖꼭지를 입안으로 빨아들였다. 조지앤은 팔을 풀려 버둥거렸지만 그가 꽉 안고 있었다.

"존,"

그녀가 신음했다.

"당신을 만지고 싶어요."

그는 팔을 풀고 그녀의 오른쪽 젖가슴으로 옮겨가 빨았다. 그는 준비되어 있었다. 몇 달째. 사타구니의 욱신거림은 그녀를 벽에다 밀어붙이고, 드레스를 허리까지 걷어올린 다음 그녀의 뜨겁고 젖은 몸 깊숙이 돌진하라고 그를 충동질하고 있었다. 당장.

그녀는 팔을 뒤엉킨 끈에서 빼내어 그의 셔츠 자락을 바지에서 꺼냈다. 존은 몸을 펴고 그녀의 나른한 눈을 들여다보았다. 충동에 굴복하여 그녀를 현관 바로 옆에서 가져버리기 전에, 그는 그녀의 손을 잡고 집 안쪽으로 끌어당겼다.

"당신 방은 어디야?"

그는 복도를 지나며 물었다.

"여기 어디 있다는 건 아는데."

"왼쪽의 마지막 문."

방에 들어선 존은 그 자리에 우뚝 멈춰 섰다. 침대엔 꽃무늬 퀼트와 레이스 카노피가 있었다. 대여섯 개의 프릴이 주렁주렁 달린 쿠션들이 침대 머리판 쪽에 던져져 있었다. 벽지와 의자 천도 꽃무늬였다. 커다란 꽃 화환이 서랍장 위에 걸려 있었고, 꽃병 두 개가 방에 놓여 있었다. 그는 막 여자 취향의 극치인 곳에 발을 디딘 것이다.

조지앤이 가슴께에 드레스를 붙든 채 그의 옆을 지났다.

"뭐가 잘못됐어요?"

그는 그녀를 쳐다보았다. 그녀는 꽃에 둘러싸여 선 채, 양손으로 자신을 가리려 했지만 완전히 허사였다.

"아무 것도, 당신이 아직 옷을 입고 있다는 것만 빼면."

"당신도."

그는 미소짓고 구두를 벗었다.

"별로 오래지 않을 거야."

몇 초 안에 그는 모두 벗어버렸고, 눈길을 조지앤에게 돌렸을 때, 그는 거의 폭발할 뻔했다. 바로 그의 손이 닿을 곳에 그녀가 조그만 팬티와 허벅지에 핑크색 가터로 고정한 스타킹 외엔 아무 것도 입지 않고 서 있었다. 그의 눈길은 가터 바로 위 유혹적인 허벅지에서 풍만한 엉덩이로 향했다. 그녀의 젖가슴은 아름답고 둥글었으며, 어깨는 매끄럽고 얼굴은 황홀했다.

그는 그녀를 자신에게로 끌어당겼다. 그녀는 뜨겁고 부드러우며 그가 바랐던 여자 바로 그 자체였다. 그는 천천히 갈 생각이었다. 그녀와 사랑을 나누고 쾌락을 길게 끌고 싶었다. 하지만 그럴 수가 없었다. 제일 좋아하는 놀이터로 달려가는 꼬마 같은 기분이었다. 멈출 수 없었다. 그를 붙들고 있는 것은 어느 것부터 놀아야 할까 하는 망설임뿐. 그녀의 입을, 어깨를, 가슴을 원했다. 그녀의 배에, 허벅지에, 다리 사이에 입맞추고 싶었다.

그는 그녀를 침대로 밀어뜨리고, 그녀 위로 몸을 굴렸다. 그녀의 입에 키스하고 손을 그녀의 등에서 엉덩이로 내렸다. 그녀의 팬티를 움켜쥐고 아래로 내렸다. 그의 남성이 그녀의 매끄러운 배를 눌렀고 그는 그녀한테 몸을 문질렀다. 사타구니의 흥분이 더욱 고조되어, 마침내 그가 터져버릴 것 같다고 생각할 지경이 되었다.

그는 기다리고 싶었다. 그녀가 확실히 준비되게 하고 싶었다. 부드러운 연인이 되고 싶었다. 그는 그녀를 눕히고 팬티를 다리에서 벗겼다. 물러나서 스타킹과 가터 외엔 벌거벗은 그녀를 쳐다보았다. 그녀는 그에게 팔을 들어올렸고 그는 기다릴 수 없음을 알았다. 그녀를 자신의 몸으로 덮고 매끄러운 그녀의 허벅지 사이에 몸을 눕혔다.

"사랑해, 조지앤."

그녀의 녹색 눈을 응시하며 그는 속삭였다.

"날 사랑한다고 말해 줘."

그녀는 신음하고 그의 옆구리에서 엉덩이로 손을 미끄러뜨렸다.

"사랑해요, 존. 언제나 사랑했어요."

그는 그녀 안 깊숙이 돌진하고 즉시 콘돔을 잊었다는 걸 깨달았다. 몇 년 만에 처음으로, 그는 뜨겁고 축축한 살에 둘러싸인 것을 느꼈다. 그녀를 향한 욕구가 그의 속을 쥐어뜯는 동안 그는 절박하게 자제력을 찾으려 애썼다. 그는 물러났다가, 다시 돌진했고, 그들은 둘 다 아찔한 절정에 무너졌다.

존이 침대에서 빠져나가 옷을 입기 시작한 것은 새벽 세 시였다. 조지앤은 시트를 가슴에 모아 쥐고 일어나 앉아 그가 바지 단추를 채우는 것을 지켜보았다. 그가 간다. 그녀는 그에게 선택의 여지가 없다는 것을 알고 있었다. 두 사람 다 그가 여기서 밤을 지낸 것을 렉시한테 알리고 싶지 않았다. 그래도 그가 떠난다는 것에 가슴이 아팠다. 그는 그녀에게 사랑한다고 말했다. 여러 번. 아직 조금은 믿기 어려웠다. 가슴 깊이 느껴지는 이 기쁨을 믿기 어려웠다.

그는 셔츠를 집어 소매에 팔을 꿰었다. 눈물이 울컥 치밀어 그녀는 눈을 깜박여 참았다. 저녁 때 그를 다시 보게 될지 묻고 싶었지만, 끈질기고 절박하게 보이고 싶지 않았다.

"아마 경기장에 일찍 가지 않는 게 좋을 거야."

그가 아까 준 하키 티켓을 두고 말했다.

"렉시는 경기 내내 앉아 있는 것만도 힘들걸, 경기전 행사 빼고."

그는 침대 가장자리에 걸터앉아 양말과 구두를 신었다.

"따뜻하게 입어."

다 마치자 그는 일어서서 그녀에게로 손을 뻗었다. 그녀를 무릎으로 서게 일으켜선 키스했다.

"사랑해, 조지앤."

그녀는 그에게서 저 말을 듣는 것이 질리는 날이 올 것 같지 않았다. 언제까지나.

"나도 사랑해요."

"경기 끝나고 봐."

그는 마지막으로 그녀의 입술에 키스를 떨궜다. 그리곤 그는 가 버렸고, 그녀는 머릿속을 어지럽히고 그녀의 행복을 파괴하려 위협하는 버질의 경고와 함께 홀로 남았다.

존은 그녀를 사랑한다. 그녀는 그를 사랑한다. 그는 하키 팀을 포기할 만큼 그녀를 사랑할까? 만약 그가 그런다면 그녀는 어떻게 해야 할까?

청색과 녹색의 조명이 얼음 위를 휘젓고, 간신히 몸을 가린 여섯 명의 치어리더들이 키 아레나의 음향 시설에서 뿜어져 나오는 귀청 떨어질 것 같은 락 음악에 맞춰 춤췄다. 조지앤은 가슴속에 묵직한 베이스의 울림을 느낄 수 있었고 어니는 어떨까 궁금해했다. 그녀는 손으로 귀를 막고 있는 렉시의 머리 위로 존의 할아버지를 쳐다보았다. 그는 시끄러운 소리가 전혀 거슬리지 않는 듯했다.

짧은 흰머리와 그렁그렁한 버지스 메레디스 목소리의 어니 맥스웰은 거의 7년 전과 똑같아 보였다. 유일한 차이점은 이제 그의 푸른 눈은 검은 테 안경 뒤에서 내다보고 있었고, 왼쪽 귀에 보청기를 끼고 있다는 것이었다.

조지앤과 렉시가 처음 자리를 찾아왔을 때, 그녀는 자신들을 기다리고 있는 그를 보고 놀랐다. 존의 할아버지한테 어떤 대응을 기대해야 할지 몰랐으나, 그는 이내 그녀를 마음 편하게 해 주었다.

"안녕, 조지앤. 내 기억보다도 훨씬 아름답구만."

그는 그녀와 렉시가 재킷을 벗는 것을 도우며 말했다.

"그리고 할아버님께선 제 기억보다 두 배는 잘생기셨네요."

그녀는 최고로 매력적인 미소를 곁들여 단언했다.

그는 껄껄 웃었다.

"난 늘 남부 아가씨를 좋아했지."

갑자기 음악이 그치고 경기장 조명이 꺼졌다. 얼음 양끝 치눅스 로고를 비추고 있는 두 개의 조명을 제외하고.

"신사 숙녀 여러분, 시애틀 치눅스입니다."

남자 목소리가 거대한 비디오 스코어보드 위의 스피커에서 울려 퍼졌다. 팬들은 열광했고, 비명과 환호 속에 홈팀이 얼음 위로 나왔다. 하얀 유니폼이 어둠 속에 두드러졌다. 파란 선 몇 줄 위의 자리에서, 그녀의 눈길은 유니폼 뒤를 일일이 살피다 마침내 11번 위에 '코왈스키'라고 푸른색으로 새겨진 이름을 발견했다. 자랑스러움과 사랑으로 가슴이 두근거렸다. 하얀 헬멧을 이마에 낮게 쓰고 있는 저 덩치 큰 남자가 그녀에게 속해 있다. 너무나 새로운 일이었고 그가 자신을 사랑한다는 것을 믿기 힘들었다. 그녀는 작별 키스를 한 이후 그와 얘기를 나누지 못했고, 그때 이후로 혹시 자신이 지난밤 꿈을 꾼 게 아닐까 무서웠다.

이 거리에서도 그가 어깨와 다리의 두꺼운 양말 밑에 패드를 대고 있음을 알 수 있었다. 그는 커다란 장갑을 낀 손에 하키 스틱을 들고 있었다. 그는 별명대로 난공불락의 굳건한 철벽처럼 보였다.

치눅스는 골대에서 골대로 행진하고, 마침내 중앙선에 멈추어 섰다. 불이 들어오고 피닉스 카요티스가 호명되었다. 하지만 그들이 얼음판으로 나왔을 때는, 경기장 가득한 치눅스 팬들의 야유가 맞이했다. 조지앤은 상대팀이 어찌나 안됐던지, 자신의 안전이 걱정되지만 않았다면 환호해 주었을 것이다.

각 팀의 선수 다섯이 얼음 위에 남아 각자의 위치를 잡았다. 존은 중앙의 원 안으로 미끄러져 들어가 스틱을 얼음에 대고 기다렸다.

"저 새끼들에게 본때를 보여 줘."

퍽이 떨구어지고 전투가 시작되자마자 어니가 고함쳤다.

"어니 할아버지!"

렉시가 경악했다.

"나쁜 말이에요."

어니는 렉시의 나무람을 듣지 못했든가 아니면 무시했다.

"춥니?"

조지앤은 관중들의 소음 너머로 렉시에게 물었다. 그들은 하얀 면 터틀넥과 청바지, 안에 울을 댄 앵클 부츠의 겨울 차림으로 무장했다.

렉시는 얼음판에 시선을 고정한 채 고개를 저었다. 아이는 그들 쪽을 향해 속력을 내고 있는 존을 가리켰고, 그의 강렬한 시선은 퍽을 가진 상대편 선수에게 꽂혀 있었다. 그가 상대를 얼마나 세게 보드에 바디체크했던지, 강화 유리가 흔들리고 덜컹거려 조지앤은 유리가 깨져서 관중에게로 쏟아질 줄만 알았다. 그녀는 두 남자의 폐에서 공기가 빠져나가는 훅 소리를 들었고, 그런 충돌 후에 상대 남자가 실려 나가는 줄만 알았다. 하지만 그는 쓰러지지 않았다. 두 남자는 서로 팔꿈치로 지르고 걷어차 댔고, 마침내 퍽은 카요티스 골대 쪽으로 날아갔다.

그녀는 존이 한쪽 끝에서 저쪽 끝으로 질주하고, 다른 사람을 얼음판에 쓰러트리고 퍽을 가로채는 것을 지켜보았다. 충돌은 때로 자동차 충돌사고마냥 거칠었고, 그녀는 전날 밤을 생각하며 그가 어디 중요한 곳을 다치지 않았길 빌었다.

관중들은 열광하며 욕설을 퍼부어 댔다. 어니는 불만의 대부분을 심판들에게 쏟았다.

"빌어먹을 눈깔 똑바로 뜨고 경기 제대로 봐."

그가 고함쳤다.

조지앤은 평생 이렇게 짧은 시간 동안 많은 욕설을 들어본 적이 없었고, 이렇게 많이 침을 뱉는 장면도 본 적이 없었다. 욕설과 침뱉기 외에, 각 팀은 격하게 부딪히고 빠르게 미끄러졌으며 골키퍼를 맹공격했다. 어느 쪽도 득점하지 못한 채 1피리어드가 끝났다.

2피리어드에, 존은 발 걸기로 반칙이 선언되어 페널티 박스에 들어갔다.

"이 개자식들!"

어니가 심판진들에게 외쳤다.

"머저리 로닉이 제 발에 제가 걸려 넘어졌다고."

"어니 할아버지!"

조지앤은 어니에게 반박할 마음은 없었지만, 존이 스틱을 상대 선수의 스케이트에 걸고 잡아당기는 것을 보았다. 그는 전체 동작을 너무나 매끄럽게 해치웠고, 그런 다음 가슴에 장갑 낀 손을 댔는데 어찌나 결백해 보였던지 조지앤은 어쩌면 자신이 상대 선수가 얼음판에 넙죽 뻗는 것을 상상한 게 아닐까 하는 생각이 들 정도였다.

3피리어드, 드미트리가 드디어 치눅스 쪽에 한 골을 올렸지만, 10분 후 카요티스가 동점을 만들었다. 긴장감이 감돌아 팬들로 하여금 좌석 끄트머리에 엉덩이를 걸치고 앉게 만들었다. 렉시는 너무 흥분해서 앉아 있질 못하고 벌떡 일어섰다.

"아빠, 힘내."

존은 퍽을 놓고 다투다가, 얼음 위를 질주했다. 고개를 숙인 채 중앙선을 가로질렀고 그때 갑자기 어디선가 카요티 선수가 나타나 그를 들이박았다. 직접 보지 못했다면 조지앤은 존 정도 체격의 남자가 허공을 붕 떠서 날아갈 수 있다고는 믿지 못했을 것이다. 그는 쿵 나가떨어졌고 호루라기 소리가 날 때까지 그대로 누워 있었다. 몇몇 트레이너와 코치들이 치눅스 벤치에서 얼음판으로 달려나갔다. 렉시는 울기 시작했으며, 조지앤은 숨을 죽였고 불길한 감각이 뱃속 깊이 자리했다.

"네 아빠는 괜찮다. 봐."

어니가 얼음판을 가리키며 말했다.

"일어나잖냐."

"하지만 아빠 다쳤어."

렉시는 흐느끼며 존이 천천히 벤치 쪽이 아니라 휴식 시간에 팀이 퇴장하던 통로로 향하는 것을 지켜보았다.

"괜찮을 거야."

어니는 렉시의 허리에 팔을 두르고 옆으로 끌어당겼다.

"'철벽'인 걸."

"엄마,"

렉시의 얼굴에 눈물이 줄줄 흘러내렸다.

"가서 아빠한테 밴드 줘."

조지앤은 밴드가 도움이 될 거란 생각은 들지 않았다. 그녀도 울고 싶었고, 통로에 눈길을 고정하고 있었지만 존은 돌아오지 않았다. 몇 분 후 벨이 울리고 경기는 끝났다.

"조지앤 하워드?"

"네?"

그녀는 좌석 옆에 서 있는 남자를 올려다보고 일어섰다.

"치눅스 팀 트레이너 하위 존스입니다. 존 코왈스키가 가서 당신을 찾아 달라고 부탁해서요."

"얼마나 다쳤나요?"

"저는 잘 모릅니다. 당신을 데려와 달라고 했어요."

"세상에!"

그녀는 그가 자신을 보고 싶어할 이유를 생각할 수 없었다. 혹 심각한 부상을 입었다면 모를까.

"가 보는 게 좋겠다."

어니가 일어서며 말했다.

"렉시는 어쩌고요?"

"내가 존의 집으로 데려가서, 조지앤이 올 때까지 같이 있어 주지."

"정말로요?"

머릿속에서 갖은 생각이 하도 빨리 핑핑 돌아 하나도 제대로 붙잡을 수가 없었다.

“물론이지. 자, 가 봐라.”

“어떻게 되었는지 전화 드릴게요.”

그녀는 몸을 굽혀 렉시의 젖은 뺨에 입맞추고 재킷을 집어들었다.

“오, 전화 걸 시간은 없을 거다.”

조지앤은 하위를 따라 이동식 스탠드 사이와 몇 분 전 존이 사라졌던 통로를 지났다. 그들은 두껍고 푹신한 고무 매트 위를 걸어갔고 보안업체 제복을 입은 남자들 몇을 지나쳤다. 그녀는 오른쪽으로 꺾어 칸막이를 친 커다란 방을 지났다. 걱정에 속이 다 뒤틀렸다. 존에게 뭔가 끔찍한 일이 일어난 게 틀림없다.

“거의 다 왔어요.”

하위가 그녀에게 말했고 그들은 수트나 치눅스의 팀 색깔로 차려 입은 남자들이 들끓는 복도를 지났다. 그들은 ‘탈의실’이라고 쓰인 문을 서둘러 지났고, 다시 오른쪽으로 꺾어 더블 도어를 지났다.

그리고 거기, 존이 커다란 푸른색 치눅스 현수막 앞에 앉아 텔레비전 리포터와 이야기를 나누고 있었다. 머리는 축축하고 피부는 번들거려 열심히 뛴 남자처럼 보였지만 다친 것 같진 않았다. 그는 유니폼과 어깨 패드를 벗었고 젖어서 그의 넓은 가슴에 달라붙은 푸른 티셔츠 차림이었다. 아직도 하키 반바지와 양말, 다리의 커다란 보호 패드를 하고 있었지만 스케이트는 없었다. 그런 장비들 하나 없이도 그는 거대해 보였다.

“경기 종료 5분 전 카척한테 호되게 당했지요. 기분 어떻습니까?”

리포터가 묻고 마이크를 존의 얼굴에 들이댔다.

“상당히 좋습니다. 멍이야 들겠지만 그게 하키니까요.”

“앞으로 보복할 생각은?”

“전혀요, 짐. 난 머리를 숙이고 있었고, 카척 같은 선수 주위에서는 늘 정신을 바짝 차리고 있어야 하니까.”

그는 얼굴을 타월로 닦고, 방 안을 둘러보았다. 문가에 서 있는 조지앤이 눈에 들어오자 그는 미소지었다.

"오늘 밤 경기는 무승부로 끝났는데. 결과에 만족합니까?"

존은 자신을 인터뷰하는 남자에게로 주의를 돌렸다.

"물론 승리 외의 것에는 절대 만족 못하죠. 우린 분명 파워 플레이의 이점을 더 잘 활용할 필요가 있습니다. 그리고 공격진에 좀더 힘을 불어넣어야겠고."

"나이 서른다섯에 아직도 특급 선수로 꼽히고 있죠. 어떻게 그럴 수 있습니까?"

그는 씨익 웃고 낮은 웃음소리를 냈다.

"글쎄요, 아마 다년간의 깨끗한 생활 덕이겠죠."

리포터와 카메라맨도 웃었다.

"존 코왈스키의 미래엔 뭐가 기다리고 있을까요?"

그는 조지앤 쪽을 쳐다보고 가리켰다.

"그건 저기 있는 여자에게 달려 있습니다."

조지앤은 얼어붙어, 천천히 뒤를 돌아보았다. 복도는 남자들만 득실득실했다.

"조지앤, 허니, 당신한테 하는 말이야."

그녀는 빙글 돌아 '나?' 하듯이 자신을 가리켰다.

"어젯밤 내가 결혼한다면 미치도록 사랑에 빠져서일 때뿐이라고 한 말 기억해?"

그녀는 고개를 끄덕였다.

"음, 내가 당신과 미치도록 사랑에 빠진 거 알지."

그는 양말 신은 발로 서서 그녀를 향해 한 손을 뻗었다. 멍하니 홀린 듯 그녀는 그에게로 걸어가 그의 손에 자신의 손을 놓았다.

"페어 플레이를 하지 않겠다고 당신에게 경고했었지."

그는 그녀의 어깨를 잡아 방금 자신이 비운 의자에 앉혔다. 그리고는 카메라맨을 돌아보았다.

"아직 방송 중입니까?"

"네에."

조지앤은 올려다보았고 눈앞이 흐려지기 시작했다. 그를 향해 손을 뻗자 그가 그녀의 손을 움켜쥐었다.

"나 만지지 마, 허니. 좀 땀투성이라."

그리곤 한쪽 무릎을 꿇고 앉아 그녀의 눈을 응시했다.

"7년 전 우리가 만났을 때, 내가 당신을 상처 입혔지. 미안해. 하지만 난 이제 그때와 다른 남자고, 내가 달라진 이유의 일부는 당신이야. 당신이 내 인생으로 되돌아와 더 나은 것으로 만들어 주었어. 당신이 방에 들어올 때면, 태양을 함께 가지고 온 듯이 따뜻해져."

그는 말을 멈추고 그녀의 손을 꽉 쥐었다. 땀방울이 그의 관자놀이에 흘러내렸고 다시 입을 연 그의 목소리는 조금 떨렸다.

"난 시인이나 낭만적인 남자가 아니라, 내가 당신한테 느끼는 감정을 정확히 표현할 말을 모르겠어. 당신이 내가 숨쉬는 공기이며, 내 심장 고동이고, 영혼의 아픔이며, 당신 없이는 난 텅 비어 버린다는 것만 알 뿐이야."

그는 뜨거운 입을 그녀의 손바닥에 대고 눈을 감았다. 다시 그녀를 쳐다볼 때, 그의 눈길은 몹시도 푸르고 강렬했다. 그는 하키 바지 허리에서 최소한 4캐럿은 될 에메랄드 컷 블루 다이아몬드를 꺼냈다.

"결혼해 줘, 조지."

"오 하나님 맙소사!"

눈앞이 거의 보이지 않아 그녀는 다른 손으로 눈을 문질렀다.

"이런 일이 벌어지다니 믿어지지가 않아."

그녀는 폐로 공기를 들이마시고 반지에서 존의 얼굴로 눈길을 옮겼다.

"이거 진짜예요?"

"물론이지."

조금 모욕당한 기분으로 그는 대답했다.

"내가 당신에게 가짜 다이아몬드를 줄 거라고 생각했어?"

"반지 얘기가 아니라."

그녀는 고개를 젓고 빰을 흐르는 눈물을 닦았다.

"진짜로 나와 결혼하고 싶어요?"

"그래. 함께 늙어 가고 아이를 다섯 명 더 가지고 싶어. 행복하게 해 줄게, 조지앤. 약속해."

그의 잘생긴 얼굴을 응시하자 그녀의 심장이 고동쳤다. 그는 아무 것도 간과하지 않았다. 텔레비전 카메라에 커다란 다이아몬드, 그리고 그녀의 손을 부서져라 움켜쥐고 있었다. 지난밤 그녀는 그가 자신을 선택할지 궁금해했다. 만약 그가 그런다면 자신은 어떻게 할지도 이제 그 두 가지 의문에 대한 대답을 알았다.

"그래요, 당신과 결혼할게요."

그녀는 웃으며 동시에 울음을 터뜨렸다.

"맙소사,"

한숨을 내쉬는 그의 얼굴에 안도감이 밀려왔다.

"얼마나 조마조마 했던지."

밖의 스탠드에선 천둥 같은 박수 소리가 울려 퍼지고 그에 이어 환호하는 수천 명 팬들의 소란이 들려 왔다. 그들의 열광적인 반응으로 경기장 벽이 흔들렸다.

존은 어깨 너머로 카메라맨을 돌아보았다.

"우리가 전광판에 나가고 있습니까?"

카메라맨은 양쪽 엄지를 치켜세웠고, 존은 조지앤에게로 관심을 돌렸다. 그는 그녀의 왼손을 잡고 손마디에 입맞췄다.

"사랑해."

그리고는 그녀의 손가락에 반지를 끼워 주었다.

조지앤은 그의 목에 팔을 감고 달라붙었다.

"사랑해요, 존."

그녀는 그의 귀에 대고 흐느꼈다.

그는 목에 그녀를 매단 채 일어서서 방안에 있는 남자들을 돌아보았다.

"됐습니다."

그가 말하자 카메라가 꺼졌다. 조지앤은 축하 받는 동안 그에게 매달려 있었고, 마지막 사람이 방을 나갈 때까지도 놓지 않았다.

"당신한테 땀이 다 묻겠어."

존이 그녀에게 미소지으며 말했다.

"상관 안 해요. 당신을 사랑하는걸 , 그리고 당신 땀도 사랑해요."

그녀는 발끝으로 서서 그에게 달라붙었다.

그는 그녀를 바싹 끌어당겼다.

"잘됐군, 이거 상당 부분은 당신 탓이니까. 몇 초 간은 당신이 거절할 줄만 알았어."

"언제 이걸 다 계획했어요?"

"나흘 전에 세인트루이스에서 반지를 샀고, 오늘 아침 방송국 사람들한테 얘기를 했지."

"내가 승낙할 거라 그렇게 확신했어요?"

그는 어깨를 으쓱했다.

"페어 플레이를 하지 않겠다고 말했잖아."

그녀는 그에게 몸을 기대고 키스했다. 오랜 시간 이 순간을 기다려 왔고, 그 키스에 마음을 쏟아 부었다. 그들의 입이 촉촉하게 벌어져 만났다. 그녀는 고개를 한쪽으로 기울이고 그의 혀끝을 핥았다. 그녀의 손이 그의 어깨를 쓸고 목으로, 그의 축축한 머리칼로 올라갔다.

욕망이 존의 사타구니를 직격했고 그는 조지앤의 달콤한 키스에서 물러났다.

"그만,"

그는 신음하고, 무릎을 굽히고는 손을 바지 안에 넣어 바로잡았다. 단단한 플라스틱 컵이 그의 고환을 호두까기마냥 조여들었고, 그는 조지앤 앞에서 욕설을 내뱉지 않으려 숨을 들이쉬었다.

"국부 보호대가 진짜 끼기 시작해."

"빼 버려요."

"네 겹 안쪽에 있는 데다, 홀랑 벗기 전에 먼저 해야 할 일이 있어
서."

그는 몸을 펴고 그녀의 치켜 올라간 녹색 눈에서 실망을 읽었다.

"뭐가 홀랑 벗는 것보다 더 중요하단 말예요?"

"아무 것도."

그녀는 그를 원한다. 그 사실이 그를 남자로서의 가슴 두근거리는
기쁨으로 가득 채웠다. 그 어느 누구와도 다른 방식으로 그녀를 사랑
했다. 친구로서, 존중하는 한 여성으로서, 그리고 매일 매 순간마다
원하는 연인으로서 그녀를 사랑했다.

왜 그녀가 자신을 사랑하는지 그는 알 수 없었다. 그는 입에 욕설
을 달고 사는 고약한 하키선수인데. 하지만 자신의 행운에 의문을 품
을 생각은 없었다.

이제 그는 그녀를 집으로 데리고 가 벌거벗기는 것 말고는 아무
것도 원치 않았으나, 끝내지 못한 일의 마지막 한 부분이 먼저였다.
그는 그녀의 손을 잡고 복도로 나갔다.

"가기 전에 먼저 해결해야 할 일이 있어."

그녀의 발걸음이 느려졌다.

"버질?"

"응."

근심으로 그녀의 미간에 주름이 잡혔고, 그는 멈춰 서서 그녀의 어
깨에 손을 얹었다.

"그가 무서워?"

그녀는 고개를 저었다.

"그는 당신한테 선택하게 만들겠죠? 나 아니면 팀을 택하라고 말
할 거예요."

트레이너 한 명이 탈의실로 가는 길에 그를 지나쳤고, 존은 조지앤
에게 붙어 서서 길을 내주었다.

"축하해, 철벽,"

존은 고개를 끄덕였다.

"고마워요."

조지앤은 그의 티셔츠 앞자락을 움켜쥐었다.

"난 당신이 선택하길 원하지 않아요."

그는 조지앤에게로 주의를 돌리고 그녀의 이마에 키스해서 근심을 지웠다.

"선택 같은 건 없어. 난 절대 당신을 두고 하키 팀을 택하지 않아."

"그럼 버질은 당신을 자르겠죠, 안 그래요?"

그는 낮은 웃음소리를 내고 고개를 저었다.

"버질은 날 자를 수 없어, 허니. 그럴 마음을 먹는다면야 날 하위권 팀으로 트레이드할 수 있겠지. 혹은 더 끔찍하게도 오리 그림 스웨터를 입어야 하게 만들거나. 하지만 내가 그를 이기지 못할 경우만이야."

"뭐라고요?"

그는 그녀의 손을 꽉 쥐었다.

"가자. 빨리 끝낼수록 빨리 집에 갈 수 있어."

지난주 그는 에이전트에게 밴쿠버 카넉스의 감독 팻 퀸과 연락하라고 했다. 밴쿠버는 시애틀에서 자동차로 두 시간 거리이고 일급 센터를 필요로 했다. 존은 자신의 미래를 주도할 필요가 있었다.

조지앤을 옆에 달고 그는 버질의 사무실로 들어갔다.

"여기 계실 거라 생각했습니다."

버질은 책상 위의 팩스에서 눈을 들어올렸다.

"그간 바빴겠군. 자네 에이전트가 퀸하고 연락한 거 아네. 그쪽 제안 봤나?"

"네."

존은 문을 닫고 조지앤의 허리에 팔을 감았다.

"선수 셋하고 드래프트 지명 둘."

"자넨 서른다섯이야. 그가 그만큼이나 제안했다는 게 놀랍군."

존은 그가 놀랐다고는 생각지 않았다. 팀의 주장이나 유명선수의 경우 그게 일반적인 트레이드였다.

"전 최고니까요."

"나한테 먼저 말했으면 좋았을걸."

"왜요? 지난번에 얘기했을 때, 조지앤이나 팀 중에 하나를 고르라고 했죠. 하지만 이거 압니까? 내겐 생각할 것도 없는 일이라는 거."

버질은 조지앤을 쳐다보고 존에게로 시선을 돌렸다.

"아까 상당한 쇼를 벌였더군."

존은 조지앤을 자신의 옆으로 바싹 끌어당겼다.

"난 뭐든 어중간하게 하지 않으니까요."

"그래, 그렇지. 하지만 자네는 많은 것을 걸었어, ESPN 방송 생중계로 거절당할 가능성은 말할 것도 없고."

"그녀가 허락할 줄 알고 있었으니까요."

조지앤은 그를 쳐다보고 한쪽 눈썹을 치켜올렸다.

"당신 꽤나 간이 크군요?"

존은 몸을 숙여 그녀의 귀에다 속삭였다.

"허니, 남자가 크다는 말을 듣고 싶어하는 부위는 거기가 아닌데."

그는 그녀가 뺨을 붉히는 것을 보고, 낮게 웃었다. 하지만 그가 그렇게 간 크게 느껴지지 않았던 끔찍한 순간이 있었다. 그녀가 그의 청혼에 대답하지 않았던 그 아찔한 한순간, 그는 그녀를 어깨에 들쳐메고 방을 달려나가 그녀가 자신이 원하는 말을 할 때까지 납치해 버릴까 하는 생각을 얼핏 했었다.

"뭘 원하나, 철벽?"

존은 버질에게로 주의를 돌렸다.

"네?"

"뭘 원하냐고 물었어."

진지한 얼굴을 하고 있었으나 그는 내심 미소지었다. 끝났다. 노인네는 허세를 부리고 있었다.

“뭘 말이죠?”

“자네를 트레이드 하겠다고 위협했을 때 내가 몹시 무분별하고 지극히 어리석은 사업적 결정을 했었네. 뭘 해 주면 남을 건가?”

존은 몸을 젖히고 좀 생각해 보는 척했지만, 버질의 물러설 줄 진작에 예상하고 있었다.

“괜찮은 인포서 정도면 당신이 날 트레이드 하겠다고 위협한 사실을 넘어갈 수 있을 것 같군요. 잔돈푼으로 데려올 수 있는 서투른 신참 얘기가 아닙니다. 경험 있는 하키선수를 원해요. 거친 플레이를 두려워하지 않는. 좋은 체격. 낮은 무게중심. 화물열차처럼 들이박는 선수요. 그런 선수를 감당하려면 상당한 돈을 써야 할 겁니다.”

버질의 눈이 가늘어졌다.

“명단을 작성에서 아침에 나한테 보내게.”

“죄송하지만 오늘 밤엔 바빠서.”

조지앤이 그의 갈비뼈를 팔꿈치로 찌르자, 그는 그녀의 얼굴을 들여다보았다.

“왜? 당신도 바쁠 거야.”

“좋아.”

버질이 말했다.

“다음 주까지 제출해. 자, 이제 난 달리 처리할 일이 있어서.”

“하나 더 있습니다.”

“백만 달러 인포서로 충분치 않아?”

“아뇨.”

존은 고개를 저었다.

“제 약혼녀에게 사과하시죠.”

“그럴 필요는 없어요.”

조지앤은 허둥지둥했다.

“정말이지, 존. 더피 씨는 당신이 원하는 걸 주셨잖아요. 너그러운……”

"내가 알아서 할게."

존이 말을 잘랐다.

버질의 눈이 가늘어졌다.

"정확히 왜 내가 하워드 양에게 사과를 해야 하지?"

"그녀의 마음을 상하게 했으니까요. 그녀는 당신 결혼식에서 도망
가서 미안하다고 했는데, 당신은 그녀의 사과를 면전에서 거절했잖습
니까. 조지는 무척 예민해요."

그는 그녀를 감은 팔에 약간 힘을 주었다.

"안 그래, 베이비?"

버질은 일어나서 존과 조지앤을 번갈아 보았다. 그는 목청을 몇 번
가다듬었고 얼굴이 시뻘게졌다.

"당신 사과를 받아들이지요, 하워드 양. 이제 부디 내 사과를 받아
주겠소?"

존은 버질이 좀더 잘할 수 있을 텐데 싶어 다시 하라고 말하려 입
을 벌렸지만, 조지앤이 그를 막았다.

"물론이죠."

그녀는 존의 등에 손바닥을 댔다. 그를 올려다보고 그의 척추로 손
을 미끄러뜨렸다.

"더피 씨 일하시게 비켜 드려요."

그녀의 눈에는 사랑의 빛과 약간의 웃음기가 담겨 있었다.

그는 그녀의 입술에 재빨리 쪽 키스하고 사무실에서 나왔다. 그녀
를 옆에 안고 라커룸으로 향하는 복도를 천천히 걸으며, 그는 그날
새벽 집에 돌아간 후 꾼 꿈을 생각했다. 보통 꾸던 에로틱한 조지앤
의 꿈 대신, 그는 깔깔대는 어린 여자애들이 사방에서 팔짝팔짝 뛰고
있는 커다란 꽃무늬 침대에서 깨어나는 꿈을 꿨다. 여자애 같은 강아
지를 가진 여자애들이, 거미를 죽이고 조그만 물고기를 구해 주었다
고 모두들 그를 영웅 보듯이 쳐다보고 있었다.

그는 그 꿈을 원했다. 조지앤을 원했다. 짙은 머리의 수다쟁이들,

바비 인형들, 털 없는 강아지들에 둘러싸인 삶을 원했다. 레이스 달
린 침대, 꽃무늬 벽지, 그리고 섹시한 남부 목소리로 그의 귀에 속삭
이는 여자를 원했다.

그는 미소짓고 조지앤의 팔에서 어깨로 손을 올렸다. 설령 그들 사
이에 더 아이가 생기지 않는다 해도, 그는 원하던 것을 모두 가졌다.

그는 전부를 얻었다.

에필로그

조지앤은 카우아이 섬의 프린스빌 호텔 계단에 섰다. 열대의 태양이 그녀의 맨어깨와 정수리를 달구었다. 사롱 입는 법을 완전히 익히기까진 며칠이 걸렸으나, 이제 그녀는 진달래 무늬 천을 목 뒤에 묶어 수영복을 가리고 있었다. 커다란 난초를 한쪽 귀 뒤에 꽂고 핑크색 샌들 끈을 발목에 묶었다. 몹시 여자다운 기분이었고 렉시 생각이 났다. 렉시는 카우아이를 좋아했을 텐데. 아름다운 해안과 시원한 푸른 물을 좋아했으리라. 렉시는 티셔츠로 참아야 할 것이다. 조지앤과 존은 둘만의 시간이 필요했기에 딸을 어니와 존의 어머니에게 맡기고 떠나왔다.

렌트한 지프 체로키가 커브 옆에 멈춰 섰다. 운전석 문이 활짝 열리자 그녀의 심장은 부풀어올랐다. 그녀는 존이 움직이는 모습을 보는 게 좋았다. 그는 자신만만함으로 가득했고 스스로에게 여유 있는 남자다운 확신에 찬 모습으로 걷고 있었다. 오직 그런 자신감을 지닌 남자만이 거대한 빨간 꽃과 커다란 녹색 이파리들이 그려진 저 파란 셔츠를 입을 수 있을 것이다. 그는 너무나 자신감이 넘쳐, 가끔은 그녀를 어안이 벙벙하게 했다. 만약 존의 뜻대로 하게 두었다면 그들은 그가 청혼한 다음 날 결혼했을 것이다. 그녀는 벨뷰의 작은 예배당에서의 근사한 결혼식을 계획할 수 있도록 그를 설득하여 한 달을 미룰 수 있었다.

그들은 이제 결혼한 지 일주일 되었고, 그녀는 매일 그를 더욱 사랑해 갔다. 가끔은 자신의 감정이 너무 커서 다 감당할 수가 없었다. 가끔은 허공을 바라보면서 미소짓거나, 행복을 억누르지 못하고 아무런 이유 없이 웃는 자신을 발견하기도 했다. 그녀는 존에게 신뢰와 마음을 주었다. 그 답례로 그는 그녀를 안전하며 가끔은 그녀의 숨결을 앗아갈 정도로 강렬하게 사랑 받는다는 기분이 들게 해 주었다.

그녀의 눈길은 사륜구동 주위를 돌아오는 그를 따랐다. 그는 조수석을 열고, 돌아서서 그녀를 올려다보며 미소지었다. 조지앤은 처음 그를 보았던 때를 기억했다. 빨간 코르벳 옆에 서서, 널찍한 어깨의 근사한 모습으로 그녀의 구원자처럼 보이던 그를.

"알로하, 신사분."

그녀는 계단을 내려오며 그를 불렀다.

그의 미간에 주름이 졌다.

"당신 그 아래 아무 것도 안 입었어?"

그녀는 그의 앞에 멈춰 서서 한쪽 어깨를 으쓱했다.

"상황에 따라 다르죠. 당신 하키선수인가요?"

"그럼."

미소가 그의 주름을 지웠다.

"하키 좋아해?"

"아뇨."

조지앤은 고개를 젓고, 목소리를 낮추어 그를 미치게 만드는 그 풍부한 남부 억양으로 속삭였다.

"하지만 어쩌면 당신 경우엔 예외를 해 줄 수 있을지도 모르죠, 슈가."

그는 그녀의 맨팔로 손을 올렸다.

"당신 내 몸을 원하지, 안 그래?"
"어쩔 수가 없어요."
조지앤은 한숨짓고, 다시금 고개를 저었다.
"난 유혹에 약한 여자인데다, 당신은 그야말로 저항할 수 없을 정
도로 근사한 걸요."

<끝>